Janet MacLeod Trotter
Das Mädchen aus Assam

TINTE & FEDER

Das Buch

Zwischen der üppigen Pracht Indiens und der rauen Realität des viktorianischen Englands behauptet sich die junge Clarissa mit Mut und Hartnäckigkeit gegen ihr Schicksal.

Assam, Indien 1904: Seit dem Tod ihres Vaters, versucht die junge Clarissa verzweifelt die Teeplantage ihrer Familie zu retten. Die schöne und eigenwillige junge Frau zieht die Aufmerksamkeit des attraktiven Wesley Robson auf sich, eines forschen Teepflanzers, der ihr stärkster Konkurrent ist. Doch das Schicksal ist unbarmherzig. Clarissa und ihre Schwester Olive müssen Indien verlassen und in Newcastle, Schottland, einen Neuanfang wagen.

Mit Mut, Fleiß und einer guten Portion Sturheit kämpft sich Clarissa aus der Unterdrückung ihrer Verwandten hervor und beginnt ihre Träume Wirklichkeit werden zu lassen. Wird die erneute Begegnung mit Wesley die Verbindung zu ihrem alten Leben schaffen, die sie sich so sehr ersehnt? Oder werden Clarissas Hoffnungen für eine Heimkehr in das geliebte Indien für immer zerstört?

Die Autorin

Die britische Autorin Janet MacLeod Trotter hat bereits vierundzwanzig Bücher veröffentlicht, darunter neunzehn historische Familienromane. Ihr Debüt »The Hungry Hills« wurde für den Sunday Times Young Writer of the Year Award nominiert, während »Das Mädchen aus Assam« auf der Longlist der RNA Romantic Novel of the Year stand und Amazon-Top-Ten-Bestseller war. Auch auf Russisch, Französisch und Italienisch wurde der Roman zum Bestseller. Mehr über Janet und ihre Romane erfahren Sie auf www.janetmacleodtrotter.com.

JANET MACLEOD TROTTER

DAS MÄDCHEN *aus* ASSAM

Roman

Aus dem Englischen von
Maike Claußnitzer

TINTE & FEDER

Die englische Ausgabe erschien 2016 unter dem Titel »The Tea Planter's Daughter« bei Lake Union Publishing, Seattle.

Deutsche Erstveröffentlichung bei
Tinte & Feder, Amazon Media EU S.à r.l.
38, avenue John F. Kennedy, L-1855 Luxembourg
Dezember 2019

Die Übersetzung dieses Buches wurde durch Amazon Crossing ermöglicht.

Umschlaggestaltung: bürosüd⁰ München, www.buerosued.de
Originaldesign: Lisa Horton
Umschlagmotiv: © book cover art Joana Kruse / Alamy Stock Photo;
© Paul Kennedy / Getty; © Valentyn Volkov / Alamy Stock Photo
Lektorat: Diana Schaumlöffel
Korrektorat: Manuela Tiller/DRSVS
Gedruckt durch:
Amazon Distribution GmbH, Amazonstraße 1, 04347 Leipzig /
Canon Deutschland Business Services GmbH, Ferdinand-Jühlke-Straße 7,
99095 Erfurt /
CPI books GmbH, Birkstraße 10, 25917 Leck

ISBN: 978-2-49670-149-4

www.tinte-feder.de

Zum Gedenken an Onkel Duncan und Onkel Donald, die beide ihr Leben in Indien begannen – humorvoll, freundlich, witzig, großzügig, menschlich und mit dem für die Gorries typischen unverwüstlichen Optimismus, Gerechtigkeitssinn und Vertrauen in die Menschheit. In Bewunderung und Liebe.

1

Assam, Indien, 1904

»Raus hier!«, brüllte Jock Belhaven aus seinem Arbeitszimmer. »Und nimm das verdammte Essen mit!«

»Aber Sahib, Sie müssen etwas essen …«

Es klirrte, als Porzellan am Türrahmen aus Teakholz zersplitterte.

»Willst mich wohl vergiften, was?«, wütete Jock betrunken. »Raus hier, sonst leg ich dich um, zum Teufel, ich schwör's!«

Im Nebenzimmer tauschten Clarissa und Olive erschrockene Blicke. Durch die dünnen Wände des Bungalows bekamen sie jedes Wort mit. Olive riss entsetzt die Augen auf und ließ den Geigenbogen sinken, als zu hören war, wie ihr Vater noch mehr Teller zertrümmerte. Clarrie sprang von ihrem Platz am Feuer auf.

»Keine Sorge, ich beruhige ihn schon.« Sie zwang sich, ihre vor Angst erstarrte jüngere Schwester anzulächeln, und eilte zur Tür. Dabei stieß sie fast mit Kamal zusammen, ihrem bengalischen *khansama*, der hastig den Rückzug aus dem Arbeitszimmer ihres Vaters angetreten hatte. Sein bärtiges Gesicht wirkte schockiert. Ein Schwall vulgärer Flüche folgte ihm.

»Dem Sahib geht es nicht gut«, sagte Kamal und schloss rasch die Tür. »Er schlägt um sich wie ein Tiger.«

Clarrie legte dem alten Mann eine Hand auf den Arm. Kamal stand schon seit der Armeezeit ihres Vaters, lange vor ihrer Geburt, in dessen Diensten, und sie wusste, dass der tobende Trunkenbold hinter der Tür nur ein erbärmlicher Schatten eines früher kraftvollen und warmherzigen Mannes war.

»Er muss im Dorf gewesen sein, um Alkohol zu kaufen«, flüsterte sie. »Er hat gesagt, er wolle angeln gehen.«

Kamal schüttelte bedauernd den Kopf. »Es tut mir leid, Miss Clarissa.«

»Es ist nicht deine Schuld«, versicherte sie ihm hastig. Sie lauschten unglücklich, wie Jock fluchte, während er weitere Gegenstände durchs Zimmer schleuderte.

»Man darf Ihrem Vater keine Vorwürfe machen«, sagte Kamal. »Es liegt am Wechselfieber. Wann immer es ihn überkommt, trinkt er, um den Schmerz zu lindern. In ein paar Tagen ist er wieder gesund und munter.«

Clarrie war gerührt über Kamals Loyalität, aber sie wussten beide, dass es nicht nur die Fieberanfälle waren, die ihrem Vater zusetzten. Seine Trunksucht war seit dem schrecklichen Erdbeben, das ihre Mutter das Leben gekostet hatte, ständig schlimmer geworden. Ein umstürzender Baum hatte sie im Bett erschlagen, als sie mit ihrem dritten Kind schwanger gewesen war. Mittlerweile war es Jock untersagt, in der Offiziersmesse in Shillong Alkohol zu kaufen. Auch im Teepflanzerclub in Dispur begegnete man ihm mit Argwohn, wenn sie, was selten vorkam, einmal zu einer Gymkhana oder einem Rennen dort hinauf reisten. Da er sich keine Whiskeykisten aus Kalkutta mehr leisten konnte, war er vom billigen Feuerwasser aus dem Dorf der Khasi oder von Opiumschalen abhängig, um seine Verzweiflung zu betäuben.

»Geh Tee kochen«, schlug Clarrie vor, »und setz dich zu Olive. Sie mag nicht gern allein sein. Ich kümmere mich um Vater.«

Sie schenkte Kamal noch ein beruhigendes Lächeln, holte tief Luft und klopfte fest an die Tür des Arbeitszimmers. Ihr Vater brüllte zur Antwort eine wirre Mischung aus Englisch und Bengali. Tapfer öffnete Clarrie die Tür einen Spaltbreit.

»Babu!«, rief sie die liebevolle Bezeichnung aus ihrer Kindheit. »Ich bin's, Clarrie. Darf ich reinkommen?«

»Scher dich zum Teufel!«, knurrte er.

Clarrie stieß die Tür auf und schlüpfte hinein. »Ich bin hier, um Gute Nacht zu sagen, Babu«, beharrte sie. »Ich wollte wissen, ob du vielleicht noch einen Schluck Tee möchtest, bevor du ins Bett gehst.«

Im gelblichen Schein der Öllampe sah sie, wie er inmitten der Trümmer wie ein Überlebender nach einem Sturm schwankte. Schimmelige Bücher waren aus den Regalen gerissen, und blauweiße Porzellanscherben – das geliebte Weidenmusterservice ihrer Mutter – lagen überall auf dem Holzboden inmitten eines Durcheinanders aus verschüttetem Reis und Dhal. Ein gebratener Fisch war zu Jocks Füßen gestrandet. Das Zimmer stank nach Hochprozentigem und Schweiß, obwohl die Luft kühl war.

Clarrie versuchte, ihr Entsetzen zu überspielen, als sie in den Raum trat und kommentarlos über das Chaos hinwegstieg. Jetzt darauf hinzuweisen, würde Jock nur noch wütender machen. Am Morgen würde ihr Vater voller Reue sein. Im Moment beobachtete er sie lediglich argwöhnisch, aber sein Protest kam zum Erliegen.

»Komm und setz dich ans Feuer, Babu«, redete sie ihm gut zu. »Ich fache es wieder an. Du siehst müde aus. Hast du heute Fische gefangen? Ama sagt, ihre Söhne hätten gestern im Um Shirpi ein paar große Mahseers gefangen. Vielleicht solltest du es morgen dort versuchen. Ich reite hin und sehe es mir einmal an, ja?«

»Nein! Du solltest nicht allein unterwegs sein«, lallte er. »Leoparden …«

»Ich bin immer vorsichtig.«

»Und diese Männer.« Er bleckte die Zähne.

»Was für Männer?« Sie führte ihn zu einem fadenscheinigen Sessel.

»Anwerber, die hier herumschnüffeln. Die verdammten Robsons.«

»Wesley Robson?«, fragte Clarrie erschrocken. »Von den Oxford Estates?«

»Aye!«, brüllte Jock und geriet schon wieder in höchste Aufregung. »Versucht, mir Arbeiter zu stehlen!«

Kein Wunder, dass ihr Vater in solch einem Zustand war. Manche großen Plantagen wie die Oxford Estates waren skrupellos, wenn sie nach neuen Arbeitern für ihre ausgedehnten Teegärten suchten. Sie hatte Wesley Robson letztes Jahr bei einem Polospiel in Dispur kennengelernt: einer dieser forschen jungen Männer, die gerade erst aus England angekommen waren, gut aussehend, arrogant und überzeugt, nach drei Monaten schon mehr über Indien zu wissen als diejenigen, die bereits ihr Leben lang hier wohnten. Ihr Vater war sofort gegen ihn eingenommen gewesen, weil er zu den Robsons aus Tyneside gehörte, einer mächtigen Familie, die wie die Belhavens aus der Schicht bäuerlicher Pächter aufgestiegen war. Sie hatten ein Vermögen mit Heizkesseln gemacht und investierten jetzt in Tee. Alles, was sie anfassten, schien neue Reichtümer hervorzubringen. Die Robsons und die Belhavens hatten sich vor langen Jahren irgendwie über landwirtschaftliches Gerät zerstritten.

»Hast du Mr Robson gesehen?«, fragte Clarrie bestürzt.

»Kampiert drüben am Um Shirpi«, schnaufte ihr Vater.

»Vielleicht ist es nur eine Angeltour«, versuchte sie, ihn zu beruhigen. »Wenn er Arbeiter für die Teegärten anwerben würde, wäre er unten in den Dörfern und würde mit Geld und Opium um sich werfen, als ob ihm die Welt gehörte.«

»Er will mich in den Ruin treiben.« Jock wollte sich nicht beschwichtigen lassen. »Der alte Robson war genauso – hat meinen Großvater zur Geschäftsaufgabe gezwungen. Das verzeih ich ihm nie. Jetzt sind sie in Indien. Meinem Indien. Sie haben es auf mich abgesehen …«

»Reg dich nicht auf«, bat Clarrie und geleitete ihn schnell zum Sessel. »Niemand wird uns aus dem Geschäft verdrängen. Die Teepreise steigen bestimmt bald wieder.«

Er saß vornübergebeugt und mit verhärmtem Gesicht da und beobachtete sie, während sie sacht in die sterbende Glut des Feuers blies und kleine Holzscheite nachlegte. Als das Feuer prasselnd wieder zum Leben erwachte, erfüllte der süße Duft von Sandelholz den Raum. Sie warf ihrem Vater einen vorsichtigen Blick zu. Das Kinn war ihm auf die Brust gesunken. Seine verhangenen Augen wirkten schläfrig. Sein Gesicht war ausgemergelt, die Haut so faltig wie altes Leder und sein Kopf fast kahl. Abgesehen von seiner europäischen Kleidung sah er einem Hinduasketen ähnlicher als einem Soldaten, der Teepflanzer geworden war.

Sie ging in die Hocke und kümmerte sich weiter um das Feuer. Im Geiste hörte sie die silberhelle Stimme ihrer Mutter, die sie sanft tadelte: »Hock dich nicht hin wie eine gewöhnliche Bäuerin – setz dich hin wie eine Dame, Clarissa!« Manchmal fiel es ihr inzwischen schwer, sich das Gesicht ihrer Mutter ins Gedächtnis zu rufen: das zurückhaltende Lächeln und die wachsamen braunen Augen, das dunkle Haar, das im Nacken zu einem straffen Knoten geschlungen war. Auf dem Schreibtisch ihres Vaters stand ein Foto, das sie alle beim Nachmittagstee zeigte: Olive als Baby auf dem Schoß ihres Vaters und eine ungeduldige fünfjährige Clarissa, die sich der Hand ihrer Mutter entzog. Ihr Gesicht war verschwommen, weil es sie gelangweilt hatte, für den Fotografen stillzuhalten. Doch ihre Mutter war gefasst geblieben, eine schlanke, schöne, präraffaelitische Gestalt mit einem melancholischen halben Lächeln.

Ama, ihr altes Kindermädchen, behauptete, dass Clarrie ihrer Mutter immer ähnlicher sah, je älter sie wurde. Sie hatte Jane Coopers dunklen Teint und ihre großen braunen Augen geerbt, während Olive das rotgoldene Haar und die helle Haut der Belhavens hatte. Die beiden Schwestern sahen sich überhaupt nicht ähnlich, und nur Clarries Erscheinungsbild verriet, dass ihre Mischlingsmutter auch indische Vorfahren gehabt hatte. Obwohl sie in Belguri wohlbehütet vor der Gesellschaft aufgewachsen waren, hatte sie immer gewusst, dass sie in britischen Kreisen als etwas anstößig galten. Viele Männer nahmen sich indische Geliebte, aber ihr Vater war aus der Reihe getanzt und hatte eine Halbinderin geheiratet und mit ihr eine Familie gegründet. Jane Cooper, Tochter eines britischen Sekretärs und einer Seidenarbeiterin aus Assam, war im katholischen Waisenhaus abgegeben und an der Missionsschule in Shillong zur Lehrerin ausgebildet worden.

Als wäre das noch nicht schlimm genug gewesen, hatte Jock die Sache noch peinlicher gemacht, weil er erwartet hatte, dass die anglo-indische Gesellschaft seine Töchter mit offenen Armen aufnehmen würde, als wären sie reine englische Rosen. Und um dem Ganzen die Krone aufzusetzen, glaubte dieser Emporkömmling von einem Soldaten aus dem finstersten Northumberland auch noch, etwas vom Teeanbau zu verstehen.

Oh, Clarrie hörte die kränkenden Bemerkungen in der Kirche und im Clubhaus durchaus. Sie spürte die Missbilligung der Frauen aus der Garnison in Shillong, die ihre Gespräche unterbrachen, wenn sie die Läden im Basar betrat. Olive hasste diese Einkaufsausflüge, aber Clarrie war nicht bereit, sich von kleingeistigen Leuten aus der Ruhe bringen zu lassen. Sie hatte ein größeres Recht als diese Menschen darauf, hier zu leben, und sie liebte ihre Heimat in den Hügeln von Assam leidenschaftlich.

Doch sie teilte die Sorge ihres Vaters um das Anwesen. Das entsetzliche Erdbeben vor über sieben Jahren hatte ganze Morgen der Hügelflanken aufgerissen, und sie hatten unter hohem Kostenaufwand nachpflanzen müssen. Die Teesträucher erreichten erst jetzt ihre Erntereife, während der Markt für die zarten Blätter sich aufgelöst zu haben schien wie Morgennebel. Der unersättliche britische Gaumen verlangte derzeit nach den starken, robusten Tees aus den feuchtheißen Tälern von Oberassam. Clarrie wünschte, sie hätte irgendjemanden um Rat fragen können, denn ihr Vater schien entschlossen zu sein, sich selbst zugrunde zu richten.

Sie sah ihn kurz an. Er war eingedöst. Sie stand auf und holte eine Decke von dem Feldbett in der Ecke. Ihr Vater schlief seit sieben Jahren hier. Er war nicht in der Lage, das Schlafzimmer zu betreten, in dem seine geliebte Jane gestorben war. Clarrie steckte die Decke um ihn fest. Er regte sich. Seine Augenlider flatterten auf. Sein Blick blieb an ihr hängen, und sein Kiefer erschlaffte.

»Jane?«, fragte er benommen. »Wo warst du nur, mein Mädchen?«

Clarries Atem gefror ihr in der Kehle. Er verwechselte sie oft mit ihrer Mutter, wenn er betrunken war, aber es erschütterte sie jedes Mal wieder.

»Schlaf ein«, sagte sie leise.

»Die Kinder.« Er runzelte die Stirn. »Sind sie im Bett? Muss ihnen Gute Nacht sagen.«

Als er sich aufzusetzen versuchte, drückte sie ihn sanft zurück. »Es geht ihnen gut«, säuselte sie. »Sie schlafen – weck sie nicht auf.«

Er sackte unter der Decke in sich zusammen. »Gut«, seufzte er.

Sie beugte sich vor und küsste ihn auf die Stirn. Ihre Augen brannten vor Tränen. Sie mochte erst achtzehn sein, aber sie ächzte unter der Bürde einer ganzen Welt aus Pflichten. Wie lange konnten sie noch so weitermachen? Nicht genug damit, dass der Teegarten sich nicht rentierte: Am Haus waren Reparaturen notwendig, und Olives Musiklehrerin hatte gerade ihre Preise erhöht. Clarrie schluckte ihre Panik hinunter. Sie würde mit ihrem Vater sprechen, wenn er nüchtern war. Früher oder später musste er ihren Problemen ins Auge sehen.

Als sie ins Wohnzimmer zurückkehrte, fand sie Olive zusammengekauert auf einem Stuhl. Ihre Schwester hatte die Arme um ihre Knie geschlungen und wiegte sich vor und zurück. Kamal stand neben dem geschnitzten Tisch in der Fensternische und bewachte die silberne Teekanne.

»Er schläft«, erklärte Clarrie den beiden. Olive hörte auf, sich zu wiegen. Kamal nickte beifällig und goss Clarrie eine Tasse Tee ein, während sie zu ihrer Schwester ging und sich neben sie setzte. Sie legte Olive eine Hand aufs Haar und strich es ihr aus dem Gesicht. Das Mädchen zuckte zusammen und entzog sich ihr. Olives Körper war so angespannt wie eine Klaviersaite. Clarrie hörte das verräterische Röcheln, das immer einem Asthmaanfall vorausging.

»Alles ist gut«, sagte Clarrie tröstend. »Du kannst jetzt weiterspielen, wenn du möchtest.«

»Nein! Ich kann nicht«, keuchte Olive. »Ich rege mich viel zu sehr auf. Warum schreit er so? Und zerschlägt Sachen? Ständig macht er etwas kaputt.«

»Er meint es nicht so.«

»Wieso kannst du ihn nicht aufhalten? Warum hinderst du ihn nicht am Trinken?«

Clarrie sandte einen stummen Hilferuf an Kamal, als er ihre Tasse auf den kleinen Intarsientisch neben ihr stellte.

»Ich räume es auf, Miss Olive. Morgen früh ist alles wieder besser«, sagte er.

»Es wird nie mehr besser! Ich will meine Mutter!«, jammerte Olive. Sie verfiel in das seltsame Keuchen, das ihr in der kalten Jahreszeit immer zu schaffen machte, so als wollte sie schlechte Luft ausstoßen. Clarrie hielt sie und streichelte ihr den Rücken.

»Wo ist deine Salbe? Ist sie im Schlafzimmer? Ich hole sie. Kamal macht etwas Wasser heiß, damit du inhalieren kannst, nicht wahr, Kamal?«

Sie gingen geschäftig daran, sich um Olives Bedürfnisse zu kümmern, bis das Mädchen sich beruhigte und der Anfall zum Erliegen kam. Kamal kochte frischen Tee mit wärmenden Gewürzen: Zimt, Kardamom, Nelken und Ingwer. Clarrie atmete das Aroma ein, als sie an dem goldenen Getränk nippte. Jeder Schluck stärkte ihre Nerven ein bisschen mehr. Wie sie dankbar bemerkte, kehrte die Farbe auch in Olives blasses Gesicht zurück.

»Wo ist Ama?«, fragte Clarrie. Ihr fiel auf, dass sie die Frau seit dem Mittagessen nicht mehr gesehen hatte. Sie war zu beschäftigt damit gewesen, das Jäten im Teegarten zu beaufsichtigen, um es vorher zu bemerken.

Kamal wackelte missbilligend mit dem Kopf. »Spaziert ins Dorf hinunter, ganz wie es ihr gefällt.«

»Einer ihrer Söhne ist krank«, sagte Olive.

»Warum hat sie mir nichts davon erzählt?«, überlegte Clarrie laut. »Ich hoffe, es ist nichts Ernstes.«

»Nie etwas Ernstes«, verkündete Kamal. »Immer Zahnschmerzen oder Blähungen. Aber Ama fliegt davon wie eine Glucke.« Er stieß ein Gackern aus.

Clarrie prustete vor Lachen, und Olive lächelte. »Spotte nicht über sie«, sagte Clarrie. »Sie bemuttert dich genauso sehr wie uns.«

Kamal grinste und zuckte die Schultern, als überstiege das Verhalten von Ama und ihresgleichen sein Verständnis.

Bald danach gingen sie alle zu Bett. Olive kuschelte sich zwischen den kalten feuchten Decken eng an Clarrie. An den Abenden, an denen ihr Vater sich mit Alkohol volllaufen ließ, bat die Dreizehnjährige immer darum, zu Clarrie ins Bett zu dürfen. Nicht, dass Jock je hereinstürmte und sie weckte, aber jedes nächtliche Geräusch – der Schrei einer Eule, das Heulen eines Schakals oder das Kreischen eines Affen – ließ Olive vor abgrundtiefer Angst erzittern.

Clarrie lag noch wach, als Olives lautes Atmen längst seinen Schlafrhythmus angenommen hatte. Sie selbst schlief unruhig und erwachte schon vor dem Morgengrauen. Es hatte keinen Sinn, liegen zu bleiben und über ihre Probleme nachzugrübeln. Sie würde einen morgendlichen Ausritt unternehmen. Clarrie kroch lautlos aus dem Bett, kleidete sich schnell an und verließ das Haus. Sie ging in den Stall, wo ihr weißes Pony, Prince, leise zum Gruß schnaubte.

Das Herz ging ihr auf, als sie an ihm schnupperte und seinen warmen Atem einsog. Sie hatten Prince Händlern aus Bhutan abgekauft, in einem ihrer seltenen Urlaube in den Ausläufern des Himalaja, nachdem ihre Mutter gestorben war. Ihr Vater hatte Belguri eine Zeit lang unerträglich gefunden, und sie waren mehrere Monate lang gewandert. Olive war in einem zwischen zwei Stangen befestigten Korb getragen worden und hatte mit ängstlicher Miene unter ihrem großen Raffiahut hervorgespäht. Clarrie hatte sich sofort in das kräftige, trittsichere Pony verliebt. Ihr Vater war einverstanden gewesen.

»Ganz feine Tiere, die bhutanischen Ponys. Natürlich darfst du es haben.«

Seitdem war Clarrie fast jeden Tag auf Prince geritten. Sie war ein vertrauter Anblick auf der Plantage und den Waldwegen der Umgebung. Jäger und Dorfbewohner grüßten sie, und oft machte sie bei ihnen Halt, um Neuigkeiten über das Wetter, Informationen über Tierfährten oder Vorhersagen über den Monsun auszutauschen.

Sie sattelte Prince, sprach sanft mit ihm und führte ihn in die eiskalte Luft vor Tagesanbruch hinaus, den Pfad hinab, der sich vom Haus aus durch den überwucherten Garten schlängelte. Sobald das Gewirr aus Betelpalmen, Bambus, Rattan und Geißblatt hinter ihnen lag, stieg sie auf, legte sich eine dicke, grobe Decke um die Schultern und ritt den Weg entlang.

Im Halbdunkel sah sie die Reihen der Teesträucher, die sich wie ein Wasserfall den steilen Hang hinab ergossen. Gespenstische Rauchsäulen stiegen von den ersten morgendlichen Feuern der Dörfer auf, die unten im Dschungel verborgen lagen. Um sie herum hoben sich die konischen, dicht bewaldeten Hügel dunkel vom heller werdenden Horizont ab. Sie ritt weiter durch den Wald aus Kiefern, Salbäumen und Eichen. Die Geräusche der Nacht wichen allmählich den Schreien der erwachenden Vögel.

Fast eine Stunde lang ritt Clarrie, bis sie die Kuppe ihres Lieblingshügels erreichte. Als die Morgendämmerung gerade anbrach, gelangte sie zwischen den Bäumen auf eine Lichtung. Um sie herum lagen die eingestürzten Mauern eines alten Tempels, die Schlingpflanzen aus dem Dschungel schon lange zurückerobert hatten. Daneben, unter einem schützenden Tamarindenbaum, befand sich die Hütte eines heiligen Mannes, die aus Palmwedeln und Moos errichtet war. Das Dach war von Jasmin und Rosen überwuchert, und er pflegte einen schönen Rosengarten. Eine kristallklare Quelle sprudelte zwischen nahen Felsen hervor und füllte einen Teich. Es war ein magischer Ort voller intensiv duftender Blumen. Von hier aus hatte man eine atemberaubende Aussicht auf einen Umkreis von vielen Meilen. Aus der Hütte des *swami* stieg kein Rauch auf, und so ging Clarrie davon aus, dass er unterwegs war.

Sie stieg ab und führte Prince zum Teich, damit er trinken konnte. Sie setzte sich auf eine umgestürzte Säule, in die Tiger eingemeißelt waren, und genoss den Anblick des allmählichen Sonnenaufgangs. Weit im Osten lösten sich die hohen, grünen Hügel von Oberassam wellenförmig aus der Dunkelheit. Der mächtige Fluss Brahmaputra, der das fruchtbare Tal durchschnitt, lag unter Nebelbänken verborgen. Jenseits davon sah Clarrie, als sie nach Norden blickte, wie das Licht die fernen Gipfel des Himalaja erreichte. Zerklüftet und ätherisch ragten sie aus dem Nebel auf. Ihre schneebedeckten Hänge färbten sich im Morgenlicht scharlachrot.

In ihre Decke gehüllt saß Clarrie reglos da, als stünde sie unter einem Zauberbann. Prince trottete davon, um zu grasen, als das Sonnenlicht an Kraft gewann und die fernen Berge golden wie Tempeldächer wurden. Am Ende seufzte sie und stand auf. Dieser Ort ließ ihre überreizten Gedanken immer zur Ruhe kommen. Sie ließ Beutel mit Tee und Zucker vor der Tür des *swami* zurück und schwang sich wieder auf Prince' Rücken. Ein leises Geräusch ließ sie herumfahren. Ein anmutiger Damhirsch beugte sich über den Teich, um zu trinken. Clarrie war bezaubert, dass das Tier sich so nahe an sie herangewagt hatte, ohne Furcht zu zeigen.

Im nächsten Augenblick ertönte ein ohrenbetäubender Schuss zwischen den umgebenden Bäumen. Der Kopf des Hirsches ruckte hoch, wie von einem Zaumzeug gezogen. Ein zweiter Schuss peitschte so nahe an ihnen vorbei, dass Prince sich in Panik aufbäumte. Ein dritter Schuss traf den Hirsch mitten ins Herz, und seine Beine sackten in sich zusammen wie ein Kartenhaus.

Entsetzt über die Brutalität dieses Augenblicks ließ Clarrie die Zügel schießen. Prince tänzelte wild und verängstigt im Kreis und glitt auf nassem Laub aus. Im nächsten Moment wurde sie aus dem Sattel geschleudert, landete unsanft auf dem feuchten Boden und prallte mit dem Kopf gegen einen Stein. In ihrem Gesichtsfeld wurde alles rot. Sie war sich bewusst, dass Männerstimmen etwas riefen und Schritte auf sie zugerannt kamen.

»Du bist ja wohl wahnsinnig!«, donnerte eine tiefe Stimme.

»Bloß ein verdammter Eingeborener«, begehrte der Angesprochene auf. »Ich habe doch einen Warnschuss abgegeben.«

»Um Gottes willen, das ist eine Frau!«

Clarrie wollte gern weiter lauschen, aber ihre Stimmen verklangen. Über wen hatten die Männer nur geredet? Bevor sie sich einen Reim darauf machen konnte, wurde sie ohnmächtig.

2

Als Clarrie zu sich kam, lag sie unter einem Sonnensegel aus Leinwand. Ein Mann mit dickem rotem Schnurrbart hockte auf einem Schemel und musterte sie.

»Sie wacht auf!«, rief er und erhob sich halb.

Ein anderer Mann trat eine Zigarette mit dem Stiefel aus und kam näher. Er beugte sich über sie. Sein dunkelbraunes Haar war kurz über der Kopfhaut abgeschnitten, sein markantes Kinn glatt rasiert. Er betrachtete sie aus scharfen grünen Augen. Clarrie wusste, dass dieser gut aussehende Mann ihr vertraut war und dass sie ihn hätte kennen sollen. Aber wer war er, und was machte sie hier?

»Miss Belhaven?«, fragte er und zog neugierig eine dichte Augenbraue hoch. »Wir sind dankbar, Sie die Augen wieder aufschlagen zu sehen.«

»Es tut mir ganz entsetzlich leid«, sprudelte es aus dem Mann mit dem roten Schnurrbart hervor. »Ich hätte den Hirsch nie so dicht neben Ihnen schießen sollen. Hätte es auch nie getan, wenn ich geahnt hätte, dass Sie … Nun ja, Sie waren in die Decke eingemummelt und hatten eine Hose an wie ein Mann … Ich dachte einfach … Verstehen Sie, ich war der

Fährte des Biests schon seit zwanzig Minuten gefolgt … Ich wollte mir die Gelegenheit nicht entgehen lassen.«

Der Hirsch! Clarrie erinnerte sich plötzlich an den schrecklichen Anblick, als das anmutige Tier vor ihren Augen erschossen worden war, und an Prince' Angst vor den fliegenden Kugeln. Sie versuchte, sich aufzusetzen, aber bei der Bewegung begann ihr Kopf zu pochen.

»Prince! Wo ist er?«, keuchte sie.

Der größere Mann, der ihr irgendwie bekannt vorkam, musterte sie spöttisch. »Ich nehme an, Sie meinen damit keinen Ihrer beiden Retter?«

»Retter?« Clarrie bedachte ihn mit einem vernichtenden Blick. »Sie hätten mein Pony und mich beinahe getötet. Und der arme Hirsch …«

Sie ließ sich zurücksinken und betastete ihren Kopf an der Stelle, die am meisten wehtat. Jemand hatte ihr einen Verband angelegt. Sie zuckte vor Schmerzen zusammen. »Wo ist mein Pony Prince?«

»Dem geht es bestens«, sagte der Mann mit dem Soldatenschnurrbart. »Die Träger füttern ihn. Ich muss schon sagen, er ist ein hübscher Kerl, Miss Belhaven. Aber ich finde, Sie sollten wirklich nicht um diese Uhrzeit mutterseelenallein ausreiten. Ich bin überrascht, dass Ihr Vater Ihnen das gestattet. Diese Hügel sind wild und gefährlich.«

Clarrie sah ihn scharf an. »Die einzige Gefahr scheint von Jägern auszugehen, deren Finger zu locker am Abzug sitzt.«

Der Mann errötete und wich einen Schritt zurück. »Ich muss schon sagen, Robson, sie hat ganz eindeutig den Kampfgeist ihres alten Herrn.«

Sein Begleiter lachte leise, aber von ganzem Herzen. »Ich habe dich ja gewarnt«, sagte er, ohne den Blick von Clarrie abzuwenden. »Die Belhavens sind für ihren feurigen Stolz bekannt.«

Auf einmal erkannte Clarrie die tiefe Stimme mit dem Anflug eines nordenglischen Akzents, wie auch ihr Vater ihn hatte.

»Wesley Robson!«, rief sie. »Jetzt erinnere ich mich.«

»Ich bin geschmeichelt«, murmelte er, »dass Sie von all den jungen Männern, die es auf dem Pflanzertreffen auf Ihre Aufmerksamkeit abgesehen hatten, ausgerechnet mich in Erinnerung behalten haben.«

»Das sollten Sie nicht sein«, beschied ihn Clarrie indigniert. »Das liegt nur daran, dass mein Vater mich darauf hingewiesen hat, dass Sie ein lästiger Robson sind, und mir geraten hat, mich von Ihnen fernzuhalten.«

Zu ihrem Ärger lachte Wesley nur leise darüber. »Und Sie folgen immer dem Rat Ihres Vaters?«

Sie wurde rot. »Selbstverständlich.«

»Rät er seiner hübschen jungen Tochter denn auch, so früh am Morgen allein auszureiten, bis sie eine gute Stunde von zu Hause entfernt ist?«

Clarrie kämpfte sich auf die Beine. Sein herablassender Ton machte sie wütend. »Mein Vater weiß, dass ich eine gute Reiterin bin. Ich kenne diese Hügel viel besser, als Sie oder Ihr Freund sie je kennen werden, auch wenn Sie glauben, dass alles hier Ihnen gehört.« Ihr Kopf hämmerte, als sie aufrecht stand. »Bitte bringen Sie mir Prince.« Dann gaben zu ihrer Beschämung die Knie unter ihr nach. Wesley fing sie schnell auf.

»Sachte«, sagte er und zog sie an sich. Er roch nach Holzrauch und etwas Erdigerem. Sie war so dicht bei ihm, dass sie eine kurze Narbe entdeckte, die seine linke Augenbraue etwas verzog und seine spöttische Miene unterstrich. Sein gebräuntes Gesicht war rund um die Augen von kleinen Fältchen durchzogen, die zeigten, dass er sie oft gegen die Tropensonne zusammenkniff. Das leuchtende Grün seiner Iris war betörend.

»Sie sind nicht in der Verfassung, loszureiten, Miss Belhaven.« Der Tonfall seines Begleiters duldete keinen Widerspruch. »Absolut nicht.«

»Sie werden zulassen müssen, dass wir uns um Sie kümmern, so leid es mir tut«, sagte Wesley. Clarrie hörte seiner Stimme den Spott an. Sie war sich nur zu gut seiner starken Arme, die sie aufrecht hielten, und seines Atems auf ihrem Haar bewusst. Zittrig setzte sie sich wieder hin.

Wesley befahl einem der Träger, ihr heißen Tee und Rührei zu servieren, und ignorierte ihren Einwand, sie sei nicht hungrig. Zu ihrem Erstaunen schlang sie das Rührei hinunter und ließ sich sogar noch eine zweite Portion auffüllen, während die Männer rauchten und sie beobachteten, als wäre sie eine possierliche neue Tierart, die sie im Wald entdeckt hatten.

»Gut gemacht, weiter so«, sagte der junge Leutnant und erzählte ihr, dass er Harry Wilson hieß und zu ihren Diensten stehe, solange er in der Kaserne in Shillong stationiert sei. »Wesley ist ein Freund von mir – wir haben uns auf dem Schiff auf dem Weg hierher kennengelernt und sind gleich prächtig miteinander ausgekommen. Wir lieben beide das Angeln und die Jagd. Wunderbare Gegend hier, um Vögel zu schießen. Angeblich kann man hier auch Wildschweine und Bären antreffen, aber da hatte ich bisher noch kein Glück. Vielleicht könnte Ihr Vater mir einen Rat geben?«

»Seine Leidenschaft ist das Angeln«, antwortete Clarrie. »Er verabscheut die Jagd.«

»Wissen Sie, dass letzte Woche ein Leopard mitten in der Stadt aufgetaucht ist?«, fuhr Harry fort, als hätte sie nichts gesagt. »Am helllichten Tag – ist einfach durch den Basar der Eingeborenen spaziert und dann auf den Friedhof der Garnison. War gerade dabei, sich auf einem Grabstein zu sonnen, als man ihn gestellt hat. Schönes Tier. Die Frau des Colonels lässt das Fell zu einem Kaminvorleger verarbeiten.«

Clarrie fragte sich, ob der geschwätzige Soldat seine Kameraden mit seinem unermüdlichen Geplapper in den Wahnsinn trieb. Vielleicht war ihm Schweigen peinlich, oder er vermisste seine Heimat. Sie durfte nicht zu hart über ihn urteilen. Schließlich hatte sie selbst viele unausgefüllte Stunden, in denen sie sich nach ihrer toten Mutter gesehnt hatte, damit verbracht, alle Lieder zu singen, an die sie sich erinnern konnte. Sie hatte die Stille im Haus gehasst, das einst vom Gesang ihrer Mutter erfüllt gewesen war. Sie schloss die Augen, um die Erinnerung zu verdrängen.

»Harry, ich glaube, Miss Belhaven ist müde«, mischte Wesley sich ein. »Wir sollten ihr gestatten, sich auszuruhen. Einer von uns kann zu ihrem Vater reiten, um ihn wissen zu lassen, dass sie in Sicherheit ist.«

»Natürlich«, sagte Harry eifrig. »Ich reite hin. Das ist das Mindeste, was ich tun kann.«

»Nicht nötig«, protestierte Clarrie halbherzig.

»Sie legen sich hin«, befahl Wesley und nötigte sie tiefer ins Zelt. »Wenn Sie sich ausgeruht haben, bringen wir Sie nach Hause.«

Clarrie kapitulierte und legte sich aufs Feldbett. Wesley breitete ihre Decke über sie.

»Es ist alles etwas behelfsmäßig«, entschuldigte er sich, »aber recht bequem.«

Ihr wurde plötzlich klar, dass das hier sein Zelt und sein Bett waren. Sie rochen nach Kampfer und einem rauchigen Männerduft. Wenn ihr der Kopf nicht so wehgetan hätte, hätte sie vielleicht protestiert. Aber sie wollte einfach nur die Augen schließen und darauf warten, dass der Schmerz nachließ. Sie schlief sofort ein. Als sie erwachte, sah sie als Erstes Wesley, der auf einem Klappstuhl vor dem Zelt saß, die langen Beine ausgestreckt hatte und las. Das überraschte sie. Er wirkte wie ein Mann der Tat, dem Lesen als sinnlose Beschäftigung erscheinen musste. Doch seine breite Stirn und seine markanten Züge verrieten, dass er völlig von dem Buch gefangen genommen war. Er spürte, dass sie ihn beobachtete, und drehte sich um. Sie musterten einander in der Stille. Clarrie errötete. Es war viel zu intim, im Bett dieses Fremden zu liegen, während er sie aus nächster Nähe bewachte.

»Was lesen Sie da?«, fragte sie, um ihre Verlegenheit zu überspielen.

Er klappte das Buch zu. »*Die Jagd in Britisch-Burma* von Captain Pollok. Ich habe mir das Buch aus Harrys Messe geliehen. Dachte mir, es sei nützlich, wenn man die besten Fischgründe in Assam sucht – allerdings ist es fünfundzwanzig Jahre alt und längst überholt. Ich könnte selbst wahrscheinlich ein besseres schreiben.« Er warf das Buch auf den Boden, stand auf und kam zu ihr herüber, um sie zu mustern. »Fühlen Sie sich besser, Clarissa?«

»Ja, vielen Dank«, sagte sie und senkte den Blick. Es machte sie nervös, dass er so nahe bei ihr war und ihren Vornamen gebrauchte, als wären sie Freunde. »Ich möchte jetzt bitte nach Hause reiten.«

»Noch reiten Sie nirgendwohin. Lassen Sie sich ansehen.« Er streckte den Arm aus und nahm ihre Hand. Clarrie zuckte bei der Berührung zusammen und riss panisch die Augen auf. Wesley ließ sie schnell wieder los.

»Warum bin ich Ihnen so zuwider?«, fragte er stirnrunzelnd.

»Ich kenne Sie nicht gut genug, um überhaupt eine Meinung über Sie zu haben«, konterte sie.

Er lächelte sie an. »Ich würde Sie auch gern besser kennenlernen.«

»So habe ich das nicht gemeint«, gab Clarrie gereizt zurück.

»Dann sagen Sie mir eines«, forderte Wesley sie heraus. »Was halten Sie von mir? Oder wollen Sie zulassen, dass das kleinliche Vorurteil Ihres Vaters gegen meine Familie uns daran hindert, Freunde zu werden?«

Seine Bemerkung über ihren Vater ärgerte Clarrie. Er machte sich keine Vorstellung davon, wie sehr Jock seit Langem litt, und hatte kein Recht, ihn als kleinlich abzutun. Ihr erster Eindruck, dass Wesley Robson unausstehlich und arrogant war, traf zu. Sie hatte mehr als genug davon, in seinem spartanischen Zelt festgehalten zu werden.

»Ich finde Sie aufgeblasen und geltungsbedürftig«, entgegnete sie.

Wesley riss überrascht den Mund auf. Er wich zurück und steckte die Hände in die Taschen. »Ein bisschen mehr Dankbarkeit wäre vielleicht ganz schön gewesen.«

»Dankbarkeit?«, schrie Clarrie. »Sie haben Nerven! Ich war mit meinen eigenen Angelegenheiten beschäftigt und habe an meinem Lieblingsplatz den Sonnenaufgang genossen, als man auf mich geschossen hat. Ich bin verletzt und habe mich zu Tode erschrocken. Der Kopf tut mir immer noch weh, und Sie haben sich vor Ihrem Armeefreund über mich lustig gemacht, als wäre ich noch ein Kind. Mein Vater wird fuchsteufelswild, wenn er das erfährt, und ich will jetzt einfach nur nach Hause!«

Sie starrten einander böse an. Ein Muskel zuckte wie wild in seiner Wange. Er war offenbar keine Kritik gewohnt, schon gar nicht von einer jungen Frau. Doch es war ihr gleichgültig, ob sie ihn gekränkt hatte. Dieses Ungemach hatte er sich selbst zuzuschreiben. Er war derjenige, der sich bei ihr hätte entschuldigen sollen.

Wesley wandte sich ab und marschierte aus dem Zelt. Sie hörte, wie er den Trägern Befehle erteilte, und als sie ins Freie kam, hatten sie einen *dooli* beschafft, eine behelfsmäßige Bambussänfte auf Stangen.

»Die Diener werden Sie tragen«, erklärte er ihr kurz angebunden.

»Ich würde lieber auf Prince reiten«, sagte Clarrie.

Er musterte sie spöttisch von Kopf bis Fuß. »Ich führe Ihr kostbares Pony zurück, denn ich will nicht schuld sein, wenn Sie ohnmächtig werden und aus dem Sattel fallen. Ich kann doch nicht zulassen, dass Ihr Vater sich noch stärker aufregt, als er es ohnehin tun wird.«

Clarrie sah ihn wütend an, kletterte dann aber ohne ein weiteres Wort in den *dooli*. Sie brachen im Laufschritt auf, und nach kurzer Zeit bereute sie schon, sich bereit erklärt zu haben, sich tragen zu lassen. Bei jedem Ruck fühlte ihr Körper sich an, als hätte sie überall blaue Flecken, und ihr Kopf schmerzte wieder heftiger. Sie klammerte sich fest und biss die Zähne zusammen. Sie hätte darauf bestehen sollen, zurückzureiten. Aber Wesley und Prince, die ihnen folgten, waren beide nicht in Sicht. Je mehr sie sich Belguri näherten, desto nervöser wurde sie. In was für einem Zustand hatte Harry Wilson ihren Vater vorgefunden? Vielleicht hatte er den jungen Offizier schon unter Flüchen und Schüssen vom Grundstück gejagt, weil er seine Tochter in Gefahr gebracht hatte. Entweder das, oder er schlief noch seinen Rausch aus.

Am Ende stolperten die Träger den steilen Hang zum Anwesen empor und zwischen den Mauern der Umfriedung hindurch. Kamal und Olive kamen herausgeeilt, um sie in Empfang zu nehmen.

»Miss Clarissa! Allah ist gnädig!«, rief Kamal und half ihr aus der Sänfte.

»Wo warst du?«, fragte Olive anklagend. »So ganz allein hier hatte ich Angst. Bist du schwer verletzt?«

»Nein, mir tut nur alles ein bisschen weh«, sagte Clarrie und umarmte ihre Schwester. »Entschuldige bitte all die Aufregung.«

Olive senkte die Stimme. »Es hat Ewigkeiten gedauert, bis wir Vater heute Morgen aufwecken konnten. Ich musste mit

Mr Wilson reden, während Kamal Vater rasiert hat. Wusstest du, dass Mr Wilsons Schwester Bratsche spielt?«

»Nein, aber es freut mich für dich.« Clarrie schenkte ihr ein aufgesetztes Lächeln. Wenn der elende Wilson nicht gewesen wäre, hätte sie von ihrem Ausritt zurückkehren können, ohne dass ihr Vater überhaupt davon erfahren hätte.

Kamal schickte die Träger in die Küche, wo sie Erfrischungen bekommen sollten, und machte viel Aufhebens um die Mädchen, während er sie die Stufen hinaufführte. Oben auf der Veranda, verdeckt von den üppig wuchernden Ranken, saßen ihr Vater und Harry in ein Gespräch übers Angeln vertieft.

»Da ist sie ja!«, rief Jock erleichtert. »Meine Clarrie! Komm, Mädchen, lass mich dich ansehen.«

Als er aufstand, erkannte Clarrie schlagartig, wie gebrechlich er war. Die Kleider hingen ihm wie ein Sack am Leib, und die Arme, die er ihr entgegenstreckte, zitterten. Seine Haut hatte die Farbe von vergilbtem Pergament. Die Zechgelage forderten allmählich ihren Tribut. Heute sah er schlechter denn je aus.

»Mir geht es gut, Vater«, sagte sie schnell. »Nur eine Schramme am Kopf.«

Er kam auf unsicheren Beinen auf sie zu und hätte sie umarmt, wenn Olive sich nicht immer noch besitzergreifend an sie geklammert hätte. Sofort roch Clarrie den Alkohol in seinem Atem. Sie warf einen Blick auf den Tisch und stellte fest, dass die Männer schon tranken. Ihr Vater bemerkte, wohin sie sah, und beschloss, dass Angriff die beste Verteidigung war.

»Was ist in dich gefahren, noch vor Sonnenaufgang einfach ins Blaue zu reiten? Du hättest mich wecken sollen, dann hätte ich mitkommen können. Wirklich, Clarrie, was soll dieser wackere junge Offizier nur von uns halten?«

Clarrie starrte ihn an. Sie konnte wohl kaum antworten, dass er noch damit beschäftigt gewesen war, sich von seinen

Ausschweifungen des Vorabends zu erholen, als sie aufgebrochen war.

»Ich halte sehr viel von Ihnen beiden«, sagte Harry rasch, stand auf und bot ihr einen Platz an. »Bitte gehen Sie nicht zu hart mit Miss Belhaven ins Gericht. Der Unfall war allein meine Schuld.«

Jock seufzte, als hätte er keine Lust auf einen Streit. »Nun gut. Alles, worauf es mir ankommt, ist, dass mein Mädchen heil zurück ist.« Clarrie sah Tränen in seinen Augen glitzern und lächelte ihm tröstend zu.

Sie setzten sich wieder. Kamal brachte Clarrie ein Glas Rhododendronlikör und ein paar ihrer Lieblingssüßigkeiten: knusprige Honigkekse und Kokosmakronen. Sie teilte sie dankbar mit Olive, während Harry angeregt über das Angeln redete und Jock noch etwas Dorffusel aus einem Krug einschenkte. Clarrie fragte sich, wann Wesley auftauchen würde, und fand es seltsam, dass er noch gar nicht erwähnt worden war. Jetzt, da sie sicher wieder zu Hause war, bereute sie allmählich ihre vorschnellen Worte ihm gegenüber. Sie hatte unter Schock gestanden, aber er hatte ihre Verachtung nicht verdient.

Die Rufe des Torwächters unterbrachen sie: Es kam noch jemand an.

»Das ist doch bestimmt Ihr Freund?«, fragte Jock.

»Er bringt Prince her«, sagte Clarrie, stand auf und ging zu den Stufen.

»Ja, ein feiner Kerl«, bemerkte Harry und räusperte sich. »Auch Offizier, wie?«

»Nicht direkt …«

Clarrie blieb stehen und sah Harry an. Sein Gesichtsausdruck sagte ihr, dass er ihrem Vater nicht verraten hatte, um wen es sich bei seinem Freund handelte. Er hatte nicht noch mehr schlechte Nachrichten bringen wollen.

»Sein Freund ist Wesley Robson«, sagte sie und musterte ihren Vater mit einem warnenden Stirnrunzeln.

Jock sah ungläubig drein. »Robson?«, stieß er hervor. »Ich lasse nicht zu, dass er herkommt ...«

»Vielleicht sollten wir gehen.« Rot vor Verlegenheit stand Harry auf.

»Bitte nehmen Sie wieder Platz«, sagte Clarrie. Flehentlich wandte sie sich an ihren Vater. »Ich weiß, dass das eine schwierige Situation ist, aber Mr Robson war so freundlich, sich um mich zu kümmern und Prince zurückzubringen. Er ist Mr Wilsons Freund, also müssen wir höflich sein.«

Sie stieg die Stufen hinunter, bevor ihr Vater sie aufhalten konnte. Prince, der gerade auf den Hof geführt wurde, wieherte bei ihrem Anblick. Clarrie eilte auf ihn zu und schlang die Arme um seinen warmen Hals. Hinter ihm kam Wesley, der noch auf seinem Pferd saß.

»Vielen Dank, Mr Robson«, sagte Clarrie und schaute auf. »Bitte kommen Sie mit und nehmen Sie eine Erfrischung.« Er sah argwöhnisch Richtung Haus. »Mein Vater möchte sich auch bei Ihnen bedanken.«

Er musterte sie fragend, nickte aber und stieg ab. Kamal rief einen Reitknecht, um die Pferde in den Stall zu bringen, während Clarrie Wesley an den Blumenkübeln aus Messing vorbei zur Veranda führte. Jock nickte knapp und wies auf einen Stuhl, starrte Wesley aber finster an, als der sich hinsetzte. Es war Clarrie, die dem Neuankömmling etwas zu trinken anbot und ihm einschenkte. Harry füllte das peinliche Schweigen mit Geplauder über das Fliegenfischen aus und gab an seinen Freund weiter, dass Jock ihm erzählt hatte, dass es in der Gegend Sitte war, Fische mithilfe von giftiger Rinde zu betäuben, damit sie an die Oberfläche trieben.

Clarrie bat darum, sie zu entschuldigen. Sie wollte nur noch ihre schmutzigen Kleider loswerden und sich in einem heißen Bad entspannen. Olive folgte ihr ins Haus.

»Er sieht gut aus, nicht wahr?«, fragte sie schüchtern und wickelte sich eine Strähne ihres langen roten Haares um den Zeigefinger.

Clarrie sah ihre Schwester im Spiegel an, während sie sich den Kopfverband abnahm. »Vermutlich«, räumte sie ein und berührte behutsam die verschorfte Beule an ihrer Schläfe. Sie wirkte sauber. Wer auch immer sie verarztet hatte, hatte seine Sache gut gemacht – wahrscheinlich einer der Träger.

»Ich finde ihn jedenfalls sehr gut aussehend«, sagte Olive und errötete leicht. »Er ist genau die Art Mann, die ich gern eines Tages heiraten würde.«

Clarrie drehte sich um und lachte überrascht auf. »Wirklich?«

»Ja, wirklich.« Olives Gesicht nahm nun einen dunkelroten Ton an. »Nur dass er ganz offensichtlich Gefallen an dir findet.«

»Mach dich nicht lächerlich!«, rief Clarrie. »Ich bin mir völlig sicher, dass dem nicht so ist. Er ist die Art Mann, die nur an sich selbst denkt.«

»Sei nicht so gemein.« Olive runzelte die Stirn. »Ich mag ihn jedenfalls, egal, was du sagst. Und vielleicht gefalle ich ihm ja eines Tages auch, wenn ich groß bin.«

Clarrie prustete. »Lass das ja nicht Vater hören!«

»Warum nicht? Vater mag ihn. Er hat ihre Unterhaltung über das Angeln so genossen, dass er nicht einmal daran gedacht hat, auf den Hof zu kommen, um dich zu begrüßen.«

Clarrie erkannte, dass sie Olive missverstanden hatte. Sie spürte, wie ihr das Blut in die Wangen schoss. »Ach, du meinst Harry Wilson!«

»Natürlich«, sagte Olive und sah sie scharf an. »Was dachtest du denn, wen ich meine?«

Clarrie wandte sich ab und begann, sich auszuziehen. »Ich habe bloß Spaß gemacht. Ich freue mich, dass du ihn magst. Er ist sehr freundlich.«

Olive lebte auf. »Können wir ihn bitten, zum Abendessen zu bleiben?«

Clarrie wurde das Herz schwer. »Wenn du möchtest«, stimmte sie zu.

Zu ihrem Erstaunen nahmen ihre Gäste die Einladung zum Abendessen bereitwillig an, obwohl sie sie nur halbherzig aussprach und Jock missbilligend dreinsah. Während Harry und Wesley davonspazierten, um an einem nahen Wasserfall angeln zu gehen, rief Clarrie ihrem Vater ins Gedächtnis: »Du erzählst uns immer, dass die Leute in Northumbria nie einen Gast hungrig wieder ziehen lassen. Außerdem habt du und Mr Wilson euch doch gleich verstanden wie die besten Freunde.«

»Es ist ja auch nicht Mr Wilson, gegen den ich etwas einzuwenden habe«, polterte Jock und zog sich grollend in sein Arbeitszimmer zurück. Clarrie seufzte resigniert und ging zu Kamal, um die Speisenfolge mit ihm durchzusprechen.

»Ist Ama zurück?«, fragte sie. Kamal schüttelte den Kopf. Sie musterte forschend sein Gesicht. »Gibt es etwas, das du mir nicht sagst?«

Kamal blähte die Backen und seufzte tief. »Die Diener reden.« Er zuckte die Schultern.

»Und?«

»Sie sagen, dass ihr jüngster Sohn sehr krank ist. Sie pflegt ihn.«

»Was hat er denn?«, fragte Clarrie besorgt.

Kamal antwortete sehr leise: »Erst war es Malaria. Jetzt ist es die Ruhr.«

»Malaria?« Clarrie war verwirrt. »Aber die bekommen wir in den Hügeln doch gar nicht.« Kamals Gesichtsausdruck ließ einen Verdacht in ihr aufkeimen. »Hat er drüben im Tal für unsere Konkurrenten gearbeitet?«

Kamal nickte und sah sich ängstlich um. »Das dürfen Sie nicht herumerzählen, Miss Clarissa.«

Clarries Herz hämmerte. »Er hat seinen Vertrag gebrochen, nicht wahr? Er ist davongelaufen.« Kamal nickte wieder. Sie packte ihn am Arm. »Welche Plantage? Bitte sag mir nicht, dass er von den Oxford Estates geflohen ist!«

»Doch«, hauchte Kamal.

»Gott steh uns bei.« Clarrie schauderte. »Wir haben einen Flüchtling aus den Teegärten der Robsons im Dorf, und ihr leitender Anwerber kommt zum Abendessen!«

Kamal hielt sich den Finger vor die Lippen, um sie zum Schweigen zu mahnen. Clarrie schüttelte ungläubig den Kopf. »Ich muss zu Ama gehen, um zu sehen, ob ich helfen kann.«

Kamal wirkte entsetzt. »Nein, Miss Clarissa, damit machen Sie alles nur zehnmal so schlimm. Ihr Vater wird Fragen stellen. Er wird sich sehr aufregen, dass Amas Sohn für die großen Teeleute gearbeitet hat. Dann wird Robson Sahib alles herausfinden, und dann ist die Hölle los.«

Clarrie zögerte. »Das Letzte, was ich will, ist, Ama in Schwierigkeiten zu bringen oder mitanzusehen, wie Wesley Robson ihren Sohn davonschleift.«

Kamal nickte. »Sie müssen sich ausruhen. Ihr Kopf ist noch schlimm.«

Clarrie gab nach. »Schickst du Ama bitte ein bisschen Medizin?«

Kamal erklärte sich dazu bereit, und Clarrie zog sich in ihr Zimmer zurück, um sich hinzulegen. Olive kam, um nach ihr zu sehen.

»Möchtest du, dass ich dir vorlese?«, fragte sie.

Clarrie lächelte. »Das wäre schön.«

Olive entschied sich für einen Roman von Thomas Hardy aus dem Bücherregal, das ihr Vater für sie gebaut hatte, und las vor. Ihre Stimme war klar, und sie las flüssig. Clarrie staunte immer wieder darüber, dass ihre Schwester, die größtenteils Autodidaktin war, über derartige künstlerische Fähigkeiten verfügte. Sie war auch eine talentierte Malerin. Ihre Mutter hatte sie unterrichtet, als sie noch klein gewesen waren, aber Olive war noch keine sieben gewesen, als Jane ums Leben gekommen war. Clarrie hatte sie danach weiter im Rechnen unterrichtet, und zusammen mit Ama hatte sie ihr Nähen, Schneidern und Kochen beigebracht. Aber es war Jock, der mit ihr die Liebe zum Lesen teilte und sie in ihrer musikalischen und künstlerischen Begabung förderte. In seiner Jugend hatte er Geige gespielt, und als sie zehn gewesen war, hatte Olive schon so gut wie er mit seiner alten Violine umgehen können. Jocks Interesse hatte in den letzten Jahren nachgelassen, aber Clarrie war entschlossen, das Haushaltsgeld so zu strecken, dass es weiterhin alle vierzehn Tage für Olives Musikstunden bei einer Lehrerin aus Shillong reichte.

Clarrie schlief beim Klang der rhythmischen Stimme ihrer Schwester ein und wachte erst auf, als die Sonne schon hinter dem Hügel versunken war und die abendlichen Geräusche den Dschungel zum Leben erweckten. Sie fühlte sich viel besser, und so stand sie auf und zog schnell ihr bestes Kleid an: ein Erbstück von ihrer Mutter aus pfirsichfarbener Seide und cremefarbener Spitze. Sie bürstete sich vorsichtig die Haare und frisierte sie zu einem lockeren Knoten, um die Schramme an ihrer Schläfe zu verdecken. Während sie sich fertig machte, ging ihr Wesley einfach nicht aus dem Kopf. Vielleicht hatte sie ein zu übereiltes Urteil über ihn gefällt. Er war neu in Indien und musste sich hier erst noch eingewöhnen.

Ihr dämmerte, dass Wesley ihnen dienlich sein konnte. Er machte sich jetzt schon einen Namen im Teehandel, und er hatte mächtige Unterstützer. Warum sollten sie seine Anwesenheit hier nicht zu ihrem Vorteil nutzen? Sie eilte in die Küche, aber Kamal scheuchte sie hinaus.

»Kümmern Sie sich um Ihre Gäste, Miss Clarissa. Alles ist in bester Ordnung.«

So, wie es sich anhörte, waren die Besucher auf der Veranda. Anscheinend hatte Olive sich überreden lassen, für sie Geige zu spielen. Clarissa blieb einen Moment lang im Schatten stehen. Gefühle wallten in ihr auf, als sie die sublime Melodie hörte und die innige, leidenschaftliche Miene ihrer Schwester beim Spielen sah. Olive war nie glücklicher als dann, wenn sie ganz in der Musik aufging oder versunken an der Staffelei saß. Eine Welle von Beschützerdrang brach über Clarrie herein. Sie musste sicherstellen, dass die Begabungen ihrer Schwester weiter gefördert wurden. Sie mussten den Teegarten wieder auf einen grünen Zweig bringen, sodass ihre Zukunft gesichert war. Sie brauchten eine Kapitalspritze, um ihnen über die mageren Zeiten hinwegzuhelfen, bis die neuen Sträucher voll ausgereift waren. Einen finanziellen Unterstützer. Sie beobachtete Wesley, der entspannt auf seinem Stuhl saß und anscheinend tief in Gedanken versunken war. Sie brauchten die Art von Geld, das Leute wie die Robsons zur Verfügung stellen konnten. Wesley dazu zu überreden, würde vielleicht schwierig sein, und ihren Vater zu überzeugen, noch schwerer, aber sie musste es versuchen. Sie würde damit anfangen, netter zu Wesley Robson zu sein.

Als Olive zu spielen aufhörte und die Männer applaudierten, holte Clarrie tief Luft und trat in den Lampenschein. Harry sprang auf.

»Miss Belhaven, Sie sehen entzückend aus. Ich hoffe, Sie fühlen sich besser?«

Sie lächelte. »Viel besser, danke.«

Wesley starrte sie überrascht an, als sähe er sie zum ersten Mal. Verspätet stand er auf und zog den Stuhl neben seinem heraus.

»Möchten Sie sich setzen?«

Sie nickte dankend und nahm den Stuhl, den er ihr anbot.

»Waren Sie beim Fischen erfolgreich?«, fragte sie.

Harry stürzte sich sofort in eine weitschweifige Geschichte über den Wasserfall, die klaren Flussteiche und die Größe der Fische. Die ganze Zeit über war Clarrie sich bewusst, dass Wesley sie beobachtete. Das fragende Hochziehen seiner vernarbten Augenbraue ließ nicht erkennen, was er wirklich dachte. Er misstraute ihr bestimmt seit ihrem Streit am Morgen, als sie ihm vorgeworfen hatte, arrogant zu sein, und auch noch angedeutet hatte, dass er kein Freund der Belhavens war. Irgendwie musste sie ihm den Argwohn nehmen, wenn ihr Plan Erfolg haben sollte, ihm ein Darlehen abzuschwatzen.

Als Harry endlich eine Pause machte, um Luft zu holen, wandte Clarrie sich an Wesley und lächelte. »Mr Robson, ich hoffe, Sie sind auch so verliebt in unsere Khasi Hills wie Ihr Freund?«

Er betrachtete forschend ihr Gesicht. Seine Miene war misstrauisch, als glaubte er, dass sie versuchte, ihn in eine Falle zu locken.

»Ich mag sie sehr«, sagte er. »Sie sind von einer wilden Schönheit, die ich sonst noch nirgendwo in Assam gefunden habe.«

Sie warf ihm einen kurzen prüfenden Blick zu, aber er wirkte ganz ernst.

»Vielleicht hätten Sie Lust, sich morgen auf unserem Anwesen umzusehen? Die Gärten gedeihen prächtig, und wir stellen einen sehr zarten, hochwertigen Tee her. Nicht wahr, Vater?«

Jock runzelte die Stirn. »Wir wollen doch nicht, dass die Konkurrenz all unsere Geheimnisse in Erfahrung bringt, oder?«

»Nicht die Konkurrenz«, sagte Clarrie schnell. »Ein Teepflanzer wie wir.«

Wesley musterte sie aufmerksam, unfähig, sein Erstaunen darüber zu verbergen, dass sie ihn in Schutz nahm.

»Schließlich«, fuhr sie fort, »brauchen wir einander, damit das Geschäft floriert. Auf dem Markt ist doch sicher Platz für uns alle?«

Wesley lächelte endlich. »Da haben Sie ganz recht, Miss Belhaven. Keiner von uns kann allein überleben. Und ich wäre entzückt, wenn Sie mir alles zeigen würden.«

»Nein«, blaffte Jock. »Die Führung übernehme ich.«

Eine verlegene Gesprächspause trat ein. Clarrie wechselte das Thema und fragte Wesley über das Leben drüben im Tal aus. Sein Motto schien *feste arbeiten, Feste feiern* zu sein. Er verbrachte viel Zeit damit, das Handwerk des Teepflanzens zu lernen, und hatte großes Vergnügen an den gelegentlichen Rennen in Dispur oder an Jagdausflügen.

»Wesley ist kein Mann, der seine Abende damit vertut, im Club Karten zu spielen«, warf Harry ein. »Er ist gar nicht in der Lage, lange genug dafür still zu sitzen.«

Kamal verkündete, dass das Abendessen serviert sei, und Clarrie führte alle ins selten genutzte Esszimmer. Ein prasselndes Kaminfeuer drängte die feuchte Kälte zurück, und die Wasserflecken an den Wänden wurden vom hübschen Kerzenschein überdeckt. Mit dem geschwätzigen Harry am Tisch mangelte es nicht an Gesprächsthemen. Clarrie brachte ihn mit Anekdoten über die Bewohner von Shillong zum Lachen. Selbst Olive wurde ungewohnt lebhaft. Clarrie achtete darauf, ihren Vater so weit wie möglich miteinzubeziehen, um ihn bei Laune zu halten. Bisher trank er noch nicht übermäßig und schien die ungewohnte Gesellschaft anregend zu finden. Zu Clarries Erleichterung half Wesley mit, indem er das größere Wissen ihres Vaters über Assam neidlos anerkannte. Er stellte ihm Fragen über alles Mögliche, von Bambusarten bis hin zu den unterschiedlichen Böden. Jock war geschmeichelt und begann, sich für den jungen Mann zu erwärmen.

Das Abendessen verlief so gut, dass Clarrie beschloss, das Gespräch wieder auf den Teeanbau zu lenken.

»Welche neuen Entwicklungen gibt es auf den Oxford Estates?«, fragte sie ihren Gast.

Wesley verbreitete sich begeistert über die Mechanisierung und die gewaltigen neuen Geräte, die sie gerade einbauten, um die Teeblätter zu trocknen und zu rollen.

»Das ist der Weg in die Zukunft«, verkündete er. »Man muss das Geschäft im großen Stil betreiben und auf Massenproduktion setzen.«

»Aber es wird immer Nachfrage nach Tees mit zarterem Aroma bestehen«, konterte Clarrie, »die in größerer Höhe angebaut und früher in der Saison gepflückt werden.«

Wesley zuckte die Schultern. »Vielleicht – wenn die Plantage gut geführt ist. Aber viele der kleineren Teegärten sind den Bach hinuntergegangen, weil sie einfach zu kostspielig sind und ineffiziente Methoden haben.«

»Welche denn zum Beispiel?« Jock runzelte die Stirn.

»Die Arbeitsorganisation«, sagte Wesley. »Man braucht das ganze Jahr über Arbeiter vor Ort. Sie dürfen nicht mit den Jahreszeiten kommen und gehen, wie es ihnen gefällt, oder ausbleiben, wenn die Ernte schlecht ist.«

Clarrie verkrampfte sich, als ihr Vater gereizt reagierte. »Ein glücklicher Arbeiter ist ein effizienter Arbeiter, finde ich. Unsere Pflücker leben in den Dörfern und kehren jeden Abend zu ihren Familien zurück, wie sie es sollten.«

»Unsere auch«, hob Wesley hervor. »Aber sie leben auf den Plantagen, wo wir ihre Zeit besser nutzen können.«

»Wie Rädchen in einer Maschine.« Jocks Tonfall war vernichtend.

»Es ist harte Arbeit, aber sie werden gerecht behandelt. Viele von ihnen kommen von viel schlimmeren Orten, an denen sie keinerlei Aussicht darauf haben, ihren Lebensunterhalt zu verdienen.«

Clarrie musste plötzlich an Amas kranken Sohn denken und konnte nicht anders, als zu fragen: »Wenn das Leben für sie so gut ist, warum müssen Sie sie dann zu Knebelverträgen zwingen, damit sie bleiben?«

Wesley sah sie scharf an. »Niemand wird gezwungen zu bleiben, aber das System bricht zusammen, wenn man den Kulis gestattet, zu kommen und zu gehen, wie sie wollen. Das ist in keiner anderen Industrie so. Warum sollte es also beim Tee anders sein?«

»Selbst wenn sie an Malaria erkranken und nicht behandelt werden?«, erwiderte Clarrie scharf.

Er kniff die Augen zusammen. »Sie klingen, als sprächen Sie über jemand Bestimmten.«

»Nein.« Clarrie errötete. »Es war nur eine allgemeine Beobachtung.«

»Wir haben einen Arzt, der sich um die Gesundheit der Kulis und ihrer Familien kümmert«, sagte Wesley. »Sie müssen schlecht informiert sein.«

Jock schlug auf den Tisch. »Meine Tochter ist sehr gut informiert. Sie versteht mehr von Tee, als Sie es je tun werden.« Seine Empörung wuchs. »Und wagen Sie es ja nicht, die kleinen Gärten für den Verfall der Teepreise verantwortlich zu machen. Es liegt nicht an unserer mangelnden Effizienz – große Plantagen wie Ihre sind gierig geworden und haben zu viel angepflanzt. Sie bauen zu viel minderwertigen Tee an. Und diese neumodischen Maschinen einzusetzen und Teegärten wie Fabriken zu führen, macht die Sache nur noch schlimmer. Sie wissen ja vielleicht alles über Heizkessel und Pflüge, junger Robson, aber Tee ist etwas ganz anderes. Er lässt sich nicht reglementieren.«

»Oh doch!« Wesley war genauso in Fahrt. »In dem Punkt irren Sie sich.«

»Vielleicht gibt es Raum für beide Methoden«, versuchte Clarrie, den hitzigen Schlagabtausch zu entschärfen. Sie verfluchte sich dafür, dass sie den jungen Pflanzer provoziert hatte.

»Nein, gibt es nicht!«, sagten Jock und Wesley wie aus einem Munde.

Harry lachte gekünstelt auf. Die wachsende Unstimmigkeit schien ihm nicht zu behagen. »Ich muss schon sagen, Miss Belhaven, für ein junges Mädchen scheinen Sie viel vom Teegeschäft zu verstehen«, polterte er. »Aber es ist doch das Beste, so etwas den Männern zu überlassen, finden Sie nicht? Während die Jungs morgen eine Runde über das Anwesen drehen, hätten Sie und Ihre Schwester doch vielleicht Lust, mich zum Angeln zu begleiten?«

»Oh ja!«, sagte Olive sofort. »Wäre das nicht ganz reizend, Clarrie? Ich könnte mein Skizzenbuch mitnehmen.«

»Sie sind also auch noch Künstlerin?«, wechselte Harry bereitwillig das Thema.

»Eine sehr gute«, sagte Clarrie und unterdrückte ihren Ärger über die abschätzigen Bemerkungen des Soldaten ihr gegenüber. »Du könntest auch deine Staffelei und Farben mitnehmen.«

Olives Miene hellte sich auf. »Ja, bitte.«

»Dann ist es beschlossen.« Harry strahlte.

Bald darauf zogen Clarrie und Olive sich zurück, damit die Männer rauchen konnten. Clarrie brachte ihre Schwester dazu, ins Bett zu gehen, indem sie ihr versprach, dass sie früh aufstehen würden, um Mr Wilson zum Wasserfall zu begleiten. Sie selbst setzte sich auf die Veranda und lauschte dem gedämpften Streitgespräch, das aus dem Esszimmer drang. Ihr Vater und Wesley waren sich immer noch nicht über die Teeherstellung einig. Clarrie war vollkommen erschöpft. Es war töricht von ihr gewesen zu glauben, dass sie auch nur einen dieser sturen Männer überzeugen konnte. Sie waren sich zu ähnlich.

Eine halbe Stunde später kamen die Gäste ins Freie und verabschiedeten sich.

»Ich glaube, Ihr Vater ist etwas müde«, bemerkte Harry. »Er hat sich in sein Arbeitszimmer zurückgezogen.«

Clarrie nickte. Harry dankte ihr für das Abendessen und verneigte sich zum Abschied. Wesley bedachte sie mit einem seiner kühnen, prüfenden Blicke. Clarrie hatte den Verdacht, dass er sich genauso unsicher war, was er von ihr halten sollte, wie sie sich umgekehrt bei ihm. Sie streckte ihm die Hand hin. Erst nahm er sie, als wollte er sie schütteln. Dann überlegte er es sich anders. Er führte sie an die Lippen und hauchte ihr einen Kuss auf die Haut. Sie riss die Augen auf. Erregung durchströmte sie bei der Berührung. Wesley beobachtete sie und zog fragend die dunklen Augenbrauen hoch, als hätte er die Veränderung in ihr gespürt. Er hielt ihre Hand länger fest, als es sich gehörte. Clarrie entzog sie ihm nicht.

Harry räusperte sich. »Na komm schon, Robson, alter Freund.«

»Danke für diesen angenehmen Abend«, murmelte Wesley und ließ ihre Hand los.

Lächerlicherweise war Clarrie enttäuscht, dass er ging. »Es war mir ein Vergnügen«, antwortete sie.

Er schenkte ihr ein skeptisches Lächeln, als hätte er das Gefühl, dass sie sich über ihn lustig machte. »Ich freue mich auf morgen; das wird bestimmt interessant.« Damit wandte er sich zum Gehen.

»Mr Robson«, hielt Clarrie ihn auf. »Ein guter Rat, was meinen Vater betrifft. Er weiß viel über Indien und den Tee. Bitte hören Sie ihm zu. Er ist ein stolzer Mann, aber wenn Sie seinen Respekt erringen, wird er auch Ihnen zuhören, das weiß ich.«

Wesley sah aus, als wollte er widersprechen, doch er zügelte sich. Mit einem kurzen Nicken wandte er sich ab.

Dann polterten die beiden Männer die Stufen hinunter und riefen nach ihren Pferden. Clarrie sah zu, wie sie aufstiegen und im Schein der Fackeln ihrer Träger durchs Tor davontrabten. Mehrere Minuten lang beobachtete sie ihren Weg zwischen den Bäumen hindurch, indem sie dem Licht der Flammen mit Blicken folgte. Dann bogen sie um die Hügelflanke und waren verschwunden.

3

Clarrie erwachte in den frühen Morgenstunden. Sie machte sich Sorgen um Ama und ihren Sohn. Der Kopf pochte ihr noch von ihrem Sturz am Vortag, aber sie ignorierte die Schmerzen und schlich sich auf Zehenspitzen aus dem Zimmer. Zehn Minuten später schlüpfte sie auf den Hof von Amas Haus, duckte sich unter das tief herabgezogene Strohdach und rief nach ihrem alten Kindermädchen.

Ama kam steif angehumpelt. Sie hatte einen Schal um sich geschlungen und wirkte erschöpft. Clarrie sprach in einer Mischung aus Khasi und Englisch mit ihr.

»Wie geht es Ramsha? Hat Kamal die Medizin geschickt?«

Ama nickte mit einem müden Lächeln. »Danke. Er schläft jetzt besser. Das Fieber hat ihn verlassen. Aber er ist so schwach – nur Haut und Knochen. Ich fürchte, sie werden ihn aufspüren, bevor es ihm besser geht.«

»Hier ist er doch bestimmt sicher?«, versuchte Clarrie sie zu trösten.

Amas Gesichtsausdruck war kummervoll. »Wer weiß? Den Kulifängern ist es gleich, wie weit sie weglaufen. Und es gibt immer welche, die andere für ein paar Rupien verraten.«

»Du darfst dir keine Sorgen machen. Wir lassen nicht zu, dass irgendjemand ihn anrührt. Ein paar Wochen gute Bergluft und deine Kochkünste kurieren ihn schon.« Clarrie lächelte aufmunternd.

Ama streckte die Arme aus. »Sie haben eine gute Seele, Clarissa Memsahib. Ganz wie Ihre Mutter.«

Sie umarmten sich. Clarrie fiel auf, wie klein Ama jetzt war: wie ein zerbrechlicher Vogel. Als Clarrie noch ein kleines Mädchen gewesen war, hatten Amas Umarmungen sie umfangen wie ein schützender Baum. Das Kindermädchen hatte seine Zuneigung viel offener gezeigt als ihre eigene Mutter. Clarrie war Ama auf Schritt und Tritt gefolgt. Oft war Kamal ihr nachgesandt worden, um sie aus Amas Haus zu holen und sie dafür auszuschimpfen, dass sie sich in der Dienersiedlung herumtrieb. Aber schon als Kind hatte Clarrie gespürt, dass Ama eine wichtige Person war. Sie war die Matriarchin ihrer Familie und Besitzerin ihres Hauses, denn bei den Khasi wurde Land in weiblicher Linie vererbt. Clarrie hatte es in ihrer Kindheit für ganz selbstverständlich gehalten, dass die Frauen in ihrer Umgebung eine hohe gesellschaftliche Stellung innehatten und respektiert wurden. Ihr Vater hatte ihre Unabhängigkeit gefördert und nie daran gedacht, Clarrie rein aufs Häusliche zu beschränken. Bei Besuchen in anderen anglo-indischen Haushalten war sie immer erstaunt, wie beengt und langweilig das Leben der Frauen dort war.

Clarrie grübelte immer noch über diese Belange nach, als sie im Licht der Morgendämmerung wieder hinauf nach Belguri ritt.

Plötzlich tauchte ein Reiter zwischen den Bäumen zu ihrer Linken auf. Erschrocken zügelte sie Prince. Sie erkannte den kastanienbraunen Hengst und den muskulösen Körperbau des Reiters, bevor sie dessen Gesicht in der Dunkelheit ausmachen konnte: Wesley.

»Was tun Sie hier?«, rief sie empört.

»Ich suche nach Ihnen«, antwortete er unverblümt. »Ich dachte mir, dass Sie einen morgendlichen Ausritt unternommen haben könnten. Wo waren Sie?«

Clarrie zögerte nervös. »Ich bin nur so herumgeritten.«

Er kam näher. Ihre Pferde schnupperten neugierig aneinander. »Würden Sie gern noch ein Stück weiterreiten?«, fragte er. »Den Sonnenaufgang beobachten?«

Erregung durchzuckte sie, und sie nickte. »Sehr gern. Vom höchsten Punkt von Belguri aus hat man eine schöne Aussicht. Folgen Sie mir, dann führe ich Sie hin.«

Sie ritten bergauf zwischen den dichten Bäumen hindurch an der Mauer des Anwesens entlang und dann auf den verschlungenen, steilen Pfad, den Clarrie so gut kannte. Zwanzig Minuten später gelangten sie inmitten eines Konzerts aus Vogelstimmen auf eine Lichtung, auf der der Weg sich verlor. Vor ihnen lag ein Felsvorsprung. Clarrie sprang ab und band Prince' Zügel an einen Busch.

»Wenn wir hier hochsteigen, sehen wir die Sonne über dem Himalaja aufgehen. Es ist eine ziemliche Kletterpartie. Wollen Sie noch weiter hinauf?«

Er zog überrascht die Augenbrauen hoch. »Natürlich, wenn Sie dazu in der Lage sind …« Er brach ab, als er ihren verächtlichen Blick bemerkte.

Clarrie wartete gar nicht erst, bis er abgestiegen war. Sie ging zum Steilhang und zog sich auf den ersten Felsen.

»Beeilen Sie sich, wenn Sie den Sonnenaufgang noch mitbekommen wollen!«, rief sie.

Von dort aus musste man auf Händen und Knien eine Reihe von Felsen und eine rutschige Geröllhalde hinaufkriechen, auf der hier und da Büsche wuchsen. In ihrer Hast, den Gipfel zu erreichen, rutschte Clarrie ab und klammerte sich an einem kleinen Strauch fest. Erschrocken schrie sie auf, als ihr ein großer Dorn durch den Reithandschuh in die Handfläche drang. Sie ließ los, schlitterte zurück und schürfte sich durch die Reithose die Knie auf. Wesley bremste ihren Sturz ab, indem er sich nach vorn warf und sie zu Boden drückte.

Sie lagen keuchend da, Wesleys athletischer Körper an ihren gepresst, sein Atem warm auf ihrer Wange. Ihr Herz trommelte wie ein Pferd im vollen Galopp, und sie spürte, dass auch seines hämmerte. Keiner von ihnen rührte sich.

»Sind Sie verletzt?«, fragte er schließlich.

Sie schluckte. »Meine Hand. Ich habe in einen Dornbusch gegriffen.«

»Lassen Sie mich einmal sehen.« Er drehte sich um und entließ sie aus seinem Griff, um ihre Hand in Augenschein zu nehmen. Sanft streifte er den Handschuh ab. Das Ende des Dorns steckte noch in ihrer Handfläche. »Stillhalten«, wies er sie an. Mit einer raschen Bewegung zog er den verbliebenen Splitter heraus.

Clarrie zuckte zusammen und unterdrückte einen Aufschrei. Wesley griff in die Jackentasche und zog einen Flachmann daraus hervor. Er tupfte etwas Whiskey auf die Wunde.

»Au!«, schrie Clarrie auf. »Das fühlt sich schlimmer an als vorher!«

Er grinste. »Warten Sie einfach eine Minute ab.« Er hielt ihre Hand fest.

Clarrie kämpfte sich in eine sitzende Stellung hoch, und er entdeckte ihre aufgeschürften Knie.

»Die sehen aus, als ob sie wehtun«, sagte er und griff wieder nach seinem Flachmann.

Sie rückte von ihm ab. »Wagen Sie es ja nicht! Mit mir ist alles vollkommen in Ordnung.«

Wesleys dröhnendes Gelächter hallte zwischen den Felsen wider. »Da bin ich ganz Ihrer Meinung.« Sie musterten einander im stärker werdenden Licht.

»Warum sind Sie wirklich so früh herübergekommen?«, fragte Clarrie.

»Wie gesagt: Ich wollte ausreiten. Ich wache immer vor dem Morgengrauen auf. Harry fällt es schrecklich schwer, so früh aufzustehen. Ich dachte, Sie wären schon auf, und hatte recht.«

»Also haben Sie nicht spioniert?«

Wesley prustete. »Wem soll ich denn nachspionieren?«

»Vielleicht wollten Sie sich allgemein ein Bild von der Lage machen – etwa von den Dörfern. Sie sind ein Mann, der immer zuerst an die Arbeit denkt.« Sie hielt seinem Blick stand. »Sie halten sicher mit halbem Auge hier oben Ausschau nach neuen Arbeitern.«

»Und wenn?«

Clarrie schluckte. »Dann würde ich Ihnen sagen, dass Sie Ihre Zeit verschwenden. Die Khasi haben kein Interesse daran, auf den großen Plantagen zu arbeiten. Sie sind zuallererst Viehzüchter und hängen zu sehr an diesem Land, um diese Hügel zu verlassen, ganz gleich, wie schlecht die Ernte ist.«

Er beugte sich näher zu ihr und kniff die grünen Augen zusammen. Der Intensität seines Blicks konnte Clarrie nicht ausweichen. Sie spürte, dass er in sie hineinspähte und erkannte, dass sie etwas verheimlichte.

»Sie waren im Dorf«, sagte er leise. »Ich habe Sie gesehen.«

Clarrie schnaufte empört. »Sie sind mir gefolgt!«

Er stritt es nicht ab. »Warum wollen Sie nicht, dass ich erfahre, wo Sie waren? Sie verheimlichen mir etwas. Sie verstecken doch nicht etwa einen unserer entlaufenen Arbeiter, oder?«

Clarrie wurde heiß vor Panik. »Natürlich nicht«, log sie. »Und Sie haben kein Recht, in Belguri herumzuschnüffeln oder mich zu beobachten!«

Er lächelte ohne die geringste Reue. »Sie machen mich neugierig. Es gelingt mir einfach nicht, Sie zu durchschauen,

Clarissa. Erst schienen Sie mich zu verabscheuen, aber gestern Abend waren Sie dann wie ausgewechselt. Freundlich und aufmerksam – und so schön. Das wilde Mädchen, das wie eine Eingeborene durch die Gegend reitet, war verschwunden. An ihrer Stelle war da eine erwachsene Frau. Ich muss gestehen, dass ich wie gebannt war.« Er lehnte sich noch näher zu ihr. »Waren Sie da nur die pflichtbewusste Gastgeberin, oder haben Ihre Gefühle mir gegenüber sich so verändert wie meine Ihnen gegenüber?«

Clarrie starrte ihn an. Seine kühnen Worte setzten ihre Wangen in Flammen. Sie hätte überhaupt nicht mit ihm allein hier draußen sein sollen. Was hatte sie sich nur dabei gedacht? Sie schluckte schwer.

»Vielleicht habe ich zu Anfang zu hart über Sie geurteilt«, räumte sie ein. »Wir haben einander auf dem falschen Fuß erwischt. Aber ich will nicht, dass Sie schlecht von uns Belhavens denken, ganz gleich, was in der Vergangenheit geschehen ist. Ich hatte eigentlich sogar gehofft, dass wir zusammenarbeiten können – dass Sie und mein Vater ins Geschäft kommen.«

»Geschäft?« Wesley warf den Kopf in den Nacken und lachte bitter auf. »Oh, Clarissa! Sie haben also die ganze Zeit nur wegen des Teegartens Ihres Vaters Intrigen gesponnen. Und ich habe gedacht, Sie wären nett zu mir, weil Sie mich mögen!«

»Das tue ich auch«, versicherte Clarrie eilig.

»Aber?«, hakte Wesley nach.

»Aber ich habe zugleich die Möglichkeit gesehen, dass Sie und mein Vater Ihre Differenzen zum Vorteil unserer jeweiligen Teeplantagen beilegen. Ich dachte, wenn Sie unser Anwesen und sein großes Potenzial sähen, wären Sie vielleicht interessiert daran, nun ja … etwas Kapital aufzutreiben …«

Einen Moment lang sah Wesley aus, als hätte es ihm die Sprache verschlagen. »Sie suchen nach Investoren? Stehen die

Dinge für Ihren Vater so schlecht, dass er einen Robson anbetteln muss?«

Clarrie war gekränkt. »Wir würden nie betteln! Und die Dinge stehen nicht so schlecht – es ist nur eine Durststrecke. Ich bin mir sicher, dass es viele andere gibt, die mit Freuden die Gelegenheit ergreifen würden, mit meinem Vater ins Geschäft zu kommen. Ich wollte Ihnen nur als Erstem die Chance dazu geben.«

Unerwartet ergriff Wesley ihre Hand und lächelte. »Sie sind wirklich eine bemerkenswerte junge Frau. Jock Belhaven weiß gar nicht, was für ein Glück er hat.«

Er neigte den Kopf und küsste ihre verletzte Handfläche. Clarrie keuchte bei der Berührung auf. Sie sahen sich in die Augen, und dann zog er sie an sich. Er drückte ihr einen Kuss mitten auf die Lippen. Schockiert riss sie die Augen auf, aber sie stieß ihn nicht von sich. Er zögerte und schenkte ihr ein halbes Lächeln. Dann umfasste er ihr Gesicht und küsste sie erneut. Ein langer, kraftvoller, hungriger Kuss, der ihr schwindlig werden ließ.

Ihr Herz hämmerte gegen ihre Rippen, als er sich von ihr löste. Halb war sie gekränkt über seine Dreistigkeit, halb wollte sie, dass er sie noch einmal küsste. Die Erfahrung hatte sie bis ins Mark erschüttert.

Wesley musterte sie. »Du würdest wirklich alles für deinen Vater und Belguri tun, nicht wahr?«

»Wie meinst du das?«, fragte Clarrie heiser.

»Mit dem Feind tändeln. Einem Robson sogar erlauben, dich zu küssen. Wie weit würdest du gehen, süße Clarrie?« Er ließ einen unverschämten Blick über sie schweifen.

Binnen eines Augenblicks hob sie die gesunde Hand und versetzte ihm eine schallende Ohrfeige. Er packte ihre Hand. Seine Miene war triumphierend.

»Jetzt spielst du also die unschuldige kleine Clarissa, die über die Zudringlichkeit eines Mannes gekränkt ist.« Er lachte. »Aber ich habe es in deinen Augen gesehen, Clarrie. Ich weiß, dass du eine Frau bist, die auf die Küsse eines Mannes reagiert. Du tust es ja vielleicht, um Geld für den kostbaren Teegarten deines Vaters aufzutreiben, aber ich glaube, du hast es trotzdem genossen.«

Wenn er ihre Hand nicht umklammert hätte, dann hätte sie ihn für seine empörende Äußerung noch einmal geschlagen. Die Arroganz dieses Mannes!

»Bilde dir nichts darauf ein«, schäumte sie. »Es hat mir kein Vergnügen bereitet. Aber mit einem hast du recht – ich interessiere mich nur so weit für dich, wie du uns in Belguri helfen kannst. Aber das stört dich vermutlich nicht. Als Robson ist deine Hauptsorge doch sicher, ob du gute Geschäftsaussichten hast.«

Wesley ließ ihre Hand fallen. »Du beschönigst nichts, wie? Gesprochen wie eine wahre Belhaven.«

Clarrie wandte sich von ihm ab und kämpfte sich eilig auf die Beine. Die Felsen um sie herum leuchteten rosa. Wesley packte sie am Arm.

»Nicht so schnell. Du hast mir versprochen, mir den Sonnenaufgang zu zeigen. Komm!«, befahl er.

Er kletterte voran, krabbelte die letzte Steigung hinauf und bückte sich, um ihr zu helfen. Sie erlaubte ihm, sie am Dornbusch vorbei nach oben zu ziehen. Im nächsten Augenblick standen sie auf der Hügelkuppe in einem Ring aus gezackten Felsen. Gerade ging die Sonne am östlichen Horizont auf. Clarrie deutete nach Norden zu den schneebedeckten Gipfeln des Himalaja. Wesley betrachtete sie ehrfürchtig.

»So klar habe ich die Berge noch nie gesehen«, hauchte er. »Sie sind wie das Dach der Welt.«

Clarrie beobachtete ihn. Die meiste Zeit über war er entweder arrogant oder spöttisch, aber jetzt erhaschte sie einen Blick auf einen anderen Wesley, einen, der angesichts solch ungezähmter Schönheit demütig wurde. Seine markanten Züge wirkten durch sein Staunen fast knabenhaft. Sie standen schweigend da, während die Sonne an Kraft gewann. Ein Papagei flog kreischend vorbei und brach den Zauberbann.

»Ich muss allmählich nach Hause«, sagte Clarrie. »Olive wird sicher schon nervös, weil wir sonst zu spät zum Angelausflug kommen. Sie ist von deinem Freund Mr Wilson sehr angetan.«

Wesley brummte: »Du wohl weniger. Du hättest dein Gesicht sehen sollen, als er dir geraten hat, das Geschäft den Männern zu überlassen.«

Clarrie schnaufte. »Solche Ansichten bin ich gewohnt – das erlebe ich in Shillong ständig. Aber sag mir eines: Was ist so schockierend daran, dass Töchter sich für das Familienunternehmen interessieren, wenn es keine Söhne gibt?«

Er verzog den Mund zu einem halben Lächeln. »Da hast du nicht unrecht.«

»Beteiligen sich bei euch Robsons die Frauen am Geschäft?«, fragte Clarrie.

»Nein«, räumte Wesley ein.

»Früher oder später wird es noch dazu kommen«, verkündete Clarrie. »Meine Generation gibt sich nicht damit zufrieden, hinter den Männern die zweite Geige zu spielen. Ich habe gelesen, was in England vorgeht. Die Dinge ändern sich schon.«

Wesley schnaubte verächtlich. »Nur weil ein paar widernatürliche Frauen das Wahlrecht fordern? Das bekommen sie nie – nicht solange wir leben.«

»Sei dir da nicht so sicher.«

Wesley lachte. »Wie ich sehe, hat Jock Belhaven in seinem Teegarten eine Radikale herangezogen. Ich weiß nicht mehr so recht, ob ich mit ihm ins Geschäft kommen möchte.«

Clarrie sah ihn nervös an. »Bitte sei einfach offen für alles. Mehr verlange ich nicht.«

Als sie begannen, vom Felsvorsprung hinunterzusteigen, fragte er: »Warum wollte dein Vater nicht, dass du mich auf dem Anwesen herumführst?«

Clarrie errötete. »Ich weiß es nicht.«

»Hat er Angst, dass wir uns anfreunden könnten?«, hakte Wesley nach.

»Darum muss er sich wohl kaum Sorgen machen«, gab Clarrie trocken zurück.

Sie hörte Wesley leise lachen, während sie bergab kletterten.

* * *

Clarrie genoss den Angelausflug mehr, als sie erwartet hatte. Harry erlaubte ihr, Wesleys Rute zu benutzen, eine besondere von dem legendären Angelbedarfshersteller Hardy's in Northumberland.

»Belhaven-Land«, verkündete Clarrie. »Das wird mir Glück bringen.«

Es brachte ihr einen mittelgroßen Mahseer ein, den die Träger zusammen mit Reis zum Mittagessen kochten. Danach döste Clarrie im milden Sonnenschein, während Olive malte und mit Harry plauderte. Aber als die Schatten länger wurden, drängte es sie, nach Hause zurückzukehren und herauszufinden, ob Wesley und ihr Vater zu einer Übereinkunft gelangt waren.

Während sie ihre Sachen packte, kam Wesley mit finsterer Miene auf die Lichtung galoppiert. Clarrie verkrampfte sich. »Ist alles in Ordnung?«

»In bester Ordnung.« Er stieg nicht ab. »Dein verbohrter Vater hat mich von seinem Anwesen geworfen und mir mitgeteilt, dass ich nie mehr einen Fuß dorthin setzen soll.«

»Was hast du denn gesagt, dass er sich so aufgeregt hat?«, rief Clarrie aus.

»Kaum ein Wort!«, blaffte Wesley. »Dazu hat er mir gar keine Gelegenheit gegeben. Aber du tust es ja vielleicht.« Er schwang sich aus dem Sattel. »Hör zu, Clarrie.« Er ergriff ihre Arme. »Eure Plantage ist in noch üblerem Zustand, als ich dachte.«

»In üblerem Zustand?«, wiederholte Clarrie. »Unsinn …«

»Die Teesträucher, die ihr neu gepflanzt habt, wachsen kreuz und quer an der Hügelflanke, so, wie man sie in China anbaut. Ihr solltet Terrassen anlegen und viel dichter pflanzen: mehr Sträucher, mehr Blätter, mehr Profit. Und der Boden hier oben ist auch ganz falsch – nicht sandig genug. Dein Vater hat Belguri mit dem Herzen gekauft, nicht mit dem Verstand. Wenn du mich fragst, hat er sich zu sehr fürs Angeln interessiert, um sich Gedanken über den Tee zu machen.«

Clarrie hörte ihm wie vor den Kopf geschlagen zu. Und bevor sie etwas einwenden konnte, fuhr er schon fort.

»Und was die Teeverarbeitung betrifft: Sie ist archaisch! Ihr habt immer noch einen Schuppen voller Männer, die per Hand die Blätter rollen. So werdet ihr nie kostendeckend arbeiten. Die einzige Möglichkeit, euer Anwesen vor dem Ruin zu retten, besteht darin, mit den großen Jungs zu fusionieren, sodass ihr die modernen Maschinen nutzen und eure Methoden ändern könnt. Ich habe versucht, das deinem Vater klarzumachen, aber er hat mich abblitzen lassen!«

»Das überrascht mich nicht.« Clarrie fand ihre Stimme wieder. »Wie ich sehe, hast du dein Bestes getan, alles schlechtzureden und ihn zu kränken. Er hat in Belguri schon gutes Geld verdient, als du noch kurze Hosen getragen hast.«

Wesley ließ sie los. Seine Miene war grimmig. »Die Zeiten haben sich geändert. Ich dachte, du hättest mehr Verstand, aber ich sehe ja, dass du die gleichen Scheuklappen trägst wie er.«

Clarrie geriet ihrerseits in Rage. »Belguri hat eine Zukunft – wenn wir jemanden finden können, der die nötige Vorstellungskraft hat, um zu begreifen, dass es etwas Besonderes ist, und der die Bereitschaft mitbringt, mehr zu tun, als nur alles zu kritisieren. Ich dachte, du wärst vielleicht solch ein Mann«, setzte sie mit verächtlichem Blick hinzu, »aber wie ich sehe, habe ich mich geirrt. Mein Vater hatte recht: Du bist so engstirnig und selbstgefällig wie jeder andere Robson.«

»Und ihr Belhavens seid alle gleich«, gab Wesley zurück. »Ihr könnt einfach nicht akzeptieren, dass wir Robsons uns besser aufs Geschäft verstehen, als ihr es je tun werdet.«

Clarrie wandte sich zornig von ihm ab. »Olive, pack deine Sachen. Wir gehen nach Hause.«

»Aber ich bin noch nicht fertig«, protestierte ihre Schwester.

»Es ist schon spät«, erwiderte Clarrie scharf, »und wir haben noch einen halbstündigen Ritt vor uns.«

Von ihren lauten Stimmen alarmiert, kam Harry aus dem Fluss gewatet. Clarrie wollte sich nicht überreden lassen, noch länger zu bleiben. »Danke für den Ausflug heute«, sagte sie und half Olive, ihre Satteltasche zu packen. »Ich hoffe, Sie besuchen uns irgendwann wieder, Mr Wilson.«

»Es wäre mir ein Vergnügen«, erwiderte Harry. »Und vielleicht könnte ich Sie in Shillong zum Tee einladen, wenn Sie das nächste Mal dort sind?«

»Oh ja, bitte!«, antwortete Olive für sie beide.

Clarrie streifte ihre Reithandschuhe über, stieg auf und lächelte ihn zum Abschied an. »Das wäre sehr freundlich, danke.«

Wesley stand mit zusammengebissenen Zähnen da. Er kochte.

»Leben Sie wohl, Mr Robson«, sagte sie knapp. »Ich nehme nicht an, dass wir uns so bald wiedersehen.«

Er starrte zu ihr hoch. Sein Blick loderte vor Wut. Kurz durchzuckte sie ein Triumphgefühl darüber, dass sie ihn sprachlos gemacht hatte. Als sie Prince antrieb, schnellte Wesley vor und packte die Zügel.

»Loslassen!«, schrie sie.

»Hör mir zu«, sagte er drängend. »Es ist dumm von dir, meinen Rat in den Wind zu schlagen. Belguri steht vor dem Bankrott. Wenn ihr nicht bald etwas tut, habt ihr niemandem mehr etwas anzubieten.« Er hielt den schnaubenden Prince fest. »Ganz ehrlich: Das Beste, was dein Vater noch anzubieten hat, bist du!«

Clarrie sperrte vor Erstaunen Augen und Mund weit auf. »Wie kannst du es wagen?« Sie riss ihm die Zügel aus der Hand.

Sie ließ das Pony antraben und zwang Wesley so, beiseitezuspringen, um nicht niedergetrampelt zu werden. Sie floh in den Wald und sah nur noch einmal zurück, um sich zu vergewissern, dass Olive ihr folgte. Sie konnte nicht schnell genug auf Abstand zu dem abscheulichen Wesley gehen.

4

In den folgenden Wochen hatte Clarrie Zeit, über Wesleys katastrophalen Besuch nachzudenken. Vasanta, die Frühlingszeit, brach ungewohnt heiß über sie herein, und das ohne den frühen leichten Regen, der die zarten ersten Teeknospen hervorlockte. Sie pflückten, so viel sie konnten, aber der Agent aus Kalkutta runzelte missbilligend die Stirn, murrte über die Ernte und bot ihnen sehr wenig dafür.

Der Frühsommer ging heiß und trocken weiter. Die Blätter an den Teesträuchern wuchsen spärlich und waren zu klein. Sie warteten vergeblich darauf, dass der Regen einsetzte.

»Der Monsun kommt bald«, sagte Kamal voraus, »wenn Allah es will.«

Im Dorf hielt man *pujas* für die Götter ab, damit sie Regen schickten, denn das hügelige Grasland war ausgedörrt, und die Rinder magerten ab. Clarrie hörte die Trommeln der Verehrungszeremonien von der Morgendämmerung bis nach Einbruch der Dunkelheit.

Ihre größte Sorge galt ihrem Vater. Seit der Unterbrechung durch Wesleys Erscheinen war er wieder in eine tiefe Depression versunken, als glaubte er nicht mehr an eine Zukunft für Belguri. Clarrie verfluchte den jungen Pflanzer dafür, dass er solche Zweifel im ohnehin schon leidenden Verstand ihres Vaters gesät hatte. Sie versuchte, ihn aufzumuntern, aber er schloss sich lieber in seinem Arbeitszimmer ein und trank bis zur Besinnungslosigkeit.

In solchen Augenblicken fragte Clarrie sich, ob es klug von ihr gewesen war, Wesleys Hilfe auszuschlagen, ganz gleich, wie herablassend und unverschämt er sie ihr angeboten hatte. Vielleicht bestand die einzige Überlebenschance ja tatsächlich darin, mit einer größeren Plantage zu fusionieren und auf die Bedingungen einzugehen, die daran geknüpft waren. Denn mit jedem Tag, der verging, war Wesleys Vorhersage, dass sie vor der Pleite standen, näher daran, Wirklichkeit zu werden.

In ihrer Verzweiflung versuchte sie, ihren Vater auf das Thema anzusprechen, aber er reagierte so entsetzt auf die Vorstellung, ein Geschäft mit den Robsons auch nur in Erwägung zu ziehen, dass Clarrie rasch zurückruderte.

»Mädchen, du weißt doch, wie sie sind«, wütete er. »Sie sind skrupellos, absolut skrupellos! Erst lullen sie einen vielleicht mit Versprechungen ein, aber die halten sie nicht. Die Robsons sind erst glücklich, wenn sie einem auch noch den letzten Penny abgepresst haben.« Aus glasigen Augen starrte er sie furchtsam an. »Mein Großvater und mein Vater sind von ihnen in den Ruin getrieben worden und konnten mir kein Unternehmen hinterlassen. Ich hatte nur die Wahl, für Cousin Jared in seiner schmierigen kleinen Kneipe in Newcastle zu arbeiten oder zur Armee zu gehen.« Vor Aufregung brach ihm der Schweiß aus. »Ich habe alles ganz allein erreicht. Ein Leben voll harter Arbeit und Sparsamkeit. Belguri gehört mir. Ich will verflucht sein, wenn ich zulasse, dass sie uns ein weiteres Mal alles nehmen!«

»Das tun sie nicht, Vater«, sagte Clarrie, um ihn zu beruhigen, »natürlich nicht. Wir finden einen anderen Weg weiterzumachen.«

* * *

Wenn Clarrie in ihrem Urteil über Wesley milder geworden war, änderte sich das in der folgenden Woche schlagartig. Als sie in den Garten ging, kam Ama völlig aufgelöst und weinend zu ihr gerannt.

»Er ist fort! Sie haben ihn mitgenommen!«, klagte sie. »Sie haben ihn geraubt. Meinen herzallerliebsten Jungen!«

»Doch nicht Ramsha?«, rief Clarrie entsetzt.

»Oh doch, meinen Ramsha.« Ama ließ sich in Clarries Arme fallen.

Clarrie eilte mit ihr zurück zum Haus und versuchte, ihre alte Kinderfrau zu beruhigen. Sie setzte sich mit ihr auf die Verandastufen und ließ sie in kleinen Schlucken Wasser mit Zitrone trinken, damit sie wieder zu Kräften kam. So erfuhr sie, dass drei Schläger in Amas Haus gestürmt waren und ihren kranken Sohn verschleppt hatten.

»Bist du sicher, dass sie von den Oxford Estates waren?«

Ama nickte. »Sie sagten, sie müssen ein Exempel an ihm statuieren, sonst laufen andere auch weg. Ich habe versucht, sie aufzuhalten. Aber sie sind gekommen, als die Männer draußen auf dem Hügel beim Vieh waren. Sie haben mich umgestoßen und Erde ins Feuer getreten. Die ganze Zeit haben sie mit einem großen Knüppel auf Ramsha eingeprügelt. Jetzt weiß ich nicht, ob ich meinen süßen Jungen je wiedersehe …« Sie brach schluchzend ab.

Clarrie hielt sie eng an sich gezogen. Das hier war Wesleys Werk. Unüberlegt hatte sie ihm die Behandlung seiner Arbeiter vorgeworfen und ihn dadurch misstrauisch gemacht. Er war ihr am nächsten Morgen gefolgt, und das allein in der Absicht, den Flüchtling aufzuspüren, da war sie sich sicher. All sein Gerede darüber, den Sonnenaufgang beobachten und mit ihr ausreiten zu wollen, war nur Tarnung gewesen. Wie töricht von ihr, das nicht zu erkennen! Sie spürte eine Welle der Scham und Wut. Sie hatte Wesley zu Ramsha geführt und war für seine Gefangennahme verantwortlich. Das würde sie sich nie verzeihen.

Clarrie brachte Ama nach drinnen. Sie und Kamal versuchten, die alte Kinderfrau mit Tee und Süßigkeiten zu trösten. Aber Ama wollte nicht bleiben und sich umsorgen lassen. Sie kehrte ins Dorf zurück und trauerte um ihren Sohn, als wäre er gestorben.

* * *

Als die Situation ihrer Plantage sich weiter verschlechterte, tat Clarrie ihr Bestes, Olive vor der Wahrheit zu beschützen. Zum vierzehnten Geburtstag ihrer Schwester erklärte sie sich bereit, mit ihr nach Shillong zu fahren, und setzte Harry darüber in Kenntnis. Zuerst besuchten sie die Nonnen in der Missionsstation, in der ihre Mutter Lehrerin gewesen war. Dann lud Harry sie ins Pinewood Hotel zum Tee ein und machte Olive Komplimente über die Skizzen, die sie ihm zeigte.

»Sie verstehen sich ganz hervorragend auf Vögel«, schwärmte er. »So viele Details!«

Olive war entzückt und schenkte ihm mehrere Zeichnungen. Als sie aufbrachen, nahm Harry Clarrie beim Ellbogen und fragte sie verschämt, ob sie von Wesley gehört habe.

»Nein«, antwortete sie knapp. »Das möchte ich auch nicht. Warum fragen Sie?«

Er wurde rot. »Nun ja, ich weiß, dass Sie mit ihm eine Meinungsverschiedenheit wegen Ihres Vaters hatten, aber ich hatte eigentlich den Eindruck, dass Robson recht eingenommen von Ihnen ist.«

Clarrie schnaufte. »Ich glaube, Sie irren sich. Soweit ich sehe, liegen Mr Robson nur er selbst und sein eigenes Fortkommen am Herzen.« Sie bemerkte seine Verlegenheit und setzte rasch hinzu: »Es tut mir leid. Ich weiß, er ist Ihr Freund. Aber Mr Robson und ich passen einfach nicht zusammen.«

Harry lebte auf. »Dann würde es Ihnen nichts ausmachen, wenn ich … ähm … bei Ihnen vorbeischaue, wenn ich das nächste Mal Urlaub habe?«

Clarrie sah ihn fassungslos an. Sie hatte die Bekanntschaft mit dem jungen Offizier nur fortgesetzt, um Olive bei Laune zu halten. Sie selbst fühlte sich nicht zu ihm hingezogen. Mit Blick auf ihre Schwester antwortete sie vorsichtig: »Olive und ich wären sehr erfreut, Sie zu sehen. Es ist sehr freundlich von Ihnen, Olive in ihrer Kunst zu ermuntern, und sie legt viel Wert auf Ihre Freundschaft.«

Er sah sie verblüfft an, nickte dann aber und schüttelte ihr voller Wärme die Hand. Als sie zu Kamal zurückgingen, der draußen auf sie wartete, kniff Olive ihre Schwester in den Arm.

»Was hat er eben zu dir gesagt?«, fragte sie missmutig. »Er ist mein Freund. Du versuchst, ihn mir wegzunehmen. Das ist ungerecht!«

»Sei nicht albern«, sagte Clarrie. »Ich habe kein Interesse an Mr Wilson. Ich habe das alles nur deinetwegen getan.«

»Er will dich wiedersehen, nicht wahr?« Olive schmollte. »Er tut nur dir zuliebe so, als ob ihm meine Bilder gefallen.«

»Sie gefallen ihm, weil sie sehr gut sind«, versicherte Clarrie ihr. »Ich verspreche dir, dass ich nicht die leiseste Absicht habe, Mr Wilson zu irgendetwas anderem zu ermuntern als dazu, dein Freund zu sein.«

Das schien Olive zu besänftigen, aber im Laufe der nächsten paar Wochen bekam Clarrie Liebesbriefe von dem jungen Offizier, die sie schnell ins Feuer warf und nicht beantwortete. Sie ging davon aus, dass er in der entlegenen Kaserne einfach einsam war. Wahrscheinlich war sie die einzige junge Frau in heiratsfähigem Alter, die er hier bisher getroffen hatte. Sein

Interesse würde schon nachlassen, sobald er einer passenderen Frau begegnete oder genügend abfällige Bemerkungen über die Belhavens gehört hatte, um sich abschrecken zu lassen.

Die Spekulationen der Einheimischen darüber, wann der Monsun kommen würde, erreichten ihren Höhepunkt. Die zweite Teeernte war so fruchtlos wie die erste gewesen. Clarrie führte die Aufsicht über das Trocknen, Aufrollen und Fermentieren der Blätter. Ihre Sorge wuchs. Die geschwärzten Blätter ergaben getrocknet und sortiert kaum genug Tee, um zwei Kisten zu füllen.

Als der Agent kam, warf er nur einen einzigen Blick auf ihren Orange Pekoe und verkündete, die Qualität sei deutlich geringer als in der letzten Saison. Er reiste wieder ab, ohne etwas davon zu kaufen. Clarrie ritt zu der entlegenen Hügelkuppe, auf der der Einsiedler lebte, und weinte bitterlich. Sie sah keinen Ausweg aus ihrer misslichen Lage.

Unversehens erschien der *swami* und stützte den runzligen Leib auf seinen langen Stab, während er sie aus wässrigen Augen musterte. Sie wischte sich die Tränen ab und begrüßte ihn mit zusammengelegten Handflächen und gesenktem Kopf.

Er lächelte und redete sanft auf Hindi auf sie ein. Sie verstand wenig von dem, was er sagte, aber das Mitgefühl in seinem Tonfall tröstete sie. Er hockte sich neben sie und begann zu singen: ein spröder, schriller Klang, der die Lichtung wie die Stimme eines Vogels erfüllte. Als er fertig war, saßen sie schweigend da, und ein seltsamer Frieden senkte sich über sie herab. Sie durfte die Hoffnung nicht aufgeben – das war die Botschaft des *swami*. Sie musste einen Weg einschlagen, musste ihn beschreiten und darauf vertrauen, dass alles gut werden würde.

Als Clarrie aufstand, um zu gehen, kam der alte Mann geschmeidig auf die Beine und hob die Hand zum Segen. Sie zog aus der Tasche die Beutel mit Tee und Zucker, die sie sonst immer auf seiner Türschwelle hinterließ, und reichte sie ihm.

Sie lächelten einander dankbar an, und sie ging gestärkt durch die Begegnung ihrer Wege.

Ein paar Tage später sah sie, wie sich am fernen Horizont die ersten schwarzen Wolken sammelten.

»Der Regen!«, schrie sie erleichtert. »Der Regen, der schöne Regen!«

Später am selben Tag wurde der Himmel so dunkel, als bräche die Abenddämmerung schon an, und die ersten schweren Tropfen prasselten aufs Dach des Hauses. Bald fegte der Regen heran wie ein schwerer Vorhang aus Wasser und durchtränkte alles auf seinem Weg. Clarrie und Olive rannten mit Kamal auf den Hof hinaus und tanzten durch den Matsch, kreischend und lachend wie Kinder. Jock erschien auf der leckenden Veranda, bleich wie ein Gespenst, aber mit einem Lächeln. Er hielt das Gesicht in den Regen und ließ sich das Wasser über die eingefallenen Wangen laufen.

Er breitete die Arme weit aus und brüllte in den Himmel: »Belguri!«

Später fragte Clarrie sich, ob sich auf seinem ausgemergelten Gesicht Tränen mit dem Regen gemischt hatten.

In den folgenden Tagen erblühte der Dschungel in üppigem Grün. Bäume und Ranken trugen auf einmal ein Meer von Farben: leuchtend rote und purpurne Blüten, die wie Papageienschnäbel geformt waren, gelbe hängende Knospen und die duftenden weißen Blüten des Bakul-Baums. Das Haus verschwand fast unter einer Überfülle von Geißblatt und Jasmin. Clarries Lieblingspflanze war der Hibiskus, der am Tor wuchs und morgens weiß blühte, um nachts tiefrot zu werden.

Die Ankunft des Monsuns ließ sie für ein oder zwei Wochen wieder optimistisch werden und weckte auch Jocks Lebensgeister. Aber die Erleichterung war nur von kurzer Dauer. Der Regen war zu spät für die zarten Knospen der Teesträucher gekommen, und alles, was sie jetzt noch pflückten, würde minderwertig sein. Die Blätter waren zu groß und so nass, dass die Trocknung mühsamer wurde und große Mengen Holzkohle verbrauchte. Bis aufs Ausschneiden und Jäten hatten sie ihren Arbeitern in dieser Saison wenig zu bieten. Ihre Finanzen konnten sich frühestens im nächsten Jahr erholen.

Gerüchte über ihre prekäre Lage mussten schon die Runde gemacht haben, denn es kamen Briefe von Gläubigern in Kalkutta. Ein Bankdarlehen musste zurückgezahlt werden, ein Schneider wollte eine schon lange ausstehende Rechnung beglichen haben, und sie schuldeten einem Exporteur Geld für Teekisten. Jock war nicht bereit, sich mit ihnen abzugeben.

»Sollen sie doch warten«, brummte er gereizt. »Ich lasse mich nicht unter Druck setzen.«

»Sie werden nicht ewig warten«, gab Clarrie nervös zurück. »Womit sollen wir sie überhaupt bezahlen?«

Jock hatte keine Antwort darauf. Clarrie holte tief Luft und schlug vor: »Vielleicht wird es Zeit, dass wir daran denken, einen Teil des Anwesens zu verkaufen – oder zumindest das Haus zeitweise zu vermieten? Jagdgesellschaften hätten bestimmt Interesse daran.«

Er bedachte sie mit einem derart trostlosen Blick, dass Clarrie zurückzuckte.

»Das hier ist unser Zuhause«, zischte er. »Das Zuhause deiner Mutter. Sie ist hier begraben. Wie kannst du so etwas nur vorschlagen?«

Clarrie rief verzweifelt: »Es bleibt nicht mehr länger unser Zuhause, wenn wir so weitermachen!«

Danach schloss Jock sich drei Tage lang in seinem Arbeitszimmer ein und weigerte sich herauszukommen. Clarries einzige Zuflucht waren lange Ausritte mit Prince. Nur wenn sie durch die Hügel streifte, empfand sie einen gewissen Frieden. Dann sah sie immer auf den Teegarten weit unten hinab und empfand ihn als klein und unbedeutend inmitten der majestätischen Berge und Wälder. Diese Berge würden immer noch stehen, wenn die Gärten und ihre Bewohner längst nicht mehr da waren. Das rief ihr Wesleys Bemerkung darüber ins Gedächtnis, dass die Khasi Hills wild und schön waren. War er je hierher zurückgekehrt, um zu jagen oder zu angeln, ohne dass sie davon erfahren hatte? Wenn ja, dann wusste er, dass er in Belguri nicht willkommen war, also hatte er bestimmt einen großen Bogen darum gemacht.

In solchen Augenblicken gestattete sie sich, darüber nachzudenken, sich an die Robsons zu wenden und um Hilfe zu bitten. Doch sie wusste, dass sie nicht so tief sinken durfte. Sie waren die Feinde ihres Vaters, und Wesley war ein herzloser Anwerber, der dafür gesorgt haben musste, dass Ramsha aus dem Bett gezerrt, verprügelt und zurück in die erbärmliche Knechtschaft der Oxford Estates verschleppt wurde.

Auf einem dieser Ausritte beobachtete Clarrie nach einem feuchtheißen Tag, wie sich eine Wolkenbank im Norden zusammenzog. Blitze erhellten ihre Schwärze. Ein Nordwester, ein heftiger Sturm, war unterwegs. Von einem seltsamen Unbehagen ergriffen, machte Clarrie sich auf den Heimweg. Die Luft war stickig und drückend. Während sie Prince weiter antrieb, rollten die Wolken näher heran. Sie erhoben sich in einem hohen Bogen, dessen Scheitelpunkt wie die Krone einer riesigen Welle wirkte, die gleich über sie hereinbrechen würde. Ringsum verstummten die Geräusche des Waldes, als hielte die Natur den Atem an. Mit einem Mal herrschte Totenstille.

Clarrie wusste, dass sie nicht mehr nach Hause gelangen würde, bevor das Unwetter losbrach. Es musste weniger als eine Meile entfernt sein und zog schnell heran. Windböen begannen, das Laub und den Staub um Prince' trabende Hufe aufzuwirbeln. Die Temperatur fiel abrupt. Clarrie bog rasch in den Wald ein, um Zuflucht zu suchen. Als sie eine mächtige Gummiakazie entdeckte, führte sie Prince zwischen die hoch aufragenden Wurzeln und riss ein paar Bambusstängel ab, um ein provisorisches Dach zu bauen.

Sie kauerte sich keine Sekunde zu früh darunter. Schon toste eine heftige Windbö um sie herum. Binnen weniger Minuten löste sich das Bambusdach und wurde weggeweht, gefolgt von Schösslingen, die aus der Erde gerissen wurden. Ein lauter Donnerschlag ging mit grellen Blitzen einher. Prince wieherte panisch. Aber die starken Arme der Akazienwurzeln umfingen sie schützend, und Clarrie beruhigte das Pony mit sanften Worten und Liebkosungen. Dann kam der Wolkenbruch. In ihrem Versteck lauschten sie dem Prasseln des Regens auf dem dichten Blätterdach über ihnen.

Eine Stunde später zog der Sturm weiter, und Clarrie wagte sich völlig durchnässt, aber unbeschadet wieder hervor. Draußen auf dem Pfad war die Luft kühl und erfrischend. Der Dschungel erstrahlte smaragdgrün vor dem dunklen Lila der abziehenden Gewitterwolken. Der Waldboden dampfte und quoll über vor Nässe nach dieser Sintflut. Clarrie sog seinen berauschenden Duft ein. Die düstere Vorahnung, die sie vorhin so stark empfunden hatte, war mit dem Unwetter vorübergegangen. Sie tastete sich vorsichtig nach Hause, da Prince auf dem schmalen Weg, der jetzt ein Bach war, immer wieder ausglitt und abrutschte. Die Abenddämmerung war hereingebrochen, als sie das Haus erreichte.

Bei ihrer Ankunft herrschte allgemeine Fassungslosigkeit.

»Wo warst du?«, rief Olive, als sie herausgelaufen kam, um sie in Empfang zu nehmen. »Warum warst du nicht hier, als er gekommen ist? Hast du dich versteckt, bis er wieder gegangen ist? Vater regt sich ja dermaßen auf!«

»Wovon sprichst du? Wer war hier?«

»Miss Clarissa!« Kamal kam mit einem ausgeblichenen schwarzen Regenschirm ins Freie geeilt und hielt ihn ihr über den Kopf, obwohl sie schon durchnässt war. »Kommen Sie, kommen Sie ins Haus, um trocken zu werden.«

Er führte sie eifrig die Stufen hinauf in den Bungalow. Immer noch strömte Regenwasser vom Dach in die Regentonne und tropfte von den Schlingpflanzen auf die ausgeblichenen Gartenmöbel.

»Es geht mir gut. Sagt mir einfach, was passiert ist.«

»Großes Feuerwerk«, sagte Kamal, das Gesicht in Sorgenfalten gelegt.

»Wesley Robson war hier«, erläuterte Olive mit nervöser Miene. Clarries Eingeweide verkrampften sich beim Klang seines Namens. »Er und Vater hatten einen schrecklichen, schrecklichen Streit. Du hättest hier sein sollen, um sie zu beschwichtigen.«

»Ich bin von dem Wolkenbruch überrascht worden«, erklärte Clarrie. »Es wäre gefährlich gewesen weiterzureiten. Warum um alles in der Welt war Mr Robson hier?«

Kamal und Olive tauschten ängstliche Blicke, als ob keiner von beiden derjenige sein wollte, der es ihr erzählte. Kamal half ihr, ihren nassen Mantel abzulegen, drückte sie auf einen Stuhl am Feuer und wickelte sie in eine Decke. Clarrie nahm seine Hand.

»Sag es mir.«

Kamal seufzte tief und setzte sich. »Robson Sahib … Er hört Klatsch und Tratsch, dass Belguri zum Verkauf steht.«

»Von wem?«

Kamal schüttelte den Kopf. »Vielleicht haben Männer in Kalkutta lose Zungen.«

»Was wollte Mr Robson denn nun?«

»Er kommt mit einem Angebot. Er sagt, die Oxford Estates kaufen Belhaven Sahib Belguri ab. Sie begleichen alle Schulden, führen Belguri dann aber wie einen anständigen Teegarten …«

»Einen anständigen Teegarten?«, rief Clarrie. »Wie kann er derart unverschämt …«

»Hör weiter zu, Clarrie!«, bat Olive.

Kamals bärtiges Gesicht wirkte leidgeprüft. »Er sagt, die Robsons allein werden die Leitung der Teegärten innehaben, nicht Belhaven Sahib. Und ihm gefällt dieses Haus sehr gut. Robson Sahib will hier wohnen.«

»Hier wohnen?«, schrie Clarrie. »Und was wird aus uns? Bestimmt werden wir in irgendeine schäbige Pension in Shillong abgeschoben. Er muss doch wissen, dass Vater sich nie bereit erklären würde, Belguri zu verlassen. Die Arroganz dieses Mannes!«

»Mr Robson sagt, wir könnten bleiben«, warf Olive mit verkrampfter Miene ein.

Clarrie sah, wie ihre Schwester und Kamal wieder skeptische Blicke tauschten, und runzelte die Stirn. »Das verstehe ich nicht.«

»Indem du ihn heiratest«, platzte Olive heraus. »Wenn du einwilligst, Wesley Robsons Frau zu werden, können wir alle bleiben. Er hat bei Vater um deine Hand angehalten.«

Clarrie starrte sie mit offenem Mund an. Dieses eine Mal war sie wirklich sprachlos.

»Robson Sahib sagt, dass die Belhavens so nicht das Gesicht verlieren«, setzte Kamal hinzu. »Er will Sie alle vor der Gosse bewahren.«

»Vor der Gosse?«, brach es aus Clarrie hervor. »Wie kann er es wagen!«

»Genau das hat Vater auch gesagt«, antwortete Olive. »Er hat Mr Robson angeschrien und lauter schreckliche Dinge gesagt. Dass er ihm nie erlauben würde, dich zu heiraten, und wenn er der letzte Mann in ganz Indien wäre. Mr Robson ist auch wütend geworden. Er sagte, er wollte mit dir sprechen, und du solltest bei alledem auch ein Wörtchen mitzureden haben.« Olive begann zu keuchen und stieß die nächsten Worte undeutlich hervor: »Aber Vater sagte, wenn er sich auch nur in deine Nähe wagte, würde er ihn mit seinem eigenen Revolver erschießen. Vater sagte, du hasstest Mr Robson so sehr wie er, und er solle nie zurückkommen. Er sagte, lieber verhungere er, als zuzulassen, dass Mr Robson ihm alles raube, was er liebt …«

Sie brach ab und bekam einen Hustenanfall.

»Arme hoch«, befahl Clarrie und machte sich schnell daran, Olive den Rücken zu reiben und sie zu beruhigen. Kamal beeilte sich, ihr kleine Schlucke gekühlten Tees einzuflößen.

Als Olive wieder sprechen konnte, fragte sie: »Warum hasst er Mr Robson so sehr?«

»Er traut ihm nicht über den Weg«, antwortete Clarrie. »Und ich auch nicht.«

»Also heiratest du ihn nicht?«

Clarrie sah sie scharf an. »Natürlich nicht. Das ist undenkbar.« Allein bei dem Gedanken wurde ihr heiß. »Außerdem mag er mich noch nicht einmal. Er will nur Belguri in die Finger bekommen.«

»Aber warum sollte er das tun, wenn es nichts wert ist?«, fragte Olive.

»Es ist etwas wert«, beharrte Clarrie. »Es ist sogar sehr viel wert, sowohl als Teegarten als auch als Jagdrevier. Oh, Mr Robson ist sich dieses Potenzials sehr gut bewusst. Was glaubst du, warum die Oxford Estates so erpicht darauf sind, Belguri zu besitzen? Robson ist zuallererst ein skrupelloser Geschäftsmann.«

Olive sah sie voller Enttäuschung an. »Aber wenn du ihn heiraten würdest, könnten wir wenigstens alle hierbleiben.«

»Wir bleiben hier!«, schrie Clarrie. »Aber Vater hat seine Entscheidung gefällt, und ich stehe hinter ihm. Diesen Mann zu heiraten, kommt nicht infrage.«

Kurz darauf machte Clarrie sich auf die Suche nach ihrem Vater. Er starrte aus dem Arbeitszimmerfenster. Sie legte ihm eine Hand auf die Schulter, aber er regte sich kaum.

»Olive und Kamal haben mir von Mr Robsons Besuch erzählt.«

Er sah sie mit gehetztem Blick an. »Er wollte mir alles wegnehmen. Nicht nur mein Land, sondern auch dich, meine geliebte Tochter.«

Clarrie hakte sich bei ihm ein. »Das könnte er nie.«

»Ich habe ihm gesagt, dass er dich nicht haben kann. War es richtig von mir, das zu sagen?« Jock suchte in ihrem Gesicht nach Bestätigung. Clarrie zögerte, als sie sich erinnerte, wie begeistert sie auf Wesleys Küsse reagiert hatte. Wie illoyal sie sich fühlte.

»Ja, natürlich. Mit solch einem Mann könnte ich nie glücklich werden. Und ich weiß, wie weh es dir täte.«

Jock stieß ein langes Seufzen aus, das fast ein Stöhnen war, und schloss die Augen. Als er wieder das Wort ergriff, klang seine Stimme leblos und bar aller Gefühle. »Dann lass uns den Namen jenes Mannes nie mehr aussprechen.«

Wenn Clarrie gehofft hatte, dass die Stimmung ihres Vaters sich bessern würde, nachdem die Bedrohung durch Wesleys Heiratsantrag vom Tisch war, hatte sie sich leider geirrt. Er zog sich sogar noch tiefer in den Kokon seines Arbeitszimmers zurück, in eine umnachtete Welt aus Trunkenheit und Wahn, in die sie nicht zu ihm durchdringen konnte.

Während der Sommer in den Herbst überging, kam er manchmal tagelang nicht aus dem Arbeitszimmer zum Vorschein, und wenn doch, dann nur, um sich mehr Schnaps oder Opium zu holen. Zitternd und erbärmlich abgemagert raffte er genug Kraft zusammen, um ins Dorf zu reiten, und tauschte Messer, Taschenuhr, Angel und Sattel gegen Alkohol oder Opiumplättchen ein. Clarrie erkannte an dem widerlich süßlichen Geruch aus seiner Höhle, dass ihr Vater die Droge rauchte, von der er immer schwächer, zittriger und melancholischer wurde. Gelenke und Bauch taten ihm weh. Weder Clarrie noch Kamal konnte ihn überreden, etwas zu essen. Er schwand vor ihren Augen dahin, und es stand nicht in ihrer Macht, seine Selbstzerstörung aufzuhalten. War es falsch von ihr gewesen, Wesleys Heiratsantrag so rasch auszuschlagen? Oft erschien sein sinnliches, spöttisches Gesicht mit der vernarbten Augenbraue ungebeten vor ihrem inneren Auge, und sie fragte sich, wie es wohl wäre, mit ihm verheiratet zu sein. Aber sie erstickte solch verräterische Gedanken, denn sie halfen ihrem Vater keinen Deut.

Als der Winter und damit die kalte Jahreszeit Einzug hielt, geriet Clarrie in Verzweiflung, weil sie wusste, dass schon die kleinste Erkältung Jock zum Verhängnis werden konnte. Sie feierten ein trostloses Weihnachtsfest, ohne Geld zu haben, das sie in Shillong für Geschenke oder Leckereien ausgeben konnten. An einem Januartag, als Clarries neunzehnter Geburtstag gerade ohne Feier gekommen und gegangen war, verkündete Olives Musiklehrerin, dass ihr Mann nach Lahore versetzt wurde und dass sie bald abreisen würde. Zuerst war Clarrie erleichtert, nun kein Geld mehr dafür zusammenkratzen zu müssen, aber bald darauf folgten Schuldgefühle, weil Olive untröstlich über den Weggang ihrer Lehrerin war. Sie streifte schmollend durchs Haus und weigerte sich zu üben.

»Was hätte das schon für einen Zweck? Es ist ja niemand mehr da, der mein Geigenspiel zu schätzen weiß.«

»Doch. Ich«, versuchte Clarrie, ihr gut zuzureden. »Und Kamal auch.«

»Aber ihr versteht es nicht«, jammerte Olive. »Vater ist der Einzige, der es versteht, aber ihm ist es inzwischen völlig gleichgültig!«

Mit ihrem Latein am Ende, stellte Clarrie Jock zur Rede. Sie stürmte ins Arbeitszimmer und zog ruckartig die Jalousien hoch, sodass das grelle Licht in den muffigen, stinkenden Raum fiel. Ihr Vater zuckte zusammen und stöhnte.

»Das geht nun lange genug so«, schimpfte sie. »Ich lasse nicht zu, dass du einfach so aufgibst. Du hast zwei Töchter zu versorgen, hast du das vergessen? Wann hast du dir das letzte Mal die Mühe gemacht, Olive beim Geigen zuzuhören? Oder in den Teegarten hinauszugehen und mit deinen Arbeitern zu sprechen?« Sie marschierte auf die zusammengekauerte Gestalt auf dem Feldbett zu und zog an der Decke. »Steh auf, Vater. Steh sofort auf!«

Sie erstarrte angesichts des Anblicks, der sich ihr bot. In seinem Nachthemd war er dürr wie ein Skelett. Seine bleichen, ausgezehrten Arme und Beine hatten nur noch die Hälfte ihres früheren Umfangs. Sein Kopf wirkte jetzt zu groß für seinen Körper und seine Augen zu riesig für sein Gesicht. Panische Angst überfiel sie. Sie musste ihn aus dem Bett werfen. Wenn sie es nicht tat, würde er sterben.

»Ich habe nicht übel Lust, zu den Oxford Estates zu reiten und den Robsons zu sagen, dass sie genauso gut gleich kommen und sich Belguri unter den Nagel reißen können, weil Jock Belhaven aufgegeben hat. Soll ich das tun, Vater?«, fragte sie wutentbrannt.

Er starrte sie an, als wäre sie eine Fremde, und rührte sich nicht. »Wesley Robson hat recht«, stachelte sie ihn auf. »Dieses Anwesen ist ruiniert. Wer will es in diesem Zustand schon haben? Ich muss verrückt gewesen sein, seinen Heiratsantrag nicht anzunehmen. Vielleicht tue ich es jetzt.«

Der Treffer saß. Jocks Gesicht war schmerzumwölkt, und er rang darum, sich aufzurichten.

»Nein … Nicht …«, flüsterte er, seine Stimme dünn wie Schilfrohr.

Sie beugte sich vor, um ihm zu helfen. »Dann steh auf, Babu«, drängte sie ihn, »um meinetwillen und für Olive. Steh auf und *lebe*!«

Aber er sank sofort wieder zurück. »Ich kann nicht«, krächzte er. »Ich bin zu müde. Du kannst alles beaufsichtigen.«

»Nein!«, rief Clarrie entsetzt. »Nicht ohne dich.«

Er sah sie aus leblosen Augen an. »Schreib … meinem Cousin … Jared«, keuchte er. »Er wird … dir helfen …«

»Wie kann er helfen? Er lebt Tausende von Meilen entfernt in England. Er führt ein Wirtshaus, keine Bank. Wir brauchen Geld, Vater!«

Er wandte das Gesicht ab und schloss die Augen. »Es tut mir leid. Ich will … einfach nur … meine Ruhe haben.«

Clarrie starrte ihn ungläubig an. All die Monate der Verzweiflung und des Kampfs darum, Belguri über Wasser zu halten, waren umsonst gewesen. Eine steigende Flut der Wut und der Furcht drohte, über ihr zusammenzuschlagen. Als sie ihren gebrochenen Vater betrachtete, riss schließlich etwas in ihr.

»Ich hasse dich!«, schrie sie. »Du bist ein Feigling! Ich bin froh, dass Mutter tot ist und nicht mit ansehen muss, wie schwach und nutzlos du wirkst, wenn du so daliegst!« Sie zitterte vor Zorn, als sie ihn weiter anschrie: »Wo ist mein Vater? Wo ist der tapfere Soldat, der starke Mann aus Northumbria? Das bist du nicht. Wenn du nicht aufstehst und versuchst, deinen Töchtern zu helfen, dann will ich nie mehr mit dir sprechen!«

Er schien unempfindlich gegen ihre harten Worte zu sein und lag mit geschlossenen Augen reglos da, als wäre sie gar nicht anwesend. Sie hätte genauso gut die feuchten Wände anbrüllen können. Das hätte auch nicht weniger genützt. Clarrie stürmte aus dem Zimmer und schlug die Tür so heftig hinter sich zu, dass das ganze Haus erzitterte. Sie musste Olive oder Kamal gar nicht erst sagen, was passiert war. Ihre schockierten Mienen sagten ihr, dass sie jedes einzelne zornige Wort gehört hatten. Sie floh durch den Salon auf die Veranda.

Während sie die Balustrade umklammerte, hörte Clarrie, wie Olive im Zimmer dahinter zu weinen begann, aber dieses eine Mal konnte sie sie nicht trösten. Sie erstickte fast an ihrem Zorn und brachte kein einziges Wort hervor. Sie biss die Zähne zusammen und unterdrückte ihre eigenen Tränen.

»Miss Clarissa.« Kamal stand in der Tür. »Kommen Sie herein, dann mache ich Ihnen Gewürztee.«

Unfähig, seine Freundlichkeit zu ertragen, stolperte sie auf die Stufen zu.

»Ich reite zu Ama«, würgte sie hervor und ergriff die Flucht. Als sie sich auf Prince schwang, hörte sie, wie Kamal ihr nachrief, sie solle bleiben. Auch Olive kam auf die Veranda gerannt.

»Lass mich mitkommen«, wimmerte sie. »Lass mich nicht hier!«

»Ich will allein hin!«, rief Clarrie, während sie Prince durchs Tor trieb. Kamal versuchte, Olive gut zuzureden und sie wieder ins Haus zu führen. Clarrie schluckte ihre Tränen hinunter, während sie aufs Dorf zugaloppierte.

Der Rauch der Abendfeuer stieg zum Sternenhimmel auf, während die letzten Rinder zurück nach Hause getrieben wurden. Clarrie hörte Frauen in der Dämmerung singen und ihre Kinder ins Haus rufen. Irgendwo stimmte eine Bambusflöte eine Weise an und erfüllte die Nachtluft mit ihrer eindringlichen Melodie. Mit einem Schlag war Clarries Schmerz gelindert, als hätte man ihr eine Last von der Brust genommen.

Sie fand Ama und ihre Familie am offenen Feuer, wo sie in Palmwedel gewickelte Betelnüsse kauten und den bittersüßen roten Saft ausspuckten. Sofort hieß Ama sie willkommen und fragte gar nicht erst, warum sie zu so später Stunde hergekommen war. Eine ihrer Töchter brachte Clarrie eine Schale mit Reis und Dhal, eine andere heißen, süßen Tee.

Später zogen die anderen sich zurück und ließen Clarrie mit ihrer alten Kinderfrau allein. Sie schüttete Ama ihr Herz aus und erzählte ihr von dem Streit mit ihrem Vater.

»Ich habe einige schreckliche Dinge gesagt. Hasserfüllte Dinge«, gestand Clarrie. »Aber als ich ihn so sah, hatte ich solche Angst und war so zornig auf ihn. Das bin ich immer noch. Ich weiß nicht, was ich tun soll. Sag es mir, Ama.«

Zunächst sagte Ama nichts, sondern kaute einfach weiter, starrte ins Feuer und hielt Clarries Hand auf ihrem Schoß. Am Ende begann sie zu sprechen.

»Heute Nacht müssen Sie Ihren Zorn einschlafen lassen. Wenn die Sonne aufgeht, schließen Sie Frieden mit Babu Sahib.« Sie sah Clarrie mit feierlicher Miene an. »Er hat Ihnen das Leben geschenkt, und Sie müssen ihn achten. Er ist ein guter Mann, aber seine Seele ist erschöpft. Sie hat sich verlaufen und versucht, den Weg nach Hause zu finden. Aber er liebt Sie dennoch.«

Clarrie neigte den Kopf. Eine Welle von Gefühlen wallte in ihr auf. Sie seufzte und brach endlich in Tränen aus. Ama zog sie in ihre Arme und wiegte sie, streichelte ihr das Haar und flüsterte ihr tröstliche Worte zu, während sie sich das Herz aus dem Leib schluchzte.

Danach legte sich Clarrie mit dem Kopf auf Amas Schoß hin und starrte in die Flammen. In ihrem Geist herrschte selige Leere. Ohne erst darum bitten zu müssen, wusste sie, dass Ama sie die Nacht unter ihrem Dach verbringen lassen würde, wie manchmal damals, als sie noch ein Kind gewesen war. Später rollte sie sich auf einer Binsenmatte unter einer schweren Wolldecke zusammen und schlief mit dem Duft von Holzrauch im Haar und dem Schnauben der Rinder hinter der Bambustrennwand im Ohr ein.

Clarrie erwachte im ersten Licht der Morgendämmerung seltsam ruhig. Der Zorn des Vorabends hatte sie aus seinem

Griff entlassen. Sie trat in den bitterkalten Morgen hinaus, die Decke noch um sich gewickelt.

Sie half gerade dabei, den Haferbrei umzurühren, als schwere Schritte auf die Umfriedung zukamen. Kamal stürmte durchs Tor.

»Miss Clarissa!«, schrie er, das Gesicht vor Kummer verzerrt.

»Was ist?« Clarrie sprang erschrocken auf. Ihr Herz hämmerte.

»Ihr Vater …«

Plötzlich sank sein starkes, bärtiges Gesicht in sich zusammen wie das eines Kindes. Er blieb stocksteif stehen und stieß ein seltsames Klagegeheul aus. Clarrie erstarrte.

»Nein«, keuchte sie. »Nein!«

Erstarrt beobachtete sie, wie ihm die Augen übergingen. Tränen liefen ihm über die Wangen. Kamals Trauer sagte ihr alles. Ihr Vater war tot.

5

Jock Belhaven wurde seinen Anweisungen gemäß neben seiner Frau Jane in dem kleinen Garten hinter dem Haus beigesetzt statt auf dem Friedhof in Shillong wie andere Briten. Kamal hatte ihn gefunden, aber nicht in seinem Arbeitszimmer, sondern zusammengerollt in dem modrigen Ehebett, in dem Clarries Mutter gestorben war. Der Arzt aus der Garnison sagte, dass Jocks schwaches Herz nach Jahren wiederholter Anfälle von Fieber und Malaria einfach aufgegeben hatte. Es war nicht ungewöhnlich, dass Pflanzer starben, bevor sie fünfundfünfzig waren.

Die Erinnerung an ihre grausamen Worte ihrem Vater gegenüber – die letzten, die er je von ihr gehört hatte – machte Clarrie zu schaffen, ebenso wie die Vorstellung, dass er sich wie ein verletztes Tier in sein altes Schlafzimmer geschleppt hatte, um Zuflucht zu suchen. Olives bittere Verzweiflung steigerte ihre Schuldgefühle noch.

»Du hast ihn umgebracht!«, schluchzte sie. »Wie konntest du all diese verletzenden Dinge nur sagen?«

Clarrie versuchte gar nicht erst zu widersprechen, denn ein Teil von ihr glaubte, dass es wahr war.

Wenige Menschen von außerhalb des Dorfs nahmen an der Trauerfeier teil, die in aller Eile von einem durchreisenden Missionar durchgeführt wurde, der im Missionskrankenhaus in Shillong arbeitete. Zwei der Nonnen aus dem Loreto-Konvent kamen, außerdem noch ein Teepflanzer aus Gauhati, der in besseren Zeiten mit Jock geangelt hatte. Aber er war schon vierzehn Tage unter der Erde, bevor die Neuigkeit die weiter entfernt lebenden Pflanzer erreichte und nach und nach Kondolenzschreiben eintrafen. Harry Wilson schickte eine kurze Nachricht, machte aber keine Anstalten, zu Besuch zu kommen. Von den Oxford Estates hörte Clarrie kein Wort. Sie wusste nicht, ob sie darüber verbittert oder erleichtert war.

Sie verharrten in quälender Ungewissheit, trugen Trauer und warteten darauf, dass etwas geschah. Es dauerte nicht lange, bis die Bank in Kalkutta und andere Gläubiger Kondolenzbriefe sandten, in denen das stahlharte Drängen mitschwang, das Anwesen in Belguri zu verkaufen. Schlagartig bekam Clarrie Angst, dass man Olive und sie vor die Tür setzen würde, sodass sie ohne einen Penny in der Tasche die Straßen von Shillong – oder, schlimmer noch, Kalkutta – durchstreifen würden. Vielleicht konnten sie die Nonnen anflehen, sie aufzunehmen. Doch der Gedanke an ein so vielen Einschränkungen unterworfenes Leben versetzte sie in düstere Stimmung.

Weiteres Leid erwuchs aus der Tatsache, dass Olive sich von ihr zurückzog. Das Mädchen sprach kaum noch mit ihr, bestrafte sie dafür, in der Nacht, als ihr Vater gestorben war, alleingelassen worden zu sein. Olive hatte sich in ein todtrauriges Kind verwandelt, das am Daumen lutschte und sich weigerte, irgendetwas anderes zu tun, als auf seinem Bett zu liegen und stundenlang zu weinen. Nicht einmal der leidgeprüfte Kamal konnte sie trösten.

Bei der Durchsicht von Jocks Papieren hatte Clarrie die Adresse seines Cousins Jared gefunden und ihm geschrieben, um ihn vom Tod ihres Vaters in Kenntnis zu setzen. Allmählich spielte sie mit dem Gedanken, Indien zu verlassen und sich ins unbekannte Nordengland zu wagen. Jock hatte immer voller Nostalgie von seiner Jugend auf einem Bauernhof in den Hügeln von Northumberland geschwärmt, auch wenn es die Farm schon lange nicht mehr gab. Der einzige Verwandte, der noch zu leben schien, war sein jüngerer Cousin Jared, der nach Newcastle gegangen war, um Arbeit zu suchen. Ihr Vater hatte immer verächtlich davon gesprochen, dass er ein Wirtshaus führte, aber vielleicht war Jared geschäftstüchtiger, als Jock es je gewesen war. Wenn auch Clarrie dort Arbeit finden könnte, wäre sie in der Lage, Olive zu ernähren, bis sie volljährig wurde. Dann konnten sie einen Weg finden, nach Indien heimzukehren. Je mehr Sorgen sie sich um ihre Lage machte, desto überzeugter wurde sie, dass sie Assam verlassen mussten, um zu überleben.

Obwohl Clarrie noch keine Antwort von Jared bekommen hatte, schrieb sie ihm noch einmal und fragte ihn, ob er ihr helfen könnte, in Newcastle eine Anstellung als Haushälterin oder Gesellschafterin zu bekommen. Sie war gut im Kochen, im Nähen und in der Buchführung und kannte sich auch damit aus, mit Dienern umzugehen und Vorräte zu bestellen. Sie wusste eine Menge über Tee. All dies stand in ihrem zweiten Brief an den unbekannten Verwandten.

Nachdem sie ihn abgeschickt hatte, fragte sie sich nervös, ob sie das Richtige getan hatte, denn sie wusste wenig über den Mann. War er verheiratet? Hatte er eine Familie? War er überhaupt noch am Leben? Da Jock nicht gut darin gewesen war, Verbindungen aufrechtzuerhalten, und nie jemandem geschrieben hatte, wenn es nicht völlig unumgänglich gewesen war, konnte sie es nicht wissen.

Als einen Monat später eine Antwort auf ihren ersten Brief eintraf, brach eine Welle der Erleichterung über Clarrie herein.

Es gab jemanden, an den sie sich wenden konnten. Sie lief schnell zu Olive, um ihr davon zu erzählen.

»Sieh doch, Vaters Cousin Jared hat uns geschrieben! Er sagt, wie leid es ihm tut und wie sehr er Vater mochte, als sie noch Jungen waren. Er unterschreibt mit *Jared und Lily Belhaven*. Sie muss seine Frau sein.« Sie setzte sich aufs Bett neben ihre Schwester. »Ist es nicht großartig, dass wir irgendwo auf der Welt eine Familie haben?«

»Was nützt uns das, wenn sie doch so weit weg sind?«, stöhnte Olive.

Clarrie versuchte, munter zu klingen. »Vielleicht finden sie Arbeit für mich. Darum habe ich sie jedenfalls gebeten.«

»Was?« Olive setzte sich auf. »Das kannst du doch nicht ernst meinen? Nach England gehen, um dort zu leben?«

»Warum nicht?«

Olive wirkte entsetzt. »Wir wissen nichts über England – nur dass es kalt und regnerisch und voller verräucherter Städte ist, nur da nicht, wo der König wohnt. Und wir kennen diese Verwandten nicht. Vielleicht sind sie grausam und verkaufen uns in die Sklaverei.«

Clarrie prustete vor Heiterkeit los. »Sei nicht so dumm. Du hast zu viele Märchen gelesen.«

»Lach mich nicht aus«, sagte Olive vorwurfsvoll. »Ich will nicht fort von hier. Niemals.«

Clarrie umfasste ihre Hände. »Hör zu. Das will ich auch nicht. Aber es sieht so aus, als hätten wir keine Wahl. Wir müssen Belguri verkaufen, um Vaters Schulden abzuzahlen. Wir können die Plantage nicht allein führen, verstehst du das nicht?«

»Es gibt einen Ausweg«, sagte Olive mit flehentlichem Blick. »Du könntest es dir anders überlegen und Wesley Robson heiraten.«

Clarrie löste sich von ihr. »Wie kannst du das nach dem sagen, was er Babu angetan hat? Vater hat nach Robsons Besuch aufgegeben – er hat ihm allen Kampfgeist geraubt.«

»Nein«, widersprach Olive erregt. »Das hast du getan.«

Clarrie stand auf. Sie hatte Olives Klagen satt. »Ich will mich nicht streiten.«

»Es ist deine Schuld!«, rief Olive. »Dein törichter Stolz. Wenn du Ja dazu gesagt hättest, Mr Robson zu heiraten, dann wäre alles gut geworden. Vater hätte sich schon noch an den Gedanken gewöhnt, wenn er gesehen hätte, dass Belguri wieder aufblüht.«

»Du lebst im Wolkenkuckucksheim«, protestierte Clarrie. »So wäre es nie gekommen. Robson hätte das Land genommen und dann sein Versprechen uns gegenüber gebrochen.«

»Da irrst du dich«, sagte Olive, schon wieder den Tränen nah. »Es war unsere einzige Chance. Aber du musstest sie ja vergeben. Wenn du ihn geheiratet hättest, wäre Babu noch am Leben!«

Clarrie rannte aus dem Zimmer. Der Vorwurf tönte ihr in den Ohren. So ein Unsinn! Selbst wenn sie sich auf solch eine abscheuliche Verbindung eingelassen hätte, hätte ihr Vater ihr nie seine Zustimmung erteilt.

Aber sie konnte den bösen Gedanken nicht abschütteln. Hatte sie den Tod ihres Vaters beschleunigt, weil sie sich geweigert hatte, auch nur in Erwägung zu ziehen, Wesley zu heiraten? Es wäre eine zweifelhafte Rettung für Belguri gewesen, aber das Angebot hatte in der Tat bestanden. Hätte sie versuchen sollen, ihren Vater zu überreden, darauf einzugehen, bevor alles zu spät war? Sie würde es nie erfahren, aber es verschlimmerte ihre heftigen Schuldgefühle angesichts des Todes ihres Vaters noch.

* * *

In der folgenden Woche stand das Anwesen zum Verkauf. Olive setzte Clarrie weiter mit ihrer ewigen Leier darüber zu, wie selbstsüchtig es gewesen sei, Wesley zurückzuweisen.

»Was geschehen ist, ist geschehen«, gab Clarrie zurück. »Jetzt ist es zu spät, irgendetwas zu ändern.«

»Vielleicht auch nicht«, drängte Olive. »Warum schreibst du Mr Robson nicht und sagst ihm, dass du es dir anders überlegt hast? Oder noch besser: Geh ihn besuchen. Ich käme auch mit.«

»Nein!«, schrie Clarrie. »Das könnte ich nicht. Er hat uns noch nicht einmal zu Vaters Tod kondoliert.«

»Dann liebst du Belguri nicht so sehr, wie du behauptest – so sehr, wie ich es tue«, warf Olive ihr vor. »Wenn es in meiner Macht stünde, täte ich alles, um hierzubleiben – auch wenn das hieße, jemanden wie Wesley Robson zu heiraten.«

»Hör auf damit!«, flehte Clarrie.

»Ich höre nicht damit auf«, verkündete Olive, »und ich gehe nicht von hier weg. Ich werde nie nach England gehen, schon gar nicht nach Newcastle, und du kannst mich nicht dazu zwingen!«

Clarrie versuchte, mit Kamal darüber zu reden, was nun zu tun war, aber er ließ sich nicht aus der Reserve locken.

»Sie müssen Allahs Willen akzeptieren«, sagte er zu ihr und ging dann wieder an die Arbeit. Die Trauer haftete an ihm wie Morgennebel.

Als ein zweiter Brief von Jared und Lily kam, die großzügig anboten, die Mädchen in ihrem Haus in Newcastle aufzunehmen, bis sie volljährig wurden, fiel Clarrie ein Stein vom Herzen. Aber Olive weinte, bis ihr übel war. Sie hatte mehrere heftige Hustenanfälle, die sie schwach und apathisch machten. Sie fing sich eine Erkältung ein, die sich in ihrer Brust festsetzte. Clarrie und Kamal pflegten sie mit wachsender Sorge. Olive sagte nichts, aber ihre Augen waren fiebrig und vorwurfsvoll.

Clarrie zog das Undenkbare in Erwägung: Sie würde Wesley Robson aufsuchen und ihn um Hilfe anflehen. So demütigend es sein mochte, sie würde eine Entschuldigung aussprechen, wenn es das war, was es brauchte, um Olive auf den Weg der Besserung zu bringen. Nachdem sie Ama gerufen hatte, um nach Olive zu sehen, brach sie mit Kamal nach Oberassam auf.

Den ganzen Tag lang ritten sie bergab durch den Dschungel und übernachteten schließlich in einem Teehaus. Am nächsten Tag reisten sie weiter, bis sie Gauhati am wirbelnden Brahmaputra erreichten. Dort ließen sie ihre Ponys in der Herberge zurück und gingen an Bord eines Dampfers, der sie in zwei Tagen flussaufwärts nach Dispur brachte. Dort gingen sie von Bord und mieteten eine Tonga. Die Pferdekutsche brachte sie in die nahe der Stadt Nagaon gelegenen Hügel.

Zuerst war Clarrie so gebannt von der milden, nebligen Flusslandschaft gewesen, dass sie an kaum etwas außer an die Reise selbst gedacht hatte. Aber als sie in unvertrautes Gebiet vordrangen und sich den Oxford Estates näherten, verzehnfachte sich ihre Nervosität. Was um alles in der Welt sollte sie nur sagen, wenn sie Wesley Robson von Angesicht zu Angesicht gegenüberstand?

Als sie am Tor der Plantage eintrafen, überwältigte das schiere Ausmaß der Teegärten sowohl sie als auch Kamal. Die Pflanzungen erstreckten sich über Meilen und bedeckten die Hügelflanken, so weit das Auge reichte. Sobald sie die Erlaubnis erhalten hatten, das Gelände zu befahren, brauchten sie eine Stunde zum Pflanzeranwesen. Sie passierten eine Reihe riesiger, solide gebauter Teeschuppen. Dutzende von Arbeitern bewegten sich durch die Strauchreihen, tief gebückt unter ihrer schweren Last. Clarrie war erstaunt, so früh in der Saison bereits derart geschäftiges Treiben zu sehen. Aber hier blühten die Teesträucher schon, und die Luft war mild und feucht. In Belguri hatten sie noch Nachtfröste.

Im Herzen der Plantage, umgeben von schönen Ziergärten, lagen niedrige Bungalows und ein Clubhaus mit einem Polofeld.

Der leitende *mohurer* kam aus seinem Buchhalterbüro, um sie zu begrüßen und ihnen eine Erfrischung anzubieten. Er stammte aus Bengalen und plauderte liebenswürdig mit Kamal.

»Er sagt, dass er Sie zum stellvertretenden Verwalter führen kann«, erklärte Kamal ihr. »Er ist in der Fabrik.«

Clarries Eingeweide zogen sich zusammen. »Was ist mit Mr Robson?«, fragte sie. Ihr Mund war trocken.

Kamal schüttelte den Kopf. »Es tut mir leid, er ist nicht hier.«

Clarrie war bestürzt. »Wann kommt er zurück?«

Kamal schüttelte wieder den Kopf. »Sie müssen mit dem stellvertretenden Verwalter Mr Bain sprechen.«

Der Lärm in der Fabrik war ohrenbetäubend. Dampfbetriebene Maschinen ratterten und zischten, während gigantische Walzen sich drehten und Ventilatoren surrten, um große Blattmengen zu trocknen. Clarrie dachte an ihren kleinen Trockenschuppen mit seinen Bambustabletts. Dort waren acht Pfund gutes Holz nötig, um genug Kohle zum Trocknen von einem Pfund Tee herzustellen. Sie erkannte allmählich, dass Welten zwischen den Oxford Estates und Belguri lagen. Kein Wunder, dass Wesleys Urteil so vernichtend ausgefallen war.

Vielleicht war das der Grund dafür, dass ihr Vater sich so dagegen gesträubt hatte, ihr Bekanntschaften mit den Pflanzern aus Oberassam oder Besuche auf ihren Anwesen zu gestatten. Dann hätte sie gesehen, wie unbedeutend ihre eigene Plantage war. Jetzt errötete sie, wenn sie daran dachte, wie sie Wesley gegenüber mit ihrem schönen Teegarten geprahlt hatte. Vielleicht hatte der Anbau in solch kleinem Maßstab früher seine Berechtigung gehabt, aber ein Blick auf diese industrialisierte Plantage genügte, um zu wissen, dass Belguri sich überlebt hatte.

Mr Bain war fröhlich und rotgesichtig und wirkte kaum älter als Clarrie selbst. Er führte sie wieder nach draußen. Als sie erklärte, woher sie kam, machte er keinen Hehl aus seiner Überraschung.

»Belguri? Das steht doch zum Verkauf, nicht wahr? Wie ich gehört habe, ist der Pflanzer gestorben.«

»Mein Vater«, sagte Clarrie.

»Oh Gott, das tut mir sehr leid. Wie kann ich Ihnen helfen?«

»Ich suche nach Mr Wesley Robson«, sagte Clarrie und errötete. »Er hat letztes Jahr Interesse daran bekundet, Belguri zu kaufen.«

»Wirklich?« Der Verwalter zog die Augenbrauen hoch.

»Ich habe mich gefragt, wann ich wohl mit ihm sprechen kann«, sagte Clarrie.

»Es tut mir leid, Miss Belhaven, aber er ist nicht mehr hier. Schon seit September nicht mehr.«

»September?«, keuchte Clarrie.

»Ja. Ich habe seine Stellung übernommen. Er sagte, er habe alles gelernt, was er brauche. Ich muss sagen, dass er auf mich wie ein Mann in Eile wirkte.«

Ja, dachte Clarrie. Es klang ganz nach Wesley zu glauben, dass er in weniger als einem Jahr alles gelernt hatte, was man über den Teeanbau wissen musste.

»Wohin ist er gegangen?«, fragte sie.

»Tja …« Mr Bain blähte die Backen. »Ich glaube, er war auf dem Weg nach Ceylon, um sich zum Vergleich die Teegärten dort anzuschauen, unterwegs ein bisschen etwas von Indien zu sehen zu bekommen und ein paar Tiger zu jagen. Etwas in der Art.«

»Also kehrt er nicht hierher zurück?«, fragte Clarrie und fühlte sich seltsam leer.

»Nicht, dass ich wüsste«, antwortete der Verwalter und musterte sie nun mit offener Neugier. »Darf ich fragen, ob es zwischen Ihnen und Mr Robson ein gewisses Einverständnis gab?«

Clarrie errötete noch mehr. »Nein, nichts dergleichen. Es war ein rein geschäftlicher Besuch. Wir waren bisher noch nicht bereit, Belguri zu verkaufen, doch jetzt, nach dem Tod meines Vaters, sind wir es.«

Bain nickte. »Dafür habe ich vollstes Verständnis. Aber ich bin mir nicht sicher, ob es einen Unterschied gemacht hätte, wenn er hier gewesen wäre.«

»Warum nicht?«

»Ach, wissen Sie, Mr Robson ist nicht der Mann, der seine Schuhe Spinnweben ansetzen lässt. Wenn sein Angebot einmal abgelehnt war, hätte er nicht mehr lange darüber nachgedacht. Er ist ein Kerl, der so etwas schnell abschüttelt und zur nächsten Geschäftsidee übergeht.« Er schenkte ihr ein entschuldigendes Lächeln. »Es tut mir leid, das hilft Ihnen auch nicht weiter. Darf ich Sie zum Mittagessen einladen?«

Clarrie lehnte ab. Plötzlich wollte sie diesen üppig grünenden, bedrückenden Ort nur noch verlassen. Stattdessen bat sie Mr Bain, ihr ein Körbchen mit Essen für die Rückreise mitzugeben. Er wirkte schockiert, dass sie diese Entfernung nur mit dem *khansama* ihres Vaters als Begleiter zurückgelegt hatte. Aber sie winkte ab, als er sie drängte, zumindest über Nacht zu bleiben, und ließ ihn kopfschüttelnd über ihr exzentrisches Benehmen stehen.

Clarrie hatte noch eine weitere Mission, bevor sie wieder aufbrechen konnte. Sie kehrte ins Buchhalterbüro zurück und fragte den *mohurer*, ob sie sich *die Zeilen* ansehen könne, die Reihen von Arbeiterhütten. Er wirkte misstrauisch, aber als sie darauf beharrte, Mr Bains Erlaubnis dazu zu haben, wies er ihr den Weg zu den Arbeiterunterkünften. Sofort schlug ihr der Gestank von Abwasser entgegen. Kleine Kinder spielten im Schlamm um die Lehmhütten. Clarrie ignorierte die Rufe eines *chowkidar*, der die Aufsicht über die Zeilen führte, bückte sich und betrat eines der Häuschen.

Es war ein winziger, fensterloser, stickiger Raum und so dunkel, dass sie zuerst nichts sehen konnte. Luft und Licht drangen nur durch ein Loch im Strohdach. Sie konnte sich lebhaft vorstellen, dass der Boden sich in der Regenzeit in ein Meer aus Schlamm verwandelte. Kochtöpfe und Schlafmatten für ein halbes Dutzend Leute stapelten sich auf einer Seite, während die gegenüberliegende Ecke, ihrem Geruch nach zu urteilen, als Latrine diente.

Clarrie war übel, als sie wieder ins Freie kam. Wenn die Feuchtigkeit des Sommers erst zurückkehrte, würden die Moskitos hier bestens gedeihen. Sie fragte den aufgeregten Wachmann in stockendem Assamesisch, ob er einen gewissen Ramsha aus Belguri in den Khasi Hills kannte.

»Ein Stammesangehöriger?«, fragte der Mann voller Verachtung. »Die sind zu unzuverlässig – ständig brechen sie einen Streit vom Zaun oder laufen davon.«

Clarrie beschrieb Ramsha, aber der Mann zuckte die Schultern, als wollte er fragen, warum man Zeit auf solche Leute verschwenden sollte. Sie wurde ärgerlich.

»Seine Mutter ist eine Freundin der Familie!«

Kamal versuchte, sie zum Gehen zu überreden. »Er kann uns nichts sagen.«

»Ich muss Ramsha finden. Ich habe es Ama versprochen.« Sie konnte es nicht ertragen, dass ihre Reise als Fehlschlag auf der ganzen Linie enden sollte.

Als sie wieder zu den Hauptgebäuden zurückkehrten, hatte die Nachricht über ihre Spionageaktion sich schon bis zum stellvertretenden Verwalter herumgesprochen. Er war da und stellte sie zur Rede. Seine Liebenswürdigkeit war wie weggewischt.

»Sie hätten wirklich nicht zur Häuserzeile der Kulis hinabgehen sollen«, sagte er voller Empörung. »Die Erlaubnis dazu habe ich Ihnen nie gegeben. Wenn das der Verwalter herausfindet …«

»Ich suche nach dem Sohn einer Freundin«, hielt Clarrie dagegen. »Ich würde ihr gern mitteilen, dass ich ihn gesehen habe und dass es ihm gut geht.«

Er starrte sie mit offenem Mund ungläubig an. »Einer unserer Kulis?«

»Bitte«, sagte sie. »Ich verspreche auch, dass ich dann gehe. Ich bin nicht hier, um Schwierigkeiten zu machen.«

Mit einem ungeduldigen Seufzen marschierte er ins Büro des *mohurer* und wies ihn an, ihrer Bitte zu entsprechen.

»Sorg danach dafür, dass Miss Belhaven und ihr Diener sicher vom Anwesen eskortiert werden«, befahl er und ging mit einem knappen Nicken davon.

Nachdem er seine Akten durchsucht hatte, schüttelte der *mohurer* bedauernd den Kopf. »Es tut mir leid. Er ist vor zwei Monaten gestorben. Wie so viele Männer aus den Hügeln hat er das Klima hier nicht verkraftet.«

»Oder die Lebensbedingungen«, murmelte Clarrie. Kamal führte sie aus dem Büro und zurück zu ihrer Tonga, bevor sie noch eine Szene machen konnte. Keiner von ihnen brachte es über sich, etwas zu sagen, bis sie schon fast wieder am Brahmaputra waren.

* * *

In den folgenden Wochen war Clarrie so mit dem Ausräumen des Hauses und dem Packen beschäftigt, dass sie nicht zu sehr über ihre bevorstehende Abreise nachgrübeln konnte. Da das Haus noch nicht verkauft war, würde die Bank es pfänden, und

Clarrie wollte unbedingt fort sein, bevor es zu einer demütigenden Zwangsräumung kam. Sie hatte beschlossen, dass sie die Reise nach England mit dem Geld bestreiten mussten, das sie durch den Verkauf ihrer persönlichen Habseligkeiten zusammenkratzen konnten. Es fand eine Auktion statt, die neugierige Besucher aus der Garnison in Shillong anlockte: Soldatenfrauen und Schreiber, die darauf erpicht waren, den exzentrischen Abgang der Belhavens mit anzusehen.

Clarrie schickte Olive mit ihrem Skizzenbuch fort, um ihr die gaffende Menge zu ersparen, und wappnete sich für die bevorstehende Aufgabe. Sie spielte die Gastgeberin und servierte Tee. Am Ende war kaum noch ein Stuhl, auf dem sie sitzen konnte, oder ein Buch zum Lesen übrig. Aber sie hatte bei Olives Geige die Grenze gezogen, obwohl die Frau eines Polizisten, die die Violine für ihren Sohn wollte, sie geradezu darum angefleht hatte. Olives Instrument würde sie nach Newcastle begleiten, ganz gleich, was kam.

Sie buchten Karten für den Dampfer von Kalkutta nach London. Clarrie wollte unbedingt abreisen, bevor der Monsun einsetzte, weil Reisen flussabwärts dann gefährlich wurden. Kamal hatte abgelehnt, mit ihnen zu kommen.

»Ich kehre in mein Dorf zurück und eröffne ein Teehaus«, erklärte er. »Vielleicht auch eine Herberge.«

Clarrie fürchtete sich vor dem Augenblick, in dem sie von Kamal und Ama Abschied nehmen musste. Und von Prince.

Ein Armeekamerad von Harry Wilson kam vorbei, um Prince zu kaufen, und bot ihr einen guten Preis.

»Nein, er steht nicht zum Verkauf!«, rief sie, als sie sah, wie der Mann ihr Pony gründlich musterte.

Danach versuchte Kamal, ihr gut zuzureden. »Sie können Prince nicht mit nach England nehmen. Ihre Verwandten haben doch gesagt, dass das nicht geht. Warum verkaufen Sie ihn nicht an den Soldaten?«

Clarrie schüttelte den Kopf. »Ich möchte Prince einem ganz besonderen Menschen schenken, von dem ich glaube, dass er sich gut um ihn kümmern wird.«

»Sie brauchen Rupien, Miss Clarissa«, seufzte Kamal. »Wer ist dieser besondere Mensch? Doch kein Gesindel aus dem Dorf?«

Clarrie lachte. »Kein Gesindel. Du bist es, Kamal. Ich möchte, dass du Prince bekommst.«

Er riss ungläubig die Augen auf. Dann presste er sich die Faust auf den Mund und tat, als müsste er husten. »Ich kann nicht …«, stammelte er.

»Du kannst. Ich wünschte, ich könnte dir für all das, was du für uns getan hast, noch mehr schenken.«

»Danke«, murmelte Kamal und wandte sich von ihr ab, um seine Tränen zu verbergen.

An ihrem letzten Tag in Belguri stand Clarrie vor der Morgendämmerung auf und ritt zur Einsiedelei des *swami*. Zum letzten Mal beobachtete sie, wie die Sonne aufging und die Gipfel des Himalaja küsste, und lauschte, wie der Wald erwachte. Als sie an den schicksalhaften Morgen zurückdachte, an dem Harry den Hirsch erschossen und Wesley sie umsorgt hatte, fragte sie sich, ob jetzt alles anders gewesen wäre, wenn sie den beiden nie begegnet wäre.

Wesley hatte die alte bittere Rivalität zwischen den Belhavens und den Robsons neu angefacht und Öl ins Feuer der Krise um die Zukunft von Belguri gegossen. In der romantischen Einsamkeit ihres Lieblingsorts konnte sie sich eingestehen, dass sie sich zu ihm hingezogen gefühlt hatte. Aber sie verabscheute sich dafür. Wesley war ehrgeizig und egozentrisch. Nachdem sie die Bedingungen gesehen hatte, unter denen Ramsha auf der Teeplantage der Robsons gelebt hatte und gestorben war, würde sie ihm nie verzeihen, dass er so herzlos gewesen war, Amas Lieblingssohn aufzuspüren. Ihre alte Kinderfrau war über die Nachricht von Ramshas Tod untröstlich gewesen. Ihr Weinen und Klagen die ganze Nacht lang waren kaum zu ertragen gewesen.

Der *swami* erschien und riss Clarrie aus ihren Gedanken. Sie begrüßten einander. Der alte Mann trat vor und legte ihr eine Blumenkette um den Hals, als wüsste er, dass sie fortgehen würde. In die Hand drückte er ihr einen glatten rosa Stein von der Farbe der Berge bei Sonnenaufgang. Gerührt dankte sie ihm und zog ein Geschenk für ihn aus der Tasche.

»Das sind Muschelschalen«, erklärte sie, »von einem Strand in Northumberland in England. Mein Vater hat sie immer behalten, um sich ans Meer zu erinnern – an sein Zuhause. Dorthin gehe ich jetzt. Ich habe diese Nordsee noch nie gesehen. Mein Vater sagte, sie sei oft von der Farbe von Gewitterwolken.« Sie legte dem alten Mann die Muscheln in die Hände. »Ich dachte, sie würden sich in deinem Garten gut machen.«

Er nickte und lächelte. Als sie aufbrach, stimmte er einen schrillen Freudengesang an. Sie hörte das Lied noch, nachdem der Dschungel sich wieder um sie geschlossen hatte und der *swami* längst außer Sichtweite war.

Kamal machte ihnen Rührei zum Frühstück, das weder Olive noch sie herunterbekamen. Er sollte sie bis zum Dampfer in Gauhati begleiten und von dort aus allein nach Westbengalen weiterreisen. Im leeren Bungalow hallten ihre Schritte wider, als sie eine letzte Runde durchs Haus drehten. Auf der Veranda warf Olive die Arme um Clarrie und klammerte sich an sie.

»Ich will nicht fort«, weinte sie. »All das, was ich zu dir gesagt habe, tut mir leid. Ich habe es nicht so gemeint.«

Clarrie umarmte sie. »Das weiß ich doch.«

»Versprich mir, dass du mich nie verlassen wirst wie Mutter und Babu«, flehte sie.

»Das verspreche ich dir«, sagte Clarrie und drückte sie fest an sich. »Komm jetzt. Kamal wartet.«

Mit einem letzten Blick auf den abgeschlossenen Bungalow, dessen Fensterläden zugeschlagen waren, führte sie ihre weinende Schwester aus der Umfriedung bis in die Tonga, die Kamal lenken würde, während Clarrie auf Prince ritt. Sie machten im Dorf halt. Ama kam mit ihren Töchtern ins Freie, um sie unter Tränen zu umarmen und Lebewohl zu sagen. Clarrie bemerkte, dass Ama die Brosche und die Kette trug, die sie ihr zum Abschied geschenkt hatte. Sie stammten aus dem Besitz ihrer Mutter. Jetzt gehörten sie Ama, weil sie die letzten acht Jahre über ihre Ersatzmutter gewesen war.

»Wir kommen zurück«, versprach Clarrie. »Irgendwann. Du wirst schon sehen.«

Sie war froh, dass sie die nächsten paar Stunden lang hinter der Tonga her durch den Dschungel reiten konnte, wo ihr Weinen vom Lärm der Vögel und Affen übertönt wurde.

Am folgenden Tag erreichten sie Gauhati und den *ghat*, wo der Dampfer vor Anker lag. Hier war es heiß und feucht. Frühe Regenfälle hatten den Fluss im Vergleich zum April schon auf die doppelte Größe anschwellen lassen. Die Inseln im Fluss waren nun überflutet und kaum mehr zu erkennen. Das Wasser war braun vom Schlick, den es in den Ausläufern der Hügel ausgewaschen hatte.

Im Garten der Herberge neben einer ausgemusterten Kanone sagten sie ihrem heiß geliebten Kamal Lebewohl. Tränen liefen ihm in den Bart, als er ihnen erlaubte, ihn zum Abschied zu umarmen, und ihnen versprach, sie von Zeit zu Zeit wissen zu lassen, wie es ihm ging.

»Es war mir eine Ehre, Sie und Belhaven Sahib zu kennen«, krächzte er. »Möge Allah Sie schützen.«

»Die Ehre war ganz auf unserer Seite, Kamal.« Clarrie lächelte und weinte gleichzeitig. »Du warst immer unser bester Freund. Danke.«

Dann streichelte sie Prince und barg das Gesicht ein letztes Mal an seinem warmen Hals.

»Lauf munter, mein Prince«, flüsterte sie ihm ins Ohr. Das Pony schnaubte und stieß sie unruhig mit der Nase an, als ahnte es, dass ihre Trennung bevorstand.

Das Letzte, was sie von Gauhati sahen, als der Dampfer vom geschäftigen *ghat* ablegte, war Kamal, der auf Prince saß und sie grüßte. Sie winkten und riefen, bis er nur noch ein kleiner Punkt in der Ferne war.

Wie betäubt saßen sie dann auf Stühlen auf dem Vordeck und sahen die bewaldeten Garo Hills im Osten vorbeiziehen. Weit jenseits davon lag ihr Zuhause in Belguri. Während sie weiter flussabwärts fuhren und immer wieder neue Passagiere aufnahmen, verbreiterte sich der Brahmaputra beinahe zu einem Meer. Krokodile dösten auf Sandbänken, und nachts angelte die Mannschaft vom Heck aus.

Nach zwei weiteren Tagen an Bord erreichten sie Rangpur, den Eisenbahnknotenpunkt, von dem aus sie mit dem Zug nach Kalkutta weiterreisen würden. Clarrie hatte nur schwache Erinnerungen daran, wie sie mit ihren Eltern hier entlanggekommen war, damals, als sie noch in die große Stadt gefahren waren, um Geschäfte abzuschließen, neue Kleider zu kaufen oder einen Abend im Theater zu genießen. Olive erinnerte sich gar nicht daran. Je weiter sie sich von Assam entfernten, desto bedrückter und stiller wurde sie. Als sie Kalkutta und die Missionsstation erreichten, in der sie zwei Nächte gebucht hatten, bevor sie Indien verlassen mussten, sprach Olive kein Wort mehr.

Sie stachen am achten Juli in See. Es wehte ein erstickend heißer Wind. Die Sonne wurde von der Wasseroberfläche widergespiegelt und blendete den Betrachter. Clarrie musste die Augen zusammenkneifen und sie sich beschirmen, um einen letzten Blick aufs Land zu erhaschen, als sie ruckelnd aufs offene Meer hinausfuhren. Der geschäftige Kai mit seinen plappernden Essensverkäufern und Kochdünsten wurde allzu schnell kleiner. Indien, das einzige Zuhause, das sie je gekannt oder gewollt hatte, verschwand außer Sichtweite. Doch es wurde dunkel, und die Sterne standen schon am Himmel, bevor sie und die stumme Olive es über sich brachten, ihren Posten an der Reling zu verlassen und sich nach drinnen zurückzuziehen.

6

Newcastle, England, 1905

Als sie am frühen Morgen im hallenden Hauptbahnhof von Newcastle aus dem Zug stiegen, spürte Clarrie, wie Olives Griff um ihren Arm sich wie ein Schraubstock verstärkte. Alle schienen zu wissen, wohin sie in dem höhlenartigen Gebäude wollten, riefen Gepäckträger und eilten umher. Niemand hatte Zeit für die seltsam gekleideten jungen Frauen in ihren bunten Wollschals und mit Tüchern festgebundenen *sola topees* – tropischen Sonnenhüten.

»Keine Sorge«, sagte Clarrie, »Jared hat versprochen, hier zu sein, um uns in Empfang zu nehmen.«

Sie standen Arm in Arm neben ihrem kleinen Schrankkoffer und warteten nervös darauf, dass jemand sie abholen würde. Sie hatten die ganze Nacht durchwacht und waren müde und hungrig. Als der Bahnsteig sich leerte, sah Clarrie einen Mann hinter der Barriere, der sie heranwinkte. Der Atem stockte ihr. Einen Moment lang hätte sie ihn fast für Jock halten können, mit dem gleichen kahlen Kopf, dem langen Gesicht und dem drahtigen Körperbau. Er stand auch genauso ungeduldig wie ihr Vater da, die Hände in die Hüften gestemmt. Doch die

Ähnlichkeit war nur oberflächlich. Dieser Mann hatte gewaltige buschige Koteletten, die fast in einen Bart übergingen, und einen Schmerbauch, über dem sich die Knöpfe seiner braunen Weste spannten.

»Hier rüber, Mädels!«, brüllte er. »Wenn's Jared Belhaven ist, auf den ihr aus seid, dann bin ich euer Mann!«

Clarrie sah, dass ihr Verwandter nicht die Absicht hatte zu bezahlen, um auf den Bahnsteig zu kommen und ihnen zu helfen. Sie bückte sich, um ein Ende des Koffers mit der einen und Olives Geige mit der anderen Hand hochzuheben.

»Komm schon, Olive, fass mit an! Es ist nicht weit.«

Ihre Schwester sagte nichts. Allerdings hatte sie auch auf der ganzen langen Seereise kaum gesprochen, die sie größtenteils damit zugebracht hatte, seekrank in der Kabine zu liegen. Als sie sich mit ihrem Gepäck zur Schranke kämpften, kam ein fröhlicher junger Gepäckträger auf sie zugeeilt und hob ihren Koffer auf seinen Wagen. Er sagte in freundlichem Ton etwas, das Clarrie nicht verstand.

Jared begrüßte sie mit einem unbeholfenen Händeschütteln. »Jocks Töchter, was? Tut mir leid, das mit eurem Vater. Traurige Geschichte.« Er musterte sie mit unverhohlener Neugier. »Na, welche von euch ist welche?«

»Ich bin Clarissa, aber Vater hat mich immer Clarrie genannt. Und das hier ist Olive«, sagte Clarrie.

Er lächelte Olive an und kniff sie in die Wange. »Du bist eine echte Belhaven – ganz der Vater.« Etwas unsicherer setzte er hinzu: »Und du, Clarrie, siehst sicher deiner Mutter ähnlich. Wie ich gehört habe, war sie ein bisschen indisch?«

»Ja«, bestätigte Clarrie errötend. »Halb Engländerin, halb Assamesin.«

Er warf ihr einen seltsamen Blick zu. »Na, da kann man nichts machen.« Er wandte sich ab und führte sie zum Ausgang. »Hab das Wägelchen draußen stehen«, erklärte er geheimnisvoll.

Das *Wägelchen* erwies sich als flacher Karren, der von einem kräftigen schwarzen Pony gezogen wurde. Jared befahl dem Träger, den Koffer auf die Ladefläche zu heben. Der Junge stand pfeifend da und wartete auf ein Trinkgeld. Da Jared ihn ignorierte, fischte Clarrie eine ihrer letzten Münzen, einen silbernen Sixpence, aus der Tasche, und reichte sie ihm. Der Junge riss überrascht die Augen auf.

»Danke schön, Miss«, grinste er und steckte sie schnell ein.

Als er verschwand, tadelte Jared sie. »Ein Penny hätte gereicht. Tut ihnen nicht gut, wenn man sie verwöhnt.« Bevor Clarrie etwas entgegnen konnte, setzte er hinzu: »Wo ist der Rest von eurem Gepäck? Wird es später hergeschickt?«

»Nein, das ist alles, was wir haben«, sagte Clarrie.

Er sah ungläubig drein, zuckte dann aber die Schultern. »Na, ihr könnt euch sicher etwas Neues zum Anziehen kaufen. Meiner Lily macht es nichts aus, euch mit in die Läden zu nehmen.«

Clarrie nickte, aber sie fragte sich, von welchem Geld sie neue Kleider kaufen sollten. Sie musste schnell Arbeit finden, um ihren Verwandten nicht zur Last zu fallen.

Sie vergaß ihre Geldsorgen rasch, als sie auf den Karren kletterten und ruckartig in den Verkehr hinausfuhren. Jared peitschte das Pony in den Trab und lenkte es nach Westen. Clarrie und Olive starrten mit offenem Mund die riesigen, soliden Gebäude beiderseits der Straße an. Hoch und kühn, mit kunstvollen Steinmetzarbeiten um die Türen und Fenster, reckten sie ihre Giebeldächer, Kuppeln und aufragenden Schornsteine in den rauchverhangenen grauen Himmel.

Clarrie hatte schon prächtige Gebäude in Kalkutta gesehen, aber noch nie so eine Fülle von Baustilen, und allesamt so geschwärzt. Die Häuser in Indien hatten im grellen Sonnenlicht geglänzt. Hier war der Stein so dunkel wie Ruß.

Plötzlich riss Jared den Karren jäh nach rechts, um einem gewaltigen, lärmenden Fahrzeug auszuweichen. Olive kreischte und klammerte sich an Clarrie, als das Gefährt hoch über ihrem aufragte und mit Glockengeläut an ihnen vorbeiratterte.

»Was war das?«, fragte Clarrie erschrocken.

Jared brüllte vor Lachen. »Elektrische Straßenbahn, Mädchen. Hat man die in Indien nicht?«

»Nicht da, wo wir herkommen«, erwiderte Clarrie.

»Bringt einen im Nu in die Stadt«, erklärte er ihnen. »Aber meine Lily geht lieber zu Fuß. Gott hat uns Beine zum Laufen gegeben, sagt sie immer. Und es gibt nichts, was man in den Läden in Elswick nicht kaufen kann. Was soll es also, in die Stadt zu fahren?«

Den Rest der kurzen Reise über plauderte Jared über sein Geschäft. Er führte ein sehr respektables Wirtshaus, oder, wie er es lieber nannte, ein Hotel. Es gab eine öffentliche Bar und einen Salon, in dem sie einen Halfpenny zusätzlich für die Bedienung erhoben. In den hinteren Räumen betrieb Lily eine erfolgreiche Pastetenbäckerei.

»Die Leute kommen von weit und breit hierher, um eine von Lilys Pasteten zu ergattern. Jaja, sogar die feinen Leute vom Westgate Hill bestellen regelmäßig.« Er sah sich kurz nach Clarrie um. »Du hast in deinem Brief doch geschrieben, dass du kochst und so. Du kannst Lily in der Küche zur Hand gehen, während Olive mir in der Bar hilft. Ihr junges, frisches Gesicht wird die Gäste unendlich froh stimmen.«

Olive warf Clarrie einen entsetzten Blick zu.

»Ich helfe gern mit«, antwortete Clarrie, »wann immer ich freie Zeit habe. Aber mit Olive ist es anders. Ihre Gesundheit ist angegriffen. Und ich hatte gehofft, sie könnte hier zur Schule gehen.«

Jared fuhr so überrascht herum, dass er fast vom Kutschbock gefallen wäre. »Schule? Wie alt ist sie?«

»Gerade fünfzehn geworden«, sagte Clarrie.

»Fünfzehn! Die Mädels hier fangen mit zwölf oder dreizehn an zu arbeiten.« Wieder brach er in lautes Lachen aus, so als hätte er einen großartigen Witz gerissen. »Nein, nein. Ihr müsst euch beide euren Lebensunterhalt verdienen.«

Clarrie wurde das Herz schwer, aber sie lächelte ihrer Schwester aufmunternd zu. Je weiter sie kamen, desto ängstlicher wurde Olives Miene. Die prächtigen Gebäude wichen einförmigen Reihen von Backsteinhäusern an einer steilen Uferböschung, die alle Rauch ausrülpsten. Unten zur Linken standen Fabrikhallen, Kräne ragten auf und auf einem schlammbraunen Fluss tuteten Schlepper. Sie rumpelten eine lange Straße voller Läden entlang, deren Schaufenster im Schatten ausgeblichener Markisen lagen. Es herrschte schon Betrieb.

»Das hier ist die Scotswood Road«, erklärte Jared ihnen stolz. »Hier kann man alles, was es unter der Sonne gibt, kaufen.«

Clarrie starrte die Einkaufenden auf dem staubigen Bürgersteig an. Sie waren viel zu dick in schwere dunkle Röcke und Mäntel gekleidet, obwohl es ein warmer Sommertag zu werden versprach. Als wollten sie der Trostlosigkeit ihrer Kleidung etwas entgegensetzen, trugen sie eine wunderbare Vielfalt von Hüten, breitkrempig und mit Bändern, Federn und künstlichen Blumen geschmückt.

Zwei barfüßige Jungen, die dastanden und sich um ein Kutschpferd kümmerten, starrten mit offenem Mund zu ihnen hoch, als sie vorbeikamen.

»He, sieh dir bloß die Mädels an!«, schrie einer und zeigte mit dem Finger.

»Woll'n Sie auf einen Maskenball, gute Frau?«, rief der andere.

Ihr Übermut erinnerte Clarrie an die Dorfjungen zu Hause. Sie winkte ihnen zu, was noch mehr schrilles Gelächter hervorrief.

»Achtet gar nicht auf sie«, sagte Jared. »Sind bloß Straßengören.«

»Das stört mich nicht.« Clarrie lächelte. »Wir müssen mit unseren Sonnenhüten ja auch etwas lustig aussehen.«

»Ja«, brummte er. »Hier in Elswick werdet ihr sie kaum brauchen.« Er bog ruckartig quer durch den Verkehr in eine Seitenstraße ab. »Das hier ist die Cherry Terrace«, verkündete er.

Clarrie verbarg ihr Entsetzen. Sie hatte sich eine breite Straße ausgemalt, an der hübsche Kirschbäume Häusern mit Zäunen und gepflegten Gärten Schatten spendeten. Sie hatte Bilder von solchen englischen Straßen an den Wänden des Pinewood Hotel in Shillong gesehen. Aber die Cherry Terrace war schmal, kopfsteingepflastert und von einer lückenlosen Kette von Ziegelhäusern gesäumt. Es war weder ein Baum noch ein Grashalm in Sicht.

»Da sind wir!«, strahlte Jared und hielt vor einer Reihe schmutziger Fenster, die zur Hälfte aus Milchglas bestanden. Über der Tür verkündeten verblasste goldene Buchstaben, dass dies das Cherry Tree Hotel war. »Springt hier runter. Ich bringe Barny und das Wägelchen hintenrum.«

Clarrie stieß die Vordertür auf. Der vertraute, Übelkeit erregende Geruch von abgestandenem Whiskey und Pfeifenrauch begrüßte sie. Das Arbeitszimmer ihres Vaters. Sie musste Galle hinunterschlucken und das plötzlich wieder aufblitzende Bild von Jocks ausgemergeltem Körper auf seinem alten Feldbett verdrängen. Sie standen in einem kleinen Flur, der mit einem dunkel gefirnissten Holz getäfelt war. An einer Tür zur Linken stand *Öffentliche Bar*, an der zur Rechten *Salon*. Das Gemurmel von Männerstimmen drang aus der Bar. Aber es trank doch bestimmt noch niemand so früh am Tag? Vor ihnen lag eine dritte Tür, die Clarrie schnell öffnete.

Sie standen sofort in einer Wohnküche. Der Geruch nach gekochtem Fleisch war überwältigend. Große Pfannen dampften auf einem Herd, und ein robuster Tisch war mit Mehl und ausgerolltem Teig bedeckt. Der Holzfußboden war kahl und gut geschrubbt, die Einrichtung spartanisch. Ein einziger Polstersessel stand am Feuer. An den Wänden hingen keine Bilder oder Dekorationen, abgesehen von einem in grellen Farben illustrierten religiösen Traktat darüber, das schmale Tor zu wählen. *Denn viele sind berufen, aber wenige sind auserwählt*, warnte es.

Clarrie sah kurz Olive an, deren Gesicht einen kränklichen Grauton angenommen hatte. Schnell führte sie ihre Schwester zu einem Küchenhocker. Eine kleine, stämmige Frau mit zu einem straffen Dutt aufgestecktem ergrauendem Haar und aufgekrempelten Ärmeln an dicken Armen kam aus der Spülküche hereingeeilt.

»Du musst Lily sein«, sagte Clarrie lächelnd und streckte die Hand aus.

»Für euch Mrs Belhaven«, antwortete die Frau und ignorierte die Geste.

»Natürlich«, sagte Clarrie und stellte sich selbst und ihre Schwester vor.

»Was ist denn mit dir los?«, fragte Lily Olive. »Du siehst ein bisschen grün um die Nase aus.«

»Sie war während unserer langen Seereise sehr krank«, erklärte Clarrie. »Ein paar Tage im Bett würden ihr guttun, damit sie sich erholt und wieder zu Kräften kommt.«

Lily schnaufte. »In meinem Haushalt liegt niemand im Bett herum.« Sie ging auf Olive zu und legte ihr eine Hand auf die Stirn. Olive zuckte vor dem Zwiebelgeruch ihrer rauen Finger zurück. »Sieht aber so aus, als hättest du es nötig, ein bisschen Speck auf die Rippen zu bekommen. Du bist ja nur Haut und Knochen. Magst du Schweinefleischpastete?«

»Wir essen kein Schwein«, sagte Clarrie.

Lily bedachte sie mit einem ungläubigen Blick. »Warum denn das nicht?«

»Unser *khansama* Kamal konnte es nicht kochen. Er ist Muslim, verstehen Sie? Also haben wir es auch nie gegessen.«

Lily blähte die Backen, als wäre sie empört über die Äußerung. »Hier esst ihr jedenfalls, was auf den Tisch kommt, und seid dankbar dafür. Ich habe Mr Belhaven gesagt, dass es doch nur Ärger macht, sich zwei junge Mädels ins Haus zu holen. Aber er ist butterweich. Sagt, dass ihr zur Familie gehört und er es gar nicht anders machen könnte. Aber ich weiß nicht, warum er sich diesem Cousin so verbunden fühlt. Jock war schon immer das schwarze Schaf der Familie. Hat seine Armeepension auf ein Stück Dschungel bei all den Heiden verschwendet, man stelle sich das vor! Das musste ja böse enden.«

Ohne Atem zu holen, fuhr sie mit ihrer Litanei fort, während sie die Töpfe auf dem Herd umrührte. »Und nun seid ihr hier, zwei Waisenmädchen, die wir unter unsere Fittiche nehmen müssen, als ob wir nicht schon genug Schwierigkeiten hätten, unser täglich Brot zu verdienen und in diesem Stadtviertel ein ehrbares Wirtshaus zu führen. Aber der Herr schickt uns solche Dinge, um uns zu prüfen.«

Plötzlich stieß Olive einen gequälten Klagelaut aus und brach in Tränen aus. Clarrie beeilte sich, die Arme um sie zu legen.

»Was um alles in der Welt ist denn nur los mit ihr?«, schrie Lily.

»Sie haben sie mit Ihrem Gerede über Waisenmädchen aufgeregt, das ist alles«, sagte Clarrie. »Sie ist doch noch ein Kind, und sie hat das einzige Zuhause, das sie je kannte, verlassen und ist nun Tausende von Meilen davon entfernt. Verstehen Sie denn nicht, wie viel Angst einem das machen kann?«

Lily starrte sie an, als wäre sie es nicht gewohnt, dass irgendjemand ihr widersprach. Sie schnaufte missbilligend, kam dann aber herüber und legte die Hand auf Olives gesenkten Kopf.

»Du musst nicht weinen, Mädchen. Tränen dulde ich in meiner Küche nicht. Wenn du kein Schwein magst, kannst du Käse und Kartoffeln haben. Die Leute können gar nicht genug von meiner Kartoffel-Käse-Pastete bekommen. Die ist meine beliebteste. Würdest du das mögen?«

Clarrie nickte. »Sehr gern, danke.«

Lily wich zurück. »Meine Güte, kann das Mädel nicht für sich selbst sprechen, oder hörst du einfach gern deine eigene Stimme?«

Unversehens musste Clarrie lachen. »Ein bisschen von beidem, Mrs Belhaven.«

Aber Lilys strenge Miene zeigte, dass sie keinen Scherz hatte machen wollen. Clarrie richtete sich schnell auf. »Kann ich bei irgendetwas helfen?«

Im selben Augenblick kam Jared herein.

»Ah, wie schön, dass ihr beiden euch so gut versteht«, sagte er strahlend.

Lily schnaufte und bedachte ihren Mann mit einem vernichtenden Blick. »Los, nach vorn mit dir. Die Männer da wollen bedient werden, und ich bin mir nicht sicher, ob der junge Harrison nicht zu wenig kassiert.«

Jared ging brav und zwinkerte Clarrie zu, als wäre das ein geheimer Witz zwischen ihnen.

Obwohl Clarrie von der Reise erschöpft war, verbrachte sie den Rest des Tages damit, Lily zu helfen, Pasteten zu backen und sich aufmerksam ihre wortreichen Klagen über ihre Kunden, Nachbarn und Konkurrenten anzuhören. Sie überredete Lily, Olive früh zu Bett gehen zu lassen. Aber als Clarrie endlich zu ihrer Schwester durfte, nachdem das Pub geschlossen hatte, pochte ihr der Kopf, und ihre Augen brannten vor Müdigkeit.

Die Dachkammer, die ihr Schlafzimmer sein sollte, war nicht größer als die Abstellkammer in Belguri und fast genauso dunkel. Nur ein kleines, schmutziges Oberlicht diente als Fenster. Sie mussten sich ein einziges Bett, einen Tisch und einen Stuhl teilen – und zwei aufeinandergestapelte Teekisten, in denen sie ihre paar Kleider unterbringen sollten. Während es in den Schankräumen unten Gaslampen gab, hatten sie nur eine Kerze bekommen, um ihren Weg vom Schlafzimmer bis zur Latrine auf dem Hinterhof zu beleuchten. »Achtet darauf, dass sie die ganze Woche lang hält«, hatte Lily sie ermahnt. Sie sollten sich in der Spülküche waschen.

Olive war starr vor Angst vor dem langen Abstieg vorbei am Schlafzimmer der Belhavens und dem Gästezimmer, das an Reisende vermietet wurde und dem Ehepaar erlaubte, sich zu brüsten, das Wirtshaus sei ein Hotel. Clarrie musste sie begleiten. Während sie auf dem eisigen Hof Wache stand, beugte sie sich über die halbhohe Tür des nahen Verschlags, um Barny zu streicheln. Während sie an dem Pferd schnupperte und seinen Duft einsog, brach tiefer Schmerz über den Verlust von Prince und ihrem früheren Leben über sie herein.

Was Kamal und Prince jetzt wohl machten? Wie ging es Ama und ihrer Familie? Lebte irgendjemand in Belguri? Sie hasste die Vorstellung, dass Fremde sich in ihrem Zuhause breitmachten, aber noch mehr verabscheute sie den Gedanken, dass es unverkauft und ungeliebt dem Verfall preisgegeben war.

Zurück unter dem Dach lagen die Schwestern schlaflos da und sorgten sich um die bevorstehenden Tage.

»Ich halte es hier nicht aus. Das Zimmer ist wie eine Gefängniszelle«, flüsterte Olive. »Und die Frau ist eine Tyrannin. Ich arbeite nicht in ihrer schrecklichen Bar. Sie können mich nicht zwingen.«

»Mach dir keine Sorgen«, tröstete Clarrie sie. »Wir bleiben nicht lange hier. Ich finde schon eine gute Anstellung.«

Olive klammerte sich an sie. »Aber du lässt mich doch nicht hier, oder?«

»Natürlich nicht. Wie kannst du so etwas auch nur denken? Ich werde immer auf dich aufpassen, versprochen.«

Es kam Clarrie vor, als wäre sie gerade erst eingeschlafen, als ein lautes Hämmern an der Tür sie weckte.

»Los, aufstehen, Mädels!«, rief Jared. »Es gibt viel zu tun. Heute wird nicht im Bett gefaulenzt.«

Während Clarrie sich stöhnend aus dem Bett kämpfte, zog Olive sich die dünne Decke über den Kopf und brach in Tränen aus.

7

Gegen Ende der Woche war Clarrie der Erschöpfung nah. Sie hatte noch nie so hart gearbeitet: aufstehen um fünf, um die Feuer anzufachen, kochen und putzen für Lily, Gäste bedienen und bis spät in die Nacht für Jared Gläser spülen. Sie hatte ständig Rückenschmerzen vom Hereinschleppen der Kohleneimer aus dem Schuppen, und ihre Hände waren vom Abwasch rot und wund.

Aber zum Teil war sie selbst schuld an ihrer Arbeitslast. Von Anfang an stellte sie sich schützend vor Olive. »Sie ist zu jung, um erwachsene Männer in einer Bar zu bedienen«, beharrte sie, »und der Rauch aus ihren Pfeifen bringt sie doch nur zum Röcheln.«

»Ich brauche aber jemanden, der im Salon bedient«, grummelte Jared, »besonders, wenn abends viel Betrieb herrscht.«

»Wie hast du es denn bis jetzt geschafft?«, wagte Clarrie zu fragen.

»Hatte ein Mädchen in Olives Alter, das für uns gearbeitet hat«, erwiderte er spitz.

»Sie taugte nichts«, blaffte Lily. »Und sobald wir wussten, dass ihr kommen würdet, haben wir sie fortgeschickt.«

Clarrie verbarg ihr Erschrecken. »Dann tue ich es«, sagte sie. Ganz gleich, was ihre Verwandten glaubten, das hier war nur eine Übergangslösung.

»Was ist mit dem jungen Mädel?«, gab Lily zurück. »Glaub ja nicht, dass sie wie ein Prinzesschen herumsitzen kann – das können wir uns nicht leisten. Sie muss ihren Teil beitragen, um sich ihren Lebensunterhalt zu verdienen.«

»Sie ist sehr geschickt mit den Händen«, sagte Clarrie. »Sie kann nähen und stopfen. Und sie kann beim Pastetenbacken helfen, wenn Sie ihr beibringen, Teig anzurühren.«

»Ihr habt nie Teig gemacht?«, rief Lily aus.

»Nein, unser *khansama* …« Clarrie brach ab. Sie hatte schnell gelernt, dass ihre Verwandten jede Erwähnung ihres Lebens in Indien und jegliche Bezugnahme darauf, dass sie dort Dienstboten gehabt hatten, verabscheuten. Sie lächelte. »Wir wären dankbar, wenn Sie es uns beibringen würden.«

Olive gab sich damit zufrieden, Lily in der Küche zu helfen, auch wenn sie es hasste, Clarrie aus den Augen zu lassen. Clarrie ihrerseits fand die Abende, an denen sie Gäste bediente, weitaus angenehmer, als sich Vorträge und Strafpredigten von Lily anzuhören. Erst hatte sie sich davor gefürchtet, die verräucherte Bar zu betreten, aber zu ihrer Überraschung stellte sie fest, dass die Männer überwiegend sympathisch und freundlich waren. Jared hatte damit geprahlt, dass sie auf der Teeplantage seines Cousins aufgewachsen war.

»Sieh an, es ist die Kaiserin von Indien!«

»Wie befindet sich die Memsahib heute?«

»Hopp, Schätzchen, nachschenken!«

»Bis morgen, Clarrie, Süße! Pass auf dich auf!«

Die einzige Aufgabe, die sie verweigerte, war die, den Spucknapf am Eingang der Bar zu säubern. Davon musste sie würgen.

»Das tue ich nicht«, sagte sie zu Jared.

Er lenkte ein. »Das schafft der junge Harrison wohl auch allein.«

Der junge Harrison war ein mondgesichtiger Mann Mitte dreißig, dem man alles dreimal erklären musste, bevor er es tat. Jared beaufsichtigte ihn in der Bar, aber er lieferte auch Pasteten auf dem Karren aus. Es verwirrte ihn, wenn seine Route geändert wurde, und er reagierte verstört, wenn jemand ihn anschrie. Aber die meiste Zeit über war er fröhlich und hilfsbereit. Zu Clarries Erleichterung fand Harrison es überhaupt nicht abstoßend, die Speicheltropfen aus dem Messingspucknapf zu wischen.

Clarrie war erstaunt, dass sie im Salon sowohl Frauen als auch Männer bediente. Manche Damen kamen mit ihren Männern, um ein halbes Pint Stout-Bier oder einen süßen Sherry zu trinken. Andere erschienen ohne Begleitung. Als sie das Lily gegenüber erwähnte, schniefte die Frau abfällig.

»Gewöhnlich wie Mist, ohne jede Frage. Aber solange sie bezahlen und keinen Ärger unter den Männern machen, finden wir uns mit ihnen ab.«

Clarrie hatte Mitleid mit diesen Frauen. Die meisten von ihnen wirkten unterernährt und übermüdet. Sie wurden schon von ein oder zwei Drinks beschwipst und stimmten einen Sprechgesang an. Manchmal hatten sie Kinder dabei, die Jared draußen stehen ließ.

An einem heißen Spätnachmittag, als Clarrie einigen Kindern Wasserbecher auf einem Tablett brachte, verlor Jared die Fassung.

»Was machst du da? Wir sind kein verdammter Wohltätigkeitsverein!«

»Aber sie haben Durst«, sagte Clarrie, schockiert über seine Heftigkeit. Sie hatte ihn noch nie so wütend erlebt und bekam beinahe Angst.

»Und wenn sie sehen, wie weichherzig du bist, stellt sich bestimmt die Hälfte aller Straßengören aus dem Viertel an«, brüllte er. »Jetzt bedien gefälligst wieder die zahlenden Gäste, und tu so etwas nie wieder!«

Nachdem er davonstolziert war, trösteten die Frauen im Salon sie.

»Hör gar nicht auf den elenden alten Mistkerl«, sagte eine, die einen großen lilafarbenen Hut trug.

»Ja, der hat doch bloß Angst, dass sein Drache von einer Frau das herausfindet«, kicherte eine jüngere. »Sie hasst Kinder.«

»Aber es war ein netter Gedanke, Schätzchen«, sagte eine dritte, trank ihr Glas aus und kam steif auf die Beine. Clarrie bemerkte, dass sie stark hinkte.

Die Frauen wirkten ganz anständig, obwohl ein säuerlicher Geruch sie umfing und ihre Schuhe ausgetreten waren. Sie wollte sie fragen, warum sie an solch einen trostlosen Ort kamen, an den sie nicht einmal ihre Kinder mitbringen durften, aber sie wollte sie nicht beleidigen.

»Jedenfalls ist es ein Vergnügen, von jemandem wie dir bedient zu werden«, sagte die Hinkende namens Ina lächelnd. »Du hast ein hübsches Gesicht und eine nette Stimme.«

»Ja, du bist viel zu fein für dieses Haus«, grinste Lexy, die jüngste Frau. »Wo hat der alte Backenbart dich aufgetrieben?«

»Ich bin eine Verwandte«, antwortete Clarrie. »Meine Eltern sind tot. Jared hat mich aufgenommen – und meine Schwester Olive.«

Die Frauen äußerten ihr Mitgefühl. Ihre Freundlichkeit ließ ihr beinahe die Tränen kommen.

»Pass bloß gut auf dich auf, Schätzchen. Du bist wie ein Sonnenstrahl im Gegensatz zu dem alten Schlachtross da drinnen.« Maggie, die Frau mit dem lilafarbenen Hut, verzog das Gesicht und nickte in Richtung Küche. »Die sieht doch bloß auf Leute wie uns herab.«

Ina senkte die Stimme. »Die ist auch nicht besser als wir. Meine Mam war die Hebamme, die sie auf die Welt geholt hat, und in einem Palast war das nicht, das kann ich euch sagen. Lily Ohnestrumpf, so haben sie sie früher genannt.«

»Ja, genau deshalb ist sie so gemein«, setzte Lexy hinzu. »Verwässert das Bier und all so etwas. Ich wette, sie kommandiert dich ganz schön herum. Keines der anderen Mädchen hat es länger als fünf Minuten hier ausgehalten.«

»Andere Mädchen?«

Lexy nickte. »Hier haben schon mehr Kellnerinnen gearbeitet, als ich warme Abendessen hatte.«

Clarrie lächelte. »Oh, ich bleibe auch nicht lange – nur bis ich eine andere Stellung finde.«

Die Frauen brüllten vor Lachen. »Stellung, was?«

»Das machst du gut, Schätzchen«, sagte Ina.

»Komm, Maggie«, sagte Lexy kichernd zu ihrer Freundin. »Wir müssen zurück in unsere *Stellungen* in der Wäscherei!«

Mit einem fröhlichen Abschiedsgruß verließen sie das Pub. Obwohl sie sie aufgezogen hatten, lachte Clarrie, als sie abräumte, und hoffte darauf, sie wiederzusehen.

* * *

Zu ihrer Erleichterung kam der Sonntag und damit das versprochene späte Aufstehen. Aber um halb sieben wurde Clarrie von einem Klopfen aus ihrem tiefen Schlaf gerissen. Es mussten noch Hausarbeiten erledigt und das sonntägliche Mittagessen vorbereitet werden, bevor um elf der Gottesdienst begann. Um halb elf versammelten sie sich für den Kirchgang. Lily trug ein dunkelblaues Kleid, einen schwarzen Mantel und einen schwarzen Raffiahut. Sie sah Clarrie in ihrem pfirsichfarbenen Kleid und Olive in ihrem primelgelben schief an.

»Habt ihr keine Mäntel?«, fragte sie.

»Nur unsere Schals«, sagte Clarrie. »Wir müssen uns Mäntel für den Winter kaufen.«

»Ihr braucht schon vorher welche.« Lily war unerbittlich. »Ich kann euch doch nicht so in die Kirche gehen lassen, als wolltet ihr zum Tanz. Ich sehe morgen im Gebrauchtwarenladen nach. Und die Hüte da könnt ihr auch nicht tragen.«

Sie eilte davon, um etwas Passenderes zu finden, und kehrte mit einer altmodischen fliederfarbenen Haube zurück, die sie Clarrie auf den Kopf setzte. Ohne auf ihren Protest zu achten, band Lily die Haube mit einer riesigen schwarzen Schleife unter ihrem Kinn fest.

»Das muss reichen«, grummelte sie. »Olive ist jung genug, um sich ohne Hut blicken lassen zu können. Wir besorgen ihr schon noch einen für nächste Woche.«

Jared und Lily gingen voran die Cherry Terrace entlang. Die Schwestern folgten ihnen. Clarries Gesichtsfeld war von der Haube so eingeschränkt, dass sie den Kopf nach rechts und links drehen musste, um sich umzusehen. Olive, die die ganze Woche über niedergeschlagen und still gewesen war, musste kichern.

»Du siehst wirklich komisch aus«, flüsterte sie.

»Ich fühle mich wie in einem Tunnel«, sagte Clarrie. »Lass es mich wissen, wenn die Straßenbahn mich zu überfahren droht, ja?«

Olive hakte sich bei ihr ein. »Du siehst wie Rotkäppchen in Lila aus.«

»Ich komme mir eher vor wie Frau Holle.«

Sie unterdrückten ihr Gelächter, als Lily sich mit missbilligendem Blick umschaute.

Auf der Hügelkuppe blieben Lily und Jared stehen, um Atem zu schöpfen. Clarrie sah sich um. Es war ein sonniger Tag und das erste Mal seit ihrer Ankunft, dass sie das Cherry Tree Hotel verließen. Der dunstige Flusslauf schlängelte sich bis in die Ferne, von beiden Seiten von wuchernden Industriebauten und dicht gedrängten Wohnhäusern gesäumt. Jenseits davon erhoben sich jedoch sanfte grüne Hügel mit kleinen Wäldchen. Clarrie verspürte den inbrünstigen Drang, die lächerliche Haube los zu sein und durch die geheimnisvollen Hügel zu reiten.

»Was liegt da?«, fragte sie und wies in die Ferne.

»Dort im Süden ist die Grafschaft Durham«, antwortete Jared. »Aber im Westen und Norden« – er schwang den Arm in einer ausladenden Bewegung – »das ist alles Northumberland.«

Clarries Herz setzte einen Schlag aus. Northumberland, die Heimat ihres Vaters!

»Kann man Vaters Bauernhof von hier aus sehen?«, fragte sie aufgeregt.

»Nein, Mädel. Der lag meilenweit entfernt im Norden unweit der Küste.«

»Nimmst du uns eines Tages einmal dorthin mit?«, fragte Clarrie.

»Ganz gewiss nicht!«, mischte Lily sich ein. »Wir haben keine Zeit für Ausflüge. Und da oben gibt es auch nichts zu sehen, nur Gras und Wasser.«

In diesem Augenblick sehnte Clarrie sich nach frischem Gras und klarem Wasser. Einen Moment lang träumte sie sich auf die Lichtung bei der Hütte des *swami* zurück. An den Ort, wo das Schicksal sie mit Wesley Robson zusammengeführt hatte. Seltsam, dass sie gerade jetzt an ihn dachte. Er hätte es bestimmt genossen, sie so gedemütigt zu sehen, nachdem sie ihn zurückgewiesen hatte, dachte Clarrie voller Ärger. Wenigstens war es unwahrscheinlich, dass er sie hier im Arbeiterviertel Elswick je entdecken würde.

Sie schluckte ihre Enttäuschung über Lilys verächtliche Worte hinunter, war aber entschlossener denn je, eines Tages die alte Heimat ihres Vaters zu erkunden.

Die Belhavens besuchten die presbyterianische John-Knox-Kirche an der Elswick Road, ein imposantes Gebäude mit

Säulenfassade und Empore. Die Kirchenbänke waren gut gefüllt. Jared führte sie zu einer auf halber Höhe des Kirchenschiffs. Im Vergleich zur Garnisonskirche in Shillong und zur Kapelle der Nonnen war diese Kirche schlicht. Es gab weder Kerzen noch Weihrauch noch Priester in bunten Gewändern. Jock, nur dem Namen nach Anglikaner, hatte seine Töchter nur selten mit in die Kirche genommen.

Doch Clarrie erinnerte sich an Zeiten, in denen ihre katholisch erzogene Mutter an Heiligenfesten im Garten in Belguri schlichte Gottesdienste abgehalten hatte. Die Luft war von Vogelgezwitscher erfüllt gewesen. Manchmal hatte ihre Mutter sie und Olive auch mit hinunter ins Dorf genommen, um die örtlichen Feste mitzufeiern und Speisegaben auf den Tempelstufen abzulegen. Clarrie hatte die überschäumende Atmosphäre an solchen Tagen geliebt: Trommeln ertönten, die Leute tanzten und sangen, und alle wurden mit roter Farbe oder Blumengirlanden beworfen.

Dieser Gottesdienst war weitaus ernster, mit vielen Gebeten und einer langen Predigt. Doch als es ans Hymnensingen ging, ließen das Dröhnen der Orgel und der Schall der Stimmen fast das Dach wegfliegen. Olive fiel mit ein. Ihr blasses Gesicht erstrahlte bei der willkommenen Musik wie eine Blume, die im Sonnenschein aufblühte. Bisher hatte Lily Olive verboten, Geige zu üben. »Von Fiedeln halte ich nichts – Instrumente des Teufels. Sie verlocken nur zum Tanz und zur Sündhaftigkeit.«

Am Ende des langen Gottesdiensts gingen die am besten gekleideten und wohlhabendsten Gemeindemitglieder aus den vordersten Kirchenbänken zuerst. Ein gut aussehendes Paar mittleren Alters – der Mann hochgewachsen, grau meliert, mit einem Zylinder in der Hand und mit einem Gehstock, die Frau rosig, mit hübschen blauen Augen und sichtlich schwanger – blieb neben der Kirchenbank der Belhavens stehen.

»Guten Morgen, Mrs Belhaven.« Der Mann lächelte. »Ich hoffe, es geht Ihnen gut?«

Clarrie beobachtete voller Erstaunen, wie Lily errötete und albern lächelte. »Hervorragend, vielen Dank, Mr Stock. Ich hoffe, die Pastete mit Steak und Nierchen war nach Ihrem Geschmack?«

»Vorzüglich«, antwortete er. »Nicht wahr, Louisa?« Er wandte sich an die Frau, die an seinem Arm hing.

»Eine Ihrer besten«, versicherte sie Lily. »Schicken Sie doch bitte Harrison morgen vorbei, damit er eine Bestellung aufnehmen kann. Mr Stock hat später in der Woche Mandanten zu Gast, und Ihre Pasteten sind beim Mittagessen immer sehr beliebt.«

Lily nickte übertrieben und deutete einen Knicks an. »Ja, Mrs Stock, mit dem größten Vergnügen.«

Die Stocks tauschten noch ein paar Höflichkeiten mit Jared aus. Mr Stock sah Clarrie und Olive neugierig an. Aber als Jared keine Anstalten machte, sie vorzustellen, gingen er und seine Frau weiter. Hinter ihnen ging ein hochgewachsener junger Mann, der nicht viel älter als Clarrie war und Mr Stock so ähnlich sah, dass er offensichtlich dessen Sohn war. Als Letzter kam ein etwa zwölfjähriger Junge mit zerzaustem Haar, sympathischen blauen Augen und einem so offenen Lächeln wie seine Mutter.

»Hallo, Mrs Belhaven«, grinste der Jüngere. »Meinen Sie nicht, Sie könnten die Nierchen nächstes Mal weglassen? Mama und ich mögen sie nicht besonders.«

»Still, Will!«, fuhr sein Vater herum, um ihn zur Ordnung zu rufen. »Achten Sie gar nicht auf ihn, Mrs Belhaven. Will spricht immer erst und denkt hinterher nach. Ändern Sie nicht das Geringste an Ihren Rezepten, sie sind köstlich.«

Als sie sich abwandten, fing Clarrie Wills Blick auf und lächelte. Der Junge errötete und eilte seinen Eltern nach.

Auf dem Heimweg fragte Clarrie nach den Stocks. Jared warf sich in die Brust und sagte wichtigtuerisch: »Mr Stock ist ein sehr angesehener Anwalt. Wohnt in Summerhill gleich bei der Westgate Road, sehr nobel. Ich habe selbst schon seine Dienste in Anspruch genommen. Hat mir geholfen, ein paar Wohnungen in Benwell zu kaufen, nicht wahr, Lily?«

»Nun erzähl dem Mädchen doch nichts über unsere Privatangelegenheiten«, schimpfte sie.

Jared sah entschuldigend drein. »Nein, natürlich nicht, Liebes.« Er räusperte sich. »Jedenfalls ist Mr Stock ein wahrer Gentleman, und seine alte Dame – na, bei der sieht man doch, dass keine ihr so schnell das Wasser reichen kann.«

»Allerdings ist es nicht sehr damenhaft, in ihrem Alter noch guter Hoffnung zu sein, wenn du mich fragst«, schniefte Lily. »Das gehört sich einfach nicht.«

»Worauf hofft sie denn?«, mischte Olive sich ein.

Lily lief rot an. Clarrie sagte schnell: »Ich glaube, Mrs Belhaven meint, dass Mrs Stock bald ein Kind bekommt.«

»Wirklich?«, wunderte sich Olive. »Aber ist sie nicht schon zu alt dafür? Ihre Söhne müssen doch …«

»Das ist mehr als genug Tratsch über Mrs Stock und ihre Familie«, unterbrach Jared, dem solch freizügiges Gerede sichtlich peinlich war. Den Rest des Weges legten sie schweigend zurück.

Am Nachmittag, nach einem deftigen Mittagessen aus Schweinefleischpastete, Biskuitpudding und Englischer Creme, fanden die Schwestern heraus, wie langweilig ein Sonntag bei ihren Verwandten sein konnte. Bevor die Belhavens nach oben gingen, um sich hinzulegen, wies Lily sie an, abzuwaschen.

»Danach könnt ihr euch ausruhen«, schloss sie mit einem großmütigen Lächeln.

»Ich denke, wir gehen spazieren«, antwortete Clarrie. »Es ist ein wunderschöner Tag, und ich habe auf dem Rückweg einen Park gesehen …«

»Spazieren gehen?«, rief Lily. »Nein, nein, am Sonntagnachmittag auszugehen, kommt überhaupt nicht infrage. Wenn ihr Bewegung wollt, könnt ihr zum Abendgottesdienst noch einmal in die Kirche gehen.«

Clarrie starrte sie ungläubig an. »Wir sind die ganze Woche über kaum an die frische Luft gekommen. Was kann eine kleine Runde durch den Park schon schaden?«

»Zwei junge Mädchen allein im Park?« Lily schnalzte mit der Zunge. »Da treibt sich allerhand Gesindel herum! Ihr bleibt schön im Haus und lest die Bibel, oh ja!«

»Wir sind keine Kinder mehr«, antwortete Clarrie und bemühte sich, ihren Zorn zu zügeln, »und wir sind größere Freiheit gewohnt.« Sie hätte gern erwähnt, dass sie früher täglich stundenlang allein ausgeritten war, ohne zu Schaden zu kommen, aber sie wusste, dass das Lily nur noch mehr gegen sie aufbringen würde.

»Ihr lebt jetzt aber wohl oder übel bei uns«, gab Lily zurück, »und ihr werdet euch an unsere Regeln halten. Nicht wahr, Mr Belhaven?« Sie bedachte ihren Mann mit einem strengen Blick.

Er nickte peinlich berührt. »Legt einfach die Beine hoch, ja, Mädels? Sonntag ist ein Tag der Ruhe. Seid froh darüber.«

»Und setzt den Kessel auf, damit das Teewasser um vier Uhr heiß ist«, befahl Lily. Jared lächelte verlegen und eilte seiner Frau nach.

Nachdem der Abwasch erledigt war, starrten Clarrie und Olive missmutig die große, ledergebundene Bibel an, die auf dem Tisch am Kamin lag. In der Küche war es drückend heiß. Clarrie hatte das Gefühl, dass sie den Verstand verlieren würde, wenn sie nicht ins Freie ging.

»Wir warten, bis sie eingeschlafen sind«, sagte sie leise. »Dann gehen wir.«

»Das können wir doch nicht machen!« Olive schnappte nach Luft.

»Oh doch.«

»Aber sie wird es herausfinden«, wandte Olive nervös ein. »Sie hat auch hinten Augen.«

»Und wenn schon. Was kann sie schon tun, außer uns anzuschreien?« Clarrie zuckte die Schultern. »Und das macht sie ohnehin.«

»Sie wird uns hinauswerfen, und dann haben wir nichts mehr – noch nicht einmal ein Zuhause in dieser elenden Hütte. Und dann stecken sie uns ins Arbeitshaus, und man trennt uns voneinander, und …«

»Das passiert schon nicht«, beharrte Clarrie und legte die Arme um ihre Schwester. »Lily ist berechnend, sie würde nicht so ohne Weiteres auf uns verzichten. Schließlich verrichten wir wie Kulis Sklavenarbeit für sie. Es ist ja nicht so, dass sie knapp bei Kasse sind; sie sind bloß gemein. Jared hat sich verplappert, dass sie nicht nur hier, sondern auch in Benwell Immobilien haben. Ich frage mich, wohin er gestern in Anzug und Melone wollte. Er muss Mieten eingetrieben haben, denn als er zurückkam, hat er Lily Geld übergeben.« Sie drückte Olives Schultern. »Dieser weibliche Geizkragen wird uns nicht verlieren wollen. Sie mag ja so tun, als wären wir eine Last, aber sie ist zutiefst entzückt darüber, eigene Dienerinnen zu haben. Sie glaubt, dass sie das auf eine Stufe mit Leuten wie den Stocks hebt.«

»Sie ist kein bisschen wie die«, verkündete Olive. »Sie hat sich lächerlich angehört, als sie in dem Ton geredet hat.«

Clarrie stand auf und äffte Lily nach. Sie knickste vor ihrer Schwester. »Weniger Nierchen in Ihren Pasteten? Ja, Mrs Stock, mit dem größten Vergnügen.«

Olive kicherte. Clarrie machte weiter.

»Allerdings ist es ganz und gar nicht damenhaft, wenn eine Frau in Ihrem Alter noch guter Hoffnung ist. Sie hätten Ihre Sonntagnachmittage drinnen mit Bibellektüre verbringen sollen, nicht« – sie holte theatralisch Luft – »mit Spaziergängen im Park und damit, sich zu vergnügen.«

Olive unterdrückte ein Auflachen.

Clarrie grinste. »Komm, lass uns losgehen und uns auf die Suche nach Gesindel machen.«

Olive stand auf und knickste vor ihr. »Ja, Mrs Stock, mit dem größten Vergnügen.«

Der Park, den Clarrie auf dem Heimweg von der Kirche erspäht hatte, war weitläufig und gepflegt. Es gab Blumenrabatten und Bänke, Spielwiesen und einen bunt bemalten Konzertpavillon. Zu ihrem Entzücken war der Park voller Leute, die den Sonnenschein genossen, einen Familienspaziergang unternahmen oder dasaßen, um einem Blechbläserensemble zu lauschen. Clarrie und Olive schlenderten umher, ließen den Anblick auf sich wirken und nahmen die Mode in Augenschein. Ihre eigenen Kleider waren im Vergleich zu den schlichteren Schnitten der Garderobe der anderen Spaziergänger überladen mit Rüschen und wirkten altmodisch. Allerdings trugen viele Frauen kunstvoll verzierte Blusen und ausladende Hüte.

»Ich möchte auch so einen Hut mit riesigen rosafarbenen Rosen und grünen Straußenfedern«, verkündete Clarrie.

»Dann siehst du aus wie der Garten in Belguri«, neckte Olive sie.

Clarrie grinste. »Genau.«

»Dann will ich aber einen mit einem Papageien«, sagte Olive, »und Bambuswedeln.«

»Na, dann nehme ich einen mit zwei Papageien und einem Affen.«

»Zwei Papageien, einem Affen und einem Hibiskusstrauch«, konterte Olive.

Clarrie prustete. »Fünf Papageien, einem Tiger, einer Betelpalme und …«

»… und einer Waldkiefer!«, rief Olive.

Clarrie knickste. »Ja, Mrs Stock, mit dem größten Vergnügen.«

Sie brachen beide in Gelächter aus, aufgekratzt, weil sie in den fröhlichen, sonnenbeschienenen Park entkommen waren. Leute blieben stehen, sahen sich um und lächelten freundlich das hübsche, bunt gekleidete Schwesternpaar an. Scherzend und kichernd gingen sie Arm in Arm weiter und erregten die bewundernde Aufmerksamkeit junger Männer, die die Hände aus den Taschen zogen und im Vorbeigehen kurz die Mützen lüpften und grinsten.

Allzu bald verriet ihnen eine Uhr am Pavillon, dass es schon halb vier war. Als sie sich widerwillig zum Gehen wandten, kam ein Stahlreifen den Weg entlanggesaust und traf Clarrie am Bein.

»Tut mir leid!«, entschuldigte sich ein Junge atemlos und fing den Reifen ein, bevor er auf die Straße rollen konnte.

Erschrocken drehte Clarrie sich um und sah Will Stocks errötendes Gesicht.

»Dieser Junge!«, rief sein Vater und holte ihn ein. »Es tut mir schrecklich leid. Sind Sie verletzt?«

»Nein«, versicherte Clarrie ihm. »Ich habe nur einen Schreck bekommen.«

»Will! Entschuldige dich sofort in aller Form«, forderte er ärgerlich und packte den Jungen am Jackenkragen. Der Reifen entglitt Will und fiel klappernd zu Boden.

»Entschuldigung«, sagte Will mit tiefrotem Gesicht. »Ich kann nicht sehr gut mit Reifen umgehen – oder mit sonst einem Sportgerät. Bloß reiten kann ich.«

»Das muss die junge Dame gar nicht alles wissen«, sagte sein Vater ungeduldig. »Eine anständige Entschuldigung hätte gereicht …«

Clarrie berührte Will am Arm. »Mach dir keine Sorgen, ich werde es überleben. Ich werde zwar bis ans Ende meiner Tage O-Beine haben, aber sterben werde ich daran nicht.«

Der Junge riss erschrocken die Augen auf. Clarrie lachte. »Ich habe doch nur Spaß gemacht! Natürlich geht es mir gut. Der Reifen ist harmlos. Da, wo ich herkomme, muss man bei einem Sonntagsspaziergang die Augen nach Schlangen und Tigern aufhalten.«

»Wirklich?«, keuchte Will. »Also sind Sie gar nicht aus Newcastle?«

Clarrie lächelte. »Nein. Wir sind in Indien aufgewachsen. Aber jetzt leben wir hier.«

»Meine Güte, erzählen Sie mir mehr darüber?«

Sein Vater mischte sich ein. »Nicht jetzt, Will.« Er musterte Clarrie forschend aus dunkelblauen Augen. »Sind wir uns nicht schon einmal begegnet?«

Clarrie nickte. »Heute Morgen nach dem Gottesdienst. Wir waren mit den Belhavens dort.«

»Ach ja!« Er nickte. Dann runzelte er wieder die Stirn. »Aber ich verstehe nicht ganz …«

»Ich bin Clarrie Belhaven, und das ist meine Schwester Olive. Wir sind Verwandte von Mr Belhaven und … äh … umständehalber hier.«

Sie wollte ihm gerade die Hand reichen, als sie bemerkte, wie rau und gerötet sie aussah, und zog sie zurück. Er nickte ihr und der stummen Olive zu. »Herbert Stock«, stellte er sich vor.

Sie sah ihm an, dass er neugierig war, aber im selben Moment erschien sein älterer Sohn mit einer schlanken, gut gekleideten jungen Frau am Arm auf dem Weg. Große, haselnussbraune Augen überstrahlten ihre spitze Nase und ihren kleinen Mund, den sie angesichts dieser Unterbrechung ihres Spaziergangs missbilligend schürzte.

»Vater, macht Will schon wieder Unfug wie gewohnt?«, fragte der ältere Bruder gedehnt. Er hatte die ebenmäßigen Züge und blauen Augen seines Vaters, aber sein Haar wurde schon vor der Zeit dünn, und sein Kinn war von zu vielen üppigen Mahlzeiten fleischig.

»Im Gegenteil, er hat zwei neue Freundinnen für uns gefunden, die Misses Belhaven«, antwortete Herbert. »Das hier sind mein älterer Sohn Bertie und eine Freundin der Familie, Verity Landsdowne.«

Bertie nickte den Schwestern gelangweilt zu und versuchte gar nicht erst, ihnen die Hand zu schütteln. »Sind Sie mit den Pastetenleuten verwandt?«, fragte er.

Clarrie errötete. »Ja, aber …«

»Recht nett«, fiel Bertie ihr ins Wort. »Einfaches, aber ehrliches Essen.« Er wandte sich ab.

Verity seufzte. »Es ist so heiß, Bertie. Meinst du, wir könnten jetzt im Brougham zurückfahren?«

»Natürlich«, stimmte Bertie zu, und die beiden entfernten sich. Clarrie sah eine hübsche Apfelschimmelstute und eine Kutsche am Ende des Weges.

»Dürfen wir Sie nach Hause fahren?«, fragte Herbert.

»Das ist sehr freundlich«, erwiderte Clarrie, immer noch gekränkt über Berties Unhöflichkeit, »aber wir gehen lieber. Wir haben selten Gelegenheit …« Sie brach ab, weil sie diesem kultivierten Geschäftsmann nicht ihre Dienstbotenarbeitswoche beschreiben wollte. In der indischen Gesellschaft wäre sie Leuten wie den Stocks ebenbürtig gewesen, aber hier war sie Herbert sozial eindeutig unterlegen. Das war aber noch keine Entschuldigung für Berties schlechtes Benehmen. Selbst die Arbeiter von Elswick legen mehr Höflichkeit an den Tag, dachte sie zornig.

Herbert zog zum Abschied kurz den Hut und rief Will zu, ihm zu folgen. Will hatte seinen Reifen wieder eingesammelt und lächelte Clarrie schüchtern zu.

»Passen Sie auf, dass Sie keinen Schlangen und Tigern begegnen!«, witzelte er.

»Das tun wir.« Clarrie lächelte. »Und üb du schön weiter mit dem Reifen.«

Er winkte ihnen zu und rannte seinem Vater nach.

Als sie wieder in der Cherry Terrace ankamen, war es fast vier, und Lily fuhrwerkte mit finsterer Miene in der Küche herum, um Tee zu kochen.

»Wie könnt ihr es wagen, mir nicht zu gehorchen?«, hielt sie ihnen vor. »Ihr habt den Feiertag nicht geheiligt und Schande über mein Haus gebracht!«

Clarrie ließ sich nicht einschüchtern. »Es tut mir leid, wenn wir Sie verärgert haben. Aber wir sind dazu erzogen worden, uns an Gottes Schöpfung und an der frischen Luft zu erfreuen.«

»Ihr seid wenig besser als Heiden aufgewachsen«, zischte Lily. »Ihr habt wohl kaum jemals auch nur einen Schatten auf die Kirchentür geworfen. Also wage es ja nicht, mir eine Predigt über Gottes Schöpfung zu halten. Er hat den siebten Tag zum Ruhetag bestimmt, und das heißt, dass man im Haus bleibt und die Bibel liest.«

»Zum Ruhetag?«, rief Clarrie aus. »Ich bin seit halb sieben auf und erledige Hausarbeit! Und Olive und ich haben eine Stunde mit dem Abwasch verbracht, bevor wir ausgegangen sind. Sonntage sollen Erholung von der Arbeitswoche bieten, und das heißt genauso gut, ins Freie zu gehen und den Sonnenschein zu genießen, wie nach dem Sonntagsessen zu schlafen.«

Lily war hochrot im Gesicht und für den Augenblick sprachlos. Jared kam mit verquollenen Augen herein.

»Was soll denn all der Lärm, Mädels?«

Lily stach mit einem Finger nach Clarrie. »Die da hat einen Ton am Leib …«

»Wir sind spazieren gegangen, Jared«, erklärte Clarrie. »Es tut mir leid, dass das so viel Aufregung verursacht hat.«

Jared starrte sie mit offenem Mund an, fassungslos über ihre Dreistigkeit und unsicher, was er sagen sollte.

»Sag es ihr«, befahl Lily. »Sag ihr, dass sie das nie wieder tun darf.«

Jared sah unbehaglich drein und zupfte an seinen buschigen Koteletten. »Nun ja …«

»Ich verstehe nicht, wie es eine Sünde sein kann«, sagte Clarrie schnell, »wenn Mr Stock und seine Söhne es für angemessen halten, am Sonntag im Park spazieren zu gehen.«

»Mr Stock?«, vergewisserte Lily sich. »Ihr habt ihn gesehen?«

Clarrie nickte und erzählte ihnen von dem Vorfall mit dem Reifen. »Bertie Stock hat noch einmal erwähnt, wie gut Ihre Pasteten sind, Mrs Belhaven.«

»Das ist doch großartig, nicht wahr?« Jared lächelte vorsichtig.

Verwirrung zeichnete sich auf Lilys Gesicht ab, aber sie ließ sich nicht besänftigen. »Es geht nur die Stocks und ihr Gewissen etwas an, wenn sie sich entschließen, den Feiertag nicht zu heiligen. Das wird in meinem Haus nicht geschehen, und solange ihr hier lebt, tut ihr, was wir tun.«

Clarrie war nahe daran, noch weiter zu widersprechen, aber dann erhaschte sie einen Blick auf Olives verängstigtes Gesicht. Das Mädchen fürchtete sich sehr davor, Ärger zu bekommen. Lily würde ihre Wut vielleicht die Woche über an ihr auslassen, wenn Clarrie im Pub zu beschäftigt war, um ihre Schwester zu beschützen. Es hatte keinen Zweck, Lily gegen sich aufzubringen, wenn es Wichtigeres zu klären gab, wie etwa die Frage nach Arbeit und Entlohnung.

Clarrie schluckte ihre rebellischen Worte hinunter und sagte: »Es tut mir leid. Mir war nicht bewusst, wie sehr es Sie aufregen würde. Wir tun es nicht wieder.«

Beim darauffolgenden Teetrinken herrschte gedämpfte Stimmung. Jared war der Einzige, der sich bemühte, das Gespräch in Gang zu halten. Bald darauf flüchteten die Schwestern in ihre stickige Dachkammer und lagen mit aufgesperrtem Oberlicht da. Sie lauschten dem abendlichen Plappern der Stare und dem Lärm der Kinder, die in der Gasse hinter dem Haus Fangen spielten.

Clarrie konnte gar nicht glauben, dass sie erst eine Woche hier waren. Es war kaum vorstellbar, dass sie je ein anderes Leben geführt hatten. Indien schien unglaublich weit entfernt zu sein, ein Traum, den sie sich ausgedacht hatte oder der jemand anderem widerfahren war. Sie sah, wie leicht sie von der tagtäglichen Plackerei des Lebens in der Cherry Terrace und Lilys strenger Herrschaft zermürbt werden konnten. So musste es für Tausende von Arbeitern sein, für die es Triumph genug war, immer wieder das Ende eines anstrengenden Tags zu erleben.

Da erkannte Clarrie in der Enge der schäbigen Dachkammer, dass sie darum würde kämpfen müssen, die Erinnerungen an jenes andere Leben wachzuhalten, wenn sie die Hoffnung nicht verlieren wollte. Sie zog den kleinen rosafarbenen Stein des *swami* an seiner Lederschnur unter ihrem Baumwollhemd hervor, betastete seine glatte Oberfläche und schloss die Augen. Jetzt ritt sie wieder durch den kühlen Wald und erreichte im Trab die Lichtung des Einsiedlers, während über den Bergen gerade die Dämmerung anbrach.

Clarrie ließ zu, dass ihr die Tränen kamen, während sie den Kieselstein umklammerte und sich zwang, sich zu erinnern. Nichts und niemand, das schwor sie sich, würde ihr je die kostbaren Erinnerungen nehmen oder Jock Belhavens Tochter ihren Tatendrang rauben.

8

Heiligabend 1905

»Ich fahre«, bot Clarrie an, während sie mit einem Tablett voller schmutziger Gläser zurück in die Küche eilte. »Ich kann mit Pferden umgehen, und Barny kennt mich.«

»Aber es ist ganz eisig da draußen, Mädel.« Jared runzelte die Stirn. »Vielleicht sollte ich fahren.«

»In der Bar herrscht Hochbetrieb«, hob Clarrie hervor.

»Ja, du wirst hier gebraucht, Jared«, blaffte Lily und bedachte Harrison, der auf der harten Bank lag, mit einem wütenden Blick, »wenn der Junge schon nicht zu gebrauchen ist. Es sind zwanzig Pasteten auszuliefern.«

Harrison lag da und weinte leise. Sein Knöchel war verbunden, weil der junge Mann die Kellertreppe heruntergefallen war, als er ein neues Fass Bier hatte holen sollen. Es war der geschäftigste Tag des Jahres, und Lily war sogar noch reizbarer als sonst.

»Clarrie muss fahren«, seufzte Lily. »Olive kann im Salon aushelfen. Es wird Zeit, dass sie lernt, im Pub mit anzupacken.«

Clarrie wollte gerade einwenden, dass Lily diejenige hätte sein sollen, die mit anpackte, weil die Pasteten jetzt fertig waren, aber Olive stimmte rasch zu.

»Das mache ich«, sagte sie, trocknete sich die Hände ab und strich sich das rote Haar zurück.

»Dann zeige ich dir, was du tun musst«, bot Clarrie an.

»Ich weiß, was zu tun ist«, antwortete Olive bestimmt, wenn auch mit ängstlicher Miene. »Ich habe dir lange genug zugesehen.«

Clarrie warf ihr einen überraschten Blick zu, aber Lily war einverstanden.

»Siehst du? Du packst das Mädel zu sehr in Watte. Sie ist kein Kind mehr. Ich achte schon darauf, dass sie ihre Sache anständig macht. Los, ab mit dir auf die Pastetenrunde!«

Nach einem tröstenden Wort für Harrison belud Clarrie den Karren und führte Barny auf die Gasse hinaus. Sie tätschelte ihm den Hals und flüsterte ihm etwas Aufmunterndes zu. Das Pony war auf dem Eis nervös und schreckhaft. Clarrie führte es fest an den Zügeln und versuchte gar nicht erst, auf den kleinen Wagen zu steigen. Am höchsten Punkt der Uferböschung angekommen, seufzte sie vor Erleichterung. Es war bitterkalt. Die Luft war eisig, und das Licht war fast völlig aus dem grauen Winterhimmel verschwunden. Doch sie verspürte eine Aufwallung von freudiger Erregung, weil sie in der Abenddämmerung zwischen den mit Stechpalmenzweigen und Glaskugeln festlich geschmückten Läden an der Elswick Road unterwegs war.

Von dem mageren Lohn, den sie den Belhavens abgehandelt hatte, hatte sie Olive ein Skizzenbuch und ein paar Bleistifte gekauft. Das war eine der vielen Schlachten gewesen, die sie mit Lily im Laufe der vergangenen Monate hatte ausfechten müssen. Es hatte sich sehr früh abgezeichnet, dass ihre Verwandten nicht die Absicht hatten zuzulassen, dass Clarrie sich anderswo Arbeit suchte.

»Niemand wird euch beide zusammen einstellen«, hatte Jared gesagt, »also hat es gar keinen Zweck, nach einer Stellung zu suchen.«

»Das ist also aller Dank, den wir bekommen?«, hatte Lily zornig gefragt. »Dafür, dass wir euch aufgenommen haben, als niemand sonst dazu bereit war? Wenn unsere Nächstenliebe nicht wäre, wärt ihr obdachlos. Das Mindeste, was ihr tun könnt, ist, uns zu helfen.«

»Wir sind dankbar für alles. Aber wir arbeiten nun schon seit einem Monat sehr hart, ohne Lohn dafür zu bekommen. Wenn wir bleiben, sollten wir bezahlt werden«, hatte Clarrie beharrt.

»Ihr bekommt Kost und Logis«, hatte Lily zurückgegeben.

»Aber wir haben nichts, wovon wir uns Kleidung kaufen können, und wir brauchen Stiefel für den Winter. Wir brauchen unser eigenes Geld. Sie könnten uns zahlen, was Sie den anderen Mädchen gegeben haben, und eine angemessene Summe für Kost und Logis abziehen.«

Widerwillig und nur auf Jareds Drängen hin hatte Lily sich bereit erklärt, ihnen vier Shilling Taschengeld pro Woche zu zahlen. Einen Shilling davon mussten sie jeden Sonntag bei der Kollekte spenden. Die Schwestern waren mittlerweile geschickt darin, günstige Angebote in den Läden mit gebrauchter Kleidung an der Scotswood Road zu entdecken und sich Unterwäsche und Nachthemden aus billigen Stoffresten vom Tuchhändler zu nähen. Aber der magere Lohn bedeutete, dass sie nichts sparen konnten und nicht in der Lage waren, sich nach einer anderen Unterkunft umzusehen. Außerdem wusste Clarrie nicht, wo sie hätte anfangen sollen. Sie war seit ihrer Ankunft noch nicht über Elswick und den Westen von Newcastle hinausgekommen und hatte auch das prächtige Stadtzentrum nicht wiedergesehen. Sie hatte den Kampf um einen freien Nachmittag pro Woche bestritten und verloren.

»Es ist zu viel zu tun«, hatte Lily verächtlich gesagt, »und wir gestehen uns seit Jahren selbst keinen freien Nachmittag zu.«

»Es ist zu unsicher, allein in die Stadt zu fahren, Mädels«, hatte Jared ihr beigepflichtet. »Irgendwann nehmen wir euch einmal mit dorthin, damit ihr euch umschauen könnt, aber es gibt nicht viel zu sehen.«

Clarrie glaubte ihm nicht. Sogar die begrenzte Aussicht, die sich ihr vom höchsten Punkt von Elswick bot, umfasste immerhin die eleganten Türmchen der städtischen Kirchen und der Kathedrale und die verzierten Schwünge georgianischer Dächer unter dem Leichentuch aus Rauch.

Sie entschloss sich, ihren Augenblick der Freiheit jetzt zu genießen, und ging leichten Schrittes an ihre Lieferungen. Sie warf einen Blick auf den Zettel mit der Route und den Adressen. Es waren vier Häuser im Norden von Elswick aufzusuchen, dann noch ein Altenheim, eine Pension und eine Kakaostube an der Westgate Road. Als sie in das Lokal hineinspähte, Teetassen klirren hörte und sah, wie Grüppchen von Männern sich am lodernden Kaminfeuer aufwärmten und Karten oder Dame spielten, versetzte ihr die Nostalgie einen Stich. Sie hatten viele frostige Winterabende in Belguri Tee trinkend mit Brettspielen verbracht, während der Duft von Holzrauch in der Luft gelegen hatte. Aber der Geruch hier war der beißende mineralische Gestank von brennender Kohle, an den sie sich allmählich gewöhnte.

Als die Straßenlaternen schon aufleuchteten, beeilte sie sich, die letzte Bestellung auszuliefern: an die Stocks in Summerhill. Clarrie fragte sich, was sie in dem hohen, eleganten Stadthaus vorfinden würde, das diskret an einem ruhigen Platz abseits der geschäftigen Westgate Road gelegen war. Vor einem Monat hatte Louisa Stock plötzlich aufgehört, zur Kirche zu kommen.

»Sicher ist sie wegen des neuen Kindes ans Haus gefesselt«, hatte Jared vermutet.

»Ja, Mrs Stock wird sich bis zur Taufe nicht außer Haus sehen lassen«, hatte Lily ihm beigepflichtet. »Das wäre ja auch ungehörig.«

Aber es war keine Taufe angekündigt worden. Was Clarrie noch mehr verwirrte, waren die langen Gesichter, die die Stock-Männer machten, wenn sie den Sonntagsgottesdienst eilig verließen, ohne sich aufzuhalten. Bloß Will wurde auf Höhe der Kirchenbank der Belhavens langsamer, um Clarrie ein schüchternes Lächeln zu schenken, aber er blieb nicht mehr stehen, um über Reifen oder Pferde zu plaudern, wie er es seit ihrer Begegnung im Park immer getan hatte. Irgendetwas stimmte nicht, und als Clarrie die Stufen zur Küche im Untergeschoss hinabstieg, hoffte sie, dass die freundliche Louisa nicht an einer Krankheit litt.

Zunächst traf sie nur Will an. Er saß auf dem Küchentisch, ließ die Beine baumeln und aß eine Banane.

»Clarrie!«, rief er. »Was machst du denn hier? Sind das Mince Pies? Sie riechen so – und die mag ich am liebsten!«

Eine junge Frau in Schürze und Haube eines Küchenmädchens scheuchte ihn vom Tisch. »Lass dich da oben nicht von der Köchin erwischen. – Danke«, sagte sie zu Clarrie und nahm ihr das Tablett mit den Pasteten ab. »Du bist neu, oder?«

»Sie ist eine Verwandte von Mr Belhaven. Sie kommt aus Indien, Dolly«, mischte Will sich ein.

»Erzähl mir doch nichts«, schimpfte das Mädchen ihn aus.

Clarrie lachte. »Das ist wahr.«

Dolly starrte sie an, als hätte sie zwei Köpfe. »Na so was!« Sie ging rückwärts mit dem Tablett durch eine Speisekammertür. »Die verstecken wir besser vor der Köchin. Sie hasst es, dass der gnädige Herr Belhavens Pasteten lieber mag als ihre. Sie spendet die hier an die Heilsarmee, wenn sie sie findet.«

»Komm, ich zeige dir meine Krippenfiguren«, sagte Will zu Clarrie und nahm sie beim Arm.

Clarrie zögerte und sah ihre schmutzigen Stiefel und ihre fadenscheinige Jacke an. »So kann ich doch nicht nach oben gehen.«

»Oh doch«, beharrte Will. »Es ist bloß in der Diele. Du musst dich ja nicht auf den Teppich stellen.«

Dolly kehrte zurück. »Ich würde mir da keine Sorgen machen. Niemand wird dich sehen. Der gnädige Herr und Mr Bertie sind noch in der Kanzlei, und die gnädige Frau ist im Bett.«

»Ich dachte, die Stocks wären Leute, die die ganze Nachbarschaft zum Feiern einladen«, sagte Clarrie.

»Dieses Jahr nicht.«

»Ist irgendetwas geschehen?«

Dolly sah Will vorsichtig an. »Es steht mir nicht zu, das zu sagen.«

»Komm schon, Clarrie«, forderte Will ungeduldig und zerrte sie zur Küchentür.

»Na gut, aber nur für eine Minute«, lenkte sie ein. »Ich kann Barny nicht zu lange da draußen in der Kälte warten lassen.«

Er führte sie eine steinerne Treppe hinauf ins Erdgeschoss und durch eine mit grünem Stoff bespannte Tür. Durch eine offene Tür auf der anderen Seite der dunklen Diele war ein großes Wohnzimmer zu erkennen, das ebenfalls im Dunkeln lag, wenn man vom gespenstischen Leuchten einer Straßenlaterne absah, das durch die Fenster ohne Vorhänge fiel. Eine breite Treppe mit schmucklosem Geländer führte in die Finsternis empor. Soweit Clarrie sehen konnte, gab es nirgendwo irgendwelche Dekorationen oder Anzeichen von Weihnachtsvorbereitungen. Zu ihrer Enttäuschung wirkte das Haus leer, unbeleuchtet und kalt.

Clarrie hielt sich an Will fest, weil sie sich im Dunkeln nur schwer zurechtfand.

»Sie sind oben auf dem Treppenabsatz«, sagte Will und führte sie zu den Stufen.

»Du hast gesagt, deine Krippenfiguren seien in der Diele.« Clarrie blieb stehen. »Ich bin mir nicht sicher, ob ich hier sein sollte.«

»Bitte, Clarrie!«

Sie hörte den Anflug von Verzweiflung in seinem Ton und ließ zu, dass er sie nach oben führte.

Ein sanftes Licht flackerte am Ende des Treppenabsatzes, und Clarrie sah eine Krippe, die auf einer niedrigen Holztruhe aufgebaut war. Das Haus war so still, dass sie mit angehaltenem Atem darauf zuschlichen. Aus der Nähe erkannte sie, dass die adretten Figuren aus Stoff bestanden und bunt eingekleidet waren. Es gab winzige, zierliche Ochsen und Schafe. In einer aus Holz geschnitzten Krippe lag ein in ein weißes Tuch gewickeltes Baby. Die ganze Szenerie wurde von einer Reihe Miniaturkerzen beleuchtet, die alles in ein heimeliges Licht tauchten.

»Die ist schön«, hauchte Clarrie. »Wer hat sie gemacht?«

»Mama«, flüsterte Will. »Sie hat sie für mich gemacht, als ich fünf war. Ich stelle sie jedes Jahr auf, auch wenn ich jetzt zu groß bin, um damit zu spielen.«

Clarrie streckte einen Finger aus und berührte sanft das Jesuskind. »So klein und doch so hübsch. Olive wäre begeistert davon.«

»Du kannst sie gern mitbringen, wenn du möchtest«, sagte Will enthusiastisch.

»Danke.« Sie berührte seinen Arm. »Du bist ein lieber Junge.«

Er schüttelte den Kopf. »Nein, bin ich nicht. Ich bin eine Nervensäge. Das sagt Papa immer. Er sagt mir, dass ich aus Mamas Zimmer wegbleiben soll und dass ich zu viel Lärm mache.«

»Nun, meiner Erfahrung nach kann man laut und lieb zugleich sein.«

Er schenkte ihr ein kurzes Lächeln. »Ich mag dich, Clarrie. Möchtest du gern zu Weihnachten zum Mittagessen kommen?«

Clarrie lachte. »Ich wünschte, das könnte ich, aber ich muss bei Olive bleiben und Mr und Mrs Belhaven bei den Vorbereitungen ihres Abendessens helfen.«

»Habt ihr in Indien auch Weihnachten gefeiert?«

Bei der unverhofften Erinnerung ging ein Ruck durch Clarries Innerstes. »Ja.« Sie schluckte, als sie an ihr unglückliches letztes Weihnachtsfest dachte, an dem sie sich Sorgen um das Geld und die Trunksucht ihres Vaters gemacht hatte.

»Mit Truthahn und Plumpudding?«, fragte Will.

»Nein, mit gebratener Waldschnepfe und Ingwerpudding.«

»Weihnachten muss wohl nicht immer gleich sein«, bemerkte er nachdenklich. Er verstummte, während er die Krippe anstarrte. Clarrie wollte sich schon zum Gehen wenden, als er sagte: »Mama hat ein totes Baby bekommen.«

Ihr Herz hämmerte. »Oh, Will, wie schrecklich! Das tut mir leid. Sie muss sehr traurig sein.«

Will zuckte die Schultern. »Sie spricht nicht darüber. Das tut niemand. Sie glauben, dass ich es nicht weiß, weil ich erst elf bin. Aber ich habe gesehen, wie der Arzt einen Kasten aus ihrem Zimmer getragen hat, und er hat ihn in der Garderobe stehen lassen, als er mit Papa reden gegangen ist.« Will zögerte. Clarrie hörte, wie er schwer schluckte. »Es war ein Kasten wie der, in dem ich meine Spielzeugsoldaten aufbewahre.« Er senkte die Stimme zu einem Flüstern. »Ich habe hineingesehen. Es war ganz eingewickelt wie das Jesuskind. Aber es war echt. Ich habe es berührt. Es war warm.«

Clarrie unterdrückte ein Stöhnen.

»Ich weiß, dass ich das nicht hätte tun sollen«, fuhr Will aufgeregt fort. »Glaubst … glaubst du, dass ich es getötet habe? Vielleicht wollte der Arzt es mitnehmen, um es zu heilen.« Ein Schluchzen entrang sich ihm.

Sie umarmte ihn rasch. »Oh, du armer Junge! Natürlich hast du das Baby nicht getötet. Der Arzt hätte die Kleine nie in einen Kasten gelegt, wenn sie noch gelebt hätte.«

Will lehnte sich an sie und weinte leise. Sie streichelte ihm tröstend das Haar.

»Du verrätst es aber doch niemandem, oder?«, fragte Will, als er sich von ihr löste.

»Natürlich nicht«, versicherte Clarrie ihm. »Aber du hast nichts falsch gemacht. Du darfst dir keine Vorwürfe machen, versprichst du mir das?«

Er nickte und wischte sich Augen und Nase am Ärmel ab.

»Ich muss jetzt los«, sagte Clarrie sanft. »Kommst du zurecht?«

Er nickte. Als sie den Treppenabsatz entlanggingen, fragte er: »Warum hast du gesagt, dass das Baby eine Sie war?«

»Ich weiß es nicht«, antwortete Clarrie. »Ich hatte einfach nur das Gefühl, dass deine Mutter ein Mädchen erwartete. Ist das Baby begraben worden?«

»Das weiß ich nicht.« Will zuckte die Schultern. »Niemand hat es mir gesagt.«

Clarrie hielt ihm die Hand, als sie die Treppe hinunterstiegen. Seine Verwirrung und seine Trauer taten ihr in der Seele weh. Die Stocks taten ihr alle leid, und sie fragte sich, wie krank seine Mutter wohl war. Als sie unten ankamen, spürte sie oben eine Bewegung und drehte sich um. Sie glaubte, eine Gestalt in einem weißen Nachthemd am Ende des Treppengeländers vorübergehen zu sehen, aber sie war sich nicht sicher.

Draußen hatte es stark zu schneien begonnen. »Sieh doch, Will!«, rief Clarrie. »Ist das nicht schön?« Sie wirbelte herum und hielt ihr Gesicht in die Schneeflocken. »Mein erster Schnee in England!«

Will war genauso entzückt, tobte jubelnd durch die Gegend und wirbelte mit Tritten Schnee auf. Er scharrte einen großen

Haufen zu einem riesigen Schneeball zusammen und warf ihn nach Clarrie. Er traf sie am Hals, und sie schrie überrascht auf. Einen Moment später jagte sie ihn schon um den stillen Platz und warf ihrerseits Schneebälle nach ihm.

»Will!«, bellte eine Stimme aus der Dunkelheit. »Bist du das?«

Während Will weiter vorwärtsstürmte, warf Clarrie einen großen Schneeball. Der Junge prallte gegen die schattenhafte Gestalt eines Mannes. Im selben Augenblick traf der Schneeball sein Ziel. Beide wurden mit nassem Schnee überschüttet. Will kreischte vor Lachen und schüttelte den Schnee ab, aber der Mann schrie empört: »Hör auf damit, du ungezogenes kleines Gör!«

Zu spät erkannte Clarrie, dass es Herbert Stock war. Sie eilte zu ihm und schlitterte mit wirrem Haar und von Wills Treffern gezeichneter Kleidung über den frischen Schnee.

»Es tut mir so leid, Mr Stock«, sagte sie außer Atem. »Ich habe ein bisschen über die Stränge geschlagen.«

Im matten Gaslicht starrte er sie durch den fallenden Schnee an. »Wer sind Sie?«

»Clarrie Belhaven«, stieß sie hervor. »Ich habe die Mince Pies geliefert.«

»Clarrie! Du meine Güte, ich dachte, es wäre eine Freundin von Will.«

»Das ist sie auch, Papa.« Will grinste. »Wir hatten eine tolle Schneeballschlacht. Clarrie ist so gut wie ein Junge.«

Clarrie lachte. »Das nehme ich als Kompliment.«

Herbert lächelte betrübt, während er sich Schnee von der Schulter klopfte. »Das sollten Sie auch. Ich sehe ja, wie treffsicher Sie sind.«

»Es tut mir leid«, wiederholte Clarrie.

»Das sollte es nicht«, antwortete er. »Ich habe Will seit Wochen nicht mehr so glücklich erlebt.«

Clarrie hätte ihm gern ihr Beileid zum Tod des Babys ausgesprochen, wollte Will aber nicht in Schwierigkeiten bringen. Stattdessen sagte sie: »Es tut mir leid zu hören, dass Mrs Stock unpässlich ist.«

Er sah sie verblüfft an.

»Dolly hat mir gesagt, dass sie im Bett liegt«, fuhr Clarrie rasch fort. »Bitte lassen Sie uns wissen, wenn es irgendetwas gibt, was wir tun können, um zu helfen – zusätzliche Backwaren oder sonstige Vorräte?«

»Das ist sehr freundlich«, sagte er steif, »aber wir wollen Ihnen nicht zur Last fallen.«

»Es wäre keine Last«, versicherte Clarrie ihm. »Ich bin es gewohnt, einen Haushalt zu führen. Das musste ich nach dem Tod meiner Mutter ja auch tun. Deshalb weiß ich, dass schon ein kleines bisschen Hilfe viel bewirken kann.«

Seine strenge Miene wurde sanfter. »Danke.«

»Können wir jetzt heiße Schokolade trinken und Mince Pies essen, Papa?«, fragte Will. »Und kann Clarrie bleiben?«

Clarrie sah Herbert Stock verlegen zögern. »Das kann ich leider nicht«, sagte sie. »Ich muss zurück ins Hotel, um dort zu helfen.«

»Du lebst in einem Hotel?« Will schnappte nach Luft. »Ist es sehr prächtig?«

Clarrie unterdrückte ein bitteres Auflachen. »Nein, nicht besonders.«

Als sie zu dem geduldigen Pony zurückeilte, hörte sie, wie Will seinem Vater erzählte, dass er ihr die Krippe gezeigt hatte. Sie errötete, als sie daran dachte, wie sie unverfroren mit nach oben gegangen war, als wäre sie seinesgleichen. Herbert Stock würde vermutlich verärgert sein. In seinen Augen war sie eine bescheidene Schankmagd und ein Mädchen für alles. Sein Sohn Bertie ließ sich in der Kirche nicht einmal herab, mit ihr zu sprechen. In ein oder zwei Jahren würde sogar Will verstehen, dass er jemanden wie sie nicht einfach ins Haus bitten durfte. Sie ging schnell und verbannte alle Gedanken an das vornehme Zuhause der Stocks aus ihrem Kopf. Wenn sie sich gestattete, es mit der trostlosen Umgebung der Cherry Terrace zu vergleichen, aus der es kein Entkommen zu geben schien, würde sie verrückt werden.

* * *

Als Clarrie zurückkehrte, quoll das Pub vor Trinkern über, und es ging hoch her. Einige der Männer waren schon seit Stunden da. Olive kam mit der Nachfrage im Salon kaum hinterher und rannte ständig zur Bar, um neue Getränke zu holen, und dann wieder in die Küche, um saubere Gläser zu beschaffen. Lily spülte und ließ Harrison abtrocknen.

»Wo zum Teufel warst du?«, fragte sie mit rotem Gesicht. »Harrison wäre auf einem Bein schneller gewesen.«

»Da draußen ist es rutschig vor Schnee auf dem Eis«, entgegnete Clarrie und ging zum Feuer, um ihre steif gefrorenen Hände aufzutauen.

»Glaub ja nicht, dass du untätig am Feuer herumlungern kannst«, fuhr Lily sie an. »Geh schon und hilf deiner nichtsnutzigen Schwester. Sie ist langsam wie ein Brauereipferd.«

Clarrie tauschte einen mitfühlenden Blick mit Harrison und verließ die Küche. Als sie Olive fand, war diese den Tränen nah.

»Es ist so laut, und sie schreien alle die ganze Zeit, und ich kann mich nicht erinnern, was sie bestellt haben«, jammerte Olive auf dem Gang, ein volles Tablett in den Händen. »Und diese Hexe Lily sagt, dass ich nicht schnell genug bin.«

»Gib mir das Tablett«, sagte Clarrie. »Welcher Tisch?«

»Einer rechts von der Tür, glaube ich«, schniefte Olive.

»Geh in die Küche und biete an, die Gläser zu spülen. Sag Lily, dass sie es sich verdient hat, die Beine hochzulegen.«

»Sie hat nichts dergleichen verdient«, protestierte Olive.

»Wenn es dir das Kellnern erspart, dann beschwer dich nicht«, gab Clarrie zurück und nahm das Tablett in die eiskalten Finger.

Sie bog in den Salon ab und schlängelte sich zu dem Tisch durch, an dem man auf sie wartete.

»Wo ist denn das rothaarige Mädchen hin?«, fragte einer der Männer. »Die hübsche kleine Elfe?«

»Die muss jetzt dem Weihnachtsmann helfen«, antwortete Clarrie und lud die Gläser ab.

»Sie wollte sich auf meinen Schoß setzen«, lachte er. »Hat sie mir versprochen.«

»Unsere Clarrie setzt sich dir auf den Schoß, Billy«, sagte sein Freund und stieß ihn an. Er war ein Stammgast namens Burton, der manchmal Mundharmonika spielte. »Sie ist eine Nette.«

»Das kostet dann aber doppelt so viel«, scherzte Clarrie. »Das macht einen Shilling und Threepence.«

Billy zahlte, und Clarrie eilte zum nächsten Tisch, an dem man nach ihr rief.

Sie machte den ganzen Abend keine Pause, rannte zwischen den beiden Räumen hin und her und zwängte sich mit Tabletts voller überschwappender Biergläser zwischen den Trinkenden hindurch. Einige versuchten, sie zu betatschen; andere verkündeten, sie seien verliebt. Ein paar wurden ausfallend, und Jared wies die Männer an, ihre Zunge im Zaum zu halten, denn sonst müssten sie woanders hingehen.

Clarrie begann, sich vor Hunger schwach zu fühlen. Aber Lily ließ nicht zu, dass sie ihre Arbeit unterbrach, um etwas zu essen, bevor das Pub schloss. Sie sagte ihr, es sei ihre eigene Schuld, dass sie den Nachmittagstee verpasst hatte. Clarrie wurde flau vor Angst, weil sie wusste, dass es nach der Sperrstunde draußen Prügeleien unter Betrunkenen geben würde. Das Wichtige war, sie hinauszuschaffen, bevor es losging. Das Trinken der Männer hatte etwas Verzweifeltes, als könnten sie die Schinderei langer Arbeitstage in den Werkhöfen und Fabriken mit Bier und Schnaps auslöschen. Ein paar Stunden lang war dieses trostlose Pub mit seinen kahlen Böden, schmutzigen Fenstern und wackligen Tischen ein Zufluchtsort zwischen der Tyrannei der Fabriksirene und ihren beengten, verräucherten Wohnungen. Clarrie war all das klar, aber es ärgerte sie. Sie hatte gesehen, was das Trinken einem Mann antat. Es begann als Fluchtmöglichkeit und verzehrte ihn am Ende. Wenn sie Jared gewesen wäre, hätte sie die Hälfte aller Gäste schon vor Stunden nach Hause geschickt. Die Atmosphäre war allmählich nicht mehr fröhlich, sondern laut und aggressiv. Streitigkeiten brachen aus und loderten auf wie Streichhölzer.

Als Jared endlich rief, dass nun das letzte Mal bestellt werden konnte, wurde laut nach noch mehr Getränken verlangt. Olive erschien mit einem Tablett voller sauberer Gläser und reichte es Jared hinter der Theke. Sie wirkte erschöpft. Ihre Hände waren vom stundenlangen Spülen rot und wund. Clarrie bekam ein schlechtes Gewissen, als sie Olives früher so schöne Musikerinnenfinger derart zugerichtet sah. Aber Olive half Clarrie, ein Tablett vollzuladen, ohne sich zu beklagen.

Als sie auf dem Weg zur Tür der Bar waren, machte ein Mann schwankend einen Schritt rückwärts und rammte Olive, die Clarrie das Tablett aus der Hand schlug. Im nächsten Augenblick landeten Gläser klirrend auf dem Boden, und Bier spritzte überall hin. Protestgeschrei ertönte. Männer sahen sich um oder drängelten sich aus dem Weg.

»Du dämliche Schlampe!«, knurrte der schwankende Mann. Seine Jacke war biergetränkt. Es war Hobson, normalerweise ein ruhiger Zeitgenosse und Vorarbeiter in Armstrongs

Rüstungsfabrik. Er packte Olive und schüttelte sie heftig. Olive schrie auf.

Clarrie packte den Mann am Arm. »Es war meine Schuld. Bitte lassen Sie sie los.«

»Meine neue Jacke – der verdammte Lohn von zwei Wochen – ruiniert!«, schimpfte er betrunken, ohne Olive loszulassen. Sie wirkte verängstigt.

»Es tut mir leid«, versuchte Clarrie ihn zu beruhigen. »Aber ich wische es ab. Ich mache das schon für Sie.«

Sie spürte, wie sein Griff um ihre Schwester sich lockerte, und schob ihn fest von sich.

»Was ist da los?«, rief Jared über den Lärm hinweg. Er bemerkte den Aufruhr erst jetzt. Die Leute stapften schon knirschend über die Glasscherben, als spielte es keine Rolle.

»Nur ein Unfall«, antwortete Clarrie und versuchte weiter, den Vorarbeiter von Olive wegzuführen.

»Geht es Ihnen gut, Mr Hobson?«, fragte Jared.

Sofort flammte die Empörung des Mannes wieder auf.

»Nee«, lallte er. »Verdammte Mädchen.«

Einen Moment lang versuchte Hobson, sich mit glasigem Blick auf Clarrie zu konzentrieren. Sie sah ihm an, dass er sehr betrunken war. Es war ein Ausdruck, den sie zu oft in Jocks Augen gesehen hatte, wenn er sie nicht zu erkennen schien – voller Aggression und Drohung. In ihren eigenen Augen musste sich wohl Angst abzeichnen. Im nächsten Moment ballte er die Faust und versetzte ihr einen Schlag mitten ins Gesicht.

Clarrie taumelte schockiert gegen die Theke. Olive schrie laut auf. Jared kam herbeigeeilt. Jemand neben Hobson boxte ihn seinerseits. Ein Kampf brach in der Bar aus. Unerträgliche Schmerzen waren Clarries Nase heraufgeschossen. Sie krümmte sich gequält, hielt sich das Gesicht und konnte die Augen nicht öffnen. Um sich herum hörte sie, wie Männer grölten und aufeinander einschlugen. Sie sank zu Boden, presste sich an die

Theke und versuchte auszuweichen. Ein schwerer Stiefel traf sie an der Hüfte.

»Hilf mir, Hilfe!«, kreischte Olive in der Nähe.

Clarrie streckte einen Arm aus. Die Augen konnte sie immer noch nicht öffnen. Ihre Schwester packte ihn. Sie zog Olive in ihre Umarmung, und sie klammerten sich aneinander, während ringsum die Schlägerei tobte. Minuten später hörte sie Lilys Stimme über die sich prügelnden Männer hinweg brüllen: »Raus hier und nach Hause mit euch, alle miteinander!«

Clarrie spähte aus zusammengekniffenen Augen hoch und sah, wie Lily Leute mithilfe eines Besens zur Tür scheuchte. Bald war das Pub leer, und der Lärm verlagerte sich auf die Straße. Sie hörte, wie Jared die äußere Tür verriegelte und zurückkehrte.

»Hoch mit euch beiden!«, befahl Lily und stieß die Schwestern mit dem Besen an. »Was zum Teufel ist hier passiert?«

Clarrie kämpfte sich auf die Beine. Ihre Nase pochte vor Schmerzen und blutete heftig. Bevor sie etwas erklären konnte, schimpfte Lily sie schon aus: »Du hast ein Tablett fallen lassen, nicht wahr? Sieh dir nur all das zerbrochene Glas an! Das ziehe ich dir vom Lohn ab.«

Olive stand auf und klammerte sich an ihre Schwester.

»Das Mädchen war nicht allein schuld, Liebes«, sagte Jared, führte Clarrie zu einem Stuhl und drückte ihr ein schmutziges Taschentuch an die Nase. »Dieser Hobson ist zu weit gegangen, als er sie geschlagen hat.«

Der Anblick ihres Mannes, der Clarrie half, schien Lily nur noch wütender zu machen. Ihr Gesicht war hochrot, und ihre Augen funkelten vor Zorn. »Du dummer Kerl hast zugelassen, dass es aus dem Ruder läuft!«, blaffte sie. »Ich kann dir aber auch wirklich nichts anvertrauen.« Dann beugte sie sich dicht vor Clarries Gesicht und fuhr sie an: »Du warst sicher frech zu dem Mann. Nicht wahr?«

Clarrie zuckte zurück. »Nein, ich habe versucht, ihn zu beruhigen. Er ist gegen Olive handgreiflich geworden.«

»Ihr Mädchen!«, schrie Lily. »Ihr seid völlig nutzlos.« Sie versetzte einem umgefallenen Stuhl einen Tritt. »Das hier war ein ordentliches Haus, bis ihr mit all eurem gezierten Getue hergekommen seid. Ihr haltet euch doch für etwas Besseres als die hart arbeitenden Jungs hier. Sie merken ganz genau, wenn jemand die Nase zu hoch trägt.« Sie starrte sie böse, voll echtem Abscheu an. »Ihr könnt jedenfalls diese Schweinerei allein aufräumen!«

Sie schüttelte den Besen in die Richtung der Schwestern.

Clarrie hatte sie noch nie so wutentbrannt gesehen und hatte Angst, dass sie Olive etwas zuleide tun würde. Sie stand auf, obwohl ihr so schwindlig war, dass sie schwankte, und hielt schützend einen Arm vor ihre Schwester. »Na gut, das machen wir.«

»Und es ist mir gleich, wie lange es dauert«, knurrte Lily. »Ihr steht trotzdem so früh wie sonst auf, um das Feuer anzufachen.«

Clarrie klammerte sich an Olive fest, um nicht in Ohnmacht zu fallen. »Feuer? Aber morgen ist der erste Weihnachtstag.«

»Der ist in diesem Haus auch nicht anders als jeder andere Tag« verkündete Lily, »und ich muss Pasteten für den zweiten Weihnachtstag backen.«

Sie drückte Clarrie den Besen in die Hand und stürmte hinaus. Seufzend holte Jared einen Lappen hinter der Theke hervor und half Clarrie, ihr Nasenbluten zu stillen. Sie brauchten eine Stunde, um das Durcheinander in der Bar zu beseitigen, den Salon aufzuräumen, die Gläser zu spülen und sie wegzustellen. Jared blieb in der Nähe, rückte Tische zurecht und versuchte zu helfen, ohne dass seine Frau etwas davon mitbekam. Aber sie befahl ihm, Harrison die Straße hinauf zu seiner Unterkunft zu bringen, und sagte dem Kellner, dass er in zwei Tagen wieder zur Arbeit kommen sollte.

Als er ging, murmelte Jared: »Leg dir über Nacht lieber ein kaltes Flanelltuch auf die Nase, sonst hast du morgen einen Bluterguss wie ein Preisboxer.«

Als sie endlich fertig waren, war Lily schon ins Bett gegangen und hatte wie üblich vorher die Speisekammer abgeschlossen. Clarrie war längst über den Wunsch hinaus, etwas zu essen, aber Olive hielt sich den Magen.

»Ich habe solchen Hunger, Clarrie. Sie hat mir nichts zum Tee gegeben.« Sie durchsuchten die Küche, fanden aber nichts Essbares, bis auf etwas altbackene Pastetenkruste, die für Barny aufbewahrt wurde. Olive kaute unglücklich darauf herum.

»Ich hasse sie«, sagte sie kläglich. »Heute Abend war sie wie eine Wahnsinnige. Warum hat Vater uns nie erzählt, wie fürchterlich seine Verwandten sind?«

Clarrie sackte neben ihr auf der Bank zusammen. »Jared ist gar nicht so übel, und vielleicht kannte Vater Lily nie richtig. Er war seit Jahren nicht mehr hier. Ich glaube nicht, dass er damit gerechnet hat, dass wir sie je kennenlernen würden.«

»Er hätte aber daran denken sollen.« Olive schluckte und kämpfte gegen die Tränen an. »Er hätte sich überlegen sollen, wohin all sein Trinken und seine Schulden uns bringen würden.«

Clarrie schloss zu Tode erschöpft die Augen. »Es wird nicht ewig so weitergehen.«

»Das sagst du immer!«, rief Olive anklagend. »Aber wie soll es sich ändern? Wir sind hier wie Sklavinnen. Diese Hexe lässt uns doch niemals gehen!« Sie brach in Tränen aus.

Clarrie versuchte, einen Arm um sie zu legen, aber Olive ließ sich nicht trösten und schüttelte sie ab.

»Ich laufe weg«, sagte sie. »Du kannst mich nicht aufhalten.«

Clarrie seufzte. »Wohin?«

»Das ist mir gleich. Irgendwohin! Wir hätten nie nach England kommen sollen. Wir hätten mit Kamal gehen sollen.

Alles, nur das hier nicht. Jetzt kommen wir nie nach Indien zurück!«

Clarrie wusste, dass es keinen Sinn hatte zu widersprechen, wenn Olive sich in solch eine Laune hineingesteigert hatte. Das machte alles nur noch schlimmer.

»Lass uns zu Bett gehen, solange wir noch können«, sagte sie und stemmte sich hoch. Die Uhr auf dem Kaminsims zeigte, dass es fast Mitternacht war. »Es ist bald Weihnachten. Wir werden es genießen, egal, was Lily Ohnestrumpf sagt.«

Olive schnitt eine Grimasse, folgte ihr aber durchs dunkle Treppenhaus auf den Dachboden. Sie hatten sich daran gewöhnt, ohne Licht nach oben und unten zu steigen, um sich ihre Kerze dafür aufzusparen, im Bett die Handvoll von Jocks schimmligen Büchern zu lesen, die sie aus Belguri mitgebracht hatten.

Sie zogen zusätzliche Kleidung, Handschuhe und Wollstrümpfe gegen die Eiseskälte an und legten sich zusammen ins Bett. Olive ließ zu, dass Clarrie sie in den Arm nahm.

»Hol morgen deine Geige hervor. Dann haben wir ein bisschen Musik«, flüsterte Clarrie. »Das macht den Tag etwas schöner.«

»Das lässt sie nicht zu.«

»Wir überreden Jared schon, nachdem er zur Feier des Tages etwas getrunken hat. Er mag es doch auch, wenn Gäste in der Bar Musik spielen.«

Sie verstummten. Clarrie sank in einen erschöpften Dämmerzustand.

Plötzlich setzte Olive sich mühsam auf. »Das ist es!«

»Was?«, murmelte Clarrie.

»Sie ist eine Trinkerin«, verkündete Olive.

»Wer?«

»Lily Ohnestrumpf.«

Clarrie wurde vor Schreck wieder hellwach. »Unsinn!«

»Doch, ich bin mir sicher«, antwortete Olive. »Sie bewahrt etwas in einem großen Einmachgefäß in der Speisekammer auf. Ich habe einmal gesehen, wie sie es in eine Tasse gegossen hat. Sie hat mir die Hölle heißgemacht, weil ich sie dabei beobachtet habe. Hat behauptet, es sei weißer Essig und helfe ihrer Verdauung. Sie trinkt ihn jeden Tag vor ihrem Nachmittagsschläfchen.«

»Warum sagst du mir das erst jetzt?«, fragte Clarrie ungläubig.

»Weil ich ihr das mit dem Essig geglaubt habe.«

»Vielleicht stimmt es ja auch.«

Olive schüttelte den Kopf. »Dieser fürchterliche Hobson hat das gleiche Zeug getrunken. Es hat genauso gerochen – sauer und nach verwelkten Blumen.«

»Gin.« Clarrie keuchte auf. »Hobson trinkt unverdünnten Gin. Er ist farblos.«

»Dann ist es das, was sie in ihr Einmachglas tut«, beharrte Olive.

»Aber ich hätte doch etwas bemerkt.« Clarrie war verwirrt. »Ich erkenne, wenn jemand trinkt.«

»Du bist nicht so viel mit ihr zusammen wie ich«, hob Olive hervor. »Sie ist gut darin, es zu verheimlichen, und stinkt immer so sehr nach Zwiebeln und Kochdünsten, dass ich den anderen Geruch nur bemerke, wenn sie sich zu mir beugt und mich ausschimpft. Morgens, bevor sie ihren Essig hatte, ist sie immer noch schlechter gelaunt.«

»Das hätte ich nie gedacht!«, rief Clarrie.

»Heute Abend, als ich gespült habe, hat sie in der Speisekammer immer wieder etwas getrunken.«

»Kein Wunder, dass sie so auf Krawall gebürstet war, als sie in die Bar gestürmt ist. Das würde erklären, warum sie so seltsam war.«

»Meinst du, Jared weiß Bescheid?«, fragte Olive.

»Ich bin mir nicht sicher«, sagte Clarrie nachdenklich. »Vielleicht lässt er deshalb lieber jüngere Mädchen in der Bar arbeiten. Das hält sie in der Küche beim Pastetenbacken.«

»Ich wette, er weiß nichts von dem Essig«, bemerkte Olive. »Sie ist genauso schlimm wie all die ordinären Frauen, die herkommen.«

»Sie sind nicht ordinär, sie sind nett«, widersprach Clarrie und dachte an Lexy und deren Freundinnen. »Und wenigstens sind sie keine Heuchlerinnen wie Lily, die immer so scheinheilig ist.«

Olive lächelte hämisch. »Gin-Lily, so nennen wir sie von nun an. Gin-Lily Ohnestrumpf.«

9

Am Weihnachtsmorgen erwachte Clarrie früh. Sie war durchgefroren, und alles tat ihr weh. Sie brauchte kein Hämmern an der Tür mehr, so gewohnt war sie es inzwischen, lange vor der Morgendämmerung aufzustehen. Ihre Hüfte pochte dort, wo sie einen Tritt abbekommen hatte, und ihr Gesicht pulsierte vor Schmerz. Sie legte Olives Geschenk ans Fußende ihres Bettes, damit sie es fand, wenn sie aufwachte, und hinkte nach unten. Sie legte zwei Geschenke auf den Tisch: selbst gemachte Taschentücher für Jared und Lily. Sie hatte Olive überredet, sie mit Vögeln zu besticken.

Erst als sie das Küchenfeuer anfachte, erhaschte sie einen Blick auf ihr Spiegelbild im stählernen Schutzblech. Sie keuchte entsetzt auf und rannte zu dem gesprungenen Spiegel in der Spülküche. Im schwachen Kerzenschein sah sie, dass ihr Nasenrücken geschwollen war. Ihre Augen waren zu zwei purpurnen Blutergüssen verquollen.

Schockiert schlug sie sich die Hände vors Gesicht. Tränen der Demütigung schnürten ihr die Kehle zu. Was würden die Leute sagen, wenn sie sie so sahen? Sie wollte wegrennen und sich verstecken. Zurück in der Küche kämpfte sie den Drang zu weinen nieder. Tränen brannten ihr in den Augen und ließen ihr die Nase pochen. Sie zog sich den Schal über den Kopf und warf ihn sich ums Gesicht wie einen Schleier. Niemand durfte sehen, was dieser Grobian ihr angetan hatte, sonst würde sie vor Beschämung sterben. Mit rasendem Puls kauerte sie sich ans Feuer. Sie fühlte sich klein, verletzlich und absolut unbedeutend.

»Morgen, Clarrie.« Jared erschien gähnend in der Tür. »Frohe Weihnachten.«

Clarrie biss die Zähne zusammen und unterdrückte ein kummervolles Aufstöhnen.

»Clarrie? Was ist los?«

Langsam drehte sie sich zu ihm um und zog sich den Schal aus dem Gesicht. Sie sah, wie er angewidert zurückzuckte.

»Ich … ich habe dir doch gestern Abend schon gesagt, dass du dir etwas auf die Nase legen sollst«, stammelte er. »Lass mich mal sehen.«

Sie fuhr zusammen, als er ihr Gesicht mit unbeholfenen Fingern berührte.

»Ich würde sagen, die ist gebrochen.« Er schnalzte mit der Zunge. »Du musst lernen, dich beim nächsten Mal schneller zu ducken.«

Sie starrte ihn ungläubig an. Sie hatte keine Lust auf Späße, aber er schien es ganz ernst zu meinen. Er pfiff durch seine Zahnlücken.

»Ich habe in meinem Leben schon ein paar ganz schöne Dinger gesehen, und das hier ist eines davon. Essigverband. Den brauchst du jetzt. Heilt die meisten Sachen. Ich lasse meine Lily welchen holen, wenn sie mit den Schlüsseln kommt.« Er ging um sie herum und goss sich eine Tasse Tee aus der Kanne ein, die Lily am Vorabend abgemessen hatte. Clarrie hatte ihn gekocht und auf dem Herd stehen lassen, damit er warm blieb.

Sie verkroch sich wieder in ihren Schal und unterdrückte den Drang zu schreien. Olive kam strahlend herein und eilte zu ihr, um sich für das Skizzenbuch und die Bleistifte zu bedanken.

Die Worte erstarben ihr auf den Lippen, als sie das Gesicht ihrer Schwester sah.

»Oh, Clarrie!«, rief sie entsetzt und schloss sie in die Arme.

»Was soll denn all das Theater?« Lily betrat die Küche. Ihre Augen waren verquollen, und sie wirkte schlecht gelaunt. Wieso hatte Clarrie diese verräterischen Zeichen ihrer Trunksucht bisher nie bemerkt? Lily stieß Olive aus dem Weg und musterte Clarrie. Ihr Atem roch schlecht. »Meine Güte, Mädchen, in was für einem Zustand bist du denn? So kannst du nicht mit in die Kirche kommen!«

Clarrie zuckte noch weiter zurück und versuchte, nicht zu würgen.

»Hol den Essig, Liebes«, sagte Jared. »Den braucht sie jetzt.«

Lily zögerte. Clarrie und Olive tauschten wissende Blicke.

»Zum Teufel mit dem Essig!«, platzte Lily dann heraus. »Ich verschwende doch kein gutes Einlegemittel auf einen kleinen blauen Fleck.«

Sogar Jared stand angesichts ihrer Kaltschnäuzigkeit der Mund offen. »Aber Liebes …«

»Nenn mich nicht *Liebes*!«, schrie Lily. »Das Mädchen ist selbst schuld. Sie hat den Gast ja überhaupt erst gegen sich aufgebracht. Mr Hobson ist ein ehrenwerter Vorarbeiter. Wir können es uns nicht leisten, seinesgleichen zu beleidigen. Das soll ihr eine Lehre sein.« Sie rieb sich die Stirn und richtete die blutunterlaufenen Augen auf Clarrie. »Jetzt steh auf und sieh nicht mehr so selbstmitleidig drein. Olive, warum ist der Tisch noch nicht gedeckt?«

Olives Gesicht wirkte wieder einmal verängstigt, als sie den Kopf neigte und sich beeilte zu gehorchen. Clarrie raffte sich auf. Verzweiflung ergriff von ihr Besitz. Lily wusste, dass sie beide tun würden, was sie sagte, weil sie keine Wahl hatten. Clarrie hasste sich selbst dafür, so unterwürfig zu sein, aber sie hatte keine Kraft mehr, Widerstand zu leisten.

Die Belhavens gingen zur Kirche und ließen Clarrie zurück, damit sie das Gemüse fürs Abendessen vorbereitete und mit dem Pastetenbacken weitermachte, mit dem Lily und Olive schon begonnen hatten. Als Olive darum bat, bei Clarrie bleiben zu dürfen, blaffte Lily: »Kommt nicht infrage! Du sprichst die Gebete für euch beide.«

Allein zurückgelassen, unterdrückte Clarrie das Bedürfnis, aus dem Haus zu fliehen und sich in den Park zu flüchten. Aber wie konnte sie das, wenn sie so hässlich aussah? Sie fühlte sich irgendwie so schuldig, als wäre sie die betrunkene Angreiferin in einer Schlägerei gewesen. Es ergab keinen Sinn, aber das Gefühl des Scheiterns und der Eindruck, sich die Attacke selbst zuzuschreiben zu haben, drückten sie nieder wie eine schwere Last.

Lustlos ging sie ihren Hausarbeiten nach. Sie konnte nur daran denken, wie sie den Morgen und dann den Rest des Tages überstehen sollte, bis sie ins Bett fallen und sich in den Schlaf der Erschöpfung flüchten konnte. Es war besser, heute als einen Tag wie jeden anderen zu betrachten, so wie Lily es verkündet hatte. Denn sich an die freudige Aufregung der alten Weihnachtsfeste inmitten der frischen Schönheit von Belguri mit ihren Eltern und Kamal zu erinnern, hieß, schwarzer Verzweiflung Tür und Tor zu öffnen.

Das Weihnachtsessen war freudlos: ein wieder aufgewärmtes Stück Hammelfleisch, das vom Pastetenbacken übrig war, gekochte Kartoffeln und Rüben. Der Höhepunkt war ein kleiner Mince Pie, von dem die Mädchen winzige Scheiben bekamen. Jared stürzte das eine Bier hinunter, das Lily ihm zugestand, und versuchte, das Gespräch am Leben zu erhalten.

»Die Kirche war voll. Der Gesang war großartig, nicht wahr, Liebes?«

Lily brummte: »Nicht, dass du auch nur einen guten Ton erkennen würdest, wenn du ihn zu hören bekämst.«

»Immer noch keine Spur von Mrs Stock«, sagte Jared. »Es geht das Gerücht, dass ihr Kind tot zur Welt gekommen ist und sie damit nicht zurechtkommt.«

»Sie sollte dankbar für die beiden Jungen sein, die sie hat«, gab Lily zurück. »Was hätte ich nicht um ein Paar kräftige Burschen gegeben, die dieses Haus führen könnten! Louisa Stock weiß gar nicht, wie gut sie es hat.«

Clarrie legte ihren Löffel weg. Es hatte ihr den Appetit verschlagen. Sie hatte die tiefe Trauer erlebt, die wie ein Leichentuch über dem Haus der Stocks hing. Und doch konnte Lily sich kein einziges freundliches Wort über die Sache abringen. Sie dachte nur an sich selbst und daran, was für ein hartes Leben ihr beschieden war. Clarrie erkannte klar und deutlich, dass Lily es ihrer Verbitterung gestattet hatte, sie zu zerfressen und jegliches Mitgefühl mit anderen auszulöschen. Sie wusste nicht, ob sie Lily verabscheuen oder bemitleiden sollte.

»Verschwende das nicht!«, rief Lily, als sie sah, wie Clarrie ihr kaum angerührtes Stück Pie von sich schob. »Ich nehme es.« Sie schaufelte den Rest auf ihren eigenen Teller.

Olive sagte den ganzen Tag über kaum ein Wort. Erst als sie oben allein waren, zog sie ein kleines Päckchen aus der Tasche.

»Es tut mir leid, dass ich dir nichts zu Weihnachten besorgt habe«, entschuldigte sie sich, »aber Will Stock hat mich gebeten, dir das hier zu geben. Er schien sehr enttäuscht zu sein, dich nicht zu sehen.«

Im Kerzenschein öffnete Clarrie das Seidenpapier. Darin lag einer der Ochsen aus Wills Krippe. Er war aus Cord genäht und hatte winzige schwarze Knopfaugen und Hörner aus zusammengedrehten Pfeifenreinigern. Der Stoff war dort etwas abgewetzt, wo Wills kleine Finger ihn im Lauf der Jahre beim Spielen angefasst hatten. Eine Nachricht lag bei:

Ich weiß, dass du Pferde am liebsten magst, aber Papa sagt, dass es in Indien auch Ochsen gibt. Ich hoffe, er gefällt dir. Frohe Weihnachten von Will

Clarrie schloss sanft die Finger um das Stofftier. »Der liebe Will.« Sie schluckte. Es war ein ganz einfaches Geschenk und doch zugleich ein sehr großzügiges, denn sie wusste, wie viel die Krippe dem Jungen bedeutete. Seine Freundlichkeit rührte ihr Herz.

Plötzlich brach ein Schluchzen tief aus ihr hervor. Im nächsten Augenblick liefen ihr die Tränen unkontrollierbar über die Wangen. Olive warf ihr die Arme um den Hals.

»Oh, Clarrie, nicht! Ich hasse es, wenn du weinst.« Dann weinte auch sie. Sie klammerten sich aneinander, dankbar, dass sie diese Prüfung nicht allein überstehen mussten.

»Wir kommen von hier weg«, sagte Clarrie wild entschlossen. »Das schaffen wir.«

Der trostlose Tag endete wie unzählige vor ihm in ihrer kahlen, eiskalten Dachkammer, aber in jener Nacht spendete ihnen Wills unerwartetes Geschenk Trost. Es war ein Zeichen der Güte in einer Furcht einflößenden Welt. Tief in ihrem Innersten wusste Clarrie, dass sie die Kraft finden würde, weiterzukämpfen.

10

1906

Fast einen Monat lang konnte Clarrie das Haus nicht verlassen, bis keine Spur mehr von dem Bluterguss in ihrem Gesicht zu sehen war. Allerdings behielt sie einen Höcker im Rücken ihrer zarten, geraden Nase als Erinnerung an jenen schrecklichen Abend zurück. Lily ließ sie in der Küche arbeiten und zwang Olive, im Pub zu kellnern, was das Mädchen fürchtete und verabscheute. Oft löste der Rauch in der Bar einen Asthmaanfall bei ihr aus, aber Lily machte keinerlei Zugeständnisse. Harrison sorgte dafür, dass Clarrie ihr Aussehen ständig bewusst blieb.

»Du hast aber eine komische Farbe, Clarrie«, sagte er immer wieder. »Fühlst du dich nicht wohl?«

Da sie nun mit ihr in der heißen, stinkenden Küche eingesperrt war und von ihr schikaniert und kritisiert wurde, verabscheute Clarrie Lily allmählich immer mehr. Sie bekam mit, wie viel die Frau heimlich in der Speisekammer trank, und fragte sich, warum sie es nie zuvor bemerkt hatte. Lilys Temperament war nach diesen verstohlenen Gelagen unberechenbar. Im besten Fall wurde sie schläfrig und vergesslich, im schlimmsten aggressiv und ausfallend. Clarrie wurde klar, wie viel Olive sich im Laufe der Herbstmonate hatte gefallen lassen, ohne ihr davon zu erzählen.

Obwohl sie sich davor fürchtete, kam der Tag, an dem Lily sie in die Bar zurückschickte. Perverserweise wählte sie dafür ausgerechnet Clarries zwanzigsten Geburtstag.

»In diesem Haus scheren wir uns nicht um Geburtstage«, sagte Lily verächtlich, als Olive fragte, ob sie ihrer Schwester einen Kuchen backen könnten. »Du kannst einen von deinem Lohn kaufen, aber ich habe kein Geld zu verschwenden.«

Trotzig holte Olive am Morgen des Geburtstags ihre Geige unter dem Bett hervor und spielte Clarrie in der Küche vor dem Frühstück etwas vor. Es war das erste Mal seit Monaten, dass sie das Instrument zur Hand nahm, und ihre Finger waren steif und aus der Übung. Aber Clarrie war überglücklich, das Licht in Olives müde Augen zurückkehren zu sehen, als sie spielte – und das zufriedene Lächeln, als sie aufhörte.

»Das war das schönste Geschenk aller Zeiten.« Clarrie küsste ihre Schwester. »Danke. Jetzt leg sie weg, bevor Lily sich beschwert und sie zu Feuerholz zerhackt.«

Olive sah erschrocken drein und rannte nach oben, um die Geige wieder zu verstecken, obwohl Clarrie es scherzhaft gemeint hatte.

Später musste Clarrie sich zusammenreißen, um wieder in die Bar zu gehen. Sie schwitzte und bekam keine Luft, wenn sie auch nur daran dachte, Hobson gegenübertreten zu müssen. Es widerstrebte ihr, dass ihre Verwandten von ihr erwarteten, ihn zu bedienen, als wäre nichts geschehen. Sie zitterte so sehr, dass sie fast wieder ein Tablett voller Bier hätte fallen lassen. Zu ihrer Erleichterung erschien Hobson an diesem Tag nicht im Pub.

Unerwartet heiterte sie das Auftauchen von Lexy, Maggie und Ina am Nachmittag auf.

»Wo warst du denn nur, Schätzchen?«, rief Maggie.

»Wir dachten schon, du wärst mit einem Burschen aus der Brauerei durchgebrannt«, zog Lexy sie auf.

»Es wäre schön, wenn ich Gelegenheit dazu hätte«, antwortete Clarrie.

»Meine Güte, du bist ja dünn wie ein Stock, Mädchen«, bemerkte Ina. »Hat der Drache dir nichts zu essen gegeben?«

»Ja, deine Schwester ist auch nur noch Haut und Knochen«, fügte Maggie hinzu. »Und sie sagt auch nicht viel, deine Olive. Sah aus, als wäre sie drauf und dran, in Tränen auszubrechen, wann immer ich sie angesprochen habe.«

»Mann, ich bin auch immer drauf und dran, in Tränen auszubrechen, wenn du die Klappe aufreißt, Maggie«, alberte Lexy. Maggie versetzte ihr spielerisch einen Stoß.

»Achte gar nicht auf sie«, sagte Ina zu Clarrie und rollte die Augen. »Wir haben was für dich. Komm schon, Lexy.«

Lexy zog ein Stück Seife aus der Tasche und ließ es in Clarries Schürze fallen. »Die ist von Pears, nicht aus Karbol. Lass das den Drachen aber nicht spitzkriegen.«

»Nein, die ist nur für dich«, sagte Ina.

Clarrie starrte sie mit offenem Mund an. »Woher wusstet ihr denn, dass ich Geburtstag habe?«

Sie lachten überrascht. »He, wussten wir gar nicht«, gestand Ina, »aber ist das nicht großartig?«

»Das ist ja so lieb.« Clarrie errötete. »Aber womit habe ich das verdient?«

Maggie senkte die Stimme. »Wir haben von dem Ärger mit Hobson gehört. Wenn er trinkt, ist er ein ekelhafter Dreckskerl – verprügelt seine Alte mit dem Gürtel.«

»Ja.« Lexy nickte. »Sie kommt ganz fröhlich ins Badehaus, trallala – aber wir haben alle schon die Spuren an ihr gesehen. Die arme Frau.«

Clarrie kamen die Tränen. Sie schluckte schwer. Ihre Kehle war zu zugeschnürt, um sich zu bedanken. Ina streckte eine raue

Hand aus und drückte Clarries. »Kopf hoch, Schätzchen! So einer wie Hobson ist nicht einmal gut genug, dir die Stiefel zu lecken. Er ist ein Feigling, wenn er dir eins mit der Faust verpasst.«

»Ja«, bestätigte Lexy, »und wir zahlen es ihm heim, keine Sorge. Wenn seine Alte nächstes Mal seine Kleider in die Wäscherei bringt, schütten Maggie und ich ihm Pfeffer in die langen Unterhosen.«

Die Frauen brachen in grölendes Gelächter aus. Clarrie lächelte.

»So ist es schon besser«, sagte Ina. »Ein trauriges Gesicht passt nicht zu dir.«

»Wenn ihr alle da seid, könnte ich keine zwei Minuten traurig sein.« Clarrie schob Maggies Geld weg. »Die Runde geht auf mich. Spart euch eure Pennys für den Pfeffer auf.«

Clarrie hielt die Seife oben versteckt. Sie und Olive benutzten sie mit der Waschschüssel, die sie jeden Abend mit nach oben nahmen. Manchmal mussten sie morgens erst eine dünne Eisschicht aufbrechen. So kalt waren die rauen Januar- und Februartage.

Jedes Mal, wenn Clarrie die Seife benutzte und ihren zarten Duft roch, dachte sie an die freundlichen Frauen und fragte sich, wie sie sich Tag für Tag ihre Lebensfreude bewahrten. Aus ihren Gesprächen mit ihnen wusste sie, dass Ina verwitwet war und von einem Handkarren aus gebrauchte Kleider verkaufte, um ihre fünf Kinder satt zu bekommen. Maggie hatte einen Trunkenbold als Ehemann. Lexys Eltern waren tot, und sie war die Ersatzmutter für ihre sechs jüngeren Geschwister.

Clarrie missgönnte ihnen die gestohlenen Augenblicke der Kameradschaft im Pub nicht, aber die drei hatten etwas Besseres verdient. Die Stimmung konnte schnell umschlagen, und dann brachen Kämpfe um einen heruntergefallenen Halfpenny aus. Oft wurden die Frauen zur Zielscheibe für zotige Witze oder ausfallende Bemerkungen. Manchmal kam auch Lily ohne ersichtlichen Grund hereingestürmt und warf sie hinaus. Clarrie hatte Mitleid mit der Kinderschar, die oft mit den Frauen kam und sich bei Regen oder Schnee draußen herumdrückte und wartete, während die Mutter oder ältere Schwester sich mit Alkohol aufwärmte. Wenn es nur einen sichereren und angenehmeren Zufluchtsort für arme Arbeiterfrauen und ihre Kinder gegeben hätte! Es kam Clarrie so vor, als kümmerte das niemanden – weder Brauer noch Kneipenwirt –, solange sie nur für ihre Getränke bezahlten.

An einem stürmischen Frühlingstag, als Clarrie gerade damit fertig wurde, im Gässchen hinter dem Haus Wäsche aufzuhängen, hörte sie einen Lieferwagen bergab poltern.

»Passen Sie auf mit Ihrer Wäsche, Missus!«, rief ein junger Mann.

Clarrie rannte wieder nach draußen und griff nach den flatternden Hemden und Schürzen. Zu spät sah sie, dass der Wagen ohne Kutscher auf sie zusauste. Sie sprang gerade noch rechtzeitig beiseite. Das Pony kam vorbeigetrabt und riss dabei die Wäsche mit. Die Wäscheleine blieb am hölzernen Verdeck des Wagens hängen und schleifte den Rest der Wäsche hinter sich her. Der junge Mann rannte atemlos hintendrein und schwenkte seine Mütze.

»Halten Sie ihn fest, Missus!«

Clarrie schoss hinter dem Pony her und fing es am Ende der Gasse.

»Ho, ganz ruhig!« Sie packte die Zügel und parierte es durch. Der Lieferfahrer holte sie ein. Er hatte blondes Haar, das dicht wie eine Bürste hochstand, und lebhafte haselnussbraune Augen. Einen Moment lang standen sie beide da und schnappten nach Luft.

»Danke, Miss«, keuchte er. »Bella wäre schon auf dem Weg nach Hause, wenn sie auch nur die geringste Gelegenheit dazu hätte. Sie ist viel zu übermütig.«

Clarrie tätschelte das Pferd. »Sie ist ganz schön kräftig. Du musst ihr mit Nachdruck zeigen, wer das Sagen hat.«

»Ach so?« Er bedachte sie mit einem spöttischen Blick. »Kennst dich wohl mit Pferden aus, was?«

»Gut genug, keines davonrennen zu lassen, damit es anderen Leuten die Wäsche ruiniert.« Sie nahm ein Hemd ab, das an Bellas Geschirr hängen geblieben war.

»Tut mir leid, Miss.« Er errötete und begann, die verstreute Wäsche aufzusammeln.

»Ich heiße Clarrie«, stellte sie sich vor.

»Jack«, erwiderte er. »Jack Brewis. Ich spanne dir die Wäscheleine neu.«

Halb lachte Clarrie, halb seufzte sie. »Ich glaube, ich muss die Hälfte dieser Sachen vorher noch einmal waschen.«

Er holte die Leine voller Schürzen vom Wagendach ein. »Du arbeitest im Cherry, was?«

Clarrie nickte.

»Da geht's manchmal ganz schön wild zu«, brummte Jack.

Clarrie wurde rot. »Kann schon sein. Aber ich habe dich da noch nie gesehen.«

Er sah sie an. »Nein, ich trinke auch nicht. Da geh ich doch lieber tanzen oder ins Pavilion.«

»Das Pavilion? Was ist denn das?«

Er schenkte ihr einen überraschten Blick. »Die Musikhalle an der Westgate Road. Warst du da noch nie?«

Clarrie schüttelte den Kopf.

»Da entgeht dir aber etwas Feines!«

Clarrie unterdrückte eine Aufwallung von Sehnsucht. Wie konnte sie ihm erklären, dass sie geradezu eine Gefangene war, die nicht einmal einen freien Nachmittag hatte, und schon gar keinen Abend, um ins Theater zu gehen? Sie konnte sich nur zu gut vorstellen, wie Lily über die Musik des Teufels und schamlose Dirnen auf der Bühne wettern würde.

»Was verkaufst du?«, fragte sie.

»Tee«, antwortete er und reichte ihr einen Berg Wäsche.

Clarrie sah den Wagen zum ersten Mal gründlich an. Die dicke Beschriftung warb für die Tyneside Tea Company. Interessiert riss sie die Augen auf.

»Welche Sorten hast du?«

Er musterte ihr fadenscheiniges Arbeitskleid und ihre genagelten Stiefel.

»Unsere billigste Sorte ist unsere Haushaltsmischung.«

Clarrie stemmte die Hände in die Hüften. »Und woraus besteht die? Flowery, Orange Pekoe, Broken Pekoe, Souchong oder Dust?«

Er starrte sie mit offenem Mund an. »Das weiß ich doch nicht. Es ist guter, starker Arbeitertee. Meine Mam schwört darauf.«

Clarrie unterdrückte ein Lächeln. »Wenn du willst, dass ich dir welchen abnehme, musst du dich schon etwas mehr beim Verkaufen anstrengen.«

»Na gut, Clarrie«, sagte er in neckendem Ton, »wir haben Assam Breakfast, Darjeeling und Ceylon. Ceylon ist fein für den Nachmittagstee – alle vornehmen Leute trinken den. Komm schon und sieh ihn dir an.«

Er griff in den Wagen und zog einen Korb mit Teepäckchen daraus hervor. Jede Sorte war mit Reispapier in einer anderen Farbe eingewickelt. Clarrie suchte sich eine aus und öffnete das Paket.

»He, was machst du da?«, fragte er misstrauisch.

»Ich rieche daran.« Sie atmete das Aroma der dunklen Blätter ein. Es war stark und erdig und beschwor feuchte

Hitze herauf. Der nächste Tee duftete intensiver, der dritte rauchig, und der vierte war eine durchdringende Mischung aus minderwertigen Blättern. Sie schloss die Augen und sah den wirbelnden braunen Brahmaputra und die Hügelflanken voller smaragdgrüner Teesträucher, die nach dem Regen dampften und tröpfelten. Sie nahm den letzten Tee und atmete ein. Sofort weckte der würzige, zarte Duft in ihr eine Erinnerung an Sandelholz und Eiche, an Quellwasser und Morgennebel. Vor bittersüßer Sehnsucht wurde ihr flau im Magen. Der Tee roch nach Belguri.

»Den hier«, sagte sie, und ihr kamen die Tränen. »Ich will den hier.«

Er sah sie unsicher an. »Das ist Darjeeling – der ist ziemlich teuer.«

»Ich weiß.« Sie lächelte unter Tränen und zog die Geldbörse hervor, die sie stets bei sich trug.

Als sie ihm einen Großteil ihres Wochenlohns reichte, beäugte Jack sie. »Du bist irgendwie komisch, Clarrie. Woher weißt du so viel über Tee? Bist du Ausländerin oder so?«

Sie zögerte. Es hatte keinen Sinn zu sagen, dass sie die Tochter eines Teepflanzers war. Er würde glauben, dass sie ihm Lügengeschichten auftischte.

»Mein Vater war Soldat in Indien. Er hat dort viel über Tee gelernt und es an mich weitergegeben.«

Er sah sie verwirrt an. »Du redest auch ganz anders und so. Du bist nicht hier aus der Gegend, oder?«

Clarrie schüttelte den Kopf.

Bevor er noch weitere Fragen stellen konnte, brüllte eine Stimme von hinten: »Was zum Teufel geht hier vor?«

Clarrie sah sich erschrocken um. Eine streitlustige Lily stand am Tor zum Hof. »Komm her, kleines Fräulein. Was hast du mit meiner Wäsche angestellt?«

Jack sah die Anspannung auf Clarries Gesicht und mischte sich ein. »Tut mir leid, Missus!«, rief er die Gasse entlang. »Es war meine Schuld. Ich bringe es wieder in Ordnung.«

»Verzieh dich!«, rief Lily zurück. »Und du kommst auf der Stelle wieder herein, du schamloses Ding!«

»Die ist aber charmant, oder?«, flüsterte Jack Clarrie zu.

»Du gehst jetzt besser«, sagte Clarrie zu ihm, »bevor sie dich kocht und als Fleischpastete serviert.«

Jack prustete vor Lachen. »Tut mir leid, dass ich dir Ärger gemacht habe. Und vielen Dank, dass du Bella aufgehalten hast.«

»Danke für den Tee.« Sie lächelte kurz, schob sich das Päckchen in die Schürze und wandte sich zum Gehen.

»Ich hoffe, wir sehen uns wieder, Clarrie«, sagte er, als er sich die Mütze wieder aufsetzte und Bella vorwärtszog.

»Ja, ich auch.« Sie winkte und eilte mit einem Arm voll zerknitterter Wäsche die Gasse hinauf.

Clarrie ließ Lilys giftige Worte über ihr unverschämtes Benehmen, ihre Unzulänglichkeit beim Waschen und ihre allgemeine Faulheit über sich ergehen, denn sie wusste, dass sie am Ende des Tages, wenn die Belhavens im Bett lagen, Olive eine Freude mit einer Kanne echtem Tee machen würde. Sie hatten schon zu lange Lilys billigen, bitteren Dust-Tee ertragen. Sie würde diesen Tee mit dem Ingwer würzen, den Ina ihr gekauft hatte, um Olives Röcheln zu lindern, wie Kamal es immer getan hatte.

Spät an diesem Abend saßen die Schwestern am Küchenfeuer, nippten am dampfenden schwarzen Tee und unterhielten sich leise über ihr früheres Leben. Clarrie erzählte Olive von dem gut aussehenden Lieferfahrer und seinem durchgegangenen Pferd.

»Er mag Tanzen und Musik«, bemerkte Clarrie wohlwollend, »und er trinkt auch nicht.«

»Dieser Jack hört sich gut an«, stimmte Olive ihr zu. »Meinst du, er schaut wieder einmal vorbei?«

Clarrie seufzte. »Wenn Gin-Lily ihn nicht in die Flucht geschlagen hat.«

»Stell dir nur vor, zu einem Konzert oder zum Tanzen zu gehen«, sagte Olive verträumt. »Wann werden wir das wohl je tun, Clarrie?«

Clarrie war nahe daran zu versprechen, dass sie es bald tun würden, hielt sich aber im letzten Moment zurück. Sie hatte ihrer Schwester schon zu viele Versprechen gemacht, aus denen nichts geworden war. Olive war kein Kind mehr, das sich von dahingesagten Worten trösten ließ.

»Ich weiß es nicht«, antwortete sie.

Olive neigte mit trostloser Miene den Kopf. Als sie Olives blasses Gesicht und ihr früher so glänzendes rotes Haar sah, das nun matt war und dünn wurde, spürte Clarrie eine Welle zärtlicher Zuneigung zu ihrer empfindsamen Schwester. Sie ertrug ihr neues, mühseliges Leben in der Fremde weit stoischer, als Clarrie sich je hätte vorstellen können. Clarrie hatte immer geglaubt, sie selbst sei die Starke, die ihre jüngere Schwester beschützen musste. Aber in diesem stillen Augenblick, als sie dasaßen und den besonderen Tee tranken, wurde ihr klar, dass sie die vergangenen Monate ohne Olive an ihrer Seite nicht hätte ertragen können.

Olive war die Einzige, mit der sie über Zuhause und ihr vergangenes Leben sprechen konnte, die verstand, was sie empfand. Olive erinnerte sie so oft an ihren launischen Vater – an seine Leidenschaften, Stimmungsschwankungen und Selbstzweifel. Olive war ihre einzige kostbare Verbindung zu Belguri und den Eltern, die sie geliebt und verloren hatte.

Aber es machte Clarrie Angst, dass ihre Schwester vielleicht die Hoffnung verlieren würde. Ihr Gesundheitszustand hatte sich im Laufe des Winters in dem feuchten und verräucherten

Haus rapide verschlechtert. Sogar Lily hatte sich so an Olives üblichen Husten gewöhnt, dass sie sich nicht mehr darüber beschwerte. Clarrie musste etwas unternehmen, um zu versuchen, ihr Los zu verbessern.

Im Laufe der nächsten Tage dachte sie oft an den freundlichen Jack und seinen Tee. In der Hoffnung, dass er wiederkommen würde, hielt sie nach seinem Wagen Ausschau. Es war so erfrischend gewesen, jemanden in ihrem Alter kennenzulernen, der nichts mit dem Pub oder seinen trunksüchtigen Gästen zu tun hatte. Aber es gab nie mehr eine Spur von Jack oder seinem Pony Bella.

* * *

Eines Tages kamen Lexy und Ina ohne Maggie in die Bar. Lexy war ungewohnt bedrückt. Als Clarrie sie fragte, wo ihre Freundin sei, schüttelte Lexy den Kopf.

»Ihr Dreckskerl von einem Mann!«, murmelte sie wütend. »Diesmal hätte er sie fast umgebracht.«

Clarrie keuchte auf. »Wie meinst du das?«

»Hat sie grün und blau geprügelt«, erklärte Ina.

»Warum denn?«

»Wahrscheinlich, weil sie seinen verdammten Speck hat anbrennen lassen«, sagte Lexy bitter. »Er braucht keinen Grund.«

Clarrie wurde übel. Sie setzte sich. »Das ist schrecklich! Wo ist sie jetzt?«

Ina sah sich furchtsam um und nickte dann Lexy zu.

»Sie ist bei mir zu Hause«, sagte Lexy.

»Psst, nicht so laut«, flüsterte Ina. »Seine Arbeitskollegen trinken hier.«

Lexy warf einen trotzigen Blick in die Runde, senkte aber die Stimme. »Ich lasse die Kinder auf sie aufpassen.«

»Kommt er denn nicht darauf, dort nachzusehen?«, fragte Clarrie.

»Er war schon da und hat sich die Kehle wund gebrüllt, aber ich habe die Tür abgeschlossen gelassen.«

Ina seufzte. »Es ist nur eine Frage der Zeit, bis er sie findet und zurückschleift.«

Clarrie spürte, wie die Wut in ihr aufstieg. »Kann ihn denn niemand aufhalten? Warum erzählt ihr nicht der Polizei, was er getan hat?«

Lexy und Ina bedachten sie mit mitleidigen Blicken. »Die tun doch nichts«, schnaufte Lexy. »Was hinter geschlossenen Türen passiert, ist Privatsache. Ein Mann kann mit seiner Frau machen, was er will.«

Clarrie schluckte. »Sie darf jedenfalls nicht zu ihm zurückkehren. Sie muss irgendwo anders hin.«

»Leichter gesagt als getan.« Ina seufzte. »Ihre Tochter wohnt in der Nähe, aber sie hat genauso viel Angst vor dem Alten wie ihre Mam.«

»Und sie verliert ihre Stelle in der Wäscherei, wenn sie nicht bald wiederkommt«, sagte Lexy düster. »Ich kann sie nicht mehr viel länger decken.«

Clarrie fiel keine Antwort ein, die die Frauen getröstet hätte. Den ganzen Rest des Tages über zwang sie sich, die Arbeit zu erledigen, die sie mittlerweile leidenschaftlich hasste. Obwohl sie Maggies brutalen Mann nie bedient hatte, kam sie sich irgendwie wie seine Komplizin vor. Wie viele trunkene Wutanfälle anderer Männer hatte sie mit Brennstoff versorgt? Wie viele Säufer hatte Jared am Ende des Abends hinausgeworfen, nur damit sie nach Hause gingen und ihre Frauen verprügelten?

In dieser Nacht konnte Clarrie nicht schlafen. Sie lag da, lauschte Olives röchelndem Atem und rang mit ihren sorgenschweren Gedanken. Der nächste Tag war ein Sonntag. Auf dem Weg zur Kirche raffte sie allen Mut zusammen, um auszusprechen, was ihr die ganze Nacht im Kopf herumgegangen war.

»Jared, ich habe über eine neue Geschäftsidee nachgedacht.«

»Hör sie dir nur an!«, prustete Lily. »Geschäftsidee, so, so.«

»Lass uns anhören, was sie zu sagen hat, Liebes«, antwortete Jared und sah sich nach Clarrie um. Sie wusste, dass alles, was mit dem Geldverdienen zu tun hatte, sein Interesse weckte.

»Ich habe gehört, dass Teestuben im Moment sehr beliebt sind. Also habe ich mich gefragt, ob wir nicht anfangen sollten, im Salon Tee zu servieren? Wir könnten den Raum nett mit Tischtüchern und Fenstervorhängen zurechtmachen«, schwärmte Clarrie. »Wir könnten dort Mrs Belhavens Pasteten und vielleicht auch Kuchen verkaufen.«

Lily blieb stehen. »Kuchen?«, schrie sie.

»Ja«, sagte Clarrie, »wie in Lockarts Kakaostube. Olive und ich könnten welchen backen.«

Jared und Lily starrten sie beide mit offenem Mund an. Er fand als Erster die Sprache wieder.

»Warum sollten wir das denn tun wollen? Die Männer wollen keinen Tee trinken oder Kuchen essen«, sagte er verächtlich.

»Vielleicht doch, wenn wir den Salon heimelig einrichten«, sagte Clarrie. »Einladender.«

»Wenn sie es heimelig haben wollen«, blaffte Lily, »können sie ja in ihr eigenes Heim gehen.«

»Dann hätten wir mehr Frauen als Gäste«, beharrte Clarrie. »Sie haben hier nirgendwo etwas Anständiges, um sich hinzusetzen und eine Tasse Tee zu trinken.«

Lily schnaubte abfällig. »Dazu wollen wir sie auch gar nicht erst ermuntern. Sie sollen zu Hause bleiben, wo sie hingehören, und sich um ihre Männer und Kinder kümmern. Wenn Mr Belhaven nicht so weichherzig wäre, würde ich diese ordinären Gestalten gar nicht erst einlassen.«

Clarrie war entmutigt.

»Und sieh mich gar nicht erst so an«, mahnte Lily. »Wir können kein Geld für feine Vorhänge und Tischtücher zum Fenster hinauswerfen – und die Leute hier wüssten sie auch gar nicht zu schätzen, wenn wir es täten.«

Jared schüttelte den Kopf. »Nein, Clarrie, die Gäste wollen so etwas nicht. Teestuben sind etwas für die Mittelschicht und fürs Stadtzentrum. Wir wären binnen vierzehn Tagen ruiniert, wenn wir das hier draußen versuchten. Die Männer würden einfach woanders hingehen.«

Er und Lily wandten den Schwestern den Rücken zu und setzten ihren Marsch bergauf fort.

»Teestube!«, murmelte Lily immer wieder. »So etwas Dämliches habe ich ja noch nie gehört!«

Clarrie schluckte ihre Enttäuschung hinunter. Die beiden umzustimmen, war ein hoffnungsloses Unterfangen. Olive hakte sich tröstend bei ihr ein.

»Es ist eine großartige Idee«, flüsterte sie. »Überhaupt nicht dämlich.«

Clarrie warf ihrer Schwester einen dankbaren Blick zu, während sie den Belhavens zur Kirche folgten.

Louisa Stock war nie wieder in der John-Knox-Kirche gewesen, seit sie ihr Baby verloren hatte. In der Gemeinde hatte sich herumgesprochen, dass sie chronisch krank war. Seit Monaten hatte sie niemand mehr das Haus in Summerhill verlassen sehen. Ein totes Baby wurde nie erwähnt; allenfalls wurde angedeutet, dass Mrs Stock *an einem Frauenleiden* erkrankt sei. Herbert Stocks Gesicht war ständig verhärmt, und er wirkte nervös. Im Vergleich zum letzten Sommer schien er um Jahre gealtert. Sein Hinken war stärker geworden, und jeden Sonntag nickte er ihnen nur zu, wenn er ging. Bertie sang immer noch aus voller Kehle und wirkte so aufgeblasen wie eh und je. Nur Will blieb nach jedem Gottesdienst stehen, um mit Clarrie zu sprechen, auch wenn Bertie ihm befahl, sich zu beeilen. Will hatte sich Sorgen gemacht, als Clarrie einen Monat lang nicht zur Kirche gekommen war.

»Ich dachte, du wärst vielleicht ins Bett gegangen und nicht wieder aufgestanden, wie Mama«, hatte er ihr verschämt gestanden. »Ich wollte dich besuchen kommen, aber Papa und Bertie haben gesagt, das käme nicht infrage.«

Während des Gottesdienstes sah Will sich immer wieder um und grinste Clarrie an, so oft, dass Lily sie kniff und sie zwang, hinter eine Säule zu rücken, damit der Junge sie nicht mehr sehen konnte.

»Du ziehst eine Schau ab«, zischte sie angewidert.

Nach dem Gottesdienst führte Lily sie nach draußen und wollte gerade zu einem Vortrag über schickliches Verhalten ansetzen, als Herbert Stock auf sie zukam. Lily verfiel rasch in ihr serviles Knicksen und Lächeln, als er sie begrüßte. Will kam hinter seinem Vater angehüpft und grinste Clarrie an.

»Ich komme mit einer Bitte von Mrs Stock«, sagte Herbert steif.

Lily wirkte erstaunt, aber erfreut. »Natürlich, Sir, wir helfen gern. Wie geht es Mrs Stock?«

»Nicht gut«, gab Herbert knapp zurück.

»Oje, oje, es tut uns leid, das zu hören«, sagte Lily. »Nicht wahr, Mr Belhaven?«

Jared brummte zustimmend.

»Was können wir denn für Sie tun, Sir?«, fragte Lily

»Es ist Clarrie, mit der ich gern sprechen möchte«, sagte Herbert und überraschte alle, indem er sich ihr zuwandte. »Meine Frau würde Sie gern sehen. Vielleicht gestattet man Ihnen ja, heute Nachmittag bei uns vorbeizukommen, sagen wir, gegen vier Uhr?«

Clarrie warf einen raschen Blick auf ihre Verwandten. Sie gafften sie ungläubig mit offenem Mund an.

»Ja, Mr Stock.« Clarrie schluckte. »Ich käme sehr gern.«

Herbert nickte kurz und beifällig. »Ich hoffe, das ist keine Zumutung für Sie, Mrs Belhaven?«

Lily hatte Mühe, ihre Empörung zu überspielen. »N… nein, gewiss nicht – aber es erscheint mir ein wenig seltsam. Warum das Mädchen?«

Herbert antwortete verlegen: »Meine Frau hat von Will sehr viel über Clarrie gehört. Sie möchte sie selbst treffen. Wenn es heute nicht passt, ließe sich sicher ein anderer Termin finden.«

Clarrie sah, wie Lily darum rang, einem ihrer angesehensten Kunden gegenüber höflich zu bleiben. »Nein, nein, heute Nachmittag ist schon recht.«

»Gut«, sagte Herbert und tippte sich an den Hut. Er wandte sich ab.

»Wir sehen uns heute Nachmittag, Clarrie!«, rief Will aufgeregt, als sie davongingen.

Clarrie winkte und ignorierte Lilys wütenden Blick.

Den ganzen Heimweg über schimpfte Lily sie dafür aus, dass sie sich mit dem Stock-Jungen angefreundet hatte.

»Denk ja nicht, dass du mit ihresgleichen auf Du und Du verkehren kannst. Das ist unnatürlich. Mrs Stock will dich höchstwahrscheinlich nur ermahnen, nicht so vertraulich zu werden. Denk an meine Worte, dein Gehabe und Getue werden dir noch mächtig Ärger einbringen. Hochmut kommt vor dem Fall.« Sie zog die Nase hoch. »Ist es nicht so, Mr Belhaven?«

Jared ging stirnrunzelnd neben ihr her. Er schüttelte den Kopf. »Das ist eine seltsame Angelegenheit. Ich frage mich, was sie wirklich will?«

Nur Olive war so freudig erregt wie Clarrie. Später, als sie allein den Abwasch erledigten, sagte sie: »Ich wünschte, ich könnte auch mitkommen. Meinst du, sie laden dich zum Nachmittagstee ein? Wenn ja, dann bring mir ein Stück Kuchen mit, Clarrie. Wenn sie dich fragen, ob du noch einmal kommst, sag ihnen, dass du mich nächstes Mal mitbringst.«

Als sie nach Summerhill hinübereilte, geriet Clarrie in einen Frühlingsschauer. Sie war bis auf die Knochen durchnässt, als sie den Lieferanteneingang erreichte. Niemand reagierte auf ihr Klopfen, also ging sie hinein, um nicht noch länger im Regen zu stehen. Die Küche war nicht aufgeräumt. Aus dem Herd stieg Rauch in den Raum. Clarrie rief, aber niemand antwortete. Sie nahm die Hintertreppe, die Will ihr am Heiligabend gezeigt hatte, und kam in die düstere Diele. Einen Moment lang stand sie wartend da, aber aus keinem der Zimmer, die von der Diele abgingen, gab es irgendein Lebenszeichen, nur das laute Ticken der Standuhr in einer Nische. Es war fünf nach vier.

»Hallo? Hier ist Clarrie Belhaven. Ist irgendjemand hier?«

Die Vordertür öffnete sich und fiel wieder zu. Will kam hereingestürmt.

»Clarrie! Ich habe auf der Treppe auf dich gewartet. Wie bist du an mir vorbeigekommen?«

»Ich habe den Hintereingang genommen«, sagte sie verlegen. »Tut mir leid.«

»Macht nichts, du bist ja jetzt hier. Komm schon«, drängte er. »Papa ist in seinem Arbeitszimmer. Er weiß sicher nicht, dass du schon da bist, weil du nicht geklingelt hast.«

Verlegen folgte Clarrie ihm nach oben und bog mit ihm am Treppenabsatz links ab. Will klopfte an eine Tür und ging hinein, ohne auf eine Aufforderung zu warten. Herbert Stock döste am Feuer in einem großen Raum, der vom Boden bis zur Decke von Büchern gesäumt war. Ein großer Mahagonischreibtisch stand in der eleganten Fensternische und verschwand unter einer Fülle von Papieren, die ihre Mappen sprengten. Weitere Dokumente lagen auf schiefen Stapeln überall im Zimmer.

»Papa, Clarrie ist hier!«, rief Will und riss seinen Vater so aus dem Schlaf.

Herbert Stock schaute verwirrt auf, das Gesicht noch schlaftrunken, die Augen verquollen. Einen Moment lang blieb

Clarrie fast das Herz stehen, weil sie daran denken musste, wie ihr Vater immer in seinem Arbeitszimmer in Belguri erwacht war. Dann kämpfte Herbert sich auf die Beine, strich sich mit einer Hand das ergrauende Haar glatt, und die flüchtige Ähnlichkeit war verschwunden.

»Miss Belhaven, vielen Dank, dass Sie gekommen sind. Ich habe Sie gar nicht ankommen hören.« Er streckte ihr eine Hand zu einer förmlichen Begrüßung entgegen.

»Sie ist durch den Dienstboteneingang gekommen«, sagte Will.

»Ach, natürlich.« Herbert Stock schüttelte ihr die Hand. »Sie sind ja ganz kalt und nass«, sagte er besorgt. »Kommen Sie ans Feuer und wärmen Sie sich auf.« Er schob sie sanft zum Kamin. »Ich gehe nachsehen, ob Mrs Stock wach ist.«

Als er den Raum verlassen hatte, fragte Will: »Spielst du Backgammon?«

Clarrie grinste. »Sehr gut sogar.«

»Ich wette, ich kann dich schlagen.« Will holte das Spielbrett hinter einem Bücherstapel hervor.

Als Herbert zehn Minuten später zurückkehrte, traf er sie mitten in einer lebhaften Partie an. Clarrie stand schnell auf. Herbert setzte den Protesten seines Sohns gegen die Unterbrechung ein Ende.

»Will, ihr könnt das Spiel später beenden. Magst du Miss Belhaven deiner Mama vorstellen?«

Will sprang auf. »Komm, Clarrie, hier entlang.«

Er führte sie wieder durch den Korridor und an der niedrigen Truhe vorbei, auf der die Krippe gestanden hatte. Dann blieb er vor der hintersten Tür stehen. Er klopfte leise und wartete auf eine Aufforderung, einzutreten. Eine schwache Stimme dahinter sagte: »Herein.«

Plötzlich machte es Clarrie nervös, sich ins Schlafzimmer dieser Fremden zu wagen, ohne zu wissen, was sie vorfinden würde. Sie kam sich wie ein Eindringling vor. Aber dann dachte sie an den Zustand, in dem ihr Vater gewesen war, als sie ihn während seiner letzten Monate gepflegt hatte. Das verlieh ihr den Mut einzutreten. Krankheit und Tod machten ihr keine Angst mehr, denn sie hatte beiden schon ins Gesicht gesehen.

Die Vorhänge waren geschlossen. Das Zimmer wurde nur von einer flackernden Gaslampe erhellt und war unerträglich stickig, weil ein Kohlenfeuer loderte. Beiderseits des Kamins standen zierliche blaue Sessel. Auf einem eleganten Frisiertisch verstaubten Glasgefäße, Flaschen und Bürsten. Ein großes Himmelbett dominierte das gegenüberliegende Ende des Raums. An einen Kissenberg gelehnt lag eine winzige Frau mit Spitzenhäubchen darin. Der Tisch neben ihr war von Medizinfläschchen übersät.

»Mama«, sagte Will gedämpft, »hier ist sie!« Er eilte ans Bett, als wollte er sich daraufwerfen, blieb aber dann stehen.

Louisa hob eine zerbrechliche Hand und winkte Clarrie zu sich. Als sie sich dem Bett näherte, stieg ihr ein süßlicher, kränklicher Körpergeruch in die Nase. Clarrie versuchte, ihr Entsetzen zu verbergen. Diese bleiche Kranke mit den tief eingesunkenen Augen und dem strähnigen Haar, das unter ihrer Haube hervorquoll, ähnelte überhaupt nicht der Frau mit den rosigen Wangen und funkelnden Augen, an die sie sich erinnerte.

»Hallo, Clarrie«, flüsterte Louisa mit dünner Stimme. »Ich darf Sie doch Clarrie nennen?«

»Natürlich.« Clarrie lächelte, trat nahe heran und nahm die angebotene Hand. Zu ihrer Überraschung waren die Finger geschwollen. Der dicke goldene Ehering schnitt in klammes Fleisch. »Ich freue mich, Sie wiederzusehen, Mrs Stock. Es tut mir leid, dass es Ihnen in letzter Zeit nicht gut geht. Wir vermissen Sie in der Kirche.«

Louisas Augen glänzten im Lampenlicht vor Kummer. »Danke.«

»Mama«, füllte Will die Gesprächspause aus, »ich schlage Clarrie gerade beim Backgammon.«

»Noch hast du nicht gewonnen.« Clarrie lachte. »Vergiss nicht, dass ich schon viel länger spiele als du.«

»Wie … gefällt … es … Ihnen … hier?«, fragte Louisa langsam und angestrengt. »Haben Sie sich eingelebt?«

Clarrie zögerte. »Wie zu Hause fühlt es sich noch nicht an«, gestand sie offen, »aber wir kommen schon zurecht, Olive und ich. Es war sehr freundlich von meinen Verwandten, uns aufzunehmen.«

»Olive ist Ihre Schwester?«, fragte Louisa.

»Ja. Sie ist die Kluge von uns beiden – künstlerisch hochbegabt und musikalisch, und sie liest sehr gern. Olive wäre begeistert von Mr Stocks Bibliothek.«

»Vielleicht könnte Sie … sich ein oder zwei … Bücher leihen«, antwortete Louisa. Ihr glasiger Blick ging an Clarrie vorbei.

»Gewiss doch, meine Liebste«, antwortete Herbert.

Clarrie sah sich überrascht um. Sie hatte bis jetzt gar nicht bemerkt, dass er ihnen hereingefolgt war. Sein Gesicht war voll zärtlicher Besorgnis.

»Das ist sehr freundlich von Ihnen, vielen Dank. Olive würde sich sehr freuen.« Plötzlich runzelte Clarrie die Stirn. »Allerdings verbietet Mrs Belhaven es vielleicht. Sie hält nur die Bibel für angemessene Lektüre.«

Will war fassungslos. »Wird das nicht ein bisschen langweilig?«

»Will!«, ermahnte sein Vater ihn. »Es steht dir nicht zu, solch eine Bemerkung zu machen.«

»Wir könnten die Bücher hineinschmuggeln«, schlug Will vor. »Zwischen den Pastetentabletts.«

»William, es reicht jetzt«, sagte Herbert. »Warum gehen wir beiden nicht etwas Tee auftreiben? Dolly sagte, sie wolle ihn fertig bereitstellen.«

Als sie gegangen waren, bedeutete Louisa Clarrie, sich auf den Stuhl neben ihrem Bett zu setzen.

»Clarrie, erzählen Sie mir von … Indien. Wie … ist es?«

»Es war wunderschön, dort zu leben«, sagte Clarrie, während sie Platz nahm. »Unser Haus lag in den Hügeln beim Volk der Khasi, umgeben von Wäldern. Ich bin jeden Tag ausgeritten, um mir den Sonnenaufgang über den Bergen anzusehen. Das vermisse ich sehr.«

»Fahren Sie fort«, bat Louisa schläfrig. »Ich … schließe vielleicht … die Augen, aber ich höre weiter zu.«

Kaum dass Clarrie begonnen hatte, von ihrem früheren Leben zu berichten, stellte sie fest, dass sie nicht wieder aufhören konnte. Sie erzählte Wills Mutter alles über Belguri, ihren willensstarken northumbrischen Vater und ihre sanfte, halb indische Mutter; über Kamal und Ama und Shillong und die Schwierigkeiten des Teeanbaus an solch einem entlegenen Ort; über Prince und den *swami* und die erhabene Schönheit des Himalaja. Das Einzige, was sie nicht erwähnte, waren die Fehde zwischen ihrem Vater und den Robsons und Wesleys hochtrabendes Angebot, sie zu retten. Der Gedanke an Wesley löste solch ein Gewirr von Groll und Schuldgefühlen über den Tod ihres Vaters in ihr aus, dass Clarrie es nicht einmal über sich brachte, seinen Namen zu erwähnen. Wie er wohl triumphiert hätte, wenn er sie jetzt so gedemütigt gesehen hätte!

Nachdem sie Louisa kurz den Tod ihres Vaters und den endgültigen Abschied von Belguri geschildert hatte, verstummte Clarrie in stillem Gedenken. All die Monate über, die Olive und sie nun schon in England waren, hatten ihre Verwandten ihr keine einzige Frage über Jock oder das Leben, das sie früher geführt hatten, gestellt. Sie war dieser kranken Frau dankbar dafür, dass sie ihr endlich erlaubte, über all das zu sprechen.

Da sie glaubte, dass Louisa eingeschlafen war, bedeckte Clarrie sanft ihre geschwollene Hand mit der eigenen und flüsterte: »Danke.«

Louisa öffnete die Augen, und sie starrten einander an. »Ich verstehe … warum Will … Sie so gern mag.«

Clarrie lächelte. »Er ist ein ganz reizender Junge.«

»Ja.«

Sie schwiegen einen Moment. Clarrie dachte daran, wie Will ihr damals die Krippe gezeigt hatte und sie geglaubt hatte, eine Frau im Nachthemd auf dem Treppenabsatz gesehen zu haben, als sie gegangen war. Hatte Wills Mutter ihr Gespräch über das tote Baby belauscht? Sie hatte das Gefühl, etwas sagen zu müssen, denn das ungeheure Ausmaß des Verlusts durchwehte alles wie ein Pesthauch – das Zimmer, das Haus, die Familie. Sie wusste nicht, wie die Geburt sich auf Louisas Gesundheitszustand ausgewirkt hatte, aber sie sah ihr an, dass die Trauer an ihr nagte wie ein Krebsgeschwür.

»Mrs Stock«, sagte Clarrie sanft, »es tut mir sehr leid, dass Sie Ihr Baby verloren haben.«

Louisa zog ihre Hand zurück, als hätte sie sich verbrüht, stieß ein leises Stöhnen aus und wandte das Gesicht ab. Clarrie stand auf. Sie hatte die Situation falsch eingeschätzt. Das war eine private Angelegenheit, und jetzt hatte sie die liebenswürdige Frau gekränkt, die ihr ihre Freundschaft angeboten hatte.

»Es tut mir sehr leid, wenn ich mir zu viel herausgenommen habe«, sagte sie. »Ich wollte Ihnen nicht wehtun.«

Als sie sich zum Gehen wandte, flüsterte Louisa: »Bleiben Sie hier.«

Clarrie blieb stehen und wartete. Als Wills Mutter ihr das Gesicht zuwandte, standen Tränen auf ihren bleichen Wangen.

»Sie hatten recht«, murmelte sie. »Das Baby war … ein Mädchen. Ein schönes Mädchen.«

Clarrie kehrte rasch zu ihr zurück und berührte ihren Arm.

»Sie haben Will und mich am Heiligabend gehört, nicht wahr? Sie waren da.«

»Ja.«

»Er hat sich Vorwürfe gemacht«, sagte Clarrie leise.

»Ja, der arme Junge. Ich war nicht in der Lage …« Sie brach müde ab.

Clarrie spürte, wie Tränen ihr die Kehle zuschnürten. »Haben Sie ihr einen Namen gegeben?«

Louisa seufzte erschauernd und schüttelte den Kopf.

»Aber Sie hatten doch vielleicht im Voraus einen ausgewählt?«

Louisas Augen waren stille Wasser voller Kummer, als sie antwortete: »Henry, wenn es ein Junge gewesen wäre, Lucinda für … ein Mädchen.«

»Lucinda. Das ist sehr hübsch.«

Louisa streckte wieder die Hand aus und tastete nach Clarries. Clarrie ergriff sie und hielt sie sanft in ihrer.

»Ich spreche ein Gebet für Lucinda«, versprach sie.

»Ich … weiß noch nicht einmal … wo sie begraben ist«, stöhnte Louisa.

Clarrie suchte nach tröstenden Worten. »Die Khasi glauben, wenn ein Kind stirbt, nimmt die Seele die Form eines Vogels an und fliegt davon, frei von allem Schmerz.«

»Als Vogel?«, wiederholte Louisa.

»Ja. Die Khasi Hills sind voller schöner, bunter Vögel.«

Zum ersten und einzigen Mal sah Clarrie den Hauch eines Lächelns über Louisas schmerzerfülltes Gesicht huschen.

»Das gefällt mir«, murmelte sie. »Ein schöner Vogel.« Sie sah Clarrie mit gehetztem Blick an und flüsterte dann so leise etwas, dass Clarrie sich zu ihr beugen musste, um es zu verstehen. »Danke, dass … Sie Will … eine Freundin geworden sind.«

Danach schloss sie die Augen und sagte nichts mehr. Clarrie schlich auf Zehenspitzen hinaus, damit Louisa sich ausruhen konnte. Sie begegnete Herbert und Will, die mit einem Tablett voller Tee und angebrannter aufgebackener Rosinenbrötchen die Treppe heraufkamen. Als er hörte, dass seine Frau schlief, führte Herbert sie in sein Arbeitszimmer zurück.

»Ohne Dolly sind wir nicht sehr gut darin, für uns zu sorgen«, entschuldigte er sich und bot ihr den Teller mit schwärzlichem Gebäck an.

»Hat Dolly ihren freien Tag?«, fragte Clarrie und nahm trotzdem ein Brötchen. Lily buk nie etwas Süßes, ob nun angebrannt oder nicht.

Herbert nickte und warf einen Blick auf Will, der am Feuer kniete und das Backgammon-Spiel musterte. Er senkte die Stimme. »Unsere Köchin musste letzten Monat unerwartet kündigen, um sich um die Familie ihrer Schwester zu kümmern. Und wie Sie sehen, ist meine Frau ans Bett gefesselt. Sie regelt gewöhnlich alles im Haushalt selbst. Darauf ist sie stolz. Sie würde nie eine Haushälterin dulden.« Er zögerte und sah unbehaglich drein. »Doch im Alltag, nun ja, sind die Dinge etwas aus dem Ruder gelaufen, wie Sie wahrscheinlich bemerkt haben.«

Er hielt inne, um Tee einzuschenken, der so schwarz wie Rübensirup aussah. Während er fortfuhr, warf Herbert ihr verstohlene Blicke zu.

»Ich habe versucht, Mrs Stock zu überreden, Hilfe einzustellen, bis sie genesen ist. Sie hat endlich eingesehen, dass wir eine Haushälterin und Köchin brauchen. Bertie meint, dass wir die Stelle ausschreiben sollten, aber Mrs Stock will keine Fremde im Haus. Sie möchte jemanden aus der Kirche.« Er räusperte sich. »Deshalb dachten wir … Nun ja, Mrs Stock wollte Sie erst kennenlernen. Es ist ihr wichtig, dass es jemand ist, der Will ertragen kann.«

»Mich ertragen?«, mischte Will sich ein. »Wie meinst du das?«

»Ich rede gerade mit Clarrie«, gab Herbert brüsk zurück.

»Bieten Sie mir eine Stelle als Haushälterin an?«, rief Clarrie.

»Äh, nun ja, ja, ich glaube, das tue ich. Sie haben doch gesagt, Sie seien es gewohnt, einen Haushalt zu führen …«

»Ja«, sagte Clarrie sofort, »das würde ich sehr gern tun. Natürlich nehme ich an.«

Will sprang auf und klatschte aufgeregt in die Hände. »Oh, Papa, kommt Clarrie dann her und wohnt bei uns?«

»Ja.« Herbert lächelte erleichtert. »Es gibt nur eines, was mir Sorgen macht. Sind Sie sicher, dass die Belhavens Sie entbehren können? Wir möchten ihr Geschäft nicht schädigen.«

Clarrie entgegnete: »Sie sind sehr gut zurechtgekommen, bevor wir hier waren. Ich bin mir sicher, dass Mrs Belhaven froh ist, uns von hinten zu sehen. Sie macht keinen Hehl daraus, wie wenig sie Olive und mich mag.«

»Olive?« Herbert runzelte die Stirn. »Oje. Daran, auch Ihrer Schwester eine Anstellung anzubieten, habe ich eigentlich nicht gedacht.«

Clarrie machte ein langes Gesicht. Sie stellte ihre Tasse zu starken Tees ab.

»Ich könnte Olive nicht allein an solch einem Ort zurücklassen, Mr Stock. Sie haben keine Vorstellung, wie schwer es dort sein kann. Sie würde nie allein klarkommen. Außerdem kann sie backen, nähen und Geige spielen – sie könnte Will Unterricht geben. Sie kann auch malen.«

»Oh ja, Papa«, sagte Will eifrig. »Ich würde genauso gern Geige spielen lernen wie Klavier. Darf ich?«

Herbert kratzte sich nachdenklich am Kinn. »Der Gedanke war mir gar nicht gekommen. Es tut mir leid. Ich werde mit Mrs Stock sprechen müssen. Und Bertie hat sicher auch eine Meinung dazu, wenn er von seinem Aufenthalt bei den Landsdownes zurückkehrt.«

Clarrie nickte. Ihr Magen zog sich bei dem Gedanken zusammen, dass die Hoffnung auf ein Entkommen ihr vielleicht wieder entrissen werden würde.

»Und wenn wir Nein dazu sagen, auch Olive einzustellen«, fragte Herbert, »wie lautet Ihre Antwort dann?«

Obwohl sie sich danach sehnte, der Cherry Terrace um jeden Preis zu entfliehen, zögerte Clarrie nicht.

»Ich müsste Nein sagen, Mr Stock. Ich habe Olive versprochen, sie niemals im Stich zu lassen«, sagte sie mit Nachdruck, »und das ist ein Versprechen, das ich immer halten werde.«

11

»Wir sind kein verdammter Wohltätigkeitsverein, Papa!« Bertie war empört. »Es ist schlimm genug, dass du so ein indisches Halbblut als Haushälterin einstellen willst – ein Barmädchen, um Gottes willen! Jetzt müssen wir auch noch ihre elende schwindsüchtige Schwester aufnehmen.«

Herbert war schockiert über die Heftigkeit seines Sohnes. »Sie ist nicht schwindsüchtig.«

»Woher willst du das wissen? Sie sieht jedenfalls aus, als könnte ein Windstoß sie umwerfen.« Bertie klang verächtlich. »Wir wissen nichts über diese Mädchen, nur dass sie mit den grässlichen Belhavens verwandt sind. Sie führen ein Pub voller Sägemehl und Spucke im unzivilisiertesten Teil von Elswick, und die Pastetenfrau stinkt jeden Sonntag quer durch die ganze Kirche.«

Herbert stand von seinem Schreibtisch auf, hinter dem er bis eben gesessen hatte, und ging erneut am Fenster auf und ab. Er fühlte sich von seinem älteren Sohn eingeschüchtert, und das schon, seit Bertie vor zwei Tagen aus dem Landhaus der Landsdownes in der Nähe von Rothbury zurückgekehrt war. Berties Kritik konnte gnadenlos sein, aber er war ein intelligenter junger Mann und hatte ein viel besseres Gespür für das gesellschaftlich Akzeptable als seine Eltern. Vielleicht lag das an Veritys Einfluss. Ihr Bruder Clive war auf derselben privaten Grundschule wie Bertie gewesen. Die Landsdownes standen eine Stufe höher in der sozialen Hierarchie als die Stocks, und Bertie war unverkennbar in die sittsame Tochter des Hauses verliebt. Herbert fand sie hübsch, aber eitel und ziemlich humorlos, doch das war Berties Angelegenheit.

»Papa …« Bertie warf die Hände in die Luft und setzte plötzlich ein entwaffnendes Lächeln auf, das Herbert an Louisa erinnerte. »Du bist ein guter Mensch. Ich weiß, dass du versuchst, freundlich zu diesen unglücklichen Waisenmädchen zu sein, aber worauf es ankommt, ist doch, ob sie tüchtig in Haushaltsdingen und als Gesellschafterinnen für Mama geeignet sind. Ich verstehe wirklich beim besten Willen nicht, wie die Töchter eines zweitrangigen Majors, der als Teepflanzer versagt hat, und irgendeiner Inderin die richtige Gesellschaft für meine arme, kranke Mutter sein können.«

Herbert sah ihn erstaunt an. »Woher um alles in der Welt weißt du all das über die Misses Belhaven?«

Bertie unterdrückte eine selbstgefällige Miene. »Ich habe es mir zur Aufgabe gemacht, es herauszufinden, seit du mit dieser hanebüchenen Idee angekommen bist. Die Landsdownes kennen sich ein bisschen im Teehandel in Indien aus. Irgendein Familienzweig stellt Teepflanzer in Indien und Teemakler in London. Verity macht sich sehr große Sorgen um das alles.«

Herbert war verärgert. »Das ist ja sehr freundlich von ihr, aber es ist unsere Entscheidung, nicht die der Landsdownes, so viele Verbindungen sie auch haben mögen. Ich für meinen Teil finde jedenfalls, dass Clarrie recht vorzeigbar ist. Sie ist gewitzt und fleißig und immer fröhlich. Will liebt sie …«

Bertie lachte laut auf. »Du willst auf Grundlage dessen, was dieser kleine Schlingel denkt, eine Entscheidung fällen?

Der Junge ist ein Träumer. Er glaubt bestimmt, dass sie indische Prinzessinnen sind oder irgend so einen Unfug. Herr im Himmel, Papa! Willst du als Nächstes einen Kobold als Gärtner und eine Fee als Wäscherin einstellen?«

»Mach dich nicht lächerlich.« Herbert seufzte. »Und es ist nicht nur Will. Deine Mutter scheint ebenfalls entschlossen zu sein, beide ins Haus zu holen. Ganz ehrlich gesagt, mache ich mir solche Sorgen um ihre Gesundheit, dass ich jeden einstellen würde, den sie will. Vielleicht heitern die Belhaven-Mädchen sie ja auf.«

»Aber das ist es doch gerade«, entgegnete Bertie zornig, als er spürte, dass er den Kampf zu verlieren drohte. »Sie ist gar nicht in der Verfassung, solche Entscheidungen zu treffen. Wir sollten sie für sie fällen. Und ich glaube, dass wir sie vor diesen absonderlichen jungen Frauen beschützen sollten. Sie kommen ohne Referenzen, abgesehen von Wills kindlicher Begeisterung. Wir müssen die Stellung auf normalem Wege ausschreiben und jemanden einstellen, der für die Aufgabe geeignet ist. Mama sollte eine ordentlich ausgebildete Krankenschwester haben.«

Die Andeutung, dass er sich nicht gut genug um seine Frau kümmerte, verletzte Herbert. Er hatte mehrfach versucht, Pflegerinnen einzustellen, aber Louisa hatte sie bisher immer weggeschickt.

»Ich bin nicht krank«, hatte sie bekümmert gesagt, »ich bin nur müde.«

Herbert rieb sich das schmerzende, rheumatische Bein und sah auf den geschützten Platz vor dem Haus hinaus. Die ersten gelben Blüten der Osterglocken öffneten sich.

»Nein, ich habe mich entschieden«, sagte er entschlossener, als er sich fühlte. »Ich werde beiden Belhaven-Schwestern eine Stelle anbieten.«

Er hörte, wie Bertie einen verächtlichen Fluch ausstieß, aus dem Zimmer marschierte und die Tür hinter sich zuschlug. Herbert seufzte tief. Anscheinend war er unfähig, irgendjemanden in seiner Familie zufriedenzustellen. Louisa sagte immer, er sei zu nachsichtig mit Bertie, aber zu hart gegenüber Will. Auf alle Fälle hatte er sich jetzt gegen Bertie durchgesetzt. Zweifelsohne würde sein willensstarker Sohn in den nächsten Wochen jede Gelegenheit nutzen, ihm seine Unvernunft unter die Nase zu reiben. Als Herberts Referendar vergeudete Bertie sein Argumentationstalent; er hätte die nötigen Prüfungen ablegen sollen, um als Rechtsbeistand vor Gericht aufzutreten. Herbert wünschte sich, dass sein älterer Sohn in irgendetwas Zufriedenheit finden würde. Vielleicht half ja eine Verlobung mit Verity. Er würde versuchen, die Verbindung zu fördern. Eine glückliche Ehe war ein Geschenk des Himmels.

Herbert biss die Zähne zusammen, um zu verhindern, dass ihm Tränen in die Kehle stiegen. Seine geliebte Louisa schwand in dem stinkenden Schlafzimmer dahin, und nichts, was er sagte oder tat, schien ihren Verfall aufhalten zu können. Es war, als wäre es ihr gleichgültig, ob sie weiterlebte oder starb. Seit jenem schrecklichen Tag … Nein, er würde nicht länger darüber nachdenken. Sie musste einfach wieder gesund werden. Ein Leben ohne sie war undenkbar. Auch wenn sie wieder zu Kräften kam, würde er nie mehr darauf bestehen, das Bett mit ihr zu teilen. Er fühlte sich elend, wenn er daran dachte, dass seine Liebe zu ihr und sein Begehren ihr solchen Schmerz zugefügt und ihr das Herz gebrochen hatten.

Er schritt zu seinem Schreibtisch und begann, einen Einstellungsbrief für Clarrie und Olive aufzusetzen. Sie würden Leben und Hoffnung in dieses unglückliche Haus bringen. Zusammen würden sie seiner Frau wieder zu ihrer früheren Gesundheit verhelfen.

* * *

»Rein mit dir!«, befahl Lily und hielt Clarrie den dicken, teuren Briefumschlag mit so spitzen Fingern hin, als versengte sie sich daran. »Wer schreibt dir denn so piekfeine Briefe?«

Clarrie tauschte einen Blick mit ihrer Schwester, als sie aus der Waschküche hereinkam und sich die Hände abtrocknete. Olive stand am Küchentisch, voller Mehl vom Teiganrühren. Sie wirkte fiebrig vor Aufregung und Besorgnis. Sie wussten, dass in diesem Brief ihr Schicksal versiegelt war.

»Na, mach ihn schon auf!«, blaffte Lily.

Clarrie nahm den Brief und riss ihn auf. Sie las das sauber geschriebene Angebot und malte sich aus, wie Herbert Stock am Mahagonischreibtisch gesessen hatte, als er es aufgesetzt hatte. Ihr Herz hämmerte vor Aufregung. Sie las alles noch einmal, um ganz sicherzugehen.

»Er ist von Mr Stock.« Sie schluckte.

»Was will er?«, fragte Lily misstrauisch.

Clarrie sah Olive triumphierend an. »Er bietet mir eine Stelle als Haushälterin an – und Olive eine als Dienstmädchen.«

Olive schlug sich die Hand vor den Mund, um einen Begeisterungsschrei zu unterdrücken. Lily sackte vor Unglauben der Unterkiefer herunter.

»Wir sollen so bald anfangen, wie wir können«, fuhr Clarrie atemlos fort. »Nächste Woche, wenn es passt.«

»Wenn es passt?« Lily fand ihre Stimme wieder. »Dem werde ich zeigen, was mir passt!«, brüllte sie. »Du hast das ausgeheckt, nicht wahr? Erst dieser dämliche Junge, und jetzt sein dämlicher Vater – hast ihn um den kleinen Finger gewickelt.« Sie marschierte auf Clarrie zu. »Was hast du ihm noch angeboten, hm?«

»Nichts«, gab Clarrie zurück. »Er war derjenige, der mir das Angebot gemacht hat. Ihre Köchin hat gekündigt, und Mrs

Stock kommt allein nicht zurecht. Sie wollten jemanden, den sie aus der Kirche kennen.«

»Aus der Kirche?«, schrie Lily sie an. »Ihr seid doch nichts als Heidinnen, dreckige kleine Mischlinge! Wofür wollen sie euch haben?« Sie riss Clarrie den Brief aus der Hand, packte sie am Haar und zog wütend daran.

Clarrie schrie vor Schmerz auf.

»Lassen Sie sie in Ruhe!«, rief Olive, stürmte vorwärts und grub die Finger in Lilys Arm. »Sie sind abscheulich!«

Lily schüttelte sie ab und stieß sie weg. Im selben Moment kam Jared hereingestürmt und stolperte fast über Olive, die auf dem Boden hingeschlagen war.

»Was ist denn hier los?« Er warf einen Blick auf seine Frau, die an Clarries dunklem Haar zerrte, und rief: »Lily, lass das Mädel in Ruhe! Man hört das Getöse ja noch die halbe Scotswood Road hinunter.«

Mit einem zornigen Aufschrei stieß Lily Clarrie von sich.

»Beruhig dich, Frau«, sagte Jared besorgt. »Was ist denn nur los?«

Lily fuchtelte mit dem Brief vor ihm herum. Ihr Gesicht war purpurrot angelaufen. »Verrat, das ist los! Das ist all der Dank, den ich dafür bekomme, dass ich die kleinen Wilden deines Cousins aufgenommen habe, und das, nachdem ich ihnen die Milch menschlicher Barmherzigkeit habe zuteilwerden lassen. Ins Gesicht geschleudert haben sie sie mir! Ich wusste ja, dass sie nur Ärger machen würden. Habe ich dich nicht gewarnt? Aber du wolltest ja nicht auf mich hören. Jetzt haben sie sich bei den Stocks eingeschlichen – bei meinen eigenen Kunden! Das ist zu viel. Ich lasse das nicht zu. Sag ihnen, dass sie nicht gehen dürfen!«

Sie ließ sich auf einen harten Stuhl fallen und schluchzte lautstark. Clarrie half Olive wieder auf die Beine, fassungslos angesichts von Lilys hysterischem Ausbruch. Die Schwestern hielten sich aneinander fest.

Während Jared den Brief las, sagte Clarrie mit Nachdruck: »Wir werden für die Stocks arbeiten, Jared, und niemand wird uns aufhalten. Deshalb sind wir ja nach England gekommen: um eine Anstellung zu finden und für uns selbst zu sorgen, sodass wir niemandem zur Last fallen. Wir sind dankbar, dass du uns aufgenommen und Arbeit gegeben hast, aber du solltest auch anerkennen, dass wir uns für dich und Mrs Belhaven bis zum Umfallen abgerackert haben.«

Jared starrte sie an, während seine Frau weiterschluchzte. »Wir sind immer noch verantwortlich für euch beide«, rief er ihr ins Gedächtnis, »bis du volljährig wirst. Das ist erst nächstes Jahr, Mädel. Man hätte uns zurate ziehen sollen.« Er bedachte sie mit einem starrsinnigen Blick. »Ich will deinem Fortkommen nicht im Weg stehen, Clarrie, aber wir erwarten, dafür entschädigt zu werden.«

»Entschädigt?«, wiederholte Clarrie.

»Ja.« Jared nickte. »Ihr gehört zur Familie, und ihr verdient Geld. Ich würde von Mr Stock erwarten, die Hälfte eures Lohns an uns, eure Vormunde, zu zahlen.«

Lily hörte schlagartig auf zu weinen und sah zwischen ihnen hin und her. »Genau, ihr bezahlt uns. Das ist das Mindeste, was ihr tun könnt. Ihr geht nicht zu den Stocks, bis das geregelt ist.«

Clarrie zügelte ihren Zorn. Familie, oh ja! Es war dreist von den Belhavens, nach der Art, wie sie Olive und sie selbst behandelt hatten, noch so viel zu verlangen. Aber sie war gern bereit, diesen Preis zu bezahlen, um der deprimierenden Cherry Terrace und der endlosen Plackerei dort zu entkommen.

»Die Hälfte unseres Lohns«, stimmte Clarrie zu, »bis ich nächstes Jahr einundzwanzig werde.«

Lily zeigte auf Olive und schniefte empört: »Bis das Mädel einundzwanzig wird.«

Clarrie bot ihr die Stirn. »Nein, Mrs Belhaven. Sobald ich erwachsen bin, werde ich für Olive verantwortlich sein und niemand sonst.«

Sie spürte, wie Olive ihr unterstützend die Hand drückte.

»Darüber reden wir noch einmal, wenn es so weit ist«, brummte Jared und zog sich in die Bar zurück.

12

Lily sprach mit keiner der beiden Schwestern mehr, bis sie in der folgenden Woche auszogen. Sie zwang sie, in der Spülküche zu essen, und erteilte ihnen durch Jared oder Harrison Befehle. Zusätzlich zu ihren täglichen Aufgaben wurden ihnen schwere Arbeiten beim Frühjahrsputz aufgetragen, wie etwa, sämtliche Bettdecken zu waschen.

Aber nichts konnte Clarries und Olives Vorfreude auf ihren Auszug dämpfen. Lexy und Ina freuten sich so mit ihrer Freundin, dass sie ganz aus dem Häuschen waren.

»Gut gemacht, Schätzchen!«, rief Ina. »Du hast etwas Besseres verdient.«

»Wenn ihnen nur das Beste gut genug ist« – Lexy lachte – »dann leg ein gutes Wort für uns ein, Mädel.«

Erst als Clarrie nach Maggie fragte, verschwand ihre gute Laune.

»Sie musste ja unbedingt zu ihm zurückkehren!«, seufzte Lexy.

»Hatte Angst, es nicht zu tun«, erklärte Ina.

»Kann es sich nicht leisten, es nicht zu tun«, setzte Lexy aufgebracht hinzu.

Clarrie hatte Mitleid mit ihnen allen. Sie vertraute ihnen beinahe ihre Idee mit der Teestube an, dachte dann aber, dass sie sie vielleicht auch auslachen würden. Außerdem war es ihr nicht gelungen, die Belhavens davon zu überzeugen, also würde ohnehin nie etwas daraus werden.

Clarrie und Olive hatten so wenig einzupacken, dass sie damit bis zum Montagmorgen ihres Auszugs warteten. Jared hatte den Zorn seiner Frau riskiert, indem er ihnen angeboten hatte, alles auf dem Wägelchen zu transportieren. Als Olive unter das Bett sah, schrie sie gequält auf.

»Sie ist weg!«

»Was?«, fragte Clarrie.

»Meine Geige – sie ist nicht mehr da!«

Clarrie stellte die Kerze auf den Boden und spähte in die Schatten unter dem Bett. »Wann hast du zuletzt darauf gespielt?«

Olive runzelte die Stirn. »Vor mehreren Wochen. Du weißt ja, wie sehr diese Frau das hasst.«

»Lily!«, rief Clarrie. »Sie muss sie versteckt haben, nur um uns zu ärgern.«

Beim Frühstück stellte sie Lily zur Rede.

»Sag ihr, Mr Belhaven«, antwortete Lily über ihren Mann, »dass ich dieses Teufelsinstrument nicht versteckt habe. Ich möchte es gar nicht in meinem Haus haben.«

»Wo ist die Geige dann abgeblieben?«, beharrte Clarrie.

»Sag ihr«, erklärte Lily mit selbstgefälliger Miene, »dass sie verkauft ist.«

»Sie haben sie doch nicht wirklich verkauft?«, rief Olive fassungslos und verzog das Gesicht.

»Dazu hatten Sie kein Recht!« Clarrie war fuchsteufelswild. »Sie hat unserem Vater gehört.«

»Lily, Liebes …« Jared wirkte entsetzt.

»Komm mir nicht mit *Lily, Liebes*«, fuhr sie ihn an. »Das Geld, das sie eingebracht hat, ersetzt nur einen Bruchteil all der

Zusatzausgaben für Essen, die ich wegen dieser beiden hatte. Also hab ja kein Mitleid mit ihnen.«

Olive war am Boden zerstört. In der Spülküche versuchte Clarrie, sie zu trösten.

»Wir kaufen sie zurück«, schimpfte sie. »Verflixt, das tun wir! Sie verrät uns ja vielleicht nicht, zu welchem Pfandleiher sie gegangen ist, aber wir finden die Geige. Ich richte Ina und Lexy aus, dass sie die Augen offen halten sollen.«

Als sie die Spülküche zum letzten Mal verließ, nahm Clarrie das große Einmachglas.

»Was tust du da?«, wunderte sich Olive.

»Ich zahle es Gin-Lily mit gleicher Münze heim«, sagte Clarrie und schüttete den Gin in den Ausguss.

Es war ein stürmischer Apriltag, als sie die Cherry Terrace verließen. Sie saßen hoch oben auf dem Karren neben ihrem Koffer und winkten Harrison zum Abschied zu.

»Komm uns in Summerhill besuchen«, ermunterte Clarrie ihn. »Wir laden dich zu einer Tasse Tee ein, wenn du mit Pasteten vorbeikommst.«

Clarrie hatte sich gezwungen, sich höflich von Lily zu verabschieden, aber die Frau hatte sie ignoriert, und Clarrie hatte sich nicht lange damit aufgehalten. Ihre Laune hob sich mit jedem Schritt, den Barny sie vom Pub wegzog. Sie saß da, hatte einen Arm um Olive gelegt und war unfähig, sich ein entzücktes Grinsen zu verkneifen. Als sie an der Hintertür des hohen Hauses der Stocks eintrafen, half Jared Clarrie, den Koffer die Treppe ins Untergeschoss hinunterzutragen.

Dolly kam, von einer Rauchwolke umgeben, heraus, um sie zu begrüßen. »Ach, was bin ich froh, dich zu sehen. Der Herd qualmt wie ein Kamin.«

»Wahrscheinlich der Rauchabzug«, vermutete Jared. »Es gibt einen Schornsteinfeger, der immer ins Pub kommt – ich schicke ihn vorbei, wenn du möchtest.«

»Danke, Jared, das wäre großartig«, sagte Clarrie. Sie ging noch einmal nach oben, um Barny zum Abschied zu tätscheln.

Jared zögerte. »Ich weiß, dass du nicht immer einer Meinung mit meiner Lily warst, aber ihre Pasteten bestellst du doch trotzdem, nicht wahr?«

Clarrie unterdrückte den Groll, den sie empfand. Sie wusste, dass es den Belhavens sehr geschadet hätte, solch wichtige Kunden wie die Stocks zu verlieren. »Ja«, versicherte sie ihm. »Sie backt gute Pasteten.«

Jared wirkte erleichtert.

Clarrie setzte hinzu: »Aber du solltest vielleicht besser im Auge behalten, was sie so in ihrem Einmachglas aufbewahrt.«

Er errötete. »Ach, das Einmachglas.« Er seufzte schwer. »Darüber weiß ich Bescheid.«

Clarrie hatte plötzlich Mitleid mit ihm. Er musste sich jeden Tag im Jahr mit Lilys Launen und ihrer scharfen Zunge herumschlagen. »Wir sehen uns dann am Sonntag in der Kirche«, sagte sie lächelnd. »Danke, dass du uns hergefahren hast.«

»Bis dann, Mädels. Ich werde euch zu Hause vermissen.«

Clarrie bedachte ihn mit einem überraschten Blick. »Auf Wiedersehen, Jared.«

Dolly führte sie hinauf in die Dienstbotenunterkünfte im dritten Stock. Das Zimmer war schlicht, aber sauber, mit einem Waschtisch, einer Kommode und einem frisch bezogenen Bett mit eisernem Rahmen. Licht strömte durch ein Dachfenster, aus dem man freie Sicht über die Dächer der Stadt hinweg hatte.

»Dein Zimmer ist nebenan«, erklärte Dolly Olive, »und meines ist das gleich dahinter.«

»Wir haben alle unsere eigenen Zimmer?« Clarrie schnappte nach Luft.

»Das hatten wir noch nie«, sagte Olive und sah ihre Schwester nervös an.

Dolly lachte über ihre erstaunten Gesichter. »Ja, das ist großartig, nicht wahr? Wenn ich zu Hause zu Besuch bin, muss ich mir eines mit zwei Schwestern und einem Bruder teilen. Ich kann es immer gar nicht abwarten, nach meinem freien Tag wieder herzukommen.«

»Wie ist es so, für die Stocks zu arbeiten?«, fragte Olive.

»Sie sind ganz anständig, der gnädige Herr und die gnädige Frau«, sagte Dolly und wandte sich an Clarrie. »Allerdings ist sie ein echtes Sorgenkind – isst wie ein Spatz und ist schwach wie eine Maus. Ich muss ihr helfen, sich zu waschen, weil sie nicht mehr ins Bad steigen kann. Aber das werdet ihr ja jetzt machen. Der gnädige Herr will dich um zehn in seinem Arbeitszimmer sehen, um dir deine Anweisungen zu erteilen. Aber …«, Dolly zog die Augenbrauen hoch, »… wahrscheinlich ist es eher so, dass Mr Bertie dir sagt, wo es langgeht. Der mag den Klang seiner eigenen Stimme, oh ja. Man könnte glatt denken, dass ihm hier alles gehört, nicht seinem Dad. Aber wenn du tust, was er sagt, gibt es schon keinen Ärger.«

Clarrie nickte, und Dolly wandte sich an Olive. »Du hältst dich an mich, und ich zeige dir, was zu tun ist. Im Schrank nebenan hängt eine Uniform, auch wenn du ein bisschen zu mager dafür aussiehst. Die Stocks mögen es, wenn ihre Dienstboten gepflegt gekleidet sind.«

Olive sah Clarrie besorgt an. »Soll ich nicht mit Clarrie zu Mr Stock gehen?«

Dolly wirkte schockiert. »Nein, das Dienstmädchen geht nur in den ersten Stock, wenn der gnädige Herr und Mr Bertie in der Kanzlei sind, außer wenn die gnädige Frau dich braucht. Du darfst dich nicht sehen lassen – besonders, wenn sie Mandanten dahaben. Mr Bertie ist sehr eigen, was das betrifft. Aber mach dir keine Sorgen: Die Glocken läuten unten in der Küche, wenn die gnädige Frau oder Miss Clarrie etwas braucht. Komm, Olive! Lass uns anfangen!«

Olive warf Clarrie einen Blick voller Panik und Widerwillen zu, als sie der plappernden Dolly aus dem Zimmer folgte. Was hatte sie denn erwartet? Sie würden wie Dienerinnen behandelt werden, ganz gleich, wohin sie gingen, und dieses Haus wirkte noch besser als die meisten anderen. Clarrie atmete nervös aus und machte sich für ihren Termin bei Herbert Stock bereit.

* * *

»Haben Sie irgendwelche Fragen, Miss Belhaven?«, erkundigte Herbert sich. Er stand auf seinen Stock gestützt im Erkerfenster. Bertie lümmelte in einem Sessel und musterte sie mit unverhohlener Verachtung.

Clarrie schwirrte der Kopf von all den Informationen, die sie gerade über Schlüssel, Vorräte, Bestellungen, Mahlzeiten und Speisenfolgen erhalten hatte. Olive würde Dolly in der Küche und allgemein beim Putzen helfen, während eine Frau namens Marjorie zweimal in der Woche kam, um das Waschen und Bügeln zu übernehmen. Der alte Timothy gärtnerte für den ganzen Platz und kam dienstags zum Essen.

Als sie nach Worten suchte, fragte Bertie gedehnt: »Sie kennen sich doch mit englischem Essen aus, nehme ich an? Ich dachte nur, da Sie Inderin sind …«

Seine herablassende Art ärgerte Clarrie. »Mein Vater stammte aus Northumberland«, rief sie ihm ins Gedächtnis, »und ich erkenne ein englisches Gericht, wenn ich eines sehe. Das meiste kann ich kochen.«

»Sie werden mich mit *Sir* anreden«, tadelte Bertie sie, »und meinen Vater auch. Ich werde Sie einfach Belhaven nennen.«

Clarrie errötete. »Ja, Sir.«

Herbert sah verlegen drein und räusperte sich. »Bertie, ich dachte, du hättest um Viertel nach zehn einen Termin mit einem Mandanten?«

»Ich habe das Treffen abgesagt, um dir mit Belhaven helfen zu können.« Er lächelte dünn.

»Nun, ich finde, einer von uns sollte in der Kanzlei sein.« Herbert bedeutete ihm mit einem Wink zu gehen. »Ich komme in zwanzig Minuten nach.«

Widerwillig stand Bertie auf und stolzierte aus dem Zimmer.

Herbert wandte sich an Clarrie und erklärte: »Wir haben eine kleine Kanzlei an der Westgate Road gemietet. Das ist sehr praktisch. Berties Idee. Er findet das professioneller, als Mandanten ins Haus kommen zu lassen. Allerdings habe ich hier gern noch einige meiner Firmenkunden zu Gast. Ich lade sie zum Mittagessen ein. Mrs Stock kümmert sich immer gern darum.« Er hielt inne und verzog das Gesicht. »Sie hat sich früher gern darum gekümmert«, verbesserte er sich. »Ich nehme an, es hängt davon ab, ob Sie es hinbekommen …?«

»Wenn Sie das wollen«, sagte Clarrie eifrig, »dann tue ich es natürlich.«

»Danke, Clar…, äh, Miss Belhaven. Wie soll ich Sie anreden?« Er sah sie verschämt an.

»Die meisten Leute nennen mich einfach Clarrie. Damit bin ich zufrieden.«

»Dann also Clarrie.« Herbert lächelte und entkrampfte die Hände. »Stören Sie sich nicht an Bertie. Er ist manchmal etwas eigen, was die gesellschaftlichen Konventionen angeht, aber er meint es gut.«

Clarrie nickte und fragte sich, wie solch ein aufgeblasener und von sich selbst eingenommener Mann nur Herberts Sohn sein konnte. Sein Vater schien überhaupt nicht eingebildet zu sein.

»Und welche Pflichten soll ich für Mrs Stock übernehmen?«, fragte sie. »Persönlich, meine ich.«

»Es wäre mir lieb, wenn Sie so viel von Ihrer freien Zeit wie möglich mit ihr verbringen könnten«, sagte Herbert. »Sie hat sich selbst von allem gesellschaftlichen Umgang abgeschnitten. Der Arzt sagt, sie leide an Melancholie. Vielleicht hilft es ihr, eine junge Frau zur Gesellschaft zu haben, und ich weiß, dass sie Sie mag.« Sein Blick war flehentlich. »Tun Sie alles, was in Ihrer Macht steht, um sie aufzumuntern, Clarrie.«

»Ich sehe jetzt gleich bei ihr vorbei, wenn ich darf«, schlug Clarrie vor. »Nur um ihr einen guten Morgen zu wünschen.«

Herbert nickte. Ein Ausdruck der Erleichterung erhellte sein Gesicht.

Clarrie fand Louisa schlaftrunken und nicht gesprächsbereit vor, kehrte aber später am Tag mit Olive und einem Teetablett zurück und zog einen der Vorhänge auf.

»Die Osterglocken sprießen jetzt richtig, da wir schon ein bisschen Frühlingssonne hatten«, sagte sie fröhlich, »und die Blüte hat begonnen. Sehen Sie sich das nur an, Mrs Stock.« Sie goss Tee in eine zarte Porzellantasse. Das letzte Mal hatte sie das in Belguri getan. Ihr zitterte die Hand, als sie die Tasse auf den Nachttisch stellte.

»Das ist meine Schwester Olive«, fuhr sie fort. »Dürfen wir Ihnen helfen, sich aufzusetzen?«

Louisa nickte und kniff die Augen gegen das helle Nachmittagslicht zusammen. Sanft zogen die beiden Schwestern sie hoch, sodass sie sich gegen einen Kissenstapel lehnen konnte.

»Die musikalische?«, krächzte Louisa. »Du spielst doch Geige.«

Olive nickte.

»Hätten Sie es gern, dass Olive Ihnen irgendwann einmal etwas vorspielt?«, fragte Clarrie.

Louisa ließ müde den Kopf zurücksinken und flüsterte: »Vielleicht.«

»Es ist nur so«, platzte Olive heraus, »dass Mrs Belhaven meine Geige ohne mein Wissen verkauft hat.«

Louisas Gesicht verdüsterte sich. »Warum?«

»Aus Groll«, sagte Olive.

»Armes Mädchen.«

»Mrs Belhaven hat nicht verstanden, was die Geige meiner Schwester bedeutet«, warf Clarrie rasch ein. »Sie brauchte das Geld. Aber wir holen die Geige zurück.«

»Ja«, flüsterte Louisa. »Das müssen Sie tun.«

Clarrie half ihr, den Tee in kleinen Schlucken zu trinken, bis Louisa das Interesse verlor und die Schwestern fortschickte.

»Warum hast du Gin-Lily in Schutz genommen?«, fragte Olive anklagend, als sie wieder nach unten eilten.

»Wir haben nichts zu gewinnen, wenn wir unsere Schwierigkeiten anderen aufbürden«, erwiderte Clarrie, »schon gar nicht einer so kranken Frau wie Mrs Stock.«

»Sie hat das Thema angesprochen«, hob Olive hervor. »Ich dachte, ich sollte Will unterrichten?«

»Gedulde dich einfach«, sagte Clarrie. »Wir müssen erst das Vertrauen der Familie gewinnen – vor allem das von Mr Bertie.«

Olive schmollte. »Ich bin wieder bloß eine Dienstmagd, wie schon für die Belhavens. Nichts hat sich geändert.«

Clarrie wirbelte zu ihr herum. »Natürlich hat sich etwas verändert! Du hast dein eigenes Zimmer, kannst so viel essen, wie du möchtest, und musst nicht mehr jeden Tag in das schreckliche Pub gehen, ohne zu wissen, ob du gleich eine Schlägerei unter Betrunkenen schlichten musst. Und Gin-Lily kann dich auch nicht von morgens bis abends schikanieren!«

»Dolly hat mich aber den ganzen Tag herumkommandiert«, sagte Olive, den Tränen nah.

Clarrie nahm ihre Hand. »Hör zu, Olive. An dem Tag, als Vater starb, ist unser altes Leben mit ihm gestorben. Wir müssen jetzt auf uns selbst aufpassen – das nimmt uns niemand ab. Und deshalb müssen wir zufrieden sein mit dem, was man uns anbietet, und hart arbeiten. Du solltest dankbar sein, dass du Dienstmädchen bei einer guten Familie wie den Stocks sein kannst. Es gibt Dutzende von jungen Mädchen da draußen, die ihren rechten Arm darum geben würden, in deiner Lage zu sein. Vergiss das nicht.«

Sie sah, wie Olive die Tränen fortblinzelte, und ahnte, dass die Turbulenzen des vergangenen Jahrs für ihre zarte, sensible Schwester noch viel belastender gewesen waren als für sie selbst. Sie drückte Olive die Hände.

»Alles wird von jetzt an besser«, sagte sie aufmunternd. »Erledige einfach deine Arbeit. Ich kümmere mich schon um Dolly.«

* * *

Der erste Monat in Summerhill verging wie im Flug. Clarrie arbeitete so hart wie eh und je, fand sich in die Haushaltsführung ein, überwachte das Kochen, servierte die Mittagessen für Herbert und seine Mandanten und half bei Louisas täglicher Pflege. Sie ging nach Mitternacht zu Bett und war schon um vier wieder auf den Beinen, um Listen mit Pflichten für den Tag aufzustellen und ihre Schreibarbeiten in der Stille des winzigen Haushälterinnenzimmers neben der Küche zu erledigen.

Sie kümmerte sich um die Händler, die vorbeikamen, und fragte sie über die benachbarten Haushalte und ihre Dienstboten aus. Sie machte es sich zur Aufgabe, die anderen Haushälterinnen rund um den Platz zu besuchen, sich ihnen vorzustellen, sie nach ihrer Meinung über Lieferanten zu fragen und ihnen Hilfe anzubieten, falls sie sie brauchen sollten.

»Wir Frauen können einander unterstützen«, sagte Clarrie. »Ich würde mich freuen, wenn Sie an Ihrem freien Nachmittag auf eine Tasse Tee vorbeikämen.«

Die meisten waren doppelt so alt wie sie und ziemlich schockiert über ihre Unverfrorenheit.

»Wir bleiben lieber unter uns«, erklärte ihr eine. »Die Herrschaften legen Wert auf ihre Privatsphäre.«

Aber andere waren offener, wollten Neuigkeiten über Mrs Stock hören und freuten sich über ein freundliches Gesicht. Im Eckhaus, das einem Baustoffhändler gehörte, traf Clarrie auf eine junge Witwe namens Rachel Garven, die erst seit sechs Monaten in dieser Stellung war.

»Es kann ein einsames Leben sein«, gestand Rachel. »Ich bin aus Cumberland und kenne kaum eine Menschenseele in Newcastle. Wann immer ich freie Zeit habe, nehme ich gern die Straßenbahn in die Stadt und spaziere durch die Läden, um unter Leute zu kommen.«

Clarrie nickte zustimmend. Sie kannte diese Isolation aus Belguri, wo damals alle Entscheidungen auf ihren jungen Schultern geruht hatten, und erlebte sie hier wieder: Frauen, die unter Haushaltspflichten ächzten, aber keinen Ort hatten, um zusammenzukommen und sich über ihre Schwierigkeiten auszutauschen.

»Vielleicht könnten wir an irgendeinem Nachmittag gemeinsam in die Stadt fahren?«, bot Clarrie an. »Ich bin schon seit neun Monaten hier und nicht über die Westgate Road hinausgekommen.«

Rachel riss die Augen auf. »Ich würde Ihnen gern alles zeigen. Ich habe am Mittwochnachmittag und am Sonntagmorgen frei.«

»Ich werde sehen, was sich arrangieren lässt.«

Im Haushalt teilte sie die Pflichten zwischen Dolly und Olive auf, um die Reibereien zwischen den beiden auf ein Mindestmaß zu beschränken. Dolly, die in der Küche tüchtig war, bekam einen Großteil des Kochens zugewiesen, während es Olive oblag, Louisa zu pflegen und nach ihren morgendlichen Arbeiten bei Tisch zu servieren. Clarrie half in allen Haushaltsbereichen aus und verlangte von den anderen nie etwas, das sie nicht selbst zu tun bereit war. Wie sie gehofft hatte, legte sich Olives Murren darüber, früh aufstehen zu müssen, um das Feuer zu entfachen und endlos alles Mögliche zu polieren, allmählich, als sie Louisa besser kennenlernte.

Olive war es auch, die, als sie half, die gnädige Frau zu waschen und ihre Bettwäsche zu wechseln, eine Bemerkung über Louisas Sammlung von Romanen von Thomas Hardy und George Eliot machte.

»Mein Lieblingsbuch ist *Die Mühle am Floss*«, schwärmte Olive begeistert. »Vater hatte eine Ausgabe davon, aber ich habe sie so oft gelesen, dass sie in Stücke zerfallen ist.«

Das wurde zum Auslöser des längsten Gesprächs, das Clarrie Louisa je hatte führen hören. Von da an las Olive Louisa jeden Nachmittag eine halbe Stunde lang vor. Herbert war so entzückt über dieses Anzeichen dafür, dass seine Frau Interesse an etwas entwickelte, dass er Olive gestattete, sich zu ihrem eigenen Vergnügen andere Bücher aus seiner Bibliothek zu leihen.

Bedauerlicherweise hatte niemand auch nur eine Spur von Jocks Geige finden können. Lexy hatte eine Nachricht geschickt, kurz nachdem die Schwestern die Cherry Terrace verlassen hatten. Sie hatte ihnen mitgeteilt, dass sie und Ina alle Leihhäuser in der Nachbarschaft abgeklappert hätten, aber Lily hatte dort nirgendwo eine Violine abgegeben. Doch als Herbert vom Verschwinden der Geige erfuhr, zog er los und kaufte Olive eine neue.

»Jetzt kannst du Will ein, zwei Melodien beibringen, nicht wahr?«, sagte er brummig. Olives tränenreicher Dank war ihm unangenehm.

Also war nun jeden Abend nach dem Essen Will im alten Kinderzimmer im zweiten Stock zu hören, wie er auf dem neuen

Instrument herumkratzte. Er zeigte so viel Talent, dass sein Vater ihm bald ein eigenes kaufte. Clarrie staunte über Olives Geduld mit dem Jungen, und sie bemerkte, dass diese Musikstunden ihrer Schwester neuen Lebensmut schenkten. Im Sommer nannte Olive sich schon Kammerzofe und Musiklehrerin, wenn sie mit anderen Dienstboten am Platz sprach.

Sie wurde sechzehn und blühte auf wie eine Dschungelblume nach dem Regen. Ihre Figur wurde voller, und ihre Miene verlor ihren verkniffenen, nervösen Ausdruck. Ihr rötliches Haar wuchs dichter und glänzender nach. Wenn sie lächelte, leuchteten ihre hellbraunen Augen und machten ihr ganzes Gesicht hübsch.

Wenn Will nicht in der Schule war oder Geige übte, folgte er Clarrie wie ein treuer Hund überallhin, plapperte drauflos und setzte ihr zu, mit ihm Backgammon oder Karten zu spielen. An nassen Tagen flüchtete er sich vor seinem abschätzigen Bruder und seinem abgelenkten Vater in Clarries Haushälterinnenzimmer. Oft fand sie ihn zusammengerollt mit einem Buch auf dem durchgesessenen Sofa.

»Mama mag heute nicht reden«, erzählte er ihr dann traurig, oder verschmitzter: »Wenn Bertie kommt und nach mir sucht, verstecke ich mich in der Speisekammer.«

Wenn Bertie seinen Bruder tatsächlich unten im Haushälterinnenzimmer entdeckte, schleifte er ihn hinaus und machte Clarrie Vorwürfe. Er kritisierte sie ohnehin bei jeder Gelegenheit. Bertie hatte nie seine Meinung geändert, dass die Belhaven-Schwestern ungeeignet und nicht qualifiziert waren. Ihre wachsende Beliebtheit bei seinen Eltern und seinem Bruder beobachtete er voller Groll. Clarrie bemerkte, dass Berties Feindseligkeit ihr gegenüber immer dann zunahm, wenn er von seinen Aufenthalten bei den Landsdownes zurückkam oder Verity zu Besuch in Summerhill war.

Verity selbst behandelte Clarrie, als wäre sie unsichtbar. Weder nahm sie von sich aus von ihr Notiz, noch antwortete sie auf irgendeine von Clarries freundlichen Bemerkungen über das Wetter oder auf Fragen, wie ihre Reise gewesen sei. Einmal, als Clarrie im Wohnzimmer eine Vase voller Blumen arrangierte, kam Verity nach dem Einkaufen mit einer Freundin vorbei. Olive nahm ihnen den Armvoll Pakete ab, während Verity ungebeten ins Wohnzimmer gerauscht kam.

»Sie da!« Sie zeigte auf Clarrie. »Bringen Sie uns sofort Tee. Wir sind vollkommen erschöpft.«

Clarrie verbiss sich die Bemerkung, dass keine Dame so unhöflich einer Dienstbotin gegenüber sein sollte, und antwortete: »Gewiss, Miss Landsdowne.«

»Und lassen Sie die Blumen zufrieden, Belhaven«, befahl Verity. »Sie machen das völlig falsch.« Sie schlug mit einem Handschuh nach ihr.

Als Clarrie das Zimmer durchquerte, machte Verity sich daran, den Strauß neu zu arrangieren.

»Man kann ja auch nicht erwarten, dass ein Kuli sich mit so etwas auskennt«, sagte sie zu ihrer Freundin.

Clarrie biss die Zähne zusammen, um nicht aufzubegehren, und eilte hinaus.

Als im August die Schulferien begannen und Will endlos viel Zeit zur Verfügung hatte, stellte Clarrie fest, dass es unmöglich war, den Jungen aus der Küche fernzuhalten, obwohl sie wusste, dass das einen Tadel nach sich ziehen würde.

Eines Tages fuhr ein erzürnter Bertie Clarrie an. »Sie wissen doch, dass er nicht hier unten sein darf, also hören Sie auf, ihn dazu zu ermuntern«, blaffte er. »Aus ihm wird nie ein Gentleman, wenn er sich weiter mit den Dienstboten abgibt.« Er bedachte sie mit einem besonders vernichtenden Blick. Er war immer unhöflich zu ihr, wenn sein Vater es nicht hören konnte, aber diesmal war er sogar für seine Verhältnisse ungewöhnlich verärgert über sie.

»Mein Vater mag es ja für löblich halten, dass Sie versuchen, bessere Kreise nachzuäffen, aber Sie laufen Gefahr, Ihre Stellung zu vergessen«, fuhr er fort. »Ich weiß nicht, was aus der Gesellschaft werden soll: Dienstmädchen, die Geigenunterricht geben und sich Bücher ausleihen, und Haushälterinnen, die Höflichkeitsbesuche bei den Nachbarn machen, als wären sie adlige Damen! Ich gebe die Schuld an all solchem Unfug diesen ungehörigen Frauen, die das Wahlrecht und Arbeitsplätze verlangen, als wären sie Männer.« Er drohte ihr mit dem plumpen Zeigefinger. »Glauben Sie gar nicht erst, dass Sie in unserem Haushalt mit derart umstürzlerischem Treiben anfangen können! Wir alle hier wissen, wohin wir gehören – und Sie und Ihre Schwester, das Dienstmädchen, gehören ins Untergeschoss. Verstanden?«

Clarrie verstand es nur zu genau. Ein paar Tage später teilte man ihr mit, dass Verity Landsdowne und ihre Eltern zum Abendessen erwartet würden. Es war ein besonderer Besuch, und nichts durfte schiefgehen. Herbert erzählte ihr, dass die Landsdownes im Überseehandel tätig waren, auch wenn Mr Landsdowne die Führung der täglichen Geschäfte bereits an Veritys Bruder Clive übertragen hatte.

»Landsdowne verbringt gern so viel Zeit wie möglich auf seinem Landsitz Rokeham Towers, um zu jagen und zu angeln. Seine Töchter mussten ihn zweifelsohne in die Stadt zurückschleifen, da doch die Jagdsaison begonnen hat.«

»Nun, ich bin mir sicher, dass Miss Landsdowne sehr tüchtig ist«, murmelte Clarrie.

Herbert warf ihr einen Blick zu. »Tüchtig worin? Darin, ihn zurückzuschleifen?«

Clarrie schenkte ihm ein unschuldiges Lächeln. »Einfach nur tüchtig.«

Das Lächeln, mit dem er antwortete, war verwirrt. »In der Tat. Sie sprechen die Speisenfolge mit Mrs Stock durch.«

»Möchte sie am Abendessen teilnehmen?«, fragte Clarrie voller Erstaunen.

»Davon gehe ich nicht aus.« Herbert seufzte. »Aber ich möchte, dass sie miteinbezogen wird. Es ist schließlich ein wichtiger Anlass; etwas, das sie aufmuntern wird.«

»Eine Verlobung?«, platzte Clarrie heraus.

Herbert sah sie konsterniert an. »Ich habe schon zu viel gesagt. Es steht mir nicht zu …«

»Seien Sie unbesorgt, Sir.« Clarrie lächelte. »Ich verrate kein Wort.«

Während sie die Vorkehrungen mit der lustlosen Louisa durchsprach, ertappte Clarrie sich bei der Überlegung, wie eine Verlobung und eine Hochzeit die Verhältnisse in Summerhill wohl verändern würden. Würde Verity herziehen, oder würde Bertie künftig woanders wohnen? Würde Herbert Mr Landsdownes Beispiel folgen und sich zugunsten seines Sohnes immer weiter aus dem Geschäft zurückziehen? Wenn er dadurch mehr Zeit mit Louisa und Will verbringen konnte, hätte er das vielleicht tun sollen. Aber Clarrie hatte genug von Herberts Hingabe an seine Mandanten gesehen, um zu wissen, dass seine Arbeit eine Berufung war. Er war immer lange in der Kanzlei, und jeder, den Clarrie traf, machte eine Bemerkung über seine Zuverlässigkeit und Vertrauenswürdigkeit. Seine Arbeit war sein Leben.

Obwohl Louisa sich weigerte, ihr Schlafzimmer zu verlassen, als die Landsdownes kamen, brachten Clarrie und Olive zusätzliche Stühle ins Zimmer und schmückten es mit Blumen, sodass sie ihre Gäste kurz empfangen konnte. Die Stocks und Landsdownes saßen im ganzen Raum verteilt, während Louisa, gegen einen Kissenstapel gelehnt, im Bett lag und unter all der Aufmerksamkeit zu leiden schien. Als Clarrie den Nachmittagstee servierte, erstaunte der rotgesichtige Mr Landsdowne sie.

»Sie müssen die sein, deren Vater einen Teegarten in Assam hatte.«

Clarrie sah ihn mit offenem Mund an. »J… ja, Sir.«

»Wir haben Beziehungen in Sachen Tee«, sagte er großspurig. »Die Familie meiner Frau. Der junge Bertie war an Ihrem Hintergrund interessiert, als man Ihnen die Stelle angeboten hat. Wir konnten helfen.« Er lächelte, als er es sagte, aber seine Augen waren so kalt wie Veritys. Clarries Eingeweide verkrampften sich. Was hatte man über sie erzählt? Dass ihr Vater verschuldet an seiner Trunksucht gestorben war? Dass sie und Olive eine indische Großmutter hatten? War das der Grund dafür, dass Verity in ihrer Hörweite verächtliche Bemerkungen über Kulis machte?

»Natürlich sind die Verwandten meiner Frau nicht nur am Teegeschäft beteiligt«, fuhr Veritys Vater fort. Er hatte den seltsamen Dreh heraus, seine Bemerkungen an die Stocks zu richten, aber doch Clarrie damit zu meinen. »Wie alle erfolgreichen Geschäftsleute haben sie über die Jahre ihre Anlagen gestreut. Vielleicht kennen Sie sie, die Robsons?«

Schockiert stellte Clarrie die Teekanne lautstark ab und spritzte Tropfen aufs Tablett. Verity sah sie scharf an.

»Seien Sie doch vorsichtig!«, schimpfte sie.

Clarrie wurde heiß.

»Ja, ich habe schon von ihnen gehört«, antwortete Herbert. »Haben ihr Vermögen mit landwirtschaftlichen Geräten und im Dampfkesselbau gemacht, nicht wahr?«

»Ja, und jetzt spielen sie groß im Teegeschäft mit«, bestätigte Mr Landsdowne mit einem selbstgefälligen Nicken. »Nicht nur als Pflanzer, sondern auch als Importeure und Händler. Wenn man James glauben kann, verdienen sie sich daran dumm und dämlich.« Er lächelte Louisa an. »James Robson ist ein Cousin zweiten Grades meiner Frau. Ihre Haushälterin muss ihm in Indien begegnet sein.«

Louisas Gesicht verkrampfte sich noch ein wenig mehr, als wäre es zu anstrengend, für alle die Gastgeberin zu spielen.

»Nein, Sir, ich habe ihn nicht getroffen«, antwortete Clarrie schnell und beobachtete ihre Herrin besorgt.

»Na, dann vielleicht seinen Neffen Wesley?«

Clarries Herz klopfte heftig. Sie schluckte schwer und beschäftigte sich damit, den verschütteten Tee auf dem Tablett aufzuwischen. Sie wollte nur noch aus dem Zimmer und vor diesen Leuten flüchten.

»Er hat für solch einen jungen Mann schon viel erreicht«, fuhr Mr Landsdowne an Herbert gewandt fort. »Mit sechsundzwanzig hat er schon Plantagen überall in Indien und Ceylon besucht, und jetzt ist er Teemakler in London. Weiß alles, was man über Tee wissen kann, sagt man.«

»So?«, antwortete Herbert mit einem bewundernden Nicken. »Dann lernt er schnell.«

Clarries Ärger flammte auf. »Man braucht viele Jahre, um sich wirklich mit Tee auszukennen«, warf sie ein. »Jahr ein, Jahr aus muss man ihn pflanzen und in guten wie in schlechten Zeiten pflegen – bis er einem in Fleisch und Blut übergegangen ist.«

Sie starrten sie alle an. Errötend hob sie das Teetablett hoch. Wie dumm von ihr, sich nur davon provozieren zu lassen, dass sie Wesleys verhassten Namen gehört hatte.

Mr Landsdowne bedachte sie mit einem eisigen Blick, als sie hinauseilte und etwas darüber murmelte, eine frische Kanne Tee zu kochen. Durch die offene Tür hörte sie Verity sagen: »Es ist doch absurd, dass wir uns hier Vorträge von der Tochter eines gescheiterten Teepflanzers halten lassen müssen, Papa.«

Clarrie erstarrte hinter der Tür und konnte gar nicht anders, als weiter zu lauschen.

Veritys Vater schnaufte. »Ja, meine Liebe, in der Tat. Besonders, da die Robsons einen Erfolg nach dem anderen feiern.«

Bertie fiel mit ein: »Es tut mir leid, dass sie so vorlaut war. Ich werde ein ernstes Wort mit ihr reden.«

»Sachte, Gentlemen«, tadelte Herbert. »Das Mädchen hat nur seinen Vater in Schutz genommen. Sie hat angesichts ihrer Notlage Mitleid verdient.«

Veritys Vater brummte: »Nach allem, was ich gehört habe, war Belhaven in geschäftlichen Dingen schon immer ein Versager und doch erpicht darauf, etwas Besseres zu werden. Hat sein Leben lang einen Groll auf die Robsons gehegt, weil sie erfolgreicher waren. Behalten Sie seine Töchter gut im Auge, das sage ich Ihnen!«

»Mach dir keine Sorgen, Papa. Bertie weiß, wie man Dienstboten zu nehmen hat«, sagte Verity zuckersüß, »und ich auch.«

Clarrie floh nach unten, zornig über die Verachtung für ihren Vater und die Herablassung ihr und Olive gegenüber. Sie hatte nicht übel Lust, sich die gestärkte Schürze und die Manschetten abzureißen und hinauszumarschieren. Niemand sprach so mit einer Belhaven! Sie polterte in der Küche herum, füllte die Teekanne, die Heißwasserkaraffe und das Milchkännchen neu und murmelte wütend vor sich hin.

Eine Türangel quietschte hinter ihr, und sie zuckte schuldbewusst zusammen. Die Tür zur Speisekammer schwang auf, und Will spähte heraus.

»Kann ich gefahrlos rauskommen?«, flüsterte er.

Clarrie schnappte nach Luft. »Sie suchen schon alle nach dir! Du musst nach oben gehen und die Landsdownes begrüßen.«

Er rollte die Augen nach oben. »Ich will nicht. Sie sind langweilig, und Verity mag mich nicht. Sie sagt mir immer, dass ich verschwinden und sie und Bertie in Ruhe lassen soll.«

»Wir müssen aber alle Dinge tun, die wir nicht tun wollen«, fertigte Clarrie ihn kurz angebunden ab.

Er musterte sie genauer. »Du bist ganz rot im Gesicht. Hast du geweint?«

»Nein!«

Will steckte die Hände in die Taschen und seufzte. »Weißt du, dass Verity und Bertie heiraten werden?«

Clarrie sah in sein verzweifeltes Gesicht und spürte, wie ihr Herz dahinschmolz.

»Stört das denn, solange es Bertie bei Laune hält?«

Will sah perplex drein. »Aber warum gerade sie? Die spielt doch noch nicht einmal Backgammon.«

Plötzlich prustete Clarrie vor Lachen. Sie legte schwungvoll einen Arm um ihn. »Oh, Will, du bist ein großartiger Junge. Werd ja nie anders!«

Er schlang ihr die Arme um die Taille und erwiderte ihre Umarmung. »Ich schätze, wenn Bertie glücklich ist, schimpft er nicht mehr ganz so viel mit uns.«

»Genau«, pflichtete Clarrie ihm bei. »Entweder das, oder sie machen uns beide die Hölle heiß.« Sie küsste ihn auf den Kopf. »Komm, wir bieten ihnen gemeinsam die Stirn. Die zwei Musketiere!«

Mit Will an ihrer Seite kehrte Clarrie hocherhobenen Belhaven-Hauptes nach oben zurück.

13

»Miss Landsdowne will eine Dezemberhochzeit«, erzählte Clarrie ihrer Freundin Rachel, als sie sich in den Empire Tea Rooms in der Stadt trafen. Das war ihr Lieblingsplatz: ein Teehaus mit hohen Decken, Buntglasfenstern, frischen Blumen auf gestärkten Leinentischtüchern und Palmenkübeln als Sichtschutz, um den Gästen, die darauf Wert legten, Privatsphäre zu sichern. Olive saß neben ihnen und skizzierte Muster in einem Notizbuch. »Sie kommt ständig vorbei, um die Einzelheiten zu besprechen – Mrs Stock ist schon ganz erschöpft.«

»Wo werden sie wohnen, wenn sie verheiratet sind?«, fragte Rachel und schenkte ihnen beiden eine zweite Tasse Tee ein.

Clarrie verzog das Gesicht. »Zunächst in Summerhill. Das ist noch so eine Sache: Miss Landsdowne will den ganzen zweiten Stock in eine Wohnung für sich und Mr Bertie umgestalten. Er sagt, dass er in der Nähe der Kanzlei sein muss, und sie ist gern in der Stadt. Für die Wochenenden stellen die Landsdownes ihnen ein Haus auf ihrem Landgut zur Verfügung.«

Rachel rollte die Augen. »Vornehm geht die Welt zugrunde! Bob und ich hatten ein einziges Zimmer in einem Cottage und haben uns schon glücklich geschätzt.«

»Ich weiß nicht, wohin der arme Will soll«, sagte Clarrie. »Nach oben auf den Dachboden, wenn es nach dem Willen dieser Verity geht.«

»Er ist ein netter Junge.« Rachel seufzte. »Bob wollte einen Sohn. Aber so, wie sich alles entwickelt hat, war es ein Glück, dass wir keinen bekommen haben. Wie hätte ich einen Jungen durchbringen sollen, nachdem Bob nicht mehr da war?«

Clarrie sah, dass in den Augen ihrer Freundin Tränen standen, und streckte die Hand aus. »Entschuldige bitte! Ich sollte nicht die ganze Zeit über Hochzeiten plappern.«

Rachel schüttelte den Kopf. »Das macht mir nichts aus. Ich mag es, wenn du drauflosplapperst.« Sie putzte sich die Nase mit einem gestärkten Taschentuch. »Und ich freue mich über die Gesellschaft. Allein wäre ich nie hergekommen.«

Clarrie lächelte. »Ich freue mich auch.« Sie wandte sich an ihre Schwester. »Zeig her, was du gezeichnet hast.«

»Das ist nichts geworden«, sagte Olive und reichte das Notizbuch nur widerwillig weiter. Die Zeichnung war ein kühner Entwurf aus ineinander verflochtenen Vögeln und Blumen, der förmlich von der Seite sprang.

»Es ist sehr gut«, widersprach Clarrie und zeigte Rachel das Bild.

Rachel nickte. »Du bist so ein geschicktes Mädchen. Wie kommen dir nur all die Ideen?«

Olive zuckte die Schultern. »Sie sind einfach in meinem Kopf.«

Der überbordende Stil erinnerte Clarrie an die üppige Naturschönheit von Belguri, aber das sprach sie nicht aus. Olive regte sich über jede Erwähnung ihres Lebens in Indien sofort auf; es war, als würde man eine empfindliche Wunde wieder aufreißen.

»Es ist jedenfalls besser als die meisten Sachen, die in Nummer sechs an der Wand hängen«, sagte Rachel. »Der gnädige Herr mag Landkarten und Boote – so langweilig wie nur irgendetwas! Du solltest das in leuchtenden Farben malen, Olive.«

Das Mädchen errötete vor Freude.

»Da hast du recht«, stimmte Clarrie Rachel zu. »Ich wünschte, ich hätte das Geld, ihr einen anständigen Satz Farben zu kaufen.«

»Früher hatte ich Farben und Pinsel und eine Staffelei«, sagte Olive vorwurfsvoll.

»Die wirst du auch wieder haben«, versprach Clarrie, »wenn wir den Belhavens nicht mehr einen Großteil unseres Lohns abgeben müssen. Gedulde dich einfach.«

»Mich gedulden?« Olive setzte eine finstere Miene auf und riss das Notizbuch wieder an sich. »Das rätst du mir ständig.«

Clarrie wollte sich nicht vor ihrer Freundin mit ihr streiten. Sie war genauso frustriert wie Olive, dennoch wünschte sie sich, ihre Schwester wäre weniger aufbrausend. Olive seufzte und trommelte mit dem Bleistift auf dem Notizbuch herum – ein sicheres Zeichen, dass sie sich langweilte und aufbrechen wollte. Clarrie versuchte, sie zu ignorieren. Diese seltenen Momente des Luxus, sich hinzusetzen, von anderen bedient zu werden, mit Rachel zu reden und die Mittelschicht von Newcastle zu belauschen, waren das, was sie die lange Woche überstehen ließ. In einer Nische diskutierten gerade ein paar Frauen über eine örtliche Nachwahl. Am nächsten Tisch arbeiteten sich vier Freundinnen durch eine dreistöckige Etagere voller Sandwiches und Kuchen, während sie sich über ihre Kinder unterhielten. In der Ecke saß ein Paar, das getrennt hergekommen war; Clarrie hatte den Verdacht, dass es sich um ein heimliches Rendezvous handelte.

Widerwillig trank sie den letzten Schluck Tee. »Kommt«, sagte sie und sah Rachel entschuldigend an, »lasst uns im Sonnenschein spazieren gehen!«

* * *

Das warme Wetter hielt bis in den September hinein an. »Indianersommer«, nannte Herbert es. Gedanken daran, auf der Veranda in Belguri zu sitzen, brachten Clarrie auf die Idee, Louisa zu ermuntern, aus dem Bett aufzustehen, um am offenen Balkonfenster zu sitzen und in der milden Luft den Garten in der Mitte des Platzes zu betrachten. Ihre Herrin war mittlerweile entsetzlich dünn, und ihre Beine waren vom mangelnden Gebrauch verkümmert. Es fiel Olive und Clarrie nun viel leichter, Louisa hochzuheben.

Louisa setzte sich seufzend ans Fenster, schien aber dann zufrieden damit zu sein. Ihr Gesicht erhellte sich, wann immer sie den hoch aufgeschossenen Will im Laufschritt von der Schule zurückkehren und ihr von der anderen Seite des Platzes aus zuwinken sah. Seine Beine waren seit den Sommerferien ganz plötzlich länger und staksiger geworden. Oft kam er nach oben gehüpft und ließ sich zu Füßen seiner Mutter fallen, um zu plaudern.

Einmal, als Verity gerade versuchte, Louisas Interesse an der Neuausstattung der Zimmer im zweiten Stock zu wecken, kam Will hereingepoltert und warf einen Stapel von Musterbüchern mit Stoffproben um. Clarrie, die gerade Tee servierte, beeilte sich, sie aufzusammeln.

Verity versuchte, ihre Verärgerung hinter einem aufgesetzten Lachen zu verbergen. »Was bist du doch für ein tollpatschiger Junge!«

»Tut mir leid«, sagte Will, eilte zu seiner Mutter, um sie zu küssen, und ignorierte von da an seine künftige Schwägerin. »Sieh mal, Mama, meine erste Kastanie!« Er zog eine glänzende Rosskastanie aus der Tasche seiner kurzen Hose. »Clarrie kann mir helfen, sie aufzufädeln.«

»Bist du nicht ein bisschen zu alt, um mit Kastanien an der Schnur zu schnipsen?«, fragte Verity. »Du bist fast dreizehn. Clive hat in deinem Alter schon geboxt – Männersportarten ausgeübt.«

Louisa legte ihrem Sohn beschützend die Hand aufs blonde Haar. »Er ist noch jung«, sagte sie liebevoll. »Da bleibt später noch reichlich Zeit für vieles.«

Kurz darauf belauschte Clarrie, wie Bertie seinem Vater vorschlug, Will auf ein Internat zu schicken.

»Er braucht Abhärtung, Papa. Und er verbringt zu viel Zeit mit den Dienstboten. Der Junge hat keine Manieren. Er ist gelegentlich recht unhöflich zu Verity«, beschwerte er sich.

Herbert seufzte ungeduldig. »Ich bin der Erste, der zugibt, dass der Junge einem auf die Nerven gehen kann, aber ich möchte ihn nicht fortschicken. Außerdem würde deine Mutter das nie gestatten. Verity wird sich mit der Zeit schon noch an ihn gewöhnen.«

Das Wetter wurde plötzlich kühl und herbstlich, und Louisa zog sich wieder ins Bett zurück. Das Internat wurde nicht mehr erwähnt, während Verity sich in ausgeklügelte Hochzeitsvorbereitungen stürzte. Das Paar sollte in der Woche vor Weihnachten in der St.-Nicholas-Kathedrale heiraten. Zur Feier des Tages sollten in den Assembly Rooms ein Empfang und ein Ball stattfinden. Halb Newcastle schien eingeladen zu sein. Clarrie wusste, dass ihr eine hektische Zeit bevorstand, denn Bertie wollte am Abend vor der Hochzeit ein großes Fest geben und Verwandte, die aus Yorkshire anreisten, im Haus unterbringen.

Es war Will, der ihre Sorge um Louisa weckte.

»Mama hat einen komischen Husten«, sagte er zu ihr, »und sie hat ihr Abendbrot schon wieder nicht angerührt.«

Louisa aß so wenig, dass ihre Enthaltsamkeit Clarrie nicht als ungewöhnlich aufgefallen war. Ohnehin war es oft Olive, die ihr die Mahlzeiten servierte und danach wieder abräumte. Veritys Ansprüche hielten Clarrie in letzter Zeit so auf Trab, dass sie sehr wenig Zeit mit ihrer Herrin verbrachte, außer um sie regelmäßig im Bett zu waschen. In den letzten zwei Tagen hatte Louisa sich geweigert, sich waschen oder auch nur berühren zu lassen. Wann immer Clarrie nach ihr gesehen hatte, hatte sie geschlafen. Schuldbewusst fragte Clarrie sich, warum sie nicht aufmerksamer gewesen war.

Bertie und Verity waren ins Theater gegangen. Als Clarrie in Louisas Zimmer eilte, fand sie ihre Herrin mit geröteter Haut, glasigen Augen und röchelndem Atem vor. Als sie ihr die Hand auf die Stirn legte, wimmerte Louisa: »Lassen Sie mich in Ruhe! Bitte lassen Sie mich allein.«

»Sie sind brennend heiß, Ma'am«, sagte Clarrie besorgt.

Louisa hustete qualvoll.

»Ich hole den Arzt«, sagte Clarrie sofort.

»Nein«, keuchte Louisa zwischen zwei Hustenanfällen. »Keine … Ärzte … mehr.«

Clarrie versuchte, sie höher zu lagern, um ihren Husten zu lindern. Doch Louisa zuckte zurück und erschauerte, als hätte Clarrie sie mit Fingern aus Eis berührt. In Panik machte Clarrie sich auf die Suche nach Herbert und fand ihn beschäftigt in seinem Arbeitszimmer. Ihr furchtsamer Gesichtsausdruck ließ ihn aufspringen.

»Was ist los?«

»Es ist Mrs Stock – es geht ihr überhaupt nicht gut. Ich glaube, sie hat Fieber.«

»Fieber?«, wiederholte Herbert. »Aber ich habe sie heute Morgen noch besucht …«

»Sie ist heiß wie Feuer«, fiel Clarrie ihm ins Wort, »und sie hat in den letzten paar Tagen nicht mehr gegessen, sondern nur geschlafen.«

»Warum haben Sie mir nichts davon gesagt?«, fragte er schneidend.

»Es tut mir leid.« Clarrie wurde rot. »Ich glaube, wir sollten den Arzt holen, Sir.«

»Ich gehe ihn selbst holen«, sagte Herbert knapp.

Clarrie schüttelte den Kopf. »Lassen Sie mich gehen, damit Sie sich zu ihr setzen können.«

Er nickte und ging. Seine Arbeit ließ er verstreut auf dem Schreibtisch zurück.

Als Clarrie mit dem Arzt zurückkehrte und ihn nach oben führte, saß Will nervös auf dem Bett, während Herbert am Feuer stand und die Hände hinter dem Rücken verschränkt hatte. Als der Arzt eintrat, scheuchte Herbert seinen Sohn aus dem Zimmer, und Will flüchtete sich nach unten zu Clarrie.

»Vielleicht könnte Olive ihr etwas vorlesen«, schlug der Junge vor, »oder ich könnte ihr etwas vorspielen. Meinst du, das würde helfen?«

»Bestimmt, aber vielleicht lieber erst morgen, wenn sie ausgeschlafen hat. Warum machst du dich nicht auf die Suche nach Olive und übst ein bisschen?«

Will ergriff die Gelegenheit, etwas zu tun, und lief davon, um Olive zu suchen. Dann läutete die Glocke im Arbeitszimmer für sie, und Clarrie eilte nach oben. Der Arzt nahm noch schnell einen Schlummertrunk mit Herbert ein. Bertie war zurück und stürzte ein großes Glas Whiskey hinunter.

»Mrs Stock hat sich erkältet«, erklärte ihr der Arzt.

»Das ist kaum ein Wunder«, sagte Bertie laut. »Belhaven hier hat meine liebe Mutter stundenlang am zugigen Fenster sitzen lassen, als lebten wir in den Tropen.«

»Das ist doch gewiss nicht der Grund dafür?«, fragte Clarrie bestürzt.

Der Arzt hob die Hand, als wäre es zwecklos, nach dem Schuldigen zu suchen. »Ich habe Medizin und eine Einreibung verordnet. Ihre Temperatur ist höher, als sie sein sollte. Sie müssen sie die ganze Nacht über mit einem lauwarmen Waschlappen abreiben, um sie zu kühlen. Versuchen Sie, sie dazu zu bringen, etwas zu trinken, wenn Sie können.«

»Ja, Sir.«

»Ich komme morgen wieder«, versicherte er Herbert und klopfte ihm auf die Schulter. »Bis dahin ist das Schlimmste vielleicht schon vorbei.«

Clarrie war darauf eingestellt, die ganze Nacht bei Louisa zu wachen. Berties bissiger Vorwurf hatte sie tief getroffen. Doch um Mitternacht schickte Herbert sie ins Bett.

»Ich bleibe bei ihr«, sagte er mit grimmiger Miene. »Ich kann heute Nacht nicht schlafen.«

Clarrie stand auf, erschöpft, aber ängstlich. Sie wollte nicht gehen. Louisa fand keine Ruhe, hatte aber die Augen geschlossen. Sie stöhnte und warf den Kopf hin und her, als ginge es ihr schlecht, doch sie reagierte auf keine Frage.

Als Clarrie sich entfernte, sagte sie: »Läuten Sie nach mir, wenn Sie mich brauchen, Sir – ganz gleich, wie spät es ist.«

Herbert nickte, wandte den Blick aber nicht von seiner Frau.

Für den Fall, dass er sie doch noch rief, schlug Clarrie ihr Lager auf dem Boden ihres Haushälterinnenzimmers auf und legte sich voll bekleidet hin. Um drei Uhr morgens, als sie gerade einschlief, war sie schlagartig wieder wach, als sie hörte, wie jemand ins Zimmer getappt kam.

»Da bist du ja!«, flüsterte Will, seinen Geigenkoffer an sich gedrückt. »Ich dachte, du seist bei Mama. Ich bin in ihr Zimmer hineingegangen, und Papa hat mir gesagt, dass ich verschwinden soll. Er sagt, ich sorge nur dafür, dass es ihr noch schlechter geht. Aber ich kann nicht schlafen. Darf ich hierbleiben? *Bitte.*«

»Natürlich darfst du.« Clarrie zögerte nicht, noch nicht einmal bei dem Gedanken daran, was ein zorniger Bertie wohl dazu sagen würde. Sie stand auf und legte Will eine Decke um die zitternden Schultern. »Kuschel dich in den Sessel; ich mache uns etwas Heißes zu trinken.«

Sie wärmte etwas Milch und schürte das Feuer. Gemeinsam nippten sie an der heißen Milch und sprachen leise über belanglose, alltägliche Dinge. Am Ende gähnte Will und wurde schläfrig. Kaum dass Clarrie ihre Tassen zur Spüle getragen und abgewaschen hatte, schlief der Junge schon tief und fest. Sie tauchte das Gesicht in kaltes Wasser und ging mit einer frischen Kanne Tee nach oben.

Herbert war mit auf dem Bett ausgebreiteten Armen eingeschlafen. Sobald Clarrie näher kam, hörte sie, dass Louisas Atmung sich verändert hatte. Sie rasselte und kratzte ihr in der Kehle wie Kieselsteine in einem schnell dahinströmenden Bachlauf. Clarrie keuchte auf und stellte das Tablett lautstark ab. Sie hatte das Geräusch schon einmal gehört – bei ihrem sterbenden Vater.

Herbert fuhr aus dem Schlaf hoch.

»Was? Was!«, sagte er verwirrt.

Clarrie nahm Louisas Hand; der Puls war kaum zu ertasten. Plötzlich öffnete Louisa die Augen und fixierte Clarrie. Sie versuchte zu sprechen. Clarrie drehte sich zu Herbert um und legte Louisas Hand in seine.

»Sie versucht, Ihnen etwas zu sagen«, erklärte sie drängend.

Als Clarrie aus dem Weg ging, drückte sich Herbert die Hand seiner Frau ans Gesicht.

»Was ist, meine Liebe?«, fragte er. Ihm brach die Stimme. »Sag es mir!«

»W… Will«, murmelte Louisa. »Will …«

»Was willst du?«, hakte Herbert nach. »Soll ich nach dem Arzt schicken? Willst du das?«

Sie schüttelte den Kopf und sah flehend an ihrem Mann vorbei Clarrie an. In dem Moment verstand Clarrie, was Louisa zu sagen versuchte.

»Sie möchte Master Will!«, rief sie. »Ich gehe ihn holen.«

Ohne auf eine Erlaubnis zu warten, drückte Clarrie auf die Klingel, die in den Dienstbotenräumen unten läutete, und stürmte aus dem Zimmer.

Ein zerzauster Will kam ihr auf halber Höhe der Treppe entgegen, die Augen vor Angst weit aufgerissen.

»Ich habe das Läuten gehört, und du warst nicht mehr da …«

»Deine Mutter will dich sehen«, sagte Clarrie. Ihr Herz zog sich beim Anblick seines besorgten Gesichts zusammen. »Geh schnell zu ihr.«

Will sprang die Treppe je zwei Stufen auf einmal hinauf und wandte sich dann um. »Ich habe meine Geige vergessen – sie will sie doch sicher hören.«

Clarrie hielt ihn auf. »Geh du schon vor. Ich hole sie.« Er zögerte. »Geh!«, drängte sie.

Der Junge rannte weiter und rief seiner Mutter zu, dass er unterwegs war. Clarrie eilte nach unten, um das Instrument zu holen. Das Herz hämmerte ihr vor Furcht. Die Geige lag unter dem Deckengewirr, das Will in seiner Hast, auf die Klingel zu reagieren, abgeworfen hatte. Sie packte schnell die Violine und lief wieder nach oben.

Clarrie fand Herbert so vor, wie sie ihn verlassen hatte: Er umklammerte immer noch die Hand seiner Frau. Will wich nicht von seiner Seite. Louisas Augen waren halb geschlossen, ihr Mund etwas geöffnet. Ihr röchelnder Atem ging ein wenig leichter.

Der Junge wandte sich an Clarrie, die Augen voller Tränen. »Mama sagt gar nichts«, flüsterte er. »Ich glaube, sie weiß nicht, wer ich bin.«

Herbert schwieg. Impulsiv streckte Clarrie dem Jungen die Geige hin.

»Sie will, dass du spielst – das hat sie gesagt.«

Will zögerte und warf einen Blick auf seinen Vater. »Soll ich, Papa?«

Herbert schien ihn nicht zu hören. Alles, was er tun konnte, war, sich weiter an die Hand seiner Frau zu klammern, als könnte er sie so in dieser Welt verankern.

Clarrie berührte den Jungen an der Schulter und nickte ihm aufmunternd zu. »Tu es für deine Mutter«, bat sie sanft.

Will klemmte sich die Violine unters Kinn und begann eine holprige Interpretation des Volkslieds *The Water of Tyne*, das Olive ihm vor Kurzem beigebracht hatte. Als er zum Ende kam, machte er eine Pause und spielte es dann von Neuem, diesmal selbstsicherer. Die Töne stiegen in die Luft und erfüllten das Zimmer.

Nach dem letzten Bogenstrich hallte der Klang um sie herum nach, als widerstrebte es ihm zu ersterben. Die Erinnerung an die Melodie schien in der Luft zu hängen, während die Stille sich wieder herabsenkte. Völlige Stille. Will stand mit der erhobenen Geige da, und Herbert umklammerte Louisa.

Clarrie unterdrückte ein Aufschluchzen. Louisas lauter Atem war zum Erliegen gekommen. Sie griff nach Will. »Sie ist nicht mehr da«, sagte sie leise.

Aber er zuckte vor ihr zurück, ließ sein Instrument fallen und stürzte auf die andere Seite des Betts.

»Mama?«, schrie er. »Mama!«

Herbert stieß ein schreckliches Stöhnen aus, als hätte ein heftiger Boxhieb ihm den Atem verschlagen. Clarrie hob die Geige auf und eilte zur Tür, um die beiden ihrer Trauer zu überlassen. Wenige Augenblicke später hörte sie Herbert brüllen: »Weg da! Rühr sie nicht an!«

Will schrie: »Sie ist nicht tot! Ist sie nicht!«

Clarrie erstarrte. Sie wollte zurücklaufen und den Jungen in die Arme schließen, um ihn zu trösten, wie sein Vater es hätte tun sollen.

»Raus!«, heulte Herbert wie ein Tier in der Falle. »Lass mich um Gottes willen mit ihr allein!«

Schluchzend und mit weit aufgerissenen Augen kam Will aus dem Schlafzimmer gestürmt.

»Will …« Sie versuchte, ihn aufzuhalten, aber er stieß sie aus dem Weg, floh den Gang entlang und rannte die Treppe hinunter. Sie hörte, wie er an der Haustür rüttelte, zu entkommen versuchte. Rasch lief sie zu Berties Zimmer und hämmerte gegen die Tür.

»Bitte kommen Sie schnell, Sir!«, rief sie und klopfte weiter, bis er öffnete.

»Was ist?« Er sah finster drein. Sein sonst glatt anliegendes Haar war zerzaust.

»Entschuldigen Sie bitte, Mr Bertie«, keuchte sie, »es ist Ihre Mutter. Ihr Vater braucht Sie.«

Als er sah, in welcher Verfassung sie war, ging er sofort, ohne weitere Fragen zu stellen. Clarrie polterte nach unten und rannte hinter Will her. Er hatte die schwere Haustür aufgeschlossen und weit offen stehen lassen. Sie lief auf den Platz und suchte ihn in den Schatten der matten Gasbeleuchtung. Sie betete zu Gott, dass er nicht weiter in die Stadt gelaufen war.

Clarrie hörte jemanden weinen, als sie um die Ecke bog. Will kauerte als zitterndes Häufchen Elend am Geländer. Sie beugte sich zu ihm und berührte ihn an der Schulter.

»Es tut mir so leid, Will«, flüsterte sie.

»Es ist m… meine Schuld«, schluchzte der Junge. »Ich dachte, ich könnte s… sie mit M… Musik gesund machen. Wie k… kindisch. Ich bin ein dummer Junge – ein dummer, dummer Junge!«

Clarrie kniete sich neben ihn. Es waren Herberts und Berties tadelnde Worte, die er wiederholte.

»Nichts ist deine Schuld«, erklärte sie ihm mit Nachdruck. »Deine Mutter war schon lange krank. Sie war nicht stark genug, gegen die Erkältung anzukämpfen, die sie sich eingefangen hatte. Noch nicht einmal der Arzt konnte sie retten.«

»Er h… hat mir gesagt, dass ich g… gehen soll«, murmelte Will am Boden zerstört. »Papa h… hasst mich.«

»Nein, niemals«, beharrte Clarrie. »Dein Vater ist zu verzweifelt, um zu wissen, was er sagt.« Sie zog ihn in ihre Arme. »Er wird dich brauchen, Will. Ihr müsst einander trösten, nicht weglaufen. Versprichst du mir, dass du niemals wegläufst?«

Er nickte und schmiegte sich in ihre Umarmung. »Du gehst doch nicht weg, oder? Jetzt, da Mama …« Er brachte es nicht über sich, es auszusprechen.

»Natürlich nicht«, versprach Clarrie. »Ich bleibe so lange, wie ich gebraucht werde.«

Sie hielt ihn in der kühlen Dunkelheit fest und wünschte sich, sie könnte diesen liebevollen, zugewandten Jungen vor der Trauer beschützen, die, wie sie wusste, über ihn hereinbrechen würde.

14

In jenem Winter versank Summerhill Nummer zwölf in tiefer Trauer. Herbert war untröstlich. Gesellschaftliche Termine wurden abgesagt, und Berties Hochzeit wurde verschoben. Herbert schloss sich stundenlang in seinem Arbeitszimmer ein und nahm immer mehr Fälle an, um sich von seinem Kummer abzulenken. Er war Clarrie gegenüber kurz angebunden und gestattete Olive auch keinen freien Zugriff mehr auf seine Bücher. So bestrafte er die beiden dafür, dass sie ihn nicht früher auf Louisas Zustand aufmerksam gemacht hatten. Eine Zeit lang war er so kalt zu ihnen, dass Clarrie glaubte, er würde sie vielleicht entlassen und auf die Straße setzen, aber aus irgendeinem Grund kam es nicht so weit.

Will blies zu Hause Trübsal wie eine verlorene Seele, niedergeschlagen und unglücklich. Sein dreizehnter Geburtstag kam und ging ohne Feier, abgesehen davon, dass Clarrie und Olive ihm Notenblätter kauften und Dolly ihm einen Kuchen buk. Clarrie versuchte, ihn so gut zu trösten, wie sie irgend konnte, und ermunterte ihn, Musik zu machen. Aber Herbert ertrug es nicht, die Geige zu hören.

»Hör um Himmels willen mit diesem entsetzlichen Lärm auf!«, brüllte er den Treppenabsatz entlang. »Wir trauern um deine Mutter – hast du denn vor nichts Respekt?« Dann schlug er die Arbeitszimmertür wieder zu.

Nach mehreren solchen Maßregelungen verlor Will die Lust am Spielen und gab auch das Üben mit Olive auf. Das Mitleid mit dem Jungen brach Clarrie das Herz, und sie fragte sich, ob sie sich für ihn einsetzen sollte. Aber Herbert schien an einem dunklen, einsamen Ort verschollen zu sein. Sie fühlte sich an ihren Vater nach dem Tod ihrer Mutter erinnert.

»Hab Geduld«, riet sie Will. »Du musst deinem Vater erlauben, in Ruhe zu trauern, aber er wird nicht immer Stille wollen. Wie mein alter Freund Kamal zu sagen pflegte: ›Vergessen Sie nicht, auf Regen folgt Sonnenschein.‹«

Will stand, die Hände in den Taschen, da und schüttelte ungläubig den Kopf. Er kam immer seltener in ihr Haushälterinnenzimmer herunter und hielt sich mehr in seinem eigenen Zimmer auf, wenn er nicht in das seiner Mutter schlich und dort allein zwischen den verstaubten Büchern und Parfümflaschen saß. Herbert hatte verboten, dort irgendetwas zu verändern oder aufzuräumen. Will kam nach der Schule oft verspätet nach Hause, und Clarrie wusste, dass er durch die Gegend streifte, um seine Rückkehr in das Trauerhaus zu verzögern. Wenn sein Vater es überhaupt bemerkte, schien es ihm gleichgültig zu sein.

Bertie war der Schwierigste von allen. Er hatte keinen Erfolg mehr damit, seinem Vater wie gewohnt durch Schmeicheleien oder Durchsetzungskraft seinen Willen aufzuzwingen. Herbert war noch nicht einmal bereit, über die Festlegung eines neuen Hochzeitstermins zu sprechen. Verity kam nur selten zu Besuch und strafte das trostlose Haus mit Verachtung, aber Clarrie war sich sicher, dass sie Bertie unter Druck setzte, etwas zu unternehmen.

Bertie ließ nur wenig Trauer um seine Mutter erkennen, die ihm im Vergleich zu Will kaum Aufmerksamkeit geschenkt hatte. Er ließ seinen Frust über die erzwungene Trauerzeit an den Dienstboten aus und brachte Olive zum Weinen, indem er mit Schuhen nach ihr warf.

»Das nennst du poliert? Es ist eine Schande!«

Er kränkte Dolly, indem er ihre Speisen als ungenießbar zurückwies, und nutzte jede Gelegenheit, Clarrie in Anwesenheit von Mandanten zu demütigen.

»Belhaven, bringen Sie uns Tee – guten englischen Tee, nichts von dieser Eingeborenengewürzplörre, die Sie trinken.«

Einmal hörte sie mit an, wie er einem fülligen Krämer, der sie auf der Türschwelle frostig beäugt hatte, erklärte, was es mit ihr auf sich hatte.

»Ist sie ein Halbblut?«

»Ja. Belhaven gehört leider zu diesen Gossenkindern und Streunern aus der Kirche, derer mein Vater sich annimmt.«

»Er ist ein guter Mann, Ihr Vater«, brummte der Krämer. »Hoffentlich ist sie auch dankbar dafür.«

Innerlich kochte Clarrie angesichts dieser verächtlichen Bemerkungen, aber sie zwang sich, nach außen hin ungerührt zu bleiben. Sie konnte es zum jetzigen Zeitpunkt nicht riskieren, ihre oder Olives Stelle aufs Spiel zu setzen, aber irgendwann würde sie ihre Rache für all die Kränkungen und kleinen Grausamkeiten bekommen.

Ende Januar 1907 wurde Clarrie einundzwanzig. Triumphierend besuchte sie ihre Verwandten in der Cherry Terrace mit dem letzten Lohn, den sie an sie abtreten musste. Sie hatte Jared und Lily jede Woche in der Kirche gesehen, wo sie ihnen die Zahlungen übergeben hatte, aber sie war nie ins Pub zurückgekehrt.

Es sah alles noch so schäbig und verräuchert aus, wie sie es in Erinnerung hatte: Die Reihenhäuser aus Ziegeln waren rußverschmutzt, die Gassen rutschig vor Matsch und stehenden Pfützen. Sie tastete sich vorsichtig an die Hintertür. Als sie hereinkam, hörte sie, wie Lily gerade einer armen Kellnerin die Leviten las.

»Sieh mal einer an, was die Katze hereingeschleppt hat«, bemerkte Lily höhnisch, als sie Clarrie in ihrer Haushälterinnentracht dastehen sah. Sofort erkannte Clarrie an der Art, wie Lily wankte und sich am Tisch abstützte, dass sie angetrunken war. Trotzdem herrschte in der Küche die gewohnte rege Betriebsamkeit: Pasteten kühlten auf dem Tisch ab, und eine Mehlschicht lag über den Möbeln. Das junge Mädchen spürte offenbar, dass Ärger drohte, und huschte davon.

»Hallo, Mrs Belhaven. Ich komme mit unserer letzten Zahlung«, erklärte Clarrie Lily ohne weitere Einleitung und hielt ihr das Päckchen hin. »Ich bin letzte Woche einundzwanzig geworden. Ich dachte, Sie hätten das Geld lieber jetzt, als bis Sonntag darauf zu warten.«

Lily schniefte und nahm es. »Wie rücksichtsvoll von dir«, sagte sie in verächtlichem Ton. »Und herzlichen Glückwunsch zum Geburtstag. Ich hoffe, du hast dich nicht lächerlich gemacht, indem du gefeiert hast, während die Stocks noch in Volltrauer sind?«

»Natürlich nicht. Wo ist Jared?«

»Irgendwo mit dem Wägelchen unterwegs«, beklagte Lily sich. »Er ist nie da, wenn man ihn braucht. Dieses nichtsnutzige Mädchen und der dämliche Harrison sind alle Hilfe, die ich habe.« Sie ließ sich auf einen harten Stuhl fallen. »Du wärst wohl nicht zufällig bereit, mir den Nachmittag über zu helfen?«

»Nicht an meinem freien Nachmittag«, sagte Clarrie spitz. »Ich bin mit einer Freundin verabredet.«

Lily warf ihr einen säuerlichen Blick zu. »Undankbares kleines Fräulein«, murmelte sie.

Der Vorwurf traf Clarrie. »Vielleicht sollten Sie zur Abwechslung lieber etwas dankbarer für das sein, was Olive und ich für Sie getan haben – ganz zu schweigen von dem Geld, das ich Ihnen fast ein Jahr lang ohne Gegenleistung zur Verfügung gestellt habe!«

Schockiert gaffte Lily sie mit offenem Mund an.

»Wir haben jetzt jedenfalls genug getan«, verkündete Clarrie, »und damit hat es nun ein Ende.«

Lily kämpfte sich auf die Beine. »Glaubst du! Du magst ja jetzt volljährig sein, aber deine Schwester ist es nicht. Wir sind immer noch ihre gesetzlichen Vormunde und verlangen einen Anteil an ihrem Lohn, bis sie auch einundzwanzig ist.«

Clarrie marschierte zornig auf Lily zu und zwang sie, einen Schritt zurückzuweichen. »Wagen Sie es ja nicht!«, rief sie. »Sie bekommen keinen Penny mehr vom Lohn meiner Schwester, und wenn Sie sie bedrohen, sorge ich dafür, dass Mr Stock juristisch gegen Sie vorgeht. Ich lasse nicht zu, dass Sie Olive noch länger kleinhalten. Sie hat mehr gottgegebene Talente als wir anderen zusammengenommen, und ich sorge dafür, dass sie sie auch nutzt.«

Lily war einen Moment lang sprachlos. Dann sagte sie mit finsterer Miene: »Das ist doch alles nur heiße Luft – du würdest dich nie trauen, uns zu verklagen! Ich bekomme weiter, was mir von Rechts wegen zusteht.«

»Sie haben kein Recht mehr auf Olives Lohn oder auf eine Mitbestimmung bei dem, was sie tut«, verkündete Clarrie. »Sie ist meine Schwester, und ich bin für sie verantwortlich. Und wenn Sie wollen, dass die Stocks Ihre Kunden bleiben, dann lassen Sie alle weiteren Forderungen fallen.«

Lily wankte. Ihr Gesicht verriet plötzliche Zweifel. »Du würdest mein Geschäft schädigen?«

»Lassen Sie Olive in Ruhe, dann lasse ich auch Ihr Geschäft in Ruhe«, schacherte Clarrie. »Und da wir schon gerade dabei sind, können Sie mir auch gleich sagen, an wen Sie ihre Geige verkauft haben.«

»Weiß ich nicht mehr.« Lily winkte verächtlich ab. »Die war ohnehin von minderer Qualität – hat kaum genug für einen Sack Mehl eingebracht.«

»Was wissen Sie schon über die Qualität einer Violine?«, wandte Clarrie ein.

»Das will ich gar nicht wissen«, gab Lily zurück und verzog angeekelt die Lippen. »Die Dinger zu spielen, führt zur Sünde.«

»Sobald Sie sich daran erinnern, will ich es jedenfalls wissen«, beharrte Clarrie entschlossen, »damit ich sie zurückkaufen kann. Es war die Geige meines Vaters, und sie gehört in unsere Familie.«

Plötzlich fiel Lilys Gesicht in sich zusammen wie ein einsackendes Gebäckstück. Sie ließ sich wieder auf einen Stuhl fallen.

»Ich wusste ja von Anfang an, dass ihr nur Ärger machen würdet«, grollte sie. »Mein Mann, dieser Dummkopf, dachte, es müsse noch Geld aus Indien übrig sein – konnte nicht glauben, dass sein Taugenichts von einem Cousin alles verloren hatte!« Sie bedachte Clarrie mit einem hasserfüllten Blick. »Aber ich habe mir gleich gedacht, dass ihr beiden nichts Gutes bringt – bei dem dreckigen Ausländerblut in euren Adern.«

Clarrie umklammerte die Rückenlehne eines Stuhls, um ihren Zorn zu zügeln. »Meine Mutter, die Sie so leichthin verachten, ohne sie je kennengelernt zu haben, hat in ihrem kurzen Leben mehr Freundlichkeit und Güte an den Tag gelegt, als es Ihnen je gelingen wird, und wenn Sie neunzig werden. Ich bin stolz darauf, ihr indisches Blut in den Adern zu haben, also treffen Ihre Beleidigungen mich nicht.« Clarrie bedachte sie mit einem verächtlichen Blick. »Sie sind es, die ich bemitleide, denn ganz gleich, was durch Ihre Adern fließt, Sie werden nie glücklich sein. Solange Ihnen weiter niemand außer Ihnen selbst am Herzen liegt, bleiben Sie eine verbitterte und unzufriedene Frau. Ich weiß nicht, wie Jared das erträgt.«

Lily verzerrte empört das Gesicht. Sie stemmte sich auf die Beine und rief streitlustig: »Wie kannst du es wagen? Raus!« Sie packte einen Holzlöffel und schlug damit auf Clarrie ein. Clarrie hob den Arm, um sich zu schützen, und wich zurück, während Lily schrie: »Ich will dich nie mehr in meinem Haus sehen, verstanden? Raus! Raus! Raus mit dir!«

Clarrie rannte zur Hintertür. Lily stolperte fluchend hinter ihr her. Schnell flüchtete Clarrie über den Hof in die Gasse hinter dem Haus, während Lily weiter hinter ihr herbrüllte. Sie beeilte sich, die demütigende Szene hinter sich zu lassen, erschüttert, aber triumphierend. Endlich hatte sie der tyrannischen Lily die Meinung gesagt. Sollte sie nur versuchen, ihren Drohungen gegen Olive Nachdruck zu verleihen. Unter ihrer polternden Grausamkeit war Lily feige und trunksüchtig; jemand, den man eher bemitleiden als fürchten musste.

Atemlos bog Clarrie in die Straße am unteren Ende der Gasse ab und stieß mit einem Mann zusammen, der einen Korb voller Pakete trug.

»Passen Sie doch auf!«

Sie griff nach seinen wankenden Paketen. Eines landete auf dem Boden, platzte auf und überschüttete ihre Schuhe mit Schwarzteeblättern. »Tut mir leid!«

Sie schaute ins verärgerte Gesicht des Lieferanten hoch, während sie versuchte, das nun halb leere Paket zu retten.

»Jack Brewis?« Sie schnappte nach Luft.

»Ja, und wer …«, begann er, brach dann ab und musterte sie genauer. »Du bist doch das Mädchen, das alles über Tee weiß. Clarrie, nicht wahr?«

Sie lächelte und nickte.

»Wovor rennst du denn so schnell davon – vor dem Teufel oder vor den Bullen?«, zog er sie auf.

»Vor etwas Schlimmerem.« Sie lachte erleichtert.

»Vor der Furie in der Cherry Terrace?«, riet er. »Das erklärt alles.« Er sah sie fragend an. »Aber ich dachte, du wärst nicht mehr da. Ich habe dich seit Monaten nicht mehr gesehen.«

»Ich war nur zu Besuch.«

»Ich habe nach dir Ausschau gehalten«, gestand er.

»Wirklich?« Clarrie war erfreut.

Er grinste. »Na ja, hier in der Gegend gibt sonst niemand Geld für Darjeeling aus.«

Clarrie lachte. »Vielleicht kaufe ich dann noch einmal welchen. Lass mich wenigstens den bezahlen, den ich ruiniert habe.«

»Sei doch nicht dumm«, sagte Jack sofort und nahm ihr das halb leere Paket ab. »Ein Päckchen weniger macht keinen Unterschied. Ich bin meine Stelle ohnehin bald los.« Plötzlich wirkte er trübsinnig.

»Warum denn?«, fragte Clarrie.

Jack seufzte. »Mr Milner macht gerade schwere Zeiten durch. Einige der anderen Teefirmen sind ziemlich neidisch – wollen nicht, dass er Erfolg hat – und versuchen, ihm das Geschäft zu verderben. Das kannst du dir gar nicht vorstellen!« Er brach ab und sah sie ängstlich an. »Das sollte ich dir eigentlich nicht erzählen. Und was kann ein Mädchen wie du schon dagegen unternehmen?«

»Vielleicht kann ich besser helfen, als du glaubst. Ich arbeite jetzt für einen Anwalt. Ich bin Haushälterin«, erzählte sie ihm stolz.

Neugierig riss er die haselnussbraunen Augen auf. »Ich dachte mir ja gleich, dass du richtig schlau aussiehst. Für wen arbeitest du denn?«

»Für die Stocks in Summerhill Nummer zwölf.«

»Summerhill, was?« Er pfiff voller Bewunderung. »Das ist ja ein ganz schöner Aufstieg!«

»Ja.« Clarrie grinste. »Und ich will noch höher hinaus.«

Er verneigte sich spöttisch vor ihr. »Dann fühle ich mich ja geehrt, dass du noch mit einem wie mir sprichst – Jack Brewis, Teelieferant und bald arbeitslos, wenn Mr Milner sich der Konkurrenz nicht erwehren kann.« Jack seufzte tief und konnte nicht weiter herumalbern. »Es ist so verdammt schade, Clarrie, denn er ist ein feiner Chef. Ich war über Weihnachten krank, und er hat mich weiter bezahlt, bis ich wieder auf den Beinen war, obwohl er es sich gar nicht leisten konnte – nicht, solange seine Konkurrenten gemeinsam Front gegen ihn machen. Es ist nur so, dass es ihm schwerfällt, irgendetwas zu beweisen, aber er ist sich sicher, dass es so ist.«

Clarrie legte ihm die Hand auf den Arm. »Sag ihm, dass er mit Mr Stock sprechen soll – wenn irgendjemand ihm helfen kann, dann er. Mr Stock tut alles für seine Mandanten. Und genau so etwas kann er jetzt gebrauchen: das Gefühl, einem Unrecht abhelfen zu können. Er trauert so heftig um seine verstorbene Frau, dass ich befürchte, dass er nie wieder über seine Verzweiflung hinwegkommt.«

Sie sah, wie Jack errötete, und bemerkte, dass sie immer noch seinen Arm festhielt. Sie wurde auch rot und wich rasch zurück.

»Tut mir leid«, sagte sie.

»Das muss es nicht.« Er lächelte. »Ich habe es seit Ewigkeiten nicht mehr so genossen, umgerannt und in den Arm gekniffen zu werden.«

Clarrie prustete vor Lachen. Sie standen einen Moment lang da und betrachteten einander. Er war so gut aussehend, wie sie ihn in Erinnerung hatte, und sie war sich sicher, dass auch er sich zu ihr hingezogen fühlte.

»Vielleicht kann ich Mr Milners Geschäft noch auf eine andere Art helfen«, sagte sie.

»Und wie?« Jack musterte sie.

»Indem ich eine regelmäßige Teelieferung für die Stocks ordere«, antwortete Clarrie. »Schließlich bin ich für die Bestellungen zuständig. Der Krämer, bei dem wir im Moment kaufen, hat im Vergleich zu euch eine sehr begrenzte Teeauswahl.«

»Mit Freuden.« Jack grinste sie frech an. »Besonders, wenn du da bist, um die Lieferung entgegenzunehmen.«

»Natürlich.« Clarrie lächelte breit.

Sie verabschiedeten sich voneinander. Clarrie eilte leichteren Herzens nach Summerhill zurück als in all den langen Wochen seit Louisas Tod. Sie wollte sich gern einreden, dass ihr Entschluss, von der Tyneside Tea Company Tee liefern zu lassen, nur der Unterstützung des aufstrebenden Unternehmens diente. Aber so, wie ihr Herz einen Schlag aussetzte, wenn sie an Jacks Gesicht mit den Grübchen und den munteren Augen dachte, wusste sie, dass sie noch ein zusätzliches Motiv hatte – die Hoffnung, Milners jungen Lieferanten sehr viel häufiger zu sehen zu bekommen.

15

Als Clarrie vor Herberts Arbeitszimmertür stand und allen Mut zusammenraffte, um zu klopfen, spürte sie, wie ihr Herz so nervös pochte wie früher, wenn sie es mit ihrem wetterwendischen Vater zu tun gehabt hatte. Aber sie wollte sich vor dieser Aufgabe nicht drücken. Louisas Tod lag nun schon acht Monate zurück, und Herbert musste aus seiner Trauer hervorgelockt werden, wenn der Haushalt überleben sollte. Will verwahrloste immer mehr, Berties und Veritys Verlobung litt unter dem Stocken der Hochzeitsplanung, und Herbert wurde zu einem übellaunigen Eigenbrötler ganz wie ihr Vater. In letzter Zeit vernachlässigte er seine Mandanten und überließ mehr und mehr Arbeit dem grollenden Bertie. Er kümmerte sich auch nicht mehr um sein Äußeres, sondern ließ sein Haar zu lang werden und einen zottigen grauen Bart an seinem einst glatten Kinn wuchern.

»Verschwinden Sie!«, knurrte er hinter der geschlossenen Tür.

Clarrie gehorchte nicht, sondern trug ein Tablett mit hausgemachter Limonade und Shortbread hinein. Herbert saß in der spätabendlichen Dunkelheit da und starrte aus dem Fenster. Ein Buch lag ungelesen auf seinem Schoß. In der Maidämmerung zeichnete seine Silhouette sich wie die eines Propheten mit wirrem Haar ab.

»Ich habe Ihnen etwas zu trinken gebracht, Sir«, sagte sie in begütigendem Ton, den ihr hämmerndes Herz Lügen strafte.

»Ich habe doch gesagt, dass Sie nicht hereinkommen sollen. Bitte nehmen Sie das wieder mit.«

»Ich lasse es stehen, und Sie können sich selbst bedienen«, antwortete Clarrie, ging zum Tisch in der Fensternische und stellte das Tablett unmittelbar neben Herbert. Er gönnte ihr noch nicht einmal einen Blick. Sie holte tief Luft. »Ich frage mich, ob Sie von Mr Daniel Milner, dem Teehändler, gehört haben, Sir. Wir nutzen seit einiger Zeit seinen Lieferdienst. Ich weiß, dass er ein geschäftliches Problem hat, und habe angedeutet, dass Sie ihm vielleicht helfen könnten.«

»Wem?«, fragte er ungeduldig und sah sich immer noch nicht um.

»Mr Milner von der Tyneside Tea Company. Einige der anderen Teehändler versuchen, ihn aus dem Geschäft zu verdrängen. Ich weiß nicht genau, wie …«

»Sie und Ihr elender Tee!«, fuhr er auf und wirbelte unversehens herum, um sie böse anzustarren. »Was kümmert er mich?«

Clarrie zuckte zusammen. »Ich dachte, dass er nach der Art von anständigem Geschäftsmann klingt, dem Sie gern helfen würden. Er hat ein ehrliches Unternehmen aufgebaut, und andere, einflussreichere Männer versuchen, ihn in den Bankrott zu treiben.«

Herbert ließ sich wieder in seinen Ohrensessel sinken. »Geschäfte, Unternehmen, ehrlich oder krumm, was macht das schon für einen Unterschied? Ganz gleich, wie hart wir arbeiten, am Ende gehen wir alle denselben Weg in ein kaltes Grab.«

Clarrie war schockiert über seine düsteren Worte. »Natürlich spielt es eine Rolle, Sir! Alles spielt eine Rolle, von der Art, wie wir einander morgens begrüßen, bis zu der, wie die Blumen sich zur Nacht schließen. Warum sollte Gott uns ein Leben schenken, wenn nichts davon eine Rolle spielte?«

Er schloss die Hände fester um die Armlehnen des Sessels. »Wenn das Leben so wichtig ist, warum wird es einem dann so leicht, so willkürlich, so grausam genommen?«, zischte er.

Clarrie trat auf ihn zu und antwortete: »Ich weiß es nicht. Aber macht genau das es nicht umso wichtiger, jeden Tag voll auszukosten und keine Zeit damit zu vergeuden, uns in abgedunkelten Zimmern einzuschließen und uns jeglichen Trost zu versagen?«

»Trost?«, fragte er düster. »Was gibt es schon Tröstliches auf dieser Welt?«

»Ihre Söhne«, sagte Clarrie, »und Ihre Freunde, die Sie gern wieder glücklich sehen würden.«

Herbert schlug erregt auf den Sessel und beugte sich vor, um sie mit einem bösen Blick zu bedenken.

»Ich werde nie wieder glücklich sein, nie! Wie können Sie es wagen, das auch nur anzudeuten! Sie verstehen nichts von Liebe, wenn Sie glauben, ich könnte je über solch einen Verlust hinwegkommen.«

Clarrie hätte ihn gern angeschrien, dass sie und Olive alles über Verluste wussten. Er war derjenige, der sich nicht vorstellen konnte, wie es gewesen war, alles zu verlieren – ihre geliebten Eltern, ihr Zuhause, ihre Kindheitsfreunde –, und das alles noch, bevor sie erwachsen gewesen waren. Aber sie schluckte ihre Empörung hinunter.

»Niemand erwartet von Ihnen, sich rasch von solch einer Tragödie zu erholen«, sagte sie sanft, »aber Sie sind nicht der Einzige, der leidet. Indem Sie sich gegen Mr Bertie und Master Will abschotten, lassen Sie die beiden doppelt leiden. Mr Bertie kann es nicht abwarten zu heiraten, und Master Will ist ein sehr unglücklicher Junge …«

Herbert sprang auf. »Wagen Sie es ja nicht, mir einen Vortrag über meine Familie zu halten! Ausgerechnet Sie!«

»Wie meinen Sie das, Sir?« Entsetzt über seine Heftigkeit wich Clarrie zurück.

»Wenn Sie Ihre Aufgabe anständig erfüllt hätten, wäre meine Frau heute noch am Leben«, klagte er sie mit gequälter Miene an. »Ich habe darauf vertraut, dass Sie sich um sie kümmern würden, und Sie haben versagt – ganz wie Bertie es mir prophezeit hatte. Hätte ich doch nur auf ihn gehört, statt mein Urteil von Louisas Mitleid mit Ihrer Situation trüben zu lassen. Das werde ich bis an mein Lebensende bereuen!«

Clarrie taumelte zurück, als hätte er sie geschlagen. »Ich lasse mir nicht die Schuld an ihrem Tod in die Schuhe schieben«, stieß sie hervor. »Ich war ihre Haushälterin, nicht ihr Mann, und die arme Dame war schon lange krank, bevor ich herkam. Sie war krank vor Trauer um ihre kleine Tochter – das Baby, von dem niemand sprechen wollte –, und genau das hat ihre Gesundheit allmählich aufgezehrt.« Clarrie konnte sich nicht zügeln. Alles Leid und alle Enttäuschung der letzten Monate sprudelten aus ihr hervor.

»Wussten Sie, dass Will sich die Schuld am Tod seiner Schwester gibt, weil er es gewagt hatte, sie zu berühren, und niemand sich die Mühe gemacht hatte, ihm zu erklären, was geschehen war?«, rief sie. »Haben Sie je auch nur darüber nachgedacht, wie unglücklich Sie ihn jetzt machen, indem Sie sich weigern, ihn zu trösten? Er hat seine Mutter verloren – auf seine Art hat er sie genauso innig geliebt wie Sie – und er hat sie in ihren letzten Augenblicken getröstet, indem er ihr etwas vorgespielt hat. Aber Sie lassen nicht zu, dass er Sie tröstet, und deshalb glaubt er, dass auch der Tod seiner Mutter irgendwie seine Schuld ist.« Sie zitterte, während sie weitersprach. »Warum sind Sie so hart gegen ihn – hart gegen sich selbst – hart gegen all die in Ihrem Umfeld, denen Sie am meisten am Herzen liegen?«

Er stand da und starrte sie an, sein ganzer Körper wie gelähmt vor Zorn. Einen Moment lang glaubte sie, dass er sie schlagen würde. Sie war zu weit gegangen. Was war nur in sie gefahren, das alles zu sagen? Er würde sie sofort entlassen.

»Gehen Sie jetzt«, befahl er mit zusammengebissenen Zähnen. »Gehen Sie mir aus den Augen!«

Clarrie drehte sich um und floh. An der Tür hörte sie das laute Klirren von zersplitterndem Glas und drehte sich erschrocken um. Er hatte das Limonadentablett auf den gebohnerten Boden geschmettert. Clarrie sah, wie er einen Briefbeschwerer hochhob und in ihre Richtung zielte. Er brüllte vor Wut. Sie sauste durch die Tür und zog sie zu. Das Wurfgeschoss prallte dumpf gegen das Holz. Genau so etwas hätte ihr betrunkener Vater auch getan, aber solchen Zorn bei Herbert zu erleben, der jedem Alkohol abhold war, entsetzte sie. Sie rannte zur Treppe und schluckte ein Schluchzen hinunter. Ihre guten Absichten waren an ihm abgeprallt und hatten alles noch zehnmal schlimmer gemacht, und das nur, weil sie nicht den Mund gehalten hatte.

Oben in ihrem Zimmer brach sie in Tränen aus. Was für eine nichtsnutzige Haushälterin sie doch war! Sie würde sich nie daran gewöhnen, mit ihrer eigenen Meinung aus Ehrerbietung hinter dem Berg zu halten. In wenigen Momenten des Wahnsinns hatte sie all ihre harte Arbeit aus über einem Jahr zunichtegemacht. Wie konnte sie ihrem Arbeitgeber je wieder unter die Augen treten?

Clarrie hielt sich den Mund zu, um ihr Weinen zu unterdrücken. Sie hatte dafür gesorgt, dass sie nun keine Wahl mehr hatte, als zu kündigen. Herbert würde es erwarten; Bertie würde darüber jubeln. Und Will? Er sprach im Moment kaum noch mit ihr. Vielleicht war es ihm also inzwischen gleichgültig.

Clarrie zwang sich, mit dem Weinen aufzuhören, und trocknete sich das Gesicht ab. Sie musste ein gutes Wort für

Olive einlegen – zumindest sie sollte ihre Anstellung nicht verlieren. Schließlich war nur Clarrie allein so taktlos gewesen. Das würde sogar Herbert einsehen.

Sie lag die ganze Nacht wach. Am nächsten Morgen ging sie früh mit ihrem Entschuldigungsschreiben und ihrem Kündigungsangebot nach unten. Sie schob es unter Herberts Schlafzimmertür durch und ging in die Küche, um das Feuer im Herd anzufachen und Tee und Porridge zu kochen.

Zwanzig Minuten später ließ das gebieterische Läuten der Arbeitszimmerglocke sie zusammenfahren. Ihre Eingeweide verkrampften sich, als sie die Treppe hinaufstieg und sich gegen Herberts Zorn wappnete.

»Herein!«, befahl er, als sie anklopfte.

Sie fand ihn am Fenster. Das Licht der Morgendämmerung betonte die grauen Strähnen in seinem ungekämmten Haar. Er hielt ihren Brief hoch, wandte sich ihr zu und schüttelte ihn anklagend.

»Es tut mir leid, Sir.« Sie schluckte. »Ich hatte kein Recht, all diese Dinge zu sagen.«

»Nein, das hatten Sie nicht«, bestätigte er mit strenger Miene. Er trat vom Fenster weg und hinkte um den Schreibtisch herum. Eine ganze Weile sah er sie an. Sein Gesicht war verhärmt und wies vor Schmerz und Übermüdung tiefe Falten auf. Er wirkte, als wäre er in weniger als einem Jahr um mehr als zehn Jahre gealtert. »Aber Sie haben die Wahrheit ausgesprochen. Ich war in meiner Trauer eigensüchtig. Ich fühle mich schon die ganze Zeit so schuldig …« Er brach ab und schluckte schwer. In seinen Augen standen Tränen. »Und es hat die offenen Worte einer jungen Frau gebraucht, um mich das erkennen zu lassen.«

Zu Clarries Erstaunen reichte er ihr ihren Brief zurück. »Es wäre mir lieb, wenn Sie es sich anders überlegen würden.«

»Sie … Sie wollen nicht, dass ich gehe?«, stammelte Clarrie verwirrt.

»Nein«, antwortete er. »Bitte bleiben Sie, Clarrie – um meinetwillen, und auch wegen Will.«

Sie sah, wie schwer es ihm fiel, sich vor ihr zu demütigen. Sofort sagte sie: »Natürlich bleibe ich. Ich will ja auch gar nicht gehen. Danke, Sir.«

»Nein, Clarrie. Ich sollte Ihnen danken.« Er schenkte ihr den Hauch eines Lächelns.

Sie schob den Brief schnell in ihre Schürze und wandte sich zum Gehen.

»Und, Clarrie?«, hielt Herbert sie auf. »Sagen Sie Will, dass ich gern mit ihm frühstücken möchte, bevor er zur Schule geht.«

»Ja, Sir«, antwortete Clarrie, und das Herz wurde ihr vor Freude leicht, als sie die Tür hinter sich schloss.

16

Sommer 1907

Dieser Sommer war der glücklichste, den Clarrie seit dem Tod ihres Vaters verlebte. Sie traf sich oft mit Rachel zum Tee oder an schönen Nachmittagen zu Spaziergängen im Park. Mit dem zusätzlichen Lohn, den sie jetzt zur Verfügung hatte, beschenkte sie Olive mit einer Staffelei und Farben. Zweimal liehen sie sich die Fahrräder der Stocks und fuhren zum Stadtrand, um Picknick zu machen, während Olive malte. Am meisten freute Clarrie sich voller Ungeduld auf die Donnerstagnachmittage, an denen Jack mit ihrer Teelieferung vorbeikam und sie irgendeinen Vorwand fand, damit er länger bleiben musste – einen tropfenden Wasserhahn, der repariert, oder ein Küchengerät, das in Ordnung gebracht werden sollte. Danach belohnte sie ihn mit einer Tasse Tee und Dollys selbst gebackenem Mohnkuchen.

»Was kritzelst du da?«, fragte Jack eines Tages Olive, die gegenüber von ihm am Tisch saß.

Olive errötete. »Ich mache bloß eine Skizze.«

»Zeig sie ihm!«, ermunterte Clarrie sie.

Olive schüttelte heftig den Kopf, aber Jack langte über den Tisch und schnappte sich die Skizze.

»Nein, nicht!«, quietschte Olive.

Jack brüllte vor Lachen. »Das sind du und ich, Mädchen«, verkündete er und zeigte Clarrie das Bild, »mit Amor, der auf der Teekanne sitzt!«

Clarrie schlug sich die Hände vors Gesicht und stotterte: »Also wirklich, Olive!«

Mit rotem Kopf holte Olive sich die Skizze zurück. »Das ist doch nur ein Spaß. Jack sollte das Bild gar nicht sehen.«

Jack fand die Bestürzung der beiden lustig. »Wie viele Zeichnungen hast du schon von mir gemacht, hm? Hast du eine Verbrechergalerie in deinem Schlafzimmer?«

»Nun hör ihn dir an!«, scherzte Clarrie. »So aufgeblasen, wie er gerade ist, passt er sicher nicht mehr durch die Tür hinaus.«

»Ja.« Olive schmollte und schlug den Skizzenblock zu. »So gut aussehend bist du nun auch wieder nicht.«

Jack prustete amüsiert. »Mann, ihr Belhaven-Mädels wisst schon, wie ihr einen Burschen zurechtstutzen könnt. Mich beneiden alle Lieferanten diesseits des Tyne. Die ahnen ja gar nicht, wie schlecht ich hier behandelt werde!«

Clarrie versetzte ihm spielerisch einen Stoß, als er sich die Mütze aufsetzte und aufstand, um zu gehen. An der Tür fragte er sie: »Hast du Lust, morgen Abend ins Pavilion zu gehen?«

Sie riss entzückt die Augen auf, zögerte aber dann. »Ich weiß nicht, ob ich rechtzeitig loskomme. Miss Landsdowne kommt zum Abendessen.«

»Ich bediene sie«, bot Olive an.

Clarrie warf ihr einen dankbaren Blick zu. »Bist du dir sicher?«

»Natürlich«, antwortete ihre Schwester. »Ich habe schon öfter ausgeteilt als du in deinem ganzen Leben.«

Jack grinste. »Dann ist es abgemacht. Ich komme dich um Viertel vor acht abholen.« Er warf Olive spöttisch eine Kusshand zu. »Ganz herzlichen Dank, mein kleiner Amor.«

Olive rollte die Augen. »Ich tue es für Clarrie, nicht für dich«, gab sie zurück.

Jack ging lachend davon.

Im Laufe der Sommermonate gingen Clarrie und Jack mehrfach in die Musikhalle und ins Kino. Er kaufte ihr Pralinen und brachte sie nachher nach Hause. An der Küchentür gab er ihr schüchterne Küsse und sagte ihr, dass sie hübsch war. Er schwang zwar gern große Reden über Mädchen und gab sich als Frauenschwarm aus, aber seine Umarmungen waren unerfahren und unbeholfen. Clarrie wurde rot, wenn sie daran dachte, dass ihr einziger Vergleich die leidenschaftliche und selbstsichere Berührung von Wesley Robson war. Sie hätte die beiden überhaupt nicht vergleichen sollen! Jack war freundlich und witzig und zehnmal mehr ein Gentleman, als der dreiste Robson es je sein würde, auch wenn Wesley gesellschaftlich höher stand. Doch es machte Clarrie zu schaffen, dass sie die Erinnerung an Wesley nicht ganz verdrängen konnte, wann immer Jack die Arme um sie legte und ihr einen Gutenachtkuss gab.

Über den Sommer gab es auch im Haushalt in Summerhill Veränderungen. Herbert arbeitete sich Stück für Stück aus seiner tiefen Depression hervor, bemühte sich, die Mahlzeiten gemeinsam mit Will einzunehmen, und stürzte sich wieder in die Arbeit. Berties und Veritys Hochzeit wurde für September angesetzt, und Verity machte sich begeistert daran, die Zimmer im zweiten Stock neu auszustatten. Will musste in ein kleineres Schlafzimmer umziehen, doch das schien ihn nicht zu stören.

Er verbrachte einen Großteil seiner Freizeit mit seinem Schulfreund Johnny Watson oder trat mit dem Kirchenchor auf. Olive gab ihm immer noch dann und wann Geigenunterricht, aber während der langen Sommerabende spielte er lieber Tennis oder half in den Ställen aus, die Johnnys Vater gehörten. Er beendete sein letztes Unterstufenjahr, und sobald die Schulferien kamen, fuhr er für drei Wochen mit Johnnys Familie nach Schottland. Er kehrte mit roten Wangen zurück und war den Dienstboten gegenüber reservierter als vorher.

Der Vorschlag, ihn aufs Internat zu schicken, kam wieder zur Sprache. Bertie war ganz erpicht darauf.

»Das macht einen Mann aus ihm«, sagte er zu seinem Vater. »Er hängt Belhaven nun schon viel zu lange am Rockzipfel. Ich hätte alles darum gegeben, solch eine Gelegenheit zu bekommen. Sieh dir doch Veritys Bruder an – so vollendet im Sport wie im Geschäft, ein wahrer Anführer. Das hat das Internat aus Clive gemacht.«

»Ich bin mir da nicht so sicher«, wich Herbert aus. »Will scheint doch zu Hause ganz zufrieden zu sein.«

»Darum geht es nicht«, hielt Bertie dagegen. »Er wird nie den Mumm haben, sein Zuhause zu verlassen, wenn du ihn nicht dazu zwingst.«

Herbert seufzte. »Warten wir ab, was der Junge will.«

Zu Clarries Erstaunen und Erschrecken entschied Will sich dafür, das nächste Halbjahr auf der Schule in Yorkshire zu beginnen, auf die Clive Landsdowne gegangen war.

»Wirst du das alles hier nicht vermissen?«, fragte sie ihn, als er auf der Suche nach etwas zu essen in die Küche herunterkam. Der Junge hatte ständig Hunger und schoss wie eine Stangenbohne in die Höhe.

Will zuckte die Schultern. »Natürlich werde ich dich und Olive und Dolly vermissen – und Papa«, setzte er rasch hinzu. »Aber ohne Mama ist es nicht dasselbe.«

Clarrie legte einen Arm um ihn. »Nein, da hast du recht.«

Sanft entzog er sich ihrem Griff. »Und Clive sagt, es macht an dieser Schule großen Spaß, und am Wochenende kann ich reiten gehen. Ich werde auch richtigen Musikunterricht bekommen.« Er errötete und stammelte: »N… nicht, dass Olive keine gute Lehrerin wäre.«

»Und was ist mit deinem Freund Johnny?«, fragte Clarrie, auf der Suche nach Gründen, ihn zum Bleiben zu bewegen. »Wirst du den nicht vermissen?«

»Das ist doch kindisches Gerede.« Will klang verächtlich. »Außerdem geht Johnny ab dem nächsten Halbjahr in Edinburgh zur Schule.«

Clarrie erkannte, dass er entschlossen war zu gehen. »Ich werde dich jedenfalls sehr vermissen«, gestand sie und tätschelte ihm das wellige Haar.

Er tätschelte ihr seinerseits spielerisch den Kopf und lächelte. »Wirst du nicht. Du wirst viel zu beschäftigt sein, mit Jack, dem Teejungen, herumzuziehen.«

Clarrie lachte und stupste ihn. »Sei nicht so frech!«

Er schwang sich vom Tisch, schnappte sich dabei eine von Lilys Fleischpasteten und rannte kichernd aus der Küche.

Im August traf Clarrie Daniel Milner, den Teehändler, zum ersten Mal. Er kam zu einem Termin ins Haus. Es war das erste Mal seit Louisas Tod, dass ein Mandant in Summerhill empfangen wurde. Clarrie trug einen leichten Mittagsimbiss auf. Milner war ein kleiner, drahtiger Mann mit dunklem Haar, einem buschigen Schnauzbart, der sich hob, wenn er lächelte, und einer direkten Art.

»Miss Belhaven? Ich glaube, ich muss mich bei Ihnen dafür bedanken, dass Sie mich mit Mr Stock bekannt gemacht haben. Der junge Brewis hat mir alles über Sie erzählt.« Clarrie errötete, als er hinzufügte: »Natürlich nur Gutes.«

Clarrie lächelte. »Ich hoffe, Sie bleiben im Geschäft, Sir, denn wir alle mögen Ihren Tee sehr gern.«

»Gut.« Milner wirkte erfreut. »Ich bin froh, dass es nicht nur unser Jack ist, den Sie zu schätzen wissen.«

In dem Moment erschien Herbert. »Wer ist Jack?«, erkundigte er sich.

»Mein Lieferant«, sagte der Händler. »Wissen Sie denn nicht, dass er Ihrer hübschen Haushälterin den Hof macht?«

Herbert sah Clarrie verblüfft an. »Ist das so, Clarrie?«

»Nein – eigentlich nicht, Sir«, antwortete Clarrie mit brennenden Wangen. »Wir sind befreundet, das ist alles.«

Er schenkte ihr ein fragendes kleines Lächeln. »Nun, es geht mich ja auch nichts an. Mir widerstrebt nur der Gedanke sehr, solch eine gute Haushälterin so bald wieder zu verlieren.«

»Das werden Sie nicht, Sir«, antwortete Clarrie und goss dem Besucher eilig ein Glas Sherry ein.

Als sie während des Mittagessens kam und ging, hörte sie zwangsläufig einen Teil des Gesprächs der beiden Männer mit an. Sie war fasziniert davon; sie hatte sich schon immer mehr für Geschäfte und Kommerz interessiert als für Musik und Literatur.

Soweit sie verstand, versuchten die anderen Teehändler, Milner aus dem Geschäft zu verdrängen, indem sie ihn beim Preis über den Tisch zogen. Clarrie wusste, dass fast aller Tee auf Auktionen in der Mincing Lane in London verkauft wurde.

»… hat mir einen Hinweis gegeben, dass der Makler mich beim Preis von Assam übers Ohr gehauen hat«, sagte Daniel Milner gerade, als Clarrie die Servierplatten mit Aufschnitt und eingelegtem Gemüse abräumte. »Der Makler hat mir falsche Preise genannt und mich dazu gebracht, auf mehr Tee zu bieten, als ich brauchte.«

»Es ist schockierend zu hören, dass Agenten sich so skrupellos verhalten.« Herbert schnalzte missbilligend mit der Zunge. »Sie sollten doch im Interesse ihrer Kunden handeln, nicht gegen sie.«

»Ja, nun, im Teegeschäft gibt es eben Leute, die den kleinen Mann in den Staub treten, wenn sie auch nur einen Penny zu verlieren drohen«, sagte Milner, »und die versuchen es mit allen Mitteln. Denn der Makler hat es geleugnet, als ich ihn zur Rede gestellt habe, und ich finde einfach nicht heraus, wer genau hinter dem Komplott steckt. Sie machen geschlossen gegen mich, den Außenseiter, Front.«

»Aber es besteht doch gar keine Notwendigkeit zu solch einem Verhalten. Es ist reichlich Platz im Geschäft für alle«, sagte Herbert. »Es herrscht ein wahrer Teeboom.«

Milner brummte: »Es stört sie, wenn ein hart arbeitender Mann wie ich kommt und seine Sache besser macht als sie. Ich unterbiete ihre Preise, weil ich frei Haus liefere. Sie wollen alles – Läden, Teesalons, Lieferung. Sie betrachten mich als Emporkömmling.«

Clarrie musste sich zurückhalten, um sich nicht ins Gespräch einzumischen. Genau diese Geisteshaltung hatte ihren Vater aus dem Teeanbau verdrängt: Einflussreiche Familien wie die Robsons wollten alles kontrollieren, kauften die kleinen Teegärten auf und festigten ihre Macht. Sie wollte rufen, dass sie ganz genau wusste, welche Familie hinter solch einer Intrige steckte. Niemand konnte mehr als die Robsons wollen, dass die Tyneside Tea Company scheiterte. Hatten die Landsdownes nicht damit geprahlt, dass Wesley der gerissenste Teemakler von ganz London war? Sie hatte keinen Zweifel, dass er hinter diesem Versuch steckte, Daniel Milner durch die Preisgestaltung vom Markt zu verdrängen. Er war ziemlich skrupellos, wenn es ums Geschäft ging. Amas glückloser Sohn Ramsha war der beste Beweis dafür, wie weit Wesley für die Interessen der Robsons zu gehen bereit war.

Plötzlich wurde Clarrie bewusst, dass die beiden Männer sie anstarrten.

»Ist irgendetwas, Clarrie?«, fragte Herbert. »Möchten Sie etwas sagen?«

Sie zögerte, hin- und hergerissen dazwischen, sie vor Wesley zu warnen und nicht so zu wirken, als ob sie sich einmischte. Die Tatsache, dass die Robsons mit den Landsdownes verwandt waren, erschwerte ihr die Entscheidung noch. Wie konnte sie Vorwürfe gegen Veritys Verwandte erheben, wenn sie bis auf ihren Instinkt keinerlei Beweise hatte? Das würde Herbert in eine sehr peinliche Situation bringen. Clarrie schluckte.

»Möchte der gnädige Herr den Kaffee hier oder oben im Arbeitszimmer serviert bekommen?«

Er warf ihr einen verwirrten Blick zu. Er trank nachmittags nie Kaffee. »Keinen Kaffee, vielen Dank. Bringen Sie uns einfach eine Karaffe Wasser herauf.«

Clarrie nickte und ging. Sie war frustriert, weil sie den Mund halten musste. Als sie sich entfernte, hörte sie, wie die beiden ihr Gespräch darüber fortsetzten, dass es Milner an Bargeld fehlte. Herbert bot ihm an, in seine Firma zu investieren. Sie musste einfach auf Herberts Gespür vertrauen. Irgendwie war sie sich sicher, dass die Tyneside Tea Company dank seiner guten Beratung überleben würde.

17

»Kommt nicht infrage, du alberner Junge!«, rief Verity. »Wer hätte je davon gehört, dass man Dienstboten zu seiner Hochzeit einlädt?«

»Aber ich werde sie kaum sehen, wenn sie nicht kommen«, wandte Will enttäuscht ein. »Ich bekomme nur den einen Tag schulfrei – ich muss nachmittags mit dem Vier-Uhr-Zug zurückfahren.«

Verity, der es gleich war, ob Will an ihrer Hochzeit teilnahm oder nicht, erwiderte naserümpfend: »Du solltest dich dafür interessieren mitzuerleben, wie dein Bruder und ich heiraten, nicht dafür, mit diesen erbärmlichen Belhaven-Mädchen zu tratschen.«

Clarrie belauschte dieses Gespräch, kurz bevor Will zum ersten Mal ins Internat aufbrach. Sie war in seinem Zimmer, packte seinen neuen Lederkoffer und spürte eine Aufwallung von Zuneigung zu dem freundlichen Jungen. Als er mit niedergeschlagener Miene hereinkam, umarmte sie ihn kurz.

»Olive und ich kommen zur Kathedrale, um zuzuschauen«, versprach sie. »Miss Landsdowne kann uns nicht von dort fernhalten.«

»Aber ihr werdet nicht auf dem Empfang sein«, beklagte Will sich. »Es wird kein interessanter Mensch da sein, mit dem ich reden kann – nur lauter langweilige Erwachsene.«

Clarrie lächelte. »Ich glaube, bei zweihundert Gästen findest du schon jemanden zum Plaudern, meinst du nicht? Schließlich kannst du dann ja auch mit Clive über deine neue Schule reden.«

»Vermutlich«, stimmte Will zu.

Am nächsten Tag reiste er in seine neue Schuluniform gekleidet ab und wirkte jung und verängstigt. In der Abgeschiedenheit seines Schlafzimmers warf er die Arme um Clarrie, barg das Gesicht in ihrer Schürze und weinte. Sie hielt ihn eine ganze Weile innig fest, während sie ihre eigenen Tränen hinunterschluckte, und schob ihn dann sanft von sich.

»Wir sehen uns am Tag der Hochzeit«, rief sie ihm ins Gedächtnis, »und die Weihnachtsferien kommen, ehe du es dich versiehst.«

Nachdem er fort war, schien das Haus ohne das Poltern seiner Stiefel auf der Treppe oder Liedfetzen auf dem Flur vor Leere widerzuhallen. Clarrie warf immer wieder Blicke auf die Küchentür, als rechnete sie damit, dass er hereingestürmt kommen und etwas zu essen von den Abkühlgestellen stibitzen würde. Aber sie wusste, dass es Monate dauern würde, bis er das wieder tun konnte. Auch Olive vermisste ihn. Sie verbrachte die milden Septemberabende damit, am offenen Fenster in Wills Zimmer Geige zu spielen, unter dem Vorwand, lüften und Staub wischen zu müssen.

»Armes kleines Kerlchen«, pflegte Dolly zu sagen. »Da schickt man ihn nun weg, als hätte er etwas Böses getan, man stelle sich das vor! In den sogenannten besseren Kreisen herrschen schon seltsame Sitten.«

Spätabends, wenn Clarrie abschloss und zu Bett ging, hörte sie, wie Herbert rastlos in seinem Arbeitszimmer auf- und ablief.

Manchmal brannte das Licht dort noch, wenn sie frühmorgens wieder nach unten ging. Sie war sich sicher, dass er seinen jüngeren Sohn mehr vermisste, als er eingestehen wollte. Aber seine Art, diesen neuen Abschied zu bewältigen, bestand darin, sich in noch mehr Arbeit zu stürzen. Sie war sein Rettungsanker, und Clarrie war einfach nur dankbar, dass er sich daran festhielt, statt in Verzweiflung und Trauer zu ertrinken. Er trug das Haar nun kurz geschnitten. Sein Kinn wies Schrammen auf, weil er beim Rasieren unachtsam war. Sein freigelegtes Gesicht wirkte oft verhärmt und sorgenvoll. Aber dann und wann huschte ein Lächeln über seine blassen Lippen und machte ihn wieder gut aussehend. Clarrie wagte zu hoffen, dass er mit der Zeit vielleicht seinen Seelenfrieden finden würde.

Dann näherte sich der Zeitpunkt der Hochzeit, und sie waren alle dankbar, ständig beschäftigt zu sein.

Eines Morgens rief Herbert Clarrie ins Arbeitszimmer.

»Ich hoffe, Sie freuen sich darauf, eine neue Herrin im Haus zu haben«, sagte er, faltete die Hände und musterte sie wachsam. »Es wird gewiss lebhafter zugehen. Bertie und Verity sind viel erpichter darauf, Gäste zu haben, als ich es je war.«

»Ja, Sir.« Clarrie nickte und fragte sich, wohin das Gespräch führen sollte.

Er räusperte sich. »Verity hat mich darauf hingewiesen, dass man unter keinen Umständen von Ihnen erwarten kann, alles im neuen Haushalt allein im Griff zu behalten – dass Sie Hilfe brauchen. Ich war leider bisher so selbstsüchtig, daran nicht zu denken.«

»Ich bin sehr zufrieden mit meiner Stellung, Sir«, sagte Clarrie schnell, »und mit Olives Hilfe kann ich die neue Situation sicher mühelos bewältigen.«

»Jaja«, sagte Herbert, senkte den Blick und schob Papiere auf seinem Schreibtisch hin und her. »Allerdings stammt Verity aus einem großen Haushalt und ist es gewohnt, ihre eigene Zofe zu haben. Sie bringt die Frau mit. Äh … Das heißt, dass Sie und Olive sich ein Schlafzimmer werden teilen müssen. Ergeben sich daraus irgendwelche Probleme?«

Clarrie war betroffen, aber nicht erstaunt. Sie wartete schon lange darauf zu hören, welche Ansprüche Verity an die Dienstboten stellen würde. Natürlich wollte sie ihre eigene handverlesene Zofe.

»Überhaupt nicht, Sir«, versicherte sie ihm.

»Gut«, sagte er und wirkte erleichtert. »Ich überlasse es Ihnen, die Einzelheiten mit Veritys Zofe zu klären.«

Zwei Tage vor der Hochzeit fuhr ein großer Wagen vor, um vier Schrankkoffer mit Veritys Aussteuer und ihre Zofe Lavender abzuliefern, die alles in der üppig ausgestatteten neuen Schlafzimmersuite auspacken sollte.

Lavender war eine untersetzte Frau mit festgestecktem krausem Haar und einem großen Muttermal auf der Wange. Die Landsdownes hatten sie als Veritys Kinderfrau beschäftigt, seit Verity im Säuglingsalter gewesen war.

»Eigentlich heiße ich Mary«, erklärte sie Clarrie, als diese ihr half, Veritys Kleider in die Walnussholzschränke zu hängen, »aber Miss Verity hat sich für Lavender entschieden, weil Lavendel ihre Lieblingspflanze im Garten war.« Sie bedachte Clarrie mit einem selbstzufriedenen Blick, als sollte sie neidisch auf eine derartige Ehre sein. »Sie war schon immer solch ein süßes Mädchen. Mein kleiner Zuckerklumpen, so habe ich sie immer genannt. Ich habe ihr gesagt, es bräche mir das alte Herz, wenn sie auch nur daran denke, ohne mich zu gehen. Also müssen Sie sich nicht um Miss Veritys persönliche Arrangements kümmern. Ich überwache das Waschen ihrer Kleider und die Zubereitung ihrer Mahlzeiten.«

»Wenn es das ist, was sie will«, sagte Clarrie und war insgeheim dankbar, dass sie nicht nach Veritys Pfeife würde tanzen müssen.

»Oh ja, das will sie«, verkündete Lavender unerschütterlich.

Clarrie überließ es ihr, sich mit dem Einsortieren von Taschentüchern zu befassen, und eilte schadenfroh davon, um Olive und Dolly zu erzählen, dass die dünkelhafte Verity jahrelang als *mein kleiner Zuckerklumpen* bekannt gewesen war.

Am Abend vor der Hochzeit gaben die Stocks einen Empfang in einem Club in der Stadt, in dem Bertie Mitglied war. Herbert hatte sich geweigert, ihn das Fest, wie im Vorjahr ursprünglich geplant, im Haus abhalten zu lassen.

»Das ist nicht angemessen«, hatte sein Vater entschieden. »Das Trauerjahr für deine liebe Mutter ist noch nicht um, und dieses Haus wird nicht für eine Feier genutzt.«

Als Bertie ihm gesagt hatte, er sei unvernünftig, hatte Herbert geschrien: »Ist es denn nicht genug, dass ich deiner Hochzeit zu diesem Zeitpunkt zugestimmt habe? Prahlerische Empfänge sind meines Erachtens unnötig. Deine Mutter und ich waren mit einem schlichten Gottesdienst in der presbyterianischen Kirche und Tee im Kreise der Familie zufrieden. Ihr jungen Leute seid viel zu anspruchsvoll!«

Herbert zeigte sich nur kurz im Club, gerade lang genug, um höflich zu Berties Gästen zu sein, und entzog sich bald dem fröhlichen Treiben und dem Trinken, da er beides nicht billigte. Clarrie brachte ihm eine Karaffe mit geeistem Pfefferminztee in sein Arbeitszimmer. Sie spürte, dass er über den folgenden Tag nachgrübelte und ihn als Prüfung betrachtete, die er durchstehen musste, ohne sich seine Gefühle anmerken zu lassen.

»Es wird schön, Will morgen zu sehen«, sagte sie munter.

»Ja«, erwiderte er, ohne von seinem Buch aufzuschauen.

»Und Mr Bertie wirkt sehr glücklich«, setzte sie hinzu, während sie ihm ein Glas von dem süß duftenden Tee eingoss.

Er warf ihr einen Blick zu. »Versuchen Sie, mir etwas zu sagen?«

Clarrie biss sich auf die Lippen. »Nein – nun, eigentlich doch. Ich glaube, Mrs Stock wäre sehr froh gewesen, dass Sie sich durchgerungen haben, Mr Bertie zu gestatten, schon vor Ablauf des Trauerjahrs zu heiraten. Ich finde es tapfer und gütig. Das ist alles.«

Er zog die drahtigen Augenbrauen zu einem Stirnrunzeln zusammen, und sie glaubte, er würde sie für ihre Unverschämtheit tadeln. Dann prustete er plötzlich in einer Mischung aus Gereiztheit und Erheiterung los.

»Clarrie, Sie sind wirklich ein äußerst seltsames und ungewöhnliches Mädchen. Wann immer ich glaube, dass ich Sie tadeln sollte, endet es damit, dass ich Ihnen stattdessen lieber danken will. Warum nur?«

Clarrie unterdrückte ein Lächeln. »Vielleicht, weil ich eine Belhaven bin und wir gar nicht anders können, als unsere Meinung zu sagen. Es tut mir leid.«

»Das sollte es nicht«, sagte er. »Das ist bei einer Dienstbotin erfrischend.«

Sie nickte und ging hinaus, wobei sie ihre Verärgerung darüber verbarg, an ihre untergeordnete Stellung erinnert worden zu sein. Als Clarrie spätabends zu Bett ging und hörte, wie Bertie mit seinem Trauzeugen, einem alten Schulfreund namens Tubby Blake, zurückkehrte, ließ sie der Gedanke an ein Leben nach Summerhill nicht mehr los. Irgendwann würde sie für sich selbst arbeiten und niemandes Dienerin mehr sein. Sie würde eine erfolgreiche Geschäftsfrau sein. Als sie im Bett lag, dachte sie an Jack und daran, wie es wohl wäre, mit ihm verheiratet zu sein. Sie hatte ihn sehr gern, aber er erregte sie nicht so, wie Wesley es getan hatte. Niemand sonst hatte das seither getan. Aber solch heftige Gefühle waren kein Fundament für eine gute Ehe. Um ein erfolgreiches gemeinsames Leben zu führen, brauchte ein Paar Beständigkeit und gesunden Menschenverstand – Eigenschaften, über die Jack verfügte.

Außerdem konnte Jacks Ehrgeiz mit ihrem mithalten, und er war auch besonnen, obwohl er gern so sorglos tat. Wenn Milners Firma wuchs und Erfolg hatte, würde er rasch befördert werden und vielleicht eines Tages Anteile am Geschäft besitzen. Zusammen konnten sie ihren eigenen Teesalon oder ein Café eröffnen. Allerdings konnte es immer noch geschehen, dass Milner vom Markt verdrängt wurde und aus Jack vielleicht nie mehr als ein Lieferant wurde. Womöglich hatte es gar keinen Sinn, darüber nachzugrübeln, ihn zu heiraten?

Am wichtigsten war, dass sie weiterhin Sicherheit für sich selbst und Olive gewährleistete. Sie hatte ihrer Schwester versprochen, sich immer um sie zu kümmern, und genau das würde sie auch tun. Wenn Jack ihr diese Sicherheit nicht bieten konnte, würde sie ihn nicht heiraten, ganz gleich, wie sehr sie ihn mochte. Denn Clarries größte Angst würde immer die Vorstellung bleiben, wieder in die Welt hinausgeworfen zu werden, obdachlos und ohne Geld.

18

Clarrie stand noch früher als sonst auf, um die Frühstücksvorbereitungen zu beaufsichtigen und Olive zu helfen, den Gästen heißes Wasser hinaufzutragen. Drei von Berties Freunden übernachteten im Haus, darunter der Trauzeuge, und sie erwarteten ein herzhaftes Frühstück, um sich auf den besonderen Tag einzustimmen. Tubby Blake hatte seinen Diener mitgebracht, der in Clarries Haushälterinnenzimmer schlief und mit Dolly tändelte, wenn er nicht gerade oben war, um Schuhe zu putzen oder den Männern beim Ankleiden zu helfen.

Clarrie genoss den Klang des Männergelächters, das im Esszimmer widerhallte, und die erwartungsvolle Atmosphäre. Das Haus war zu lange ein Ort der Trauer und des Schleichens auf Zehenspitzen gewesen. Die gute Laune war ansteckend, und sogar Bertie begrüßte sie mit einem Lächeln.

»Guten Morgen, Belhaven! Das Kedgeree riecht gut. Langt zu, Jungs. Wir müssen uns den Magen für Landsdownes Champagner auskleiden!«

Herbert, der seit Wills Abreise wieder dazu übergegangen war, ein mageres Frühstück in seinem Arbeitszimmer einzunehmen, gesellte sich unten zu ihnen. Er wirkte müde und angespannt, aber Clarrie fiel auf, wie sehr sein älterer Sohn sich über sein unerwartetes Erscheinen zu freuen schien.

»Papa! Beeil dich. Tubby hat schon fast allen Speck aufgefuttert.«

»Guten Morgen, Gentlemen. Bitte bleiben Sie sitzen«, sagte Herbert. »Clarrie kann sicher noch mehr Speck holen, wenn wir ihn brauchen.«

»Natürlich, Sir.« Clarrie eilte davon, um die Teller aufzufüllen.

An diesem Morgen war so viel zu tun, dass Clarrie bezweifelte, ob sie noch rechtzeitig zur Kathedrale kommen würden, um die Ankunft der Braut mitzuerleben. Aber sie hatte Will versprochen, dass sie, Olive und Dolly da sein würden. Schließlich rannten sie die Westgate Road und die Collingwood Street hinunter und hielten sich die Hüte fest, damit die Brise sie ihnen nicht vom Kopf wehte, als es gerade elf Uhr schlug.

Es war zu spät, um zu sehen, wie die Hochzeitsgäste in die St.-Nicholas-Kathedrale einzogen, aber sie kamen an, als die Braut und ihre Begleitung gerade in zwei auf Hochglanz polierten Kutschen davor anhielten.

»Ist sie nicht bildschön!«, rief Dolly, als sie sich näher ans Portal der Kathedrale drängten, um zuzuschauen. Der Kutscher half Verity – in einem üppigen Kleid aus Seide und Spitze, während ihr schmales Gesicht hinter einem kunstvollen langen Schleier verschwand – aus dem Landauer. Ihre Ehrenjungfer und drei junge Brautjungfern in fliederfarbenem Satin stiegen aus der zweiten Kutsche, um die lange, perlenbesetzte Schleppe zurechtzuziehen und anzuheben. Stolz nahm Mr Landsdowne den Arm seiner Tochter.

Als die Prozession sich in die höhlenartige Kathedrale hineinbewegte, kündigte laute Orgelmusik ihr Kommen an. Clarrie spürte, wie Olive sie, bewegt durch den Klang, an der Hand packte.

»Stell dir nur vor, wie es wäre, so zu heiraten«, hauchte Olive atemlos. »Das schöne Kleid und die Orgelmusik!«

Clarrie warf einen Blick auf ihre Schwester, deren Gesicht unter dem Strohhut aus zweiter Hand von Sehnsucht zeugte. Sie trugen beide ihre besten Mäntel, und Olive hatte ihre Hüte mit apartem Zierrat geschmückt, aber keine von ihnen würde sich je Veritys seidenes Brautkleid leisten können, ganz gleich, wie hart sie arbeiteten. Clarrie unterdrückte ihren Groll auf die Ungerechtigkeit des Lebens.

»Wenn du an der Reihe bist«, flüsterte sie Olive zu, »siehst du doppelt so hübsch aus wie Miss Landsdowne, ganz gleich, was für ein Kleid du trägst.«

Olive rollte ungläubig die Augen, entzog Clarrie aber ihre Hand nicht, bis die schwere Tür zufiel und sie nichts mehr hören konnten. Sie standen wartend herum und plauderten mit Leuten in der Menge. Einige kannten die Familien, während andere sich nur aus Neugier hier versammelt hatten.

Als sie sich gerade zu langweilen begannen und im böigen Wind allmählich froren, wurde das Portal wieder aufgestoßen, und die Glocken der Kathedrale begannen zur Feier des Tages zu läuten. Bertie und Verity waren Mann und Frau. Sie kamen stolz lächelnd heraus, winkten der wartenden Menge zu und bedachten einander mit verschämten Blicken. Bald strömten hinter ihnen ihre Gäste ins Freie, lachten und begrüßten einander.

Olive und Clarrie bestaunten die gut gekleidete Schar, die Männer in Frack und Zylinder und die Frauen in schönen Kostümen und riesigen Hüten voller Bänder und Federn. So viel Pracht und Glanz hatten sie noch nie gesehen. Bertie heiratete in eine reiche Familie ein, und er sah, wie Clarrie fand, äußerst selbstzufrieden aus.

»Master Will!«, rief Dolly plötzlich. »Hier sind wir!«

Clarrie erspähte den Jungen, der verlegen mit den Händen in den Taschen dastand. Er wandte sich um, und einen Moment lang sah Clarrie Verlegenheit über sein Gesicht huschen. Dann grinste er sie unter seinem zottigen Pony hervor an und kam angelaufen. Er ließ sich kurz von allen dreien umarmen. Sie bombardierten ihn mit Fragen.

»Wie ist die Schule? Behandelt man dich gut?«

»Ich schwöre, du bist noch drei Zoll gewachsen!«

»Isst du auch genug?«

»Erzähl mir von deinem Musiklehrer. Was bringt er dir bei?«

»Hast du schon Freunde gefunden?«

Will rollte die Augen und sagte ihnen, sie sollten nicht so viel Aufhebens machen. Ja, er hatte sich gut eingelebt. Er lernte Cello und Geige, es gab reichlich zu essen, und er hatte einen Freund namens Spencer-Banks.

»Spencer-Banks?«, vergewisserte Dolly sich. »Was für ein dämlicher Name für einen Jungen.«

Will lachte. »Das ist sein Nachname. Wir werden alle mit den Nachnamen angeredet.«

Genau in dem Moment winkte Herbert ihn zu sich. Eine Kutsche wartete, um sie die kurze Strecke zu den Assembly Rooms an der Westgate Road zu fahren. Clarries Herz zog sich zusammen, als sie daran dachte, wie schnell ihr Wiedersehen mit Will vorüber war. Trotz der fröhlichen Begrüßung sah er mit seinem engen Kragen und seinem zu großen Hut immer noch so jung und verloren aus. Louisas Abwesenheit schien alles zu überschatten und ihnen ins Gedächtnis zu rufen, dass sie an solch einem Tag hier, an Herberts und Wills Seite, hätte sein sollen.

Dolly drückte ihm eine Dose in die Hand. »Hier. Ich habe dir einen Orangenkuchen gebacken. Den trage ich nicht wieder den ganzen Weg nach Hause.«

»Danke …«, begann Will. Seine Stimme war plötzlich heiser.

Clarrie legte ihm eine Hand auf die Schulter und drückte sie schnell. »Pass auf dich auf. Wir schreiben dir, wenn du möchtest.«

Er nickte. Seine Augen füllten sich mit Tränen.

»Lauf zu und hab Spaß auf dem Fest!« Dolly schob ihn fort. Als er ging, fügte sie neckisch hinzu: »Bis dann, Stock!«

Er grinste. »Tschüss, Dawson!«

Sie sahen zu, wie er sich zu seinem Vater gesellte und in die Kutsche stieg. Immer noch strömten Gäste aus der Kathedrale.

»Habt ihr je so viele Leute auf ein und derselben Hochzeit gesehen?«, rief Dolly.

Plötzlich packte Olive Clarrie am Arm und unterdrückte ein Aufkeuchen. Clarrie folgte ihrem Blick. Dort, inmitten einer Gruppe jüngerer Gäste, stand in Begleitung einer hochgewachsenen jungen Frau mit modischem rotem Hut Wesley Robson. Clarries Eingeweide schlugen Purzelbäume. Er sah so gut aus wie eh und je, groß, voll lässiger Eleganz, und war makellos gekleidet, von den glänzenden Gamaschen bis zur weißen Fliege. Sein dunkelbraunes Haar, das er früher kurz geschoren getragen hatte, lockte sich jetzt um seine Ohren, und schmale Koteletten rahmten seine ausgeprägten Wangenknochen. Sein Kinn mit dem Grübchen war immer noch glatt rasiert. Sie sah, wie er sich zu seiner Begleiterin beugte. Seine Lippen zuckten vor Heiterkeit, und er sagte etwas, das sie zum Lachen brachte.

Die Frau hatte hellblondes Haar und eine durchscheinende Haut. Sie trug ein schimmerndes graues Kleid mit langen Handschuhen, die zierliche Hände erahnen ließen. Hände, die nie kochen oder schrubben oder polieren würden, dachte Clarrie in einer Aufwallung von Groll, die sie ziemlich überraschte. Warum sollte es sie kümmern, wen Wesley sich als Begleiterin aussuchte? Sie verabscheute ihn und seinesgleichen.

Doch sie konnte nicht aufhören, ihn anzustarren. Ihr Herz hämmerte, und ihre Handflächen fühlten sich plötzlich klamm an. Er durfte sie nicht bemerken.

»Was ist los?«, fragte Dolly. »Du wirkst, als hättest du ein Gespenst gesehen, Clarrie.«

Schockiert presste Clarrie sich die Hände auf den Mund. Sie konnte nicht sprechen.

»Der Mann da …« Olive nickte zu Wesley hinüber. »Wir kannten ihn früher.«

Dolly sah beeindruckt drein. »Für den habt ihr also früher gearbeitet, ja?«

»Nein!«, sagte Olive gekränkt. »Wir kannten ihn in Indien, bevor wir alles verloren haben. Er wollte Clarrie heiraten.«

»Nicht!«, bat Clarrie völlig aufgelöst.

Dolly schnaufte ungläubig. »Ja, und ich bin die nächste Königin von England!«

»Es stimmt«, protestierte Olive. »Sag es ihr, Clarrie. Sag es ihr, dass wir früher mit Leuten wie Wesley Robson bekannt waren.«

Clarrie schüttelte den Kopf. Sie wusste, dass es keinen Sinn hatte, in ihrem alten Leben zu schwelgen, weil es doch nur Unmut weckte, wenn sie es taten. Dolly würde vielleicht denken, dass sie versuchten, sie herabzusetzen. Sie gehörten jetzt dem Dienerstand an, und es nützte nichts, mit Zeiten zu prahlen, in denen das noch anders gewesen war.

»Ich rufe ihn her, wenn du mir nicht glaubst«, drohte Olive empört.

»Hör auf!«, befahl Clarrie und hielt Olive fest. »Ich lasse nicht zu, dass Robson uns vor all diesen Leuten demütigt. Stell dir nur vor, wie er sich über uns das Maul zerreißen würde.«

Olive sah die Wut in ihren Augen und verstummte. In dem Moment schaute Wesley sich um, als spürte er, dass über ihn geredet wurde. Er musterte die Zuschauer mit mildem Interesse.

Einen Moment lang blieb sein Blick auf Clarrie ruhen. Der Atem gefror ihr in der Brust. Dann sagte die Frau mit dem roten Hut etwas, das seine Aufmerksamkeit wieder zu ihr lockte, und er wandte sich ab.

Clarrie schnappte nach Luft. Ihr Herz hämmerte. Sie empfand eine seltsame Mischung aus Erleichterung und Kränkung. Er hatte sie nicht erkannt. In ihrem dummen Stolz hatte sie sich ausgemalt, dass er sie in einer Menge sofort erspähen würde, genau wie sie ihn mühelos entdeckt hatte. Aber in seinen Augen war sie bloß eine Schaulustige, eine reizlose Arbeiterin mit Sergemantel und unmodischem Hut, die hergekommen war, um Höhergestellte anzugaffen. In dem Moment brach eine Welle der Demütigung über sie herein, die viel heftiger war, als wenn er über das Kopfsteinpflaster auf sie zugekommen wäre und sie für ihren gesellschaftlichen Abstieg verhöhnt hätte.

Bald darauf entfernten sich Wesley und sein Freundeskreis, spazierten die Collingwood Street entlang auf die Assembly Rooms zu, lachten und scherzten miteinander. Clarrie war schwindlig vor Schock, weil sie ihn gesehen hatte. Ihre Gefühle waren in Aufruhr.

Da die Aufregung nun mit einem Schlag vorbei war, konnte Dolly es nicht abwarten, nach Hause zu kommen.

»Ich muss nachschauen, ob Mr Blakes Diener gefüttert werden muss«, grinste sie.

Clarrie zögerte und sah dem Gesicht ihrer Schwester an, dass auch Olive von derselben Ernüchterung ergriffen war. Am Nachmittag würde es für sie nicht viel zu tun geben, während Herbert und die Gäste außer Haus waren.

»Gönnen wir uns doch Tee und Kuchen im Empire«, schlug Clarrie vor. »Das ist das Mindeste, was wir verdient haben.«

Arm in Arm brachen die Schwestern über den Bigg Market Richtung Granger Street auf. In der luxuriösen Ruhe der

Teestube mit ihrem Keramikklirren und Stimmengemurmel lebten die beiden wieder auf.

Aus heiterem Himmel fragte Olive: »Wirst du Jack Brewis heiraten?«

Verblüfft fragte Clarrie: »Wie kommst du denn nur auf den Gedanken?«

Olive sah sie ungeduldig an. »Tu nicht so, als wäre dir der Gedanke nicht auch schon gekommen. Jack ist nett und freundlich, und es ist nicht zu übersehen, wie gern er dich mag.«

Ein wenig zittrig stellte Clarrie ihre Tasse ab. »Ja, Jack ist ein feiner Kerl, aber …«

Sie konnte die seltsame Sehnsucht, den Drang nach etwas Besserem, der ihr die Brust zusammenschnürte, nicht in Worte fassen. Es war lächerlich, auch nur daran zu denken, aber ein einziger Blick auf Wesley hatte sie mit diesem Gefühl von Unzufriedenheit zurückgelassen. Sie konnte seinen Anblick einfach nicht vergessen. Unwillkürlich fragte sie sich, was er jetzt gerade tat. Saß er an einem langen Esstisch, hob die Stimme über das Klappern von Silber und Porzellan hinweg, um mit Newcastles besserer Gesellschaft zu plaudern? Würde er später mit der kultivierten Dame mit dem roten Hut tanzen, der die Gleichgültigkeit der Reichen und Müßigen anhaftete? War sie seine Frau?

Dann wurde Clarrie klar, wie albern solche Gedanken waren. Welche Rolle spielte es schon? Sie würde nie zu Robsons Welt gehören, wollte es auch nicht. Jack dagegen war etwas ganz anderes. Er sah nett aus, war angenehme Gesellschaft und eine angemessene Partie für eine junge Frau, die nichts bis auf eine respektable Anstellung hatte. Jack war erreichbar.

»Aber was?«, hakte Olive nach.

Clarrie holte tief Luft. »Aber nichts.« Sie lächelte ihre Schwester an. »Wenn Jack mich fragt, sage ich Ja.«

Olive riss die Augen vor Aufregung weit auf. »Wirklich?«

Clarrie lachte. »Ja, wirklich.«

Plötzlich runzelte Olive die Stirn. »Aber wenn du Jack heiratest, lässt du mich doch nicht in Summerhill zurück, oder? Von Miss Landsdowne herumkommandiert zu werden, ohne dass du da bist, wäre unerträglich.«

Clarrie streckte den Arm aus und bedeckte Olives rau gewordene Hand mit ihrer.

»Nein, natürlich nicht«, versicherte sie ihr. »Was auch geschieht, ich will, dass wir immer zusammenbleiben.«

Sie sah dem Gesicht ihrer Schwester die Erleichterung an und verspürte eine Aufwallung von Zuneigung und Loyalität. Auf Olive aufzupassen, war die wichtigste Aufgabe in ihrem Leben. Ganz gleich, was geschah, sie würden immer einander haben.

* * *

Viel später am Tag kehrte Herbert nach Summerhill zurück. Er wirkte erschöpft. Er bestellte Tee in sein Arbeitszimmer hinauf. Bertie und Verity waren abgereist, um eine Woche an der Südküste zu verbringen. Eine lärmende Menge von Freunden hatte ihnen am Bahnhof zum Abschied zugewinkt und war dann zum Abendessen in die Stadt gezogen. Herbert war froh, als er sich zurückziehen konnte.

»Tubby und die anderen kommen wohl leider ziemlich spät«, entschuldigte er sich in dem Wissen, dass Clarrie würde aufbleiben müssen, bis sie zurück waren.

»Das macht mir nichts aus, Sir«, erklärte sie ihm. »Es bleibt noch viel Zeit zum Ausruhen, wenn morgen alle wieder fort sind. Es war großartig, dass wir uns überzeugen konnten, dass Will so wohl aussieht. Ist er mit dem Vier-Uhr-Zug abgefahren?«

Herbert nickte und gähnte. Clarrie ließ ihn allein, weil sie spürte, dass er für sich sein wollte. Als sie zurückkehrte, um das

Tablett abzuholen, schlief er in seinem Sessel am Kamin tief und fest. Sie legte etwas Kohle im Feuer nach, deckte Herbert zu und schlich auf Zehenspitzen wieder hinaus.

Der Aufruhr auf dem Platz später am Abend weckte ihn nicht. Clarrie eilte nach unten und fand eine Gruppe von Berties Freunden vor, die durch die Haustür gestolpert kamen. Tubby stand im Mittelpunkt eines guten Dutzends junger Männer, die nach Alkohol und Zigarren rochen und laut über die Witze der jeweils anderen lachten. Er führte sie auf der Suche nach mehr Whiskey ins Wohnzimmer.

»Nur noch ein Schlückchen vor dem Schlafengehen, hm?« Er winkte Clarrie zu, hatte aber offensichtlich ihren Namen vergessen.

»Sie finden die Karaffen im Esszimmer«, sagte sie zu ihm. »Ich habe auch Brote mit Hähnchen und Käse bereitgestellt, Mr Blake. Wenn Sie etwas Heißes zu trinken wünschen …«

»Nein, nein, wir wollen Whiskey. Gutes Mädchen«, gab er zurück und wankte den Flur entlang.

»Sir, Sie erinnern sich sicher noch, dass Mr Stock am Samstag keinen Lärm nach Mitternacht mag«, sagte Clarrie direkt.

Tubby presste sich den Finger auf die Lippen und machte übertrieben: »Pssst!« Dann spottete er: »Wir werden ganz leise sein, solange Sie kommen und uns ins Bett bringen.«

Clarrie antwortete beherrscht: »Gute Nacht, Mr Blake.« Sie überließ die Männer ihrem Treiben und zog sich nach unten zurück, verärgert, dass sie wach bleiben musste, um die Haustür abzuschließen, sobald die Feiernden, die nicht hier übernachteten, gegangen waren. Blakes Diener schnarchte in ihrem Haushälterinnenzimmer. Also beschloss Clarrie, ins Freie zu gehen, damit die Nachtluft ihr half, die Müdigkeit zu vertreiben. Auf dem Weg nach draußen legte sie sich einen Schal um und zog ihn sich über den Kopf.

Der Wind hatte nachgelassen. Die Nacht war still und kühl, mit einer Handvoll Sterne zwischen den Wolken. Die hohen Gebäude verdeckten den hellen Herbstmond, der wie eine Gaslaterne Licht auf den Platz warf. Ein Dienstmädchen aus dem Haus gegenüber stellte einen Kasten mit leeren Milchflaschen vor die Tür. Sie winkte Clarrie zu.

Clarrie winkte zurück, ging hinüber zum Garten in der Mitte des Platzes und öffnete das schmiedeeiserne Tor. Im Garten roch es nach nassem Laub. Sie atmete tief ein und schloss die Augen. Einen Moment lang beschwor sie den erdigen, feuchten Geruch des Dschungels herauf. Sie war wieder in Belguri zwischen hohen Bäumen, lauschte den Geräuschen der Nacht und roch den Holzrauch. Wie sie sich danach sehnte, die Hand auszustrecken und Prince' warme, muskulöse Flanke zu spüren, die Augen zu öffnen und Rauchkringel von den Feuern des Dorfes über die Bäume wehen zu sehen. Eine Welle der Sehnsucht brach über Clarrie herein. Ihr Heimweh nach ihrem alten Zuhause überkam sie so heftig, dass sie zitterte und weiche Knie bekam. Sie stöhnte leise.

»Geht es dir gut?«, fragte eine tiefe Stimme aus der Dunkelheit.

Erschrocken öffnete Clarrie die Augen. Es war niemand da. Dann sah sie das Glimmen einer Zigarre. Jemand saß auf der Bank unter der Buche. Deshalb hatte sie sich eingebildet, Holzrauch zu riechen. Ein großer Mann stand auf und kam auf sie zu. Er schwankte leicht, als wäre er angeheitert. Sie konnte gerade noch erkennen, dass er einen Frack trug. Wahrscheinlich war es einer von Berties Freunden, der es nicht bis ins Haus geschafft hatte.

Erst als er ins Mondlicht trat, wurden die Umrisse seines markanten Gesichts klarer. Voller Entsetzen erkannte Clarrie, dass es Wesley war.

»Bedrückt dich etwas?«, fragte er.

»Nein«, sagte Clarrie und zog sich schnell den Schal vors Gesicht. Sie wollte sich umdrehen und davonlaufen, aber das hätte ihn vielleicht noch neugieriger gemacht. Er warf seine Zigarre beiseite und zertrat sie unter seinem Schuh.

»Komm her, setz dich!« Er deutete auf die Bank. Clarrie schüttelte den Kopf. »Was machst du denn hier?«, fragte er und beugte sich näher zu ihr. »Ein Mädchen wie du sollte nicht allein hier draußen sein.«

Er starrte ihr geradewegs in die Augen, den einzigen Teil ihres Gesichts, der sichtbar war. Das Herz hämmerte ihr in der Brust. Er kam ihr so nahe, dass sie den Wein in seinem Atem riechen und das neugierige Funkeln in seinen grünen Augen sehen konnte.

»Seltsam«, murmelte er, »dich so eingemummelt in den Schal zu sehen … Das erinnert mich an jemanden. Der Mondschein spielt mir Streiche.« Er streckte die Hand aus, zupfte an ihrem Schal und versuchte, ihr Gesicht zu sehen. Clarrie packte den Schal und hielt ihn fest.

»Nicht, Sir!«

»Diese Augen«, sagte er. »Mein Gott, ist das unheimlich. Wer bist du? Wo kommst du her?«

Clarrie schluckte. »Ich … Mein Name ist Dolly, Sir«, stammelte sie und ahmte Dollys Akzent nach. »Ich arbeite hier in der Gegend.«

»Warum kommst du in den Garten?«, fragte er.

»Aus keinem besonderen Grund«, behauptete Clarrie und wandte den Blick ab. Die Musterung durch ihn verschlug ihr den Atem.

Wesley lachte jäh auf. »Du triffst dich mit jemandem, stimmt's? Ein heimliches Stelldichein?«

»Nein«, sagte Clarrie, »ich schnappe nur frische Luft – genau wie Sie.«

Er beugte sich zu ihr. »Du hast etwas an dir, Dolly …«

Clarrie hielt den Atem an. Sie war von seinem Blick wie gebannt. Jeden Moment würde er herausfinden, wer sie wirklich war, und ihre Demütigung würde vollkommen sein.

»Ich muss weg«, flüsterte sie und machte Anstalten zu gehen.

»Warte«, sagte er und packte sie am Arm. »Bleib ein bisschen hier und rede mit mir.«

Clarrie versuchte, sich seinem Griff zu entwinden. »Warum reden Sie mit einer wie mir, wenn Sie doch all die feinen Freunde haben?«

»Was für Freunde? Kennst du mich?«

»N… nein«, stotterte Clarrie. »Aber Sie … Sie sehen aus, als wären Sie auf der großen Hochzeit gewesen. Alle hier reden die ganze Zeit von nichts anderem.«

»Die große Hochzeit.« Wesley brummte. »Das war sie tatsächlich. Meine feinen Freunde, wie du sie nennst, feiern immer noch – machen sich wahrscheinlich über Bertie Stocks Whiskey her. Ich habe genug. Bin kein großer Trinker. Kann nicht mithalten.« Er lächelte neckisch und zog sie an sich. »Da ist mir die Gesellschaft einer hübschen jungen Frau doch jederzeit lieber.«

Clarries Herzschlag trommelte angesichts seiner Nähe in ihren Ohren. Ihr war übel, sowohl vor Angst als auch aus einer verräterischen Aufwallung von Begehren heraus.

»Bitte, Sir«, sagte sie angespannt, »lassen Sie mich gehen.«

Wesleys Stimme war ein leises Grollen wie ferner Donner. »Lass mich erst dein Gesicht sehen!«, befahl er.

Clarrie war plötzlich empört. Wie konnte er es wagen, sie so zu behandeln, nur weil er sie für eine kleine Dienstmagd hielt! Sie schüttelte seinen Griff ab, hob blitzschnell die rechte Hand und verpasste ihm eine kräftige Ohrfeige. Als sie es tat, rutschte ihr der Schal vom Gesicht.

Wesley taumelte zurück und fing sich wieder. »Tut mir leid … Zu viel getrunken …«

Sie wandte sich ab und floh aus dem Garten. So schnell sie konnte, rannte sie zur Kellertreppe. Sie hörte nur das Rauschen des Blutes in ihren Ohren, als sie die Stufen hinab und durch die Küchentür stürzte. War er ihr gefolgt? Zitternd und nach Luft ringend lehnte sie sich gegen die Tür. Hinter ihr erklangen keine Schritte.

Erleichterung brandete über sie hinweg. Aber was, wenn er beschloss, zu den Männern im Esszimmer zu stoßen? Clarrie schloss die Augen und versuchte, ihr pochendes Herz zu beruhigen. Sie würde hier unten warten, bis alle aufgebrochen oder zu Bett gegangen waren, und hoffen, dass niemand sie rief, damit sie mehr Essen oder Kohlen fürs Feuer brachte. Erst dann konnte sie gefahrlos nach oben gehen und abschließen.

Sie setzte sich auf einen Küchenstuhl und döste, nur um jedes Mal wieder hochzuschrecken, wenn ihr Kopf nach vorn sackte. Kurz nach ein Uhr morgens hörte sie, wie die Haustür zuschlug und Stimmen betrunken draußen auf der Straße lachten. Sie wartete noch eine Viertelstunde und ging dann ins leere Esszimmer hinauf, um das Durcheinander aus schmutzigen Tellern und Gläsern abzuräumen.

Es war nach zwei Uhr, als sie sich die Dachbodentreppe hinauf ins Bett schleppte. Sie lag völlig erschöpft von den Gefühlsaufwallungen des Tages da. Wesley zu sehen, hatte sie tief erschüttert. Als sie gerade geglaubt hatte, die Kontrolle über ihr Leben zurückgewonnen und ihre Trauer um Belguri erstickt zu haben, war er wie ein Sommergewitter über sie hereingebrochen und hatte ihre tief begrabene Sehnsucht aufgestört. Wie seltsam, dass er hier auf dem kleinen Platz im Garten gewesen war, als sie sich gerade so lebhaft an ihr altes Zuhause erinnert hatte. Es war, als hätte er die Macht, ihre tiefsten Gefühle heraufzubeschwören. Ihr stärkstes Verlangen. Sie rollte sich zusammen und schlang die Arme um sich, um den körperlichen Schmerz zu lindern, den sie in sich spürte.

Clarrie hasste ihn dafür, dass er ihren Seelenfrieden zerstörte und sie unzufrieden mit dem neuen Leben machte, das sie sich und Olive aufgebaut hatte. Sie spürte, wie ihr Tränen der Wut in den Augen brannten, aber sie weigerte sich zu weinen. Sie war zu stark dafür. Sie würde diesen neuen Zorn nähren, den er in ihr geweckt hatte. Von jetzt an würde sie sich jedes Mal, wenn sie an Wesley dachte, ins Gedächtnis rufen, dass sie sich eine bessere Stellung erkämpfen und Olive und sich ein gutes Leben erarbeiten musste, bis sie ihm wieder als seinesgleichen in die Augen sehen konnte.

»Ich verspreche dir«, flüsterte sie voller Entschlossenheit, »dass der Tag kommen wird.«

19

Sobald Bertie und Verity aus den Flitterwochen zurück waren, hatte Clarrie kaum noch Zeit, über die Ereignisse des Hochzeitstags nachzugrübeln. Sie war mit der Führung des neuen Haushalts beschäftigter denn je. Verity übernahm schnell die Rolle der Hausherrin, und die Stock-Männer beugten sich mit Freuden ihren Wünschen in Bezug auf alles, was die häuslichen Angelegenheiten betraf.

Sie pflegte Clarrie in ihren Salon im zweiten Stock zu bestellen, von dem aus man eine reizende Aussicht auf den Platz mit dem kleinen Garten hatte, und diktierte ihr Aufgabenlisten. Sie war heikel, was die Lebensmittelhändler betraf, bei denen Clarrie kaufen durfte, und auch hinsichtlich der Kleidung der Dienstboten und der Tageszeiten, zu denen sie die Schlafzimmer betreten durften, um sauber zu machen. Sie kündigte schnell die Bestellung für Lilys Pasteten, obwohl Clarrie protestierte.

»Sie sind fade und sehr unhygienisch.« Verity klang verächtlich. »Ich kann doch beim besten Willen kein Essen servieren, das in einer Schankwirtschaft gekocht worden ist.«

»Aber diese Leute sind von Bestellungen wie denen der Stocks abhängig«, hob Clarrie hervor.

»Wir sind kein Wohltätigkeitsverein, Belhaven«, blaffte Verity. »Ich bin mir sicher, dass es Dolly gelingt, solche Pasteten zu backen – und wenn sie es nicht kann, finden wir jemanden, der dazu in der Lage ist.«

»Dolly bekommt das bestimmt sehr gut hin«, sagte Clarrie, »aber ein zusätzliches Paar Hände in der Küche wäre nicht falsch.«

Verity stimmte ihr zu. »So oft, wie wir Gäste haben, ist das wohl eine gute Idee.«

Binnen einer Woche hatte Verity Bertie von der Notwendigkeit eines Küchenmädchens überzeugt. Clarrie setzte Lexy in der Wäscherei von Elswick darüber in Kenntnis, und sie verlor keine Zeit, eine ihrer Schwestern vorbeizuschicken, damit sie sich für die Stellung bewarb. Eine Woche später wurde die fünfzehnjährige Sarah eingestellt und kam von da an täglich vorbei. Aus Dankbarkeit schickte Lexy Clarrie ein Stück Pears-Seife.

Verity nutzte jede Gelegenheit, um Clarrie und Olive daran zu erinnern, dass sie da waren, um zu dienen, und nicht etwa, um sich mit ihren Herrschaften zu verbrüdern. Eine ausgefeilte Kleiderordnung wurde eingeführt. Clarrie und Lavender mussten morgens malvenfarbene Kleider tragen, beigefarbene, um den Nachmittagstee zu servieren, und abends schwarze. Olive und Dolly trugen tagsüber Marineblau und nach vier Uhr nachmittags schwarze Kleider mit weißen Spitzenschürzen. Sarah trug Grau und durfte sich außerhalb des Untergeschosses nicht blicken lassen, wenn die Stocks auf den Beinen waren.

Die Woche über kamen oft Gäste, und Verity hielt regelmäßig *Empfangstage* und Nachmittagstees für den stetigen Strom von Freundinnen ab, die sie besuchten. Lavender umsorgte ihre Herrin und genoss es, Clarrie zu erzählen, wie oft Verity sich im Laufe des Tages umziehen musste: bisweilen fünf- oder sechsmal, wenn sie abends noch etwas vorhatte.

Marjorie, die rheumakranke Wäscherin der Stocks, wurde bald zugunsten zweier kräftiger junger Frauen in den Ruhestand geschickt, die mit all dem zusätzlichen Waschen und Bügeln von Kleidern, Bettbezügen und Tischdecken zurechtkamen.

Herbert und Bertie blieben lange in der Kanzlei und kehrten erst nach sechs Uhr abends zurück. Oft bestellte sich Herbert ein leichtes Abendessen in sein Arbeitszimmer, weil er vor den förmlichen Mahlzeiten zurückscheute, die Verity im prächtigen Esszimmer verlangte. Das schien seiner neuen Schwiegertochter nur recht zu sein. Sie fand sein mangelndes Interesse an üppigen Diners unverständlich und sein Auftreten zu spröde. Clarrie hatte den Verdacht, dass seine Zurückhaltung seine Rüstung gegen die Außenwelt war, die er mied, wenn es nicht um geschäftliche Angelegenheiten ging. Sie wusste, dass er den Verlust seiner Louisa immer noch nicht überwunden und keine Lust auf gesellschaftliche Anlässe hatte.

Am glücklichsten schien er beim allwöchentlichen Kirchgang zu sein, wenn er ganz vorn allein in der Kirchenbank der Stocks saß, aus voller Kehle mitsang oder tief in Gedanken versank. Da Bertie und Verity die meisten Sonntage in ihrem kleinen Landhaus verbrachten, begleiteten sie ihn selten in die Kirche. Wenn Verity in der Stadt war, ging sie lieber in die Kathedrale.

Clarrie tat ihr Bestes, Verity bei Laune zu halten und über alle aufrührerischen Gedanken Stillschweigen zu bewahren. Sie würde auf Zeit spielen, bis Jacks Karriere sich entwickelte und er ihr einen Antrag machte. Dann würde es ihr ein großes Vergnügen sein, Verity und Bertie mitzuteilen, dass sie kündigte. Nur in einem Punkt geriet sie heftig mit Verity aneinander – was Jacks Lieferung betraf.

»Ich verstehe nicht, warum wir eine getrennte Teelieferung haben müssen«, beschwerte Verity sich. »Es wäre viel besser, wenn wir alles bei Clayton's Emporium bestellten. Ich weiß zufällig, dass der Tee, den sie importieren, allerersten Güte ist.«

Clarrie biss die Zähne zusammen. Sie wusste genau, welche Familie ihren Tee über Clayton's verkaufte: die Robsons. Die meisten Häuser am Platz bezogen ihren Tee von dort, und Jack hatte Schwierigkeiten, andere Haushälterinnen davon zu überzeugen, von ihren Gewohnheiten abzuweichen und bei ihm zu bestellen. Er musste weit längere Strecken in die Außenbezirke zurücklegen, in die sonst niemand lieferte.

»Die Tyneside Tea Company ist auf Tee spezialisiert«, sagte Clarrie, »und man bekommt dort einen sehr guten Gegenwert für sein Geld.«

Verity zog die Augenbrauen hoch. »Ich habe ja ganz vergessen, dass Sie sich für eine Teeexpertin halten. Aber die Landsdownes haben alle notwendigen Lebensmittel immer von Clayton's bezogen, und so möchte ich es auch hier halten.«

Clarrie verbarg ihren Ärger. »Vielleicht sollten Sie erst Mr Herbert zurate ziehen. Die Tyneside Tea Company zählt zu seinen Mandanten.«

Verity warf ihr einen gereizten Blick zu. »Also wirklich, Belhaven. Ich lasse mir doch nicht von meiner Haushälterin diktieren, bei wem ich meinen Tee bestelle. Und ich denke nicht einmal im Traum daran, Mr Stock mit solch einer winzigen häuslichen Nebensächlichkeit zu belästigen.«

Doch Clarrie war nicht bereit, die Angelegenheit auf sich beruhen zu lassen. Am folgenden Abend ging sie unter dem Vorwand, ihm einen Teller mit frischem Shortbread zu bringen, in Herberts Arbeitszimmer. Er musterte sie über seine Brille hinweg.

»Geht Ihnen etwas im Kopf herum, Clarrie?«

Sie nickte und berichtete ihm von ihrer Sorge.

»Mr Milner braucht gewiss alle Unterstützung, die er bekommen kann.« Herbert seufzte und legte seinen Federhalter hin. »Aber ich habe Bertie gesagt, dass ich mich nicht in die Haushaltsführung seiner Frau einmischen werde, und mir scheint …«

»Aber Sir, es müssen nur ein oder zwei wohlhabende Kunden ihre Bestellungen stornieren, dann spricht es sich herum und andere ziehen nach. Bestimmt wollen Sie doch nicht, dass Ihr Mandant nach all der harten Arbeit, die Sie in seine Rettung gesteckt haben, sein Geschäft aufgeben muss?«

Herbert starrte sie überrascht an. »Ihre Loyalität beeindruckt mich«, erwiderte er. »Aber irgendetwas sagt mir, dass Ihre Sorge mehr mit dem Schicksal des Lieferanten zu tun hat – wie heißt er doch gleich, Jack? – als mit Mr Milners Unternehmen.«

Clarrie errötete. »Sir, Jack Brewis und Mr Milners Unternehmen sind voneinander abhängig.«

Herbert betrachtete sie eine ganze Weile und nickte dann. »Überlassen Sie das mir, Clarrie – und danke für das Shortbread.« Dann beugte er sich wieder über seine Arbeit, und sie ließ ihn allein.

Jacks Teelieferungen blieben bestehen. Verity war erzürnt darüber, überstimmt worden zu sein. Sie ließ ihren Groll an Clarrie aus, indem sie sicherstellte, dass sie oben zu tun hatte, wann immer Jack vorbeikam. Irgendwie, wahrscheinlich durch Lavender, hatte sie erfahren, dass Clarrie den Lieferanten mochte. Jeden Donnerstagnachmittag hielt Verity Clarrie im Wohnzimmer zurück, wo sie ihren Freundinnen Tee kredenzte, oder schickte sie mit irgendeinem Auftrag, den sie angeblich niemand anderem anvertrauen wollte, zur Putzmacherin oder zum Schneider. Unter Veritys Herrschaft wurde Clarrie an den meisten Tagen bis spät in die Nacht gebraucht, und es wurde fast unmöglich, sich für einen Abend im Kino oder in der Musikhalle mit Jack zu verabreden.

So enttäuscht sie auch darüber war, konnte Clarrie doch nichts dagegen unternehmen, als ihm durch Olive Botschaften überbringen zu lassen. Einmal, als Verity und Bertie am Samstag statt am Sonntag aufs Land fuhren, sagte sie eifrig zu Olive: »Richte Jack aus, dass ich Samstagabend wegkann, wenn er ins Pavilion gehen will.«

Aber sie bekam die enttäuschende Antwort, dass Jack nicht rechtzeitig von seiner Runde zurück sein würde.

»Er sagt, er ist in den Grubendörfern rund um Stanley und nicht vor neun Uhr abends wieder da.«

Es dämmerte Clarrie allmählich, dass Jack kaum Anstrengungen unternahm, sich mit ihr zu treffen. Sie begann, sich Sorgen zu machen.

»Meinst du, er hat ein anderes Mädchen gefunden?«, fragte sie Olive. »Er muss auf seinen Reisen ja Dutzenden begegnen.«

»Sei nicht so dämlich«, sagte Olive. »Er fragt immer nach dir, wenn er vorbeikommt.«

»Aber er versucht nie, zu anderen Tageszeiten wiederzukommen, um mich zu sehen.«

»Weil er so hart arbeitet«, hob Olive hervor. »Er kann doch nicht ständig nur auf den Verdacht hin vorbeikommen, dass du vielleicht gerade fünf Minuten für ihn übrig hast.«

»Aber er will mich auch nicht am Sonntagnachmittag treffen«, wandte Clarrie ein.

»Du weißt doch, dass seine Mam religiös ist. Nach der Kirche müssen sie zu Hause bleiben«, antwortete Olive. »Das wird anders, wenn er genug für eine eigene Bleibe beiseitegelegt hat.«

»Das ist wahr«, räumte Clarrie ein. »Aber bis dahin dauert es vielleicht noch eine Ewigkeit.«

»Du musst nur geduldig sein.« Olive zuckte die Schultern. »So, wie du es mir immer rätst.«

Abgesehen davon, dass sie ihm aus den Fenstern oben zuwinkte, glückten Clarrie im ganzen Herbst nur zwei Ausflüge mit Jack, einer ins Lichtspielhaus und einer zu einem

Spaziergang im Elswick Park. Jack war bedrückt und behandelte sie fast misstrauisch.

»Sag mir, was los ist«, beharrte Clarrie.

Aber er zuckte die Schultern und sagte ihr, es sei nichts. Clarrie führte es auf die Sorgen um seine Arbeitsstelle zurück. Sie sprach ihm Mut zu. »Mr Stock setzt großes Vertrauen in Mr Milner – er glaubt, dass er mit der Zeit ein großes Teeunternehmen aufbauen wird.«

Der Winter kam, und Veritys Ansprüche an üppige Gastmähler wuchsen im Vorfeld des Weihnachtsfests. Zu dem Zeitpunkt bekam Clarrie schon so wenig von Jack zu sehen, dass sogar Olive sich allmählich Sorgen machte.

»Er spricht davon, dass Mr Milner seine Runden ändert – ihn auf die südlich des Flusses schickt.«

»Warum sollte er das tun?«, fragte Clarrie erschrocken.

»Milner expandiert, und Jack ist wohl sein bester Vertreter. Er ist gut darin, Leute zu überreden, Stammkunden zu werden.«

Von Olives Warnung angespornt, gelang es Clarrie, einen seltenen Abend im Pavilion mit Jack zu arrangieren – doch dann überfiel Verity sie mit einer unerwarteten Dinnerparty, für die sie alles beaufsichtigen musste.

Sie schickte Olive an ihrer Stelle, um Jack nicht zu enttäuschen. Danach machte Olive ihr Vorhaltungen.

»Du kannst so nicht ewig weitermachen«, sagte sie unverblümt. »Er glaubt, dass dir nichts an ihm liegt.«

»Aber ich mag ihn«, beharrte Clarrie.

»Nicht genug. Du wirst es wieder tun.«

»Was tun?«

»Deine Chance auf eine Ehe vergeben«, verkündete Olive.

»Fang gar nicht erst davon an!«, erwiderte Clarrie verstimmt.

Aber Olive steigerte sich in ihre Empörung hinein. »Es ist doch wahr! Wenn du Jack jetzt heiraten würdest, könnten wir von hier weg.«

»Und was sollten wir dann tun?«

»Deinen eigenen Teesalon eröffnen, wie du es doch immer wolltest«, schlug Olive vor. »Für uns selbst arbeiten statt für diese hochnäsige Verity.«

Clarrie schnaufte ungeduldig. »Nichts wäre mir lieber. Aber wir können es uns noch nicht leisten – nicht von dem Lohn, den Jack verdient. Wir müssten weiterhin für andere arbeiten.« Sie sah, dass Olive ein langes Gesicht machte, und beeilte sich, sie zu trösten. »Eines Tages haben wir unseren eigenen Teesalon, nur du und ich.«

Doch Olive stieß sie von sich. »Behandele mich nicht wie ein Kleinkind. Du bist hier glücklich – glücklicher als ich. Du bleibst einfach hier und bist Mr Stock treu ergeben, bis du eine alte Jungfer bist.«

»Nein«, protestierte Clarrie.

»Wenn ich du wäre, würde ich Jack im Eiltempo zum Altar führen, bevor er jemand anderen findet«, sagte Olive.

»Das klingt gar nicht nach dir«, gab Clarrie zurück. »Vor ein paar Wochen hast du mir noch gesagt, dass ich geduldig sein und abwarten soll.«

»Ja!«, rief Olive, »und ein paar Wochen sind eine lange Zeit. Wenn du ihn jetzt nicht heiratest, dann mache ich mir Sorgen, dass wir nie von hier wegkommen.«

Clarrie verlor die Geduld. »Du denkst nicht praktisch! Jack lebt noch zu Hause bei seiner Mam. Er hat kaum genug, mich zu ernähren, geschweige denn auch noch dich. Und ich werde diese Stellung nicht aufgeben, nur um nach der Pfeife von Jacks Mam zu tanzen. Vielleicht haben Jack und ich in ein, zwei Jahren genug beiseitegelegt, um uns eine eigene Wohnung zu leisten.«

Der ungläubige Ausdruck auf Olives Gesicht ließ Clarrie das Herz schwer werden. Sie beschloss, Jack bei seinem nächsten Besuch aufzulauern, ganz gleich, was Verity für sie geplant hatte.

Am nächsten Donnerstag sprang Olive oben für sie ein, damit sie ihn antreffen konnte.

»Komm und trink mit mir eine Tasse Tee im Haushälterinnenzimmer«, bat sie und schob Jack durch die Küche, bevor Dolly oder Sarah ihn aufhalten konnte. Er hockte sich auf die Sofakante, sah nervös drein und umklammerte seine Mütze.

»Ich kann nicht lange bleiben«, sagte er.

Clarrie nickte, erschrocken, wie verlegen er wirkte. Sie goss ihm etwas Tee ein und reichte ihm die Tasse. Er schlürfte das Getränk und wich ihrem Blick aus.

»Olive sagt, ihr expandiert ans Südufer des Flusses«, begann sie.

»Ja, das Unternehmen nimmt Fahrt auf«, sagte er und wirkte, als fühlte er sich wohler. »Wir haben die Anzahl unserer Kunden im letzten Monat verdoppelt. Die Leute gewöhnen sich an die Vorstellung – vor allem, wenn sie uns regelmäßig wiederkommen sehen. Sie wissen, dass wir sie nicht enttäuschen.«

Clarrie ließ ihn übers Geschäft reden, aber sie fürchtete, dass oben eine Glocke läuten und sie wegrufen würde, bevor sie Gelegenheit hatte, zur Sprache zu bringen, was ihr auf der Seele brannte. Am Ende platzte sie heraus: »Jack, ich muss wissen, ob du mir immer noch den Hof machst.«

Er wurde rot und stellte seine Tasse ab. »Ich bin mir nicht sicher.«

Clarries Kehle wurde trocken. Erst jetzt wurde ihr klar, wie sehr sie sich bei ihren Zukunftsplänen auf Jack verließ. Entkommen und Sicherheit waren an Jacks Aufstieg gebunden – und daran, diesen Aufstieg zu fördern.

»Gibt es jemand anderen?«, zwang sie sich zu fragen.

Er runzelte die Stirn. »Die gleiche Frage könnte ich dir stellen.«

Clarrie sah ihn verblüfft an. Er klang anklagend.

»Du bist derjenige, an dem mir etwas liegt, Jack.«

Abrupt stand er auf. »Das dachte ich auch«, sagte er, »aber ich habe etwas anderes gehört.«

Sie erhob sich ebenfalls. »Was gehört? Von wem?«

»Gerede. Rings um den Platz«, sagte er. Er war scharlachrot vor Verlegenheit.

»Was für Gerede?«, fragte Clarrie empört.

»Man hat dich spätabends mit einem anderen Burschen gesehen«, warf er ihr vor. »Kuscheln und so.«

Clarrie lachte über diesen Unsinn. »Das stimmt nicht! Ich habe doch kaum Zeit, dich zu treffen, geschweige denn andere Männer. Ich kenne keine anderen und möchte das auch nicht.«

Er musterte sie mit hoffnungsvollerer Miene. »Also hast du dich nie mit einem anderen Mann im Garten getroffen?«

»Nein, Jack, versprochen!«

Er wirkte erleichtert. »Ich wusste ja gleich, dass ich nicht auf Klatsch hören sollte. Das Mädchen von gegenüber wollte sicher nur Unfrieden stiften. Hat gesagt, du hättest einen Schal getragen, um nicht erkannt zu werden, ihr aber trotzdem dreist wie nur irgendetwas zugewinkt, um dann hinzugehen und dich mit irgendeinem vornehmen Burschen zu treffen. Muss wohl jemand anderes gewesen sein, den sie gesehen hat. Ich dachte, du hättest einen anderen getroffen und seist mir deshalb aus dem Weg gegangen. Na ja, ist ja auch schon eine Ewigkeit her – das war am Abend der Hochzeit der Stocks.«

Clarrie keuchte leise auf und schlug sich die Hand vor den Mund. Jack sah sie scharf an.

»Ach, das.« Clarrie errötete. »Sie hat mich wirklich gesehen – aber es war nicht so, wie sie dachte. Ich habe nur frische Luft geschnappt – hatte keine Ahnung, dass er im Garten war.«

»Wer?« Jacks Gesichtsausdruck wurde angespannt.

»Mr Robson.«

»Also kanntest du ihn doch?«

Clarrie zögerte. »Nun ja, Olive und ich kannten ihn, bevor … bevor wir hergekommen sind. Aber da war nichts …«

»Hat er dich vor mir umworben?«, fragte Jack.

Wieder zögerte Clarrie zu lange, bevor sie es abstritt. »Nein, nicht umworben – es war kompliziert. Aber er bedeutet mir nichts. Im Gegenteil.«

»So hat das Mädchen es aber nicht erzählt«, sagte Jack mit versteinerter Miene.

»Mach dich nicht lächerlich«, gab Clarrie panisch zurück. »Er war nur einer von Mr Berties Gästen – ich hatte keine Ahnung, dass er da sein würde. Es war nur eine zufällige Begegnung.«

»Vielleicht ja«, räumte Jack ein, »aber du bist nicht gerade davongelaufen, sobald du ihn gesehen hast, nicht wahr?«

Clarrie spürte, dass ihre Wangen brannten. »Es ist nichts passiert – und es könnte auch nie etwas passieren.«

»Weil er zu vornehm ist?«, entgegnete Jack schneidend. »Aber du würdest, wenn du könntest. Das sehe ich dir am Gesicht an. Du bist immer noch verschossen in ihn, oder, Clarrie? Ich bin nur ein Lieferjunge, nicht gut genug für deinesgleichen.«

Er drückte sich die Mütze auf den Kopf und marschierte zur Tür. Clarrie lief hinter ihm her und packte ihn am Arm.

»Halt, Jack! Bitte! Du könntest dich gar nicht stärker täuschen, was ihn betrifft. Du bist derjenige, den ich heiraten will.«

Er schüttelte sie ab. »Ich will nicht die zweite Wahl sein«, sagte er, »schon gar nicht, wenn der andere irgendein vornehmer Mistkerl ist, der glaubt, dass er jedes Mädchen haben kann, das er will.«

»Sag das nicht«, flehte Clarrie. »Es ist nicht wahr. Warum glaubst du mir nicht?«

Er riss die Tür auf und erwiderte: »Ich werde nie gut genug für dich sein, Clarrie. Tief in deinem Innern ist es das, was du denkst. Und nach allem, was ich heute aus deiner eigenen Schnauze gehört habe, bist du auch nicht gut genug für mich.«

Er stürmte durch die Tür, vorbei an Dolly und Sarah, die gelauscht hatten und ihn nun mit offenem Mund anstarrten. Als Olive nach unten zurückkehrte, fand sie die Frauen damit beschäftigt, die weinende Clarrie zu trösten. Erst später, als sie allein waren, konnte Clarrie ihrer Schwester gestehen, worum es in dem Streit gegangen war.

»Du hast mir gar nicht erzählt, dass du mit Wesley gesprochen hast«, sagte Olive zutiefst erstaunt. »Was hat er gesagt, als er erfahren hat, dass du hier arbeitest?«

»Er weiß es nicht. Ich habe so getan, als wäre ich Dolly, und in der Dunkelheit hat er mich nicht erkannt.« Clarries Kummer verwandelte sich in Zorn. »Dieser widerliche Mann!«, schrie sie. »Nimmt es denn mit dem Ärger, den er uns macht, gar kein Ende? Jetzt habe ich Jack verloren …«

Olive umarmte sie tröstend. Dieses eine Mal schimpfte sie Clarrie nicht aus und sagte auch nicht »Ich habe es dir ja gleich gesagt«. Sie hielt ihre Schwester einfach nur fest, bis deren Tränen versiegten, wie Clarrie es so oft für sie getan hatte.

20

Weihnachten nahte, und Will kam über die Feiertage nach Hause. Seine Ankunft war für Clarrie eine segensreiche Ablenkung. Als er in die Küche herunterkam, flog sie auf ihn zu und umarmte ihn entzückt.

»Ich kann dir gar nicht sagen, wie schön es ist, dich zu sehen!«, rief sie.

Er lachte gutmütig und erwiderte ihre Umarmung. »Darf ich helfen, den Pudding umzurühren?«, fragte er und schob sich einen frisch gebackenen Scone in den Mund.

Sarah musterte ihn staunend. Sie hatte es noch nie erlebt, dass einer der Stock-Männer sich so weit nach unten wagte.

»Du wirst dich an ihn gewöhnen«, prophezeite Dolly. »Er ist ein richtiger kleiner Plünderer.«

Aber Will verbrachte einen Großteil seiner Zeit damit, alte Schulfreunde zu besuchen oder sich von Verity zum Einkaufen mitnehmen zu lassen, um sich größere Kleidungsstücke anpassen zu lassen. Unmittelbar vor Weihnachten fiel Schnee, und Will verschwand für einen Tag mit Johnny zum Schlittenfahren. Am zweiten Weihnachtstag nahmen Bertie und Verity ihn mit aufs Landgut der Landsdownes zur Jagd und zum

Kaninchenschießen. Allzu bald wurde es Zeit für ihn, in die Schule zurückzukehren.

Clarrie machte sich Sorgen, weil Herbert ihm kaum Aufmerksamkeit geschenkt hatte, und schlug vor, dass die beiden an Wills letztem Tag einen gemeinsamen Spaziergang unternehmen sollten. Herbert reagierte gereizt.

»Sehen Sie denn nicht, dass ich zu viel Arbeit habe, Clarrie? Ich wäre Ihnen dankbar, wenn Sie sich nicht einmischen würden.«

Will ließ sich seine Enttäuschung nicht anmerken. »Das spielt keine Rolle – ich wollte ohnehin mit Johnny reiten gehen.«

Am nächsten Tag war er fort, und sie sahen ihn erst in den Osterferien wieder. Zu dem Zeitpunkt war Verity schon außerordentlich schwierig und fordernd. Sie blieb lange im Bett und hatte einen Heißhunger auf Unmengen von süßen Keksen und Sarsaparillenlimonade.

Im Hochsommer teilte sie den engsten Verwandten mit, dass sie ein Kind erwartete. Bertie war begeistert und machte mehr Aufhebens um sie denn je. Aber die Vorfreude im Haushalt wurde schnell von einem Streit zwischen Verity und ihrem Schwiegervater getrübt. Verity wollte Louisas altes Schlafzimmer in ein Kinderzimmer umwandeln.

Unter Tränen beklagte sie sich bei Bertie, ohne sich darum zu kümmern, dass Clarrie mit im Raum war. »Aber das Zimmer steht nun schon fast zwei Jahre leer. Es ist solch eine Verschwendung! Es hat die ideale Größe für ein Kinderzimmer. Das musst du ihm sagen.«

»Liebste«, versuchte Bertie sie zu beruhigen. »Du weißt doch, wie kompliziert es ist – Papa ist sehr empfindlich, was das Zimmer angeht.«

»Es ist gruselig – er behandelt es wie ein Mausoleum.« Verity schauderte. »Es wird Zeit, dass er sich mit seinem Verlust abfindet.«

»Ich stimme dir voll und ganz zu«, versicherte Bertie, »aber es ist nun einmal sein Haus.«

»Na, und es ist mein Baby!«, heulte Verity. »Ich werde noch ganz krank vor Sorge darum, wo es hin soll. Verstehst du das nicht?«

Aber Herbert war genauso stur.

»Es ist reichlich Platz im zweiten Stock«, sagte er zu Bertie. »Sie hat ein Ankleidezimmer, das so groß wie mein Arbeitszimmer ist. Außerdem will ich nicht von Kindergeschrei gestört werden, wenn ich zu arbeiten versuche. Babys und Kinder sollten oben außer Hörweite untergebracht sein.«

Clarrie quälte sich mit der Frage, ob sie eingreifen sollte. Sie hatte Verständnis für Veritys Enttäuschung, dass ein großes Zimmer ungenutzt blieb. Aber für Herbert war es mehr als nur ein Schlafzimmer. Es war ein Schrein für seine tote Frau. Alles darin blieb unangetastet, als fürchtete er, dass jegliche Veränderung irgendwie ein Verrat an ihrem Angedenken wäre. Clarrie fragte sich auch, ob Herbert sich insgeheim vor der Ankunft eines Babys im Haus fürchtete. Es würde ihn an die Tochter erinnern, die er vor drei Jahren verloren hatte, und daran, dass die Totgeburt Louisas Krankheit und Tod verursacht hatte.

Zu ihrer Überraschung wandte sich Bertie an sie, um sie um Hilfe zu bitten.

»Belhaven, Sie scheinen einen gewissen Einfluss auf meinen starrsinnigen Vater zu haben«, sagte er unverblümt. »Glauben Sie, Sie könnten ihn zur Vernunft bringen, was diese Kinderzimmerangelegenheit betrifft?«

»Das steht mir nicht zu«, wehrte Clarrie ab.

»Das hat Sie bis jetzt noch nie aufgehalten«, gab er zurück. Clarrie sagte nichts. »Hören Sie zu«, fuhr er fort und bemühte sich um einen verbindlichen Ton. »Ich weiß, dass wir nicht immer einer Meinung waren, aber ich sehe, dass Sie Ihre

Aufgaben hier tüchtig erledigen – und Verity findet, dass Sie für jemanden, der so jung ist, eine gute Haushälterin sind.« Er errötete bei dem Bemühen, ihr ein Kompliment zu machen. »Ich wäre dankbar, wenn Sie etwas unternehmen könnten, um meinen Vater zu überreden, seine Haltung zu ändern … Clarrie.«

Es war das erste Mal, dass er sie mit diesem Namen anredete. Clarrie verspürte ein kleines Aufflackern von Triumph. Bertie erkannte damit an, wie unverzichtbar sie inzwischen für die Stocks war.

»Ich versuche es«, stimmte sie zu.

Sie lauerte Herbert auf, als er von seinem Spaziergang am frühen Abend zurückkehrte. Diese Gewohnheit pflegte er seit Veritys Einzug, um dem Aperitif und dem oberflächlichen Geplauder aus dem Weg zu gehen. Von ihrem Beobachtungsposten aus sah Clarrie ihn auf den Platz einbiegen und ging nach draußen, um im zentralen Garten ein paar Rosen abzuschneiden.

»Sir.« Sie winkte ihn heran. »Meinen Sie, Sie könnten die da oben erreichen, bitte?«

Er blieb stehen, um zu helfen, und lehnte seinen Stock gegen den Zaun. Der Tag war noch warm, und Herbert war rot angelaufen und schwitzte in seinen dunklen Kleidern.

»Ich habe Limonade in der Flasche. Möchten Sie welche?«

Herbert nickte, ließ sich auf einem Sitzplatz in der Nähe nieder und nahm durstig einen tiefen Zug. Clarrie schnitt weiter Rosen und ließ sie in ihren Korb fallen. Jedes Mal sah sie ihn dabei an.

»Na los«, sagte Herbert und musterte sie. »Sie haben mir doch etwas zu erzählen.«

Clarrie bedachte ihn mit einem schuldbewussten Blick und lachte dann. »Woher wissen Sie das?«

Herbert brummte: »Sie haben diesen entschlossenen Ausdruck in den Augen, als wollten Sie tief Luft holen, bevor Sie etwas Unerfreuliches in Angriff nehmen.«

Clarrie lächelte und legte ihre Gartenschere ab. »Ihnen entgeht nicht viel, nicht wahr, Sir?«

»Kommen Sie, setzten Sie sich neben mich!«, befahl er. »Ist es Bertie, der Sie geschickt hat?«

Clarrie setzte sich vorsichtig hin, die Hände im Schoß verschränkt, und nickte.

»Ich lasse mich nicht umstimmen«, erklärte Herbert mit Nachdruck.

»Damit habe ich auch nicht gerechnet.«

»Aber Sie glauben, dass ich in dieser Kinderzimmerangelegenheit falschliege?«

»Nein«, sagte Clarrie sanft. »Richtig oder falsch gibt es dabei nicht.« Er wartete darauf, dass sie fortfuhr. »Ich frage mich nur, was … was Mrs Stock für ihr erstes Enkelkind gewollt hätte.«

Herbert erwiderte nichts. Als sie ihm einen verstohlenen Blick zuwarf, sah sie, dass er die Zähne zusammengebissen hatte und dass seine Augen feucht glänzten.

»Ich kann einfach nicht«, flüsterte er. Ihm brach die Stimme. »Es ist noch zu früh.«

Instinktiv streckte Clarrie die Hand aus, um seine zu berühren. »Dafür habe ich Verständnis. Bei meinem Vater war es mit meiner Mutter genauso. Er konnte es nicht über sich bringen, je wieder die Nacht in ihrem gemeinsamen Schlafzimmer zu verbringen, nachdem sie gestorben war.«

Ein kleines Stöhnen entrang sich Herbert, und eine Träne rollte ihm über eine Wange. Clarrie fuhr fort: »Wenn Sie den Gedanken an ein Baby im Haus nicht ertragen können, warum ermöglichen Sie es Mr Bertie und Miss Verity dann nicht, eine eigene Wohnung zu beziehen?«

Er sah sie stirnrunzelnd an. Rasch zog sie die Hand zurück. Wie üblich war sie zu direkt gewesen.

»Es tut mir leid. Es steht mir nicht zu, das zu sagen.«

»Nein, Clarrie. Ich bin froh, dass Sie es gesagt haben. Der Gedanke war mir noch nie gekommen. Aber Sie haben recht – jetzt, da die beiden eine Familie gründen, wird es höchste Zeit, dass sie ihr eigenes Heim bekommen.« Er betrachtete sie. »Woher kommt solche Weisheit bei jemandem, der so jung ist?«, überlegte er laut.

Clarrie schenkte ihm ein bekümmertes Lächeln. »So weise bin ich leider nicht immer.«

»Und was ist mit Ihrer Zukunft, Clarrie?«, fragte er sie unverhofft. »Macht Ihnen Mr Milners Lieferant noch immer den Hof?«

Sie wurde rot. »Nein, Sir. Es gab ein Missverständnis zwischen uns.« Sie stand auf.

»Das tut mir leid«, sagte er und beobachtete sie, während sie ihren Korb aufhob. Clarrie nickte und eilte nach drinnen, bevor er noch weitere Fragen stellen konnte. Sie hatte Jack seit dem letzten Jahr nicht mehr gesprochen. Er lieferte jetzt alle vierzehn Tage statt wöchentlich, und manchmal sah sie ihn aufs Haus zukommen. Er hatte sich einen Schnurrbart wachsen lassen. Vor Kurzem hatte er seinen Wagen gegen einen größeren eingetauscht, und er trug nun einen neuen Anzug. Die Geschäfte gingen bestimmt gut. Aber sie fragte Olive nie nach ihm, und ihre Schwester erwähnte seine Besuche nicht, weil sie Angst hatte, Clarrie traurig zu machen.

Zu Clarries Entzücken sprach sich binnen weniger Tage bis in die Dienstbotenquartiere herum, dass Bertie und Verity auf der Suche nach einem Haus waren. Lavender glaubte, sie sei die Erste, die es gehört hatte und den anderen mitteilte.

»Madam hat zum Ausdruck gebracht, dass sie es vorziehen würde, in Jesmond zu wohnen.« Sie zitierte ihre

Herrin: »*Solch eine reizende Gegend, aber die Stadt ist noch gut erreichbar.*«

Clarrie und Olive kreischten vor Freude, sobald die Frau außer Hörweite war.

»Ich kann nicht fassen, dass wir sie so schnell loswerden!«, rief Clarrie.

Bald machte Olive sich Sorgen. »Aber was, wenn Mr Stock uns nicht mehr braucht, sobald sie fort sind? Er könnte mit Dolly und Sarah allein auskommen.«

Clarrie unterdrückte ihre plötzlich aufkommenden Zweifel. »Ich bin mir sicher, dass er sich um uns kümmern wird.«

Ein großes Haus mit symmetrischer Fassade an der Tankerville Terrace wurde ausgewählt und schnell gekauft. Verity verbrachte den folgenden Monat damit, sich hin- und herfahren zu lassen, um die Aufsicht über seine Ausgestaltung zu führen. Sie und Bertie sollten im November umziehen, einen Monat, bevor das Baby zur Welt kommen würde, rechtzeitig für ihr Wochenbett. Zwei Wochen vor dem Umzug bestellte sie Clarrie in ihren Salon. Sie lehnte auf einem Sessel an einem Kissenberg, hatte einen riesigen Bauch und wirkte, als ob sie sich nicht wohlfühlte. Das lodernde Feuer machte das Zimmer stickig.

»Belhaven, ich setzte gerade eine Liste des Personals auf, das ich in Tankerville brauchen werde«, sagte Verity und wedelte mit einem Notizzettel. »Ich will, dass Sie mir helfen.«

Clarrie sah sie verwirrt an. »Ich, Ma'am?«

»Ja, Sie«, erwiderte Verity gereizt und fächelte ihrem roten Gesicht Luft zu. »Es ist wichtig, dass Sie als meine Haushälterin bei den Dienstboten, die ich auswähle, ein Wörtchen mitzureden haben.«

Clarrie sackte das Herz in die Hose. »I… Ihre Haushälterin?«, stammelte sie.

»Ja«, antwortete Verity laut, als wäre Clarrie schwer von Begriff. »Sie kommen als meine Haushälterin mit.«

»Aber ich arbeite doch für Mr Stock«, protestierte sie.

»Es ist alles schon mit Mr Stock arrangiert«, behauptete Verity und wies ungeduldig auf das Papier. »Nun kommen Sie schon, helfen Sie mir.«

Ungläubig blieb Clarrie wie angewurzelt stehen. Sie war nicht einmal gefragt worden! Sie würde sich nicht einfach weiterreichen lassen wie ein Möbelstück. Und was sollte aus Olive werden?

»Es tut mir leid, Ma'am«, entgegnete sie trotzig, »aber ich verlasse Summerhill nicht, es sei denn, Mr Stock wirft mich hinaus.« Damit wandte sie sich ab und ließ Verity sitzen, der vor Fassungslosigkeit der Mund offen stand.

Es stellte sich heraus, dass es Bertie war, der selbstherrlich versucht hatte, sich Clarrie als Haushälterin unter den Nagel zu reißen, ohne die Erlaubnis seines Vaters einzuholen. Als Herbert herausfand, was vorging, nahm er sich Bertie zur Brust.

»Du kannst die Belhaven-Mädchen nicht so behandeln. Du hättest sie erst fragen müssen und mich auch.«

Bertie versuchte, alles als unbedeutendes Missverständnis hinzustellen. »Da hast du natürlich recht, Papa. Es ist ja nur, dass wir einen größeren Bedarf an Dienstboten haben als du. Verity dachte, es würde dir nichts ausmachen.«

»Aber es macht mir sehr wohl etwas aus.« Herbert war empört. »Wenn Clarrie und Olive hierbleiben möchten, dann sollen sie das auch.«

Die Schwestern waren sehr erleichtert, aber die Angelegenheit überschattete die letzten Tage von Veritys Herrschaft. Sie machte in ihrer Hörweite gehässige Bemerkungen und hielt beide bis zum Tag des Umzugs mit allen möglichen Sonderwünschen auf Trab. Sarah, das Küchenmädchen, kam mit in den neuen Haushalt, um zum Stubenmädchen ausgebildet zu werden.

»Das macht mir nichts aus«, sagte sie fröhlich. »Für Miss Verity zu arbeiten, ist der reinste Spaziergang im Vergleich dazu, meinen jüngeren Geschwistern hinterherzurennen.«

Eine Woche vor Weihnachten kam Will nach Hause, und Verity brachte Zwillinge zur Welt – Vernon und Josephine. Alle Stocks und Landsdownes versammelten sich zu Weihnachten in Tankerville. Verity und Bertie waren erpicht darauf, ihr neues Haus und ihre Babys zur Schau zu stellen. Dolly ging für drei Tage nach Hause zu ihrer Familie, und nach der Kirche waren Clarrie und Olive sich selbst überlassen.

Sie beschlossen, Picknick zu machen und nach Westen zu radeln, bis die Rüstungsfabriken und Reihenhauszeilen von Benwell und Scotswood allmählich in Felder übergingen. Es war sonnig und mild. Olive skizzierte die kahlen Bäume und die Umrisse der braunen Hügel, die sich kontrastreich vom hellblauen Himmel abhoben.

Clarrie blickte nach Norden. »Irgendwann, vielleicht schon bald, machen wir uns auf die Suche nach Vaters Bauernhof«, sagte sie. »Ich fühle mich hier nicht zu Hause, bis wir das getan haben.«

Olive war ganz in ihre Zeichnung versunken, und Clarrie dachte erst, sie hätte sie nicht gehört. Aber als sie alles einpackten, um aufzubrechen, bemerkte Olive: »Es ist bestimmt nur eine Farm wie jede andere.«

Clarrie sah überrascht zu ihr hoch. »Bist du kein bisschen neugierig darauf zu sehen, woher er kam?«

Olive zuckte die Schultern. »Eigentlich nicht. Sicher ist es dort stinkig und dreckig und weit bis zu den nächsten Läden.«

Clarrie lachte, etwas schockiert über die Gleichgültigkeit ihrer Schwester. Ihr fiel auch zum ersten Mal auf, dass Olive sich den örtlichen Dialekt angewöhnte und Ausdrücke gebrauchte, die auch Dolly und Sarah benutzt hätten. »Du hast dich in ein Stadtmädchen verwandelt, nicht wahr?«

Olive dachte eine Weile darüber nach. »Ja.« Sie lächelte. »Zumindest, solange ich in der feinen Gegend der Stadt wohnen kann.«

Es war dunkel, als sie wieder zu Hause eintrafen. Sie hatten gerade die Feuer angefacht, als Herbert und Will hereinkamen. Clarrie bot ihnen an, ihnen ein leichtes Abendessen hinaufzubringen, aber Will stöhnte: »Ich bekomme keinen Bissen mehr hinunter.«

»Das ist ja ganz etwas Neues!«, neckte Clarrie ihn.

»Es war genug da, um ganz Tyneside satt zu bekommen«, brummte Herbert. »Nur eine Tasse Tee wäre schön.« Als Clarrie und Olive nach ihren Mänteln griffen, fügte er schüchtern hinzu: »Warum setzen Sie beide sich nicht im Arbeitszimmer zu uns? Es sei denn natürlich, Sie haben andere Pläne.«

»Wir könnten Backgammon spielen«, sagte Will begeistert. »Jetzt schlägst du mich bestimmt nicht mehr, Clarrie. An der Schule spiele ich ständig!«

»Wie gut zu erfahren, dass deine teure Erziehung sich auszahlt«, bemerkte Herbert trocken.

Clarrie lachte. »Ich nehme die Herausforderung an.«

»Olive, bitte bring deine Geige mit«, drängte Will. »Dann können wir zusammen spielen.«

Die vier verbrachten den Abend am Kamin im Arbeitszimmer. Clarrie und Will spielten Brettspiele, während Herbert und Olive lasen. Dann hörten Herbert und Clarrie zu, wie Olive und Will auf ihren Instrumenten spielten.

So nahe war noch nichts, woran Clarrie sich erinnern konnte, den Winterabenden in Belguri mit ihren Eltern und Kamal gekommen. Sie war dem liberalen Herbert und seinem liebevollen jüngeren Sohn zutiefst dankbar dafür, ihnen diese Kostprobe eines Familienlebens zuzugestehen.

Am nächsten Tag arbeitete Herbert wieder am Schreibtisch, und Will ging aus dem Haus, um Johnny zu besuchen.

»Warum lädst du ihn nicht hierher ein?«, meinte Clarrie. »Wir wären gern bereit, für ihn zu kochen, was auch immer er mag.«

Will war begeistert, und Clarrie wurde klar, dass noch nie jemand so etwas vorgeschlagen hatte. Sein Vater wäre nie darauf gekommen, und Verity hätte etwas dagegen einzuwenden gehabt, dass ihr ein zusätzlicher lästiger Jugendlicher im Weg stand.

Johnny Watson war ein lebhafter, dunkelhaariger Junge, der genauso viel kicherte wie Will und mit einem Hauch von einem schottischen Akzent sprach. Auf Wills Bitten hin kochten Clarrie und Olive ihnen indische Gerichte: Lammcurry und Kichererbsen mit Reis. Dazu gab es ungesäuertes Fladenbrot, das die Jungen ihnen auf der Herdplatte backen halfen. Johnny staunte darüber und über Wills Vertraulichkeit mit den Dienstboten, ließ sich aber begeistert darauf ein. Clarrie zeigte ihnen, wie sie ihr Essen mit dem Brot aufnehmen mussten.

Herbert fand sie beim Essen am Küchentisch sitzen, und Clarrie sprang schuldbewusst auf.

»Es tut mir leid, Sir. Ich dachte, Sie wären in der Kanzlei.«

Er zögerte und sah die Jungen stirnrunzelnd an.

»Es schmeckt sehr gut, Papa«, verkündete Will mit übervollem Mund.

»So riecht es auch«, stimmte Herbert ihm zu und zog sich einen Stuhl heraus. »Darf ich etwas abhaben?«

Clarrie grinste erleichtert. »Natürlich, Sir.«

* * *

Allzu bald kehrten Will und Johnny in die Schule zurück, und das Haus wirkte wieder einsam und verlassen. Im Laufe des Jahres 1909 freute Clarrie sich allmählich sogar über Veritys Pflichtbesuche. Sie kam immer am Donnerstagnachmittag – »Ihr ist nicht klar, dass Jack mir nicht mehr den Hof macht«, sagte Clarrie trocken zu Olive – und brachte die Zwillinge mit. Herbert kehrte früh aus der Kanzlei zurück, um seine Enkel zu sehen, und schien zum allgemeinen Erstaunen ganz vernarrt in die Babys zu sein. Er kitzelte sie unter dem Kinn und schnitt Grimassen, trug sie durchs Zimmer und schaukelte sie wild, bis sie schrien. Oft bekam Clarrie ein plärrendes Baby in den Arm gedrückt, um es zu trösten. Dann band sie es sich vor die Brust und trug es, bis es in den Schlaf gewiegt war, so wie sie es Ama in ihrer Kindheit hatte tun sehen.

An einem Sommernachmittag, als die Tür des Arbeitszimmers offen stand, damit Durchzug herrschte, hörte Clarrie Berties erhobene Stimme.

»… zu viel! Du brauchst nicht alle drei.«

»Ich mische mich nicht in deinen Haushalt ein, also misch du dich auch nicht in meinen ein«, knurrte Herbert.

Clarrie, die gerade einen Krug mit frischem Wasser nach oben trug, war sofort klar, dass die beiden über sie, Olive und Dolly sprachen. Verunsichert blieb sie auf der Treppe stehen.

»Wir dagegen könnten mehr Personal gebrauchen. Lavender allein ist mit den Zwillingen überfordert. Sie ist zu alt. Vielleicht könnte Belhaven eine Weile zu uns kommen, bis alles sich eingespielt hat, Papa.«

Herbert schnaufte. »Bis die Zwillinge aufs Internat gehen, meinst du. Sobald Verity die Mädchen hat, gibt sie sie nicht mehr her.«

»Na und? Du kannst die Musikalische behalten. Du brauchst doch nicht beide«, schacherte Bertie weiter.

In Clarrie wuchs die Empörung. Wenn Herbert nachgab, würde sie auf der Stelle kündigen.

»Bitte, Papa, denk doch zumindest einmal darüber nach. Verity beharrt wirklich mit Nachdruck darauf, dass es Belhaven, die Ältere, sein muss. Sie kann anscheinend gut mit den Zwillingen umgehen – das geborene Kindermädchen.«

»Na gut«, seufzte Herbert und lenkte ein. »Ich überlege es mir.«

»Wir bezahlen sie auch gut, wenn es das ist, was dir Sorgen macht«, versicherte Bertie ihm.

Clarrie konnte ihnen nicht gegenübertreten. Wütend darüber, dass man so über sie redete, wandte sie sich ab und stolzierte in die Küche zurück. Olive bekam Angst, als Clarrie später am Abend mit dem herausplatzte, was sie belauscht hatte.

»Sie können uns nicht trennen!«, schrie sie. »Das dürfen sie einfach nicht!«

»Das werden sie auch nicht«, versicherte Clarrie eisern.

»Und ich will nicht weg und für diese fürchterliche Verity arbeiten«, ängstigte sich Olive.

»Ich auch nicht. Wir gehen woanders hin. Wir haben jetzt gute Aussichten, eingestellt zu werden«, sagte Clarrie stolz. »Es gibt Agenturen, an die wir uns wenden können, die Arbeit für uns finden werden. Damals, als wir herübergekommen sind, wusste ich noch nicht, dass es so etwas gibt, sonst hätte ich uns viel eher aus dem Pub herausgeholt.«

Clarrie machte sich darauf gefasst, in Herberts Arbeitszimmer bestellt zu werden. Erst gegen Ende der Woche fand er den Mut, mit ihr zu sprechen. Zu dem Zeitpunkt war sie schon derart nervös, dass sie kaum zwei Worte auf einmal zu ihm sagen konnte, weil sie befürchtete, unhöflich zu werden.

Er stand in seiner gewohnten Abwehrhaltung am Fenster hinter seinem Schreibtisch, die Hände fest um den Spazierstock geschlossen.

»Clarrie«, begann er, »bitte nehmen Sie Platz.«

»Ich bleibe lieber stehen, Sir«, erwiderte sie in angespanntem Ton.

Er warf ihr einen misstrauischen Blick zu, dem sie trotzig standhielt. Er wandte sich ab und schaute aus dem Fenster. Seine Finger krampften sich zusammen. Plötzlich durchzuckte sie Mitleid. Das hier war für ihn so schwierig wie für sie. Dann verhärtete sie ihr Herz. Er war drauf und dran, sich ihrer zu entledigen, weil er zu schwach war, sich gegen seinen fordernden Sohn und seine eigensüchtige Schwiegertochter durchzusetzen.

»Ich weiß, was Sie mich fragen werden«, sagte sie scharf, »und die Antwort lautet Nein.«

Er wirbelte herum und starrte sie mit offenem Mund an. »Wie können Sie denn beim besten Willen …?«

»Ich habe zufällig gehört, wie Sie und Mr Bertie darüber gesprochen haben.« Clarrie errötete. »Ich habe nicht gelauscht. Ich war auf dem Weg nach oben, und die Tür stand offen.«

Herbert kam rasch um den Schreibtisch herum auf sie zu. »Es tut mir leid …«, begann er.

»Wir gehen jedenfalls nicht dorthin. Olive und ich. Und wir lassen uns nicht trennen. Wenn Sie uns hier nicht mehr wollen, finden wir eine andere Anstellung – eine, in der man uns wertschätzt.« Clarrie sah ihn böse an. Die Empörung, die sie bisher unterdrückt hatte, brach schlagartig aus ihr hervor. »Für Sie und Mr Bertie mag es ja nur eine unbedeutende Angelegenheit der Haushaltsführung sein, aber für Olive und mich war das hier drei Jahre lang unser Zuhause. Und wir haben es lieb gewonnen … und Master Will …«

Er ließ den Stock fallen, streckte die Arme aus und packte ihre Hände. »Clarrie, halt!«

Sie brach ab und versuchte, sich zu beherrschen. Er hatte sie noch nie von sich aus berührt. Sie erkannte, wie sehr ihn ihr Ausbruch aufregte, aber sie würde nicht gehen, ohne ihm zu offenbaren, was sie empfand. »Alles, worum ich Sie bitte, ist, dass Sie uns eine gute Referenz ausstellen«, sagte sie steif und entzog ihm ihre Hände.

Er starrte sie mit verstörtem Blick an. Sein hageres Gesicht wirkte verkrampft.

»Nein, Clarrie«, sagte er und biss die Zähne zusammen.

»Nein?«, wiederholte sie. In ihr brodelte Zorn. »Warum nicht? Das ist das Mindeste, was Sie tun könnten, Sir.«

»Weil ich nicht will, dass Sie gehen!«, rief er.

Sie starrte ihn verunsichert an. »Nicht?«

»Nein! Ich will, dass Sie bleiben. Ich will auch, dass Ihre Schwester bleibt«, erklärte er ungeduldig.

»Aber Sir, Sie haben doch zu Mr Bertie gesagt …«

»Vergessen Sie, was ich gesagt habe«, stieß er hervor, »und hören Sie mir nur eine Minute zu.«

Clarrie schluckte. Jetzt schien er wütend auf sie zu sein. Sie hatte ihr Verhältnis ruiniert, indem sie ihm die Meinung gesagt hatte, und das, obwohl sie gar nichts hätte sagen müssen. Er wollte sie gar nicht zu Verity schicken.

Sie sah, wie der Puls an seiner Schläfe pochte, als er darum rang, sein Temperament zu zügeln.

»Ich habe wirklich mit dem Gedanken gespielt, Ihnen die Gelegenheit zu geben, für meinen Sohn zu arbeiten. Sie sind jung. Es wäre ein lebhafterer Haushalt. Eine prestigeträchtigere Stellung. All das habe ich im Hinblick auf Ihr Wohlergehen in Betracht gezogen.«

»Danke, Sir, aber …«

Er hob eine Hand, um sie zum Schweigen zu bringen. »Aber ich hatte einen anderen Grund, Sie fortzuschicken.« Er bedachte sie mit einem strengen, durchdringenden Blick. Clarrie wurde innerlich kalt. Plötzlich kam ihr der wilde Gedanke, dass Herbert irgendwie von dem Vorfall mit Wesley im Garten erfahren hatte, dass er Klatsch über sie gehört hatte, der ihr geschadet hatte.

»Es ist so«, sagte er. »Ich schätze Sie mittlerweile sehr – mehr, als ein Mann seine Haushälterin schätzen sollte.«

Sie starrte ihn an und fragte sich, ob sie ihn richtig verstanden hatte.

»Sie sind schockiert, nicht wahr?«, fragte er grimmig. »Ich weiß, dass ich alt genug bin, Ihr Vater zu sein, und dass meine Gefühle nicht erwidert werden. Aber ich kann nichts dagegen tun. Meine Bewunderung für Sie ist zu etwas viel Wärmerem angewachsen. Ich hätte die schrecklichen vergangenen Jahre ohne Ihre Hilfe nicht durchstehen können. Auch nur Ihre Schritte auf der Treppe oder Ihre Stimme von unten zu hören, war mir ein Trost, Clarrie. Ich kann mir nicht vorstellen, wie dieses Haus ohne Sie darin wäre.«

»Sir?«, fragte Clarrie fassungslos. »Wie kann ich jetzt noch hierbleiben, nachdem Sie mir das gesagt haben?«

Sein Blick wurde drängend. »Clarrie, ich will nicht, dass Sie gehen. Ich will, dass Sie bleiben und …« Er rang um Worte. »Die Frage, die ich Ihnen vorhin stellen wollte …« Er nahm ihre Hände wieder in seine. »Wollen Sie mich heiraten?«

Clarrie zuckte schockiert zusammen. »Heiraten?«, stieß sie hervor.

Er nickte mit gequälter Miene. »Ich weiß, dass es Ihrerseits keine Liebe wäre, aber ich habe Ihnen viel zu bieten. Dieses Haus und eine sichere Zukunft für Sie und Ihre Schwester. Olive könnte sich wieder ihrer Musik und Malerei widmen. Ich könnte Ihnen helfen, den Teesalon zu finanzieren, den Sie sich schon immer gewünscht haben, wie Will sagt.«

Ihr Herz hämmerte. Wenn sie Mrs Herbert Stock war, würden Olive und sie nie obdachlos werden. Sie würden gesellschaftliches Ansehen genießen. Sie würden nie mehr einen Kamin schrubben oder nach der Pfeife anderer tanzen müssen. Olive konnte ihren Musikunterricht wiederaufnehmen. Und ein eigener Teesalon! Das würde die Veritys und Wesleys dieser Welt aufschrecken und zwingen, von ihr Notiz zu nehmen. Aber sofort verflog ihre Vorfreude wieder. Herberts Familie würde fuchsteufelswild sein; sie würden es verhindern. Ihre Nervosität war ihr anzumerken.

Abrupt ließ er sie los. »Wie ich sehe, erscheint Ihnen der Vorschlag abscheulich«, sagte er trostlos. »Es tut mir leid. Ich wollte Sie nicht in Verlegenheit bringen. Ich bin ein alter Narr.«

Als er zurückwich, griff Clarrie nach seiner Hand und hielt sie fest. »Kein Narr, Sir«, flüsterte sie. Sie war erstaunt über sein Geständnis, denn sie hätte in hundert Jahren nicht mit seinen Gefühlen für sie gerechnet. Er wirkte so verunsichert, fast knabenhaft in seiner Verletzlichkeit. Einen derart zaghaften und vorsichtigen Mann musste es ziemlich viel Mut gekostet haben, seinen Stolz zu riskieren, indem er ihr seine heimliche Wertschätzung offenbarte. Ihr wurde klar, dass die Flut von Wärme, die sie plötzlich für ihn empfand, bedeutete, dass auch er ihr wichtig war. Es war keine Liebe, aber es waren Respekt und Zuneigung. Herbert bot ihr die Art von stabiler Ehe an, die sie anstrebte, und sie war sicher, dass sie etwas daraus machen konnte. »Ja, ich will«, sagte sie. »Ich werde Sie heiraten.«

Er sah sie stirnrunzelnd und verunsichert an. »Wirklich?«

Clarrie lächelte beruhigend. »Es wäre mir eine Ehre, Ihre Frau zu sein, Sir.«

Herbert zog sie an sich und lachte jubelnd auf. »Meine allerliebste Clarrie!« Er drückte sie an seine Brust. »Gott sei Dank!«

Er ließ sie los, hielt aber immer noch ihre Hände zwischen seinen und lächelte vor Erleichterung.

Clarrie lachte. »Also, was machen wir jetzt, Sir?«

Herbert schnaufte. »Von diesem Moment an hörst du auf, mich *Sir* zu nennen.«

Clarrie errötete. »Daran muss ich mich erst noch gewöhnen. Es würde sich nicht richtig anfühlen, dich mit deinem Vornamen anzureden – nicht, bis wir …«

»Verheiratet sind? Komm schon, Clarrie, sprich es aus. Verheiratet, verheiratet, *verheiratet*!«

Clarrie musterte ihn erstaunt. Sie hatte ihn noch nie so ausgelassen erlebt.

»Was wird deine Familie sagen?«, fragte sie nervös.

Sein Gesicht verdüsterte sich für einen Augenblick. »Es soll uns gleich sein, was sie sagen. Außerdem wird Will überglücklich sein. Er vergöttert dich.«

»Ich mache mir auch nicht wegen Will Sorgen«, entgegnete Clarrie trocken.

»Wir bieten ihnen gemeinsam die Stirn.« Er hob ihre Hände und küsste sie sanft. »Mit dir an meiner Seite, Clarrie, kann ich es mit der ganzen Welt aufnehmen.«

21

Die Nachricht von Herberts Verlobung löste einen Sturm der Entrüstung bei seiner Familie und seinen Bekannten aus. Bertie war zornig, Verity hysterisch. Die Landsdownes bekundeten kalte Missbilligung. Nur Will schickte Clarrie und Herbert einen warmherzigen Brief voller Glückwünsche. Die anderen Kirchgänger sahen Herbert schief an und tuschelten, als er darauf bestand, dass Clarrie und Olive sich zu ihm in die vorderste Kirchenbank setzten, statt hinten bei den anderen Dienstboten zu bleiben. Sogar Dolly probte den Aufstand und kündigte.

»Das wäre nicht richtig«, sagte sie frostig zu Clarrie. »Eben noch bist du eine von uns, und im nächsten Moment knickse und dienere ich schon vor dir, als wärst du etwas Besonderes.«

»So wird das nicht«, hielt Clarrie dagegen. »Ich werde nicht mehr von dir verlangen, als ich es jetzt als Haushälterin schon tue.«

»Das ist nicht das Gleiche.« Dolly schniefte beleidigt, als hätte Clarrie alles nur getan, um sie absichtlich zu kränken.

Sie ging einen Monat später. Auf Clarries Rat hin stellte Herbert nicht sofort Ersatz für sie ein.

»Olive und ich kommen in der Zwischenzeit mit dem Kochen schon zurecht. Warten wir lieber, bis wir verheiratet sind, damit die neue Köchin mich nicht zuerst als Haushälterin kennenlernt.«

Olive, die entzückt über die unerwarteten Neuigkeiten ihrer Schwester gewesen war, nahm Dollys Kündigung übel auf.

»Sie ist die einzige Freundin, die ich habe«, sagte sie unter Tränen. »Jetzt habe ich niemanden mehr zum Plaudern.«

»Du hast mich!«, rief Clarrie ihr ins Gedächtnis. »Bald wirst du ein ganz anderes Leben führen – als Dame, die den Müßiggang pflegt. Du kannst dich wieder deiner Musik und dem Zeichnen widmen. Ist das nicht wunderbar?«

Ihre Worte schienen Olive aufzumuntern. Aber wenn Clarries Aufmerksamkeit nicht ganz von der Feindseligkeit aus anderen Richtungen in Anspruch genommen worden wäre, hätte sie vielleicht bemerkt, dass ihre Schwester ihrer nahenden Hochzeit mit immer gemischteren Gefühlen entgegensah.

Berties und Veritys Widerstand hingegen war lautstark und unerbittlich. Clarrie erkannte an Herberts verhärmtem Gesicht, dass sein Sohn ihm in der Kanzlei das Leben schwer machte, und Herbert blieb immer öfter zu Hause, um in seinem Schreibzimmer zu arbeiten. Verity weigerte sich, die Enkelkinder zu Besuch bei ihm vorbeizubringen, und es kamen auch keine Einladungen ins Haus in Tankerville mehr.

Eines Tages, als Herbert gerade nicht da war, kam Bertie ins Haus marschiert. Sie war allein in der Küche, als er sie dort zur Rede stellte und in die Enge trieb.

»Ich weiß, dass Sie zu allem bereit sind, Belhaven«, begann er und hob verächtlich das fleischige Kinn. »Sie sind hinter dem Geld meines Vaters her. Sie versuchen, sich zu holen, was von Rechts wegen mir gehört!«

»Ganz gewiss nicht.« Clarrie war empört.

»Sie wollen sich in die Lücke drängen, die meine liebe Mutter hinterlassen hat. Das widert mich an. Tun Sie nicht einmal eine Minute lang so, als liebten Sie ihn.«

»Das geht Sie nichts an«, stieß Clarrie hervor.

»Oh doch.« Voller Wut drängte er sie gegen den Tisch, packte ihr Kinn und umschloss es wie ein Schraubstock. »Spielen Sie ja nicht das spröde kleine Fräulein«, knurrte er.

Clarrie geriet in eine Panik, an der sie zu ersticken drohte. Sein Hass auf sie war mit Händen zu greifen.

»Ich will nichts, was Ihnen gehört«, schrie sie. »Ich will nur in Frieden und Würde mit Ihrem Vater zusammenleben.«

Er lachte wild auf. »Ich glaube Ihnen nicht. Wie haben Sie sich seine Zuneigung erschlichen? Mit irgendeiner Eingeborenenhexerei? Einem Liebestrank?«

Plötzlich packte er sie mit der freien Hand am Haar und riss sie zu sich. Er drückte seine nassen Lippen auf ihre und gab ihr einen erstickenden Kuss. Clarrie wehrte sich angeekelt gegen ihn. Sie stieß ihn zurück, packte ein Küchenmesser und schwenkte es.

»Bleiben Sie mir vom Leib!«, befahl sie.

»Oder was?«, fragte er kalt.

»Oder Ihr Vater erfährt von diesem Vorfall«, drohte sie.

Voller Abscheu starrten sie einander böse an. Bertie wandte als Erster den Blick ab.

»Was kostet es mich, dass Sie gehen – und meinen Vater in Ruhe lassen?«, fragte er. »Ich kann Ihnen so viel zahlen, dass Sie und Ihre hilfsbedürftige kleine Schwester sich irgendwo einmieten und eine Pension eröffnen können. Dann wären Sie Ihre eigene Herrin. Ich weiß doch, dass Sie das wollen.«

Clarrie wollte auf sein Angebot spucken. Erst bedrohte er sie, dann demütigte er sie mit einem ekelerregenden Kuss, und jetzt versuchte er, sie zu bestechen. Er war noch nicht einmal ihrer Verachtung würdig.

»Ich will Ihr Geld nicht«, gab sie hitzig zurück, »und auch nicht Ihr Erbe. Wenn das alles ist, was Ihnen und Ihrer Frau zu schaffen macht, dann schlage ich Ihnen vor, mit Ihrem Vater über die Finanzen zu sprechen. Mich geht das nichts an.«

Berties Blick war immer noch misstrauisch.

»Ich finde, Sie sollten jetzt gehen«, fuhr Clarrie fort.

»Ehrgeizige kleine Schlampe!«, fluchte er. »Wenn Sie diese Ehe tatsächlich eingehen, sorge ich dafür, dass Sie aus der besseren Gesellschaft ausgeschlossen bleiben. Niemand, der in dieser Stadt etwas darstellt, wird Sie zu irgendetwas einladen.«

»Na, da bin ich aber erleichtert«, gab Clarrie höhnisch zurück.

Angesichts ihrer Unverfrorenheit drehte er sich auf dem Absatz um und stolzierte hinaus. Wenige Minuten später, als Olive zur Hintertür hereingepoltert kam, zitterte Clarrie noch immer.

»Ich habe Mr Bertie gerade gehen sehen. Er wirkte, als wäre ihm der Teufel auf den Fersen. Was wollte er?«, fragte Olive besorgt.

»Mich unter Druck setzen, damit ich seinen Vater nicht heirate«, sagte Clarrie und versuchte, ihre Verzweiflung zu überspielen.

Olive kam näher und sah, wie aufgeregt ihre Schwester war. »Oh, Clarrie, glaubst du, dass es wirklich so klug ist, ihn zu heiraten? Alle scheinen dagegen zu sein.«

Clarrie setzte eine entschlossene Miene auf. »Sie werden sich schon noch daran gewöhnen. Es ist schließlich nicht das erste Mal, dass ein Mann seine Haushälterin heiratet.«

»Ja, aber manche Leute haben vor allem etwas gegen uns, weil wir aus Indien stammen, nicht, weil wir Dienstbotinnen sind«, gab Olive unglücklich zu bedenken.

»Lass dich von solchem Gerede ja nicht anfechten.« Clarries Zorn flammte auf. »Ich bin stolz auf das, was wir sind. Und es macht keinen Unterschied für Leute, denen wir wirklich wichtig sind – für Herbert und Will.«

Olive seufzte. Sie wirkte immer noch besorgt. Clarrie streckte die Arme nach ihr aus. Nach kurzem Zögern ließ Olive sich umarmen.

Trotz Clarries unnachgiebiger Worte zog sich die Verlobungszeit bis in den Herbst hin. Das Hochzeitsdatum wurde nie endgültig festgesetzt. Sie begann, sich Sorgen zu machen, dass Herbert seinen übereilten Heiratsantrag bereute und unter der Last der Missbilligung seiner Familie einknickte. Sie lebte in großer Angst, dass Bertie sie noch einmal bedrängen würde. Man konnte ihm nicht trauen. Solange sie noch Dienerin und nicht Herberts Frau war, war sie der Tyrannei des jungen Mannes schutzlos ausgeliefert.

»Wenn wir ihnen noch etwas Zeit geben, gewöhnen sie sich vielleicht an die Vorstellung«, beteuerte Herbert mit flehentlichem Blick.

»Nein.« Clarrie machte keine Umschweife. »Sie werden wahrscheinlich nie wieder mit uns sprechen – zumindest nicht mit mir. Bist du darauf vorbereitet?«

»Gewiss nicht.« Herbert seufzte.

Als der Winter näher rückte, kam Clarrie zu dem schmerzlichen Schluss, dass die Ehe schon zum Scheitern verurteilt war, bevor sie auch nur begonnen hatte. Ihre Träume davon, Herberts Frau und Gefährtin zu sein und mit Olive ein Geschäft zu eröffnen, würden nicht in Erfüllung gehen. Eines Abends fasste sie den Entschluss, Herbert vor Augen zu führen, dass ihre Verbindung unmöglich war – ein bloßes Luftschloss.

»Es tut mir leid«, erklärte sie ihm traurig, »aber ich will nicht der Grund dafür sein, dass du dich deiner Familie entfremdest.«

Er sah sie bestürzt an. »Sag das nicht. Das wird nicht passieren.«

»Es ist schon passiert. Du kannst es nicht immer weiter ignorieren.« Clarrie legte ihm die Hand auf den Arm. »Bertie hat sehr deutlich gemacht, dass er und Verity mich niemals akzeptieren werden.«

»Bertie.« Herbert sah finster drein. »Was hat er zu dir gesagt?«

Sie hielt seinem Blick stand. »Dass ich nie die Lücke ausfüllen kann, die seine Mutter hinterlassen hat. Nicht, dass ich das je versuchen würde! Doch Bertie verabscheut schon allein die Vorstellung, dass jemand die Stelle seiner Mutter einnehmen könnte.«

Herbert lief rot an und sah beiseite. »Ihm ist nicht klar, wie glücklich du mich machst. Aber das wird er mit der Zeit schon noch erkennen.«

Clarrie schüttelte den Kopf. »Wenn das nur wahr wäre! Wie du dachte ich, er würde sich an den Gedanken gewöhnen, aber das wird er nie. Er wird dir das Leben zur Hölle machen. Ihr beiden müsst schließlich weiter zusammenarbeiten.«

Herbert umfasste ihre Hand. Voller Inbrunst sagte er: »Es ist mir gleich, wie schwer Bertie mir das Leben macht. Ich will einfach nur, dass wir heiraten. Ich habe es zu lange aufgeschoben, und jetzt bist du auf dem besten Wege, es dir anders zu überlegen. Die Vorstellung, dich zu verlieren, macht mir viel mehr Angst als alles, was Bertie tun könnte.«

Sie schauten einander an. Clarrie wurde leichter ums Herz, als sie die Liebe in seinen Augen sah. Sie wusste, dass sie Herbert nach seiner tiefen Trauer um Louisa glücklich machen konnte. Warum sollte sie diese Chance auf Glück auch für sich selbst nicht ergreifen? Sie war es leid, sich abzurackern, sich um die Zukunft zu sorgen, sich totzuarbeiten. Wenn andere wegen ihrer Verbindung gekränkt waren, sollten sie es eben sein.

»Dann«, sagte Clarrie, »musst du dir eingestehen, worüber dein Sohn sich wirklich Gedanken macht.«

»Worüber denn?«, fragte Herbert, ohne ihre Hand loszulassen.

»Ums Geld. Er hat große Angst, dass ich ihm sein Erbe stehlen werde.«

»Das ist doch Unfug«, protestierte Herbert.

»Ich weiß, aber das glaubt er.«

»Du irrst dich doch sicher …«

»Er hat mich hier aufgesucht«, unterbrach Clarrie ihn. »Er hat sehr deutlich gemacht, dass er glaubt, dass ich nur hinter einem her bin: deinem Geld.«

Herbert sah sie scharf an.

»Das wird unsere Ehe vergiften«, sagte Clarrie leise. »Wie lange wird es dauern, bis auch du das glaubst?«

»Mir ist es gleich, warum du mich heiratest«, erwiderte Herbert. »Ich bin nur dankbar, dass du es überhaupt tust.«

»Jetzt vielleicht.« Clarrie lächelte traurig. »Aber mit der Zeit könnte es irgendwann zwischen uns stehen, wenn deine Familie uns weiter die kalte Schulter zeigt.«

Herbert sah stur drein. »Ich gebe dich nicht auf, Clarrie. Sag mir, was ich tun soll.«

Seine Heftigkeit machte Clarrie Mut. »Die einzige Möglichkeit, Bertie zu seinem Seelenfrieden zu verhelfen, besteht darin, ihm alles – also die Kanzlei – zu überschreiben, bevor wir heiraten«, drängte sie. »Dann kann niemand hinterher Vorwürfe erheben.«

»Aber es ist doch meine Anwaltskanzlei«, wandte Herbert ein.

»Und eines Tages ist es seine«, hob Clarrie hervor. »Du musst die Dinge mit ihm klären, damit er mich nicht als Bedrohung wahrnimmt. Wir brauchen nicht viel zum Leben – du bist nicht einmal ansatzweise so extravagant wie Bertie und Verity. Und du könntest etwas für Will beiseitelegen. Aber warum überschreibst du Bertie nicht schon jetzt, was er früher oder später ohnehin bekommt?«

Herbert musterte sie lange und aufmerksam. »Wenn du glaubst, dass das unsere Hochzeit schneller näher rücken lässt, tue ich es gern.«

Die Wärme, die sie in seinen Augen sah, verlieh ihrer Seele Flügel. Er hob ihre Hand an die Lippen und küsste sie.

»Ich liebe dich, Clarrie«, murmelte er.

Sie lächelte. »Ja, Sir.«

* * *

Die Hochzeit wurde endlich für das neue Jahr angesetzt, unmittelbar bevor Will in die Schule zurückkehren musste. Es sollte eine stille Feier werden: eine schlichte Zeremonie in der presbyterianischen John-Knox-Kirche, gefolgt von einem Tanztee in den Empire Tea Rooms für ein paar Dutzend Gäste. Dabei handelte es sich überwiegend um Freunde aus der Kirche und ein paar Mandanten, darunter Daniel Milner, bei dem Herbert darauf vertraute, dass er ihnen alles Gute wünschte. Clarrie lud ihre Freundin Rachel Garven ein, daneben auch die Frauen, die sich damals im Pub als Erste mit ihr angefreundet hatten: Ina, Lexy und Maggie. Die drei waren erstaunt und hocherfreut, eingeladen zu werden, und genossen es, Kleidung zusammenzustellen, die prächtig genug für die Empire Tea Rooms war. Gegen Olives Wunsch erhielten auch Jared und Lily eine Einladung, doch Lily antwortete nur knapp, Freitag sei ein seltsamer Tag für eine Hochzeit, und sie seien viel zu beschäftigt mit Arbeit, um zu kommen.

Herbert schloss auf Clarries Drängen hin Frieden mit Bertie, indem er ihm die Kanzlei überschrieb. Das war aber nicht genug, um die vor den Kopf gestoßene Verity zu besänftigen. Sie und Bertie weigerten sich beide, an der Hochzeit teilzunehmen, und Bertie bat seinen Vater, die Landsdownes gar nicht erst in Verlegenheit zu bringen, indem er auch ihnen eine Einladung schickte.

Verity schrieb:

Zu unserem Bedauern sind wir über Neujahr abwesend, da wir Freunde in Perthshire besuchen. Wir hoffen, dass der Tag zu eurer Zufriedenheit verläuft.

»Sie kann ja nicht zu unhöflich sein«, sagte Clarrie trocken zu Olive, »und riskieren, dass Herbert es sich noch anders überlegt und sie aus seinem Testament streicht.«

Aber im Stillen war sie erleichtert, dass die beiden nicht da sein würden, um ihr den Tag zu verderben. Sie konnte Bertie nicht mehr gleichmütig ansehen, seit er ihr in der Küche seinen Kuss aufgezwungen hatte. Die Erinnerung widerte sie an. Je weniger sie von ihm zu sehen bekam, desto besser.

Will dagegen war über die Feiertage ein Lichtblick und steigerte ihre Vorfreude auf die Hochzeit. Clarrie umarmte ihn innig, als er zustimmte, sie zum Altar zu führen. Er schien von der Bitte ganz überwältigt zu sein.

»Ich?« Er errötete. »Bist du sicher, dass du mich willst?«

»Natürlich.« Clarrie lächelte. »Du bist für mich viel eher ein Familienmitglied als jeder andere, der mir einfällt.«

»Dann ja«, sagte er mit vor Rührung feuchten Augen. »Es wäre mir eine Ehre.«

Clarrie und Olive gingen mit ihm einen neuen Anzug kaufen. Mit fast sechzehn überragte er sie nun beide und sprach mit einer tiefen Stimme, die in Kontrast zu seinem knabenhaften Aussehen stand. Wie ein junges Fohlen sauste er energiegeladen auf staksigen Beinen durch die Gegend und schüttelte sich die blonde Mähne aus den Augen. Aber wenn er laut dröhnend lachte, fühlte Clarrie sich daran erinnert, dass er auf halbem Weg dazu war, ein Mann zu werden.

»Möchte Johnny vielleicht gern zur Hochzeit kommen?«, fragte Clarrie ihn kurz zuvor. »Es gibt auch reichlich zu essen.«

Will stimmte begeistert zu, und sie empfand tiefe Dankbarkeit für sein liebevolles Naturell und seinen Mangel an Snobismus. Er hatte sich geweigert, Bertie über Weihnachten ohne seinen Vater oder Clarrie und Olive zu besuchen. Allerdings fuhr er mit Bertie und Clive für einen Tag zur Jagd nach Rokeham Towers. Vielleicht, dachte Clarrie hoffnungsvoll, würde Will mit der Zeit derjenige werden, der die durchschnittenen Bande zwischen Herbert und Veritys Familie neu zusammenfügte.

* * *

Das Jahr 1910 brach an, und mit ihm die Woche der Hochzeit. Alles war bereit. Clarries Kleid aus weißem Samt und der schlichte Schleier hingen im Schrank, so auch Olives Brautjungfernkleid in Hellblau, das ihre rotgoldene Haarpracht zur Geltung kommen ließ. Auf Herberts Beharren hin war Louisas Zimmer von seinen verstaubten Flaschen und seiner muffigen Ausstattung befreit und mit neuen Vorhängen, Bettbezügen und Teppichen nach Clarries Wahl ausgestattet worden. Es sollte ihr gemeinsames Schlafzimmer werden.

Mit Wills Hilfe stellten die Schwestern die Möbel so um, dass das Bett auf das große Fenster mit seiner Aussicht über die Dächer und Türmchen der Stadt ausgerichtet war. Clarrie wollte, dass der Raum sich so weit wie möglich von Louisas Krankenzimmer und privatem Zufluchtsort unterschied. Sie wählte Stoffe in Smaragdgrün, Türkis und Orange. An die Fenster hängte sie weißen Musselin statt des schweren Brokats, um so viel Licht wie möglich hereinzulassen.

Sie ließ den Blick nervös über die Tagesdecke mit ihren leuchtend grünen Paradiesvögeln schweifen. Sie wollte nicht zu lange darüber nachdenken, wie es wohl sein würde, das Ehebett mit Herbert zu teilen. Er war nicht unattraktiv – als er jung gewesen war, musste er auf strenge Art sehr gut ausgesehen haben –, aber jetzt war er sechzig, so alt, wie ihr Vater gewesen wäre, wenn er noch gelebt hätte. Sie hatte immer noch Ehrfurcht vor ihm, und der Gedanke daran, mit ihrem ehemaligen Herrn intim zu werden, ließ in ihrem Inneren alles hin- und herschwappen, als wäre sie seekrank.

Um diese unwillkommenen Gedanken zu verdrängen, hielt Clarrie sich mit unnötigen Aufgaben und Besorgungen beschäftigt. Zwei Tage vor der Hochzeit schaute sie in den Empire Tea Rooms vorbei. Obwohl die Speisenfolge und ein Musikquartett schon vor Wochen ausgewählt worden waren und Clarrie seitdem noch zweimal im Teesalon gewesen war, um die Arrangements zu überprüfen, konnte sie einem letzten Besuch nicht widerstehen, um ganz sicherzugehen.

»Dir ist auch jeder Vorwand recht, um dich dort herumzutreiben«, bemerkte Olive, rollte die Augen und lehnte es ab, sie zu begleiten. »Man könnte denken, dass das Teehaus dir gehört.«

Clarrie lachte. »Vielleicht eines Tages …«

Als sie das Teehaus mit seinen hohen Decken betrat, musste sie sich eingestehen, dass Olive recht hatte. Sie liebte seinen Geruch nach Politur und Backwaren und den fröhlichen Lampenschein an allen Tischen, der im Gegensatz zu dem düsteren, rauen Januartag draußen stand. Hier fühlte sie sich zu Hause. Die Anspannung eines arbeitsreichen Tages fiel von ihr ab, sobald sie durch die Schwingtüren mit ihren bleigefassten Buntglasscheiben schritt.

Sie bemerkte sofort, dass zusätzliche Topfpflanzen – Farne – auf die Fensterbänke gestellt worden waren und zwei auffällige Messinglampen in Form von Dryaden beiderseits der Estrade standen, auf der die Musiker spielen sollten. Eine Reihe chinesischer

Drucke war an der dunklen Holzvertäfelung aufgehängt und unterstrich das fernöstliche Gepräge.

Die Geschäftsführerin, Miss Simpson, kam ihr entgegen, um sie zu begrüßen und sie zu dem Tisch in der Nische zu führen, in der Clarrie und Rachel am liebsten saßen.

»Ich bin nicht hier, um zu essen«, sagte Clarrie. »Ich wollte mich nur vergewissern, dass alles für Freitag vorbereitet ist.«

»Bitte.« Miss Simpson bedeutete ihr, Platz zu nehmen. »Trinken Sie doch eine Kanne Tee aufs Haus.«

»Es müssen die Nerven sein«, gestand Clarrie, »aber ich kann einfach nicht still sitzen.«

»Das ist kein Wunder.« Die matronenhafte Frau lächelte. »Aber machen Sie sich ja keine Sorgen. Wir sind alle vorbereitet.«

»Das wusste ich ja gleich.« Clarrie entspannte sich und setzte sich hin.

»Wie gesagt, wir stellen Zusatztische für die Stammgäste dort um die Ecke auf«, fuhr Miss Simpson fort. »Wir haben neue chinesische Wandschirme, die wir davorschieben können, damit es für Sie privater wird.«

»Die neuen Gemälde und Pflanzen gefallen mir – und die hübschen Lampen.« Clarrie nickte zur Estrade hinüber. »Woher stammen sie?«

»Der neue Besitzer hat sie geschickt«, erklärte Miss Simpson mit gesenkter Stimme. »Nennen Sie mich altmodisch, aber ich finde sie etwas vulgär. Die haben nicht genug an.«

Amüsiert schlug Clarrie vor: »Vielleicht können Sie sie ja mit Servietten verhängen? Wir wollen doch nicht, dass die Gäste in Ohnmacht fallen.«

Leise lachend ging Miss Simpson davon. »Betty«, wies sie eine ihrer Kellnerinnen an, »bring Miss Belhaven eine Kanne Darjeeling.«

Clarrie löste die Nadeln aus ihrem breiten Hut, lehnte sich zurück und seufzte zufrieden. Es waren weniger als ein Dutzend

Leute im Teesalon, und das leise Gemurmel war beruhigend. Sie schloss die Augen und dachte daran, was für ein Glück sie gehabt hatte, Herbert kennenzulernen. Bald würde sie Mrs Stock sein, und die letzten paar Jahre der Mühsal würden hinter ihr liegen.

Ihr Tee kam. Clarrie kostete die kleinen Rituale aus, die goldene Flüssigkeit aus der Kanne in die Tasse zu gießen, mit der zierlichen Metallzange zwei Zuckerklümpchen hineinfallen zu lassen und mit einem silbernen Teelöffel umzurühren.

Die Außentür schwang auf und fiel wieder zu. Ein kalter Luftzug umspielte Clarries Knöchel. Sie erschauerte und legte die Hände um die Teetasse, um sie zu wärmen. Sie hob sie an die Lippen und genoss den zarten Duft, bevor sie daran nippte. Als sie es tat, kam ein Mann in Cape und Zylinder in den Raum spaziert und geradewegs auf sie zu. Als er Clarrie erblickte, stutzte er. Schon bevor er den Hut abnahm, erkannte sie an seiner hochgewachsenen Statur und seinem energischen Schritt, dass es Wesley war.

Er zog die dunklen Brauen mit der vertrauten Narbe zu einem verblüfften Stirnrunzeln zusammen, als könnte er seinen Augen nicht trauen. Er blieb an ihrem Tisch stehen und starrte sie unverwandt an.

»Clarissa?«, fragte er. »Bist du das wirklich?«

Sie zuckte zusammen, als er ihren vollen Namen gebrauchte. So hatte sie seit Belguri niemand mehr genannt. Mit zitternden Händen stellte sie ihre Tasse ab. Sie klapperte auf der Untertasse.

»Mr Robson«, sagte sie und stand auf.

Er sagte eilig: »Bitte bleib sitzen.«

Sie war es zu sehr gewohnt, die Dienerin zu sein, dachte sie verärgert und ließ sich wieder nieder. Dennoch war er derjenige, der von der unverhofften Begegnung völlig aus der Bahn geworfen zu sein schien.

»Wie geht es dir? Was führt dich her? Ich kann nicht glauben … Darf ich mich hinsetzen?«

Trotz des unbehaglichen Hämmerns in ihrer Brust nickte sie zustimmend. Er zog sich den Stuhl gegenüber von ihr heraus, löste sein Cape und musterte sie dabei die ganze Zeit über von Kopf bis Fuß. Eine Kellnerin erschien rasch und nahm ihm Mantel, Hut und Handschuhe mit einem respektvollen Knicksen ab. Miss Simpson kam geschäftig herbeigeeilt.

»Mr Robson, was für eine Ehre. Was darf ich Ihnen bringen?«

»Tee, vielen Dank.« Er lächelte sie geistesabwesend an. »Und Honigkuchen.«

Die Geschäftsführerin strahlte. »Gewiss doch, Sir.«

Clarrie verspürte einen Anflug von Neid, als sie sah, wie Wesley allen Respekt einzuflößen schien, ohne es auch nur zu bemerken. Es hätte sie nicht wundern sollen, dass er sich bemühte, in den Teehäusern der Stadt bekannt zu sein, ganz gleich, wie selten er nach Newcastle zurückkam. Sie war dankbar, dass sie ihm erst jetzt hier begegnete. Er beugte sich zu ihr und musterte sie aufmerksam.

»Du siehst sehr gut aus«, sagte er, »wirklich sehr gut.« Als sie nichts erwiderte, fuhr er fort: »Es tut mir leid, dass dein Vater gestorben ist. Sag mir, was passiert ist – mit dir und Olive. Ich habe gehört, ihr wärt zu Verwandten gezogen. Aber niemand schien zu wissen, wohin. Ich ging davon aus, ihr wärt noch irgendwo in Indien. Dachte, ich würde dir vielleicht einmal begegnen, aber dazu ist es nie gekommen. Ich will alles wissen, Clarissa!«

Clarrie umklammerte ihren Stuhl, fassungslos über sein drängendes Verhör. Was kümmerte es ihn, was aus ihr geworden war?

»Alles war sehr schwierig, nachdem Vater gestorben war«, sagte sie gepresst. »Wir mussten Belguri verlassen. Wir sind hierher nach Newcastle gekommen – zum Cousin meines Vaters und seiner Frau.« Sie würde ihm nicht erzählen, dass sie dazu herabgesunken waren, in einem der raueren Pubs des West End geradezu Sklavenarbeit zu leisten.

»Du warst die ganze Zeit in Newcastle?«, fragte er bass erstaunt.

»Ja. Wir hatten keine Wahl. Wir wären lieber in Indien geblieben, aber wir hatten nichts.«

Wesley biss die Zähne zusammen und nickte. »Ich habe gehört, dass Belguri verkauft worden ist.« Er sah sie mit einem Hauch von Ungeduld an. »Aber du hattest sehr wohl eine Wahl. Ich war willens zu helfen.«

Clarrie spürte Wut in sich auflodern. »Ja, du hast kein Geheimnis daraus gemacht, dass du auf das Anwesen meines Vaters aus warst. Ein gutes geschäftliches Angebot. Die Robsons haben es bestimmt für einen Apfel und ein Ei gekauft.«

Er beugte sich näher zu ihr und kniff die Augen zusammen. »Wir haben es nicht gekauft, obwohl wir es hätten tun sollen. Ein paar Spekulanten dachten, sie könnten das schnelle Geld machen, aber sie haben sich nicht besser damit angestellt als dein Vater. Als ich vor zwei Jahren das letzte Mal dort oben war, war alles überwuchert – gewissermaßen wieder vom Dschungel verschluckt.«

Clarries Herz zog sich vor Leid zusammen. Sie konnte die Vorstellung nicht ertragen, dass ihr altes Zuhause verfiel und die Teesträucher verwilderten. Waren die Gräber ihrer Eltern unter verschlungenem Unterholz verschwunden, oder hatten Leoparden sie aufgescharrt? Sie klammerte sich an den Tisch und unterdrückte ein Stöhnen.

Wesley bedeckte rasch ihre Hand mit seiner. »Es tut mir leid, dass ich dir Kummer mache. Ich habe erst lange, nachdem du fort warst, vom Tod deines Vaters erfahren. Bitte glaub mir das. Wenn ich eher etwas gewusst hätte, hätte ich versucht zu helfen.«

Erschrocken über seine Berührung zog Clarrie die Hand zurück. »Was hätte das schon genützt?«

Er lehnte sich zurück. Sie musterten einander in angespanntem Schweigen.

Als er wieder sprach, war sein Tonfall spöttisch. »Nein, du hast recht. Die stolzen Belhaven-Mädchen hätten einem einfachen Robson wie mir nicht erlaubt, ihnen zu Hilfe zu kommen. Nicht wahr?«

Clarrie blieb stumm. Sie wollte nicht daran denken, wie sich die Dinge vielleicht entwickelt hätten, wenn Wesley noch in Assam gewesen wäre, als die Katastrophe über sie hereingebrochen war.

Plötzlich beugte er sich wieder vor und sagte mit gesenkter Stimme: »Aber du hast sehr wohl nach mir gesucht, nicht wahr? Du bist auf die Oxford Estates gekommen. Bain, der stellvertretende Verwalter, hat mir davon erzählt, als ich im folgenden Jahr aus Ceylon zurückkehrte. Warum hast du die Reise unternommen? Was wolltest du mich fragen, Clarissa?«

Seine grünen Augen funkelten wissend. Er weidete sich an ihrer Verlegenheit. Das Letzte, was sie zugeben würde, war, dass sie damals nach Oberassam gereist war, um ihm zu sagen, dass sie ihn doch heiraten würde.

»Es war Olives Idee«, antwortete sie und wurde rot. »Schiere Verzweiflung.«

Wesley lachte kurz auf. »Unverblümt wie eh und je, Clarissa.«

»Niemand nennt mich mehr Clarissa«, sagte sie aufgeregt. »Hier kennt man mich als Clarrie.«

Sie wurden vom Eintreffen seines Tees und seines Honigkuchens unterbrochen. Als er sich bediente, schenkte Wesley ihr ein spöttisches Lächeln. »Vielleicht sollte ich dich lieber gleich Miss Belhaven nennen, um jede Kränkung zu vermeiden?«

Clarrie musterte ihn. »Das könntest du – aber nicht mehr lange. Ich heirate übermorgen.« Angesichts seiner fassungslosen Miene verspürte sie eine Aufwallung von Triumphgefühl. »Deshalb bin ich hier. Ich spreche das Arrangement noch einmal durch. Wir halten einen kleinen Tanztee hier in den Empire Tea Rooms ab. Es ist mein Lieblingsteesalon in Newcastle.«

Wesley gewann rasch die Beherrschung zurück. »Meiner auch.« Er fixierte sie mit einem durchdringenden Blick. »Und wer ist der Glückliche?«

Clarrie lächelte voller Befriedigung. »Ich glaube, du kennst ihn. Mr Herbert Stock, der Anwalt.«

»Berties Vater?« Er brüllte fast. Köpfe fuhren zu ihnen herum.

»Ja.« Clarrie errötete, zornig über seinen Ausdruck amüsierten Unglaubens.

»Aber er ist ein alter Mann!«

»Er ist ein guter Mann«, erwiderte Clarrie trotzig, »und das ist die beste Art Mann.«

»Gut und langweilig«, verkündete Wesley. »Nach allem, was ich über dich weiß, Clarrie, wirst du dich mit ihm zu Tode langweilen.«

Sie ärgerte sich über seine Arroganz. »Dann kennst du mich schlecht«, sagte sie und erstickte fast vor Wut. »Und du hast keine Ahnung, wie mein Leben in den letzten sechs Jahren ausgesehen hat – und das von Olive. Du wirst nie wissen, wie es ist, für einen Hungerlohn als Dienstbote zu schuften, nicht zu wissen, ob man am nächsten Tag noch ein Dach über dem Kopf hat, oder ob Olive an einem Asthmaanfall sterben wird, weil wir uns keinen Arzt leisten können! Du und deinesgleichen glaubt, dass ihr die Welt beherrscht und dass niemand euch im Weg stehen sollte. Aber das ist nicht das, was ich will. Ich will einfach eine Ehe mit einem guten Mann, der Olive und mich respektvoll behandelt. Du kannst so viel über mich lachen, wie du willst, Wesley Robson, aber ich heirate lieber Herbert, ganz gleich, wie alt er ist, statt mein Leben mit einem wie dir zu teilen!« Sie sprang auf, ergriff ihren Hut und stürmte an ihm vorbei. Er versuchte, sie am Arm zu packen.

»Es tut mir leid … Geh nicht … Erzähl mir mehr …«

»Ich habe dir nichts zu sagen«, zischte sie, schüttelte ihn ab und schämte sich, dass die Leute an den Tischen in der Nähe innegehalten hatten, um ihren Streit zu belauschen.

Gedemütigt floh sie aus dem Teehaus, ohne noch einen Blick zurückzuwerfen. Sie rannte ziellos durch die Straßen der Stadt. Dann sprang sie in ihrer Angst, dass Wesley ihr folgen würde, in eine Straßenbahn und stellte fest, dass sie in die falsche Richtung fuhr. Sie stieg in Sandyford aus und brach nach Westen auf, während Schneeregen einsetzte. Als sie endlich wieder in Summerhill ankam, war sie durchnässt bis auf die Knochen und völlig unterkühlt.

Olive kümmerte sich gleich rührend um sie, zog ihr die nassen Kleider aus und wickelte sie in eine Decke.

»Wo warst du? Ich dachte schon, es wäre etwas Schreckliches passiert.«

Clarrie sah die Angst, die sich im Gesicht ihrer Schwester abzeichnete, und beschloss, ihr nichts von der Begegnung mit Wesley zu erzählen. Sie wollte Olive nicht mit dem Wissen belasten, dass Belguri dem Verfall preisgegeben war.

»Ich bin in die falsche Bahn gestiegen«, sagte sie zitternd. »Dumm von mir. Im Moment bin ich ständig mit den Gedanken woanders.«

»Dummerchen!«, sagte Olive voller Erleichterung, während sie ihr die Haare trocken rieb. Sie machte ihr etwas Heißes zu trinken. Als sie es ihr reichte, sagte sie: »Du magst Mr Herbert wirklich, oder?«

Clarrie warf ihr einen schuldbewussten Blick zu. Ihre Gedanken hatten sich eben nur um die Begegnung mit Wesley gedreht – und darum, wie verstört sie danach gewesen war. Sie nahm die Tasse und nickte.

»Das freut mich.« Olive lächelte sie bekümmert an. »Ich kann noch gar nicht fassen, wie anders dein Leben in weniger als zwei Tagen sein wird.«

»Deines auch«, hob Clarrie rasch hervor.

Olive sah nachdenklich drein. »Vermutlich. Aber es wird nicht dasselbe sein.«

Sie ging davon, um die nassen Kleider in die Trockenkammer zu hängen, bevor Clarrie sie fragen konnte, was sie damit meinte.

22

Als Clarrie am Tag der Hochzeit erwachte, fröstelte sie und machte sich Sorgen. Wahrscheinlich hatte sie sich eine Erkältung eingefangen. Olive half ihr, sich anzukleiden, und plapperte aufgeregt vor sich hin, während sie die Stoffstreifen aus dem Haar ihrer Schwester löste, mit denen sie die langen schwarzen Strähnen am Abend zuvor umwickelt hatte, und die jetzt als kunstvolle Locken Clarries ovales Gesicht umrahmten.

»Wie hübsch du aussiehst!«, verkündete sie. »Wie Mutter auf dem alten Foto.«

Clarrie betrachtete ihr Spiegelbild in dem kleinen Spiegel über dem Waschtisch. Heute Abend würde sie in den großen Spiegel in ihrem ehelichen Schlafzimmer sehen. Ihre großen dunklen Augen glänzten fiebrig. Ihr Kopf pochte. Sie musste diese Lethargie abschütteln.

»Du bist so geschickt mit den Händen«, sagte sie zu Olive und bemühte sich, munter zu klingen. »Keine Friseuse hätte ihre Sache besser machen können.«

Sie drehte sich um und sah Olives zufriedene Miene. Heute Abend würde Olive in Berties und Veritys altes Schlafzimmer ziehen. Inas Tochter Sally würde morgen als Dienstmädchen in den Haushalt kommen und in der Dachkammer schlafen, die sich die Schwestern weiter geteilt hatten, auch nachdem die anderen Dienstboten ausgezogen waren. Sie würden in der Nacht nicht mehr den Atem der jeweils anderen hören oder miteinander flüstern, wenn sie nicht schlafen konnten. Nur für kurze Zeit, gleich nach ihrem Umzug nach Summerhill, hatten die Schwestern jemals getrennt geschlafen.

Beim Gedanken daran durchzuckte Clarrie plötzlich ein Verlustgefühl. Sie streckte die Arme aus.

»Oh, Olive, ich werde dich vermissen!«

»Ich dich auch!«

Olive sank in ihre Arme, und sie brachen beide in Tränen aus. Weinend klammerten sie sich aneinander.

»Sind wir nicht dumm?«, schniefte Clarrie. »Es ist ja nicht so, als ginge ich weg. Wir werden immer noch jeden Tag zusammen sein.«

»Ich weiß«, schluchzte Olive. »Aber es f… fühlt sich an, als ob e… etwas zu Ende geht.«

Clarrie löste sich als Erste aus der Umarmung. »Aber nicht unser Zusammensein. Ich habe es dir doch versprochen, weißt du noch?« Sie strich Olive die roten Haare aus dem tränenverschmierten Gesicht. Mit neunzehn war sie eine hübsche junge Frau, und Clarrie wurde plötzlich klar, dass auch Olive ins heiratsfähige Alter kam. Nicht, dass ihre Schwester seit ihrer kindischen Vernarrtheit in den Soldaten Harry Wilson je ein romantisches Interesse an irgendjemandem bekundet hätte. Clarrie würde ihr gute Ratschläge geben, wenn es so weit war, denn sie verspürte immer noch einen solchen Drang, Olive zu behüten, als wäre diese ihre eigene Tochter. Nichts würde das je ändern.

»Komm schon, machen wir dich jetzt zurecht.« Clarrie lächelte. »Lass nicht zu, dass der gnädige Herr uns heulen hört, als wären wir auf dem Weg zu einer Beerdigung.«

»Weißt du, was das Schwierigste wird?« Olive zog die Nase hoch. »Mr Stock mit seinem Vornamen anzureden.«

Clarrie nickte zustimmend. »Herbert«, sagte sie versuchsweise. »Herbert. Herbert. Probier du es.«

»Nein.« Olive lachte verschämt.

»Na los.«

»Herbert.« Olive kicherte. »Herbert, Herbert.«

»Genau«, feuerte Clarrie sie an. »Jetzt zusammen!«

»Herbert, Herbert, Herbert!«, riefen sie, ließen sich aufs Bett fallen und krümmten sich vor Lachen.

Das brach den Bann der Nervosität. Das Unbehagen, das Clarrie schon lange vor der Morgendämmerung ergriffen hatte, verflog in ihrer gemeinsamen Heiterkeit.

Eine Kutsche stand bereit, um die Schwestern zur Kirche zu fahren, aber Herbert bestand darauf, den Hügel zusammen mit Will zu Fuß hinaufzugehen, obwohl Clarrie sich Sorgen machte, dass die Kälte einen Rheumaschub bei ihm auslösen würde. Tief hängende Wolken drohten mit Schnee, und sie eilten in die Kirche, als die ersten Flocken fielen.

Clarrie, die sich aufgrund ihrer beginnenden Erkältung fühlte, als hätte sie Watte im Kopf, spürte, wie Will ihre kalten Hände in seine nahm und sie zu wärmen versuchte. Im nächsten Moment ging sie schon an Wills Arm auf Herbert zu und sah alles durch ihren hauchdünnen Schleier verschwommen. Doch Herberts bewundernder Blick, als ihr Schleier zurückgeschlagen wurde, und die Art, wie sein ernstes Gesicht sich zu einem breiten Lächeln verzog, ließen ihr leicht ums Herz werden.

Die Zeremonie war kurz und würdevoll. An Herberts Arm verließ sie die Kirche. Draußen herrschte Schneetreiben. Schnell kletterten sie mit Will und Olive in die Kutsche und traten die riskante Fahrt bergab in die Stadt an. Das Empire wirkte noch einladender als sonst, als sie sich aus dem Schneesturm in seine kultivierte Behaglichkeit flüchteten.

Die Musiker stimmten den Hochzeitsmarsch an, als Clarrie und Herbert Arm in Arm erschienen und sich gegenseitig den Schnee von der Kleidung klopften. Miss Simpson führte sie an einen langen Tisch am Ende des Raums gleich neben dem Quartett, und ihre Kellnerinnen trugen Platten voller delikater Sandwiches, Scones mit Butter und Kuchenstücke auf.

Bald waren alle Gäste versammelt und machten sich über den Tee her. Die Gesichter glühten im Lampenschein, als sie sich aufwärmten. Vor dem Tanz hielt Herbert eine kurze, schüchterne Rede.

»Nach dem Tod meiner ersten Frau«, begann er und räusperte sich, »hätte ich nie gedacht, je wieder mit einer Frau solches Glück zu finden. Auf der Suche danach war ich ganz gewiss nicht.« Seine Augen funkelten, als er Clarrie ansah. »Aber da war sie nun einmal, in meinem eigenen Haushalt, und war so tapfer und freundlich und hat sich um uns alle gekümmert, selbst wenn es manchmal ein Ding der Unmöglichkeit zu sein schien, auch nur den Tag zu überstehen.«

Er ließ eine Hand auf ihrer Schulter ruhen. »Clarrie hat mein Leben wieder lebenswert gemacht. Sie ist ein Geschenk Gottes. Ich muss mich immer noch kneifen, um mich zu vergewissern, dass ich nicht nur geträumt habe, dass diese schöne junge Dame sich bereit erklärt hat, meine Frau zu werden. Aber das hat sie, und ich bin ihr zutiefst dankbar. Das gilt auch für meinen Sohn Will, dem Clarrie schon eine treu sorgende Mutter ist, seit seine eigene gestorben ist.«

Er lächelte. »Also genießt bitte den Tee und tanzt, wenn ihr möchtet. Und vielen Dank, dass ihr gekommen seid, um an solch einem ungastlichen Tag an unserem Glück teilzuhaben.«

Die Gäste applaudierten, und Will sprang auf, um einen Toast auf seinen Vater und Clarrie auszubringen. Alle hoben ihre Teetassen. »Auf Herbert und Clarrie!«

Clarrie amüsierte sich, als sie sah, wie Lexy und ihre Freundinnen zwinkerten und Grimassen schnitten, weil sie sich auf Tee beschränken mussten. Herbert hatte nicht gewollt, dass irgendeine Art von Alkohol den Tag ruinierte. »Tee ist das anregendste Getränk, das man sich nur wünschen kann«, hatte er verkündet.

Als die Gäste klatschten und sich wieder hinsetzten, während die Musiker ein neues Stück anstimmten, fiel Clarrie ein Mann ins Auge, der aus den Schatten neben den chinesischen Wandschirmen hervortrat. Sie erstarrte schockiert. Es war Wesley, der sie mit verschränkten Armen und leiser Heiterkeit beobachtete. Er sah, dass sie in seine Richtung schaute, und zog mit unverschämtem Blick die Augenbrauen hoch. Wie konnte er es wagen, herzukommen und ihr den Tag zu verderben! Clarries Herz hämmerte vor Aufregung. Sie spürte, wie ihr der Schweiß auf die Stirn trat. Im nächsten Augenblick winkte Wesley schon eine der Kellnerinnen heran und verschwand dann hinter dem Wandschirm.

»Clarrie, Liebste«, fragte Herbert, »geht es dir auch gut?«

Ihr wurde klar, dass sie schwer atmete und schweißnasse Handflächen hatte. Ihr wurde abwechselnd heiß und kalt. Sie versuchte, sich auf das zu konzentrieren, was er sagte.

»Ich hatte gehofft, du würdest mit Will tanzen. Mir die Peinlichkeit ersparen.« Sein Blick war entschuldigend. »Der Spaziergang zur Kirche war alles, was ich bewältigen konnte.«

Clarrie hatte gehofft, Herbert zu überreden, mit auf die Tanzfläche zu kommen, und sei es auch nur für einen behäbigen Walzer, aber sein Hinken war ihm unangenehm, und er weigerte sich strikt. In diesem Moment war Clarrie sich nicht sicher, ob sie selbst dazu in der Lage war zu tanzen. In der Hitze des Raums wurde ihr schwindlig. Aber Will konnte es gar nicht abwarten. Sie versuchte, etwas Begeisterung aufzubringen, als der Junge sie auf den gebohnerten Boden führte. Andere folgten rasch ihrem Beispiel.

»Du hast geübt«, bemerkte Clarrie, beeindruckt, wie gut er sie führte.

Will grinste. »Mit Johnnys Schwestern.«

Während er weiter über die Mädchen plauderte, konnte Clarrie gar nicht anders, als sich umzusehen, um festzustellen, ob Wesley es noch einmal wagen würde, sich zu zeigen. Warum war sie so töricht gewesen, ihm von ihren Heiratsplänen zu erzählen? Sie hätte ahnen sollen, dass er das Wissen nutzen würde, um sie in Verlegenheit zu bringen. Er war hergekommen, um sie dafür zu verspotten, dass sie einen alten Mann heiratete und eine schlichte Hochzeit mit gewöhnlichen Gästen feierte, die eher in den Reihenhäusern von Elswick als in den hochherrschaftlichen Anwesen von Jesmond zu Hause waren. Was auch immer seine Gründe waren, Clarrie war entschlossen, sich von seinem höhnischen Gaffen nicht einschüchtern zu lassen.

Als sie und Will an den Tisch zurückkehrten, kam gerade eine Kellnerin darauf zu und trug einen riesigen Korb, der mit einer silbernen Schleife zugeschnürt war.

»Ein Geschenk des Empire«, sagte sie lächelnd.

»Wie freundlich!«, rief Herbert und stand auf, um den Korb entgegenzunehmen.

»Ja«, hauchte Clarrie. »Wir müssen Miss Simpson danken.«

»Oh, das kommt vom Besitzer, gnädige Frau«, antwortete die Kellnerin.

»Meine Güte.« Herbert strahlte. »Dann müssen wir ihm danken.«

»Soll ich ihn holen, Sir?«, fragte die Kellnerin.

»Ja, bitte, wenn er gerade hier ist«, bat Herbert.

Sie knickste und ging. Clarrie öffnete neugierig die Schleife. Der Korb enthielt lauter Delikatessen: Käse, Kuchen, Nüsse, kandierte Früchte, Tee und Kaffeebohnen.

»Wie großzügig!«, rief sie.

Hinter ihr sagte eine tiefe Stimme: »Das ist wohlverdient.«

Sie wirbelte herum und sah Wesley vor sich. Er verneigte sich kurz vor ihr und schüttelte dann Herbert die Hand.

»Wir kennen uns, nicht wahr?«, fragte Herbert.

»Wesley Robson, ein Cousin von Verity.« Er lächelte. »Ich war auf der Hochzeit Ihres Sohnes.«

»Natürlich«, sagte Herbert und erwiderte sein Händeschütteln. »Das ist sehr großzügig von Ihnen und kommt völlig unerwartet.«

»Ich war in Indien ein Freund von Clarries Vater«, antwortete Wesley. »Das hier ist ein kleines Zeichen meiner Wertschätzung für die Belhavens und Sie.«

»Wir sind überaus dankbar«, sagte Herbert und sah Clarrie erstaunt an, »nicht wahr, Liebes?«

Beide Männer schauten sie an. Es fiel ihr schwer zu atmen, und ihr Puls raste besorgniserregend.

Wertschätzung für die Belhavens? Freund ihres Vaters? Was für dreiste Lügen! Aber schlimmer als seine Unverschämtheit war die Enthüllung, dass ihm dieses Teehaus gehörte – ihr Lieblingsplatz. Noch vor zwei Tagen hatte sie vor ihm damit geprahlt, hier ihre Hochzeitsfeier abzuhalten. Jetzt war ihr allein schon der Gedanke unangenehm, dass sie ihm in seinem eigenen Teesalon die Leviten gelesen hatte und hinausgestürmt war. Sie spürte, wie eine heiße Welle der Scham über sie hereinbrach.

»Clarrie?«, hakte Herbert nach.

»Ja«, sagte sie schwach und wich Wesleys Blick aus, »sehr dankbar.«

»Vielleicht darf ich ja mit der Braut tanzen?«, fragte Wesley.

»Ich wäre sehr froh, wenn Sie das täten.« Herbert lächelte. »Ich kann leider nicht.«

Clarrie sah ihren Mann erschrocken an. Das Letzte, was sie wollte, war, mit Wesley zu tanzen, aber wie konnte sie sich weigern? Herbert nickte ihr aufmunternd zu.

»Geh nur, Liebes. Ich möchte, dass du diesen Tag so sehr wie ich genießt.«

Wesley hielt Clarrie mit herausforderndem Blick die Hand hin. Sie schluckte schwer und zwang sich zu einem Lächeln. Als sie ihm die Hand bot, zitterte diese und war feucht. Wesley führte sie auf die Tanzfläche und nahm sie in die Arme. Clarries Herz klopfte unregelmäßig, und ihr war schwindlig. Sie befürchtete, in der Hitze ohnmächtig zu werden.

»Clarrie, geht es dir gut?«, fragte er und verstärkte seinen Griff.

»Ja.« Sie schluckte erneut.

Er wirbelte sie über die Tanzfläche. In ihrem Kopf drehte sich alles.

»Sieh mich an, Clarrie«, murmelte er.

Widerwillig tat sie es. Sie waren einander so nahe, dass sie das leuchtende Grün seiner Augen zwischen den dunklen Wimpern sehen konnte, das Grübchen in seinem Kinn. Sehnsucht durchzuckte sie so heftig wie damals, als er sie geküsst hatte. Entsetzt versuchte sie, ihren bisherigen Zorn wieder heraufzubeschwören.

»Warum hast du mir nicht gesagt, dass das Empire dir gehört?«, fragte sie anklagend.

Er hielt ihrem Blick stand. »Du hast mir keine Gelegenheit dazu gegeben. Bist davongerannt wie ein Märzhase.«

Clarrie wurde rot. »Es tut mir leid. Das war unhöflich von mir.«

»Du warst sehr aufgeregt, und das war meine Schuld«, sagte er. »Aber es war sehr verstörend, dir plötzlich so unverhofft zu begegnen. Und dann die Vorstellung, dass du die ganze Zeit bei den Stocks gelebt hast. Wir hätten uns jederzeit über den Weg laufen können …«

»Ich dachte, du seist Teemakler in London«, sagte Clarrie, um ihn von dem Thema abzulenken.

»Das war ich eine Weile auch. Nach Berties Hochzeit bin ich nach Indien zurückgekehrt. Aber die Umstände haben mich wieder hergeführt, und ich hatte die Chance, den Teesalon zu kaufen. Ich habe vor, noch weitere zu eröffnen.«

Neid durchzuckte Clarrie angesichts dessen, dass er so lässig darüber reden konnte, demnächst eine ganze Kette von Teesalons zu besitzen. Sie wäre schon glücklich gewesen, wenn sie nur einen einzigen ihr Eigen hätte nennen können. Es erinnerte sie daran, dass der Erfolg der Robsons immer den der Belhavens überstrahlt hatte.

Er zog sie enger an sich. »Wenn ich nur eine gute Geschäftsfrau hätte, mit der ich eine Partnerschaft eingehen könnte; jemanden, der sich gut im Teehandel auskennt.«

Machte er sich schon wieder über sie lustig? Oder machte er ihr einen Vorschlag?

»Immer denkst du nur ans Geschäft, sogar auf einer Hochzeit«, bemerkte Clarrie trocken. Sie dachte an die elegante Frau mit dem roten Hut, mit der sie ihn gesehen hatte. »Also gibt es noch keine Mrs Wesley Robson?«

»Nein«, gestand er. Zu ihrer Überraschung bemerkte sie, dass er entlang des Kiefers errötete. »Wir hätten uns früher treffen sollen, Clarrie. Hätte ich doch nur gewusst, dass du hier in Newcastle bist.« Sein Blick wurde noch intensiver. »Ich habe dich noch nie schöner gesehen.«

»Nicht«, flüsterte sie.

»Es ist wahr. Ich hasse es, auch nur daran zu denken, dass du mit einem Mann verheiratet bist, der fast dreimal so alt ist wie du.«

»Wie kannst du es wagen, das am Tag meiner Hochzeit zu sagen?«, stieß Clarrie erregt hervor. »Es hätte keinen Unterschied gemacht, wenn wir uns vorher begegnet wären. Glaubst du etwa, ich hätte je in Erwägung gezogen, einen Robson zu heiraten?«

Wesley umklammerte sie fest, als sie sich drehten. »Aber das hast du«, sagte er drängend. »Du bist auf die Oxford Estates gekommen, um mich zu sehen. Ich weiß, dass du etwas empfunden hast …«

Sie schnitt ihm das Wort ab. »Damals war ich ein junges Mädchen – ich bin aus Verzweiflung dorthin gereist. Aber den Fehler hätte ich nicht noch einmal begangen.«

»Ich glaube dir nicht«, sagte Wesley. »Wenn ich dich gefunden hätte, bevor Herbert dir einen Antrag gemacht hat, dann wärst du wohl durchaus willig gewesen.«

Erzürnt über seine Arroganz gab sie zurück: »Da irrst du dich. Ich habe dich nicht erst vor zwei Tagen gesehen, sondern schon in dem Garten auf dem Platz in Summerhill nach Berties Hochzeit. Wenn ich so willig gewesen wäre, hätte ich damals etwas gesagt, statt so zu tun, als wäre ich Dolly.«

Ungläubig riss er die Augen auf. »Das Dienstmädchen? Das warst du?«

»Ja, das war ich. Ich hätte dich wissen lassen können, wer ich bin, aber ich wollte nicht.« Sie entschloss sich, grausam zu sein. »Ich liebe dich nicht und habe es nie getan. Also lass mich bitte in Ruhe. Ich bin Herberts Frau, und du solltest solche Dinge nicht sagen.«

Er runzelte die Stirn und presste vor plötzlichem Zorn die Zähne zusammen. »Ich war nie der Feind deines Vaters oder deiner. Aber du hast dich sehr deutlich ausgedrückt. Du bist die Sturste und Direkteste aller Belhavens. Vergib mir, dass ich dir meine Gefühle offenbart habe. Ich sehe jetzt, wie sehr ich mich geirrt habe. Eine Ehe zwischen uns wäre eine Katastrophe gewesen.«

Abrupt unterbrach er den Tanz und führte sie zurück zu Herbert. Mit einer kurzen Verneigung ließ er sie allein. Clarrie sackte zitternd und benommen auf einen Stuhl.

»Liebes, du siehst gar nicht gut aus.« Herbert machte sich Sorgen. »War das Tanzen zu viel für dich? Du wirkst verstört.«

»Mir ist etwas übel«, keuchte sie. »Es liegt an der Wärme.«

»Möchtest du gehen?«

»Nein«, sagte Clarrie und versuchte, den Aufruhr der Gefühle, den sie empfand, zu dämpfen. »Ich setze nur eine Weile mit dem Tanzen aus.«

Herbert bestellte ihr ein Glas Wasser, und sie trank durstig. Sie beobachtete den Tanz und den Frohsinn durch einen Nebel aus Schmerz. Ihr Kopf pochte. Wesley hatte das Fest mit seinem plötzlichen Erscheinen und seinen hinterhältigen Worten über Liebe und Ehe ruiniert. Warum sprach er ausgerechnet jetzt davon, nachdem sie Herbert gerade erst geheiratet hatte? Oder war es ein Teil seiner grausamen Hänselei, so etwas in dem Wissen zu sagen, dass sie sicher an einen anderen vergeben war? Sie konnte seine Gründe nicht ermessen – und auch nicht, ob er es ernst gemeint hatte.

Aber selbst wenn ja, machte das keinen Unterschied. Sie hätte nie den Mann geheiratet, der Ramsha zurück auf die Oxford Estates und in den Tod geschleift hatte, mehr an den Profit als ans Wohlergehen seiner Arbeiter dachte und versuchte, gute Männer wie Daniel Milner aus dem Geschäft zu verdrängen. Wenn Wesley im Beruf so skrupellos war, wie konnte er dann als Ehemann vertrauenswürdig sein?

Clarrie versuchte, diese Gedanken zu verdrängen und den Rest ihres Hochzeitstees zu genießen. Trotz ihres Schwindelgefühls tanzte sie mit Johnny und noch einmal mit Will. Dann hörten die Musiker zu spielen auf, und es wurde Zeit, nach Summerhill zurückzukehren. Sie hatten beschlossen, nach der Hochzeit nicht wegzufahren, da Reisen im Januar riskant waren. Herbert hatte ihr versprochen, im Frühsommer mit ihr in den Lake District zu fahren.

Ihre Freundinnen kamen, um sich zu verabschieden.

»Da tanzt du mit den schönsten jungen Burschen im Raum«, krähte Lexy, »und das, obwohl du noch keine fünf Minuten verheiratet bist! Ich ziehe meinen Hut vor dir, Clarrie-Schätzchen!«

»Viel Glück, Mädel«, sagte Ina, der die Tränen kamen. »Wir sind stolz auf dich. Ich höre sicher von unserer Sally, wie es dir geht.«

»Vergiss uns nicht, nun, da du zu den feinen Leuten gehörst!«, neckte Maggie sie.

Clarrie küsste sie alle und versprach ihnen, sie nicht zu vergessen.

Draußen war es dunkel. Der Schnee fiel nicht mehr, sondern gefror allmählich auf dem Boden. Es war bitterkalt. Zu Hause wurden alle vier verlegen. Olive schürte das Feuer im Wohnzimmer und sagte, dass sie ein leichtes Abendessen zubereiten würde.

»Lass mich helfen«, sagte Clarrie.

»Nicht am Abend deiner Hochzeit«, tadelte Olive sie. »Du legst die Beine hoch. Du siehst vollkommen erschöpft aus.«

Herbert kümmerte sich rührend um seine neue Frau. Er führte sie zu einem Sessel am Feuer und brachte ihr eine Decke für ihre Knie.

Will schlug vor, Karten zu spielen, aber Herbert lehnte ab.

»Ich muss mich für morgen noch kurz um eine berufliche Angelegenheit kümmern. Kommst du zurecht, Liebes?«

Clarrie sah ihn erschrocken an, nickte dann aber. Ihr war es lieber, wenn er nach oben ging und arbeitete, als wenn er missbilligend auf und ab tigerte, während sie Spiele spielten.

Will sah zwischen ihnen hin und her. »Warum bleibst du nicht und liest ein Buch, Papa?«

Herbert warf ihm einen gereizten Blick zu. »Es dauert nicht lange. Ich komme nachher noch mal nach unten, um eine Kleinigkeit zu essen.«

Aber Herbert erschien nicht wieder. Clarrie kämpfte sich durch eine Partie Backgammon mit Will und verlor. Dann sah sie zu, wie er Olive im Kartenspiel schlug. Danach servierte Olive Erbsensuppe.

»Soll ich Mr Stock eine Schüssel hinaufbringen?«, fragte sie.

Clarrie zögerte und nickte dann.

»Es kann auch nur Papa einfallen, am Tag seiner Hochzeit Schreibarbeiten zu erledigen«, sagte Will gereizt. »Es tut mir leid für dich, Clarrie.«

»Das muss es nicht.« Clarrie brachte ein Lächeln zustande. »Dein Vater ist bloß pflichtbewusst. So ist er nun einmal.«

Bald darauf zog Clarrie sich nach oben zurück. Sie klopfte an die Tür des Arbeitszimmers. Herbert saß an seinem Schreibtisch und schrieb völlig versunken.

»Ich … ich gehe jetzt ins Bett«, stammelte Clarrie.

Er hob ruckartig den Kopf und nahm seine Brille ab. »Es tut mir so leid. Ich habe die Zeit völlig vergessen.«

»Mach dir keine Sorgen«, bat sie eilig. »Ich war ohnehin zu müde, um Karten zu spielen. Will und Olive musizieren jetzt zusammen.«

Herbert kam zu ihr und legte ihr die Hände auf die Schultern, das Gesicht vor Besorgnis in Falten gelegt. »Du musst dich ausruhen, meine Liebste. Ich befürchte, du hast dir eine Krankheit eingefangen.«

»Es ist nur eine Erkältung«, meinte Clarrie.

»Aber wir müssen bei deiner Gesundheit höchste Vorsicht walten lassen.« Er räusperte sich. »Ich kann heute Nacht in meinem eigenen Zimmer schlafen, wenn du möchtest. Dann kannst du in Ruhe ausschlafen.«

»Das ist nicht nötig«, platzte sie heraus und wurde dann rot. Sie wollte die Peinlichkeit ihrer ersten gemeinsamen Nacht hinter sich haben. Sie mussten die Ehe vollziehen, sonst würde sie nicht wirklich Mrs Stock sein. Ihrer Ansicht nach war das einer der wichtigsten Maßstäbe dafür, dass sie nicht mehr bloß seine Haushälterin war. Sie musste seine Ehefrau und Geliebte sein; früher oder später wollte sie Kinder zur Welt bringen.

»Ich glaube, es wäre das Beste, wenn ich es täte«, sagte er mit Nachdruck. »Nur für heute Nacht.« Er hauchte ihr einen Kuss auf die Stirn. »Gute Nacht, Liebes.«

»Gute Nacht«, murmelte Clarrie und schluckte ihre Enttäuschung über seinen keuschen Kuss hinunter. Er sorgte dafür, dass sie sich wie seine Tochter fühlte, nicht wie seine frisch angetraute Braut.

Allein im großen Schlafzimmer kämpfte Clarrie sich aus ihrem Brautkleid und warf es über einen Stuhl. Sie zog das Nachthemd an, das Olive extra mit grünen Schmetterlingen bestickt hatte. Vorhin hatte ihre Schwester die Vorhänge zugezogen, das Feuer angefacht und die Kälte aus dem Zimmer vertrieben. Trotzdem zitterte Clarrie heftig, als sie sich auf die Bettkante setzte und sich die Arme um die Brüste schlang.

Von unten hörte sie die beschwingte Musik der Geigen. Sie hatte Lust hinunterzueilen, um sich zu Will und Olive in die Wärme des Wohnzimmers zu gesellen, um die tröstliche Nähe von vertrauten Menschen zu spüren. Sie stand auf, ging ans Fenster und hob den Vorhang an, um in die dunkle Nacht hinauszuspähen. Ihr Hochzeitstag. Da draußen waren die Leute, die sich versammelt hatten, um ihn zu feiern. Jetzt waren sie in alle Winde verstreut, und der Tag war vorbei.

Sie seufzte, stieg ins leere Bett und rollte sich zwischen den kühlen Laken zusammen. Ihr war schwindlig, und der ganze Körper tat ihr weh. Mehr als nach irgendetwas anderem sehnte sie sich nach dem Trost warmer Arme um sie. Noch nie hatte sie sich so allein gefühlt. Wäre Herbert doch nur gekommen! Vielleicht überlegte er es sich noch anders? In der Hoffnung, dass er es tun würde, versuchte Clarrie, wach zu bleiben. Sie lauschte auf den Klang seiner Schritte, aber es näherten sich keine.

Die Ereignisse des Tages drehten sich immer wieder in ihrem Kopf im Kreis: der Gottesdienst, der Schneesturm, der Tanztee, Wesleys schockierendes Erscheinen. Sie erschauerte bei der Erinnerung an seine Berührungen und die Art, wie er sie mit unverhohlenem Verlangen gemustert hatte. Er war ein Mann, der wusste, wie man leidenschaftlich küsste. Plötzlich nagte Sehnsucht nach ihm an ihr. Clarrie begrub das brennende Gesicht im eisigen Kissen und erstickte einen Aufschrei. Sie verabscheute sich selbst für das Begehren, das sie für Wesley empfand; es war ein niederer, zerstörerischer Trieb. Wie konnte sie hier liegen und auf ihren Mann warten, wenn ihre Ehe noch keinen Tag alt war, und dabei solchen Gedanken an Wesley nachhängen? Sie war verabscheuungswürdig.

In ihrer Beschämung versuchte sie, ihm die Schuld zu geben. Es war Wesley, der ihre Hochzeitsfeier gestört hatte, sie gezwungen hatte, mit ihm zu tanzen, und mutwillig ihre Gefühle wieder geweckt hatte. Es war nur ein Versuch mehr, sie zu kontrollieren, obwohl sie jetzt mit einem anderen verheiratet war. Wesley war der Quell all ihrer Schwierigkeiten – und das schon seit dem Tag, als das Schicksal sie auf der Lichtung des *swami* in den Khasi Hills zusammengeführt hatte.

Das Einzige, was ihrem fiebrigen Verstand sicher erschien, war, dass sie Wesley künftig auf Abstand halten musste. Sie musste tun, was sie konnte, um ihm aus dem Weg zu gehen.

Als die Nacht sich in die Länge zog und Herbert nicht auftauchte, rang Clarrie mit ihren quälenden Gedanken. Endlich schlief sie ein, doch sie träumte, sie sei wieder in Belguri und liege auf einem Diwan. Eine heiße Brise strich über sie hinweg. Ein Mann rief wieder und wieder ihren Namen, aber sie konnte nicht sehen, wer es war.

Sie erwachte erschrocken, ihr Kopfkissen tränennass.

»Herbert, bist du das?«, keuchte sie.

Aber der sanfte Schein des ersterbenden Feuers zeigte ihr, dass der Platz neben ihr leer war.

23

Die ersten Wochen der Ehe waren für alle eine schwierige Zeit der Umstellung. Clarrie hatte Mühe, nicht in ihre übliche Rolle zu fallen, als Haushälterin umherzueilen und alles von der Lebensmittelbestellung bis hin zur Reinigung der Feuerroste im Auge zu behalten. Herbert, der eine gewisse Mrs Henderson als Köchin eingestellt hatte, tadelte sie dafür, dass sie zu viel arbeitete.

»Geh mehr aus, Liebes«, drängte er sie. »Geh einkaufen oder trink Tee mit deinen Freundinnen.«

Clarrie verbiss sich die Bemerkung, dass all ihre Freundinnen schuften mussten, um sich ihren Lebensunterhalt zu verdienen. Sie gehörte nicht zur Klasse der Müßiggänger, und niemand aus Louisas einstigem Kreis hielt sie seiner Gesellschaft für würdig. Weder die Nachbarinnen noch die Wohlhabenden aus der Kirche dachten daran, sie in ihre Häuser einzuladen.

Clarrie ihrerseits schimpfte Olive dafür aus, dass sie niedere Tätigkeiten verrichtete.

»Du musst die Treppe nicht mehr bohnern – überlass das Sally. Du ruinierst dir nur deine Musikerinnenfinger.«

Aber Olive sagte, sie habe ein schlechtes Gewissen, Inas Tochter alles allein erledigen zu lassen.

»Du musst. Du gehörst jetzt zur Familie«, beharrte Clarrie unerbittlich.

»Was soll ich denn dann tun?«, fragte Olive.

»Was auch immer du willst!«, rief Clarrie ungeduldig. »Hast du dich nicht nach der Zeit gesehnt, in der du nicht mehr als Dienstmädchen schuften musst?«

»Ja«, räumte Olive seufzend ein. »Aber ohne Will ist es hier langweilig. Es gibt nicht genug zu tun.«

Clarrie stimmte ihr insgeheim zu, konnte es aber nicht laut sagen.

Danach räumte Clarrie Veritys ehemaliges Ankleidezimmer aus und verwandelte es in ein Atelier, in dem Olive malen konnte. Zu ihrem Entzücken entdeckte Olive bald ihre einstige Kunstleidenschaft wieder. Aber wenn sie nicht zeichnete, war ihre Schwester glücklicher, wenn sie unten in der Küche mit Sally und Mrs Henderson plauderte, als wenn sie oben saß und Clarrie an den immer längeren Abenden, an denen Herbert arbeitete, Gesellschaft leistete.

Frustriert erkannte Clarrie, dass ihr Leben mit Herbert sich im Vergleich zu früher wenig verändert hatte. Sie war nur dem Namen nach Mrs Stock. Er war auf geistesabwesende Art freundlich und liebevoll und schien ihre Gesellschaft beim Essen zu genießen. Aber sie gingen nie zusammen aus, nur zur Kirche, und er war am glücklichsten, wenn er sich nach einem langen Tag in der Kanzlei in sein Schreibzimmer zurückziehen konnte. Er war mit seiner Arbeit verheiratet.

All das hatte sie gewusst, bevor sie ihn geheiratet hatte. Aber sie hatte nicht damit gerechnet, dass er die Intimität des Ehebetts meiden würde. Zuerst hatte Herbert ihre heftige Erkrankung zum Vorwand genommen, getrennt zu schlafen. Ihre schwere Erkältung war in eine Bronchitis übergegangen und ihr bis in den Februar hinein erhalten geblieben. Doch auch als sie wieder vollständig genesen war, hielt er sich von ihr fern. Sie war fassungslos und gekränkt über seine Zurückweisung, wusste aber nicht, wie sie das Thema ansprechen sollte, ohne sie beide vor Verlegenheit rot anlaufen zu lassen.

Als der Frühling kam und die Abende länger wurden, fragte Clarrie sich, ob sie die Sache erzwingen sollte, indem sie in sein Zimmer ging und in sein Bett stieg. Aber er blieb bis spät in die Nacht auf, um zu arbeiten, und war morgens oft so gereizt, dass sie keine Zurechtweisung provozieren wollte. Sie fragte sich, ob sie sich Olive anvertrauen sollte. Aber was konnte ihre Schwester schon tun? Vielleicht war ihre Scheinehe unten bei den Dienstboten schon das Thema von Klatsch und Tratsch. Für Sally, die morgens die Feuer anzündete und die Betten machte, musste es offensichtlich sein, dass sie und Herbert getrennt voneinander schliefen.

Während Olive ihre Tage mit Skizzieren und Malen verbrachte, richteten sich Clarries Gedanken immer stärker darauf, ihr eigenes Teehaus zu führen. Sie vertraute ihre Pläne ihrer Freundin Rachel an. Wann immer Rachel nicht im Dienst war, probierten sie unterschiedliche Teesalons aus und machten Notizen über Speisekarten, Preise und Servicequalität. Clarrie beobachtete neidisch, wie die Robsons eine Filiale der Empire Tea Rooms am Ridley Place und dann noch eine an der Jesmond Road eröffneten. Die Salons waren stilvoll mit geschnitzten Stühlen und kunstvollen Tapeten, Messingstatuen, die Eros darstellten, und Buntglaslampenschirmen eingerichtet. Die Kellnerinnen trugen wie Gastgeberinnen teure Teekleider und hatten Laufburschen, die für sie Sachen holten und schleppten. Die Backwaren waren frisch, die Tischwäsche makellos und die Teemischungen von erster Güte. Und sie waren beliebt. Als sie die beiden neuen Filialen besuchten, mussten Clarrie und Rachel Schlange stehen, um einen Tisch zu bekommen.

Clarrie verließ diese Teesalons einerseits erleichtert darüber, Wesley nicht über den Weg gelaufen zu sein, andererseits aber auch von heftigem Neid auf seinen Erfolg erfüllt. Sie würde genauso viel erreichen, schwor sie sich, aber dabei würde sie nicht um die wohlhabenden, gelangweilten Frauen der Mittelschicht werben. Ihr Ziel war es, ein Teehaus zwischen den Bierhallen und Pubs der Arbeiterschicht im West End zu eröffnen. Sie durchstreifte die Straßen von Elswick und Benwell und suchte nach leeren Lokalen. Hier wechselten Geschäfte oft den Besitzer: Ein Krämerladen schloss in der einen Woche und war in der nächsten schon als Möbelgeschäft wiedereröffnet. Schuster, Bäcker, Stoffhändler, Schlachter und Spielzeugläden kamen und gingen wie die Jahreszeiten. Wenige wurden damit reich, die Arbeiter an der Scotswood Road zu versorgen, aber Clarrie war sich sicher, dass sie mit viel harter Arbeit solch ein Geschäft profitabel machen konnte.

Zu ihrer Enttäuschung wiegelte Herbert jedes Mal ab, wenn sie versuchte, das Thema ihm gegenüber anzuschneiden. Er sei zu beschäftigt. Es sei ein gewaltiges Vorhaben. Ja, sie könne Informationen sammeln. Sie könnten alles zu einem späteren Zeitpunkt besprechen.

Will, der über die Ostertage nach Hause kam, lenkte sie von ihrer Suche ab und erfüllte das stille Haus mit Lärm und Gelächter. Er war es auch, der Clarries Wunsch nachkam, den alten Bauernhof der Belhavens im nördlichen Northumberland zu suchen. Mit Olive nahmen sie den Zug aufs Land nach Wooler und mieteten am Bahnhof einen Einspänner. Anhand einer alten Karte, die sie in Herberts Bibliothek gefunden hatten, ermittelten sie, dass die Farm auf halbem Weg zwischen Wooler und der Küste lag. Doddingham, wo sie sie fanden, war eine Ansammlung solider Wirtschaftsgebäude an einem Fluss, umgeben von grünen Wiesen inmitten der sanften Ausläufer der Cheviots.

Clarrie überkam ein heftiges Gefühl der Vertrautheit und Zugehörigkeit. Alles war genau so, wie ihr Vater es beschrieben hatte. Als sie auf die Kuppe eines steilen, heidebewachsenen Hügels stiegen, konnten sie die blaugraue Nordsee sehen, die sich im Osten erstreckte.

»Vater hat seine Liebe zum Meer nie verloren«, sagte Clarrie nachdenklich, »obwohl er fast sein halbes Leben lang nicht mehr hier war.«

Olive schob die Hand in ihre, und sie standen schweigend da und ließen die Erinnerungen über sich hinwegbranden. Jock und seine Muscheln vom Bamburgh Beach. Seine Erzählung über die örtliche Heldin Grace Darling, die schiffbrüchige Passagiere von den Felsen der Farne Islands gerettet hatte. In der Ferne sahen sie die uralte Festung Bamburgh Castle, die die Küste und die tückischen Inseln davor bewachte.

Als sie sich an einen windgeschützten Ort zurückzogen und gemeinsam Picknick machten, unterhielten die Schwestern Will mit Erinnerungen an ihren Vater und seine vielen Geschichten.

»Jock klingt, als ob ich ihn gemocht hätte«, sagte Will mit einem traurigen Lächeln. »Ich kann mich nicht erinnern, dass mein Vater mir auch nur eine einzige Geschichte erzählt hätte. Mama war anders. Sie liebte Geschichten. Ich konnte sie gar nicht oft genug hören.« Er brach ab. Sein Gesicht wurde rot. »Tut mir leid.«

Clarrie streckte schnell die Hand aus und drückte seine. »Das muss es nicht. Du darfst nie das Gefühl haben, mir gegenüber deine Mutter nicht erwähnen zu können. Ich mag es, dich von ihr reden zu hören. Dein Vater erwähnt sie nie, und das ist viel schwerer zu ertragen. Es ist, als wäre ich nicht wirklich ein Teil …« Sie verstummte schlagartig. Sie war drauf und dran gewesen, »nicht wirklich ein Teil der Familie« zu sagen, trotz des Rings an ihrem Finger.

Nach ihrer Bemerkung trat verlegenes Schweigen ein. Sowohl Will als auch Olive sahen beiseite. Clarrie machte sich heftige Vorwürfe, dass sie sich ihre Kritik hatte entschlüpfen lassen. Ganz gleich, was für Schwierigkeiten sie mit Herbert hatte, sie hatte kein Recht, ihre schmutzige Wäsche vor seinem Sohn zu waschen.

Sie ging voran nach unten zur Farm. Aus Neugier klopften sie am Bauernhaus an. Die Pächter hießen Hudson. Mrs Hudson, eine Frau mit einem breiten Gesicht, das von einer ausgeblichenen Baumwollhaube umrahmt wurde, lud sie nach drinnen zu einem Glas Milch ein. Sie schrie überrascht auf, als sie hörte, dass sie Belhavens waren.

»Ja, ich erinnere mich an Ihren Vater in seiner scharlachroten Uniform – ich war noch ein Kind, als er fortgegangen ist. Mein Vater war der Schmied – hat immer die Gerätschaften der Belhavens repariert. Sie haben doch mit Pflügen gehandelt, nicht wahr?«

Clarrie wurde rot. »Ja, bis sie von den Robsons aufgekauft wurden.«

»Oh, die Robsons«, sagte die Frau voller Ehrfurcht. »Die wissen, wie man aus einem Penny ein Pfund macht. Erst Pflüge, dann Dampfkessel – die konnten immer gut mit Geld umgehen. Sie verpachten immer noch einige Bauernhöfe hier.« Sie sog scharf die Luft ein. »Aber es ist kein einziger Belhaven mehr übrig.«

Clarrie spürte, wie Groll in ihr aufkeimte. »Nein, dafür haben die Robsons gesorgt.«

Mrs Hudson bedachte sie mit einem fragenden Blick. »Die Robsons waren einfach besser als andere darin, Sachen herzustellen und zu verkaufen. Das hat mein Vater immer gesagt. Deshalb ist Ihr Vater ja auch zur Armee gegangen – er wusste, dass er einen besseren Soldaten abgeben würde als einen Bauern oder Geschäftsmann. Oh, er sah in seiner Uniform ja so gut aus! Hat allen Mädels den Kopf verdreht.«

Clarrie waren die unverblümten Worte der Frau unbehaglich. Das war nicht die Geschichte, die ihr Vater ihr immer wieder erzählt hatte: dass die geldgierigen Robsons die Belhavens betrügerisch um ihren Lebensunterhalt gebracht hätten. Aber es war aus jenen Tagen niemand mehr da, der in der Lage gewesen wäre, ihr die Wahrheit zu erzählen. Mrs Hudson gab nur den Klatsch aus ihrer Kindheit weiter.

Als sie sich verabschiedeten, staunte die Bauersfrau noch immer darüber, sie kennengelernt zu haben.

»Das stelle sich nun einer vor: Da treffe ich die Kinder des alten Jock! Ich sehe Ihnen beiden die Ähnlichkeit zu ihm an.«

Clarrie warf ihr einen prüfenden Blick zu, aber die Frau meinte es ehrlich. Clarrie empfand eine Flut der Wärme für sie, weil sie einen Hauch von Jock auch in ihr und nicht allein in der rothaarigen Olive erkannte.

Es war spät, als sie nach Newcastle zurückkehrten. Beim Abendessen unterhielten sie sich angeregt über ihren Ausflug und erzählten Herbert in allen Einzelheiten von der Farm und der Begegnung mit Mrs Hudson.

»Ich bin ja so froh, dass es ein erfolgreicher Tag war.« Herbert strahlte. »Ich sehe, wie gut euch die frische Luft getan hat. Vielleicht kann Will ja noch einen Ausflug organisieren, bevor er in die Schule zurückkehrt?«

»Natürlich«, stimmte Will sofort zu.

Clarrie hatte damit gerechnet, nach ihrer Rückkehr zufrieden darüber zu sein, endlich den Ort gefunden zu haben, an den die Belhavens einst gehört hatten, aber das Erlebnis ließ sie nur noch rastloser zurück. Sie hatte endlich wieder eine Kostprobe frischer Landluft, offenen Himmels und rauer Hügel bekommen. In einer derart abgelegenen und wilden Gegend war sie nicht mehr gewesen, seit sie Belguri verlassen hatte. Jetzt weckte das Wissen, dass es jenseits der verräucherten, geschäftigen Stadt solche Orte gab, die Sehnsucht nach mehr.

Als Will mit einer Einladung von Johnny zurückkehrte, mit ihm reiten zu gehen, packte Clarrie die Gelegenheit sofort beim Schopf. Olive, die Pferden argwöhnisch gegenüberstand, lehnte ab. Clarrie bekam eine geschmeidige graue Stute namens Mayflower. Erst war sie nervös, weil sie so lange nicht mehr im Sattel gesessen hatte, aber bald spürte sie, wie ihr Selbstvertrauen zurückkehrte, und genoss den Ausritt. Sie ritten flussaufwärts, an den ausgedehnten Munitionsbaracken vorbei, bis die Häuser nach und nach Obstgärten, Buschwerk und alten Katen wichen, in denen früher die Bergarbeiter einer mittlerweile aufgegebenen Abbaustrecke gelebt hatten. In Wylam gerieten sie in einen Wolkenbruch und suchten Zuflucht in einem Gasthaus, wo ihnen eine Platte mit Schinken, Käse und dicken Brotscheiben serviert wurde.

»Wo haben Sie so gut reiten gelernt?«, fragte Johnny bewundernd.

»In Indien.« Clarrie lächelte bekümmert. »Ich hatte ein Pony namens Prince. Ich bin jeden Tag auf ihm geritten.«

»Sie dürfen auf Mayflower reiten, wann immer Sie wollen«, versprach Johnny großzügig, »sogar, wenn ich fort auf der Schule bin. Ich lasse es Papa wissen.«

Clarrie verspürte eine Aufwallung von Zuneigung zu Wills Freund. »Das ist sehr freundlich. Ich nehme das Angebot gern an.«

Nachdem sie in Wills Gesellschaft so viel Spaß gehabt hatten, vermissten Clarrie und Olive ihn gleich doppelt so sehr, nachdem er wieder abgereist war. Die Monate bis zu seiner nächsten Rückkehr schienen sich endlos in die Länge zu ziehen. Um ihrer Rastlosigkeit entgegenzuwirken, rief Clarrie Herbert sein Versprechen ins Gedächtnis, mit ihr in den Lake District zu fahren.

»Leider habe ich im Moment viel zu viel Arbeit zu bewältigen«, sagte er. »Vielleicht in ein oder zwei Monaten.«

Aber er fand immer irgendeine Ausrede, um ihre verspäteten Flitterwochen aufzuschieben. Gegen Mittsommer war

Clarrie sich sicher, dass sie verrückt werden würde, wenn sie bis auf die Haushaltsangelegenheiten nichts hatte, um sich zu beschäftigen. Eines Abends stellte sie ihren Mann in seinem Arbeitszimmer zur Rede.

»Ich möchte über meine Pläne für ein Teehaus reden, und länger lasse ich mich nicht abwimmeln«, kam sie direkt auf den Punkt. »Weißt du noch, wie du mir versprochen hast, mir zu helfen?«

Herbert schaute auf. »Ich bin mir nicht sicher, ob ich es je versprochen habe, Liebes. Es war halb im Scherz dahingesagt. Ich hätte nicht gedacht, dass du es wirklich ernst damit meinst, eines zu wollen.«

Clarrie unterdrückte ihren Ärger. »Es ist mir ernst. Du weißt doch, dass ich seit einiger Zeit Pläne schmiede und dass Rachel und ich die Konkurrenz beobachten.«

»Und ich bin froh, dass dir das einen Zeitvertreib verschafft hat.« Er lächelte. »Aber ins Geschäft einzusteigen, ist etwas ganz anderes. Es besteht keine Notwendigkeit, dass du arbeitest, Liebes.« Er sah schon wieder auf seine Akten hinunter.

Wie herablassend er klang. Jetzt wusste sie, wie Will sich fühlen musste, wenn er auf diese leicht gereizte Art abgewiesen wurde. Sie trat entschlossen auf ihn zu, beugte sich über den Schreibtisch und legte die Hände auf seine Papiere.

»Oh doch. Ich muss arbeiten.« Sie hielt seinem Blick stand. »Ich will hier in Newcastle ein Teehaus führen. Ich weiß, dass ich dazu in der Lage bin.«

Er seufzte und lehnte sich zurück. Eine ganze Weile musterte er sie, als wollte er ausloten, wie ernst es ihr war. Dann versuchte er es mit einem Kurswechsel. »Ich bin kein Mann von unbegrenzten finanziellen Möglichkeiten. Wenn du an etwas wie die Empire Tea Rooms an der Blackett Street denkst, kann ich mir so etwas nicht einmal ansatzweise leisten.«

Clarrie spürte, wie ihre Eingeweide sich bei der Erwähnung des Empire verknoteten. Seit ihrer Hochzeit war sie nicht mehr dort gewesen. Es war für immer von ihrer Begegnung mit Wesley besudelt.

»Nein, ich will kein prächtiges Lokal im Stadtzentrum, in dem nur die Mittelschicht zu Gast ist. Ich will eines in Elswick eröffnen.«

»Elswick?« Er runzelte die Stirn und nahm seine Brille ab. Jetzt konnte sie sich seiner Aufmerksamkeit sicher sein.

»Ja«, sagte sie voller Begeisterung. »Ein Ort, an dem Frauen sich treffen können, um ein bisschen aus dem Haus zu kommen. Und Männer können zur Abendbrotzeit dort etwas Warmes essen, statt sich den leeren Magen mit Bier zu füllen.«

»Also eher so etwas wie eine Suppenküche?«, vergewisserte sich Herbert.

»Nein, kein Wohltätigkeitsverein«, beharrte Clarrie stur. »Es wird so prächtig wie jede Filiale der Empire Tea Rooms – ein Hauch von Luxus, aber zu Preisen, die Arbeiter und ihre Familien sich leisten können. Wir machen das Lokal hübsch zurecht und servieren Speisen und Tee von guter Qualität.«

Herbert musterte sie. »Du hast wirklich schon gründlich darüber nachgedacht, nicht wahr?«

»Ich träume schon davon, seit ich im Cherry Tree gearbeitet und dabei gesehen habe, was dort als Unterhaltung durchging – Schlägereien unter Betrunkenen und eine Tracht Prügel für Ehefrauen wie Maggie, obwohl sie nichts getan haben. Bitte, Herbert. Hilf mir, meinen Traum Wirklichkeit werden zu lassen.«

»Ich finde die Idee bewundernswert«, sagte er mit einem gönnerhaften Lächeln, »aber ich bin nicht überzeugt, ob es eine gute Investition wäre. Und du hast keinerlei Erfahrung. Es wäre viel zu riskant.«

Frustriert schlug Clarrie mit der Hand auf den Tisch. Herbert zuckte zusammen. »Sei nicht solch ein Feigling! Du warst durchaus bereit, dich auf Daniel Milner einzulassen, als alles gegen ihn zu sprechen schien, und du hilfst ständig anderen Geschäftsleuten, auf die Beine zu kommen. Warum mir nicht? Ist es, weil ich bloß eine Frau bin, die sich nicht in Männerangelegenheiten einmischen sollte?«, fragte sie wütend.

Er wirkte von ihrem Ausbruch wie vor den Kopf geschlagen. »Du bist hysterisch, Liebes. Wir vergessen, wie du mich gerade genannt hast, und belassen es dabei. Jetzt habe ich Arbeit zu erledigen.«

Aber er konnte sie nicht länger einfach hinauswerfen, wenn das, was sie sagte, ihm nicht gefiel.

»Ich bin nicht mehr deine Haushälterin, Herbert. Ich bin deine Frau. Das hier ist etwas, das wir zusammen tun könnten. Erweise mir wenigstens die Höflichkeit, über meine Bitte nachzudenken.«

Sie trat zurück. Vor Wut erstickte sie fast. Sie sah an seiner sturen Miene, dass er noch nicht überzeugt war. Er behandelte sie ja selbst in der Ehe nicht als Partnerin. Warum sollte er sie also als potenzielle Geschäftspartnerin betrachten? In dem Moment war sie versucht, zu Wesley zu laufen und ihn um ein Darlehen anzuflehen. Aber sie konnte sich lebhaft vorstellen, wie er sie dafür verspotten würde, dass sie eine impulsive Belhaven war, die sich mit dem Herzen und nicht mit dem Verstand in eine Unternehmensgründung stürzte. Das wäre noch schlimmer gewesen als Herberts überhebliche Abweisung.

Bitter enttäuscht wandte Clarrie sich von ihrem Mann ab und ging zur Tür.

»Warte«, sagte Herbert am Ende. »Ich sehe, wie viel dir das bedeutet. Ich bin bereit, mir die Sache genauer anzusehen.«

Clarrie wirbelte herum. »Ja?«

Nach einer ganzen Weile seufzte und nickte er. »Ich bitte meinen Makler, nach passenden Räumlichkeiten Ausschau zu halten, wenn du möchtest.«

»Ich habe schon zwei Möglichkeiten ins Auge gefasst«, sagte Clarrie schnell. »Wir könnten sie zusammen besichtigen.«

»Vielleicht«, entgegnete Herbert und hob vorsichtig die Hand. »Aber ich müsste sehr sorgfältig darüber nachdenken. Das hieße nämlich, einige Mietwohnungen in New Benwick zu verkaufen, um das Unternehmen zu finanzieren.«

Das setzte Clarrie einen Dämpfer auf. In ihrer zielstrebigen Verfolgung ihres Traums hatte sie nicht daran gedacht, dass es auch für einen wohlhabenden Anwalt ein Problem sein könnte, das nötige Kapital aufzutreiben. Vielleicht war Herbert gar nicht so reich, wie sie immer angenommen hatte. Flüchtig fragte sie sich, wie viel Bertie aus der Kanzlei abzog, um seinen und Veritys luxuriösen Lebensstil zu finanzieren.

»Danke, Herbert«, sagte sie.

Sie betrachteten einander verlegen. Es war ihr erster Streit, und Herbert war es nicht gewohnt, dass man ihm widersprach.

»Ist das alles, Liebes?«, fragte er etwas brüsk.

»Ja.«

Er setzte die Brille wieder auf und rückte die Papiere zurecht, die sie durcheinandergebracht hatte. Das war das Signal, dass sie entlassen war. Clarrie verließ mit einer kleinen Aufwallung von Triumphgefühl das Zimmer.

24

1911

Herberts anfängliche Skepsis verschwand angesichts von Clarries Enthusiasmus und Tatendrang. Jedes Mal, wenn er einen vorsichtigen Einwand erhob, hatte sie schon eine Lösung parat.

»Ich mache mir Sorgen wegen der Größe des Gebäudes«, sagte Herbert skeptisch, als Clarrie sich für ein geräumiges ehemaliges Textilgeschäft an der Tyne Street mit einer Wohnung darüber begeisterte.

»Wir wandeln das Hinterzimmer in einen Versammlungssaal um und verdienen so ein zusätzliches Einkommen«, erwiderte sie munter. »Und wir können die Wohnung vermieten.«

»Die Kosten für die Einrichtung werden beträchtlich sein.«

»Olive hilft beim Streichen, dann halten sich die Ausgaben im Rahmen.«

»Und was ist mit dem Personal?«, fragte Herbert nervös. »Wie kannst du sicher sein, dass die Leute zuverlässig sind?«

»Sie werden handverlesen sein. Ich führe die Bewerbungsgespräche bei den infrage kommenden Bewerberinnen zu Hause und unterhalte mich mit ihren Eltern.«

Mit einer Mischung aus Charme und Beharrlichkeit überredete Clarrie Herbert, das Gebäude an der Tyne Street zu kaufen, und machte sich daran, es neu auszustatten. Sie zog ihn bei allem zurate, von den Tischlern und Klempnern über die Möbel bis hin zu den Speisekarten, entschlossen, ihm das Gefühl zu vermitteln, dass es ebenso sehr sein Unternehmen wie ihres war. Es war Clarries Idee, das Teehaus nach ihrem Mann zu benennen.

»Herbert's Tea Rooms«, verkündete sie. »Du bist der Besitzer, also solltest du auch den Ruhm einstreichen.« Herbert freute sich wie ein Kind darüber und zog sie in eine seltene Umarmung.

»Nach mir benannt, hm? Was für eine Ehre!«

Olive wurde auch in das Projekt miteinbezogen. Sie malte exotische Wandbilder mit Paradiesvögeln und üppigem Blattwerk. Clarrie beobachtete mit Vergnügen, wie glücklich und versunken ihre Schwester dabei wirkte, und war stolz auf Olives strahlende Schönheit und ihre Talente. Zusätzlich bestellte sie bei ihrer Schwester drei große Gemälde mit Landschaften aus der Gegend, von denen zwei im Versammlungssaal hängen sollten. Eines kam über die Theke. Sie wurden in leuchtenden, bunten Farben ausgeführt, ganz anders als die traditionellen düsteren Ölgemälde, die in der Galerie der Stadt hingen. Sie weckten Herberts Besorgnis, aber Clarrie sagte, sie seien perfekt.

»Die Leute wollen nicht an die Trostlosigkeit vor ihrer Tür erinnert werden. Sie wollen all dem für eine halbe Stunde entfliehen.«

Olive war die ganzen sechs Monate über beschäftigt, die Clarrie brauchte, um das Teehaus einzurichten. Als das Lokal langsam Gestalt annahm, machte sie sich auf die Suche nach Zulieferern. Die Cherry Terrace war nur zwei Straßen entfernt. Sie wappnete sich, ihren Verwandten wieder gegenüberzutreten. Es war fast vier Jahre her, dass sie ihr letztes Lohnpäckchen bei ihnen abgeliefert hatte, und im Laufe der letzten zwei hatte sie sie sogar in der Kirche nur selten erspäht.

Das Pub war seit ihrem letzten Besuch noch nicht einmal frisch gestrichen worden. Jared wirkte ungepflegt und müde.

»Ich habe von deinen Erfrischungsräumen gehört.« Er nickte. »Du verschwendest dein Geld – hier oben besteht kein Bedarf an vornehmen Teehäusern, Mädel.«

»Wir werden ja sehen.« Clarrie lächelte. »Ich habe mich gefragt, ob Mrs Belhaven wohl Lust hätte, Pasteten für uns zu backen?«

Jared sah verlegen drein. »Sie macht sie gar nicht mehr.« Er zögerte und gestand dann: »Mittlerweile bleibt sie meist oben. Kommt nicht mehr ohne Mühe die Treppe herunter. Der Arzt sagt, es sei die Wassersucht.«

»Das tut mir leid«, sagte Clarrie. »Darf ich hinaufgehen und sie besuchen?«

»Besser nicht. Sie hat dich nie so recht gemocht, Mädel. Du würdest nur etwas zu hören bekommen.«

Aus seiner niedergeschlagenen Miene schloss Clarrie, dass Jared auch ein gerüttelt Maß an Beleidigungen abbekam. »Du kommst aber doch vorbei und trinkst eine Tasse Tee, wenn ich eröffnet habe, nicht wahr?«

Er brummte. »Vielleicht. Viel Glück damit, Mädel – du wirst es brauchen.«

Sie entschied sich für die Tyneside Tea Company als Teelieferanten. Sie und Herbert besuchten Daniel Milner in seinem Lagerhaus in Scotswood. Er beschäftigte nun acht Vertreter, deren Runden bis nach North Shields im Osten, Wylam im Westen und in die Grubendörfer des nördlichen Durham jenseits des Flusses führten. Clarrie wusste von Olive, dass Jack Brewis noch alle vierzehn Tage mit ihrer Teelieferung vorbeikam, aber sie hatte sich nach ihrem Streit schon längst angewöhnt, ihn zu meiden. Jetzt, da sie keine Haushälterin mehr war, hatte sie gar keinen Grund mehr, ihm über den Weg zu laufen.

Als Daniel sie stolz durch seine Geschäftsräume führte, war Clarrie deshalb erschrocken, Jack im Probierzimmer anzutreffen, wo er Teeproben schlürfte und in einen Eimer spuckte. Er war fülliger geworden, und sein Schnurrbart war jetzt buschiger.

»Erinnern Sie sich an Jack?«, fragte Daniel. »Er wird zum Teemischmeister ausgebildet.«

Jack errötete, als er sie sah. Er schüttelte Herbert die Hand und nickte Clarrie verlegen zu. Sie hatte recht gehabt, was ihn betraf; er war ehrgeizig und stieg in der Firma schnell auf.

»Hallo, Jack. Ich dachte, du fährst immer noch Lieferungen im West End aus?«

»Nur ein paar bei meinen Stammkunden«, antwortete er. »Ich möchte das Verkaufen nicht ganz verlernen.«

»Das ist auch richtig so«, lobte Daniel ihn. »Man muss bei allen Aspekten des Geschäfts die Finger im Spiel behalten. So habe ich es ihm beigebracht.« Er erklärte Jack, warum die Stocks da waren.

»Ja.« Jack nickte. »Ich habe schon davon gehört. So, wie die Leute darüber reden, könnte man schon denken, dass es die Eröffnung des Alexandra Palace wäre.«

Clarrie lachte. »Na, das erspart uns zumindest, Reklame zu machen.« Bevor sie ging, fügte sie noch hinzu: »Ich hoffe, du und Mr Milner kommt zur großen Eröffnung?«

»Mit Vergnügen«, sagte er. Das Lächeln, das er ihr schenkte, erinnerte Clarrie daran, warum sie ihn so attraktiv gefunden hatte, als sie sich vor fünf Jahren zum ersten Mal begegnet waren. Wenn die unglückselige Begegnung mit Wesley im Garten von Summerhill nicht stattgefunden hätte, wäre sie inzwischen vielleicht mit Jack verheiratet.

Clarrie verdrängte diese Gedanken. Es hatte keinen Zweck, dem nachzutrauern, was hätte sein können. Alles, was jetzt eine

Rolle spielte, war, das Teehaus zu eröffnen und zum Florieren zu bringen. All ihre Energie war auf dieses eine Ziel gerichtet. Sie schüttelte Jack ruhig die Hand und verließ das Probierzimmer am Arm ihres Mannes.

Bis Neujahr 1911 hatte Clarrie schon Bewerbungsgespräche geführt und ihre ersten drei Kellnerinnen eingestellt: Dinah, ein hochgewachsenes Mädchen aus Scotswood; die ordentliche, dunkelhaarige Edna; und die unverwüstliche Lexy. Herbert hatte Zweifel, was die Entscheidung für Lexy betraf.

»Die eignet sich besser für die Wäscherei«, behauptete er steif.

»Sie ist lebhaft«, wandte Clarrie ein. »Genau die Richtige, um die Gäste an einem trüben Tag aufzumuntern. Wenn man sie in eine Uniform steckt und sie ein bisschen darin unterweist, wie man bei Tisch serviert, wird sie ihre Sache großartig machen.«

Clarrie stellte Ina ein, um in der Küche abzuwaschen, und Grace, eine weitere ihrer Töchter, als Laufmädchen für die Kellnerinnen. Sie hatte Maggie auch eine Stelle geben wollen, aber deren Mann hatte ein Machtwort gesprochen. »Ich lasse nicht zu, dass du für diese Mischlingsschankmagd und ihren feinen Teesalon arbeitest. Sie wird noch vor Weihnachten pleite sein.« Obwohl Lexy und Ina ihr zugeredet hatten, hatte Maggie nicht den Mut aufgebracht, sich ihm zu widersetzen.

Am Ende spürte Clarrie Dolly auf. Als Dolly sah, dass Clarrie ihr nicht wegen ihres missmutigen Abgangs aus Summerhill grollte, ließ sie sich nicht lange bitten, ihre langweilige Stellung in einer Schulküche aufzugeben, um in dem schmucken Teehaus zu arbeiten. Clarrie verbrachte viel Zeit mit Olive, um die Uniformen zu entwerfen. Die Kellnerinnen sollten dunkelgrüne Röcke, grün-weiß gestreifte Blusen mit Broschen am Kragen und große weiße Rüschenschürzen mit passenden Hauben tragen. Grace würde ein grünes Trägerkleid bekommen. Clarrie selbst wollte ein elegantes Teekleid mit einer Schürze tragen, um zu demonstrieren, dass sie zwar das Sagen hatte, aber bereit war, an der Seite ihres Personals zu arbeiten.

Im Februar waren sie so weit, dass sie eröffnen konnten. Schon lange vorher bekamen sie Buchungsanfragen für die Versammlungsräume von örtlichen Vereinen. Das brachte Clarrie auf den Gedanken, das Hinterzimmer mit ein paar Schreibtischen, Federhaltern, Löschpapier und Zeitungen auszustatten. Es sollte als Lesezimmer dienen, wenn es nicht für Versammlungen genutzt wurde. Unter Olives Gemälde des Wasserfalls in Jesmond Dene stellte sie ein Bücherregal mit Bänden aus zweiter Hand aus Herberts Bibliothek auf.

»Sonst stehen sie ja doch nur ungelesen im Regal«, hob sie hervor, als ihr Mann protestierte. »Die Leute können sie sich ausleihen und zurückbringen.«

In der Woche vor der Eröffnung unterwies Clarrie ihr Personal darin, Tische zu decken, Bestellungen aufzunehmen und Tee zu servieren. Am Samstag, dem elften, um halb neun Uhr morgens, eröffneten sie.

Sie hatten den ganzen Tag über keine ruhige Minute. Leute, die an der Scotswood Road einkauften, kamen herein, um auf dem Rückweg bergauf eine Pause zu machen; Kinder gafften und schnappten sich begeistert die kostenlosen Süßigkeiten, die die Kellnerinnen ihnen von Silbertabletts reichten. Um ein Uhr gingen ihnen Dollys Pasteten aus, und Clarrie musste zusätzliche von außerhalb holen lassen. Um drei stand Olive am rückwärtigen Ende des Teesalons und spielte Walzer und beliebte Melodien auf der Violine. Eine Gruppe von Frauen aus der Konsumgenossenschaft an der Adelaide Terrace fing an, mitzusingen, und ließ sie einfach nicht aufhören.

Vom frühen Morgen an bis nach acht Uhr abends, als sie endlich schlossen, setzte Clarrie sich kein einziges Mal hin. Herbert kam, um sie abzuholen, und fand sie und Lexy zusammengesunken auf Stühlen, die Füße hochgelegt, aufgekratzt vor Übermüdung und angesichts des erfolgreichen Tages.

»Kannst du meine Frau überreden, es nicht zu übertreiben, Lexy?«, tadelte er und legte Clarrie liebevoll die Hand auf den Kopf.

»Da ist es noch einfacher, einem Hund beizubringen, auf den Hinterbeinen zu laufen, Mr Stock.« Lexy schnaufte. »Sie hört ohnehin nie auf meine guten Ratschläge.«

Clarrie lachte und nahm Herberts Hand. »Ich habe mein Tagewerk in meinem ganzen Leben noch nicht so genossen wie heute.«

»Morgen ist jedenfalls ein Ruhetag«, sagte Herbert, »und du wirst dich ausruhen, meine Liebste.«

Die folgende Woche verlief ruhiger, aber sie verkauften stetig warme Abendessen an einige der Vorarbeiter aus Armstrongs Rüstungsfabrik, und der Nachmittagstee wurde bei Frauen aller Altersklassen immer beliebter. Männer im Ruhestand kamen morgens, um die Zeitungen durchzublättern und sich eine Stunde lang an einer einzigen Tasse Tee festzuhalten. Lexy beschwerte sich darüber.

»Lass sie.« Clarrie lächelte. »Sie geben vielleicht nicht viel Geld aus, aber sie werden pünktlich wie ein Uhrwerk immer wiederkommen, wenn sie es sich erst angewöhnt haben. Dann ist es deine Aufgabe, sie zu verlocken, hier auch etwas zu essen, statt auf dem Nachhauseweg im Pub vorbeizuschauen.«

Der Versammlungssaal wurde bald ständig genutzt. Abgesehen von denjenigen, die zum Lesen kamen, wurde er vom Abstinenzlerverein, einer spiritistischen Vereinigung, einer Unterabteilung der Gewerkschaft der Dampfkesselbauer, einer Altertumskundlergesellschaft und einer Zeichengruppe besucht. An manchen Abenden hatte Clarrie bis zehn Uhr geöffnet, um die Nachfrage zu befriedigen.

Gegen Ende März traten zwei Suffragetten aus der Ortsgruppe der WSPU – der Women's Social and Political Union – an Clarrie heran. Sie waren jung und redselig. Clarrie kannte sie. Sie gehörten zu den Büroangestellten aus dem Lager der Konsumgenossenschaft, die am Mittwoch immer zum Tee kamen.

»Wir wollen das komplette Teehaus mieten«, sagte Florence, die mit dem hübschen Gesicht.

»Für die ganze Nacht«, ergänzte die dunkelhaarige Nancy.

Clarrie starrte sie vor Erstaunen mit offenem Mund an. »Aber wir haben nachts nicht geöffnet.«

»Das hier ist ein besonderer Anlass«, erklärte Florence eifrig.

»Der dritte April.« Nancy lächelte. »Der Abend der Volkszählung.«

Sie erläuterten der verblüfften Clarrie: »Es ist ein Protest gegen die Volkszählung der Regierung. Sie sind nicht bereit, uns Frauen wie vollwertige Bürger zu behandeln und uns das Stimmrecht zu geben, also weigern wir uns, uns zählen zu lassen.«

»Ein Protest?« Clarrie sah zweifelnd drein. Sie bewunderte diese Frauen für ihre Hartnäckigkeit, aber das Letzte, was sie wollte, war, negative Aufmerksamkeit auf das Teehaus zu lenken. »Was, wenn es Ärger gibt?«, fragte sie. »Ich will keine eingeschlagenen Scheiben oder die Polizei vor der Tür haben.«

»Nein, nein«, versicherte Florence ihr, »so weit kommt es nicht. Wir verstoßen nicht gegen die Strafgesetzgebung.«

»Wir wollen nur einen Ort, an dem wir eine Party feiern können«, setzte Nancy grinsend hinzu.

»Lassen Sie mich darüber nachdenken«, gab Clarrie zurück. »Ich sage Ihnen in ein oder zwei Tagen Bescheid.«

Will war über die Osterferien mit seinem recht ernsten Schulfreund Robert Spencer-Banks zu Hause. Es waren ihre letzten Ferien vor dem Sommerhalbjahr und dem

Schulabschluss. Es hatte schon viele Diskussionen mit Herbert über Wills Zukunft an der Universität gegeben. Herbert war erpicht darauf, dass Will sich für Oxford bewarb, um Jura zu studieren. Will aber wollte nach Durham gehen, um sich für Theologie und Musik einzuschreiben.

Mitten in die Debatte platzte Clarrie mit ihrem Dilemma hinsichtlich des Suffragettenprotests. Robert war entsetzt.

»Sie sind doch praktisch Revolutionärinnen. Fassen Sie die nicht einmal mit der Feuerzange an.« Er schauderte.

Will lachte. »Christus war auch ein Revolutionär.«

»Sei nicht so blasphemisch«, rief Herbert ihn zur Ordnung.

Will ließ sich nicht einschüchtern. »Ich finde, du solltest sie ihre Feier abhalten lassen. Was kann das schon schaden?«

»Der Schaden, mein lieber Freund«, sagte Robert, »besteht darin, dass man diese absonderlichen Frauen auch noch ermutigt, das Unmögliche anzustreben.«

Clarrie sah ihn scharf an. »Das Wahlrecht zu wollen, heißt, das Unmögliche zu wollen?«

»Absolut.« Robert nickte mit Nachdruck.

»Und warum sollte das so sein?«, hakte Clarrie nach. »Du bist doch wohl keiner dieser absonderlichen Männer, die glauben, dass Frauen zu Gedanken, die über das Häusliche hinausgehen, nicht fähig sind – oder aber doch, lieber Robert?«

Er bedachte sie mit einem misstrauischen Blick, nicht ganz sicher, ob sie ihn aufzog. Als Will lachte, zuckte Robert die Schultern und sagte nichts.

»Was meinst du, Herbert?«, fragte Clarrie.

Er musterte sie. Sie glaubte, dass er ihr lieber zur Vorsicht raten würde.

»Lass sie das Teehaus mieten.«

Clarrie starrte ihn überrascht an. »Wirklich?«

»Sie haben gute Gründe, mit der derzeitigen Regierung unzufrieden zu sein. Ich gelange immer mehr zu der

Meinung, dass Männer wie unser Premierminister Asquith Scheuklappen tragen und die Talente von Frauen vergeuden.« Er lächelte sie an. »Warum lassen wir sie also ihren Protest nicht abhalten?«

Clarrie nahm seine Hand und erwiderte sein Lächeln. »Danke. Ich habe gehofft, dass du das sagen würdest.«

Clarrie erlaubte den Frauen nicht nur, ihre Feier in Herbert's Tea Rooms zu veranstalten, sondern blieb auch selbst die ganze Nacht hindurch mit auf und half. Dinah und Lexy boten ebenfalls ihre Dienste an. Die Suffragetten kamen verkleidet mit Wachsnasen, um sich über Persönlichkeiten der Regierung lustig zu machen. Sie spielten Scharade und tanzten zur Musik einer Band, die aus ihren eigenen Mitgliedern bestand. Clarrie, die Suppe, Sandwiches und unzählige Kannen Kaffee und Tee servierte, war fasziniert.

Sie war noch nie in Kontakt mit solchen Frauen gekommen. Ein paar wie Florence und Nancy stammten aus der Arbeiterklasse und gingen Bürotätigkeiten nach, aber die anderen waren überwiegend Frauen der Mittelschicht und Berufstätige: Lehrerinnen, Sekretärinnen, ein paar Ärztinnen und Studentinnen von der Universität. Clarrie war von ihrer Kameradschaft und ihrem Sinn für Humor beeindruckt. Sie waren das Gegenteil von dem, was die Zeitungen über sie schrieben, die sie als unweiblich darstellten und behaupteten, sie verstünden keinen Spaß. Diese Frauen rissen Witze und neckten einander, debattierten, tratschten und schwelgten in Erinnerungen. Ihre eingeschworene Gemeinschaft und ihre Tatkraft erinnerten Clarrie an die Nonnen in Shillong. Vor allem aber waren sie sehr optimistisch.

»Es ist nur eine Frage der Zeit«, sagte Florence zu ihr. »Ich vertraue darauf, dass der gesunde Menschenverstand unseres Volkes dieses Unrecht behebt.«

»Man muss sie nur mit der Nase darauf stoßen, damit sie es begreifen«, fügte Nancy hinzu. »Die Leute haben Angst vor Veränderungen, aber sie verändern sich.«

»Und wir haben keine Angst davor, das Stoßen zu übernehmen.« Florence lächelte strahlend.

Draußen in der Nacht hielten einige der Ehepartner und männlichen Freunde der Frauen abwechselnd Wache, falls es Ärger geben sollte. Aber es gab keinen. Um sechs Uhr morgens marschierten sie nach Hause, um zu Bett zu gehen oder sich auf die Arbeit vorzubereiten.

Während Clarrie Lexy und Dinah nach Hause schickte, damit sie ein paar Stunden schlafen konnten, blieb sie selbst da und döste auf einem Stuhl, bis Ina, Edna und Grace eintrafen. Sie waren sehr neugierig, was in der Nacht geschehen war. Auch viele der Gäste, die an diesem Tag ins Teehaus kamen, redeten über nichts anderes. Als sie an dem Abend schlossen, war Clarrie erschöpft und sehnte sich nur noch nach einem ruhigen Essen mit Herbert.

Sobald sie das Haus betrat, fing Olive sie im Zustand höchster Aufregung ab.

»Was ist los?«, fragte Clarrie.

»Bertie ist hier. Er ist schrecklich wütend. Er schreit Herbert an.«

»Warum denn nur?«

»Deinetwegen. Es steht in den Abendzeitungen«, sagte Olive knapp. »Oh, Clarrie, warum musstest du auch diesen Frauen das Teehaus zur Verfügung stellen?«

»Warum sollte ich nicht? Es war doch für einen guten Zweck.«

»Das findet Bertie nicht«, erwiderte Olive nervös. »Du gehst besser nach oben und klärst die Sache.«

Clarrie spürte, wie Empörung in ihr aufkeimte. Bertie hatte kein Recht, hier zu sein und seinen Vater zu beschimpfen. Er und Verity hatten ihnen die letzten anderthalb Jahre über die kalte Schulter gezeigt, und das Teehaus hatte nichts mit ihm zu tun. So übermüdet sie auch war, sie raffte ihren Rock und lief die Treppe, zwei Stufen auf einmal nehmend, hinauf.

Sie fand die beiden im Arbeitszimmer. Herbert saß in Abwehrhaltung hinter seinem Schreibtisch. Bertie stand auf der anderen Seite und wedelte immer noch mit einer Zeitung vor seinem Gesicht herum.

»Ah, da ist sie ja!«, rief Bertie, als er sie sah. »Die kleine bolschewistische Suffragette, die den guten Ruf meiner Familie ruiniert.«

»Bitte, Bertie«, sagte Herbert mit einem misstrauischen Blick zu seiner Frau, »du führst dich doch lächerlich auf.« Er stand auf, um sie zu begrüßen, aber Bertie ging sofort zum Angriff über und kam mit der Zeitung drohend auf sie zu.

»Hast du das gesehen?«, donnerte er. »*Anwaltsfrau unterstützt kriminelle Suffragetten*!« Zornig hielt er ihr die Zeitung hin.

Herbert sah besorgt drein, sagte aber: »Du weißt doch, wie sie übertreiben, um eine Schlagzeile zu bekommen.«

»Bei dieser hier müssen sie das aber nicht«, blaffte Bertie. »Komm schon, lies es. Lies, dass du die einzige Teehausbesitzerin in ganz Newcastle warst, die dumm genug war, sie ihren Protest abhalten zu lassen. Mehr noch – da steht, dass du voller Begeisterung mitgemacht hast, mitsamt deinen ordinären Kellnerinnen aus den Seitenstraßen von Elswick.«

Clarries Zorn flammte auf. »Wage es ja nicht, mein Personal oder mich in meinem eigenen Haus zu kritisieren.«

»In deinem Haus?« Bertie war empört.

»Ja, in meinem. Und ich bin stolz auf das, was wir getan haben, und würde es morgen wieder tun, wenn sie mich darum bitten würden.«

Bertie wandte sich an Herbert und warf die Arme in die Luft. »Papa, wie kannst du untätig danebenstehen und zulassen, wie sie sich zum Narren macht – und *dich* gleich mit? Dein Name ist von diesem Skandal besudelt. Die Frauen haben dich schamlos missbraucht, um Aufmerksamkeit zu heischen.«

Herbert seufzte leidgeprüft und setzte sich wieder hin. Clarrie wartete darauf, dass er sagte, er sei mit ihrem Protest einverstanden, aber er schwieg.

»Niemandes Name ist besudelt«, stieß sie hervor, sobald feststand, dass Herbert ihr nicht den Rücken stärken würde, »und du bist derjenige, der sich selbst zum Narren macht.« Sie bedachte Bertie mit einem herausfordernden Blick. »Dein Vater war voll und ganz damit einverstanden, dass ich mein Teehaus der WSPU zur Verfügung gestellt habe. Will auch. Wenn sie nicht einverstanden gewesen wären, hätte ich es nicht getan.«

»Das glaube ich dir nicht!«, brüllte Bertie.

»Sag es ihm, Herbert«, bat Clarrie. Sie starrten beide Herbert an. Er sah gequält und verlegen drein. Am Ende nickte er. Clarrie atmete erleichtert aus.

»Oh, Papa!«, rief Bertie gereizt. »Wie kommt es nur, dass diese Frau dein Urteilsvermögen so trübt? Ich hätte nie gedacht, dass du so schwach sein könntest.«

»Sprich nicht so mit deinem Vater«, gab Clarrie zurück. »Die Sache hat nichts mit dir zu tun. Mit deiner Unhöflichkeit mir gegenüber kann ich mich abfinden – die bin ich schließlich gewohnt. Aber du kannst nicht hierherkommen und meinen Mann in einer Angelegenheit tyrannisieren, die dich nicht betrifft.«

»Die mich nicht betrifft?«, schrie Bertie. »Oh doch. Die Anwaltskanzlei der Stocks wird in allen Abendzeitungen groß erwähnt, und das aus völlig falschen Gründen.«

»Vielleicht gewinnt ihr ja dank der ganzen Sache ein paar Suffragetten als Mandantinnen.«

»Ich lasse mich nicht von jemandem verhöhnen, der früher einmal unsere Bettlaken gezählt hat«, schnaubte er verächtlich.

»Dann geh!«, befahl Clarrie herausfordernd und hielt ihm die Tür auf.

Bertie warf einen Blick auf seinen Vater, als erwartete er von ihm, sich einzumischen und ihn zu drängen zu bleiben.

Herbert runzelte die Stirn. »Ich glaube, es ist das Beste, wenn du gehst. Die Temperamente sprudeln zu sehr über.«

Bertie unterdrückte ein ungläubiges Aufkeuchen. Mit einem wütenden Blick auf Clarrie stürmte er aus dem Zimmer, hochrot im Gesicht. Clarrie widerstand dem Drang, ihm hinauszufolgen und ihn zur Tür zu begleiten, wie sie es als Haushälterin getan hätte. Sie lauschten schweigend, wie Bertie die Treppe hinunterstapfte und die Diele durchquerte. Die Haustür fiel krachend zu und ließ den Kronleuchter in der Diele klirren.

Eine ganze Weile sahen Clarrie und Herbert einander an.

»Herbert, es tut mir leid«, begann Clarrie. Er hinkte auf sie zu und hob eine Hand, um ihre Entschuldigung zu unterbrechen.

»Das muss es nicht«, sagte er. »Bertie hatte kein Recht, so mit dir zu sprechen.«

»Wie er mit mir redet, ist mir nicht wichtig«, beharrte Clarrie, »aber es regt mich auf, wenn er dir gegenüber laut wird. Mir ist gar nicht der Gedanke gekommen, dass sie meine Verbindung zu deiner Anwaltskanzlei ausschlachten würden.«

Herbert legte ihr die Hände auf die Schultern. »Wäre deine Entscheidung denn anders ausgefallen, wenn du daran gedacht hättest?«

Clarrie lächelte bedauernd. »Nein, ich glaube nicht.«

Er lächelte sie an. »Das habe ich mir gedacht. Und dafür liebe ich dich umso mehr. Du bist solch eine mutige junge Frau. Ich wünschte, ich hätte auch nur die Hälfte deines Feuers.«

»Im Vergleich zu diesen Suffragetten ist das gar nichts«, meinte Clarrie. »Ein paar der Geschichten, die sie darüber erzählt haben, wie man sie geschlagen und verhaftet hat, würden dir das Blut in den Adern gefrieren lassen. Ein Teehaus die ganze Nacht lang geöffnet zu lassen, kann damit nicht mithalten.«

»Aber du hast deinen Hals riskiert, wo andere es nicht getan haben«, erwiderte Herbert. »Wenn man der Zeitung glauben kann, haben alle großen Etablissements in der Stadt, wie die Empire-Filialen, sich geweigert, etwas mit dem Protest gegen die Volkszählung zu tun zu bekommen.«

Clarrie sah ihn verblüfft an. »Die Robsons haben abgelehnt?«

Robert nickte. »Wesley Robson wird mit der Aussage zitiert, dass er nichts mit Politik zu tun haben möchte. Seiner Meinung nach hat sie keinen Platz im Geschäftsleben.«

Clarrie schnaufte. »Das ist so typisch für ihn – er tut ganz edelmütig, aber in Wirklichkeit hat er nur Angst davor, dass eine Handvoll Frauen sein Geschäft schädigen könnte.«

Herbert musterte sie. »Du magst Wesley Robson nicht besonders, nicht wahr?«

Clarrie spürte, wie sie errötete. »Nein.«

»Warum denn?«, fragte er neugierig.

Clarrie zwang sich, von der Vergangenheit zu sprechen. »Er hat meinem Vater zu einem Zeitpunkt arg zugesetzt, als sein Teegarten kurz vor der Pleite stand. Danach ging es mit Vater sehr schnell bergab.« Sie spürte, dass ihr die Augen plötzlich vor Tränen brannten. »Und dann war da noch etwas anderes. Wesley war als Anwerber für die Teeplantagen der Robsons übereifrig. Der Sohn meiner Kinderfrau ist aus seiner Anstellung dort geflohen – er war sehr krank –, und ich bin mir ziemlich sicher, dass Wesley dafür verantwortlich war, ihn wieder aufzuspüren und zurückzuschleifen. Er ist gestorben.« Clarrie wandte den Blick ab. »Deshalb mag ich ihn so wenig«, flüsterte sie.

Herbert zog sie in seine Umarmung. »Meine arme Clarrie. Ich hatte ja keine Ahnung.«

Sie schlang ihm die Arme um die Taille, hielt ihn fest und genoss die seltene Intimität. Sie fühlte sich völlig erschöpft und wollte für immer von ihm gewiegt werden. Aber es dauerte nicht lange. Herbert löste sich von ihr.

»Du siehst müde aus, Liebes. Lass uns etwas essen, damit du dich früh zur Nacht zurückziehen kannst. Ich bestehe darauf, dass du morgen später ins Teehaus gehst. Olive könnte dieses eine Mal für dich das Aufschließen übernehmen.«

»Herbert.« Clarrie packte ihn an der Hand, als er sich zum Gehen wandte. Seine Unterstützung und die Zärtlichkeit, die er ihr gerade erwiesen hatte, machten sie mutig. »Warum … warum kommst du nicht …«

»Was, Liebes?« Er lächelte, verwirrt über ihre plötzliche Zaghaftigkeit.

»Warum kommst du nachts nicht in mein Bett?«, platzte sie heraus.

Sie sah, wie ihm das Blut ins Gesicht schoss. Er wandte rasch den Blick ab.

»Müssen wir unbedingt jetzt darüber sprechen?«, murmelte er.

»Wann sonst?«, fragte Clarrie. »Ich bin deine Frau, Herbert. Du liegst mir am Herzen, und ich dir, wie ich weiß. Dennoch meidest du das Ehebett. Liegt das daran, dass du es immer noch als Louisas Bett betrachtest? Ist es das?«

Herberts Kiefer verkrampfte sich.

»Es ist so, nicht wahr?«, schrie Clarrie verzweifelt auf. »Du bekommst sie nicht aus dem Kopf. Ich bin nicht Louisa, also kannst du es nicht ertragen, mit mir intim zu werden. Ich bin nicht gut genug für dich, ist es das?«

»Nein!«, stritt Herbert es mit zusammengebissenen Zähnen ab.

»Warum dann?«, fragte Clarrie heftig. »Sieh mich an, Herbert, und sag mir, warum du mich geheiratet hast, wenn du nicht in meinem Bett schlafen willst.«

Er starrte sie aus verstörten Augen an. Seine Miene wirkte gequält. »Ich will eigentlich«, antwortete er mit zitternder Stimme, »aber ich wage es nicht.«

Clarrie war verblüfft. »Was meinst du damit, du wagst es nicht?«

»Ich habe schreckliche Angst, dich zu verlieren«, gestand er.

»Wie könntest du mich verlieren? Ich möchte mit keinem anderen verheiratet sein.«

»Ich befürchte, dass du, wenn ich …« Er hatte Mühe, es zu erklären. »Dass es dich vielleicht umbringt, wenn du schwanger wirst.«

Sie starrte ihn ungläubig an.

»Ich gebe mir die Schuld an Louisas Tod«, flüsterte er, »und ich kann den Gedanken nicht ertragen, dass auch du sterben könntest – durch meine eigenen egoistischen Begierden.«

Nach seinem Geständnis stand er zitternd da. Clarrie war erschüttert.

»Aber es war nicht deine Schuld«, sagte sie und legte ihm die Hände an die brennenden Wangen. »Louisa war von Melancholie geschwächt – sie wollte nicht mehr leben, nachdem sie das Baby verloren hatte. Bei uns wäre das anders. Ich bin halb so alt wie sie und gesund und munter. Ich werde nicht bei einer Geburt sterben.«

»Das weißt du nicht«, entgegnete Herbert aufgeregt und packte ihre Hände. »Es ist solch eine riskante Angelegenheit. Und ich bin nicht bereit, das Risiko einzugehen – nicht mit dir.« Er führte ihre Hände nach unten und presste sie zwischen seinen zusammen. »Du bedeutest mir so viel, Clarrie. Ich werde nichts tun, was dir schaden könnte.«

»Aber alles, was wir tun, ist mit einem Risiko behaftet«, wandte Clarrie ein. »Man kann von der Straßenbahn überfahren werden, auf nassen Stufen ausrutschen oder von einem durchgehenden Pferd niedergetrampelt werden. Man kann nicht durchs Leben gehen und ständig vor etwas Angst haben, das höchst unwahrscheinlich ist.«

»Du bist jung und siehst die Notwendigkeit der Vorsicht nicht ein«, konterte Herbert, »aber ich sehe sie sehr wohl. Ich habe schon eine geliebte Frau verloren und weiß, dass ich solch eine Trauer nicht noch einmal durchstehen könnte. Deshalb habe ich – Gott möge mir verzeihen! – unsere Verbindung nie vollzogen. Bitte sag, dass du Verständnis dafür hast.«

Sie sah in sein gequältes Gesicht. Seine Angst war offensichtlich. Aber was hieß das für ihre Ehe? Sie würde weiter nur schöner Schein sein, und wenn an die Öffentlichkeit drang, dass sie getrennte Schlafzimmer hatten, würde sie das vielleicht sogar zum Gespött machen. Aber was hatte sie schon für eine Wahl? Sie schluckte ihre bittere Enttäuschung hinunter.

»Ich habe Verständnis«, antwortete sie. Dann wandte sie sich schnell von ihm ab, damit er nicht sah, wie traurig er sie gemacht hatte, und ging voran nach unten.

25

Ganz im Gegensatz zu Berties düsteren Vorhersagen schadete die Volkszählungsaffäre weder der Anwaltskanzlei der Stocks noch Clarries Teehaus. Als im Herbst das erhoffte Reformgesetz im Parlament scheiterte, löste das eine militante Kampagne aus, bei der Fenster eingeschlagen wurden. Herbert wurde gebeten, zwei Mitglieder der WSPU vor Gericht zu vertreten. Sie wurden zu einer Geldstrafe verurteilt und gingen stattdessen lieber ins Gefängnis, aber Clarrie war dankbar, dass ihr Mann sich für die Frauen eingesetzt hatte, vor allem angesichts von Berties Ärger darüber, dass er die Fälle überhaupt angenommen hatte.

Was das Teehaus betraf, erhielt Clarrie eine Flut von Anfragen von anderen politischen Gruppierungen, die Interesse daran hatten, ihren Versammlungssaal zu mieten. Lexy und ihre jüngste Schwester Edith, die ihre Stelle in der Wäscherei übernommen hatte, wohnten mietfrei in der Wohnung über dem Teesalon. Im Gegenzug schlossen sie morgens auf und sperrten spät ab. Herbert's Tea Rooms wurden als informeller Debattierclub für radikale Zweige der Independent Labour Party, Gewerkschaften und Frauengruppen bekannt. Clarrie genoss die bunte Mischung von Leuten, die kamen und gingen.

Müde Einkaufsbummler und ältere Herrschaften gaben sich mit Künstlern und Gewerkschaftsführern die Klinke in die Hand.

Sie war nicht mit allen politischen Meinungen einverstanden, die an ihren Teetischen diskutiert wurden. Dennoch freute es sie zu sehen, dass sowohl Männer als auch Frauen das Teehaus dem Pub vorzogen und es als sicheren Zufluchtsort betrachteten. Als die Schulferien anbrachen, bot sie verbilligten Tee für Familien an und verteilte kostenlos Äpfel, Bananen und Süßigkeiten an Kinder, die Geburtstag hatten. Das Herbert's wurde für sein gesundes Essen zu günstigen Preisen, sein fröhliches und fleißiges Personal und die hübsche dunkle Mrs Stock bekannt, die sich nicht nur der Loyalität ihrer Angestellten, sondern auch der wachsenden Zuneigung der Arbeiterbevölkerung des West End sicher sein konnte.

Der radikale Ruf des Teehauses sprach sich herum, und die Avantgarde und die Bohemiens von Newcastle kamen aus Neugier und blieben. Sie mochten die bunte Einrichtung und den proletarischen Schick. Olive bekam ein paar Aufträge für ihre Gemälde in leuchtenden Farben mit ihrer überraschenden Mischung aus fernöstlichen Vögeln und nördlichen Landschaften. So etwas hatte hier noch niemand gesehen. Clarrie war froh, dass Olive mit ihrer Kunst Erfolg hatte und beschäftigt war, denn sie hatte keine Zeit mehr, etwas mit ihrer Schwester oder auch nur mit ihrer Freundin Rachel zu unternehmen. Das Teehaus hielt sie jeden wachen Moment lang in Atem.

An einem betriebsamen Winternachmittag, als die Fenster dank der Wärme drinnen beschlugen und Regen auf den Bürgersteig draußen prasselte, kam ein hochgewachsener Mann herein und schüttelte die Nässe aus seinem Regenschirm. Clarrie ging auf ihn zu, um ihm den Schirm abzunehmen und in den Ständer zu stellen, und zuckte schockiert zusammen.

»Guten Tag, Mrs Stock.« Wesley lächelte steif und nahm den Hut ab. Regen glänzte auf seinem hübschen Gesicht und tropfte ihm aus den dunklen Koteletten.

»Was machen Sie hier?«, fragte sie empört.

Einen Moment lang wirkte er verblüfft. Dann nahmen seine grünen Augen ihren üblichen abschätzenden Ausdruck an. »Ich bin hier, um Tee zu trinken. Dafür werben Sie doch draußen.«

»Natürlich«, sagte sie und fing sich rasch wieder. »Ich führe Sie gern zu einem Tisch, Mr Robson. Hinten ist noch Platz.«

Sie schlängelte sich zwischen den überfüllten Tischen hindurch. Die Atmosphäre war stickig vor Tabakrauch, feuchter Wolle und Essensdünsten. Das Scharren des Bestecks und das Klirren der Tassen mischten sich mit dem Geplauder und Gelächter. Clarrie führte Wesley zu einem kleinen Tisch hinter einem Kübel mit einer Schusterpalme auf einem alten Ständer, den Olive gelb gestrichen hatte. Das war Florence' und Nancys Lieblingsplatz, geschützt vor der Zugluft der Haupteingangstür. Dort konnten sie ungestört über den Kampf um das Frauenwahlrecht diskutieren. Aber wenn sie kamen, dann erst heute Abend. Clarrie strich die Leinentischdecke glatt und zog Wesley einen Stuhl heraus.

»Ich schicke Ihnen Lexy, damit sie Ihre Bestellung aufnimmt, Mr Robson«, sagte sie, ohne Blickkontakt aufzunehmen.

Hinter der Theke zog Lexy die Augenbrauen hoch.

»Ja, es ist Wesley Robson«, bestätigte Clarrie. »Er ist bestimmt hier, um uns auszuspionieren.« Sie nickte Lexy zu. »Geh zu ihm, und nimm seine Bestellung auf – und finde heraus, worauf er es abgesehen hat.«

Clarrie wurde vom Zustrom der Gäste beschäftigt gehalten, die Zuflucht vor dem Wolkenbruch draußen suchten, der allmählich in Schneeregen überging. Die Leute zwängten sich zu zweit auf einen Stuhl, und sie krempelte die Ärmel hoch, um die Nachfrage nach Speisen und heißen Getränken befriedigen zu können. Eine Stunde später fiel ihr auf, dass sie Wesley gar nicht hatte gehen sehen.

»Er ist immer noch da«, bestätigte Lexy, »und bei seiner dritten Kanne Tee. Macht sich ganz dreist Notizen. Sagt, dass er mit dir reden will, bevor er geht.«

Clarries Herz begann zu rasen. Sie hatte nicht den Wunsch, mit ihm zu sprechen, war aber neugierig, was er vorhatte.

»Wahrscheinlich fragt er sich, wohin einige seiner vornehmen Gäste verschwunden sind.« Lexy zwinkerte. »Er ärgert sich bestimmt, dass dieses Lokal hier so gut läuft.«

Clarrie lachte. »Für die Teehäuser der Robsons stellen wir wohl kaum eine Bedrohung dar.« Aber insgeheim war sie erfreut, dass das Herbert's so bekannt war, dass sogar Wesley aufmerken und sich dafür interessieren musste. In weniger als einem Jahr hatte sie erreicht, was sie sich vorgenommen hatte: Sie hatte bewiesen, dass ein erstklassiger Teesalon im Arbeiterviertel Elswick Erfolg haben konnte.

Eine halbe Stunde später hörte der Regen schlagartig auf, und das Teehaus leerte sich allmählich.

»Er fragt nach dir«, sagte Lexy und nickte zum hinteren Ende des Raums hinüber.

Clarrie holte tief Luft, um ihre Nervosität in den Griff zu bekommen, schob sich verrutschte Haarsträhnen zurecht und ging los, um sich mit Wesley zu befassen.

»Ist alles recht so, Mr Robson?«, fragte sie und strich mit klammen Händen über ihr Kleid. Sie war fünfundzwanzig, verheiratet und endlich eine erfolgreiche Geschäftsfrau. Dennoch weckte er mit seinem spöttischen Blick in ihr das Gefühl, ein unbeholfenes Mädchen zu sein.

»Sehr, Mrs Stock. Darf ich Ihnen zur Qualität Ihres Tees gratulieren? Ich muss zugeben, dass ich überrascht bin, wie schnell Sie sich im Teegeschäft einen Namen gemacht haben.«

Clarrie schenkte ihm ein trockenes Lächeln. »Sie hätten wohl nicht gedacht, dass eine Belhaven mit irgendetwas Erfolg haben könnte?«

Ein Lächeln huschte über seine Lippen. »Also sind Sie im Herzen immer noch eine Belhaven? Das freut mich zu hören.«

Clarrie errötete. »Da war ich natürlich gedankenlos. Ich bin stolz darauf, Mrs Herbert Stock zu sein, wie Sie schon am Namen dieses Teehauses sehen.«

»In der Tat.« Wesley musterte sie.

»Gibt es noch etwas, das Sie gern hätten, bevor Sie gehen?«, fragte Clarrie spitz. »Oder haben Sie genug gesehen, um Ihren Geschäftspartnern Bericht zu erstatten?«

Wesley lachte kurz auf. »Sie glauben also, dass ich Sie ausspioniere?«

»Tun Sie das nicht?«

Er murmelte: »Nicht mehr als Sie, als Sie Ihren Teesalon geplant haben. Ich glaube, Sie haben meine neuen Empire-Filialen mit Ihrer hübschen Freundin besucht – Mrs Garven, so heißt Sie doch?«

Clarrie riss überrascht die Augen auf. »Ich habe Sie gar nicht bemerkt.«

»Nein«, sagte er mit einem triumphierenden Lächeln, »aber es gibt nicht viel, das ich nicht sehe oder von dem ich nicht wenigstens höre.« Er bemerkte ihr Unbehagen und fügte rasch hinzu: »Haben Sie einen Moment Zeit, sich zu mir zu setzen? Bitte. Es gibt etwas, das ich gern mit Ihnen besprechen würde.«

Widerwillig zog Clarrie sich den Stuhl gegenüber von ihm heraus und ließ sich aufrecht auf der Kante nieder, die Hände im Schoß gefaltet, um sie am Zittern zu hindern.

»Ich habe schon viel über dieses Teehaus gehört«, sagte Wesley und senkte die Stimme zu einem leisen Grollen, »und ich bin sehr beeindruckt von dem, was du erreicht hast. Es ist ein interessantes soziales Experiment.«

»Kein Experiment«, antwortete Clarrie, »sondern eine Notwendigkeit. Ich habe hier solch einen Bedarf dafür gesehen, als Olive und ich hergekommen sind.« Sie war sich nicht sicher, wie viel sie ihm von der Zeit bei ihren Verwandten erzählen sollte, entschloss sich aber, dass es jetzt, da sie Herberts Frau war und eine gewisse gesellschaftliche Stellung hatte, keine Rolle mehr spielte. »Wir haben in einem Pub zwei Straßen von hier gelebt und mussten Männern Bier und Spirituosen servieren, bis sie sturzbetrunken umfielen. Wir versuchten, keine Schläge abzubekommen, wenn sie einander am Freitagabend besinnungslos prügelten. Es war sehr Furcht einflößend. Sehr weit von der eleganten Gesellschaft in Shillong entfernt.«

Wesley runzelte die Stirn. »Sprich weiter.«

»Ich weiß aus bitterer Erfahrung, dass Alkohol Leben ruinieren und die Seelen der Menschen ebenso sehr wie ihre Körper vergiften kann. Am schlimmsten erging es den Frauen. Mädchen wie Lexy kamen herein, um sich aufzuwärmen und der Plackerei in der Wäscherei für zwanzig Minuten zu entkommen und alles mit ein paar Whiskeys oder einem Glas Starkbier zu betäuben. Sie galten als die Niedersten der Niederen: Meine Verwandten verabscheuten sie, und meine Freundin Maggie wurde regelmäßig von ihrem betrunkenen Mann geschlagen, weil sie selbst trank. Das war kein richtiges Leben. Frauen wie sie haben etwas Besseres verdient.« Clarrie nickte zur Theke hinüber. »Sieh dir Lexy jetzt an. Sie rührt keinen Tropfen mehr an – zum Teil, weil sie viel zu beschäftigt dafür ist.« Clarrie lächelte kurz. »Aber sie braucht das auch nicht mehr. Stattdessen hat sie ihre Selbstachtung. Niemand würde es wagen, hier hereinzukommen und sie zu beschimpfen – so jemand würde schneller wieder zur Tür hinausgeworfen werden, als man *King George* sagen kann.«

Sie hielt Wesleys Blick fest. »Du denkst vielleicht wegen all der Aufregung um die Suffragetten und dergleichen, dass dieses

Teehaus eine Brutstätte der Revolution ist. Wenn ja, dann nur nebenbei; in Wirklichkeit ist es für Frauen wie Lexy und Ina gedacht. Ein kleines Stück vom Paradies. Einige von uns haben das Glück, schon zu Lebzeiten einen Blick darauf zu erhaschen. Belguri war meines. Warum sollten diese Frauen nicht auch ein bisschen davon vor ihrer Haustür haben?«

Wesley sah sie auf derart seltsame Art an, dass Clarrie sich fragte, ob es töricht von ihr gewesen war, so etwas zu sagen. Warum hatte sie es getan? Er würde ihr die Worte über Revolution und Paradies im Mund umdrehen, um sie als politische Unruhestifterin hinzustellen und ihrem Geschäft zu schaden.

Er beugte sich über den Tisch. Sein Blick war intensiv. »Warum dehnst du deine Weltverbesserungsidee nicht auf andere Arbeiterviertel aus? Du hast bewiesen, dass das Geschäftsmodell funktioniert.«

Ärger durchzuckte Clarrie. »Es ist kein Geschäftsmodell – es geht um echte Menschen aus Fleisch und Blut in genau diesem Stadtteil. Es funktioniert, weil wir sie kennen und sie uns kennen. In anderen Gegenden kenne ich mich nicht aus.«

»Aber du machst doch Gewinn, oder?«, fragte Wesley eifrig. »Und das Teehaus ist sehr beliebt. Was auch immer deine Beweggründe dafür waren, es zu eröffnen, es erweist sich als höchst erfolgreich. Diesen Erfolg solltest du ausbauen – indem du in andere Gegenden expandierst. Oder willst du etwa nicht, dass die Armen in anderen Stadtteilen etwas von deinem Paradies haben?«

Clarrie wusste nicht recht, ob er wirklich von der Idee überzeugt war oder nur plante, sie in irgendeiner Form auszunutzen. »Ich habe weder das Kapital noch den Willen zu expandieren. Meine Zeit und meine Energie sind hier schon vollständig in Anspruch genommen. Ich habe mich mit Leib und Seele darauf eingelassen. Hier will ich bleiben.«

Er bedachte sie mit einem gereizten Blick. »Ich könnte die Expansion finanzieren.«

»Du?«, stieß Clarrie ungläubig hervor.

»Ja«, sagte er mit leuchtenden Augen. »Komm mit mir ins Geschäft, Clarrie!«

Bei dem unerwarteten Angebot ging ein Ruck durch ihr Herz. »Nein«, entgegnete sie sofort, »bestimmt nicht.«

»Warum nicht?«, fragte er.

Einen Moment lang fehlten ihr die Worte. Hatte sie selbst nicht einmal an genau diese Lösung gedacht, als Herbert sie immer weiter vertröstet hatte?

»Wir passen nicht zusammen«, brachte sie hervor.

»Ich bin mir sehr wohl bewusst, dass Sie mich auf persönlicher Ebene nicht ausstehen können, Mrs Stock«, sagte er trocken. »Ich biete nur ein geschäftliches Arrangement an.«

Clarrie errötete. »Das habe ich verstanden. Aber unsere Vorstellungen vom Geschäft sind ziemlich gegensätzlich – ich bin damit zufrieden, alles im kleinen Rahmen zu belassen, solange das Teehaus sich selbst trägt. Es kommt mir mehr auf die Menschen an als auf den Gewinn.«

»Das ist einfach nur naiv«, gab Wesley zurück. »Je mehr Profit Sie machen, desto besser können Sie Ihr Personal bezahlen.«

»Ihr Personal wird trotz Ihrer Gewinne nicht besser als meines bezahlt«, konterte Clarrie. »Aber zweifelsohne quellen die Taschen Ihrer Verwandten und Anteilseigner vor Dividenden über.«

Wesley lief rot an. Sie hatte ihn aus dem Gleichgewicht gebracht. »Aufgrund unserer klugen Finanzgrundlage überstehen die Teesalons der Robsons sehr viel eher eine Rezession. Ihrer nicht. Und wenn die nächste kommt, was wird dann aus Ihrem kostbaren Personal?«

»Ich bin gerührt, dass Sie den weiten Weg auf sich genommen haben, nur um Ihrer Besorgnis Ausdruck zu verleihen, ob ich im Geschäft bleibe oder nicht«, sagte Clarrie in vernichtendem Ton.

»Ich biete Ihnen die Gelegenheit, mit den Empire Tea Rooms zusammenzuarbeiten«, fuhr Wesley ungeduldig fort. »Gemeinsam könnten wir Teehäuser im ganzen Nordosten betreiben. Sie könnten selbst eine reiche Frau werden und wären nicht mehr von der Großzügigkeit Ihres Mannes abhängig.«

»Aber von Ihrer? Das wäre für manche Leute vielleicht verlockend, aber ich habe nicht die Absicht, nach der Pfeife der Robson-Anteilseigner zu tanzen. Hier kann ich alles so machen, wie es mir gefällt, und meinen Versammlungssaal vermieten, an wen auch immer ich will.«

»Das würde sich nicht ändern«, beharrte Wesley. »Den Anteilseignern ist so etwas egal.«

»Warum war ich dann die einzige Teehausbesitzerin, die bereit war, ihr Lokal zu vermieten?«, fragte Clarrie herausfordernd. »Sie haben das nicht gewagt.«

Wesley warf verständnislos die Hände in die Luft. »Warum bist du nur so verbohrt gegen mich eingenommen?«, rief er.

»Weil ich dir nicht vertraue«, entgegnete Clarrie und hielt seinem Blick stand.

Frustriert verzog er das Gesicht. »Warum nicht?«

»Ich weiß, wie ihr Robsons eure Geschäfte betreibt«, sagte Clarrie. »Das habe ich sowohl in Indien als auch hier gesehen. Ihr seid nicht zufrieden, bis alle anderen entweder für euch arbeiten oder in den Ruin getrieben sind.«

»Das ist lächerlich«, gab Wesley zurück. »Ich will dich nicht in den Ruin treiben – ich will dir helfen zu wachsen.«

»Wirklich?«, fragte Clarrie. »Oder willst du dir nur einen Anteil an meinem Erfolg sichern? Ich glaube dir keine Minute lang, dass deine Familie einverstanden wäre, ein *soziales*

Experiment zu finanzieren, es sei denn, sie wäre der Meinung, dass etwas für sie dabei herausspringt. Ich glaube, ihr Robsons seid neidisch darauf, dass ich gut zurechtkomme. Sobald ihr seht, dass etwas floriert, müsst ihr es unbedingt kontrollieren.«

Wesley kniff die Augen zusammen. »Mein Gott, es ist zum Verzweifeln, mit dir Geschäfte zu machen – genau wie bei deinem Vater«, sagte er anklagend. »Auch der war nie in der Lage, das große Ganze zu sehen. Bleib klein, wenn du unbedingt willst, aber ohne meine finanzielle Unterstützung hältst du dich höchstens zwei oder drei Jahre.«

»Ist das eine Drohung?«, fragte Clarrie empört.

»Nein«, entgegnete Wesley wütend, »das ist Ökonomie.«

»Dann gehe ich das Risiko ein«, verkündete Clarrie. »Ich bin es gewohnt, Stürme zu überstehen. Ich danke dir für dein Angebot, aber ich werde nie Geld von einem Robson annehmen.«

Sie starrten einander böse an. Wesley lehnte sich mit zusammengebissenen Zähnen zurück. Clarrie stand auf und wandte sich zum Gehen. Er sprang auf und packte sie am Arm, als sie sich entfernen wollte.

»Ich durchschaue dich, Clarrie. Du spielst die stolze Belhaven nur. Mein Angebot verschmähst du, aber du warst dir nicht zu gut, einen alten Mann um seines Geldes willen zu heiraten, um dich hier etablieren zu können.«

Clarrie bedachte ihn mit einem flammenden Blick. »Ich habe nichts dergleichen getan. Ich habe Herbert geheiratet, weil …«

»Weil du ihn liebst?«, fragte Wesley hämisch. Er sah sie wissend an. »Das ist nicht das, was ich gehört habe.«

Clarrie wurde heiß vor Empörung. Sie entzog sich seinem Griff. »Ich weiß nicht, was du meinst.«

»Ich verurteile dich nicht«, versicherte Wesley. »Andere aber sehr wohl.«

»Du solltest nichts auf müßigen Tratsch geben.«

»Ich rede nicht von Dienstbotenklatsch.« Er verstellte ihr den Weg. »Du irrst dich, wenn du glaubst, dass ich dein Feind bin. Es gibt einige, die dich gern scheitern sehen wollen, aber ich gehöre nicht dazu.«

Abrupt griff er nach Mantel und Hut und marschierte durch den Teesalon. Er verlangsamte seine Schritte kaum, um seinen Regenschirm aus dem Ständer zu holen. Clarrie beobachtete, wie er den Hut vor der erstaunten Lexy lüpfte, während er ihr einen Zehn-Shilling-Schein in die Hand drückte und dann ging.

Zehn Minuten später hämmerte ihr Herz immer noch von der Begegnung, während sie beim Abräumen der Tische half.

»Das war großzügig von Mr Robson, nicht wahr?«, bemerkte Lexy und musterte Clarrie. »Was wollte er?«

»Was er immer will«, murmelte Clarrie. »Einen Anteil am Geschäft anderer Leute.«

Lexy schnaufte. »Ich hoffe, du hast ihm gesagt, dass er in den Fluss springen soll.«

Clarrie lachte. »Ja, so ungefähr.«

»Gut so«, sagte Lexy. »Jungs können es nicht ausstehen, wenn Mädels ganz allein etwas auf die Reihe kriegen.«

Clarrie legte einen Arm um ihre Freundin. »Danke, Lexy.«

»Wofür?«

»Dass du mich darin bestärkst, Robsons Geld nicht anzunehmen.«

»Na, es wäre doch nicht richtig, oder? Nicht nach allem, was du darüber erzählt hast, wie er deinem armen Dad gegenüber so von oben herab war«, sagte Lexy voller Missbilligung. »Geld ist nicht alles, nicht wahr?«

26

1912

Ein Jahr nach der Eröffnung gab Clarrie eine Geburtstagsparty für Herbert's Tea Rooms. Obwohl das Wetter noch winterlich war und Eisregenschauer den fahlen Sonnenschein unterbrachen, stellten sie Zusatztische auf der Straße auf und schmückten das Teehaus von außen mit Luftballons und Papierblumen. Sie servierten kochend heiße Suppe mit Linsen und Schinken, Steak-und-Nierchen-Pasteten sowie Fischcurry mit Reis. Zum Nachtisch gab es dampfgegarte Puddings, Karamellcreme, Kuchen und Kekse, die mit Zuckerguss in Grün und Orange – den Farben des Teehauses – überzogen waren.

Dutzende von Leuten wurden an dem Tag bewirtet, und ein Artikel darüber erschien im *Newcastle Chronicle* mit einem Foto von Clarrie und ihren Kellnerinnen, die vor dem Teesalon standen. Auch Daniel Milner wurde interviewt, weil er den hochwertigen Tee lieferte.

»*Einer von Newcastles beliebtesten Teesalons feiert seinen ersten Geburtstag*«, las Herbert stolz beim Abendessen am folgenden Tag vor. »*Der Teehändler Mr Daniel Milner sagte: ›Mrs Stock ist sehr eigen, was ihren Tee angeht. Sie probiert die Mischungen gern, bevor sie sie kauft. Sie ist eine hochgeschätzte Kundin.›* Und dann heißt es: *Mrs Stock, die Frau des angesehenen Anwalts Mr Herbert Stock, ist eine gebürtige Anglo-Inderin und in einem Teegarten in Assam aufgewachsen.*« Herbert sah Clarrie über die Zeitung hinweg an und lächelte. »*Mrs Stock sagte: ›Mehr als alles andere ist Tee unser Nationalgetränk. Jeder mag ihn. Im Herbert's servieren wir die beste Qualität, die wir bieten können, zu einem Preis, den jeder sich leisten kann.*‹«

»Hör auf!«, rief Clarrie und presste die Hände an ihre errötenden Wangen. »Habe ich das wirklich gesagt? Ich klinge wie eine Handlungsreisende!«

Herbert lachte leise. »Ich bin sehr stolz auf dich, Liebes.«

Sie saßen beiderseits des Kamins im Arbeitszimmer. Ihr spätes Abendessen hatten sie am Kartentisch eingenommen.

»Wo ist Olive?«, fragte Clarrie. »Ich wollte ihr noch sagen, wie viel Anklang ihre Papierblumen gefunden haben. Ist sie noch oben und malt?«

Herbert faltete die Zeitung zusammen und legte sie beiseite. »Ich glaube, sie ist noch nicht zurück.«

»Zurück woher?«

»Wollte sie nicht ins Konzert gehen?«, fragte Herbert unsicher.

Clarrie gähnte. Sie konnte sich nicht erinnern, wann sie zuletzt im Konzert oder in einem Film gewesen war. Es war schon über ein Jahr her, wenn nicht länger. Ihr einziger freier Abend in der Woche war am Sonntag, und dann wollte sie nichts lieber, als früh zu Bett gehen und schlafen. Aber sie war froh, dass Olive etwas unternahm. Es war lange her, dass ihre Schwester sich zuletzt darüber beschwert hatte, dass sie sich langweilte und als Schwägerin von Herbert Stock nichts zu tun hatte.

»Sie ist bestimmt mit Rachel ausgegangen«, meinte Clarrie. »Dann muss ich ja kein ganz so schlechtes Gewissen haben, dass ich meine Freundin so selten sehe.«

Herbert runzelte die Stirn. »Es ist doch nicht nötig, dass du dich so überanstrengst, Liebes. Warum nimmst du dir nicht einen Tag pro Woche frei, um etwas Lustigeres zu machen?«

Clarrie lächelte schief. »Wie du, meinst du?«

»Ich bin nicht sehr gut darin, lustig zu sein, das gebe ich zu«, räumte Herbert bedauernd ein.

Sie saßen noch eine Weile da, während das Feuer herunterbrannte. Herbert las, und Clarrie döste. Am Ende hörten sie, wie die Haustür sich öffnete und wieder zufiel. Clarrie stand auf.

»Das ist sicher Olive, die nach Hause kommt«, sagte sie.

Herbert schaute mit überraschter Miene auf. »Ist sie denn heute Abend ausgegangen?«

Clarrie sah ihn scharf an. »Du warst es doch, der das behauptet hat, weißt du nicht mehr?«

»Habe ich das gesagt?« Sein Gesicht umwölkte sich.

»Du meintest, sie sei in einem Konzert«, rief Clarrie ihm ins Gedächtnis.

»Ah, ein Konzert.« Herbert nickte, sah aber immer noch unsicher drein. Clarrie trat auf ihn zu und streichelte ihm die Stirn.

»Du bist müde. Du bist derjenige, der weniger Zeit bei der Arbeit verbringen sollte, nicht ich«, tadelte sie ihn.

Er nahm ihre Hand und drückte sie mit liebevollem Blick. »Was hätte das für einen Sinn, wenn du nicht hier bei mir wärst? Das wäre doch sehr langweilig.«

* * *

Als Will über die Osterferien aus Durham zurückkam, sorgte er für Aufsehen, indem er in Herbert's Tea Rooms aushalf. Er hatte den Kopf voller Ideen der sozialreformerischen Settlement-Bewegung: In Universitätsniederlassungen lebten und arbeiteten privilegierte Studenten an der Seite der Armen in den

Slums der großen Städte. Einige seiner Freunde hatten sich entschieden, das im Londoner Osten zu tun, und Johnny war in solch einem Settlement in Edinburgh geblieben, um dort zu helfen, statt über die Ferien nach Hause zu fahren.

Die Neuigkeiten führten einen kritischen Bertie zu ihnen. »Es ist schlimm genug, dass diese Frau unseren Namen benutzt und mit allem Pöbel von Tyneside Umgang hat«, sagte er zu seinem jüngeren Bruder, »aber du solltest klüger sein. Das ist ordinär und demütigend.«

»Für wen?«, fragte Will überrascht.

»Für uns alle!«, schäumte Bertie.

»Nicht für mich«, sagte Will. »Es macht sogar einen Riesenspaß.«

»Verity und mir ist es jedenfalls peinlich«, schimpfte Bertie. »Wir genießen gesellschaftliches Ansehen. Was glaubst du, wie es sich macht, wenn ich einflussreiche Geschäftskunden zu Gast habe und sie mich fragen, ob ich irgendetwas mit dem bolschewistischen Teehaus in Elswick zu tun habe? Das gefällt ihnen kein bisschen. Und was Veritys Familie betrifft, so schaudern alle jedes Mal, wenn es auch nur erwähnt wird.«

»Haben sie es sich selbst schon angesehen?«, fragte Will milde.

»Natürlich nicht!«, rief Bertie. »Sei nicht so unverschämt!«

»Dann können sie sich wohl kaum ein Urteil darüber erlauben, oder?« Will lächelte.

»Hör zu, Will«, herrschte Bertie ihn an. »Ich bitte dich, damit aufzuhören, dich zum Narren zu machen, und dich stattdessen von diesem Lokal fernzuhalten. Das betrachte ich als Frage der Familienloyalität. Du solltest ohnehin lieber lernen, als dich hier auf das primitive Niveau des gemeinen Volks zu begeben.«

Zu Clarries Entzücken ignorierte Will die Strafpredigten seines Bruders, half ihr weiter im Teehaus und spielte an regnerischen Nachmittagen Geige für die Gäste. Die dunkeläugige, kichernde Edna war besonders hingerissen von Wills gutem Aussehen und seinen freundlichen, entspannten Umgangsformen. Sie schäkerte mit ihm, und er neckte sie im Gegenzug.

»Da würde Mr Bertie bestimmt der Schlag treffen«, scherzte Lexy, »wenn Mr Will mit unserer Edna durchbrennen würde.«

Als Will zum Sommersemester nach Durham zurückkehren musste, blies Edna tagelang Trübsal, und es munterte sie noch nicht einmal auf, dass alle Stammgäste sie deftig aufzogen. Clarrie verspürte einen Hauch von Neid angesichts der unverhohlenen Bewunderung des Mädchens für Will. Sie fragte sich, wie es wohl war, einfach so von ganzem Herzen verliebt zu sein.

Als sie eines Abends spät nach Hause kam, fand Clarrie Herbert am Wohnzimmerfenster. Er sah gedankenverloren nach draußen. Das war seltsam, weil er den Raum sonst kaum aufsuchte und sich lieber ständig in seinem Arbeitszimmer aufhielt. Clarrie wusste, dass Olive hier im Licht der großen Fenster nähte, weil sie ihren Handarbeitskorb immer auf der Bank am Fenster stehen ließ. Abgesehen davon blieb das Zimmer überwiegend ungenutzt.

»Herbert, ist alles in Ordnung?«, fragte Clarrie und begrüßte ihn mit einem Kuss auf die Wange.

»Ja.« Er lächelte und schien erleichtert zu sein, sie zu sehen. »Vollkommen in Ordnung.«

»Warum stehst du dann hier im Halbdunkel?«, fragte Clarrie amüsiert. »Versteckst du dich vor jemandem?«

»Ob ich mich verstecke?« Er runzelte die Stirn. »Nein. Ich wollte dir etwas sagen …« Seine Stimme wurde immer leiser.

Clarrie verspürte einen Anflug von Besorgnis. Er wurde immer geistesabwesender.

»War es etwas Wichtiges?«, fragte sie.

»Ja, ich glaube schon. Wie dumm von mir«, antwortete er und geriet in Aufregung.

Sie nahm ihn beim Arm und führte ihn zur Tür. »Mach dir keine Sorgen. Es fällt dir schon noch wieder ein, wenn es so wichtig ist. Lass uns etwas zum Abendessen auftreiben. Ist Olive da?«

»Olive«, wiederholte er. »Das ist es!«, rief er dann. »Jetzt weiß ich es wieder.«

Clarrie lächelte. »Was war es denn? Ist Olive schon wieder im Kino?«

»Nein, nein, viel mehr als das«, verkündete er voller Vorfreude. »Der junge Mann ist vorbeigekommen, um wegen Olive mit mir zu sprechen.«

»Was für ein junger Mann?«, fragte Clarrie.

Herbert verzog verärgert das Gesicht, während er nach dem Namen suchte. »Oh, du weißt doch, wer er ist! Fröhlich … rotgesichtig … Tee.«

»Jack Brewis?«, riet Clarrie.

»Brewis, genau.« Herbert strahlte. »*Brewis.*«

Clarrie wartete darauf, dass er mehr sagen würde, aber Herbert stand einfach da und lächelte.

»Was wollte er?«, hakte Clarrie nach. »Du hast gesagt, er sei wegen Olive hier gewesen.«

»Olive? Ja, ja, stimmt. Er ist aus Höflichkeit gekommen – um zu fragen, ob ich Einwände hätte. Er will Olive heiraten.«

Clarrie starrte ihn fassungslos mit offenem Mund an. »Meine Schwester heiraten? Wann hat er … wie … Ich hatte ja keine Ahnung …« Ihre Eingeweide verknoteten sich. »Was hast du zu ihm gesagt?«

»Ich habe gesagt, dass es ganz von Olive abhängt«, antwortete Herbert und tätschelte ihr die Hand, »aber dass er unseren Segen hat, wenn es das ist, was sie wollen. Und dass wir natürlich mithelfen, die Hochzeit zu bezahlen.«

Clarrie wurde übel vor Schock. Wie konnte es sein, dass sie davon nichts gewusst hatte? Olive hatte nie erwähnt, dass jemand ihr den Hof machte. Und dann ausgerechnet Jack!

Herbert sah sie nervös an. »Du wirkst nicht erfreut. Habe ich etwas Falsches gesagt? Es ist doch etwas Gutes, oder? Brewis sieht mir nach einem angenehmen jungen Mann aus, und Daniel … wie heißt er doch gleich?«

»Milner«, ergänzte Clarrie.

»Daniel Milner hält große Stücke auf ihn als Angestellten«, schloss Herbert.

»Ja, natürlich«, murmelte Clarrie und hatte das Gefühl, keine Luft mehr zu bekommen. »Das sind wunderbare Neuigkeiten.«

Ganz plötzlich stieg ihr ein Schluchzen in die Kehle, und zu ihrer Beschämung brach sie in Tränen aus.

Olive reagierte trotzig, als Clarrie sie später am Abend in ihrem Schlafzimmer zur Rede stellte.

»Du hast mich nie gefragt, ob jemand mir den Hof macht. Du warst immer zu beschäftigt mit dem Teesalon, um dich dafür zu interessieren, was ich tue.«

»Das ist ungerecht«, protestierte Clarrie. »Es hat mich immer interessiert. Ich dachte nur, du seist mit Rachel unterwegs, statt dich mit Jack in der Stadt zu amüsieren.«

»Was spielt das für eine Rolle?«, fragte Olive gereizt.

»Ich hätte es gern gewusst«, sagte Clarrie vorwurfsvoll. »Meine Schwester und Jack Brewis. Bin ich die Letzte, die davon erfährt?«

»Vielleicht habe ich dir nie etwas gesagt, weil ich wusste, dass du so reagieren würdest.«

»Wie?«

»Ablehnend.«

»Ich habe nichts dagegen«, behauptete Clarrie. »Ich bin nur überrascht.«

»Überrascht, dass Jack sich in die arme kleine Olive vergucken könnte, die schüchterne, weniger hübsche Schwester?«

»Nein, natürlich nicht«, sagte Clarrie und eilte auf sie zu. Olive wehrte ihren Versuch ab, sie an sich zu drücken.

»Ich bin kein Kind mehr.« Sie schluckte. »Und ich brauche deine Erlaubnis nicht, um zu heiraten. Es tut mir um deinetwillen leid, dass es ausgerechnet Jack sein muss, aber so ist das nun einmal. Was glaubst du, warum er weiter Tee hierher geliefert hat, statt das einem der Jungs zu überlassen? Wir kennen uns jetzt lange genug, um sicher zu sein, dass wir einander lieben. Ich will einfach nur, dass du dich für mich freust.«

Clarrie bekam ein schlechtes Gewissen. »Ich freue mich doch auch, und es tut mir leid. Es ist eigensüchtig von mir zu erwarten, dass du für immer hier bei mir bleibst. Ich dachte nur, du wärst hier glücklich.« Sie breitete hilflos die Arme aus. »Ich habe das alles für uns beide getan. Weißt du noch, wie ich dir versprochen habe, mich immer um dich zu kümmern?«

Olives Miene verhärtete sich. »Ich will nicht mehr, dass du dich um mich kümmerst. Ich habe es satt, dass du denkst, dass ich deinen Schutz brauche. Du fühlst dich dabei vielleicht gut, ich aber nicht.«

Clarrie sah sie fassungslos an. »Du glaubst, ich hätte das alles nur aus Selbstgerechtigkeit getan?«

»Ja!«, schrie Olive. »Manchmal komme ich mir vor wie einer deiner Wohltätigkeitsfälle.«

»Du bist meine Schwester, und ich habe dich lieb …«

»Ja, ich bin deine Schwester, aber du hast keine Ahnung, was ich mir vom Leben wünsche. Du verbringst ja nicht einmal mehr fünf Minuten mit mir, um das herauszufinden – sonst hättest du längst erfahren, dass ich Jack liebe. Ich hasse es, hier wie irgendeine nutzlose verwaiste Verwandte zu hausen, die immer in der Schuld der Stocks steht, Bilder für ihre erfolgreiche verheiratete Schwester malt und von der man erwartet, bis in alle Ewigkeit dankbar zu sein.«

Ihre Anschuldigungen verschlugen Clarrie den Atem. Wie lange hatte ihre Schwester diesen Groll schon in sich hineingefressen? Gekränkt wurde sie selbst verletzend.

»Du hast recht, ich kenne dich nicht. Ich hatte keine Ahnung, dass du es verabscheust, mit Herbert und mir zusammenzuleben oder dass du so undankbar für die Opfer bist, die ich gebracht habe, um gut für dich zu sorgen«, stieß sie zornig hervor.

»So meine ich das doch gar nicht!«, rief Olive unter Tränen.

»Wie dann?«

»Du brauchst mich nicht – du hast deinen kostbaren Teesalon, und das ist doch eigentlich alles, was du willst. Jack dagegen braucht mich. Ich werde meinen eigenen Haushalt führen und seine Frau sein – und eines Tages hoffentlich auch die Mutter seiner Kinder.«

»Was ist mit deiner Malerei? Deiner Musik?«, schrie Clarrie. »Nach all dem willst du dich damit zufriedengeben, die Frau eines Teelieferanten zu werden?«

Olive wirkte so wütend, dass Clarrie dachte, sie würde sie schlagen. »Ja«, zischte sie, »das will ich! Und es wird eine echte Ehe sein, keine Vernunftehe wie deine. In Wirklichkeit ist es doch das, was dir Angst macht, nicht wahr, Clarrie? Mit einem Mann, den du nicht liebst, allein gelassen zu werden!«

Clarrie stürmte aus dem Zimmer, bevor Olive sehen konnte, wie sehr ihre Worte sie verletzt hatten. Sie schloss sich in ihrem Schlafzimmer ein und begrub das Gesicht in ihrem Kopfkissen, um das Schluchzen zu dämpfen, das sie schüttelte. Wie gern hätte sie Olive in ihr hochmütiges, undankbares Gesicht geschlagen!

Aber als die Nacht dunkler wurde und es totenstill im Haus war, quälte etwas ganz anderes Clarrie: die Tatsache, dass an Olives Vorwürfen viel Wahres war. Sie hatten sich auseinandergelebt, ohne dass sie darauf aufmerksam geworden war. Sie war zu sehr in ihrer Arbeit im Teehaus aufgegangen, um es zu bemerken. Ihr war gar nicht in den Sinn gekommen, nach Jack zu fragen – oder danach, warum er immer noch nach Summerhill kam, obwohl er jetzt Milners Teemischmeister war. Sie hatte kein Recht, Olives Entscheidung für Jack als Ehemann zu kritisieren, und sie schämte sich für ihre Scheinheiligkeit. Es hatte eine Zeit gegeben, in der sie selbst mit Freuden Jack geheiratet hätte.

Stimmte es, dass sie nicht gewollt hatte, dass Olive erwachsen wurde, um immer einen Vorwand zu haben, sie zu umsorgen? Sie hatte Olive immer so intensiv wie eine Mutter geliebt, und solange Olive da war, konnte sie es als Opfer rechtfertigen, dass sie Herbert geheiratet hatte. Trotz ihrer Reue über ihre Worte wurde Clarrie wieder zornig auf Olive, weil ihre Schwester alles, was sie für sie getan hatte, mit Füßen trat. Sollte sie doch zu Jack Brewis gehen, wenn sie wollte, und herausfinden, wie schwer es draußen in der Welt ohne Clarrie war. Niemand würde Olive je so lieben und behüten, wie sie es immer getan hatte. Niemand!

27

Nach ihrer Auseinandersetzung sprach Olive kaum noch ein Wort mit Clarrie. Die Hochzeit wurde auf Ende August angesetzt. Im Austausch gegen eines von Olives Gemälden erhielten Jack und seine Verlobte von Daniel Milner die Anzahlung auf ein Reihenhaus in Lemington, damit sie in der Nähe des Lagerhauses in Scotswood wohnen konnten. Olive bat Rachel und nicht etwa Clarrie um Hilfe dabei, den Stoff für ihr Brautkleid und die Wäsche für ihr neues Zuhause auszusuchen. Herbert schien Olives Reserviertheit nicht zu bemerken, aber Will tat es sehr wohl.

»Sie wird flügge«, erklärte er Clarrie. »Nimm dir das nicht zu sehr zu Herzen. Du hast deine Sache gut gemacht. Die Olive, die ich aus meiner Kindheit in Erinnerung habe, hätte nicht den Mut gehabt, irgendjemandem eine lange Nase zu drehen, schon gar nicht dir«, neckte er sie.

Clarrie war dankbar für seine Freundlichkeit und dafür, dass er den Sommer über wieder im Teehaus half. Will war es auch, der Olive überredete, Clarries Angebot anzunehmen, den Hochzeitsempfang in Herbert's Tea Rooms auszurichten. Will wusste, dass das Clarries Versuch war, den Bruch zwischen ihnen zu kitten.

Olive und Jack heirateten in der Methodistenkapelle an der Elswick Road vor einer kleinen Gästeschar aus Familie und Freunden und gingen dann im diesigen Sonnenschein zu Fuß zum Teehaus. Lexy und Edna hatten keine Mühen gescheut, um den Salon mit frischen Blumen und Schleifen zu dekorieren. Die Tische ächzten unter der Last der Speisen.

Clarrie war den ganzen Tag den Tränen nah – von dem Moment an, in dem sie Olive in ihrem Spitzenkleid sah, bis zu dem Zeitpunkt, zu dem das Ehepaar das Teehaus verließ. Olive hatte rote Wangen und wirkte an Jacks Arm glücklich, und er himmelte seine frischgebackene Frau so an, dass Clarrie sich ihrer Eifersucht und ihrer Zweifel an der Ehe schämte.

Sie drängte sich bis an Olives Seite durch und zog sie eng an sich. »Es tut mir leid, was ich gesagt habe«, flüsterte sie. »Ich habe dich wirklich lieb, weißt du? Mehr als irgendjemanden sonst. Komm wieder und besuch uns, wann immer du kannst.«

Bei diesen liebevollen Worten verzog sich Olives schmales Gesicht vor Rührung. Sie klammerte sich an Clarrie. »Ja, das mache ich, versprochen.«

Jack berührte Olive an der Schulter, und sie löste sich von ihrer Schwester.

»Wir müssen jetzt los, Mädel«, sagte er mit einem misstrauischen Blick auf Clarrie. »Danke für alles, was du für uns getan hast – den Tee und all das. Wir sind beide sehr dankbar.«

Clarrie nickte und hielt immer noch Olives Hand fest. »Du passt doch gut auf meine Schwester auf, nicht wahr?«

Er musterte sie ernst aus haselnussbraunen Augen. »Ja, das tue ich. Sie bedeutet mir alles.« Besitzergreifend legte er Olive den Arm um die Taille. Clarrie fiel auf, dass die beiden ein zärtliches Lächeln tauschten. Sie ließ Olives Hand los.

Als alle sich in der Tür versammelten, um den beiden nachzuwinken, während sie in einem von Milners Wagen davonfuhren, empfand Clarrie ein starkes Verlustgefühl. Binnen weniger turbulenter Wochen war sie von der wichtigsten Bezugsperson und Vertrauten in Olives Leben zu einer bloßen Zuschauerin geworden, die ihr nachwinkte, während sie in ihr neues Leben mit Jack entschwand. Vielleicht war Olive besser geeignet, Jacks Ehefrau zu sein, als Clarrie es je gewesen wäre. Olive sehnte sich nach einem eigenen Heim und behaglicher Häuslichkeit, und das schon, seit sie aus Belguri fortgeschleift worden war. Sie würde ein gemütliches Nest für Jack bauen, und er würde ihr im Gegenzug Sicherheit bieten. Aber ob das ihrem künstlerischen Temperament genügen würde? Wahrscheinlich ja, gestand Clarrie sich ein, als sie an das Lächeln zurückdachte, das sie Olive Jack hatte schenken sehen.

Der Nachmittag war erst halb vorbei. Das Teehaus sollte auf Herberts Betreiben für den Rest des Tages geschlossen werden. Clarrie fragte sich, wie sie die langen Stunden bis zum Schlafengehen überstehen sollte.

»Zieh dich um!«, wies Will sie an, als sie nach Summerhill zurückkehrten. Er lachte über Clarries verblüffte Miene. »Johnny ist für ein paar Tage wieder da, und wir haben uns verabredet, reiten zu gehen. Ich soll mich um vier mit ihm bei den Stallungen treffen, und ich bin mir sicher, dass er entzückt wäre, wenn du mitkämst.«

»Das ist großartig«, hauchte Clarrie und küsste ihn auf die Wange. »Du wunderbarer Junge!«

Eine Stunde später waren die Pferde gesattelt, und sie ritten mit Wills altem Freund nach Nordwesten aus der Stadt. Es war Ewigkeiten her, dass Clarrie zuletzt im Sattel gesessen hatte. Sie genoss das vertraute Gefühl des Einklangs von Pferd und Reiter. Manchmal ritt sie allein voraus, dann wieder ließ sie sich zurückfallen, um sich am Gespräch der Männer zu beteiligen. Sie machten am Wassertrog eines Bauernhofs halt, um die Pferde trinken zu lassen, saßen an eine warme Steinmauer gelehnt da und beobachteten, wie der Sonnenuntergang wie Blut aus einer entzündeten Wunde über den Himmel floss.

Will und Johnny nahmen ihre politische Diskussion wieder auf. Johnny war voller Bewunderung für Keir Hardie, den feurigen schottischen Vorsitzenden der Independent Labour Party, den er im Settlement in Edinburgh hatte sprechen hören.

»Ich überlege, ob ich ihr beitreten soll«, sagte er eifrig.

»Der ILP?«, fragte Will mit schockierter Miene.

»Ja, warum nicht?«

»Das sind Sozialisten. Deinem Vater würde der Kragen platzen!«, rief Will.

»Er hat in unserem Haus immer zu Debatten ermuntert, also kann er sich wohl kaum beschweren«, konterte Johnny. »Außerdem werde ich ihm sagen, was du immer sagst – dass Christus Sozialist war. Er ist der Sohn eines Geistlichen; er muss einfach einverstanden sein.«

»Ja, aber das sage ich doch nur, um meinen Vater und meinen Bruder zu ärgern.«

»Was meinst du, Clarrie?«, fragte Johnny unerwartet.

Clarrie riss den Blick vom Sonnenuntergang los. »In Bezug auf die ILP oder auf dein Vorhaben, ihr beizutreten?«

»Beides.«

Die jungen Männer musterten sie interessiert, als wäre ihre Meinung ihnen wichtig. Noch vor zwei Jahren hätte sie nicht gewusst, wovon sie sprachen. Aber dank der Gruppen, die ihr Teehaus nutzten, hatte sie viel über die aktuelle Politik aufgeschnappt.

»Ich glaube, dass Hardie ein guter Mann ist und die Arbeiterklasse einen Vorkämpfer wie ihn braucht. Die Frauen auch. Er war einer der ersten Männer, die sich dafür eingesetzt haben, den Frauen das Wahlrecht zu geben. Aber das scheint jetzt so weit entfernt wie nur jemals zu sein.« Sie seufzte.

»Clarrie!«, rief Will in geheucheltem Entsetzen, »bist du etwa eine heimliche Sozialistin, ganz wie Bertie befürchtet hat? Reich mir das Riechsalz!«

»Werd ja nicht ohnmächtig«, riet sie ihm trocken. »Ich bin Teehausbesitzerin und damit Mitglied der Bourgeoisie, schon vergessen?«

»Ihr beiden, es ist mir ernst«, sagte Johnny gereizt.

Clarrie legte ihm die Hand auf den Arm. »Entschuldige, ich nehme dich auch ernst. Wenn du von ganzem Herzen an etwas glaubst, dann solltest du dich auch dafür einsetzen, ganz gleich, was dein Vater oder sonst jemand davon hält. Nur du kannst diese Entscheidung fällen. Warum kommst du nicht ins Teehaus, bevor du packst, um zurück nach Edinburgh zu fahren, und hörst dir einige der Debatten an, die wir dort abhalten?«

»Ja, das möchte ich gern«, stimmte Johnny eifrig zu.

Als die Sonne untergegangen war, stiegen sie wieder auf und machten sich auf den Heimweg. Clarrie tat es nur äußerst widerstrebend. Wann würde sie wieder Gelegenheit haben auszureiten?

»Koste es bis zur Neige aus, Clarrie«, mahnte Will, als könnte er ihre Gedanken lesen.

»Warum?«, fragte Clarrie verblüfft.

»Wenn Johnny erst in der ILP ist«, sagte Will grinsend, »muss er diese großbürgerlichen Pferde verkaufen und sein Geld der Partei spenden.«

Johnny prustete vor Lachen. »Nur dein Pferd, Will. Clarrie und ich brauchen unsere noch für die Revolution.«

Es war dunkel, als sie wieder in Summerhill ankamen. Will zog sich um und ging noch einmal aus. Clarrie kam sich im Stich gelassen vor. Er würde bei Johnny zu Hause übernachten. Die anregende Gesellschaft der beiden hatte die Leere in Schach gehalten, die sich bei Olives Abfahrt in ihr breitgemacht hatte.

Jetzt kehrte sie zurück wie Magenkrämpfe. Sie machte sich auf die Suche nach Herbert.

Untypischerweise war er nicht in seinem Arbeitszimmer, um zu arbeiten oder zu lesen. Als sie an seinem Schlafzimmer vorbeikam, sah sie einen Lichtschein unter der Tür hervordringen. Es war ein anstrengender Tag gewesen, und er war früh zu Bett gegangen. Clarrie hatte auf seine Gesellschaft gehofft, darauf, lange aufzubleiben, zusammenzusitzen und über die Höhepunkte des Tages zu sprechen, selbst wenn das hieß, ihn immer wieder an die Namen der Hochzeitsgäste erinnern zu müssen.

Wider besseres Wissen ging sie in den zweiten Stock hinauf und warf einen Blick in Olives Schlafzimmer. Aber ihre Habseligkeiten waren nicht mehr dort, und Sally hatte das Bett schon abgezogen. Dort gab es nichts Tröstliches. Dann erspähte Clarrie plötzlich im Licht der Straßenlaterne ein zerknittertes Kleidungsstück, das achtlos über eine Stuhllehne geworfen war. Als sie es hochhob, erkannte Clarrie das alte Kleid, das Olive sich genäht hatte, als sie damals nach Summerhill gezogen waren. Erst war es ihr Sonntagsstaat gewesen, dann war es nach ein paar Jahren des Tragens zum Arbeitskleid degradiert worden. In letzter Zeit hatte Olive es immer angezogen, um darin zu malen. Clarrie hob es hoch und presste es sich ans Gesicht. Es roch immer noch nach dem Duft ihrer Schwester und einem Hauch von Terpentin.

»Oh, Olive«, rief sie laut, »ich vermisse dich!«

Von Neuem übermannte sie der Verlust ihres früheren Lebens: Sie hatte ihre Eltern verloren, Belguri und die Khasi Hills und schließlich das enge Verhältnis zu ihrer Schwester. Sie umklammerte das Kleid wie einen Talisman und kehrte nach unten in ihr eigenes Schlafzimmer zurück. Es war ebenfalls gespenstisch still und leer. Ihr wurde klar, dass sie dem Raum kaum eine persönliche Note verliehen hatte. Sie schlief darin und kleidete sich an, aber es war ein Zimmer, das immer noch um seine frühere Besitzerin trauerte.

Mechanisch zog sie sich aus, streifte ihr Nachthemd über und legte sich hin. Sie betastete Olives Kleid und fragte sich, wie Jacks und Olives neues Haus wohl aussah. Ihre Schwester hatte sie nicht dorthin mitgenommen, um es ihr zu zeigen. Aber vielleicht würde Clarrie Olive in etwa einer Woche besuchen, wenn sie Zeit gehabt hatte, sich einzuleben. Sie konnte ihr etwas für das Haus mitbringen: ein edles Feuerbesteck für das Wohnzimmer oder einen bunt glasierten Blumentopf. Sie würde sich am Nachmittag eine Stunde im Teehaus frei nehmen und Olive besuchen, wenn Jack höchstwahrscheinlich nicht da war. Jack und Olive.

Abrupt schob Clarrie das ausgeblichene Kleid von sich. Sie mochte nicht darüber nachdenken, was die beiden wohl jetzt gerade taten. Das sorgte nur dafür, dass sich ihre Eingeweide verkrampften und Einsamkeit über sie hereinbrach. Ruhelos stand sie auf und tigerte zum Fenster. Der Garten auf dem Platz war in ätherisches Mondlicht getaucht. Die dunklen Blätter der Bäume schlugen Wellen wie das Meer. Der Himmel war selten frei genug von Rauch oder Wolken für solch hellen Mondschein.

Mit einem Mal musste sie an jene andere Hochzeitsnacht denken – Berties und Veritys –, in der sie Wesley im Garten über den Weg gelaufen war. Wie töricht von ihr, dass sie vorgegeben hatte, Dolly zu sein. Es wäre besser gewesen, ihm sofort zu sagen, wer sie war, statt zuzulassen, dass er sich ihr näherte und zu tändeln versuchte. Dann hätte die neugierige Dienstbotin, deren Klatsch Jack gegen sie eingenommen hatte, nichts missverstehen können.

Unwillkommenes Verlangen nach Wesley nagte an ihr. Sie durfte nicht an ihn denken! Sie war mit Herbert verheiratet, einem Mann, den sie aufrichtig schätzte, auch wenn sie ihn nicht von ganzem Herzen liebte. Clarrie wandte sich von der hypnotisierenden Bewegung der Bäume ab. Sie würde zu Herbert gehen. Sie war es leid und müde, eine lauwarme Ehe zu führen. Sie würde sich dazu zwingen, ihn zu lieben, und wenn er sie wirklich liebte, wie er behauptete, würde er ihr das auch körperlich deutlich machen und nicht nur mit Worten.

Clarrie durchquerte ihr Schlafzimmer auf nackten Füßen und eilte auf den Flur. Hier war niemand zu sehen, und wenn Sally oder Mrs Henderson zufällig auf der Treppe war und sie dabei ertappte, an die Tür ihres Mannes zu klopfen, war es ihr gleichgültig.

»Herbert?«, rief sie leise. »Darf ich reinkommen?«

Sie erhielt keine Antwort, aber das Licht brannte noch. Sie klopfte noch einmal und glaubte, ein leises Geräusch zu hören, vielleicht ein Schnarchen. Er schlief schon. Clarrie verließ allmählich der Mut. Sie wich zurück und blieb dann stehen, verärgert über ihre eigene Zaghaftigkeit. Sie war seine Frau und hatte jedes Recht, zu ihm zu gehen. Als sie die Tür zu öffnen versuchte, stellte sie fest, dass sie nicht abgeschlossen war.

Die große Tischlampe tauchte das spartanisch eingerichtete Zimmer in gelbes Licht. Clarrie hatte es seit ihrer Zeit als Haushälterin kaum jemals betreten, aber die dunklen Mahagonimöbel und braunen Fransenvorhänge waren noch wie früher. Auf dem alten marmornen Waschtisch lag ein Stapel Bücher. Sie warf einen Blick auf das Bett mit seinem strengen schwarzen Metallrahmen. Herbert hatte das Gesicht von der Tür abgewandt und den linken Arm über der Decke in unbequemer Haltung nach hinten gereckt. Sie tastete sich auf Zehenspitzen vorwärts und hörte ihn atmen. Er schlief also wirklich. Wenigstens hatte er ihr Rufen nicht absichtlich ignoriert.

Sie stand über das Bett gebeugt und fragte sich, ob sie die Decke beiseiteschlagen und neben ihn schlüpfen oder sich lieber zurückziehen sollte. Plötzlich stieß er ein seltsames, animalisches Grunzen aus. Clarrie zuckte zusammen. Aber er rührte sich nicht und drehte sich auch nicht um. Er gab im Schlaf Geräusche von sich. Clarrie seufzte. Wie töricht war sie nur gewesen herzukommen? Selbst wenn er wach gewesen wäre – Herbert begehrte sie nicht. Es wäre ihm zutiefst peinlich gewesen, aufzuwachen und sie in ihrem durchscheinenden Nachthemd damit beschäftigt zu sehen, seine Decke zu betasten. Plötzlich empfand sie heiße Scham über ihre Sehnsucht nach Intimität. Leise schlich sie aus dem Zimmer und kehrte in ihr eigenes zurück.

* * *

»Gnädige Frau, oh, gnädige Frau, kommen Sie schnell!« Sallys Rufe rissen Clarrie aus einem tiefen Schlaf. Durch die Musselinvorhänge fiel das rosige Licht der Morgendämmerung ins Schlafzimmer. Verwirrt setzte Clarrie sich auf.

»Was ist?«

»Es ist der gnädige Herr«, stammelte Sally. »Er ist in einem ganz seltsamen Zustand. Ich bin mit heißem Wasser zu ihm gegangen, damit er sich rasieren kann. Er ist nicht bei Sinnen. Kommen Sie schnell, gnädige Frau, bitte!«

Clarrie kämpfte sich aus dem Bett, immer noch benommen, aber durch die Panik des Mädchens alarmiert. Sie warf sich einen Morgenmantel über und folgte Sally.

Herbert lag noch genauso da, wie sie ihn zurückgelassen hatte, der gegenüberliegenden Wand zugewandt, den Arm abgespreizt. Clarrie eilte auf die andere Bettseite hinüber und erstarrte. Herbert sah sie unverwandt an, die Augen weit aufgerissen.

28

»Herbert?«, keuchte Clarrie.

Ihr Mann starrte sie weiter an, ohne etwas zu sagen. Sein Mund war schlaff. Sie beugte sich näher heran. Er atmete noch. Sie berührte ihn, aber er zuckte nicht zusammen.

»Herbert, was ist los?«, fragte Clarrie und schüttelte ihn sanft.

Plötzlich stieß er ein seltsames Stöhnen aus wie das, das sie in der Nacht von ihm gehört hatte. Sie legte ihm eine Hand ans Gesicht.

»Sprich mit mir, Herbert. Was ist?«

Er sah sie aus verwirrten Augen an, als wäre er sich nicht sicher, wer sie war. Er ächzte. Seine Miene war ausdruckslos. Sie hob seinen Arm, und er sackte leblos wieder zurück. Voller Angst umklammerte Clarrie seine Hand und drückte sie sich an die Wange.

»Kannst du nicht sprechen?«, rief sie. Als er nicht antwortete, wandte Clarrie sich an Sally. »Er braucht einen Arzt. Ich rufe einen an. Bleib bei ihm!« Sie stürzte aus dem Zimmer. Halb rannte, halb stolperte sie die Treppe hinunter, um das Telefon in der Garderobe neben der Diele möglichst schnell zu erreichen.

Mit zitternden Händen umklammerte Clarrie den Hörer, während sie darauf wartete, dass der Arzt abnahm. Als er es endlich tat, beschrieb sie ihm Herberts Zustand, so ruhig sie konnte. Er erklärte sich bereit, sofort zu kommen. Den Tränen nah legte sie auf.

Wie lange lag er schon so da? Ein oder zwei Stunden? Die ganze Nacht? Sie kannte die Antwort auf ihre nervösen Fragen. Herbert musste schon außer Gefecht gesetzt gewesen sein, als sie ihn gestern Abend aufgesucht hatte. Er hatte versucht, etwas zu sagen, aber sie war gegangen, hatte ihr Begehren hinuntergeschluckt und geglaubt, er schliefe. Wäre sie doch nur in sein Bett gestiegen! Dann hätte sie erkannt, dass etwas nicht stimmte. Was, wenn er wegen dieser Verzögerung starb? Das würde sie sich nie verzeihen.

Aber als sie angekleidet war und Herbert die steife Hand hielt, während sie auf den Arzt wartete, erinnerte eine bittere leise innere Stimme sie daran, dass sie viel eher hätte handeln können, wenn er ihr ein richtiger Ehemann gewesen wäre und das Bett mit ihr geteilt hätte.

Der Arzt diagnostizierte einen Schlaganfall. Herbert war halbseitig gelähmt und hatte sein Sprachvermögen verloren. Es war zu früh, um zu wissen, ob er seine Bewegungs- und Artikulationsfähigkeit in irgendeinem Maße zurückgewinnen würde. Er benötigte von nun an ständige Pflege, entweder im Krankenhaus oder zu Hause.

»Ich möchte ihn hierbehalten«, sagte Clarrie instinktiv. »Ich bin mir sicher, dass es das ist, was er will.«

Der Arzt ging, um alles zu arrangieren.

Clarrie war wie betäubt. Sie rief bei Johnnys Eltern an und informierte Will, der in aller Eile kam, um bei ihr zu sein. Später unterrichteten sie Bertie in der Kanzlei von allem. Er machte Clarrie Vorwürfe, dass sie ihm nicht sofort Bescheid gegeben hatte.

»Wir wussten, dass du beschäftigt warst«, sagte Clarrie lahm, weil sie nicht zugeben wollte, dass sie seine unablässige Kritik vorher nicht ertragen hätte.

»Und wie kommt es, dass du ihn die ganze Nacht lang hast liegen lassen, ohne etwas zu unternehmen?«, fragte er heftig.

»Ich wusste es nicht«, gestand Clarrie voller Schuldgefühle und führte ihn rasch aus dem Schlafzimmer. Will folgte ihnen und schloss die Tür.

»Wie das?«

»Ich … ich dachte, er schliefe«, sagte sie und versuchte, die Stimme gesenkt zu halten.

Es gefiel ihr nicht, wie Bertie sie forschend musterte. Seine Augen waren voller Verachtung. Es ging ihn nichts an, dass sie getrennte Schlafzimmer hatten.

»Du warst nicht bei ihm, nicht wahr?«, fragte er sie anklagend. »Wo warst du? Mit einem deiner Bolschewistenlümmel unterwegs?«

»Lass sie in Ruhe!«, fuhr Will seinen Bruder an. »Clarrie ist nicht schuld daran. Und du kannst es dir wahrlich nicht leisten, anderen Vorträge zu halten. Wann hast du eigentlich Papa das letzte Mal zu Hause besucht? Du hast bewiesen, wie wenig dir an ihm liegt.«

»Jetzt bin ich jedenfalls hier«, gab Bertie zurück, »und ich werde ihn im Auge behalten – mich vergewissern, dass er auch anständige Pflege bekommt.« Er bedachte Clarrie mit einem harten Blick. »So, wie meine Mutter sie hätte bekommen sollen.«

Die Andeutung verschlug Clarrie den Atem. Will schoss auf seinen Bruder zu und packte ihn an der Jacke.

»Wie kannst du es wagen, Mama da mit hineinzuziehen? Clarrie hätte sie gar nicht sorgsamer pflegen können.«

Er stieß Bertie gegen das Treppengeländer.

»Will, hör auf!«, ging Clarrie dazwischen und zog ihn weg. »Das alles hilft deinem Vater auch nicht.«

Die beiden Brüder starrten einander böse an. Bertie strich sich empört die Jacke glatt. Will seufzte tief.

»Du hast recht. Es tut mir leid. Was machen wir nun?«

Clarrie bekam es mit der Angst zu tun. Sie war immer noch zu schockiert, um zu wissen, was zu tun war. Was, wenn Herbert sich nie mehr erholte? Wie konnte sie ohne ihn zurechtkommen? Was war mit seinen Mandanten? Und was sollte aus dem Teehaus werden, wenn sie ihn die ganze Zeit über pflegen musste? Sie versuchte, ihre aufkeimende Panik zu unterdrücken und mit kühlem Kopf nachzudenken. Die Brüder beobachteten sie.

»Wir müssen uns zusammensetzen – wir alle«, begann Clarrie stockend. »Auch Verity, wenn sie helfen möchte. Dann können wir darüber sprechen, wie wir am besten mit dieser schrecklichen Situation umgehen.« Sie bedachte Bertie mit einem warnenden Blick. »Was ich nicht will, ist, dass jemand aus voller Kehle brüllt und meinen Mann aufregt. Er kann ja vielleicht nicht sprechen, aber ich bin mir sicher, dass er uns hört und versteht. Ein Familienzwist fördert seine Genesung bestimmt nicht.«

Will sah kleinlaut drein. Er nickte zustimmend. Sie schauten Bertie an.

»Na gut«, stieß er hervor. »Aber ich habe eine Kanzlei zu führen. Wir reden später darüber. Haltet mich auf dem Laufenden darüber, was der Arzt sagt.«

Die folgenden Tage waren ein Gewirr aus Arztterminen und den Besuchen besorgter Bekannter: Mandanten, Nachbarn, der Pastor, die Kirchenältesten und Freundinnen aus dem Teesalon kamen vorbei. Die Landsdownes schickten einen Obstkorb, und Verity besuchte sie ohne die Zwillinge.

»Es würde die Kinder zu sehr verstören, ihn in diesem Zustand zu sehen«, sagte sie zu Clarrie und war selbst kaum in der Lage, ihre eigene Abscheu vor Herberts starren Gesichtszügen und seinem sabbernden Mund zu verbergen.

Clarrie schluckte die bittere Erwiderung hinunter, dass sie die beiden schon längst hätte vorbeibringen sollen, um ihren Großvater zu besuchen.

»Vielleicht in ein paar Wochen, wenn es ihm besser geht«, schlug sie vor. »Ich bin sicher, dass es ihn über alle Maßen aufmuntern würde, Vernon und Josephine zu sehen.«

Verity eilte mit dem vagen Versprechen davon, sie bald einmal mitzubringen.

Zwei Krankenschwestern wurden eingestellt, um abwechselnd zu helfen, Herbert hochzuheben, zu waschen, zu wickeln und zu füttern. Clarrie übernahm nachts die alleinige Verantwortung und stellte sich ein Feldbett im Zimmer ihres Mannes auf, um ihn zu hören, falls er sie brauchte. Seltsamerweise fand sie diese Nähe tröstlich. Statt allein in ihrem eigenen Zimmer zu liegen und sich Sorgen zu machen, konnte sie beim Einschlafen seinen Atemzügen und dem leisen Ticken der Uhr auf dem Nachttisch lauschen. Wenn sie nicht schlafen konnte, saß sie neben ihm und streichelte ihm das Gesicht oder den gelähmten Arm. Er sah herzzerreißend verletzlich aus. Früher hatte sie ihm so selten körperlich nahe sein können, dass diese einfachen Berührungen sie nun mit neuer Zärtlichkeit für ihn erfüllten. Ihr wurde klar, wie sehr sie wollte, dass er überlebte und sich erholte.

Sie verbrachte ihre Tage damit, zwischen dem Teesalon und dem Haus hin- und herzupendeln. Alle paar Stunden sah sie nach Herbert und wechselte sich mit Will damit ab, bei ihm zu sein. Manchmal las sie ihm vor, aber sie war sich nie sicher, ob er die Worte verstand. Sie hielt ihm die gesunde Hand, und bisweilen erwiderte er ihren Händedruck. Doch seine Augen zeigten kein Zeichen des Wiedererkennens.

Bertie übernahm die Arbeit seines Vaters, sortierte den Aktenberg in seinem Arbeitszimmer und kontaktierte seine Mandanten.

»Um die geschäftliche Seite musst du dir keine Sorgen machen«, versicherte Will Clarrie. »Bertie kümmert sich um alles. Das ist das Einzige, was er gut kann: Finanzielles regeln.«

»Aber Herbert kann nichts unterschreiben«, wandte Clarrie besorgt sein.

»Das muss er auch nicht – Bertie hat eine Vollmacht, um das für ihn zu erledigen.«

Da sie so viel zu tun hatte, war Clarrie erleichtert, dass sie sich nicht auch noch mit Herberts Fülle juristischer Fälle befassen musste. Wenn er wieder gesund war, würde sie ihm nicht gestatten, sich wieder solch einen anstrengenden Terminplan aufzubürden. Er hatte sich viel zu erbarmungslos geschunden, unfähig, die Entscheidungsgewalt seinem Sohn zu überlassen, wie er es hätte tun sollen. Sie würden in Zukunft beide weniger arbeiten und mehr Zeit miteinander verbringen, beschloss sie. Alles, was sie jetzt wollte, war, dass sie die Gelegenheit bekamen, bessere Gefährten zu werden.

Olive erfuhr über Daniel Milner und Jack von Herberts Schlaganfall. Sie kam vorbei, während Clarrie im Teehaus war, aber Will überredete sie zu bleiben, bis ihre Schwester zurück war. Sie umarmten sich kurz.

»Es ist schrecklich, ihn so zu sehen«, sagte Olive unter Tränen. »An unserem Hochzeitstag schien es ihm so gut zu gehen – er war so freundlich und fröhlich.«

»Ja«, pflichtete Clarrie ihr bei, »das war ein glücklicher Tag.«

»Ich kann einfach nicht aufhören, darüber nachzudenken« – Olive erschauerte – »ob es vielleicht zu viel für ihn war. Wenn wir nicht …«

»Hör auf«, schimpfte Clarrie und nahm die Hände ihrer Schwester. »So darfst du nicht denken. Es hat nichts mit der Hochzeit zu tun. Herbert hat sich schon seit Ewigkeiten überanstrengt.«

Sie gingen hinunter in die Küche, wo Mrs Henderson viel Aufhebens um Olive machte. Die Schwestern teilten sich eine Kanne Tee in Clarries altem Haushälterinnenzimmer, in dem sie sich beide miteinander wohler fühlten. Auf Clarries Nachfragen hin erzählte Olive begeistert von ihrem Eheleben.

»Es sind ja erst ein paar Tage, aber ich fühle mich jetzt schon in unserem neuen Heim zu Hause – und Jack ist so stolz darauf! Er bemüht sich auch so rührend um mich und bringt jeden Tag eine kleine Nascherei mit. Ich sage ihm, dass er es bleiben lassen soll, dass er sein Geld lieber sparen und beiseitelegen sollte, aber er hört einfach nicht auf mich.« Sie lächelte.

Clarrie sah die errötenden Wangen ihrer Schwester und lächelte auch. »Genieß die Leckereien. Warum auch nicht?«

»Das sagt Jack auch«, antwortete Olive, »und ich sollte es wohl, denn man weiß ja nie, was kommt.« Abrupt brach sie ab. Ein bestürzter Ausdruck trat auf ihr Gesicht. »Entschuldige bitte, Clarrie, ich wollte dich nicht verletzen.«

»Das hast du auch nicht«, sagte Clarrie und verkrampfte sich dennoch.

Danach geriet ihr Gespräch ins Stocken. Clarrie bemühte sich übermäßig, Olive die Verlegenheit zu nehmen, weil sie nicht wollte, dass ihre Schwester schon wieder ging, aber es nützte nichts.

»Ich muss nach Hause«, sagte Olive und stand hastig auf, »und den Tee für Jack aufsetzen.«

Sie versprach, bald wiederzukommen, aber Clarrie sah dem Gesicht ihrer Schwester die Erleichterung an, als sie ging – wie die eines Tieres, das aus einer Falle entkam. Sie wusste, dass

Olive dankbar war, nicht mehr in Summerhill zu leben und sich mit einem invaliden Herbert herumschlagen zu müssen.

Nach einem Monat musste Will nach Durham zurückkehren. Er ging nur widerwillig, denn der Zustand seines Vaters ließ keine Anzeichen von Besserung erkennen. Doch Clarrie bestand darauf.

»Natürlich musst du zurückkehren. Dein Studium geht vor.«

Will lächelte betrübt. »Das klingt wie etwas, das mein Vater sagen würde.«

»Gut«, antwortete Clarrie, »ein Grund mehr zu gehen.«

Sie verheimlichte ihm, wie abhängig sie von seiner Unterstützung und Gesellschaft war. Will reiste ab, versprach aber, noch vor den Weihnachtsferien zurückzukommen, wann immer er konnte.

Clarrie strengte sich nach Wills Aufbruch umso mehr an und schlief zwischen ihrer Arbeit im Teehaus und ihrer Wache bei Herbert immer nur wenige Stunden. Sie half bei seiner täglichen Therapie aus Übungen und Massagen, um zu verhindern, dass seine gesunden Gliedmaßen verkümmerten, und um die Beweglichkeit der gelähmten Seite zu erhöhen.

Im Laufe der Wochen gab es kleine Verbesserungen: Er gewann eine gewisse Kontrolle über seine Gesichtsmuskeln zurück, sodass er weiche Nahrung kauen konnte, und er konnte sein linkes Bein allmählich wieder bewegen. Bis November brachten sie ihn mithilfe der beiden Krankenschwestern auf die Beine, sodass er unsicher bis zur Tür und wieder zurück gehen konnte.

An einem Winterabend trug Clarrie ein Tablett voller Essen herein, um ihn zu füttern, und stellte es auf dem Tisch neben Herberts Bett ab. Er lag an die Kissen gelehnt und betrachtete sie mit seinem üblichen leeren Gesichtsausdruck.

»Öffe.«

Ihr Kopf zuckte bei dem Geräusch herum. Sie starrte ihn an und fragte sich, ob es nur ein Laut war oder der Versuch, ein Wort zu sagen.

»Öffe«, wiederholte Herbert und deutete mit der gesunden Hand aufs Tablett.

Clarrie musterte es. Dann dämmerte es ihr. Es lag kein Löffel für den Brei darauf. »Löffel?«, fragte sie. Sie packte seine Hand. »Du hast versucht, *Löffel* zu sagen!«

Herbert verzog den Mund zu einer Grimasse. Sie küsste ihm die Hand. »Du kluger Mann. Du hast *Löffel* gesagt. Sag etwas anderes.« Sie deutete auf die Schale mit dem Essen.

»Hack«, sagte Herbert langsam, »und 'toffen.«

»Hack und Kartoffeln!«, kreischte Clarrie. Sie zeigte auf sich selbst. »Wer bin ich?«, fragte sie und hielt voller Erwartung den Atem an.

Er sah sie lange an. Sein Gesichtsausdruck war verblüfft, und er runzelte ein wenig die Stirn. Vielleicht hatte sie ihn mit dieser Frage überfordert.

»Egal«, sagte sie und verdrängte ihre Enttäuschung. »Warte nur ab, bis ich Will davon erzähle.«

Sie eilte davon, um einen Löffel zu holen und Mrs Henderson und Sally von Herberts ersten zusammenhängenden Wörtern zu erzählen.

»Er ist nicht geistesschwach, wie Bertie glaubt«, sagte sie und wischte sich eine Träne der Erleichterung ab. »Das ist er nicht!«

Wieder oben angekommen, beobachtete Clarrie ihren Mann und spornte ihn an, mehr zu essen, als er mit schmerzlicher Langsamkeit seine Mahlzeit löffelte. Aber dieses eine Mal schien ihre Fürsorge ihm lästig zu sein.

»Buch«, ächzte er.

Clarrie lachte. Er wollte, dass sie las. All die Monate, in denen sie ihm vorgelesen hatte, ohne zu wissen, ob er irgendetwas davon aufnahm, waren nicht vergebens gewesen. Sie setzte sich hin und las ihm vor, während er seine Mahlzeit beendete. Zu dem Zeitpunkt, als er aufgab, war das Essen eiskalt, und die Hälfte davon war auf seinem Pyjama verteilt, aber Clarrie nahm den Triumph in seinem Keuchen wahr.

Als sie das Tablett hochhob, berührte er sie mit schwachen Fingern. Sie sahen sich in die Augen. In seinen stand ein neues Funkeln, ein Wiedererkennen, da war sie sich sicher. Er rang darum zu sprechen. Clarrie beugte sich näher zu ihm. Er versuchte es noch einmal.

»C… C'arrie.«

Clarrie schluchzte auf. »Ja, ich bin Clarrie. Du erkennst mich ja doch!« Sein Blick war starr auf sie gerichtet, flehte sie an. »Was noch, Herbert? Woran erinnerst du dich noch?«

»Ich … 'iebe … dich.«

Ein Ruck ging durch Clarries Herz. Ihr kamen die Tränen – Tränen der Freude und Erleichterung und Zärtlichkeit. Sie bückte sich und küsste ihn auf die Stirn.

»Ich liebe dich auch«, versicherte sie heiser.

Er stöhnte laut. Ein Rinnsal von Tränen quoll aus einem Auge und lief ihm über die hagere Wange.

»Oh, Herbert«, flüsterte sie voller Staunen. »Du bist zu mir zurückgekehrt.«

29

Clarrie war entschlossen, die Familie zu Weihnachten um Herbert zu scharen. Es würde ihr erstes Weihnachtsfest ohne Olive sein, die Jacks Mutter und Bruder zu Gast hatte, also war die Ablenkung willkommen. Will wollte unbedingt helfen, und zu ihrer Überraschung erklärten Bertie und Verity sich bereit, zu kommen und die Kinder mitzubringen. Vernon war ein verwöhnter Vierjähriger mit überschäumendem Temperament, der Wutanfälle bekam, wenn es nicht nach seinem Willen ging. Aber Josephine war pummelig und gutmütig und lief in dem Versuch, Verstecken zu spielen, um den Sessel ihres Großvaters herum.

»Fang mich, Grandpa!«, rief sie und quietschte, als Will sie verfolgte und so tat, als wäre er ein Grizzlybär.

Clarrie wusste, dass Herbert es genoss, seine Enkelkinder um sich zu haben. Er unternahm große Anstrengungen, klar und deutlich mit ihnen zu sprechen.

»Er sabbert!«, kreischte Vernon angeekelt. »Das mag ich nicht.«

»Ich glaube, er hat Hunger«, diagnostizierte Josephine, kletterte Herbert auf den Schoß und begann, ihn mit Schokolade zu füttern, die bald schmolz, sodass beide einen unfassbaren Anblick boten.

»Oh, Josey!«, schimpfte Verity. »Du ruinierst dein Kleid. Komm sofort herunter!«

Ihre Tochter ignorierte sie, und Verity lief vor Ärger puterrot an. »Tu etwas, Bertie!«

Clarrie hob das kleine Mädchen schnell von Herberts Knie. »Komm, wir gehen und wischen dich mit Zauberwasser ab.«

»Was ist Zauberwasser?«, rief Josephine überrascht.

»Du wirst schon sehen.«

Unten in der Küche füllte Clarrie eine Schale mit sehr seifigem Wasser und lenkte das Mädchen ab, indem sie Seifenblasen pustete, während sie der Kleinen Gesicht und Hände wusch und ihr das Kleid mit dem Schwamm abrieb. Josephine kicherte über die unberechenbaren Blasen, die davonschwebten und an den Regalen voller Töpfe und Geschirr zerplatzten. Clarrie hatte die Hausangestellten früher nach Hause geschickt, damit sie den Tag bei ihren eigenen Familien genießen konnten. Nach der angespannten Atmosphäre oben war es eine Erleichterung, in die Ruhe der Küche zu flüchten.

»Clarrie«, meldete Josephine sich plötzlich zu Wort, »bist du meine Grandmama?«

»Nein.« Clarrie lächelte. »Aber ich bin mit deinem Grandpapa verheiratet.«

»Also bist du eine Verwandte von mir?«, beharrte das Mädchen.

»Davon gehe ich aus.«

»Daddy sagt, das bist du nicht.« Sie runzelte die Stirn und ließ die Beine baumeln. »Er sagt, du bist eine der Hausangestellten.«

Clarries Eingeweide verknoteten sich. »Früher war ich das, aber jetzt nicht mehr.«

»Dürfen wir hier deshalb nach unten in die Küche?«, fragte Josephine. »Zu Hause darf ich nie in die Küche gehen.«

Clarrie tippte Josephine spielerisch auf die Nase. »In diesem Haus darfst du jedenfalls gehen, wohin du möchtest.«

Josephines Gesicht erhellte sich. »Können wir hier unten Verstecken spielen, ohne Ärger zu bekommen?«

»Aber nur ein paar Minuten lang«, stimmte Clarrie zu.

Sie versteckten sich beide zweimal. Dann hörten sie Bertie nach ihnen rufen. Er kam in die Küche und entdeckte Clarrie auf allen vieren unter dem Tisch, während Josephine fröhlich neben ihr auf und ab hüpfte.

»Ich hab dich gefunden!«, rief sie.

Clarrie kam hastig auf die Beine. Berties Blick war ihr unangenehm. Sie erinnerte sich, wie er sie einst an genau diesen Tisch gedrückt und ihr einen Kuss aufgezwungen hatte.

»Komm sofort her, Josey!«, blaffte er. »Du solltest nicht hier unten sein.«

»Wir dürfen überall hin«, sagte sie stur. »Hat Clarrie gesagt.«

»Und ich sage, du darfst das nicht«, schimpfte Bertie. »Komm schon mit.«

Clarrie nahm das Mädchen rasch an die Hand. »Lass uns nachsehen, ob Onkel Will dich huckepack nehmen mag«, redete sie ihr gut zu.

Rasch führte sie Josephine nach oben. Am oberen Ende der Treppe fuhr Bertie sie an: »Nimm Josephine ja nie wieder mit hinunter in den Dienstbotenbereich. Das gehört sich absolut nicht.«

Clarrie war dankbar, als Verity kurz darauf verkündete, es sei nun Zeit für sie zu gehen. Unerwartet warf Josephine die runden Ärmchen um Clarries Hals und gab ihr einen feuchten Abschiedskuss.

»Kannst du nicht zu uns ziehen, Clarrie?«

Clarrie lächelte. »Ich muss hierbleiben und mich um Grandpa Stock kümmern.«

»Das kann doch Onkel Will machen«, sagte Josephine.

»Er braucht auch mich«, antwortete Clarrie, küsste sie auf die weiche Wange und löste sich sanft von ihr. »Aber ich hoffe, du kommst bald wieder und besuchst uns.« Sie warf Verity einen Blick zu.

»Im neuen Jahr vielleicht«, sagte Verity unverbindlich.

Clarrie und Will winkten ihnen zum Abschied nach. »Sie ist eine hübsche Kleine«, seufzte Clarrie, als sie sich in die Wärme zurückzogen, »und so liebevoll. Sie erinnert mich an dich in deiner Kindheit, Will.«

»Ja«, stimmte Herbert zu und sah Clarrie aus funkelnden Augen an, »wie Will. Vernon … unbeholf'n … wie … Bertie.«

Sie lachten alle. Später, nachdem sie Herbert ins Bett gebracht hatten, blieb Clarrie noch wach und unterhielt sich mit Will. Er erzählte ihr über sein Erstaunen über die Weihnachtskarte, die Edna für ihn gebastelt hatte. Sie hatte ihr einen Mistelzweig beigelegt. Was sie wohl damit meinte?

Clarrie lächelte. »Sie ist verliebt in dich. Das musst du doch wissen.«

Will lachte verlegen und schüttelte den Kopf. »Ich dachte, sie sei zu jedermann so freundlich.«

Sie sprachen über ihre Zukunftspläne. »Ich darf nicht zu weit vorausdenken«, seufzte Clarrie. »Ich will nur, dass dein Vater sich erholt.«

Will sah nachdenklich drein. »Ich hatte den Eindruck, dass du dich mit Josey angefreundet hast. Vielleicht bekommst du sie jetzt ja häufiger zu sehen, wenn Verity sich die Mühe macht, Papa zu besuchen.«

»Das hoffe ich. Aber ich wünschte, wir hätten selbst ein Kind haben können«, platzte Clarrie heraus und wurde dann rot. »Tut mir leid. Das hätte ich nicht sagen sollen.«

Aber Will schien die Sache nicht peinlich zu sein. »Vielleicht bekommt ihr ja noch eines.«

»Nein«, sagte Clarrie leise. »Dein Vater wollte das nie – nicht nach dem, was deiner Mutter zugestoßen war. Er hat zu viel Angst, noch jemanden zu verlieren. Also ist es mir nicht bestimmt, Mutter zu werden.«

Will ergriff ihre Hand. »Liebe Clarrie, du warst mir eine ganz großartige Mutter.«

Angesichts seiner Freundlichkeit kamen ihr die Tränen. »Danke«, flüsterte sie mit einem bebenden Lächeln. »Und ich hätte nie einen besseren Sohn haben können als dich.«

* * *

Bis zum Frühjahr 1913 hatte sich Herberts Zustand so weit verbessert, dass Clarrie ihn in einem Rollstuhl in den Park schieben konnte. Mit zwei Stöcken konnte er ein paar Schritte weit gehen. Sein Gesicht war nicht mehr so grau, und seine Sprachfähigkeit hatte sich verbessert. Aber oft suchte er gereizt nach dem richtigen Wort. Sein Kurzzeitgedächtnis ließ immer weiter nach. Als Clarrie einen Besuch seiner Enkelkinder erwähnte, war er verärgert, weil er angeblich nicht da gewesen sei, um sie zu sehen.

»Doch, das warst du, Herbert«, erinnerte Clarrie ihn. »Josey hat dir ihr neues Springseil gezeigt, weißt du nicht mehr? Es hat sich um deine Füße gewickelt, und du hast gesagt, sie sei wie ein Cowboy, der ein altes Pferd mit dem Lasso einfängt.«

»Ach ja«, sagte Herbert, »das hat sie getan.«

Aber Clarrie sah an seinem Gesichtsausdruck, dass er keinerlei Erinnerung an den Besuch seiner Enkelin hatte, und das machte sie traurig. Zwischen den beiden entwickelte sich dennoch eine ganz besondere Bindung. Josephine genoss die Aufmerksamkeit dieses Mannes, der ihr erlaubte, auf ihm herumzuklettern, und alberne Wörter sagte, die sie zum Lachen brachten. Nie sagte er ihr, dass sie still sein oder weggehen sollte, weil er beschäftigt war. Herbert vergaß zwar schnell alles, hatte aber Freude an ihren neugierigen Fragen, ihrem Kichern und der Art, wie sie, anders als der zimperliche Vernon, weder Furcht noch Abscheu vor ihm zeigte.

Clarrie wusste, dass Verity die Kinder nur auf Berties Bitten vorbeibrachte. Die Erinnerung an die Sterblichkeit seines Vaters schien ihn schwer erschüttert zu haben, und Clarrie fragte sich, ob er sich schuldig fühlte, weil er Herbert vernachlässigt hatte. Was auch immer der Grund dafür war, sie freute sich einfach, dass Verity die Kinder überhaupt dabeihatte.

Vernon war von mechanischem Spielzeug fasziniert, und so kaufte Clarrie ihm einen Kasten voll, um ihn beschäftigt zu halten, während seine Schwester mit Herbert und ihr spielte. Verity langweilte sich schnell. Sie war es gewohnt, die Zwillinge in der Obhut ihres Kindermädchens zu lassen. Nach ein paar Pflichtbesuchen schlug Clarrie vor: »Warum gehst du nicht für ein oder zwei Stunden in die Stadt? Ich kann auf die Kinder aufpassen, und Mrs Henderson kann ihnen etwas zum Mittagessen machen.«

Von da an kamen die Kinder jeden Dienstagmorgen. Clarrie arrangierte alles so, dass Lexy im Teesalon bis mittags die Aufsicht führte. Mit dem Anbruch des Sommers und der wärmeren Tage nahm Clarrie die Zwillinge auch in den Park mit. Sie hatten beide ihre Freude daran, Herbert in seinem Rollstuhl zu schieben. Vernon machte dazu Autogeräusche.

Bei einer solchen Gelegenheit, Mitte Juli, als Will gerade von der Universität zurück war und sie zu einem Picknick begleitete, liefen sie Wesley über den Weg. Vernon und Will jagten einem weggerollten Reifen hinterher. Josey saß auf Herberts Knie, schwang ihr Springseil wie eine Peitsche und schrie wie ein Streitwagenlenker.

Wesley, der Arm in Arm mit einer eleganten jungen Frau auf sie zuspaziert kam, stoppte den Reifen.

»Mr Robson«, begrüßte Will ihn, »guten Tag!« Die Männer schüttelten sich die Hände.

»Geben Sie mir meinen Reifen wieder«, sagte Vernon verdrossen.

»Sei nicht so unhöflich«, schimpfte Clarrie ihn aus, als sie ihn einholte. Wesley rollte den Reifen auf den Jungen zu, lüpfte den Hut vor ihr und ergriff Herberts gesunde Hand.

»Es freut mich zu sehen, dass Sie draußen unterwegs sind, Mr Stock«, sagte er. »Wie ich sehe, sind Sie in guten Händen.«

»Sehr«, sagte Herbert. »Meine Frau … ist … ein Wunder.«

Clarrie sah Wesley verlegen an.

»In der Tat«, murmelte er und bedachte sie kurz mit einem spöttischen Blick.

»Das hier sind … meine …« Herbert suchte nach dem richtigen Wort.

»Enkelkinder«, warf Clarrie ein. »Josephine und Vernon.«

»Wie geht es Ihnen?«, fragte Josephine und streckte die Hand aus, wie Will es getan hatte. »Ich bin nicht Josephine, ich bin Boadicea. Clarrie sagt, ich bin eine tapfere Anführerin, und das hier ist mein Streitwagen. Grandpa ist mein Pferd.«

Wesley riss überrascht die Augen auf. Er lächelte und schüttelte ihr die Hand. »Ich wollte Boadicea schon immer kennenlernen. Ich bewundere starke Frauen.«

»Sie können einer meiner Krieger sein, wenn Sie mögen«, sagte das Mädchen mit erfreuter Miene.

»Danke.« Wesley verneigte sich.

»Sind Sie seine Frau?«, fragte Josephine die gut gekleidete Dame und verblüffte damit alle.

Wesleys Begleiterin lachte. »Noch nicht ganz«, antwortete sie.

Wesley stellte sie eilig vor. »Das hier ist Miss Henrietta Lister-Brown, meine Verlobte.«

Clarries Eingeweide verkrampften sich. Ihr wurde klar, wo sie die Frau schon einmal gesehen hatte.

»Sie waren auf der Hochzeit meines Bruders«, verkündete Will. »Damals trugen Sie einen sehr eindrucksvollen roten Hut.«

»Ja.« Die Frau lachte entzückt. »Was für ein gutes Gedächtnis Sie haben!«

Will grinste. »Sie waren in der Menge nicht zu übersehen, Miss Lister-Brown.«

»Wie charmant Sie Männer aus dem Norden doch sind.« Sie lächelte.

Sie plauderten höflich miteinander. Miss Lister-Brown stammte aus London, war mit den Landsdownes angeheiratet verwandt und liebte es, den Norden zu besuchen. Sie und Wesley planten, im folgenden Jahr zu heiraten.

»Beeil dich, Onkel Will«, quengelte Vernon. »Ich will spielen.«

»Sei still, du kleiner Schlingel.« Will setzte ein übertriebenes Stirnrunzeln auf. »Sonst peitscht Boadicea dich für deine Unhöflichkeit aus.«

»Ja, das mache ich«, warf Josephine ein und schwenkte eifrig ihr Springseil.

»Komm, Liebster«, sagte Henrietta und drückte Wesleys Arm, »lassen wir diese netten Leute ihren Ausflug fortsetzen.«

Wesley lüftete noch einmal vor ihnen den Hut, als sie sich verabschiedeten. Er sah Clarrie kurz an. Sein Blick war geradezu triumphierend. Er genoss es, seine schöne Verlobte zur Schau zu stellen. Ihr Herz schlug unregelmäßig. Sie zwang sich zu einem Lächeln.

»Herzlichen Glückwunsch zu Ihrer Verlobung, Mr Robson«, murmelte sie und sah beiseite. Sie konnte es nicht ertragen, sein hübsches Gesicht anzuschauen.

Im nächsten Augenblick waren sie fort, und sie und Will schoben Herbert weiter auf den Musikpavillon zu. Clarrie zwang sich, das Picknick zu genießen, aber ihr Magen fühlte sich an wie Blei, und der Appetit war ihr vergangen. Es war entsetzlich für sie, sich eingestehen zu müssen, dass die Nachricht, dass Wesley bald heiraten würde, ihr so zusetzte. Wie lächerlich, eifersüchtig auf diese aristokratische Frau zu sein. Sie war genau die Art von Braut mit guten Verbindungen, die einem ehrgeizigen Robson zupasskam. Sollten die beiden doch miteinander glücklich werden. Clarrie beschloss, jeden Gedanken an sie aus ihrem Kopf zu verbannen.

* * *

Clarrie stürzte sich mehr denn je in die Arbeit und füllte jede wache Minute damit aus, den Teesalon zu führen oder sich um Herbert zu kümmern. Jeden Dienstagmorgen hatte sie die Zwillinge zu Gast. Der einzige Tag, an dem sie einen freien Augenblick hatte, war deshalb der Sonntag. Nach der Kirche und dem Mittagessen erledigte sie oft Schreibarbeiten. Aber als Will über die Sommerferien nach Hause kam, sorgte er dafür, dass sie jeden Sonntagnachmittag mit Johnny Ausritte unternahmen. Manchmal ritten sie das Tynetal hinauf oder über den Fluss in die welligen Hügel von Durham.

Diese wenigen Stunden der Freiheit zählten für Clarrie zu den glücklichsten seit Indien. Mit ihren jungen Begleitern bei Sonnenschein und einer leichten Brise durch die Wälder und quer über offenes Heideland zu reiten, war schiere Freude. Wenn sie mit den beiden lachte und scherzte, verblassten die Belastungen der Arbeitswoche. Die Bürde der Geschäftsführung und die Sorge um Herberts Gesundheit waren vergessen. Sie fühlte sich wieder jung und gestärkt.

Im September ging Will mit Johnny nach Edinburgh, um im dortigen Settlement mitzuarbeiten, bevor er nach Durham zurückkehrte und sein Studium fortsetzte. Clarrie litt unter der Abwesenheit der beiden, und die Sonntagnachmittage erschienen ihr nun im Vergleich zu denen, die sie mit Will und Johnny verbracht hatte, umso trister.

»Warum … besuchst … du … nicht … Olive?«, schlug Herbert an einem windigen Sonntag vor. »Zu … windig … für … Park.«

Sie wussten beide, dass Clarrie an solch einem Tag Mühe haben würde, ihn im Rollstuhl zu schieben, wenn Will ihr nicht half. Ihr Herz tat bei dem Vorschlag einen Sprung – es war nicht das erste Mal, dass Herbert ihn machte –, und doch zögerte sie. Olive war seit Ostern nicht mehr bei ihnen vorbeigekommen, und damals war Clarrie von einem Anruf aus dem Teehaus abgelenkt gewesen: Eine Mehllieferung war ausgeblieben. Die Köchin Dolly war fuchsteufelswild gewesen und hatte damit gedroht zu kündigen.

»Ich sehe ja, dass du beschäftigt bist«, hatte Olive eilig gesagt. »Geh nur und regele das – ich komme ein andermal wieder.«

Ihre Schwester war gegangen, bevor Clarrie in der Lage gewesen war, ihr noch eine andere Frage als die zu stellen, ob es ihr und Jack gut gehe. Seitdem war Olive nicht mehr in Summerhill gewesen. Clarrie hatte ohnehin den Eindruck, dass es ihrer Schwester nicht behagte, sich dort aufzuhalten. Es erinnerte sie an ihre untergeordnete Stellung als Dienstmädchen und ihre Abhängigkeit von ihrer älteren Schwester, eine Vergangenheit, die sie anscheinend unbedingt aus ihrem Gedächtnis streichen wollte. Sie war zweimal im Teehaus gewesen, aber jeweils am Dienstagmorgen, wenn Clarrie nicht da war. Will hatte Olive im Vormonat besucht. Allerdings hatte er nicht viel darüber erzählt, abgesehen davon, dass er gesagt hatte, Olive sei wohlauf und glücklich. Er hatte Clarrie gedrängt, sie zu besuchen.

»Was macht sie denn so den ganzen Tag?«, hatte Clarrie neugierig nach Einzelheiten gefragt.

Will hatte die Schultern gezuckt. »Sie kümmert sich um ihr Zuhause und um Jack.«

»Das hält einen ja wohl kaum die ganze Zeit beschäftigt«, hatte Clarrie zurückgegeben.

Will hatte gewirkt, als wäre er drauf und dran, noch etwas zu sagen. Stattdessen hatte er ihr ein betrübtes Lächeln geschenkt und gesagt: »Warum gehst du nicht hin und siehst es dir selbst an? Sie sind seit über einem Jahr verheiratet, und du hast erst ein einziges Mal bei ihnen vorbeigeschaut.«

»Wann habe ich denn Zeit?«, hatte Clarrie protestiert.

Aber so nahe war Will einem Vorwurf sonst noch nie gekommen, und die Kritik hatte ihr wehgetan. Sie wich Olive genauso aus wie ihre Schwester ihr. Der eine Besuch vor Weihnachten mit einem Weihnachtsstern in der Hand war vergebens gewesen. Olive und Jack waren nicht da gewesen, und Clarrie hatte die Pflanze bei einer Nachbarin gelassen.

Als Herbert sie jetzt wieder drängte hinzugehen, raffte Clarrie deshalb allen Mut zusammen und brach auf. Sie schnitt ein paar Rosen im Garten, wickelte sie in braunes Papier und radelte auf Wills altem Drahtesel flussaufwärts nach Lemington. Als sie sich der ordentlichen Reihenhauszeile näherte, deren große Fenster nach vorn von bescheidenem Wohlstand zeugten, hoffte Clarrie aber halb, dass sie nicht da sein würden.

Ein schlaftrunkener Jack, dem das blonde Haar in wirren Strähnen abstand, öffnete auf ihr Klopfen hin. Einen Moment lang starrte er sie verwirrt an und erkannte sie unter dem großen Hut nicht, den sie mit einem scharlachroten Schal festgebunden hatte.

»Clarrie?«, fragte er dann.

»Hallo, Jack.« Sie lächelte und streckte den Rosenstrauß aus. »Die sind für Olive.«

Er nahm die Blumen mit misstrauischem Blick entgegen. »Sie hat gar nicht erwähnt, dass du vorbeikommst.«

»Ich habe mich erst vor einer halben Stunde dazu entschlossen. Herbert hat vorgeschlagen …«

»Sie hat sich hingelegt.« Jack wirkte, als wäre er unsicher, was er tun sollte.

Clarrie kam sich töricht vor. Sie hatte die beiden offenbar beim Mittagsschlaf gestört. »Tut mir leid, ich hätte nicht ohne Vorwarnung hereinschneien sollen. Ich kann ein andermal wiederkommen.«

»Nein, nun rede keinen Unsinn«, sagte Jack, der sich allmählich von der Überraschung erholte. »Sie freut sich bestimmt, dich zu sehen. Na los, rein mit dir, Mädel.«

Clarrie lehnte das Fahrrad gegen das Geländer vor dem Haus und folgte Jack in einen winzigen, grün gestrichenen Flur. Rechts lag ein Wohnzimmer, links eine steile Treppe. Treppengeländer und Türrahmen waren weiß gestrichen und vermittelten die Illusion von Helligkeit. Ein Hauch von Sandelholzduft sorgte dafür, dass ihre Eingeweide sich zusammenzogen. Belguri. Direkt vor ihr stand die Tür zur Küche offen. Jack führte sie hinein.

»Nimm Platz«, wies er sie an und ließ die Blumen auf einen blank gescheuerten Kiefernholztisch am Fenster fallen. »Ich hole unser Mädchen.«

Sie hörte, wie er die Treppe hinaufstieg, während sie sich neugierig umsah. Die geweißten Wände waren mit einem Blattmuster verziert, das sich wie eine Girlande um den ganzen Raum zog. Manche Blätter waren grün, andere in herbstlichem Orange und Gelb gehalten. Kleine Vögel in Türkis, Gold und Scharlachrot huschten im Laub umher. Die Möbel waren schlicht: ein Tisch und vier Stühle, eine Anrichte und eine Wäschetruhe. Aber sie waren hellgelb gestrichen und verliehen der Küche einen fast betörenden Glanz. Zwei schmale Sessel, die mit einem blau-gelb geblümten Stoff bezogen waren, standen beiderseits von Herd und Kamin. Eine Jalousie aus weißen Holzlatten hing am offenen Fenster und klapperte sanft in der Brise. Die Teller auf der Anrichte waren im blau-weißen Weidenmuster gehalten – wie die ihrer Mutter in Belguri.

Clarrie bekam einen Kloß im Hals und sah rasch beiseite. Sie ging zum Küchenfenster hinüber und warf einen Blick auf den gepflegten Hinterhof mit seinen geweißten Mauern und Blumenkübeln: einem Rhododendron in einem großen Fass, Azaleen, Kapuzinerkresse und Stiefmütterchen in gestrichenen und gefirnissten Teekisten. Die Farbenpracht überwältigte die Sinne. Clarrie dachte daran, wie reserviert und gedämpft die dunklen Rosen, die sie mitgebracht hatte, im Vergleich dazu wirkten. Sie wurden jetzt schon auf dem Tisch welk.

Am Ende hörte Clarrie Schritte näher kommen. Als sie sich umdrehte, sah sie, wie Jack, gefolgt von Olive, die Küche betrat. Ihre Schwester hatte rote Wangen und leuchtende Augen. Ihr rotgoldenes Haar fiel ihr offen um die Schultern.

»Dieses Haus ist wunderschön!«, rief Clarrie. »Ein bisschen wie …« Sie brach ab. Die Worte erstarben ihr auf den Lippen, als Jack beiseitetrat und den Blick auf Olives ganze Gestalt freigab. Clarrie starrte ihre Schwester an. Das Herz pochte ihr heftig.

»Olive«, keuchte sie, »du bist guter Hoffnung!«

Ihre Schwester watschelte mit dickem Bauch vorwärts und stützte sich mit beiden Händen den Rücken, als könnte sie sonst umfallen. Sie nickte. Ihre Miene war fast trotzig.

»Ja«, sagte Jack mit einem stolzen Grinsen, »sie ist nur noch einen Monat vom Wochenbett entfernt.«

Clarries Kehle schnürte sich zu. »Das ist großartig«, krächzte sie. »Ich wusste es noch gar nicht.«

Olive und Jack tauschten einen raschen Blick. »Hat Will dir nichts erzählt?«, fragte Olive.

Clarrie schüttelte den Kopf. Unfähig zu sprechen, streckte sie die Hände aus. Olive zögerte, kam aber dann auf ihre Schwester zu. Clarrie zog sie in ihre Arme. Es war eine unbeholfene Umarmung über Olives prallen Bauch hinweg. Clarrie spürte eine Bewegung wie ein sanftes Stupsen und wich mit großen Augen zurück.

»War das das Baby?«, fragte sie erstaunt.

»Ja.« Olive lächelte und legte sich schützend die Hände auf den Bauch.

Jack führte seine Frau zu einem der Sessel am Kamin und schob ihr ein Kissen in den Rücken.

»Setz dich, Clarrie«, drängte er, »dann koche ich Tee, während ihr Mädels ein bisschen plaudert.«

Während Jack geschäftig zwischen ihnen umhereilte, um eine Kanne Tee zu kochen, fehlten Clarrie die Worte. Warum hatte ihr niemand etwas erzählt? Wann hatte Olive es ihr mitteilen wollen? Nicht auszudenken, wenn sie erst durch den Klatsch im Teehaus davon erfahren hätte! Will hätte etwas sagen sollen. Aber als sie ihre Kränkung und Fassungslosigkeit hinunterschluckte, ahnte sie, warum es ihr vorenthalten worden war. Sie wussten alle, dass es ihr zugleich Schmerz und Freude bereiten würde, weil es ihre eigene Kinderlosigkeit umso deutlicher hervortreten ließ.

Clarrie unterdrückte ihren aufsteigenden Groll. Das hier war ihre geliebte Schwester, die bald ihr erstes Baby bekommen würde. Clarrie würde Tante werden. Das war ein Grund zur Freude, ganz gleich, was ihrer eigenen Ehe fehlte.

Während sie an dem Tee nippte, den Jack gemacht hatte, bemühte sie sich, über das Teehaus, ihre Ausritte mit Will und die Ausflüge mit Herbert und den Zwillingen zu reden.

Stück für Stück taute Olive auf und war in der Lage, über ihre Vorfreude auf die nahende Ankunft ihres Kindes zu sprechen.

»Wenn es ein Mädchen ist, nennen wir sie Jane, nach Mam«, sagte Olive, »und wenn es ein Junge ist, George, nach Jacks Dad.«

Clarrie beugte sich vor und drückte Olive die Hand. »Das ist großartig.« Sie lächelte. »Ganz gleich, was es wird, ich will als Erste davon erfahren.«

Als sie aufbrach, kam ihr noch ein Gedanke. »Ich habe mich gefragt … Hast du schon überlegt, wen du gern bei dir hättest, wenn es so weit ist? Denn wenn du willst …«

»Das ist alles schon arrangiert«, sagte Jack mit Nachdruck. »Meine Mam wird ihr helfen. Sie hat schon Dutzende von Geburten betreut.«

Olive wich dem Blick ihrer Schwester aus. Sie errötete heftig. Clarrie zögerte, sie zum Abschied zu küssen, und dann legte auch noch Jack den Arm um die Taille seiner Frau, als wollte er Clarrie davor warnen, es zu tun. Sie griff nach dem Fahrrad.

»Danke für die Blumen, Clarrie«, sagte Olive steif.

Clarrie nickte und schob das Fahrrad davon. Am Ende der Straße drehte sie sich um und wollte winken. Aber Olives und Jacks Haustür war schon geschlossen, und sie waren fort. Sie fühlte sich von den beiden vollkommen ausgegrenzt. Unglücklich schluckte sie ein Schluchzen hinunter. Warum benahm Olive sich nur so? Als sie gedemütigt davonradelte, gab Clarrie Jack die Schuld daran. Er hatte einen Keil zwischen sie getrieben. Er musste Olive ausgeredet haben, Kontakt zu ihr zu halten.

Zu Hause wünschte Clarrie sich, Will wäre da, sodass sie mit ihm über die Situation und ihre Kränkung, von der bevorstehenden Geburt ausgeschlossen zu sein, hätte sprechen können. Es war ihr peinlich, Herbert davon zu erzählen. Sie wartete, bis die Krankenschwester, die geholfen hatte, ihn zu waschen und ins Bett zu bringen, gegangen war.

Er lag auf Kissen gestützt. Seine Haut wirkte vor dem weißen Leinen fahl.

»Ich glaube, sie wollten es mir gar nicht erzählen«, sagte Clarrie bekümmert. »Stell dir vor, eine Nichte oder einen Neffen zu haben und nie davon zu erfahren! Will wusste es, aber wahrscheinlich dachte er, er habe kein Recht, mir davon zu erzählen. Wie konnte ich nur zulassen, dass wir uns so auseinanderleben? Es war, wie mit einer Halbfremden zu reden!«

Herbert hob eine zitternde Hand und holte Luft, bevor er sprach.

»T… tut mir leid«, stotterte er.

Clarrie betrachtete ihn. »Es ist nicht deine Schuld, dass wir uns gestritten haben. Du warst immer mehr als freundlich zu meiner Schwester. Ich bin diejenige, auf die sie aus irgendeinem Grund wütend war.«

Herbert schüttelte den Kopf. »Nicht … das.« Seine Augen wirkten traurig und reuevoll.

»Was tut dir dann leid?«

»Dass … ich … selbstsüchtig …war.« Er stieß die Worte hervor. »Dir … kein … Kind … geschenkt … habe.«

Clarrie spürte, wie sich ihr die Brust zuschnürte. Es war zu spät für eine Entschuldigung, dachte sie voller Verbitterung. Er versuchte, nach ihrer Hand zu tasten.

»Du … kannst … so … gut … mit … den … Zwillingen … umgehen«, stieß er hervor. »Ich hätte … tapferer … sein … s… sollen. Kannst … du … mir … v… verzeihen?«

Clarrie rang mit ihren Gefühlen. Wie hatten sie nur ihre gemeinsame Zeit verschwendet! Sie gab ihm die Schuld an ihrer mangelnden Intimität, aber sie hatte mit Vergnügen all ihre

Energie in das Teehaus einfließen lassen. Vielleicht war sie im tiefsten Innern erleichtert gewesen, dass er nie versucht hatte, mit ihr zu schlafen. Er war so viel älter, und körperlich hatte sie ihn nie begehrt. Aber er war ein guter Mann, und sie war sicher, dass er ihren Kindern ein lieber Vater gewesen wäre, vielleicht weiser und toleranter als seiner ersten Familie gegenüber.

Clarrie streckte den Arm aus und berührte seine suchende Hand. »Ich verstehe, warum du dich so entschieden hast. Ich erinnere mich, wie sehr du um Louisa getrauert hast – und um die Tochter, die du nie hattest.«

Er sah sie an. Seine Miene war schuldbewusst. Zitternd hob er ihr Handgelenk an und presste es sich an die halb gelähmten Lippen. Sie erhob sich, küsste ihn auf die Stirn und machte es ihm dann für die Nacht bequem.

Später kam sie zurück. Sie hatte sich ihr Nachthemd angezogen und war bereit, sich in das Feldbett zu legen, auf dem sie nun schon seit einem Jahr schlief. Als sie sich durch das halbdunkle Zimmer bewegte, erkannte sie, dass Herbert noch wach war und sie beobachtete. Sie kam näher und musterte ihn unsicher. Er weinte stumm aus einem Auge. Impulsiv schlug Clarrie die Decke beiseite und stieg neben ihm ins Bett, auf der Seite, auf der er etwas spürte. Zaghaft berührte sie sein Gesicht und wischte ihm die Tränen mit dem Daumen weg.

»Willst du, dass ich heute Nacht bei dir bleibe?«, flüsterte sie. »Hier in deinem Bett?«

Er schluckte und ächzte. »Ja … sehr … gern.«

Sanft schmiegte sie den Kopf an seine Schulter und legte ihm einen Arm über die Brust. Sie spürte, wie er ein Seufzen ausstieß. Keiner von ihnen sagte etwas. Sie genossen beide nur die Wärme der Berührung und diesen unerwarteten Moment. Clarrie schlief zufrieden ein. Mitten in der Nacht wachte sie einmal auf und fragte sich, wo sie war, verwirrt darüber, Herberts

Körper neben sich zu spüren und seinen leicht heiseren Atem zu hören. Dann schlief sie weiter, bis die Krankenschwester um sieben Uhr morgens an die Tür klopfte. Clarrie küsste Herbert, als sie aufstand, um die Frau einzulassen.

Danach ließ sie das Feldbett wegräumen und schlief jede Nacht neben ihrem Mann. Es gab keinen Beischlaf, aber es war auf gewisse Weise tröstlich, und eine neue Zärtlichkeit stellte sich zwischen ihnen ein.

30

An einem Donnerstagabend Ende Oktober wartete eine Nachricht auf Clarrie, als sie von der Arbeit nach Hause kam. Olive war niedergekommen. Sie und Jack hatten einen Sohn namens George. Clarrie widerstand der Versuchung, gleich hinüberzustürmen, um sie zu besuchen. Sie würde warten, bis ihre Schwester bereit war, Gäste zu empfangen. Aber als sie eine Woche lang nichts weiter hörte, konnte sie es nicht mehr abwarten. Sie übertrug Lexy die Aufsicht über das Teehaus und brach an einem Freitagmorgen mit einer Schachtel Törtchen und einem großen Teddybären, den sie bei Fenwick gekauft hatte, nach Lemington auf.

Jacks Mutter öffnete die Tür. Sie legte eine gewisse Scheu vor Clarrie an den Tag und sagte ganz aufgeregt: »Unsere Olive liegt mit dem Kind im Bett; sie empfängt noch keine Gäste.«

»Ich bin ihre Schwester«, erwiderte Clarrie fest, »und es wird höchste Zeit, dass ich sie und meinen Neffen zu Gesicht bekomme, finden Sie nicht? Ich bleibe nicht lange und ermüde sie auch nicht, aber ich will sie unbedingt sehen.«

Sie folgte Mrs Brewis die steile Treppe hinauf und in das abgedunkelte Schlafzimmer. Die grünen Vorhänge waren zugezogen, und es war stickig, weil das Feuer brannte und abgestandener, säuerlicher Körpergeruch in der Luft hing. Ein Bett mit Holzrahmen dominierte den Raum. Olive lag in einem lockeren Kleid zusammengerollt auf der Seite. Das Baby war weder zu hören noch zu sehen.

»Olive, bist du wach, Schätzchen?«, flüsterte ihre Schwiegermutter. »Mrs Stock ist hier, um dich zu besuchen.«

»Clarrie?«, murmelte Olive, rührte sich aber nicht.

»Ja, wie geht es dir?«, fragte Clarrie und ging ums Bett herum. »Ich bleibe auch nicht lange, aber ich musste dich einfach sehen. Ich habe dir etwas mitgebracht.« Als sie dicht neben ihrer Schwester stand, hörte sie ein leises Schniefen. Schlagartig wurde ihr klar, dass das Baby in Olives Kleid gehüllt war und an ihrer Brust trank. Der Kleine war fest eingewickelt. Nur sein Kopf und ein heller Haarschopf waren sichtbar. Das Haar ihrer Schwester war feucht und hing ihr strähnig ums Gesicht, aber ihre Miene spiegelte verträumte Zufriedenheit wider.

Der intime Anblick überwältigte Clarrie. Sie war den Tränen nah.

»Er ist ja so hübsch!«, rief sie. »Zumindest nach dem zu urteilen, was ich von ihm sehen kann.«

»Mrs Stock«, sagte Jacks Mutter nervös, »vielleicht sollten Sie sie erst einmal in Ruhe lassen. Unsere Olive ist ganz erschöpft vom Stillen. Es dauert eine Weile, bis man sich daran gewöhnt.«

Clarrie wich zurück.

»Bleib«, bat Olive. »Er wird schon wieder schläfrig; ich glaube, er ist fast fertig.«

»Möchtest du, dass ich die Vorhänge aufziehe und das Fenster öffne?«, fragte Clarrie. »Es ist ziemlich stickig hier drin.«

»Nein«, sagte Mrs Brewis sofort. »Sie dürfen sich doch keine Erkältung einfangen. Am besten lassen Sie alles so, wie es ist.«

»Mam«, sagte Olive, »kannst du mir bitte einen Becher Wasser holen? Vielleicht möchte Clarrie ja auch eine Tasse Tee.«

Clarrie nickte dankbar, und die Frau eilte geschäftig nach unten. »Du nennst sie *Mam*?«, fragte Clarrie. Aus irgendeinem Grunde machte ihr das zu schaffen.

Olive antwortete: »Jack möchte, dass ich es tue.«

Das Baby hörte auf zu nuckeln. Sein Griff lockerte sich. Olive löste sich von ihm, setzte sich auf und zog sich das Kleid über die volle Brust. Sie hob ihren Sohn hoch, lehnte ihn gegen ihre Schulter und rieb ihm sanft den dick eingepackten Rücken. Clarrie setzte sich auf die Bettkante und überreichte den Spielzeugbären.

»Noch ist er doppelt so groß wie George«, sagte sie. »Hoffentlich macht er ihm keine Angst.«

»Der ist sehr schön«, meinte Olive. »Ich wette, der hat dich ein Vermögen gekostet.«

»George ist mein erster Neffe und jeden Penny wert«, antwortete Clarrie. »Es scheint euch beiden großartig zu gehen.«

»Dem ist auch so.« Olive lächelte. »Jacks Mam tut alles für mich. Ich liege hier bloß wie eine Königin, esse, schlafe und stille George. Und er ist so ein braves Baby – macht kaum einen Mucks. Ich glaube, ich bekomme ein halbes Dutzend.«

Clarries Eingeweide verkrampften sich vor Neid. Rastlos stand sie auf und streckte die Hand aus, um einen Vorhang zurückzuziehen. »Es ist mir gleich, was Mrs Brewis sagt, ich will meinen Neffen richtig in Augenschein nehmen.«

Helles Herbstlicht fiel auf das Bett und beleuchtete Olives gerötetes Gesicht. Sie sah müde, aber schön aus. Ihre Züge waren weicher als sonst, und ihre Augen glänzten vor Glück.

»Möchtest du ihn gern halten?«, fragte sie.

»Darf ich denn?«

Olive streckte ihr das Bündel hin. Vorsichtig nahm Clarrie George und legte ihn sich sorgsam in die Armbeuge. Sie ging zurück zum Fenster, um ihn besser sehen zu können. Seine Augen mit den fahlen Wimpern waren geschlossen, seine

Wangen rosig vom Trinken, und sein winziger Mund glänzte vor Milch. Er sah satt und friedlich aus. Sanft streichelte sie ihm den Kopf und staunte darüber, wie weich sein blonder Haarflaum war.

»Was für ein hübscher Bursche du doch bist«, säuselte sie. »Du wirst die Herzen aller Mädchen brechen, nicht wahr?« Er stieß ein bebendes kleines Seufzen aus und schürzte die Lippen wie zum Saugen. Dann war er wieder still. Clarrie lachte leise. »Tante Clarrie findet, dass du der schönste Junge bist, den sie je gesehen hat.« Sie empfand bei seinem Anblick überwältigende Rührung und genoss seine Wärme und sein Gewicht in ihren Armen.

Mrs Brewis kehrte mit dem Wasser für Olive und einem von Clarries Törtchen auf einem Teller zurück. »Ihr Tee wartet unten auf Sie, Mrs Stock«, sagte sie und durchquerte das Zimmer, um den Vorhang mit einem Ruck wieder zuzuziehen. »Ich darf Ihnen doch das Kind abnehmen?«

Clarrie küsste George und reichte ihn widerwillig weiter. »Gibt es irgendetwas, das du haben möchtest?«, fragte sie ihre Schwester.

»Sie hat alles, was sie braucht.« Mrs Brewis lächelte stolz. »Jack und ich achten schon darauf.«

Clarrie schluckte ihre Gereiztheit über das besitzergreifende Auftreten der Frau hinunter und ging zu Olive, um sie zum Abschied zu küssen. »Ich besuche dich bald wieder«, versprach sie.

Ihre Schwester lehnte sich schläfrig zurück. »Danke für den Bären, Clarrie.«

Ermutigt von Olives entspannterem Umgang mit ihr, beschloss Clarrie, dass sie nicht wieder wie im vergangenen Jahr Wochen und Monate vergehen lassen würde, ohne sie zu besuchen. Unten nahm sie einen Schluck von Mrs Brewis' zu lange gezogenem Tee und schüttete den Rest in die Spüle. Der

Tee stand sicher schon seit dem Frühstück in der Kanne. Clarrie ging. Georges Milchduft haftete immer noch an ihren Händen.

Als sie das nächste Mal zu Besuch kam, waren Jack und seine Mutter beide im Haus und weckten in Clarrie den Eindruck, nur zu stören. Sie ließen sie nicht ins Schlafzimmer hinauf, sondern behaupteten steif und fest, dass Olive und das Baby sich gerade ausruhten. Doch als sie ging, hörte Clarrie George oben schreien.

Es war ihr ein Rätsel, warum Olive und die Familie Brewis versuchten, sie auf Distanz zu halten. In der folgenden Woche fand Georges Taufe in der Kirche statt, in der Olive und Jack geheiratet hatten. Clarrie tröstete sich damit, dass sie und Herbert wenigstens dazu eingeladen waren.

Danach wurde ein einfacher Tee im Haus in Lemington ausgerichtet. Clarrie hatte Kuchen und Kekse aus dem Teehaus angeboten, aber die Familie Brewis hatte darauf bestanden, alles allein zu organisieren. Unter Schwierigkeiten hievten sie Herbert durch die Tür und setzten ihn auf den breitesten Sessel im rosa und weiß eingerichteten Wohnzimmer. Clarrie bestand darauf, ihren Neffen halten zu dürfen. Sein zerknittertes Gesicht war voller geworden, und er fühlte sich doppelt so schwer an wie beim letzten Mal. Sie wiegte ihn zärtlich, aber er wurde nervös, weil er so viel angefasst wurde, und Jacks Mutter entriss ihn rasch wieder ihrem Griff.

»Er will gestillt werden«, beharrte sie und schickte Olive schnell nach oben.

Das Motortaxi, das sie gemietet hatten, um Herbert nach Hause zu fahren, traf ein, und Clarrie musste aufbrechen, bevor sie ihre Schwester oder ihren Neffen noch einmal gesehen hatte.

Trotz ihrer Entschlossenheit, Olive und George so oft wie möglich zu besuchen, war es schon Weihnachten, als sie wieder dazu kam. Sie war mit dem Teesalon und Herberts Pflege so beschäftigt, dass sie keinen freien Augenblick hatte, außer an

Sonntagen, und sie wusste, dass dann Jack und seine Mutter da waren. Zwei Tage vor Weihnachten schaute Clarrie mit Geschenken vorbei, nur um zu erfahren, dass Olive ausgegangen war.

»Sie ist einkaufen«, erklärte Mrs Brewis ihr. »Ich passe für sie auf den Kleinen auf. Er hält gerade Mittagsschlaf, sonst würde ich Sie hereinbitten.«

Clarrie überreichte die Geschenke und ging frustriert wieder. Irgendwie konnte sie nicht die Energie aufbringen, etwas gegen den Argwohn der Frau ihr gegenüber zu unternehmen oder sich gegen die einengende Fürsorglichkeit durchzusetzen, mit der Jack und seine Mutter Olive und George umgaben. Es wäre viel einfacher, wenn ihre Schwester sie im Teehaus besuchen würde, dachte Clarrie in einer Aufwallung von Groll. Sollte Olive doch zu ihr kommen.

* * *

Das Jahr 1914 kam, Clarrie wurde achtundzwanzig, und ihr geschäftiges Leben verlief weiter wie bisher, abgesehen davon, dass der Dienstagmorgen mit den Zwillingen bald der Vergangenheit angehörte, weil die Kinder nun den ganzen Tag zur Schule gingen. Sie vermisste sie sehr und konnte das Verlustgefühl nur betäuben, indem sie ganz in ihrer Arbeit aufging.

Das Reihenhaus neben dem Teehaus stand zum Verkauf, und Clarrie musste Bertie dazu bringen, die Immobilie zu erwerben, da er die geschäftlichen Angelegenheiten seines Vaters verwaltete, aber das Teehaus erwies sich als so erfolgreich, dass sein einstiger Widerstand längst dahingeschmolzen war. Sie kauften das Gebäude und ließen einen Durchgang in die Wand brechen, um zusätzliche Versammlungssäle zu schaffen. Bertie bot Clarrie sogar an, in ihrem Namen ein paar Investitionen zu tätigen. Nachdem sie sich mit Herbert beraten hatte, stimmte Clarrie zu. So sehr sie Bertie auch verabscheute, sie vertraute seinem Sachverstand. Nach seinem und Veritys luxuriösen Lebensstil zu urteilen – Partys in Rokeham Towers, Privatschulen für die Zwillinge und Ferien in Südfrankreich –, war er gut darin, Geld sowohl zu verdienen als auch auszugeben.

Als Clarrie ihn in seiner Kanzlei aufsuchte, um mit ihm übers Geschäft zu sprechen, behandelte Bertie sie in Anwesenheit seines Sekretärs so zuvorkommend, wie es sich einer Mandantin gegenüber gehörte, und nicht mit der Verachtung, die er ihr sonst entgegenbrachte. Clarrie amüsierte sich ein bisschen über seinen Eifer, nun, da das Teehaus etabliert war und Gewinn abwarf, mit der Besitzerin von Herbert's Tea Rooms in Verbindung gebracht zu werden.

Von Bertie erfuhr Clarrie auch die Neuigkeit, dass die Robsons ihre Kette von Empire Tea Rooms verkauften.

»Sie haben ein Vermögen damit verdient«, sagte er neidisch. »Mit der Familie ist es wie mit König Midas – was sie anfassen, verwandelt sich in Gold. Vom Gewinn kaufen sie Land in Ostafrika.«

»Afrika?«, rief Clarrie erstaunt. »Warum?«

»Um noch mehr Tee anzubauen. Das Land ist billig, und die Bedingungen sind angeblich ähnlich wie die auf Ceylon. Ich denke sogar daran, selbst dort zu investieren.« Er hob mit wichtiger Miene das plumpe Kinn.

»Und Wesley Robson?« Clarrie konnte nicht widerstehen, die Frage zu stellen. »Ist er nach Afrika gegangen?«

Bertie sah sie argwöhnisch an. »Warum fragen Frauen nur immer nach Wesley?«

Clarrie errötete. »Ich bin nur neugierig, was mein Konkurrent so vorhat.«

»Ganz recht«, sagte Bertie und lehnte sich in seinem großen Ledersessel zurück. »Soweit ich weiß, ist er nach London und in die Mincing Lane zurückgekehrt. Er ist verlobt, wusstest du das? Attraktive Frau – die Familie hat ihr Geld mit Jute gemacht – mit den Landsdownes verwandt. Zweifelsohne ist er ihretwegen in den Süden gezogen. Er wird ein zweites Vermögen erben, wenn er in die Familie Lister-Brown einheiratet.«

Clarrie wollte nicht noch mehr von Wesleys märchenhaftem Leben hören und ging unter dem Vorwand, dass sie dringend etwas im Teehaus zu erledigen hatte.

Zu Ostern steckte Will voller Pläne für die Zeit nach seinem Universitätsabschluss. Er und Johnny wollten bis zum Herbst eine Rundreise durch Europa unternehmen. Danach würde er das Lehrerseminar in Newcastle besuchen. Clarrie war entzückt über die Vorstellung, dass er während seiner Ausbildung wieder in Summerhill wohnen würde, und Herbert hatte keine Einwände. Er schien vergessen zu haben, dass er früher entschieden die Meinung vertreten hatte, Will solle Anwalt werden. Bertie dagegen erinnerte sich sehr wohl daran.

»Lehrer werden?«, rief er voller Geringschätzung. »Das ist etwas für Leute, die nicht genug Hirn fürs Geschäft oder für Jura haben. Ich will, dass du in die Familienkanzlei eintrittst. Das wollte Papa immer.«

»Jetzt nicht mehr«, antwortete Will. »Er ist zufrieden damit, dass ich …«

»Papa ist so gut wie schwachsinnig.« Bertie klang verächtlich. »Er erinnert sich ja kaum an das, was er zum Frühstück gegessen hat. Du könntest ihm auch erzählen, dass du Müllkutscher werden willst, und er würde dir seinen Segen geben.«

»Trotz allem habe ich das jedenfalls vor.« Will war unbeirrbar. »Ich wäre ein lausiger Anwalt. Juristische Dokumente sind für mich böhmische Dörfer. Da ist mir ein Notenblatt doch jederzeit lieber.«

»Dann nutz doch wenigstens dein musikalisches Talent besser«, schlug Bertie vor, als er zu seinem sturen Bruder nicht durchdrang. »Werde professioneller Musiker.«

»Dazu bin ich nicht gut genug«, bekannte Will offen. »Aber ich weiß, dass es mir Freude machen würde, andere zu unterrichten. Das habe ich im Settlement in Edinburgh schon ein bisschen getan.«

»Oh, ausgerechnet da!« Bertie schnaufte. »Dort wimmelt es doch von Bolschewisten und religiösen Spinnern. Wenn du am Ende für Leute wie die arbeitest, sage ich mich von dir los.«

Erst später gratulierte Clarrie Will dazu, dass er seinem Bruder die Stirn geboten hatte. Sie wusste, dass Bertie irgendwie ihr an allem die Schuld gegeben hätte, wenn sie zu Wills Verteidigung das Wort ergriffen hätte.

»Er ist nicht einmal ansatzweise so ein harter Hund, wie er gern vorgibt«, bemerkte sie amüsiert. »Alles, was ihm wichtig ist, ist, den schönen Schein zu wahren und mit den Landsdownes mithalten zu können.«

»Ja.« Will lachte. »Er hat schreckliche Angst davor, dass Verity ihm wegen seiner peinlichen Familie die Hölle heißmacht.«

Mit Will als Unterstützer raffte Clarrie den nötigen Mut zusammen, noch einmal bei ihrer Schwester vorbeizuschauen. Sie nahmen Pralinen und Blumen mit und beschlossen, Olive zu besuchen, unmittelbar nachdem Jack, wie sie wussten, zur Arbeit aufgebrochen war. Sie erwischten Olive in einem Hauskleid und mit offenen Haaren, wie sie an der Spüle abwusch. Es war keine Mrs Brewis senior da, um sie abzuwimmeln.

»Meine Güte!«, rief Olive, von ihrem plötzlichen Erscheinen völlig aus der Bahn geworfen.

Ungeniert küsste Will sie auf die Wange und marschierte ins Haus. »Wo ist der kleine George? Wir sind hier, um ihn mit Schokolade vollzustopfen.«

»Das dürft ihr nicht!«, keuchte Olive auf und drehte sich die Haare schnell zu einem lockeren Knoten zusammen. »Er ist noch nicht richtig entwöhnt.«

Will lachte. »Der arme Georgie! Dann muss er einfach zusehen, wie wir alles auffuttern.«

Als er in die Küche spazierte, entdeckte Will das Baby, das auf einer Decke auf dem Fußboden strampelte, und bückte sich schwungvoll, um den Kleinen aufzuheben. George streckte erschrocken die Arme aus. Seine blauen Augen traten hervor. Im nächsten Augenblick heulte er los.

»Vorsicht!«, riefen beide Schwestern gleichzeitig.

Will ignorierte sie, wirbelte George über seinen Kopf und spielte mit ihm Flieger, bis seine Entsetzensschreie in entzücktes Kreischen übergingen. Will drehte sich um und warf Clarrie das Baby fast in die Arme. Clarrie fing ihren Neffen auf und rieb die Nase an seiner.

»Hallo, mein Hübscher! Du bist aber groß geworden.« Sie machte es ihm auf ihren Armen bequem. George streckte forschend ein pummeliges Händchen aus und schob ihr die Finger in den Mund.

Olive beobachtete es verkrampft.

»Entspann dich«, sagte Will und legte liebevoll den Arm um sie. »Clarrie wird ihn schon nicht auffressen. Sie hat gerade gefrühstückt.«

Olive rollte die Augen. »Ihr hättet Bescheid sagen sollen, dass ihr kommt. Ich bin noch nicht einmal richtig angezogen.«

»Nur um dir Gelegenheit zu geben, nicht da zu sein?«, fragte Will und nahm Clarrie damit das Wort aus dem Mund.

Olive errötete und schüttelte ihn ab. »Darf ich euch eine Tasse Tee anbieten?« Sie ging in der hübschen Küche gleich an die Arbeit, ohne eine Antwort abzuwarten. Clarrie bemerkte die Veränderungen: An der Decke hing ein Wäschegestell mit trocknenden Windeln, auf der Anrichte standen eine Kinderschüssel und eine Tasse mit zwei Henkeln, und ein Kinderwagen war zwischen die Hintertür und die Speisekammer gezwängt.

Während Will Olive mit Fragen und Geplauder beschäftigt hielt, saß Clarrie mit George auf dem Schoß da, kuschelte mit ihm und machte alberne Geräusche, um ihn zu unterhalten.

»Das ist der Daumen.« Sie lächelte und fasste seinen Daumen an. Dann arbeitete sie sich von einem Finger zum anderen: »Der schüttelt die Pflaumen, der hebt sie auf, der trägt sie nach Haus, und der Kleinste, der isst sie alle auf!« Sie lachte und wackelte an seinem kleinen Finger. George kicherte entzückt und öffnete den Mund zu einem zahnlosen Grinsen. Clarrie wiederholte das Spiel, bis das Baby sich plötzlich langweilte, seine Mutter bemerkte und nach ihrer Aufmerksamkeit wimmerte.

Olive kam schnell herüber und nahm George aus Clarries Armen. Clarrie sah neidisch zu, wie der Junge auf Olives Hüfte mühelos zur Ruhe kam. Ihre Schwester gab ihm während der Unterhaltung oft geistesabwesend Küsse auf sein blondes Wuschelhaar. Will übernahm einen Großteil des Redens, aber Olive erzählte ihnen stolz, dass Jack jetzt als Teemischer qualifiziert war.

»Er hilft Mr Milner zu entscheiden, auf welche Tees er bieten soll und so«, erklärte sie ihnen.

»Es freut mich, dass er solchen Erfolg hat«, sagte Clarrie.

Olive warf ihr einen skeptischen Blick zu. »Du hast nie so viel Vertrauen in Jack gesetzt wie ich.«

Will sah Clarrie überrascht an, aber sie ließ die spitze Bemerkung an sich abprallen. »Du hattest recht«, sagte sie und stand auf. »Möchtet ihr am Ostersonntag zum Tee zu uns kommen? Es wären nur wir beide und Herbert zu Hause – Bertie und seine Familie sind auf Reisen in Frankreich.«

»Komm schon, Olive«, ermunterte Will sie. »Papa würde sich sehr freuen, deinen Georgie zu sehen.«

»Wir nennen ihn nicht Georgie«, gab sie gereizt zurück. »Und so leid es mir tut: Wir haben schon Mam und Thomas und seine Freundin zu Besuch.« Als Will enttäuscht dreinsah, fuhr sie heiterer fort: »Jack hofft, dass sein Bruder es endlich schafft, ihr einen Antrag zu machen. Wir haben genug Andeutungen fallen lassen. Wenn er sich nicht beeilt, ist die arme Annie über das gebärfähige Alter hinaus.«

Clarrie sah Olive erröten und den Blick abwenden. Sie hielt George fast grimmig an sich gedrückt. Da war sie wieder: die unausgesprochene Kluft zwischen ihnen, zwischen der Mutter und der Kinderlosen. Es machte Clarrie traurig, dass ihre Schwester sie weder in ihrer eigenen Nähe noch in der des Jungen duldete, als wäre sie eine Bedrohung für ihre heimelige Welt mit Jack. Kurz fragte sie sich, warum Olive ihr wohl so misstraute, denn sie hatte nicht den Wunsch, ihr irgendetwas wegzunehmen.

»Pass auf dich auf«, sagte sie, als sie gingen, und hoffte, George ein letztes Mal in den Arm nehmen zu dürfen. Aber Olive hielt ihn fest, seine molligen Beinchen um ihre Taille geschlungen, als wäre er ein Teil von ihr.

Als Clarrie mit Will zurück in die Stadt ging, kamen ihr die Tränen.

»Warum behandelt sie mich inzwischen immer so kalt? Was habe ich nur getan?«

Will war nachdenklich. »Gab es jemals ein Einverständnis zwischen Jack und dir?«, fragte er.

Gereizt erwiderte Clarrie: »Kein richtiges. Er hat mir für kurze Zeit den Hof gemacht, aber wir haben einander nur selten gesehen. Als er mir den Laufpass gegeben hat, hat Olive sich auf seine Seite geschlagen und gesagt, es sei meine Schuld. Aber das ist Jahre her.«

»Vielleicht ist sie immer noch eifersüchtig«, vermutete Will.

»Eifersüchtig auf mich?«, fragte Clarrie fassungslos. »Warum denn nur?«

»Weil«, sagte Will, »Jack zuerst dich mochte. Vielleicht macht sie sich Sorgen, dass er es immer noch tut.«

»Das ist Unsinn!«, rief Clarrie. »Sie könnten gar nicht glücklicher sein – und sie haben George. Sie hat kein Recht, auf irgendjemanden eifersüchtig zu sein.«

Will blieb stehen und nahm ihre Hände. Sein Blick war voller Zuneigung. »Liebe Clarrie, du hast keine Ahnung, wie leicht es den Menschen fällt, dich zu lieben, nicht wahr? Du ziehst sie an wie die Sonne.«

Abrupt lachte Clarrie auf, obwohl noch Tränen an ihren dunklen Wimpern glänzten. »Will Stock, du bist die beste Medizin, die man sich nur wünschen kann. Was für ein wunderbarer Lehrer du doch sein wirst! Kein Kind in deiner Klasse wird je lange verdrossen oder niedergeschlagen sein.«

Sie hakten sich beieinander ein und spazierten zurück nach Summerhill. Clarries Laune hob sich. Sie würde sich von Olive fernhalten, bis ihre Schwester sie brauchte.

31

Clarrie war nicht bereit, den düsteren Vorhersagen eines Krieges gegen Deutschland Glauben zu schenken. Es wurde im Teehaus zwar darüber diskutiert, aber die wichtigsten Themen für die politisch Bewussten waren der Kampf um bezahlten Urlaub, die Arbeitnehmervertretung durch die Gewerkschaften und der Weg zum Frauenwahlrecht.

Stammgäste wie Florence und Nancy, die erlebt hatten, wie viele ihrer Freundinnen deswegen im Gefängnis gelandet waren, waren in aufgekratzter Stimmung.

»Wartet nur den Wahlkampf diesen Herbst ab«, sagte Florence eifrig. »Wenn die Liberalen uns keine Emanzipation versprechen, werden sie in Scharen abgewählt.«

»Ja«, pflichtete Nancy ihr bei, »dann schickt man sie unter Heulen und Zähneklappern in die Wüste!«

Will machte seine Abschlussprüfungen und bestand sie. Clarrie gab für ihn eine Familiendinnerparty, als er Mitte Juni nach Hause kam, und lud auch Johnny ein. Bertie und Verity brachten Champagner mit, weil sie wussten, dass es zum Abendessen keinen Wein geben würde, und redeten endlos über ihre letzte Frankreichreise. Sie hatten Empfehlungsschreiben für Will und Johnny dabei.

»Die Guillards haben ein wunderbares Château in der Nähe von Nizza«, schwärmte Verity. »Ihr müsst unbedingt dort absteigen.«

»Und dann ist da noch unser guter Freund, der Comte de Tignet in Paris«, prahlte Bertie, »bei dem ihr auf dem Weg nach Süden übernachten könnt. Wir haben ihn letztes Jahr an der Riviera kennengelernt.«

»Macht ihr euch keine Sorgen wegen der Gerüchte über einen möglichen Krieg zwischen Frankreich und Deutschland?«, fühlte Clarrie sich verpflichtet zu fragen, da sie Vorschläge machten, als bestünden keine Spannungen auf dem Kontinent. »Ich höre so manches im Teesalon.«

»Also wirklich, Clarrie.« Bertie klang verächtlich. »Das ist doch alles nur heiße Luft. Unsere französischen Freunde sind doch wohl verlässlichere Quellen als die Klatschtanten in deinem Teehaus, findest du nicht?«

Sie lehnte sich zurück, lauschte den begeisterten Plänen der jungen Männer für ihre Bildungsreise durch Europa – Frankreich, Italien, Österreich, Deutschland – und sagte nichts mehr.

Ende Juni reisten Will und Johnny nach Frankreich ab. Clarrie begleitete sie mit Lexy und Edna zum Hauptbahnhof von Newcastle, um sich zu verabschieden. Sie versuchte, sich zu erinnern, wie sie sich gefühlt hatte, als sie vor neun Jahren mit Olive dort angekommen war: nervös, überwältigt, durchgefroren.

»Was für einen Anblick wir in unseren selbst genähten Kleidern und *sola topees* geboten haben müssen!« Sie lachte, als sie den anderen davon erzählte. »So als stammten wir geradewegs aus einem Roman von Kipling. Dann hat Jared uns auch noch aufs Wägelchen geladen, sodass alle uns sehen konnten.«

»Die Leute haben sicher gedacht, der Zirkus wäre in der Stadt«, neckte Lexy sie.

»Eher zwei Paradiesvögel«, sagte Will galant.

Sie lachten und umarmten sich. Dann winkten die Frauen ihnen in der hallenden, Dampf erfüllten Bahnhofshalle nach.

Zwei Tage nach ihrer Abfahrt berichteten die Zeitungen über einen Mord in Mitteleuropa. Clarrie hatte bis spätabends im Teehaus gearbeitet und kam erst am folgenden Abend dazu, Herbert die Zeitung vorzulesen. Ein serbischer Student hatte Erzherzog Ferdinand erschossen, den Erben des österreich-ungarischen Kaiserreichs. Clarrie überflog den Bericht und fragte sich nur am Rande, ob Will und Johnny vorgehabt hatten, Sarajevo zu besuchen. Aber in den folgenden Tagen und Wochen häuften sich in den Zeitungen beängstigende Artikel über Flaggenverbrennungen in Österreich und dessen sich verschlechterndes Verhältnis zu Serbiens Schutzmacht Russland. Das galt auch für ihre jeweiligen Verbündeten Deutschland und Frankreich. Würde auch Großbritannien mit in den Konflikt hineingezogen werden?

Soweit Clarrie es einschätzen konnte, hatte niemand große Lust auf einen Krieg gegen ihren Nachbarn jenseits der Nordsee. Es wirkte unvorstellbar. Die Herrscherhäuser waren verwandt, und es gab enge Handelsbeziehungen zwischen Tyneside und den deutschen Häfen. Gelegentlich waren Matrosen von deutschen Handelsschiffen schon im Teesalon gewesen und hatten mit den Kellnerinnen getändelt. Will hatte sich einmal mit einigen von ihnen in stockendem Deutsch unterhalten.

Der August brachte Nachrichten über die Verschlechterung der Situation auf dem Kontinent: Österreich hatte Serbien den Krieg erklärt. Clarries Sorge galt vor allem Will und seinem Freund. Eine Postkarte war aus Paris gekommen, eine zweite aus der Schweiz. Die beiden wichen jetzt schon von ihrer ursprünglich geplanten Reiseroute ab, sodass sie keine Ahnung hatte, wo sie gerade sein mochten. Die Schweiz klang sicher.

Gewerkschaften und religiöse Autoritäten äußerten vehement ihren Widerstand gegen den Krieg. Clarrie schob Herbert am ersten Augustsonntag in den Park, um sich eine Friedenskundgebung anzusehen. Es war warm und sonnig, und die Blumenbeete erstrahlten in leuchtendem Rot, Rosa, Gelb und Blau. Frauen trugen bunte Kleider und Hüte, und der Lärm spielender Kinder erfüllte die Luft. Ein Krieg schien solch eine entfernte Möglichkeit zu sein wie die, dass ein Komet mitten zwischen ihnen einschlagen könnte.

An dem Abend machte Clarrie sich Sorgen, als sie noch wach im Bett neben Herbert saß. »Es darf einfach nicht passieren. Wir wären doch sicher nicht so verrückt, in den Krieg zu ziehen, oder?«

Herbert sagte: »Wenigstens … ist Will … in Sicherheit.«

Clarrie sah ihn überrascht an. »Nun ja, das hoffe ich auch, aber wir können es unmöglich wissen.«

Er wirkte unbesorgt. »Durham … völlig … sicher.«

Clarries Eingeweide verkrampften sich. Sie legte eine Hand auf seine. »Herbert, er ist nicht mehr in Durham. Er hat seinen Abschluss gemacht, weißt du noch? Will ist mit Johnny im Ausland auf Reisen.«

Das Gesicht ihres Mannes verdüsterte sich vor Verwirrung. »Im Ausland? Wirklich?«

»Ja«, sagte sie sanft, »wir haben Postkarten bekommen.« Sie griff nach der neuesten, die sie als Lesezeichen benutzte, und zeigte sie Herbert.

Er seufzte, halb frustriert, halb resigniert. »T… tut mir leid. Sollte mich erinnern.«

Sie beugte sich zu ihm und küsste ihn auf die starre Wange. »Mach dir keine Gedanken darum. Ich bin mir sicher, dass unserem Will schon nichts passiert.«

Zwei Tage später, mitten beim Servieren des Mittagessens im Teesalon, hörte Clarrie, dass man Deutschland und seinem

Verbündeten Österreich den Krieg erklärt hatte. Edna und Grace rannten vor Panik schreiend auf die Straße und sahen sich um, als rechneten sie damit, deutsche Soldaten die Scotswood Road heraufmarschieren zu sehen. Clarrie holte sie rasch wieder herein, setzte sie in die Küche und beruhigte sie mit Tassen voller heißem, süßem Tee.

»Sie werden niemals hierherkommen«, versicherte sie ihnen. »Alles wird sich schon noch klären. Ihr seid in Sicherheit. Wenn es zu Kämpfen kommt, dann Hunderte von Meilen entfernt auf dem Kontinent.«

Aber im Laufe der nächsten Woche gab es wilde Gerüchte über deutsche Spione hinter jeder Ecke und preußische, Kinder fressende Monster auf dem Marsch durch Belgien. Die Zeitungen wurden plötzlich kriegslüstern, wütende Mobs griffen deutsche Schlachtereien an, und an Plakatwänden wurde dafür geworben, sich zum Kriegsdienst zu melden. Gegen Ende des Monats wurde die Stadt von Zuzüglern überflutet, die Arbeit in den Munitionsfabriken am Fluss suchten. Die Parks hallten vom Brüllen und Stampfen der Armeeanwerber und ihrer freiwilligen Rekruten wider.

Im Teehaus hörte Clarrie gegenteilige Meinungen. Viele Gewerkschaftler verhöhnten offen die Kriegstreiberei und den Sturm zu den Fahnen. Burton, der früher Stammgast im Cherry Tree gewesen war, verkündete: »Das ist der Krieg der Bosse, nicht unserer. Sollen die feinen Pinkel doch mit Bajonetten aufeinander einstechen, wenn sie wollen. Der Arbeiter ist nicht so dämlich.«

Aber der Arbeiter im westlichen Newcastle musste, wie Clarrie beobachtete, nun doppelt so hart in den Fabriken und Bergwerken schuften, um die Kriegsanstrengungen zu unterstützen. Unterdessen taten sich Sekretäre und Ingenieure mit Arbeitskollegen zusammen, um örtliche Freiwilligenkompanien zu bilden, die es gar nicht abwarten konnten, zum Britischen

Expeditionskorps zu stoßen, das mithalf, die französische Ostgrenze zu verteidigen.

Clarrie hielt den Teesalon bis spätabends geöffnet, um sich an die längeren Schichten anzupassen, und machte schon im Morgengrauen auf, um Frühstück zu servieren und die Arbeiter davon abzuhalten, sich im Pub zu stärken, bevor die Fabriksirenen heulten. Aber es kam ihr alles unwirklich vor: die Stimmung der Rekrutierungsparaden und die winkenden, aufgeregten Menschenmengen, die für einen Krieg viel zu fröhlich waren und eher wirkten, als brächen die Männer zu einer Kutschfahrt an den Strand auf.

Sie fragte sich, was das alles für Indien bedeuten würde, und war froh bei dem Gedanken, dass Kamal seit Langem nicht mehr im Armeedienst war. Sie wusste nicht einmal, ob er noch lebte, denn er hatte nie auch nur einen ihrer Briefe beantwortet. Aber vor allem wollte Clarrie wissen, wie es Will und Johnny ging. Post aus dem Ausland traf nun nur noch unregelmäßig ein, da auch die Schifffahrt von Angriffen betroffen war. Sie hatten seit einem Monat nichts mehr von den beiden gehört. Vielleicht war ein Postsack mit einem Brief von Will mit einem torpedierten Handelsschiff versenkt worden? Aber sie behielt ihre Sorgen für sich. Es hatte keinen Zweck, Herbert damit zu quälen. Er war in seinem geistesabwesenden Zustand viel glücklicher.

An einem nebligen Septembermorgen, als Clarrie Lexy gerade half, Frühstück aufzutragen, kam ein bärtiger Mann mit breitkrempigem Hut und abgenutzter Tweedkleidung in Herbert's Tea Rooms. Er stand da und sah sich um. Dann nahm er den Hut ab und schenkte ihr ein erschöpftes Lächeln.

Clarrie stellte ruckartig ein Tablett mit Speck und Eiern ab. »Will?«, keuchte sie. Sein Lächeln wurde breiter. »Will!«, schrie sie und flog ihm mit ausgestreckten Armen entgegen.

Sie umarmten sich fest. Lexy und Edna gesellten sich aufgeregt zu ihnen und überschütteten ihn mit Fragen.

»Wo warst du?«

»Wie bist du zurückgekommen?«

»Wir dachten, man hätte dich in ein deutsches Gefängnis geworfen.«

Ina kam aus der Küche gehumpelt, um zuzuhören, und Dolly brach in Tränen aus. »Du kleiner Teufel! Du bist früher schon immer davongelaufen und in Schwierigkeiten geraten! Es hat sich nichts geändert.«

Bei einem Frühstück aus der Pfanne und einer großen Kanne Tee erzählte Will ihnen, wie er und Johnny Mitte August in den österreichischen Bergen festgenommen worden waren. Dort hatten sie sich in einem Kloster aufgehalten und gar nicht mitbekommen, dass der Krieg ausgebrochen war. Nachdem man sie eine Woche festgehalten hatte, hatte man sie an die italienische Grenze gebracht und ausgewiesen. Aber als sie in einer Grenzstadt gerastet hatten, waren ihnen ihre Pässe und ihr Geld gestohlen worden. Sie hatten sich die Schiffspassage über Spanien in die Heimat erarbeiten müssen. Drei Wochen lang waren sie auf See gewesen, hatten keine Nachricht nach Hause schicken können und darum gebetet, im Ärmelkanal nicht angegriffen zu werden.

Clarrie nahm Will mit nach Summerhill. »Sei nicht erstaunt, wenn dein Vater dich fragt, warum du schon aus Durham zurück bist. Er glaubt, dass du noch studierst. Sein Gedächtnis ist schlechter denn je.«

»Na, solange er mir keine Vorhaltungen macht, weil ich nicht genug lerne«, witzelte Will und drückte ihr den Arm. »Ich freue mich einfach, den alten Jungen zu sehen.«

Herbert, der auf seinem Lieblingsplatz am Arbeitszimmerfenster saß, wirkte verblüfft über Wills Auftauchen und schien seinen Sohn nicht zu erkennen. Aber sobald Will gebadet und sich den Bart abrasiert hatte, veränderte sich Herberts Verhalten.

»Mein … Junge!«, krächzte er und versuchte, eine zitternde Hand zu heben. »Du … bist … zurück.« Als Will die bebenden, mit dick hervortretenden Adern überzogenen Hände seines Vaters in seine nahm, stieß Herbert einen erstickten Laut aus, und Tränen liefen ihm über das reglose Gesicht.

Clarries Herz zog sich zusammen, als sie das Licht des Wiedererkennens in Herberts Augen sah und hörte, wie liebevoll Will ihm von seinen Reisen erzählte. Er spielte die Gefahr herunter, in der Johnny und er geschwebt hatten. Aber ihre Hoffnung, dass Will jetzt aufs Lehrerseminar gehen und in Sicherheit in Newcastle bleiben würde, zerschlug sich rasch. Er war rastlos und kam nicht zur Ruhe, schon gar nicht, nachdem Johnny nach Edinburgh zurückgekehrt war, um sein Medizinstudium fortzusetzen.

Als er einen Brief von seinem alten Schulfreund Spencer-Banks bekam, der ihm darin erzählte, dass er sich freiwillig melden würde, tat Will es ihm gleich.

»Aber was ist mit deiner Lehrerausbildung?«, wandte Clarrie ein. »Mach zumindest erst einmal deinen Abschluss!«

»Wie kann ich herumsitzen und Musikunterricht geben, wenn Kinder in ganz Europa wegen dieses Krieges in Lebensgefahr schweben?«

Sie wusste, dass nichts Wills Entschlossenheit erschüttern konnte, wenn dieses starrsinnige Funkeln sich in seine sonst so verträumten blauen Augen stahl.

»Mach deinem Vater lieber vor, dass du zurück auf die Universität gehst«, sagte sie resigniert. »Ich glaube nicht, dass ich es ertragen kann, wenn er alle fünf Minuten nach dir fragt.«

Will meldete sich bei einer Rekrutierungsstelle südlich des Flusses, damit er seine Grundausbildung zusammen mit Spencer-Banks bei der Durham Light Infantry machen konnte.

Die ersten paar Wochen über waren sie in der Grafschaft stationiert, und er kam einmal im Monat nach Hause, auch zu Weihnachten. Clarrie, die entschlossen war, das Fest zu einem glücklichen für Will zu machen, organisierte eine Party am zweiten Weihnachtstag und lud nicht nur Johnny und seine Familie, sondern auch Olive und ihre ein.

Bitte kommt, bat sie ihre Schwester in einem Brief. *Will kommt vielleicht monatelang, wenn nicht gar jahrelang nicht mehr nach Hause.*

Zu ihrem Entzücken kamen Olive und Jack tatsächlich und brachten George mit, der jetzt auf unsicheren Beinen herumwackelte und sich an vorbeikommenden Röcken und Hosenbeinen festhielt. Als Clarrie den Kasten mit mechanischem Spielzeug hervorholte, riss der sechsjährige Vernon ihn an sich.

»Das ist meins! Er macht es nur kaputt«, protestierte er.

»Du kannst George zeigen, wie es funktioniert«, schlug Clarrie vor und nahm ihm den Kasten mit sanfter Gewalt wieder ab. »Er ist viel zu klein, um es allein hinzubekommen. Er braucht einen großen Jungen, der ihn unterstützt.«

Will kam ihr zu Hilfe, indem er sich auf den Boden kniete und Eisenbahngeräusche machte. Der kichernde George purzelte um seine Beine herum, und Vernon ritt auf ihm wie auf einem Pferd. Josephine gesellte sich auch dazu, obwohl Verity nörgelte, dass sie ihr Kleid ruinieren würde. Clarrie bemerkte, dass Olive und Jack sich sichtlich entspannten, als sie sahen, wie ihr Sohn glücklich mit den Zwillingen spielte. Es war das erste Mal seit Georges Taufe, dass sie die beiden gemeinsam in Gesellschaft außerhalb ihres Hauses sah, und ihr fiel auf, was für ein hübsches Paar sie waren. Die Schönheit ihrer Schwester hatte sich mit den Jahren vertieft: Sie hatte jetzt ein volleres Gesicht, und ihr Haar war zu einer glänzenden rotgoldenen Krone hochgesteckt. Jack, der seine Haare nun mit Öl bändigte und weniger knabenhaft aussah, hatte das selbstbewusste, tatkräftige Auftreten eines Geschäftsmanns. Er erinnerte sie an einen jungen Daniel Milner.

Zum ersten Mal war Clarrie überzeugt, dass Olive gut daran getan hatte, Jack zu heiraten. Vielleicht hatte ihre Schwester nicht ganz astreine Gründe dafür gehabt und zum Teil auch Summerhill und Clarrie entkommen wollen, aber das spielte jetzt kaum noch eine Rolle. Olive und Jack passten zusammen, und Clarrie sah an der Art, wie sie sich unaufdringlich um George bemühten, dass sie ihren Sohn abgöttisch liebten.

Als sie gingen, umarmte Clarrie ihre Schwester zaghaft. »Danke, dass ihr gekommen seid. Will hat sehr gehofft, dass du dabei sein würdest.«

»Ich weiß, wie sehr du ihn vermissen wirst, Clarrie«, sagte Olive und hatte plötzlich Tränen in den Augen. »Er ist ein großartiger Junge.«

»Komm, Mädel«, sagte Jack, der den schlafenden George an seine Schulter gelehnt trug. »Will kann schon auf sich aufpassen. Reg dich nicht auf. Nicht in deinem Zustand.«

Olive löste sich mit einem scharfen Blick zu ihrem Mann von ihrer Schwester. Clarrie hielt ihre Hand fest.

»Erwartest du wieder ein Kind?«, murmelte sie. »Das muss dir meinetwegen nicht peinlich sein. Wirklich nicht.«

Olive nickte. »März«, flüsterte sie.

Clarrie drückte ihr die Hand. »Das ist großartig.« Sie lächelte. »Kein Wunder, dass du aussiehst wie eine Blume in voller Blüte.«

Olive schenkte ihr einen dankbaren Blick. Dann führte Jack sie zur Tür hinaus ins Dezemberzwielicht. Will kam zu Clarrie, stellte sich neben sie und legte ihr eine Hand auf die Schulter, während er ihnen nachwinkte.

»Morgen«, sagte er fröhlich zu ihr, »gehen wir reiten. Ich habe alles mit Lexy arrangiert. Du darfst den Teesalon den ganzen Tag über nicht betreten. Wir treffen uns um zehn Uhr am Stall.«

Sie drehte sich zu ihm um und lächelte. »Nun bist du erst zwei Monate in der Armee und hast schon einen Befehlston am Leib wie Feldmarschall French.«

Er grinste. »Den braucht man gegenüber einer Belhaven auch. Die sind schließlich bekannt dafür, Befehle zu verweigern.«

Beieinander eingehakt kehrten sie in die Wärme des Feuers im Wohnzimmer und zu dem dösenden Herbert zurück.

32

1915

Im Februar schiffte Wills Regiment sich nach Ägypten ein, und Olive brachte verfrüht eine Tochter namens Jane zur Welt. Das Baby war bei seiner Geburt winzig und verschrumpelt und hatte einen dunklen Haarschopf.

»Genau wie du und unsere Mam«, flüsterte Olive Clarrie unter Tränen zu. Sie hatte unerwartet nach ihr geschickt. »Ich will, dass du sie zu sehen bekommst – nur für den Fall …«

Jane wurde schnell zu Hause getauft, und Jacks Mutter zog ein, um mit George zu helfen, während Olive sich um ihr zartes Baby bemühte. Clarrie hatte Angst um ihre Nichte, gleichzeitig wuchs ihre Sorge um Wills Sicherheit.

Sie hörten wochenlang nichts und verfolgten nervös die Presseberichte über Kampfhandlungen im Mittelmeerraum. Gegen Ende April verbreiteten sich allmählich Nachrichten über heftige Gefechte an den Dardanellen und über schwere Verluste der britischen und alliierten Truppen im Kampf gegen die Armee des Osmanischen Reiches, die sich an den Stränden von Gallipoli verschanzt hatte.

Clarrie holte Herberts alten Atlas hervor. Das waren alles Orte, von denen sie noch nie gehört hatte, obwohl sie auf ihrer Reise von Indien hierher durch den Suezkanal gefahren war. Täglich betete sie um Neuigkeiten, dass Will lebte und von Verwundungen verschont geblieben war. Dann wieder gab sie sich Tagträumen hin, dass er gerade schwer genug verletzt wäre, um nach Hause gebracht zu werden, aber nicht so sehr, dass es sein Leben gefährdet hätte. Wie viel aber war *gerade schwer genug*? Der Verlust eines Auges? Eines halben Beins? Sie quälte sich mit düsteren und fruchtlosen Spekulationen. Schlimmer noch war das regelmäßige Überfliegen der Gefallenenlisten. Die Angst vor schlechten Nachrichten lastete auf ihrem Magen wie ein zentnerschwerer Stein.

Am Ende traf ein massiv zensierter Brief von Will ein. Er war am Leben, ihm ging es gut, und er war zurück in Ägypten. Zur Feier des Tages verteilte Clarrie im Teesalon kostenlosen Kuchen. Es gab keine Hinweise darauf, wohin Will als Nächstes geschickt werden würde, aber da der Stellungskrieg in Flandern immer heftiger und blutiger wurde, hoffte sie, dass er im Osten bleiben würde.

Die Verlustzahlen schossen in die Höhe, während die Sommerfeldzüge tobten. Der Bedarf an Kriegsfreiwilligen war unstillbar, und es gab immer mehr Gerüchte über Zwangsrekrutierungen. Männer wurden gezwungen, sich mustern zu lassen. Bei einem ihrer seltenen Besuche bei Olive fand Clarrie ihre Schwester in schrecklichem Zustand vor. Sie hatte Gewicht verloren, und vor Müdigkeit sahen ihre Augen aus, als wären sie blau geschlagen. Mrs Brewis war mit George einkaufen gegangen.

»Sie will das Baby nicht mitnehmen«, sagte Olive voller Groll und wiegte die unruhige Jane in den Armen. »Sagt, sie sei zu anstrengend.«

»Sie sieht aus, als wäre sie gewachsen«, sagte Clarrie aufmunternd zu ihr. »Also solltest du dir keine Sorgen machen.«

»Aber ich mache mir Sorgen!«, schrie Olive. »Wie könnte ich denn nicht? Das Baby reibt mich völlig auf, und was tut Jack? Er lässt sich mustern.« Sie schnappte nach Luft und hob die Stimme über das Greinen des Babys hinweg: »Ich habe ihm gesagt, er soll es nicht tun – dass er sich nicht freiwillig melden darf. Er wird in der Firma gebraucht – er ist Mr Milners rechte Hand – besonders, nachdem sich schon drei der jungen Burschen der Armee angeschlossen haben. Und wie soll ich denn beim besten Willen mit George und Jane allein zurechtkommen? Das ist undenkbar!«

»Die Musterung ist nur eine Registrierung«, versuchte Clarrie, sie zu beschwichtigen. »Das heißt noch nicht, dass er jemals zur Armee muss. Verheiratete Männer mit Kindern sind die Letzten, die eingezogen werden – vor allem Jungs wie Jack, die ein Unternehmen am Laufen halten.«

Clarrie behielt für sich, welche Schwierigkeiten sie in letzter Zeit hatte, Tee von Milner zu bekommen. Die Lagerbestände gingen zur Neige, denn Tee aus Indien und Ceylon zu verschiffen, war ein gefahrvolles Unterfangen. Es wurde immer noch reichlich Tee angebaut, gepflückt und verpackt, aber ein Großteil davon stapelte sich in den Häfen und wartete darauf, von jemandem verschifft zu werden. Hinzu kam, dass in der Armee ein gewaltiger Teebedarf bestand und ein Großteil des Angebots für die Rationen des Militärs abgezweigt wurde.

Janes Weinen wurde immer unzufriedener. »Und das Kind hört nie auf zu heulen!«, klagte die aufgeregte Olive weiter.

»Gib sie mir mal!«, befahl Clarrie und nahm ihrer Schwester das rotgesichtige, plärrende Bündel ab. Jane war starr und heiß. Clarrie lockerte die Decke, in die sie gewickelt war, und ging in der unordentlichen Küche auf und ab. Sanft wiegte sie das Baby und tröstete es mit leisen Worten.

Olive sah mit todunglücklicher Miene zu. »Ich schaffe einfach nichts. Sieh dir nur an, was für ein Saustall das Haus ist.«

»Ich dachte, Mrs Brewis hilft dir«, bemerkte Clarrie.

Olive seufzte. »Sie interessiert sich nur für George – verwöhnt ihn bis über beide Ohren. Ehrlich gesagt wünschte ich, sie würde wieder nach Hause ziehen. Sie ist nur eine mehr, für die ich kochen und waschen muss. Aber das wird nicht passieren. Thomas und sie haben ihr Zimmer an einen Munitionsarbeiter untervermietet.«

Jane war endlich verstummt. Clarrie hauchte ihr einen Kuss aufs tränenverschmierte Gesicht.

»Warum schnallst du sie dir nicht auf den Rücken, während du arbeitest?«, schlug Clarrie vor. »So wie Ama und die Khasi-Frauen es früher immer getan haben. Sie mag die Bewegung und ist gern dicht bei einem.«

Olive schnitt eine Grimasse. »Nur damit Jacks Mam mich als Bäuerin oder Kuli beschimpft?«

»Was spielt es schon für eine Rolle, wie sie dich nennt? Du könntest deine Arbeit erledigen und das Kind gleichzeitig wiegen.« Sie trat dicht an ihre Schwester heran und sagte leise: »Ich weiß noch, wie Mutter das immer mit dir getan hat.«

Olive riss die Augen auf. »Wirklich?«

Clarrie nickte. »Sie hat sich dich auf den Rücken gebunden, wenn wir ins Dorf hinuntergegangen sind oder die Blumen auf der Veranda gegossen haben. Sogar zum Einkaufen auf dem Basar in Shillong. Zweifelsohne haben die Memsahibs sich auch das Maul über sie zerrissen, aber das war ihr egal.« Clarrie lächelte zärtlich, als ihr noch eine Erinnerung in den Sinn kam.

»Was?«, fragte Olive. »Erzähl mir mehr.«

»Ich erinnere mich, dass sie immer gesagt hat, dass sie dich gern nahe bei sich haben mochte, um deinen Herzschlag zu spüren. Dann wusste sie, dass es dir gut ging«, fuhr Clarrie fort.

»Ich fragte sie immer: ›Funktioniert das Herz des Babys?‹, und sie antwortete: ›Ja, es funktioniert sehr gut, vielen Dank.‹«

Olive stiegen Tränen in die müden Augen. Sanft legte Clarrie Jane wieder in die Arme ihrer Schwester. »Tu das Gleiche für dein kleines Mädchen«, drängte sie, »dann musst du dir vielleicht nicht mehr so viele Sorgen um sie machen.«

Sie ging und versprach, so oft vorbeizuschauen, wie sie konnte. Aber nach einem Jahr des Krieges verlangte das Teehaus ihr immer mehr ab. Die Preise stiegen, und zwei ihrer Angestellten hatten gekündigt: Dinah, um ein Baby von ihrem Liebsten zu bekommen, den sie in aller Eile geheiratet hatte, bevor er sich freiwillig zur Marine gemeldet hatte, und Grace, die sich vom höheren Lohn in einer Granatenfabrik hatte weglocken lassen. Zu Hause wurde es immer schwieriger, Krankenschwestern für Herbert zu finden, weil mehr und mehr von ihnen in den Armeelazaretten benötigt wurden. Auch Sally war auf und davon, um einen Nieter zu heiraten, der aus Schottland in die Fabriken gekommen war. Hochzeiten schienen ohnehin in der Luft zu liegen. Clarries Freundin, die Haushälterin Rachel, heiratete schnell einen Unteroffizier der Irish Tyneside Brigade und zog zu Clarries Bedauern nach South Shields.

An einem kalten, feuchten Novemberabend kehrte Clarrie nach Hause zurück und fand alles dunkel vor. Sie war später als geplant dran, weil der Teesalon voller Wanderarbeiter gewesen war, die nur widerwillig seine Wärme gegen die überfüllten provisorischen Hütten eingetauscht hatten, die man in Hafennähe gebaut hatte, um sie zu beherbergen. Sie wusste, dass Mrs Henderson um sechs nach Hause gegangen sein musste, hoffte aber, dass die junge Krankenschwester von der Agentur auf ihre Rückkehr gewartet hatte.

Beim Hereinkommen stellte Clarrie das Licht an und rief, dass sie zu Hause war. Sie behielt ihren Mantel gegen die Kälte der ungenutzten Räume im Erdgeschoss an und ging gleich zur Treppe. Das Schlafzimmer war verlassen, das Bett kalt. Herbert war von der Krankenschwester nicht zu Bett gebracht worden, und doch waren die verdunkelnden Jalousien heruntergezogen. Clarrie eilte weiter ins Arbeitszimmer.

»Herbert?«, rief sie.

Die Überreste eines Feuers und die Wärme, die sich gehalten hatte, verrieten ihr, dass noch vor Kurzem jemand im Zimmer gewesen war. Clarries Herz geriet ins Stocken. Eine Decke, die sonst immer um Herberts Knie festgesteckt wurde, lag achtlos hingeworfen auf dem Boden. Wo um alles in der Welt konnte er nur sein? Ohne fremde Hilfe war er nicht in der Lage, irgendwohin zu gehen. In Panik rannte Clarrie von Zimmer zu Zimmer und suchte ihn.

Die Tür zu ihrem eigenen vernachlässigten Schlafzimmer stand einen Spaltbreit offen, und dank der offenen Vorhänge schimmerte am Fenster Licht. Sie ging schnell hinüber, um sie zuzuziehen, bevor sie ein Licht entzündete, und stolperte. Sie hielt sich am Bettrahmen fest, um nicht zu stürzen. Herberts Gehstock lag zu ihren Füßen. Ihr Herz zog sich so heftig zusammen, dass ihr übel wurde. Ohne sich um die Verdunklungsvorschriften zu scheren, zündete sie das Licht an. Herbert lag zusammengesunken auf dem Boden zwischen Bett und Fenster.

»Mein Gott!«, keuchte sie und eilte an seine Seite. Er lag auf dem Rücken und starrte an die Decke. Ein schwacher Puls pochte in seiner Halsbeuge.

»Herbert, kannst du dich bewegen?«, rief sie. »Kannst du mich hören?«

Er reagierte nicht. Nur seine Augen zuckten in ihre Richtung.

»Ich hole Hilfe«, sagte sie und unterdrückte die Furcht, die ihr die Kehle emporstieg. »Halt einfach durch. Stirb mir nicht, Herbert«, flehte sie. »Bitte stirb nicht!«

Nachdem sie einen Krankenwagen gerufen und Bertie informiert hatte, kehrte sie wieder nach oben zurück. Herbert hatte die Augen geschlossen. Sein Atem ging so flach, dass sie sich dicht zu ihm beugen musste, um ihn auf der Wange zu spüren und sich zu überzeugen, dass er noch lebte. Sie streichelte ihm den Kopf und flüsterte ihm Aufmunterndes zu.

Es schien eine Ewigkeit zu dauern, bis der Krankenwagen kam. Seine Glocke läutete und machte die Nachbarn darauf aufmerksam, dass etwas in Nummer zwölf nicht stimmte. Clarrie fuhr mit Herbert mit, ohne auf Bertie zu warten. Er traf sie im Krankenhaus an, wo sie in einem Wartezimmer auf- und ablief. Clarrie eilte auf ihn zu, um ihn zu umarmen, aber er wehrte sie verlegen ab und verlangte zu wissen, was geschehen war.

»Er hatte noch einen Anfall – einen schlimmen.« Sie schluckte schwer. »Der Arzt ist sich nicht sicher, ob er …«

Bertie wollte alle Einzelheiten hören. Er war entsetzt, dass man seinen Vater allein gelassen hatte.

»Es hätte eine Krankenschwester da sein sollen«, sagte Clarrie und hielt ihre Tränen zurück, »und ich weiß auch nicht, wie er vom Arbeitszimmer ins Schlafzimmer gekommen ist. Er muss sich dorthin geschleppt haben. Was glaubst du, was er vorhatte?«

»Das erfahren wir vielleicht nie«, antwortete er anklagend. »Du hättest bei ihm sein sollen, nicht im Teesalon.«

»Es tut mir leid«, sagte sie am Boden zerstört.

Am Ende erschien ein Arzt. »Mr Stock ist in stabilem, aber schlechtem Zustand. Heute Nacht können wir nichts mehr tun. Gehen Sie nach Hause und ruhen Sie sich ein bisschen aus.«

Bertie brach wortlos auf, und Clarrie kehrte durch den Nebel, der alle Geräusche widerhallen ließ, ins leere Haus zurück. Es war die längste Nacht ihres Lebens. Sie fachte das Feuer in Herberts Arbeitszimmer an, hob die fortgeworfene

Decke vom Boden auf und setzte sich, in sie eingehüllt, in Herberts Sessel, wartete und döste.

Um sieben tauchte die erschrockene Mrs Henderson auf.

»Als ich gegangen bin, saß Mr Stock in seinem Sessel am Feuer, das schwöre ich«, versicherte sie aufgelöst. »Die junge Krankenschwester wurde um sechs auch weggerufen – irgendein Notfall. Ich dachte, Sie kämen nicht viel später. Oh, Mrs Stock, ich fühle mich schrecklich!«

»Nicht so schrecklich wie ich«, antwortete Clarrie. »Es war nicht Ihre Schuld. Erzählen Sie mir, wie er Ihnen vorkam, als Sie ihn allein gelassen haben.«

Mrs Henderson schüttelte den Kopf. »So wie immer – keine Schwierigkeiten. Er hat nur gedöst und ins Feuer gestarrt.« Dann veränderte sich ihr Gesichtsausdruck. »Allerdings hat er doch etwas Seltsames gesagt – vielleicht habe ich mich auch verhört.«

»Was?«

»Hat mich nach Ihnen gefragt.«

»Nach mir?«, vergewisserte Clarrie sich.

»Ja. ›Sehen Sie nach, ob Mrs Stock irgendetwas braucht‹, hat er gesagt. Und mich auch noch ›Mrs Pearson‹ genannt. Aber er verwechselt oft Wörter, nicht wahr?«

Clarries Herz schlug heftig. »Mrs Pearson war die Köchin hier, bevor ich hergekommen bin«, sagte sie. »Vielleicht hat er auch an die verstorbene Mrs Stock gedacht.« Ihr zitterten die Lippen, als sie hinzusetzte: »Das muss der Grund sein, warum er in ihr Zimmer gegangen ist – er wollte zu Louisa.«

Die nächste Woche über trat in Herberts Zustand weder eine Verschlechterung noch eine Besserung ein. Er lag still wie ein Marmorbild unter dem weißen Laken und der Krankenhausdecke. Sein Gesicht war grau und leblos. Er wurde durch einen Schlauch ernährt. Die wenigen Male, die er die Augen öffnete, war sein Blick leer. Clarrie kam zur

Besuchsstunde, saß da und hielt ihm die Hand. Allerdings gab es keine Anzeichen dafür, dass er sie erkannte oder überhaupt wusste, dass sie da war. Verity schaute ein einziges Mal vorbei, sagte aber, es sei zu traurig; Bertie kam jeden zweiten Tag für ein paar Minuten, um Clarrie Vorwürfe zu machen, weil sie seinen Vater vernachlässigt habe. Es wurde eine Nachricht an Will geschickt, der sich jetzt in Alexandria aufhielt, um ihn auf das Schlimmste vorzubereiten.

Doch Herbert klammerte sich ans Leben. Einen Monat später, zu Weihnachten, gab es geringe Anzeichen einer Besserung, die Clarrie voller Hoffnung registrierte: Er konnte wieder teilweise schlucken, und seine Augen wirkten wacher, auch wenn er immer noch nicht sprechen konnte. Will schrieb ihr einen langen, ermutigenden Brief. Sie hatte ihm anvertraut, dass sie glaubte, dass Herbert nach Louisa gesucht hatte, weil sein Verstand in die Vergangenheit zurückgewandert war.

Genauso gut könnte er nach dir gesucht haben, Clarrie, schrieb Will. *Du warst ihm die letzten sechs Jahre über der größte Trost und die größte Liebe. Lass dir von Bertie nichts anderes einreden. Mein Vater hätte ohne deine liebevolle Fürsorge nie so lange überlebt.*

* * *

Als 1916 heraufdämmerte, wurde im Parlament in aller Eile ein Einberufungsgesetz durchgedrückt. Zu ihrem Kummer erfuhr Clarrie, dass das Haus in Summerhill von der nahen Kaserne als Zusatzquartier für neue Rekruten mit Beschlag belegt wurde.

»Du brauchst doch wohl kaum all den Platz.« Bertie hatte kein Mitleid mit ihr. »Und so, wie es aussieht, ist es unwahrscheinlich, dass es Papa je wieder gut genug gehen wird, um dort zu leben.«

»Es ist auch Wills Zuhause«, konterte Clarrie, die seine Kaltschnäuzigkeit tief verletzte.

»Will braucht kein Zuhause, bis der Krieg vorbei ist«, entgegnete Bertie, »und wenn er Urlaub hat, kann er zu uns kommen.«

»Und was ist mit mir?«, fragte Clarrie.

Sein Blick war gleichgültig. »Da ist ja noch die Wohnung über dem Teesalon. Sie ist geräumig genug, und du bist in der Nähe deiner Arbeit, was doch sehr praktisch ist.«

Wütend stellte Clarrie den Offizier zur Rede, der für die Requirierung verantwortlich war, da sie den Verdacht hatte, dass Bertie der Armee einen Hinweis auf das nahezu leer stehende Haus gegeben hatte.

»Man hat uns glauben gemacht, dass Sie allein dort leben«, erklärte der Offizier verlegen, »und dass Sie andere Immobilien haben, die Sie nutzen könnten.«

»Es ist das Zuhause meines Mannes. Er muss einen Ort haben, an den er zurückkehren kann«, beharrte sie. »Ich bin willens, das Haus mit anderen zu teilen, aber nicht mit kasernierten Soldaten.«

Am Ende einigte man sich dahingehend, dass der Verwaltungsstab die Räume im Erdgeschoss nutzte und zwei weibliche Verwaltungsangestellte im zweiten Stock einquartiert wurden. Clarries Kummer wuchs, als sich die Nachricht von der Offensive an der Somme in Frankreich verbreitete. Sie wurde zwar als massiver Angriff auf die deutsche Front gefeiert, doch der entsetzliche Tribut an Menschenleben, den sie forderte, zeugte von einem Gemetzel. Ganze Regimenter wurden binnen weniger Stunden dezimiert oder völlig ausgelöscht.

Clarrie saß mit anderen im Teehaus über die Zeitungen gebeugt und versuchte, Informationen daraus zu ziehen, war aber unfähig, das Ausmaß an Todesfällen und Verwundungen ganz zu begreifen. Dollys Cousin war gefallen, einer von Jacks

Teeburschen wurde vermisst, und Inas jüngste Tochter war mit zwanzig Witwe geworden. Inmitten ihrer Bemühungen, ihre Angestellten zu trösten und Olive zu versichern, dass Jack vielleicht doch nicht eingezogen werden würde, erhielt Clarrie ein Telegramm.

Sie riss es mit zitternden Fingern auf und wurde angesichts der Nachricht beinahe ohnmächtig. Will war zurück in England. Er hatte eine Woche Urlaub. Er traf in einem überfüllten Zug ein und wirkte dünn und blass um die Nase. Aber sein Lächeln wärmte Clarries verstörtes Herz.

Sie wollte ihn mit ins Teehaus nehmen, um ihm etwas zu essen aufzutischen, aber er bat darum, nach Hause zu gehen. Auf dem Weg dorthin erklärte Clarrie, dass sie sich das Haus jetzt mit Armeepersonal teilten, sein Zimmer aber nicht davon betroffen war. Er ging geradewegs ins Bett und schlief bis zum Abend. Clarrie beschloss, dass Bertie noch einen Tag warten konnte, bevor er von der Ankunft seines Bruders in Kenntnis gesetzt wurde. Nach dem Baden nahm Will mit ihr ein einfaches Abendessen aus Schinken und Kartoffeln ein. Dabei schilderte sie ihm alles, was sich in seiner Abwesenheit ereignet hatte. Aber als sie versuchte, sich nach der Schlacht von Gallipoli im Vorjahr oder nach seiner Zeit in Ägypten zu erkundigen, wehrte Will ihre Fragen ab.

»Achtzig Prozent des Soldatenlebens sind stinklangweilig«, behauptete er.

»Und die anderen zwanzig Prozent?«, fragte Clarrie.

Er zögerte. »Das ist der Teil, den man zu vergessen versucht«, antwortete er dann.

Für den nächsten Tag verabredete Clarrie sich mit ihm im Krankenhaus, nachdem sie bei der Arbeit gewesen war und er Bertie und Verity besucht hatte. Sie fand ihn schon in dem Einzelzimmer vor, in das man Herbert verlegt hatte. Er saß neben seinem Vater. Als er zu ihr hochschaute, konnte er sein Entsetzen über Herberts gebrechliches Erscheinungsbild nicht überspielen.

»Sprich mit ihm«, ermunterte Clarrie ihn sanft. »Der Klang von Stimmen spendet ihm Trost, selbst wenn er nichts versteht.«

Will versuchte es, aber seine übliche Redegewandtheit ließ ihn im Stich. Clarrie drückte ihm die Schulter. Sie saßen schweigend da, bis Will *The Cliffs of Old Tynemouth* zu singen begann, erst leise und fast unhörbar, dann lauter. Es war ein Volkslied, das er als Junge in der Schule gelernt und hundertmal bruchstückhaft zu Hause gesungen hatte.

Oh, die Kliffs von Alt-Tynemouth, die wilden, die süßen,
so lieb mir wie das Wasser zu ihren Füßen …

Als sein melodiöser Tenor um sie herum anschwoll, erinnerte Clarrie sich an die Zeiten, in denen Will und Olive das Lied gemeinsam im Kinderzimmer gesungen hatten. Ihr brannten die Augen, und es schnürte ihr die Kehle zu.

Andere Lande sind schöner, doch nichts kann sich messen
mit dem Ufer, an dem ich als Kind schon gesessen …

Sie bemerkte, wie Herbert die Augen starr auf Will richtete, als würde er sich konzentrieren. Ein Teil von ihm versuchte, sich durch den Nebel der Verwirrung hindurch zu erinnern.

… es ist meine Freude, meines Herzens Begehr.

Als das Lied zu Ende ging, drängte Clarrie Will, noch eines anzustimmen. Aber er schüttelte den Kopf, von einer Gefühlsaufwallung übermannt.

Also sang Clarrie ein populäres Lied, das sie im Teesalon schon oft von Lexy und Edna gehört hatte. Will kannte es offenbar auch und fiel mit ein. Danach sangen sie die Strophen aller beliebten Lieder, an die sie sich erinnern konnten.

Am Ende steckte die Oberschwester den Kopf durch die Tür und teilte ihnen mit, die Besuchszeit sei nun vorbei.

»Aber ich würde gutes Geld dafür bezahlen, Sie beide singen zu hören«, scherzte sie.

Als Clarrie sich vorbeugte, um Herbert zum Abschied zu küssen, war sie sich sicher, dass er wusste, wer sie war.

»Ist es nicht schön, Will wiederzuhaben?«, murmelte sie. »Du siehst ihn morgen noch einmal.«

Als sie sich in der Tür umdrehte, sah Clarrie, dass Herbert sie immer noch beobachtete. Sie warf ihm eine Kusshand zu und ging mit leichterem Herzen als seit vielen Monaten.

Das Klingeln des Telefons riss Clarrie aus tiefem Schlaf. Sie kämpfte sich aus dem Bett und rannte im Nachthemd zur Garderobe. Es war das Krankenhaus. Herbert war unmittelbar vor Anbruch der Morgendämmerung im Schlaf gestorben.

33

Wills Urlaub wurde verlängert, sodass er an der Beerdigung seines Vaters teilnehmen konnte. Clarrie war dankbar, ihn dabeizuhaben, um sie zu unterstützen und Bertie daran zu hindern, die Abläufe zu diktieren. Bertie wollte eine prunkvolle Trauerfeier in der Kathedrale, aber Clarrie bestand darauf, sie in der John-Knox-Kirche abzuhalten, in die Herbert einen Großteil seines Lebens über zum Gottesdienst gegangen war. Insgeheim äußerte sie Will gegenüber den Verdacht, dass Bertie nur versuchte, seine Schwiegereltern zu beeindrucken. Sie gab aber nach, was den Leichenschmaus betraf. Er sollte in der Tankerville Terrace abgehalten werden, weil sie im teilweise beschlagnahmten Anwesen in Summerhill keine Gäste bewirten konnte.

»Ich kann den Gedanken an eine Feier ohnehin kaum ertragen«, sagte sie zu Will.

Clarrie tat mechanisch alles, was auf der Beerdigung und in der Trauerzeit von ihr erwartet wurde. Ihre Gefühle waren vom Schock über Herberts Tod wie betäubt. Tief in ihrem Innersten hatte sie gewusst, dass er sich von seinem zweiten Schlaganfall nie erholen würde. Dennoch hatte sie sich daran gewöhnt, Woche um Woche ins Krankenhaus zu gehen und ihn dort zu sehen, eingelullt von der Routine der Besuche und beflügelt von Hoffnung.

Sie war gerührt und fühlte sich ganz klein, als Dutzende von Menschen erschienen, um ihr ihr Beileid auszusprechen: Freundinnen, Mandanten, Gemeindemitglieder und Stammgäste des Teehauses, die Herbert sehr geachtet hatten. Ihre Angestellten kamen, um ihr zur Seite zu stehen, ebenso Olive und Jack. Johnny reiste über Nacht aus Edinburgh an, um ebenfalls dabei zu sein. Herbert's Tea Rooms wurden zum Zeichen des Respekts für eine Woche geschlossen.

Sobald die Beerdigung vorbei war, bestellte Bertie Clarrie in die Kanzlei, um Herberts Nachlass zu regeln. »Es gibt viel zu besprechen«, sagte er ihr am Telefon. Aber sie war nicht bereit, Wills kostbare letzte Urlaubstage mit trübsinnigen juristischen Belangen zu verschwenden, und Will hatte auch nicht das geringste Interesse daran.

»Überlass das nur Bertie«, sagte er trocken. »Eine richtig schöne Testamentseröffnung ist für ihn immer ein Hochgenuss.«

Clarrie und Will bedauerten beide, dass Johnnys Pferde längst requiriert worden waren. Statt Reiten zu gehen, unternahmen sie lange Spaziergänge aufs Land hinaus, wo das Korn reif war und Tagelöhnerinnen schon die Ernte einbrachten.

»Vielleicht sollte ich mich auch freiwillig melden«, rang Clarrie mit sich, als sie ihren letzten Streifzug unternahmen. »Ich weiß nicht, was ich machen soll. So lange stand Herbert für mich an erster Stelle. Ohne ihn fühle ich mich wie eine entwurzelte Pflanze.«

»Was du im Teehaus tust, ist auch wichtig«, ermutigte Will sie. »Du versorgst dort Dutzende von Leuten. Es wird bestimmt noch schlimmer kommen – früher oder später werden die Lebensmittel rationiert. Halt das Teehaus am Laufen, Clarrie! Es muntert die Leute auf, und das können sie weiß

Gott gebrauchen. Und denk an Lexy und Edna und Ina und Dolly. Sie sind immer noch von dir abhängig.«

»Ja, du hast recht«, seufzte sie, »und es würde mir sehr widerstreben, es zu schließen. Dann habe ich zumindest eine Aufgabe, wenn du nicht mehr da bist.«

Will hakte sich bei ihr ein, als sie weiterspazierten. »Das klingt schon eher nach meiner Clarrie!«

»Und vielleicht ist dieses Jahr ja das letzte der Kämpfe und alle kommen zur Vernunft, bevor wir irgendetwas rationieren müssen.«

Aber Will lachte freudlos auf. »Es ist kein Ende dieses abscheulichen Krieges in Sicht. Wir werden einander gegenseitig aushungern, bevor eine der beiden Seiten kapituliert.«

Es war ein emotionaler Abschied, als Will sich wieder bei seinem Regiment melden musste.

»Komm nicht mit zum Bahnhof«, riet er ihr. »Dort herrscht nur wie üblich Chaos, und wir wissen ja doch nicht, was wir sagen sollen.«

»Was sonst soll ich denn um Himmels willen tun?«, fragte Clarrie. Ihr Magen zog sich zusammen.

»Geh in den Teesalon«, drängte er sie, »und halt dich beschäftigt. Es wird mich trösten, mir vorzustellen, dass du dort bist. Lass mich dir zum Abschied nachwinken, als wäre es ein ganz normaler Tag. Bitte, Clarrie.«

Sie schluckte ihre Enttäuschung darüber hinunter, dass sie nicht bis zum letztmöglichen Moment bei ihm sein würde. »Wenn du es so willst, dann tue ich es natürlich.«

Die Verwaltungsangestellten waren unten schon bei der Arbeit, als Clarrie sich in Herberts Arbeitszimmer von Will verabschiedete. Er hatte seine Uniform noch nicht angezogen und wirkte in seiner Flanellhose und seinem offenen Hemd jungenhaft. Sie umfasste seine großen Hände mit ihren kleinen gepflegten.

»Ich bin froh, dass du hier warst, als dein Vater gestorben ist«, sagte sie. »Ich glaube nicht, dass es reiner Zufall war – Herbert hat sich bestimmt nur ans Leben geklammert, bis er dich noch einmal sehen konnte. Ich habe ihn nie so friedlich gesehen wie in dem Augenblick, als du ihm vorgesungen hast. Danke dafür.«

Tränen standen in Wills Augen. »Es ist mir zuwider, dich völlig allein zu lassen«, gestand er. Ihm versagte die Stimme.

»Ich bin nicht allein«, versicherte sie ihm. »Die Leute im Teehaus sind wie eine Familie für mich.«

»Ich wünschte, die Lage wäre nicht so unsicher. Ich will mir vorstellen, wie du mir von Papas Schreibtisch aus schreibst und im Wohnzimmer Teepartys für die Familie gibst – kein Haus voller Armeesekretärinnen«, sagte er. Sein hübsches Gesicht war sorgenvoll.

Sie drückte ihm die Hände. »Was auch geschieht, du wirst immer ein Zuhause haben, ganz gleich, wo ich bin«, versprach sie. »Komm einfach heil und gesund zurück, das ist alles, was ich verlange.«

Sie umarmten sich, und er hielt sie eng an sich gedrückt, wie früher als Junge, wenn er seine Mutter vermisst hatte. Sie streichelte ihm das Haar und zwang sich, vor ihm nicht zusammenzubrechen. »Gott schütze dich«, murmelte sie.

»Dich auch«, antwortete er.

Als sie zurückwich, war sein Gesicht tränennass. Sie blieben noch einen Moment länger stehen und lächelten einander traurig an. In solch einem Augenblick gab es so viel und doch zugleich nichts mehr zu sagen.

Clarrie ging rasch und gestattete sich erst ein Schluchzen, als sie das Haus schon verlassen hatte. Es fühlte sich an, als würde ein schweres Gewicht auf ihrer Brust lasten und sie am Atmen hindern. Sie schnappte nach Luft und wischte die

Tränen ab, die sie nicht zurückhalten konnte. An der Ecke des Platzes drehte sie sich um und sah zum Haus zurück. Erschrocken schnappte sie nach Luft. Einen Sekundenbruchteil lang meinte sie Herberts hochgewachsene Gestalt am Fenster des Arbeitszimmers zu erkennen – den Herbert von früher. Aber natürlich war es Will, der hinausschaute, um einen letzten Blick auf sie zu erhaschen. Er hob zum Abschied die Hand. Sie winkte zurück und warf ihm eine Kusshand zu. Dann wandte sie sich ab und eilte weiter. Das Bild, wie er winkte und lächelte, hatte sie auf dem ganzen Weg bis zum Teesalon vor sich.

Es war ein schwieriger Tag, der erste seit Herberts Tod, den sie wieder im Teehaus verbrachte, aber sie überstand ihn, indem sie sich beschäftigt hielt und zugleich versuchte, nicht zu sehr über Wills Aufbruch nachzugrübeln: Will, wie er das Haus in Uniform verließ, Will am Bahnhof, Will in einem überfüllten Zug, der den Tyne überquerte und nach Süden ratterte.

Statt in ein leeres Haus zurückzukehren, nahm Clarrie Lexys Einladung zu einem späten Abendessen in der Wohnung über dem Teesalon an. Lexys jüngste Schwester Edith hatte vor Kurzem eine Stelle in Sunderland angetreten. Lexy, die nie zuvor allein gelebt hatte, konnte mit der Stille nicht umgehen.

»Da habe ich mir nun mein Leben lang gewünscht, meine Schwestern würden nach Timbuktu emigrieren«, scherzte sie, »und jetzt ertappe ich mich dabei, mit mir selbst zu reden, um Gesellschaft zu haben.«

Sie teilten sich eine Kanne Tee, halbierten ein hart gekochtes Ei und sprachen von alltäglichen Dingen: Rezepten, die weniger Zucker verbrauchten, eine mögliche örtliche Bezugsquelle für Honig als Zuckerersatz, Ednas neuestem Schwarm – ein belgischer Flüchtling, der im Hafen arbeitete –, Inas Arthritis.

Lexy nippte am Tee und verzog das Gesicht. »Das Zeug wird auch immer schlechter«, beschwerte sie sich. »Stinkt wie Teer und schmeckt nicht viel besser.«

Clarrie prustete. »Auf deine alten Tage wirst du noch zum richtigen Teesnob.«

»Wie der Herr, so's Gescherr«, konterte Lexy.

Clarrie seufzte. »Aber du hast recht. Die letzte Lieferung, die wir von Milner bekommen haben, war so grob wie nur irgendetwas – Aststücke so groß wie Fingernägel mit darin. Aber das ist nicht die Schuld der Firma. Es ist das Beste, was sie für den Preis aufkaufen können. Die Pflanzer sind diejenigen, die gierig werden und noch zum vierten und fünften Mal vom selben Busch pflücken. Die Qualität ist ihnen gleichgültig, da die Regierung ihnen Vorkriegspreise garantiert.«

Lexy brüllte vor Lachen. »Clarrie, du bist an eine Teestube doch verschwendet. Ich verstehe kein bisschen davon, aber wenn es nach mir ginge, müsstest du das Handelsministerium leiten.«

Sie erwähnten Will kein einziges Mal, bis Clarrie Anstalten machte zu gehen. Lexy drückte ihr den Arm. »Der schafft das schon. Mach dir ja keine Sorgen um den Jungen. Der hat sich doch schon oft genug aus allen möglichen Kalamitäten gerettet.«

In der Nacht stieg Clarrie in Herberts Bett, dankbar für die Schritte über ihr, wo die Sekretärinnen untergebracht waren. Sie blieben unter sich und mieden die Witwe unten, deren Haus sie mit Beschlag belegt hatten. Sie drückte das Kissen an sich, das immer noch nach Herbert roch. Mit einem Mal spürte sie die dumpfe Last, die sie schon den ganzen Tag mit sich herumschleppte, und bekam einen Kloß im Hals. Die Trauer, die sie seit Herberts Tod unterdrückt hatte, brach plötzlich über sie herein, ausgelöst durch Wills Abreise. Sie weinte in großen, quälenden Schluchzern um den Verlust ihres liebevollen, schüchternen Ehemannes, der während seiner langen Krankheit solche Tapferkeit unter Beweis gestellt hatte. Und sie weinte um Will, weil sie nichts tun konnte, um ihn zu beschützen – den freundlichen, loyalen, liebevollen Will, der ihr Leben erhellte, als wäre er ihr eigener Sohn.

* * *

Eine Woche später kehrte Clarrie übermüdet früher als sonst ins Haus zurück und fand zwei Männer in Herberts Arbeitszimmer damit beschäftigt, die Bücher zu sortieren. Als sie sie zur Rede stellte, sagten sie, sie seien Gutachter aus einem Auktionshaus.

»Ich habe nicht vor, die Bücher meines Mannes zu verkaufen«, protestierte Clarrie.

Der ältere Mann erwiderte mit verlegener Miene: »Darüber müssen Sie mit Mr Stock sprechen.«

»Aber er ist tot!«, rief Clarrie verwirrt.

Der Gesichtsausdruck des Mannes wurde mitleidig. »Mr Bertram Stock. Er hat uns damit beauftragt, uns um den Nachlass seines Vaters zu kümmern.«

Obwohl ihr schwindlig war, begab Clarrie sich sofort in Berties Kanzlei und verlangte, ihn auf der Stelle zu sehen.

»Was hat das zu bedeuten? Ich habe nichts davon gesagt, dass ich Herberts Bücher verkaufen möchte. Ich will sie für Will aufbewahren – er hatte noch keine Gelegenheit, etwas auszuwählen.« Clarrie schimpfte mehrere Minuten lang, erzürnt über Berties Gleichgültigkeit. Er säuberte sich mit einem Brieföffner die Fingernägel und schaute kaum auf. Am Ende hob er die Hand.

»Wenn du mit deinem hysterischen Ausbruch jetzt endlich fertig bist, würdest du vielleicht gern Platz nehmen?« Er deutete nachlässig auf den Stuhl vor seinem riesigen, mit rotem Leder bezogenen Schreibtisch, ohne aufzustehen.

Clarrie setzte sich starr vor Empörung hin. Er musterte sie.

»Ich versuche schon seit dem Tod meines Vaters, dich dazu zu bringen, die juristische Seite zu besprechen«, sagte er in vorwurfsvollem Ton.

»Ich bin noch nicht bereit«, antwortete Clarrie. »Ich möchte nichts überstürzen. Es ist zu früh. Du hast kein Recht zu versuchen, Herberts Habseligkeiten zu verkaufen.«

»Ich habe jedes Recht«, verkündete er mit überlegener Miene. »Papas Besitztümer gehören allesamt mir – die Bücher, die Möbel, das Haus.«

Clarrie starrte ihn verständnislos mit offenem Mund an. »Das ist nicht möglich.«

»Es ist sehr wohl möglich«, widersprach er. »Ich regele seit Jahren seine Angelegenheiten, schon vergessen?«

»Die geschäftlichen, ja«, sagte Clarrie, »aber doch nicht die persönlichen.«

»Alles«, erklärte Bertie mit einem boshaften Lächeln. »Das habe ich sichergestellt, als er mir die Vollmacht erteilt hat.«

Clarrie war wie vor den Kopf geschlagen. »Du hast ihn ausgetrickst!«, schrie sie. »Du hast *mich* ausgetrickst!«

»Nein«, erwiderte Bertie und beugte sich mit zusammengekniffenen Augen über den Schreibtisch. »Alle Habseligkeiten meines Vaters gehören von Rechts wegen mir. Glaubst du wirklich, ich ließe dich behalten, was ihm und meiner lieben Mutter gehört hat? Dich, die Haushälterin?«

Clarrie schoss von ihrem Stuhl hoch und starrte ihn böse an. »Nichts davon ist mir für mich selbst wichtig …«

»Gut«, unterbrach er sie, »dann stört es dich ja sicher auch nicht, wenn die Armee den Rest des Hauses übernimmt. Ich habe die Requirierung des gesamten Gebäudes ausgehandelt. Wenn sie damit fertig sind, habe ich vor, es zu verkaufen. In meinen Augen wird es immer von dir besudelt sein – von deinem vulgären anglo-indischen Geschmack und deinen Versuchen, meine Mama vom Thron zu stoßen.«

Seine Bösartigkeit ließ Clarrie zusammenzucken. »Warum hasst du mich so sehr? Ich habe deinen Vater glücklich gemacht.«

»Ich hasse dich nicht«, sagte Bertie mit einem verächtlichen Blick. »Ich empfinde überhaupt nichts, was dich betrifft.«

»Und was ist mit Will?«, fragte sie. »Es sind auch sein Zuhause und sein Erbe.«

»Mein Bruder wird angemessen versorgt sein, darum kümmere ich mich«, erwiderte Bertie brüsk.

Clarries Herz begann zu rasen. »Was ist mit den Investitionen, die du in meinem Namen getätigt hast?«

Er wirkte plötzlich verlegen. »Ach ja, die.« Er räusperte sich. »Es waren damals solide Investitionen, aber aufgrund des Krieges haben sie an Wert verloren. Du kannst nur hoffen, dass sie sich danach wieder rentieren.«

Clarrie pochte der Kopf, als sie zu verarbeiten versuchte, was er da sagte. Plötzlich packte eine heftige Angst sie wie mit Krallen. »Herbert's Tea Rooms«, stieß sie hervor. »Die zumindest müssen doch mir gehören?«

Ein triumphierendes Lächeln huschte über Berties Gesicht. »Leider nein«, antwortete er.

Clarrie wankte vornüber und hielt sich ungläubig am Schreibtisch fest. »Du rachsüchtiger Bastard!«, schrie sie.

Bertie lehnte sich mit einem Anflug von Besorgnis auf seinem Stuhl zurück.

»Immer noch die Tochter deines Vaters«, höhnte er, »mit diesem Kasernenhofton.«

Sie schluckte Galle hinunter. »Also willst du mich auf die Straße setzen, ja? Ist es das, was Verity will? Ist das der Dank, den ich dafür bekomme, dass ich freundlich zu euren Kindern war?«

Bertie verfiel wieder in seinen schroffen Tonfall. »Ich habe nichts dergleichen vor. Ich will dir einen Vorschlag machen. Du bleibst weiter Geschäftsführerin des Teesalons. Ich zahle dir ein angemessenes Gehalt und erlaube dir, mietfrei in der Wohnung darüber zu leben.«

Clarrie starrte ihn sprachlos an. Erst beleidigte und demütigte er sie, und im nächsten Atemzug erwartete er schon von ihr, dankbar dafür zu sein, dass er ihr anbot, was ihr von Rechts wegen zustand.

»Du hast Nerven!«

»Es ist deine Entscheidung: Übernimm die Geschäftsführung, sonst verkaufe ich das Teehaus.«

Clarrie erkannte verbittert, dass sie keine Wahl hatte. Die ganze Zeit hatte sie sich wie eine Sklavin abgerackert, um ihren Teesalon aufzubauen, während er schon Pläne geschmiedet hatte, ihn ihr zu stehlen. Sie biss die Zähne zusammen, um nicht zu würgen. Es gelang ihr zu zischen: »Lexy wohnt oben, schon vergessen?«

»Dann muss sie ausziehen«, entgegnete er gleichgültig.

»Wenn du versuchst, sie vor die Tür zu setzen, sorge ich dafür, dass du es mit einem Volksaufstand zu tun bekommst!«, schrie Clarrie.

Wieder erschien kurz ein Ausdruck von Verunsicherung auf seinem Gesicht. »Du kannst dich doch sicher irgendwie mit dieser Frau einigen, wenn es sein muss. Wie du das Teehaus führst, ist deine Angelegenheit, solange es für mich Gewinn abwirft.«

»Gewinn?« Clarrie spuckte das Wort förmlich aus. »In diesen Zeiten ist es schon ein Wunder, es überhaupt am Laufen zu halten.«

»Dann verschaff mir ein Wunder«, forderte er.

Clarrie stürmte blindlings aus der Kanzlei. Ihr Kopf hämmerte. Sie bekam es mit der Angst zu tun. Wie hatte Herbert nur solch einen selbstsüchtigen, grausamen Sohn hervorbringen können? Er würde sich im Grabe umdrehen, wenn er wüsste, was Bertie ihr angetan hatte. Wenn nur Will da gewesen wäre, um für sie zu kämpfen, dachte sie gequält. Aber Will war weit weg, auf dem Weg zur Front, und hätte nichts tun können, um ihr zu helfen, selbst wenn er Bescheid gewusst hätte. Wie so oft zuvor würde Clarrie ihre Kämpfe allein ausfechten müssen.

Draußen in der Septemberluft, schwindlig vor Panik, stolperte Clarrie vorwärts und übergab sich in den Rinnstein.

34

1917

In den Briefen im Plauderton, die sie an Will schrieb, erwähnte Clarrie nichts von ihren Schwierigkeiten. Sie war in die Wohnung über dem Teesalon gezogen, weil es für die Arbeit praktischer war, erklärte sie. Lexy und sie könnten einander Gesellschaft leisten. In der Tat erkannte Clarrie bald, dass Lexys fröhliches Herumgealber und ihre raue Fürsorglichkeit genau die Medizin waren, die sie brauchte, nachdem Herbert gestorben war und Bertie sie aus dem Haus in Summerhill hinausgeworfen hatte. Sie stellte fest, dass sie das alte Gemäuer kaum vermisste.

Ihre Hauptsorge war, das Teehaus in Betrieb zu halten. Sie verschwieg fast allen, sogar Olive und Jack, ihre heikle neue Situation, weil sie nicht wollte, dass sich herumsprach, dass Herbert sie so schlecht abgesichert zurückgelassen hatte. Nur ihre alten, vertrauten Freundinnen Lexy und Ina wussten Bescheid.

Bis zum Frühsommer schnellten die Preise von Mehl, Zucker und Tee in neue Höhen. Clarrie griff immer stärker auf Konserven zurück, um die Mahlzeiten anzureichern, und bot

Fleischbrühe statt Kakao und Kaffee an. Auch Daniel Milners Firma stand unter Druck: Aufgrund der explodierenden Preise brachen Kunden weg, seine Wagen und Pferde wurden requiriert, und seine Belegschaft wurde durch Zwangsrekrutierungen dezimiert. Er war Ende 1916 vor Gericht gegangen, um Jack vom Kriegsdienst freistellen zu lassen, und hatte erfolgreich argumentiert, dass seine Firma ohne ihn zusammenbrechen würde. Bei einem ihrer seltenen Besuche kurz vor Weihnachten hatte Clarrie Olive beinahe krank vor Erleichterung angetroffen.

»Jetzt kann ich endlich nachts ruhig schlafen, weil ich weiß, dass Jack vor der Einberufung sicher ist. Es ist mir gleich, ob das egoistisch ist. Ich bin nicht wie du, Clarrie. Allein käme ich nie zurecht.«

Clarrie behielt ihre eigenen Schwierigkeiten für sich und war traurig über die Kluft zwischen ihnen. Dieser Tage hatten Olive und sie so wenig gemeinsam, dass sie nicht wussten, worüber sie miteinander reden sollten. Sie sah die Erleichterung in den Augen ihrer Schwester, als sie aufstand, um zu gehen. Sie hatte keine Einladung bekommen, Weihnachten mit Olive und ihrer Familie zu verbringen. Olive hatte ihr nur eilig mitgeteilt, dass sie Weihnachten bei Jacks Mutter feiern würden. Clarrie überspielte ihre Kränkung und beschloss, sich nicht aufzudrängen. Es war Lexy, die zusammen mit ihren Schwestern Clarries erstes Weihnachtsfest ohne Herbert oder Will erträglich machte, indem sie Ina und ihre Familie einlud. Sie steuerten alle Essen und kleine Geschenke bei und sangen am Ende gemeinsam. Inas Jüngste spielte Mundharmonika. Es war alles sehr weit entfernt von dem vornehmen Wohnzimmer und den Partyspielen in Summerhill oder Tankerville Terrace, aber auf Clarrie wirkte es wie ein Lebenselixier.

Als das Geschäft immer weiter litt, schlossen Clarrie und Lexy die zusätzlichen Versammlungsräume im Anbau nebenan und vermieteten sie an Arbeiter aus den Munitionswerken. Im

Frühjahr starb Lily, und Jared schloss das Cherry Tree, weil sein Herz nicht länger daran hing. Das Pub hatte kaum noch Umsatz gemacht, seit die Regierung eine Sperrstunde eingeführt hatte und Alkohol immer schwieriger aufzutreiben war. Eines Tages erschien er im Teesalon zum Abendessen. Clarrie hieß ihn willkommen. Kleinlaut überreichte er ihr ein in Stoff gewickeltes Paket.

»Das habe ich unten in Lilys Kleiderschrank gefunden«, sagte er. »Es tut mir so leid – ich hoffe, sie funktioniert noch.«

Als sie das Paket auswickelte, entdeckte Clarrie Olives alte Geige, die früher ihrem Vater gehört hatte.

»Sie hat sie also doch nicht verkauft!«, rief Clarrie. »Sondern hat sie die ganze Zeit aufbewahrt, man stelle sich das vor! Warum um alles in der Welt hat sie das getan?«

Jared zuckte die Schultern. »Sie war eifersüchtig auf euch Mädels – wollte ein bisschen von dem, was ihr hattet. Ich schätze, dass ihr euch zu den Stocks davongemacht habt, war der Tropfen, der das Fass zum Überlaufen gebracht hat. Sie war noch schlimmer, nachdem ihr weg wart. Aber ich schwöre, dass ich das mit der Fiedel nicht wusste.«

»Keine Sorge. Das ist alles schon zu lange her, um darüber noch wütend zu werden. Auf See ist schon Schlimmeres passiert, wie Vater gesagt hätte.«

»Apropos«, seufzte Jared, »die Marine hat Harrison eingezogen. Jetzt nehmen sie wohl wirklich auch noch den Letzten.«

Clarrie hoffte, dass die Geige einen Teil der verlorenen Zuneigung zwischen ihr und Olive wiederherstellen würde. Aber ihre Schwester zeigte wenig Interesse an dem wiederentdeckten Instrument. Sie spielte schon lange nicht mehr. Jetzt konnte sie an nichts anderes denken als an ihre Sorge, dass die Tyneside Tea Company vielleicht pleitegehen und Jack arbeitslos sein oder, schlimmer noch, eingezogen werden würde. Seine Mutter fand den übermütigen George zu anstrengend und verbrachte jetzt mehr Zeit mit Thomas' und Annies neugeborenem Sohn, während Jane sich als so zart wie Olive früher erwies und ebenfalls zu Asthmaanfällen neigte.

»Bring die beiden mit ins Teehaus, dann halten wir George schon bei Laune«, bot Clarrie an, aber Olive tat es nie.

Seitdem er die vermisste Fiedel vorbeigebracht hatte, kam Jared zwei- oder dreimal die Woche, oft nur, um dazusitzen und zu warten, bis er an der Reihe war, die Zeitung zu lesen, sich eine Stunde lang an einer Tasse Bovril festzuhalten und mit anderen Gästen zu plaudern. Bei der ILP herrschte freudige Erregung über die vergleichsweise unblutige Revolution in Russland und den Waffenstillstand an der Ostfront. Den ganzen Sommer lang spekulierten die Parteigenossen darüber, dass das vielleicht ein Ende des ganzen Krieges bedeuten könnte, aber die Kämpfe in Frankreich wurden so erbarmungslos fortgesetzt wie im Vorsommer.

Clarrie erledigte ihre Arbeit so fröhlich, wie sie konnte, war jedoch in ständiger Anspannung, weil sie an Will an der Westfront dachte. Wann immer ein heiß ersehnter Brief oder eine Postkarte eintraf, empfand sie berauschende Erleichterung. Aber die war immer nur von kurzer Dauer. Er war in Sicherheit gewesen, als er geschrieben hatte, aber wie war es jetzt, fragte sie sich besorgt.

Stell dir vor, schrieb er einmal, *letzte Woche schickt man mich mit einer Meldung ins Hauptquartier, und wem begegne ich da: jemandem, der dich in Indien kannte! Oberst Harry Wilson. Er ist ein echter Veteran, einer der wenigen Berufssoldaten von vor dem Krieg, die man nicht oft trifft. Er war damals, als du ihn kanntest, erst Leutnant, aber er sagte, du seist in Belguri eine freundliche Gastgeberin gewesen. Es war seltsam, wie das Thema zur Sprache kam. Er sagte, er habe einen guten Freund aus meinem Teil der Welt, Wesley Robson. Er war ganz hingerissen, als ich ihm erzählte, dass auch ich ihn kenne! Oberst Wilson sagt, dass Wesley eingezogen worden ist, also stößt er hier vielleicht bald zu uns. Der Oberst lässt dich und deine Schwester herzlich grüßen. Er legt besonderen Wert darauf, nach Olive zu fragen, und danach, ob sie noch malt. Ist die Welt nicht klein?*

Clarrie zitterte, nachdem sie den Brief gelesen hatte. Es war, als hätte die Vergangenheit die Hand ausgestreckt und sie mit gespenstischen Fingern berührt. Harry Wilson! Sie dachte an Olives mädchenhafte Schwärmerei für den rothaarigen Soldaten und den gemeinsamen Angelausflug, bei dem ihre Schwester gemalt hatte. An dem Tag hatte Wesley sich unversöhnlich mit ihrem Vater zerstritten. Die Auseinandersetzung hatte Jocks zerstörerische Sucht nach Alkohol und Opium noch verstärkt. Wie seltsam ihre Leben doch miteinander verflochten waren! Der Krieg hatte sie alle durchgewirbelt wie Wurfknöchel in der Luft und sie willkürlich an unterschiedlichen Stellen landen lassen. Jetzt war sogar der Märchenprinz Wesley seinem bequemen Leben entrissen und ins Gefecht geschickt worden. Clarrie fragte sich, ob Henrietta – inzwischen seine Frau? – wohl in irgendeinem hochherrschaftlichen Haus in London wach lag und sich um ihn sorgte.

Clarrie rang mit sich, ob sie Olive aufsuchen sollte, um ihr den Brief zu zeigen. Vielleicht würde ihre Schwester über die alten Zeiten lachen, womöglich aber auch verärgert sein, an Belguri erinnert zu werden. Olive weigerte sich, vor Jack und dem Rest der Familie Brewis über ihr altes Leben zu reden, als schämte sie sich, dass ihr Dasein einst so fremdartig und exzentrisch gewesen war. Aber bevor Clarrie zu einem Entschluss kommen konnte, erschien Jack im Teesalon und bat darum, sie sprechen zu dürfen.

Er drückte sich in der Tür herum und sah verlegen drein.

»Ist etwas mit Olive?«, fragte Clarrie panisch. »Geht es den Kindern gut?«

»Ja, mit denen ist alles fein«, versicherte Jack hastig. Seine Miene war ruhelos, unbehaglich.

»Komm mit nach hinten«, sagte Clarrie, führte ihn an einen leeren Tisch und rief Edna zu, Tee zu bringen.

»Nicht nötig«, meinte Jack. »Ich bleibe nicht lange.«

»Ich brauche aber welchen«, erwiderte Clarrie mit einem kurzen Lächeln. »Du kannst mir beim Trinken zusehen, wenn du möchtest.«

Sie setzten sich in peinlichem Schweigen gegenüber voneinander hin. Der Tee kam. Jack nippte daran und räusperte sich.

»Olive weiß nicht, dass ich hier bin. Sie würde an die Decke gehen, wenn sie es wüsste. Aber ich mache mir Sorgen um sie – darum, wie sie zurechtkommen wird.«

»Womit zurechtkommen?«, fragte Clarrie und stellte ihre Tasse ab.

»Ich habe wieder meinen Einberufungsbefehl bekommen.«

»Aber du bist doch freigestellt.«

Jack schüttelte den Kopf. »Neue Regeln. Es gibt nichts, was Mr Milner dagegen unternehmen kann. Diesmal muss ich hin.« Er begegnete zum ersten Mal ihrem Blick. »Ich habe keine Angst. Ich wäre schon beim ersten Mal gegangen, wenn Mr Milner sich nicht eingemischt hätte. Aber unsere Olive ist ganz aufgelöst bei dem Gedanken, dass ich fortmuss.«

Clarries Eingeweide verknoteten sich. »Oh, Jack, es tut mir so leid. Und die arme Olive! Wann musst du los?«

»Muss mich morgen in der Kaserne melden.«

»So bald?«, keuchte sie.

»Es muss sein«, stieß er gepresst hervor. »Um mich selbst mache ich mir keine Sorgen. Nur um Olive und die Kinder. Passt du auf sie auf?«

»Natürlich«, versprach sie sofort. Sie sah, dass er mit sich rang, noch mehr zu sagen.

»Wir waren nicht gut zu dir«, begann er. »Ich habe zugelassen, dass du und Olive euch auseinanderlebt.«

»Damit hast du doch nichts zu tun«, sagte Clarrie sanft.

»Doch, ein bisschen schon.« Er sah sich um, zog dann die Schultern hoch und senkte die Stimme. »Als mir klar wurde, dass du mich nicht magst – nicht genug, um mich zu heiraten –, war ich in meinem Stolz gekränkt. Ich dachte, ich könnte es dir heimzahlen, indem ich deiner Schwester den Hof mache.«

Clarrie errötete. »So etwas solltest du nicht sagen.«

»Lass mich ausreden«, bat er. »Es hat vielleicht als Spiel begonnen, aber mit der Zeit ist etwas anderes daraus geworden. Ich habe Olive mehr und mehr lieb gewonnen. Der Tag, an dem wir geheiratet haben, war der glücklichste in meinem ganzen Leben.« Er hielt ihrem Blick stand. »Ich liebe deine Schwester mehr als irgendjemanden sonst auf der Welt.«

»Das freut mich.« Clarrie schluckte. »Und ich habe nie daran gezweifelt.«

»Sie aber«, gestand Jack, das Gesicht in Sorgenfalten gelegt. »Auch nach all den Jahren, obwohl wir zwei Kinder haben, kann sie nicht glauben, dass ich sie mehr liebe als dich. Also war ich härter zu dir, als ich es hätte sein sollen, nur um Olive zu beweisen, dass ich sie am liebsten mag. Und deshalb mag sie es nicht, wenn du vorbeikommst, wenn ich da bin. Sie ist eifersüchtig auf dich, Clarrie.«

»Nein!«, rief Clarrie.

»Es stimmt aber. Ich war es früher auch«, gestand er.

»Aber warum?« Clarrie war fassungslos.

»Du bist immer wieder auf die Füße gefallen. Erst hast du für die Stocks gearbeitet, dann Mr Herbert geheiratet, in dem großen feinen Haus gewohnt, dein eigenes Teehaus geführt. Sah aus, als könntest du alles schaffen, was du dir in den Kopf gesetzt hast.«

»Alles, was ich erreicht habe, war die Frucht harter Arbeit.«

»Ja, vielleicht.« Jack zuckte die Schultern. »Aber was ich weiß, ist, dass wir jetzt alle im selben Boot sitzen – unsere Firmen drohen allesamt den Bach hinunterzugehen. Da spielt es wohl keine Rolle, ob man eine vornehme Stock oder ein einfacher Arbeiter namens Brewis ist.«

Clarrie war versucht, ihm anzuvertrauen, dass ihre Lage noch viel heikler als seine war. Wenigstens gehörte ihm und Olive dank Milners Großzügigkeit das Dach, das sie über dem Kopf hatten. Aber sie sah ihm an, dass er überreizt vor Sorge um seine Familie war. Was war zu gewinnen, wenn sie ihn noch mehr belastete?

Er fuhr fort: »Mr Milner hat versprochen, meine Stelle für mich offen zu halten, bis der Krieg vorbei ist, und Olive bekommt meinen Armeesold. Es geht nicht so sehr ums Geld. Aber sie braucht jemanden, der für sie und die Kinder stark ist – und Mam hat schon so viel mit Thomas' und Annies kleinem Jungen zu tun.«

Clarrie streckte die Hand aus und legte sie ihm auf den Arm. »Hör auf, dir Sorgen zu machen. Ich habe ein Auge auf sie. Sie sind mein eigen Fleisch und Blut, schon vergessen?«

Kurz berührte er ihre Hand mit seiner. »Danke, Clarrie. Und es tut mir leid, dass es böses Blut zwischen uns gegeben hat.« Er stand rasch auf und setzte sich den Hut auf. »Da ist noch eines, falls du es nicht weißt. Bertie Stock ist nicht mehr Mr Milners Anwalt – schon seit einer ganzen Weile nicht mehr.«

»Nein, das wusste ich nicht«, antwortete Clarrie und machte große Augen. »Warum denn?«

Jack zögerte. »Erstens kann die Firma sich sein Honorar nicht mehr leisten.«

»Und?«, hakte Clarrie nach.

Jack wirkte verlegen. »Mr Milner ist mit ihm nie so gut zurechtgekommen wie mit Mr Herbert. Hat ihm nie vertraut.«

»Weshalb?«

»Man hört gewisse Dinge.« Jack zuckte die Schultern. »Und er hat die Firma schlecht beraten – hat in unserem Namen Investitionen getätigt, bei denen nichts herausgekommen ist. Mr Milner hat ihm gesagt, dass er ja gern leichtfertig mit seinem eigenen Geld umgehen kann, aber nicht mit dem anderer Leute.«

Clarrie stöhnte. »Das Gleiche hat er mit mir gemacht.«

Jack sah sie überrascht an. »Jedenfalls könnte Mr Milner einen anderen Anwalt empfehlen. Du musst nicht aus schierer Loyalität bei Bertie Stock bleiben.«

»Ich wünschte, es wäre so einfach«, murmelte Clarrie.

Er sah verwirrt drein. »Ist es das nicht?«

Clarrie schüttelte den Kopf. Jetzt war nicht der richtige Zeitpunkt, sich von der Seele zu reden, dass sie nichts mehr hatte, was sie investieren konnte – ihr einziger wertvoller Besitz war ein Satz Smaragdschmuck, den Herbert ihr einmal geschenkt hatte –, und dass Bertie derjenige war, dem das Teehaus gehörte und der ihren Lohn zahlte.

»Nach allem, was ich gehört habe«, sagte Jack, »musst du jedenfalls eine der wenigen Mandantinnen sein, die er noch hat.«

Clarries Eingeweide verkrampften sich. Berties Kanzlei mochte ihr unwichtig sein, aber dafür war ihr sehr wichtig, dass das Teehaus zahlungsfähig blieb. Aber er war ja mit einer Landsdowne verheiratet. Seine Schwiegereltern würden ihm im Notfall schon aus der Patsche helfen.

»Danke für die Warnung«, sagte sie.

Mit einem Nicken und einer Andeutung seines alten Grübchenlächelns wandte er sich zum Gehen. »Pass auf dich auf, Clarrie.«

»Du auch auf dich, Jack.« Sie sah ihm nach, als er eilig das Teehaus verließ.

Clarrie beschloss, ein wenig Zeit nach Jacks Besuch verstreichen zu lassen, bevor sie Olive aufsuchte, damit ihre Schwester keinen Verdacht schöpfte. Erst in der folgenden Woche machte sie sich auf den Weg zu ihrer Schwester. Der kleine George öffnete ihr die Tür. Clarrie hörte Jane quengelnd im Hintergrund weinen. Sie ging dem Geräusch nach und fand ihre Nichte in ihrem Kot auf dem Kaminvorleger sitzen. Die Küche war unordentlich, und das Feuer brannte nicht.

Clarrie hob Jane hoch, versuchte, sie zu beruhigen, und sah sich besorgt um.

»Wo ist Mammy?«, fragte sie den kleinen Jungen.

»Im Bett«, sagte George. »Mammy ist sterbenskrank. Jane stinkt, oder, Tante Clarrie?«

»Nur ein bisschen«, pflichtete Clarrie ihm bei, verzog das Gesicht und hielt sich die Nase zu. George tat es ihr nach und kicherte.

»Du hilfst mir, saubere Kleider für sie aufzutreiben«, wies Clarrie ihn an und wühlte in einem Korb voll ungebügelter Wäsche herum. Die meiste Kleidung darin gehörte Jack. Sie säuberte das Baby an der Spüle und zog der Kleinen ein Paar von Georges Hosen an. Der Junge nahm einen trockenen Knust aus der Brotdose und reichte ihn seiner Schwester. Jane packte ihn und kaute fest darauf herum. Ihr Wimmern kam schlagartig zum Erliegen.

Clarrie lächelte. »Guter Junge. Jetzt lass uns nach deiner Mammy sehen.«

Olive lag bei zugezogenen Vorhängen unter den Bettdecken. Clarrie hörte ihren röchelnden, angestrengten Atem. Rasch eilte sie zu ihrer Schwester und hielt dabei Jane auf einem Arm. »Wie lange geht es dir schon so?«

»Jack … ist … weg«, keuchte Olive.

»Ich weiß«, sagte Clarrie und strich Olive das feuchte Haar aus der Stirn. »Darf ich dir helfen, dich aufzusetzen? George, geh und hol Mammy einen Becher Wasser. Glaubst du, du schaffst das?«

Der Junge nickte und sauste davon. Clarrie legte ihre Nichte aufs Bett und lächelte sie tröstend an. Dann hievte sie Olive in eine sitzende Stellung und begann, ihr den Rücken zu reiben. Ihre Schwester zitterte heftig. Sie hustete und würgte und versuchte schwach, Clarrie von sich zu stoßen.

»Ganz langsam. Tiefe Atemzüge. Mach dir keine Sorgen«, murmelte Clarrie.

»W… will Jack!«, stieß Olive mühsam hervor. »N… nicht d… dich.«

»Ich bin aber die, die du hast«, entgegnete Clarrie ruppig, erschrocken darüber, wie ihre Schwester vor ihren Ängsten kapituliert hatte. »Und die Welt ist noch nicht untergegangen, also hör auf, so zu tun, als wäre sie es. Jack ist nicht tot. Er ist nur eingezogen worden. Ich will, dass du dich beruhigst, bis George mit dem Wasser zurück ist, verstanden? Du machst ihm Angst – und mir auch.«

Olive war so verblüfft über Clarries plötzliche Unverblümtheit, dass sie tat wie geheißen. Ihre Atmung beruhigte sich, und das Zittern ließ nach. Jane krabbelte zu ihrer Mutter hinüber und griff nach ihrem Haar. Olive protestierte. Da kitzelte Clarrie das Mädchen, bis die Kleine vor Entzücken quietschte. George kehrte zurück und hielt seiner Mutter einen Becher hin, der randvoll mit Wasser war. Sein Grinsen ähnelte so sehr dem seines Vaters, dass Clarries Herz sich vor Mitleid zusammenzog.

»Kluger Junge«, lobte sie ihn, »genau das, was Mammy braucht.« Sie ermunterte Olive, etwas zu trinken.

»Ist Mammy nicht mehr krank?«, fragte er hoffnungsvoll.

Clarrie sah, wie ihrer Schwester die Tränen in die Augen stiegen, unter denen sie dunkle Ringe hatte. »Nein, sie ist nicht krank, Süßer. Sie ist traurig, dass Daddy nicht hier ist. Aber wir heitern sie schon auf, nicht wahr?«

George kletterte aufs Bett und legte seiner Mutter die Arme um den Hals.

»Sei nicht traurig, Mammy.« Er gab ihr einen schmatzenden Kuss.

Olive saß starr da. Clarrie hielt den Atem an, weil sie befürchtete, dass ihre Schwester den Jungen von sich stoßen würde. Dann schluchzte Olive heftig auf und zog ihren kleinen Sohn in eine verzweifelte Umarmung. Ihr Gesicht war vor Leid verkrampft, als sie Clarries Blick begegnete.

»Oh, Clarrie, wie soll ich das nur schaffen?«, flüsterte sie.

Clarrie streckte die Hand aus und drückte ihr die Schulter. »Indem du einen Tag nach dem anderen in Angriff nimmst. Genau so.«

35

1918

Dank Clarries ständigem Trost und ihrer Unterstützung riss Olive sich zusammen und tat ihr Bestes, ihren Haushalt und ihre Kinder in Jacks Abwesenheit nicht zu vernachlässigen. Clarrie, die um den angegriffenen psychischen Zustand ihrer Schwester wusste, verbrachte jede zweite Nacht im Haus in Lemington, half mit den Kindern und beruhigte Olive, wenn die Panik sie überwältigte.

Alles wurde rationiert, und im Laufe des Jahres schien Jacks Sold immer weiter zusammenzuschrumpfen. Olive stand stundenlang für Lebensmittel an und ließ die Kinder im Teehaus in Clarries Obhut. Die munteren und freundlichen Geschwister waren für die Angestellten ein stetiger Quell der Heiterkeit. Clarrie war dankbar dafür, dass alle es so entspannt hinnahmen, dass die gewohnten Abläufe gestört wurden. Sie liebte die beiden Kinder abgöttisch.

Ihr lebhaftes Geplapper lenkte sie von den nicht enden wollenden Sorgen um schwindenden Nachschub, höhere Preise und schlechte Nachrichten von der Front ab. Der Frühling brachte eine neue deutsche Offensive in Flandern. Die Menschen waren nach Monaten voller Entbehrungen, Hunger und Überstunden bei der anstrengenden Arbeit in Bergwerken und Fabriken ausgelaugt. Aber es war die Trauer um die vielen Gefallenen, die Verzweiflung hervorrief und manch einen die Beherrschung kostete. Jeder kannte irgendjemanden, der in einer Schlacht gefallen oder auf See verschollen war. Und alle schleppten die Angst vor dem schmucklosen Telegramm aus dem War Office mit sich herum, das einen über einen neuerlichen Verlust in Kenntnis setzte.

Olive zitterte jedes Mal körperlich, wenn der Briefträger auf der Straße vor ihrer Tür stehen blieb, hin- und hergerissen zwischen der Sehnsucht nach einem Brief von Jack und der Furcht, dass sie die schlimmstmögliche Nachricht erhalten würde. Doch Jack und Will schienen das Leben in den Schützengräben mit einer stoischen Fröhlichkeit zu ertragen, die in Kontrast zur Atmosphäre in der Heimat stand.

Der Teesalon hatte schon immer einen Nährboden für Debatten geboten, trotz aller Einschränkungen der Versammlungsfreiheit und abweichender Meinungen durch die Regierung. Aber allmählich übten die Leute offen Kritik an der Kriegsführung – von der Weigerung des Premierministers, den amerikanischen Präsidenten Wilson einen Frieden aushandeln zu lassen, bis hin zur Vergeudung so vieler Menschenleben durch die Generäle der Armee. Es gab Streiks wegen der Arbeitsbedingungen in den Fabriken und Ausschreitungen wegen der Brotpreise. In Herbert's Tea Rooms wurde all das an den Tischen offen diskutiert, obwohl nicht mehr viel auf der Speisekarte stand und der Tee dünn war.

»Was hat das alles genützt?«, fragten die Männer.

»Ich habe gehört, dass sie in Deutschland auch streiken.«

»Dort verhungern sie sogar.«

Andere warfen argwöhnische Blicke über die Schulter und murmelten dann: »Vielleicht gibt es ja wirklich eine Revolution wie in Russland.«

Für Clarrie standen all diese Sorgen hinter der zurück, das Teehaus geöffnet und ihre Angestellten in Lohn und Brot zu halten. Bertie, der ihr zu Anfang einen guten Lohn gezahlt und sie sich selbst überlassen hatte, setzte ihr nun schon monatelang zu, Einsparungen vorzunehmen. Im Lichte dessen, was Jack ihr erzählt hatte, vermutete Clarrie, dass er versuchte, dem Teehaus Geld abzupressen, um Defizite an anderer Stelle auszugleichen. Aber er und Verity hatten schon immer leichtfertig über ihre Verhältnisse gelebt und verabscheuten sicher die Abstriche, die sogar die Reichen mittlerweile aufgrund des Krieges machen mussten.

Bertie kam nie auch nur in die Nähe des Teesalons. Alles Geschäftliche wurde mittels kurzer, einschüchternder Briefe geregelt, die mit *unerfreulichen Konsequenzen* für den Fall drohten, dass Clarrie die Kosten nicht senkte. Seit Januar wurde der Lohn verspätet gezahlt, aber Clarrie tröstete sich mit dem Gedanken, dass Bertie das Teehaus zu sehr brauchte, um es pleitegehen zu lassen.

Dann stellte Bertie im April die Zahlungen völlig ein. Besorgt machte sie sich auf den Weg in seine Kanzlei. Seit ihrer Demütigung nach Herberts Tod war sie zum ersten Mal wieder dort. Sie pflegte keinen gesellschaftlichen Umgang mit Bertie oder Verity; sie hatten sie abgetrennt wie ein krebskrankes Glied. Als Veritys Vater im Vorjahr gestorben war, hatte Clarrie einen Kondolenzbrief geschrieben, darauf aber keine Antwort erhalten. Abgesehen davon, dass sie es vermisste, die Zwillinge zu sehen, war es Clarrie nur recht, von Bertie und Verity geschnitten zu werden. Sie hatte keine Lust darauf, sich mit Bertie zu streiten oder zur Zielscheibe für Veritys bissige Bemerkungen zu werden. Aber das hier war ein Notfall.

Clarrie hämmerte mehrfach gegen die Kanzleitür, die einen neuen Anstrich vertragen konnte, bevor ihr dämmerte, dass abgeschlossen war. Sie spähte durchs Fenster und erkannte schockiert, dass das Zimmer des Sekretärs keine Möbel mehr enthielt und der Boden kahl war. Sie wich zurück und fragte sich einen Moment lang, ob sie zum falschen Gebäude gegangen war. Doch dann erkannte sie den delfinförmigen Türklopfer, den Herbert ausgesucht hatte. Jetzt war der Delfin vor Vernachlässigung grün angelaufen.

Unbehagen machte sich in ihr breit. Es gab keine andere Lösung, als nach Jesmond aufzubrechen und Bertie zu Hause zur Rede zu stellen. Um den Fahrpreis für die Straßenbahn zu sparen, wanderte sie durch das Heideland vor der Stadt in den eleganten Vorort. Aber sogar dieser Teil von Newcastle war vom Krieg gezeichnet: Auf den Straßen herrschte kein Verkehr, und die Farbe blätterte von Türen und Fensterrahmen ab.

Zu ihrer Bestürzung fand Clarrie das Haus an der Tankerville Terrace verrammelt und still vor. Als sie bei den Nachbarn an die Tür klopfte, war ein Dienstmädchen nur allzu bereit zu tratschen.

»Die waren schon seit Weihnachten nicht mehr hier. Haben gesagt, sie könnten nicht genug Personal bekommen, um das Haus weiter zu bewohnen, aber so unter uns …«, sagte sie und zog die Augenbrauen hoch. »Ich habe gehört, dass sie in Schwierigkeiten stecken.«

»Schwierigkeiten?«, hakte Clarrie nach.

Die Frau nickte. »Finanzielle. Mr Raine – das ist unser Butler – ist mit ihrem Butler befreundet … Oder war es, bis sie das Haus dichtgemacht haben. Jedenfalls sagt Mr Raine, dass sie Geld verloren haben, wegen des Krieges, und dass sie es sich nicht leisten konnten, all das Personal zu behalten – nicht, wo die Leute doch jetzt woanders besseren Lohn bekommen können.«

»Aber was ist mit Mr Stocks Mandanten?«

Sie zuckte die Schultern. »Davon weiß ich nichts.«

»Wohin sind sie denn gezogen?«, fragte Clarrie ängstlich.

»Irgendwo raus aufs Land. Warten Sie, der Name fällt mir gleich ein … Sowieso-Towers.« Sie runzelte die Stirn.

»Rokeham Towers?«, fragte Clarrie.

»Genau!«, rief das Dienstmädchen. Clarrie stöhnte ungläubig auf. Die Frau musterte sie und nickte mitleidig. »Ja, tut mir leid, dass ich es sein muss, die es Ihnen sagt, aber bei den Stocks werden Sie keine Anstellung bekommen. Denn Sie sind doch auf eine Anstellung aus, oder?« Plötzlich wirkte sie verunsichert, als hätte sie zu viel gesagt.

Clarrie sah auf ihre abgetragenen Schuhe und ihren geflickten Mantel hinab. Sie konnte der Frau nicht zum Vorwurf machen, dass sie sie fälschlich für eine arbeitslose Dienstbotin und nicht für die Geschäftsführerin eines Teesalons hielt.

Sie nickte. »Danke für Ihre Hilfe.«

»Jederzeit gern«, sagte das Dienstmädchen fröhlich und sah ihr nach, als sie die Straße hinauf davonging.

An dem Abend setzte Clarrie sich hin und schrieb an Bertie. Sie verlangte die Auszahlung des Lohns und schickte den Brief nach Rokeham Towers. Drei Tage später erhielt sie eine knappe Antwort, die sie darüber informierte, dass Bertie es sich nicht mehr leisten konnte, sie oder die Angestellten zu bezahlen, und deshalb den Teesalon zum Verkauf stellte.

»Das kann er nicht tun!«, wetterte sie Lexy gegenüber.

»Wart's nur ab«, brummte Lexy. Sie war ungewohnt niedergeschlagen. »Ich bin ohnehin erstaunt, dass wir so lange durchgehalten haben. Niemand, der noch klar im Kopf ist, wird ausgerechnet jetzt ein Teehaus kaufen.«

Irgendwie bekam Lexy etwas schwarzgebrannten Alkohol in die Finger. Später fand Clarrie sie betrunken und tränenüberströmt im Gässchen hinter dem Haus. Olive, die gekommen war, um die Kinder abzuholen, half ihr ohne weitere Umstände dabei, Lexy nach oben und ins Bett zu bringen.

»Was soll das alles heißen?«, fragte Olive. »Warum hört Lexy nicht auf, davon zu reden, dass Bertie den Teesalon verkauft, wenn er doch dir gehört?« Clarries untröstliche Miene ließ sie aufkeuchen. »Er gehört dir doch, oder?«

Nach einem langen Augenblick schüttelte Clarrie den Kopf. »Setz dich, Olive. Es wird Zeit, dass ich dir alles erzähle.« Kurz sprach sie von Berties Verrat und davon, wie er ihr alles bis auf ihre persönlichen Habseligkeiten genommen hatte.

»Aber der Teesalon?«, fragte Olive fassungslos. »Der bedeutet dir doch alles. Dazu hat er kein Recht.«

Sie war vor Aufregung ganz blass im Gesicht, und Clarrie befürchtete, dass sie wieder zitternd in einer ihrer Panikattacken zusammenbrechen würde. »Es tut mir leid, dass ich es dir erzählen musste«, sagte sie.

Olive stand auf. »Nein, ich bin diejenige, die sich entschuldigen muss. Du hättest nicht gezwungen sein sollen, alles allein zu bewältigen. Wenn ich dir auch nur eine halb so gute Schwester gewesen wäre wie du mir …«

»Du hast deine eigenen Probleme«, murmelte Clarrie.

»Versuch nicht, Ausreden für mich zu finden«, erwiderte Olive kopfschüttelnd. »Mein Leben lang beschützt du mich nun schon und passt auf mich auf, und ich war nie dankbar genug.« Ihre Miene war gequält. »Zeitweise habe ich dich dafür gehasst – ich konnte es gar nicht abwarten, von dir und Summerhill wegzukommen. Ich wollte mir beweisen, dass ich mein Leben auch ohne dich im Griff hatte.«

Angesichts ihrer Offenheit zuckte Clarrie zusammen, sagte aber nichts. Zu oft hatte sie die Ausbrüche ihrer Schwester mit tröstenden Worten beschwichtigt, statt einfach nur zuzuhören.

Olive stand auf und schlang die Arme um sich. »Ich war so mit meinen eigenen Sorgen beschäftigt, dass mir nie in den Sinn gekommen ist, dass du *mich* brauchen könntest!«

Sie standen da und sahen einander in die Augen. Leise erwiderte Clarrie: »Ohne dich hätte ich nie von Bord des Schiffs aus Indien gehen oder das schreckliche Jahr bei Lily überstehen können. Ich hätte nicht mit aller Macht versucht, mir ein neues Leben bei den Stocks aufzubauen, wenn du nicht bei mir gewesen wärst.« Zaghaft streckte sie die Arme aus. »Du warst der eine Mensch, der mir wichtig genug war, um mich zu zwingen, durchzuhalten. Ohne dich, Olive, hätte ich schon vor Jahren aufgegeben.«

Olive schluchzte auf, stürmte in ihre Arme und klammerte sich inbrünstig an ihr fest. »Es tut mir so leid«, weinte sie. »Ich habe dich lieb, Clarrie.«

Clarrie ließ selbst ihren Tränen freien Lauf, während sie ihre Schwester voller Erleichterung umarmte. Ihre einstigen Meinungsverschiedenheiten und Eifersüchteleien und die Kränkungen, die sie sich gegenseitig zugefügt hatten, lösten sich in Luft auf, als sie einander festhielten und gemeinsam weinten. Ausgerechnet in dem Moment, in dem sie alles zu verlieren drohte und ihre vermeintliche Sicherheit sich als trügerisch wie Treibsand erwies, war ihre Schwester zu ihr zurückgekehrt. Es fühlte sich an, als bräche Sonnenschein durch Gewitterwolken.

Olive war diejenige, die sich als Erste von ihrer Schwester löste. Sie musterte Clarrie mit entschlossenem Blick.

»Dieser Mann«, sagte sie zornig. »Das wird er dir nicht antun. Das lasse ich nicht zu!«

Olives kämpferische Worte munterten Clarrie zwar auf, aber sie wusste, dass Olive gegen den rachsüchtigen Bertie machtlos war.

* * *

Die folgenden Wochen zählten zu den angespanntesten in Clarries Leben. Sie kämpfte darum, ihre Angestellten in Schwung und den Teesalon auch ohne Berties Geld am Laufen zu halten. Als sich herumsprach, dass dem Teehaus die Schließung drohte, kamen Leute mit Lebensmittelspenden und boten unentgeltliche Hilfe an. Clarrie war gerührt über die Besorgnis und Loyalität ihrer Gäste. Daniel Milner tat sein Bestes, ihr Kredit zu gewähren, obwohl seine eigene Firma am Rande des Bankrotts stand. Um seinen Kunden überhaupt noch etwas anbieten zu können, war er gezwungen, Fischkonserven und Eipulver zu verkaufen und die meisten Lieferungen selbst durchzuführen. Clarrie mochte seine Großzügigkeit nicht ausnutzen, weil sie befürchtete, dass es dann kein Unternehmen mehr geben würde, in das Jack nach dem Krieg zurückkehren konnte, wenn der Krieg denn je endete und Jack mit dem Leben davonkam.

Deshalb musste sie trotz der Großzügigkeit anderer das Teehaus selbst bezuschussen, indem sie den Schmuck, den Herbert ihr geschenkt hatte, beim Pfandleiher versetzte. Im Mai waren nur noch ihr Ehering und der rosafarbene Stein übrig, den der *swami* ihr bei ihrer Abreise aus Indien geschenkt hatte. Beides wollte sie um keinen Preis verkaufen. Aber als im Juni immer noch kein Verkauf und keine Löhne in Sicht waren, war sie gezwungen, es zu tun.

Als sie sich schweren Herzens dazu entschloss, ein Leihhaus in der Stadt zu betreten, erstickte Clarrie fast vor Groll und Wut darüber, dass Bertie sie so tief hatte sinken lassen. Sie schenkte seinen Behauptungen, er könne sie nicht bezahlen, keinen Glauben, da er doch über seine Frau Zugriff auf ein Vermögen haben musste. Zweifelsohne hätte das, was Verity an einem Nachmittag beim Einkaufen ausgab, ausgereicht, den Teesalon noch einen Monat lang über Wasser zu halten. Als sie heute Morgen mühsam den Ring von ihrem Finger gelöst und die Kette abgenommen hatte, die sie für den Stein des *swami* hatte anfertigen lassen, war ihr fast körperlich übel geworden.

Als sie dem Pfandleiher beides reichte und sein Geld nahm, strich Clarrie mit den Fingern ein letztes Mal über den glatten rosafarbenen Stein und dachte an den *swami*, der zufrieden gewesen war, mit einem einzigen Kochtopf und einer Schlafmatte in einer Hütte aus Laub zu hausen. Der Gedanke an den weisen, würdevollen Mann mit den mitfühlenden Augen und dem zahnlosen Lächeln schenkte ihr Ruhe. Wie er würde sie darauf vertrauen, dass sie tagtäglich das Nötige zum Überleben bekommen würde, und sich über den Moment hinaus keine Sorgen machen.

Später am Tag erhielt sie einen Brief von Will. Ein großzügiger Scheck lag bei. Clarrie konnte es kaum fassen.

Warum hast du mir nie mitgeteilt, dass du in solcher Bedrängnis bist?, tadelte er sie. *Du weißt doch, dass ich dir mit Freuden geholfen hätte – und nun vorhabe, dich so gut zu unterstützen, wie ich kann. Ich verfüge über eine Summe Geldes aus Papas Erbe, und Bertie zahlt mir weiterhin eine Zuwendung, wie Papa es immer getan hat. Aber was nützt sie mir hier draußen schon? Du musst sie nutzen, um den Teesalon weiterzuführen, ich bestehe darauf. Ich bin wütend auf meinen Bruder, weil er dich so behandelt hat, und habe ihm geschrieben, um ihn das wissen zu lassen. Wenn ich zurückkehre, klären wir die Sache. Bis dahin leite ich alles in die Wege, um ihm den Teesalon abzukaufen, sodass dein Lebensunterhalt und dein Zuhause gesichert sind. Ein Freund von mir bekommt bald Urlaub, und ich habe ihn damit betraut, in meinem Namen alles zu arrangieren, damit die Sache schneller unter Dach und Fach kommt. Liebste Clarrie, ich kann nicht fassen, dass du diese Bürde so lange für dich behalten hast. Versprich mir, nie wieder Geheimnisse vor mir zu haben!*

Clarrie setzte sich hin und weinte vor Erleichterung. Lexy und Ina fanden sie im Lagerraum und dachten, sie hätte schlimme Nachrichten erhalten, bis es ihr gelang, ihnen stammelnd die gute Neuigkeit zu berichten.

»Ihr ahnt ja nicht, wie erleichtert ich bin, dass Will Bescheid weiß«, gestand sie und weinte und lachte zugleich.

»Wer hat ihm davon erzählt?«, fragte Ina.

Lexy und Clarrie tauschten einen Blick. Lexy grinste.

»Das kann nur eine gewesen sein«, sagte sie. »Mrs Olivenzweig.«

Als sie an dem Abend nach Lemington zurückkehrte, traf Clarrie Olive dabei an, die Kinder in einer Wanne vor dem Feuer zu baden. George spritzte mit Wasser, bis der Teppich nass war, und Jane tat es ihm mit lautem, entzücktem Quietschen nach.

»Ich habe von Will gehört«, sagte Clarrie.

Olive schaute verblüfft auf. »Ja?«

Clarrie kniete sich neben die Wanne. »Eure Mammy ist eine Petze«, sagte sie und bespritze ihren Neffen und ihre Nichte mit Wasser. »Eine wunderbare Petze, die sich überall einmischt!« Sie drehte sich um und schlang die Arme um Olive. »Will wird den Teesalon kaufen, und das habe ich nur dir zu verdanken!«

»Ihn kaufen?«, kreischte Olive überrascht. »Das ist mehr, als ich zu hoffen gewagt hätte.«

»Es ist wahr!« Clarrie lachte und tastete in ihrer Rocktasche nach dem Brief.

Olive riss ihn ihr aus der Hand, las ihn und schrie vor Begeisterung noch einmal auf.

»Siehst du?«, sagte sie mit einem Ich-habe-es-dir-ja-gleich-gesagt-Blick. »Will und ich haben recht. Du solltest nicht zu stolz sein, deine Last zu teilen.«

»Ach, Stolz ist das also?« Clarrie bedachte sie mit einem schiefen Blick.

»Ja, Stolz.« Olive schmollte. »Du bist viel zu stolz.«

Clarrie lachte und bespritzte ihre Schwester mit Wasser. Olive keuchte empört auf. »Pass auf den Brief auf!« Sie hielt ihn eilig hinter sich und spritzte dann zurück. Die Kinder starrten sie ebenso erstaunt wie entzückt mit offenen Mündern an. Clarrie spritzte noch einmal. Sie kicherten. Plötzlich kreischten und lachten sie alle und schleuderten Wasser aufeinander.

Nachdem sie gründlich durchnässt waren, hoben die Schwestern die Kinder aus der Wanne und wickelten sie am Feuer in Handtücher. Olive las ihnen eine Geschichte vor, während Clarrie schnell Tee kochte. Als sie durchs Fenster die betörend schönen rosafarbenen Blüten des Rhododendrons in einem von Olives bemalten Blumenkübeln sah, ging Clarrie vor Freude das Herz auf. Sie lauschte Olives lebhafter Stimme und den munteren Fragen der Kinder und war auf einmal von neuem Optimismus erfüllt. Vielleicht ruhte der Segen des *swami* auch ohne den rosafarbenen Stein noch auf ihr.

Am nächsten Morgen brach sie früh in den Teesalon auf. Der Gedanke an Wills Scheck auf der Bank und die Pläne, die sie hatte, erfüllten sie mit neuer Energie. Sie würde das Teehaus renovieren und Jared und einigen der älteren Männer so eine Aufgabe verschaffen, zusätzliche Kartoffeln für den Herbst im Kleingarten des Teehauses pflanzen und ein Prämiensparen für Weihnachten anbieten. Außerdem würde sie den Stein des *swami* und ihren Ehering auslösen.

Am Nachmittag kam Olive plötzlich mit offenem Haar in den Teesalon gestürmt und brabbelte unzusammenhängend vor sich hin. Sie brach kreischend in Clarries Armen zusammen. Ein Telegramm war in ihrer Faust zu einem Ball zusammengeknüllt.

»Er wird vermisst!«, schluchzte sie. »Mein Jack wird vermisst!«

36

Olives neu gefundener Mut verließ sie angesichts der grausamen Ungewissheit, was aus Jack geworden sein mochte. Nach einiger Zeit erfuhr sie bruchstückhafte Einzelheiten von seinem befehlshabenden Offizier. Er wurde seit einer Nachtpatrouille vermisst, während der seine Truppe in ein Scharmützel geraten war. Niemand war zurückgekehrt. Olive blieb mit einer Flut von Fragen zurück. War Jack tot oder hatte man ihn gefangen genommen? War er schwer verwundet oder wurde er misshandelt?

Clarrie musste hilflos zusehen, wie ihre Schwester sich mit Zweifeln und Ängsten quälte. Sie konnte Olives Leid nicht lindern. Keine Worte konnten sie beruhigen, und niemand schien ihr ein Trost zu sein, nicht einmal ihre liebevollen Kinder. Sie war ohnehin schon dünn, aß jetzt aber fast nichts mehr. Sie konnte nicht schlafen, obwohl sie kaum noch die Kraft hatte, die Treppe hinaufzusteigen.

Wieder einmal schulterte Clarrie die Last, sich um Olive und ihre Familie zu kümmern. Die Kinder wurden unleidlich und schwierig und neigten dazu, in Tränen auszubrechen oder allzu wild herumzutoben. Es brach Clarrie das Herz, wie sie versuchten, mit ihrer stillen, in sich gekehrten Mutter und ihrer müden und manchmal gereizten Tante zurechtzukommen.

Lexy und Ina waren ihr die größte Hilfe. Sie hielten die Kinder die langen Wochen von Georges Schulferien über beschäftigt und zogen Clarrie auf, wenn sie sich zu viele Sorgen machte.

Glücklicherweise ging der Verkauf des Teehauses schnell und ohne irgendwelche Schwierigkeiten über die Bühne. Bertie erledigte wie gewohnt alles aus der Distanz. Sie wurde per Brief über den Verkauf an den neuen Besitzer in Kenntnis gesetzt, eine Firma namens Stable Trading. Clarrie lächelte über Wills unterschwelligen Humor. Der Name bezog sich sowohl auf ihre gemeinsame Liebe zum Reiten als auch darauf, dass das Geschäft jetzt wieder auf solider Basis stand. Sie schrieb ihm einen überschwänglichen Dankesbrief und versprach, doppelt so hart wie bisher zu arbeiten, damit seine Investition sich rentierte. Dann zögerte sie nicht länger, ihren Ehering und den rosafarbenen Stein des *swami* vom Pfandleiher zurückzuholen. Sie alle konnten das Glück gebrauchen, das er brachte.

* * *

Mitte August, als allmählich Nachrichten über eine große Gegenoffensive der Alliierten eintrafen, erfuhr Olive, dass Jack am Leben war.

»Er ist Kriegsgefangener«, sagte sie gepresst und zeigte Clarrie einen Brief vom Roten Kreuz.

»Gott sei Dank!«, rief Clarrie und wollte sie umarmen.

Olive saß starr da, die Hände im Schoß verkrampft. »Gott sei Dank für nichts«, sagte sie verbittert. »Ich weiß, dass mein Jack nicht zurückkommt.«

Als dann der Herbst anbrach, regte sich erster Optimismus, dass der Krieg sich vielleicht dem Ende zuneigte. Berichte über Meutereien in der deutschen Marine und Friedensdemonstrationen erschienen in den Zeitungen. Entsprechende Bestrebungen in der Heimat, einen Friedensschluss zu beschleunigen, nahmen schon das ganze Jahr lang immer weiter Fahrt auf, doch in der Presse war bisher selten darüber berichtet worden. Clarrie hatte schon vor Monaten eine Friedenspetition von Frauen unterzeichnet, die ihre alte Freundin Florence von der Konsumgenossenschaft vor Ort organisiert hatte. Sie hörten auch davon, dass Frauen auf dem Kontinent das Gleiche taten. Die Alliierten hatten im Zuge der letzten blutigen Abnutzungskämpfe an der Front Siege davongetragen, und es waren Gerüchte über Hungersnöte und Unruhen in ganz Mitteleuropa im Umlauf.

Bis Ende Oktober wurde aus den Gerüchten ein Schrei nach Veränderung. Zum ersten Mal gestattete Clarrie sich zu hoffen, dass der Krieg sich dem Ende näherte.

»Wahrscheinlich haben wir Jack und Will schon zu Weihnachten wieder«, rückte sie Olive zu Leibe, »also übst du jetzt am besten schon einmal zu lächeln, sonst verlernst du es bis dahin noch ganz.«

Zu ihrem Entzücken entlockte das Olives verhärmtem, grauem Gesicht den Hauch eines Lächelns. Aber sogar Clarrie wagte kaum, ihren eigenen Worten zu glauben. Anfang November redeten dann allerdings schon alle von einem möglichen Waffenstillstand.

Er wurde plötzlich am Elften des Monats geschlossen. Die Nachricht verbreitete sich unter großem Getöse: Kirchenglocken läuteten, und Sirenen heulten überall am Fluss. Die Leute ließen ihre Werkzeuge fallen und stürmten auf die Straßen, um einander in die Arme zu fallen und vor freudiger Erregung zu schreien und zu tanzen. Am Abend regnete es Feuerwerk vom Himmel, und zur Feier des Tages wurden Freudenfeuer entzündet.

Clarrie und ihre Angestellten servierten kostenlose heiße Getränke, und sie überredete Olive, mit George und Jane nach draußen zu gehen, um sich das Spektakel anzusehen. Später fielen sie erschöpft ins Bett und ließen die Lampe brennen und die Verdunklungsjalousien in fröhlichem Trotz geöffnet. Sie hatten überlebt.

Drei Tage später, als die Stadt immer noch wie berauscht von der Aussicht auf Frieden war, kam ein Botenjunge mit einem Telegramm in den Teesalon gerannt. Clarrie spürte, wie die Knie unter ihr nachgaben, als er ihren Namen keuchte.

»Bitte nicht, nicht jetzt!«, stieß sie hervor.

Die Leute drehten sich um und starrten sie an. Ihre Mienen waren eine Mischung aus Mitleid und Erleichterung darüber, dass das Telegramm nicht für sie bestimmt war. Lexy kam sofort zu ihr und führte sie in die Küche. »Gib her«, befahl sie. »Es ist schlimmer, es nicht zu wissen.«

Sie riss es auf, machte große Augen und brüllte dann plötzlich vor Lachen. *»Stell Champagner kalt. Wir kommen nach Hause. In Liebe, Will.«*

»Was?«, krächzte Clarrie.

»Ja, es ist von Will, nicht von der Armee«, lachte Lexy.

Clarrie wurde schwindlig vor Erleichterung. »Eistee, wenn er Glück hat«, prustete sie lachend. Dann musste sie auf einmal weinen.

»Na komm«, sagte Lexy und drückte sie an sich. »Heul dich richtig aus. Es wird Zeit.«

In den folgenden Wochen verblasste die erste Euphorie. In materieller Hinsicht war das Leben genauso schwierig wie vorher und von Rationierungen und Einschränkungen geprägt. Die Bevölkerung war geschwächt und unterernährt. Außerdem breitete sich eine besonders schwere Viruserkrankung mit erschreckender Geschwindigkeit aus. Ednas Mutter legte sich an einem Dienstag ins Bett und war am Sonntag schon tot. Georges Schule schloss zwei Wochen früher als gewohnt für die Weihnachtsferien, weil die Spanische Grippe das Lehrerkollegium dezimierte.

George fing sich eine Erkältung ein, und Janes röchelnder Husten kehrte zurück wie in jedem Winter. Olive wurde von der neuen Angst ergriffen, dass ihre Kinder sterben könnten, und weigerte sich, sie aus dem Haus zu lassen. Sie wickelte sie in mehrere Schichten Kleider und steckte sie ins Bett, obwohl beide protestierten, dass sie sich langweilten und draußen spielen wollten.

Olive und Clarrie warteten beide ungeduldig auf die Nachricht, dass Jack und Will nach Hause kommen würden, aber in den Nachwehen des Krieges ging es chaotisch zu. Die Truppen kehrten ungeordnet zurück, und vom Kontinent gab es Nachrichten über unüberschaubare Flüchtlingszahlen, überfüllte Häfen und Bahnhöfe und zahllose Soldaten, die versuchten, in die Heimat zu gelangen.

Am Sonntag vor Weihnachten, als Clarrie Olive gerade herumkommandierte, ihr zu helfen, selbst gemachte Luftschlangen aufzuhängen, hörte sie, wie der Schnappriegel an der Gartenpforte hinten sich hob. Als sie aus dem Fenster spähte, sah sie einen Mann mit billigem, schlecht sitzendem Anzug und breitkrempigem Hut auf den Hof kommen. Er blieb stehen, als wäre er sich nicht sicher, ob er am richtigen Ort war. Einen Moment lang stand er nur da und starrte in die Runde. Dann nahm er den Hut ab und kratzte sich den kahl geschorenen Kopf.

»Olive«, sagte Clarrie heiser, »Olive!«

Ihre Schwester schaute auf.

»Geh zur Tür«, drängte Clarrie. »Geh sofort zur Tür – du hast ganz besonderen Besuch!«

Sie sah, wie Olives Gesichtsausdruck sich veränderte. Ihre Augen leuchteten in halb furchtsamer Erwartung auf. Clarrie nickte und lächelte. Die Kehle schnürte sich ihr zu. Olive stolperte zur Tür und zog mit knochigen Händen an der Klinke. Clarrie beobachtete vom Fenster aus, wie ihre Schwester auf den Hof rannte. Olive wäre umgefallen, wenn Jack nicht die Arme ausgestreckt und sie aufgefangen hätte. Sein unrasiertes Gesicht spiegelte erst Verblüffung, dann rasches Wiedererkennen wider. Seine Frau hatte sich in den achtzehn Monaten, die sie getrennt verbracht hatten, stärker verändert als er.

»Olive?«, krächzte er.

»Jack«, schluchzte sie und berührte ungläubig sein Gesicht.

Als sie die Arme umeinanderlegten, wandte Clarrie sich ab und schämte sich, dass Neid sie durchzuckte. Dennoch war sie dankbar für Jacks unbeschadete Rückkehr, denn noch mehr hätte ihre Schwester nicht ertragen. Jack war der Einzige, der sie wieder ins Leben zurückholen konnte. Clarrie blinzelte Tränen fort und eilte nach oben, um George und Jane auf die Rückkehr ihres Vaters vorzubereiten.

Am nächsten Tag zog Clarrie endgültig in die Wohnung über dem Teesalon, obwohl Jack und Olive sie beide gebeten hatten zu bleiben. Aber sie sah, wie sehr die beiden miteinander allein gelassen werden wollten. Sie vertraute darauf, dass Jack jetzt auf ihre Schwester aufpassen würde.

»Ich kann dir gar nicht genug dafür danken, dass du meiner Olive mit den Kindern geholfen hast«, sagte Jack. »Ich weiß, wie schwierig es war.« Sein Blick war schuldbewusst. »Sie hat mir alles über den Teesalon erzählt – und über das, was Bertie Stock dir angetan hat. Es tut mir so leid, Clarrie. Wenn wir dir umgekehrt je helfen können, musst du nur Bescheid sagen.«

Clarrie ging und versprach, am ersten Weihnachtstag wieder zu Besuch zu kommen. Lexy, Dolly und Ina waren überglücklich zu hören, dass Jack unversehrt heimgekehrt war. Aber Clarrie konnte ihre Besorgnis darüber nicht verhehlen, dass immer noch keine Nachricht von Will eingetroffen war, wann er aus dem Kriegsdienst entlassen werden würde. Es war weit über einen Monat her, dass er das Telegramm geschickt hatte.

»Wahrscheinlich ist er nach Paris gefahren, um kräftig zu feiern«, alberte Lexy herum.

»Ich wette, er kommt bald einfach eines schönen Tages pfeifend in den Teesalon spaziert«, meinte Ina.

»Ja«, stimmte Dolly zu, »der wird schon noch auftauchen, mach dir ja keine Sorgen! Dann fängt er gleich an, um Essen zu betteln und zu fragen, wann endlich der Tee serviert wird.«

Sie lachten und redeten über Will, bis Clarrie sich getröstet fühlte. Sie musste einfach geduldiger sein.

Zwei Tage vor Weihnachten half sie Jared gerade dabei, im Kleingarten des Teehauses Pastinaken zu ernten, als Lexy und Ina erschienen. Ihr Atem bildete in der eisigen Luft Wölkchen, als sie näher kamen. Clarrie sah ihre gequälten Mienen erst, als sie dicht bei ihr waren.

Ein Ruck ging durch ihr Herz. »Was ist los?«

Sie stellten sich rechts und links von ihr hin. Ina hielt die Lokalzeitung umklammert. Sie zitterte in ihren Händen. Clarrie sah sie schlucken, als versuchte sie zu sprechen, könnte es aber nicht.

»Es ergibt keinen Sinn!« Lexy klang fassungslos und wütend.

»Sagt mir, was los ist«, flüsterte Clarrie.

»Es soll einen Gedenkgottesdienst geben«, sagte Lexy, »aber das muss ein Irrtum sein.«

Ina hielt ihr die zusammengefaltete Zeitung hin und deutete auf eine kurze Anzeige. Panische Angst schlug die Klauen in ihr Inneres. Clarrie nahm die Zeitung und las:

Ein Gedenkgottesdienst für Captain William Henry Stock findet am Freitag, den siebenundzwanzigsten Dezember, um zwei Uhr nachmittags in der Seitenkapelle der St.-Nicholas-Kathedrale statt. Captain Stock, der jüngere Sohn des verstorbenen Mr Herbert Stock, Anwalt, starb tragischerweise am neunten Dezember an

Blutvergiftung und ist in der Nähe von Albert, Nordfrankreich, begraben. Mr und Mrs Bertram Stock bitten darum, dass nur Familienmitglieder und enge Freunde teilnehmen.

Die Wörter tanzten vor Clarries Augen. Will tot? Unmöglich! Er hatte den Krieg überlebt. Wie konnte er denn nur einer Blutvergiftung erlegen sein, als alles schon vorbei gewesen war? Das war nicht richtig. Sie wollte es einfach nicht glauben!

»Nein«, keuchte sie kopfschüttelnd. »Nein, nein, *nein*!« Sie las die Anzeige noch einmal. Aber es konnte nur um Will gehen. Ihren Will. Es gab keinen anderen William Henry Stock. Er war seit zwei Wochen tot, und sie hatte es nicht gewusst. Niemand hatte es ihr gesagt. Wie lange war es her, dass Bertie und Verity die schreckliche Nachricht erhalten hatten? Ihr Herz klopfte so heftig, dass sie kaum Luft bekam. Ihre Beine waren plötzlich zu schwach, sie zu tragen. Lexy und Ina packten sie an den Armen und hielten sie aufrecht. Jared drehte schnell einen Eimer um und half ihr, sich daraufzusetzen.

»Sie hätten es mir sagen sollen«, stieß Clarrie hervor, »statt zuzulassen, dass ich so davon erfahre!« Sie schüttelte die Zeitung. »Wie konnten sie mir das nur antun?«

»Sie sind zwei bösartige, egoistische Teufel!«, schrie Lexy.

»Der arme Mr Will«, sagte Ina unter Tränen. »So ein netter, feiner Kerl.«

Das gewaltige Ausmaß dessen, was geschehen war, brach wie eine Flutwelle über Clarrie herein. Sie krümmte sich und hielt sich den Magen, um den Schmerz zu unterdrücken. Aber sie konnte es nicht; alles Leid brach in einem schrillen Klagelaut aus ihr hervor.

»Oh, Will«, schluchzte sie, »mein lieber, lieber Junge!«

In der bitterkalten, feuchten Luft wiegte Clarrie sich voller Verzweiflung vor und zurück, während ihre Freundinnen versuchten, sie mit liebevollen Umarmungen zu trösten.

37

Clarrie konnte nicht bis zum Gedenkgottesdienst warten, um Bertie zur Rede zu stellen und herauszufinden, was Will zugestoßen war. Sie konnte weder essen noch schlafen. Sie konnte nicht einmal daran denken, Weihnachten zu feiern. Die Dekorationen, die freudige Erwartung in den Gesichtern der Kinder und die Blaskapellen, die auf den Straßen Weihnachtslieder spielten, brachten sie alle zum Weinen. Sie erinnerten sie nur allzu deutlich daran, wie der kleine, liebevolle Will ihr seine Krippe gezeigt hatte, als sie ihr erstes Weihnachtsfest in England erlebt hatte. Sie sehnte sich nach etwas von Will – einem greifbaren Erinnerungsstück –, um sich daran festzuhalten und ihn nicht zu vergessen.

Lexy wollte mit ihr auf die Suche nach Bertie gehen, aber Clarrie bestand darauf, dass sie im Teesalon blieb, um ihn zu führen. Es war Olive, die vorschlug, dass Jack ihre Schwester bei dieser Nervenprobe unterstützen sollte.

»Ich lasse nicht zu, dass du diesem Mann allein gegenübertrittst«, sagte sie tränenüberströmt. »Jack lässt sich nichts bieten.«

Aber sie fanden das Haus in Tankerville immer noch verrammelt vor. Als Clarrie im Nachbarhaus nachfragte, war das tratschende Dienstmädchen nicht in Sicht, und niemand wusste, wann die Stocks zurückkommen würden.

»Sie müssen noch immer auf dem Gut in Rokeham leben«, schlussfolgerte Clarrie. Sie wollte sofort dorthin, zur Not auch zu Fuß, aber sie zögerte, das auszusprechen. Jacks Leidensweg in der Gefangenschaft hatte ihn weniger unverwüstlich zurückgelassen, als er früher gewesen war, und er wurde jetzt schnell müde. Sie durfte seine Gesundheit nicht noch weiter gefährden, da er doch wieder zu Kräften kommen musste, um seine alte Stelle bei der Tyneside Tea Company wieder anzutreten.

»Wir könnten es immer noch in Summerhill versuchen«, schlug Jack vor. »Vielleicht weiß dort jemand etwas.«

Clarrie nickte resigniert, aber dann kam ihr eine Idee. Bevor sie Jesmond verließen, wollte sie Johnny Watson aufsuchen. Das Letzte, was sie von Will über ihn gehört hatte, war, dass sein Freund seinen Abschluss als Arzt gemacht hatte und in einem Armeekrankenhaus in Edinburgh arbeitete. Aber vielleicht war er über Weihnachten zu Hause. Als Johnny selbst an die Tür kam, konnte sie ihr Glück kaum fassen.

»Oh, Johnny!«, rief sie.

Sofort umfasste er ihre Hände und sagte: »Ich weiß, ich habe es schon gehört. Es ist schrecklich, ganz schrecklich.«

Er führte sie ins Haus. Im ruhigen Wohnzimmer seiner Eltern fragte er Clarrie, was sie wusste. Sie schüttelte den Kopf.

»Nur, was ich in der Zeitung gelesen habe«, sagte sie mit verzweifelter Miene.

»Bertie Stock hat sich gar nicht die Mühe gemacht, es Clarrie persönlich mitzuteilen«, erklärte Jack atemlos vor Empörung. »Er hat sie noch nie wie ein richtiges Familienmitglied behandelt. Es ist eine Schande.«

Johnny wirkte untröstlich. »Sag mir, was ich tun kann, um dir zu helfen, Clarrie.«

Clarrie schenkte ihm einen dankbaren Blick, schüttelte aber den Kopf. »Komm einfach nur mit mir zum Gottesdienst.«

Sie ging. Ihr Herz war etwas weniger wund, weil sie Wills alten Freund wiedergesehen hatte. So fühlte sie sich ihrem verlorenen Stiefsohn näher. Aber vom ersten und zweiten Weihnachtstag bekam sie kaum etwas mit. Ein Gefühl der Betäubung legte sich über sie wie eine erstickende Decke und schob sich zwischen sie und die Welt. Sie war sich bewusst, dass Lexy und Ina bei ihr waren – die todunglückliche Dolly war nach Hause zu ihrer Familie geschickt worden –, aber sie nahm nicht in sich auf, was sie sagten. Jared kochte ihr Erbsensuppe. Olive und Jack brachten die Kinder vorbei, um sie abzulenken. Nur George und Jane gelang es, ihren Abwehrkokon zu durchbrechen.

»Warum bist du traurig, Tante Clarrie?«, fragte Jane und musterte sie neugierig.

»Weil Onkel Will jetzt im Himmel ist«, antwortete George an ihrer Stelle. »Bitte schön. Das hier haben wir für dich gemacht.«

Der Junge reichte Clarrie ein Bild. Die Figuren darauf waren geschickt aus gepressten Blumen und Stofffetzen gebastelt. Es zeigte eine hochgewachsene Frau, die auf einem winzigen Pferd zwischen Bäumen hindurchritt.

»Das bist du, Tante Clarrie«, erklärte George ihr. »Ich weiß, dass du kein Pferd hast, aber Mammy sagt, dass du Pferde magst.«

»Ich will auch ein Pferd«, sagte Jane. »Ich will sein wie du.«

Überwältigt umarmte Clarrie die beiden und schenkte Olive einen dankbaren Blick.

»Tante Clarrie, du weinst ja schon wieder!«, rief Jane. »Gefällt es dir nicht?«

»Es gefällt mir sehr gut«, krächzte Clarrie. Tränen liefen ihr über die Wangen. »Danke.«

Beim Gedenkgottesdienst hatte Clarrie reichlich Unterstützung. Außer Olive und Jack waren auch Lexy, Ina, Dolly, Edna und Jared dabei, dazu noch Johnny und seine Eltern. Rachel hatte in South Shields davon gelesen und war ebenfalls gekommen, um Will die letzte Ehre zu erweisen. Die alten Freundinnen umarmten sich gerührt. Sie drängten sich alle dicht nebeneinander in der überfüllten Seitenkapelle, während Bertie, Verity und ihr Bruder Clive auf der gegenüberliegenden Seite saßen und kaum zum Gruß nickten. Unter den Dutzenden von Trauergästen waren Männer in Uniform aus Wills Regiment.

Ihr kam in den Sinn, dass Wesley sich vielleicht blicken lassen würde. Will hatte ihn in einigen seiner früheren Briefe erwähnt, seit dem Frühjahr aber nicht mehr. Höchstwahrscheinlich war Wesley an einen anderen Einsatzort verlegt worden und jetzt wieder unbeschadet zurück in London bei seiner Frau.

Clarrie kniete nieder, schloss die Augen und versuchte, Wills grinsendes Jungengesicht heraufzubeschwören, aber es wollte sich nicht einstellen. Der Gottesdienst begann. Der Kloß, den sie vor Trauer im Hals hatte, hinderte sie daran, die erste Hymne mitzusingen. Gebete folgten. Die düsteren Worte wurden von der hallenden steinernen Kapelle zurückgeworfen. Dann setzten sie sich für die Grabrede hin. Clarrie verkrampfte sich, als ein Mann in Uniform von ganz hinten in der Kapelle nach vorn kam.

Er drehte sich um und sah die Gäste an. Ein Ruck ging durch ihr Herz, als sie Wesley erkannte. Sein Haar war kurz geschnitten und sein Gesicht magerer als zuvor, aber seine Augen hatten nichts von ihrer Vitalität verloren. Sie glänzten vor Gefühlsbewegung fast inbrünstig, als er den Blick über alle schweifen ließ. Clarries Puls hämmerte, als er zu sprechen begann.

»Vor dem Krieg kannte ich Will Stock kaum. Für mich war er nur Berties kleiner Bruder – schüchtern, musikalisch, kein großer Sportler, freundlich, aber vielleicht etwas sanfter, als gut für ihn war. Er stand sehr im Schatten seines älteren Bruders. Will kam mir nicht robust genug vor, um im Leben Erfolg zu haben. Er hatte keinen Ehrgeiz, in die Familienkanzlei einzutreten, und schien damit zufrieden zu sein, sich zu begnügen, Lehrer zu werden.« Wesley lächelte bekümmert. »Ich muss zugeben, dass mir das Herz etwas schwer wurde, als ich herausfand, dass wir Offiziere in derselben Kompanie werden sollten. Ich ging davon aus, dass ich – als der ältere, weltläufigere Mann – der Anführer und Beschützer sein würde. Wie sehr ich mich doch täuschte!«

Er fuhr fort, ihnen von Wills Mut, seiner Freundlichkeit verängstigten Kameraden gegenüber, seiner unverwüstlichen guten Laune und seinem Humor zu erzählen.

»Will war kaum jemals still.« Wesley lächelte schief. »Wenn er nicht gerade über Cricket, Pferde oder Musik plauderte, pfiff er Melodien oder sang Lieder. Er ließ sich nicht davon aufhalten, dass er kein Musikinstrument bei sich hatte. Er konnte eine ganze Blaskapelle oder ein Orchester imitieren und damit selbst die Niedergeschlagensten wieder aufmuntern. Kein einziges Mal habe ich gehört, dass er sich beschwert oder andere kritisiert hätte. Ich war derjenige, der den Männern gegenüber jähzornig reagierte oder über die Lebensbedingungen deprimiert war. Ich war derjenige, der unser Schicksal wütend beklagte. Will dagegen hörte zu und brachte sein Mitgefühl zum Ausdruck, um mich dann aufzuheitern und aus meinen Grübeleien zu reißen.«

Er hielt inne, und Clarrie sah, wie er die Zähne zusammenbiss. »Er war weiser, als man es ihm angesichts seines Alters zugetraut hätte«, setzte er seine Rede fort. »Er stellte viel mehr gesunden Menschenverstand und Einfühlungsvermögen unter Beweis als viele von uns älteren Männern. Und doch hatte er etwas Kindliches, das einen demütig werden ließ: einen gewissen Optimismus und Glauben an das Gute im Menschen. Wenn man ihn fragte, wie er inmitten der Kriegshölle so fröhlich bleiben könne, sagte Will immer: ›Ich denke an zu Hause und die Menschen, die ich liebe. Das ist die echte Welt, nicht dieser Wahnsinn hier. Sie sind mein Anker.‹«

Wesley sah sich in der Trauergemeinde um und fing kurz Clarries Blick auf. »Will zehrte von den Gedanken an sein geliebtes Newcastle und die Hügel des Nordens, durch die er so gern ritt. Aber vor allem hielt ihn das Wissen aufrecht, dass viele ihn so heiß und innig liebten – seine Familie und seine Freunde.« Er zögerte. Seine Augen schimmerten im matten Licht. »Will war ein Mann, der über Größe verfügte. Er wäre ein hervorragender Musiklehrer geworden. Die Welt hat mit ihm viel verloren – und ist langweiliger geworden. Ich empfinde es als Privileg, ihn gekannt, an seiner Seite gedient und seine großzügige Freundschaft genossen zu haben.«

Er neigte den Kopf. Clarrie spürte, wie ein Schluchzen tief in ihr aufstieg und sie fast erstickte. Tränen liefen ihr still übers Gesicht. Sie staunte über Wesleys Nachruf, der so offen und doch zugleich so zärtlich gewesen war. Er hatte den Geist seines Freundes eingefangen und damit den Will heraufbeschworen, den auch sie gekannt hatte.

Als er vorbeikam, schenkte sie ihm einen dankbaren Blick. Er sah sie kurz an und runzelte die Stirn, nickte dann knapp und schritt weiter.

Danach empfand Clarrie die Musik als erhebend. Wie Will sie genossen hätte! Nach dem Ende des Gottesdienstes traten sie in den eisigen Regen hinaus. Als Clarrie sah, dass Bertie und Verity direkt auf ein Taxi zueilten, ohne auch nur den Versuch zu machen, mit ihr zu sprechen, rannte sie ihnen nach.

»Bertie, bitte!«, rief sie und griff nach seinem Mantelärmel. »Ich muss mit dir sprechen.«

Er schüttelte sie ab. »Ich habe dir nichts zu sagen.«

»Warum hast du mir das mit Will nicht mitgeteilt?«, fragte sie.

»Ich bin dir gegenüber zu nichts verpflichtet«, erwiderte er voller Verachtung.

»Beeil dich, Bertie«, drängte Verity ungeduldig, »du lässt den Regen herein.«

Clarrie hielt die Tür fest. »Wills Habseligkeiten«, sagte sie. »Ich weiß, dass man sie dir zurückgegeben haben muss. Darf ich etwas haben, um mich an ihn zu erinnern? Ein Andenken – irgendetwas – seinen Federhalter oder ein Buch mit Gedichten …«

»Wills Besitztümer werden auf meinen Sohn Vernon übergehen – seinen Neffen und Blutsverwandten«, entgegnete er kalt. »Jetzt lass uns bitte in Ruhe, damit wir um meinen Bruder trauern können.«

Ruckartig schloss er die Tür, und das Taxi fuhr in den Verkehr davon. Clarrie stand zitternd da und starrte ihm voll schmerzlichem Unglauben nach. Lexy und Johnny eilten zu ihr. Johnny hielt seinen Regenschirm über sie und legte ihr schützend den Arm um die Schultern.

»Vergiss sie«, riet Lexy. »Los, komm, du bist völlig durchnässt. Bringen wir dich nach Hause.« Sie lud Johnny und seine Eltern ein, auf ein paar Erfrischungen mit ins Teehaus zu kommen. Als sie auf die Straßenbahnhaltestelle zugingen, sah Clarrie, wie Wesley sich aus dem Grüppchen uniformierter Männer löste, die gemeinsam rauchten, und auf sie zukam.

Regen lief ihm übers Gesicht in den hochgeschlagenen Kragen. Er musterte sie argwöhnisch unter den dunklen, zusammengezogenen Augenbrauen hervor. »Das mit Will tut mir sehr leid.«

Clarrie nickte. »Danke für das, was du über ihn gesagt hast. Das war ein großer Trost.«

»Ich habe es gern getan«, murmelte Wesley. Er zögerte. »Wie geht es dir?«

Sie wollte sagen, dass der Schmerz über Wills Tod sich anfühlte, als hätte man ihr die Eingeweide herausgerissen, und dass sie sich nicht vorstellen konnte, wie sie die Tage, die vor ihr lagen, ohne ihn überstehen sollte. Dass sie vollkommen erschöpft und des Kämpfens müde war.

»Ich komme zurecht«, sagte sie stattdessen. »Ich habe gute Freunde.«

»Das sehe ich.« Er warf einen Blick auf Johnny, der ihr immer noch unter seinem Regenschirm Zuflucht bot. Clarrie stellte die beiden einander vor.

»Möchtest du gern mit in den Teesalon kommen?«, fragte sie. Plötzlich wollte sie nicht mehr, dass er wegging. Es gab so viele Fragen, die sie über Will stellen wollte. Vielleicht könnte er sie beantworten.

Er lächelte bedauernd. »So leid es mir tut, das kann ich nicht. Ich muss meinen Zug in einer halben Stunde erwischen.«

»Zurück nach London?«

»Ja. Morgen stehe ich schon wieder in der Mincing Lane auf dem Börsenparkett. Man möchte es kaum für möglich halten, dass das Leben weitergeht wie früher.«

Clarries Eingeweide verkrampften sich. »So wie früher kann es nie mehr sein«, sagte sie leise.

»Nein, vermutlich nicht.«

Sie sahen einander in die Augen.

»Warst du bei Will – am Ende?«, zwang Clarrie sich zu fragen.

Seine Miene verdüsterte sich. Er schüttelte den Kopf. »Ich hatte ein paar Tage Urlaub und habe mich fern der Front ausgeruht. Er ist im Lazarett gestorben.«

»Wie ist es dazu gekommen – zu der Blutvergiftung?«

Er sah sie scharf an. »Weißt du das nicht?«

Clarrie schüttelte den Kopf. »Man hat mir nichts gesagt«, antwortete sie bitter. Sie sah das Mitleid in seinen Augen und wünschte, sie hätte es nicht ausgesprochen.

»Will hat sich am Stacheldraht das Bein aufgerissen. Er hat es keinem gesagt. Er war niemand, der viel Aufhebens um so etwas gemacht hat. Die Wunde hat sich entzündet. Sie wollten das Bein amputieren, aber er ist gestorben, bevor sie es tun konnten.«

Clarrie stöhnte. Sie fühlte sich plötzlich schwach. Johnny packte sie um die Taille, um sie zu stützen.

»Komm, Clarrie, du musst dich hinsetzen«, sagte er. »Ich bezahle ein Taxi.«

Rasch nickte Wesley, und sie verabschiedeten sich höflich voneinander. Er kehrte zu seinen Kameraden zurück. Clarrie ließ sich von Johnny und Lexy stützen und erlaubte ihren Freunden, sie wegzuführen.

38

1919

Herbert's Tea Rooms waren in den folgenden Monaten Clarries Rettung. Sie gestattete sich nicht, über die laufende Woche hinauszudenken, sondern plante ihre Tage um die Anforderungen des Teehauses herum. Langsam brachte sie es aus seiner kriegsbedingten Schieflage wieder auf Kurs. Olive, die ihre Liebe zur Malerei allmählich wiederentdeckte, half ihr, es mit einer moderneren Ausstattung im ägyptischen Stil zu renovieren.

Allein durch harte Arbeit und die sture Entschlossenheit, nicht aufzugeben, hatte auch Milners Teelieferservice überlebt und nahm nun mit Jacks Hilfe wieder Fahrt auf. Sie räumten Clarrie großzügige Kreditbedingungen ein, und sie konnte wieder Qualitätstees anbieten. Zu ihrer Erleichterung ließ Stable Trading sie die Geschäfte weiterführen, wie sie es für richtig hielt, obwohl Will gestorben war. Die Firma hielt die Miete niedrig und mischte sich nicht ein, sondern verlangte nur am Monatsende einen detaillierten Überblick über die Buchführung, den sie nach North Shields schickte. Irgendwie schien Will die Firma gesichert zu haben, sodass Bertie sie nicht in die Finger bekommen konnte, denn Clarrie war sich sicher, dass der geldgierige Mann ihr das Teehaus noch einmal unter den Händen wegverkauft hätte, wenn er dazu in der Lage gewesen wäre.

Die Gerüchte über Berties finanzielle Schwierigkeiten häuften sich. Lexys Schwester Sarah, die früher für Verity gearbeitet hatte, hörte, dass das Haus in Tankerville zum Verkauf stand. Das Anwesen in Summerhill hatte schon den Besitzer gewechselt. Im Februar hatte Jared in der Zeitung gelesen, dass es versteigert worden war. Laut einer Klatschgeschichte, die das Teehaus erreichte, hatte Bertie sich mit Clive Landsdowne wegen irgendwelcher Investitionen überworfen, und die Stocks waren in Rokeham Towers nicht mehr willkommen. Dolly hatte gehört, dass Bertie und Verity wieder in der Stadt waren und mit einem Mädchen für alles in einem kleinen Reihenhaus in South Gosforth lebten. Clarrie konnte sich lebhaft vorstellen, wie schlecht Verity mit diesem gesellschaftlichen Abstieg zurechtkam. Doch es gab viele ehemals Wohlhabende, die wesentlich mehr verloren hatten, weil ihre Vorkriegsaktien und Wertpapiere nur noch über einen Bruchteil ihres einstigen Werts verfügten.

Clarrie war entschlossen, sich nicht unterkriegen zu lassen, und hätte bis zum Umfallen gearbeitet, wenn Lexy sie nicht gezwungen hätte, sich genug Zeit freizunehmen, um zu schlafen. Bis zum Sommer hatten sie schon die Versammlungssäle im Erdgeschoss des Anbaus wiedereröffnet. Der Ruf des Teesalons, erschwinglichen Luxus und einen Ort für radikale Debatten zu bieten, lebte wieder auf.

Die Zeiten, zu denen der Teesalon geschlossen war, fand Clarrie am schwierigsten zu bewältigen. Es gab viele Nächte, in denen sie erschöpft wach lag, ohne Schlaf zu finden, um Will trauerte und sich fragte, was die Zukunft bringen würde. Olive und Jack kümmerten sich um ihre Kinder und waren glücklich; Ina redete davon, sich zur Ruhe zu setzen und zu ihrem Sohn nach Cullercoats zu ziehen. Zur allgemeinen Überraschung hatte Jared begonnen, Lexy zu umwerben und mit ihr zur Mittwochsmatinee ins Kino zu gehen. Was aber alle noch mehr erstaunte, war, dass Lexy ihn zu weiteren Aufmerksamkeiten ermunterte.

»Er ist freundlich zu mir«, sagte Lexy zu Clarrie. »Ein netter Mann ist mir viel lieber als einer, der nur gut aussieht.«

Clarrie freute sich für alle, aber sie fühlte eine gewisse Rastlosigkeit und fragte sich, ob ihr Leben sich für immer darauf beschränken würde, den Teesalon zu leiten. Und wenn ja, würde das immer genug sein? Sie war dreiunddreißig, verwitwet und kinderlos und lebte in einem Land, das sie zu lieben gelernt hatte, obwohl es nicht ihre geistige Heimat war.

Olive, die die unterschwellige Melancholie ihrer Schwester bemerkte, versuchte, sie ins Familienleben einzubinden, und lud sie andauernd ein. Als Clarrie sie eines Sonntags besuchte, wandte Olive sich an Jack und sagte: »Erzähl unserer Clarrie, was Mr Milner wollte.«

Jack nickte. »Der Boss hat gefragt, ob du ihm vielleicht mit den Pferden helfen könntest.«

»Mit den Pferden?«, fragte Clarrie.

»Ja, mit denen, die nicht mehr arbeiten können. Drei oder vier, die im Krieg von der Regierung genutzt wurden, sind jetzt zu alt, um noch Lasten zu ziehen. Mr Milner bringt es nicht übers Herz, sie zum Abdecker zu schicken, also hat er sie auf einem Bauernhof in der Nähe von Wylam untergestellt.«

»So eine Art Heim für Ponys im Ruhestand«, fügte Olive erklärend hinzu.

Clarrie lächelte. »Was für ein freundlicher Mann er doch ist. Nimmt er auch ausgelaugte Teesalongeschäftsführerinnen auf?«

Jack grinste. »Er hat sich gefragt, ob du ihm den Gefallen tun würdest, dann und wann dort hinauszugehen und sie ein bisschen zu bewegen.«

Clarries Interesse war geweckt. »Natürlich.«

Danach fuhr sie einmal die Woche nach Wylam in den Stall, um zu helfen, die Pferde zu striegeln und zu bewegen. Sie waren stämmig, aber gutmütig, und obwohl Clarrie auf ihnen nie weit oder schneller als im Trab ritt, begann sie allmählich, ihre Montage dort zu genießen. Daniel Milner hatte mit dem Landbesitzer eine Abmachung geschlossen, seine alten Pferde neben einem halben Dutzend Vollblüter unterzustellen.

»Sie haben ihr Leben lang hart gearbeitet«, erklärte Milner Clarrie fröhlich, »warum sollten sie jetzt nicht ein bisschen die frische Luft genießen?«

An einem Montagmorgen Anfang September, als Clarrie sich gerade bereit machte, nach Wylam aufzubrechen, kam Edna die Treppe zur Wohnung heraufgerannt und rief nach ihr.

»Da unten ist ein junger Bursche, der nach dir fragt«, erzählte sie atemlos.

Clarrie stieß ungeduldig einen Laut aus. Sie hatte keine Lust, aufgehalten zu werden.

»Na ja, eigentlich hat er nach Clarissa Belhaven gefragt. Aber wir haben zwei und zwei zusammengezählt.«

»Wirklich?« Clarrie drehte sich überrascht um. So hatte sie schon seit vielen Jahren niemand mehr genannt. »Wer ist es?«

Edna zögerte. »Klingt ausländisch. Sieht hübsch aus«, grinste sie. »Ein bisschen wie du.«

»Wie ich?«, schnaufte Clarrie.

»Ja, indisch.« Edna zog sie zur Tür. »Komm schon, nun lass keinen gut aussehenden Jungen warten.«

Neugierig eilte Clarrie der ungeduldigen Edna nach. An einem Fenstertisch saß ein junger Inder mit rundem Gesicht und ordentlich gekämmtem dunklem Haar, der einen billigen blauen Sergeanzug trug und an seinem Tee nippte. Sobald er sie sah, stand er auf, um sie mit einem breiten Lächeln zu begrüßen. Irgendetwas an ihm wirkte seltsam vertraut, aber Clarrie wusste nicht recht, was es war. Sie war sich sicher, ihm noch nie begegnet zu sein.

Er schüttelte ihr die Hand und verbeugte sich höflich. »Ich bin Arif Kalpar aus Bengalen. Es freut mich sehr, Sie kennenzulernen.«

»Mr Kalpar.« Clarrie lächelte. »Wie kann ich Ihnen helfen?«

»Ich bringe Ihnen Grüße von meinem Großonkel Kamal«, erklärte er.

Clarries Herz begann zu hämmern. »Kamal!«, rief sie. »Sie sind Kamals Großneffe?«

Er nickte. »Er hat mir alles über Sie berichtet! Seit ich ein kleiner Junge war, hat Onkel Kamal immer Geschichten von Belhaven Sahib und dem Leben in Assam erzählt.«

Clarrie hielt seine Hand fest, wie um sich zu vergewissern, dass er kein Trugbild war. »Sagen Sie mir eines: Ist Kamal noch am Leben?«

Arif nickte seitwärts auf indische Art. »Ja, er ist am Leben. Er ist blind, aber sein Verstand ist scharf, und er erzählt immer noch Geschichten.«

Clarrie war überwältigt. Unverhofft brannten ihr Tränen in den Augen, und sie schlug sich die Hände vor den Mund, um nicht aufzuschluchzen. Arif wirkte erschrocken.

»Es tut mir leid, wenn ich Sie erschüttert habe.«

»Nein, nein, das haben Sie nicht«, versicherte Clarrie ihm eilig. »Es ist nur nach all der Zeit so ein Schock. Ich dachte, ich würde nie wieder etwas von Kamal hören.«

Sie bedeutete Arif, sich hinzusetzen, und zog sich den Stuhl gegenüber von ihm heraus. »Hat er meine Briefe bekommen? Ich habe ihm die ersten paar Jahre über geschrieben. Wie geht es ihm? Ist er glücklich? War er je wieder in Assam? Hört er gelegentlich etwas von Ama und ihrer Familie? Erzählen Sie mir von Ihrer. Ich will alles wissen!«

Arif lachte und versuchte, die Fragen zu beantworten, die wie ein Fluss bei Hochwasser aus Clarrie hervorgesprudelt kamen. Kamal war glücklich und genoss in seinem Dorf angesichts seiner Weisheit und seiner Kenntnis der großen weiten Welt hohes Ansehen. Früher war er immer auf Prince durch die Gegend geritten, bis er sein Augenlicht verloren hatte und das Pony gestorben war. Arif glaubte nicht, dass er je nach Belguri zurückgekehrt war oder noch einmal etwas von Ama gehört hatte. Aber Kamal hatte Clarries Briefe aufbewahrt, und als Arif in die Indische Armee eingetreten und nach Frankreich verlegt worden war, hatte sein Großonkel ihn gedrängt, die Belhaven-Schwestern aufzusuchen, falls er nach England kommen sollte.

»›Frag einfach in Newcastle‹, hat Onkel gesagt. ›Miss Clarissa macht bestimmt etwas mit Tee.‹« Er grinste. »Ich habe nur zwei Tage gebraucht, um Sie zu finden.«

Clarrie schenkte ihm unter Tränen ein Lächeln. »Und Sie sind noch in der Armee?«

Arif schüttelte den Kopf. »Ich kehre nach Indien zurück, um Naturwissenschaften zu studieren. Onkel Kamal bezahlt meine Studiengebühren. Ich möchte in der Forstverwaltung arbeiten. Er sagt, dass ich Bäume so liebe, weil er mir immer von Belguri und den Khasi Hills erzählt hat.«

Clarries Herz zog sich zusammen, als sie ihn die vertrauten Namen aussprechen hörte. Sie empfand bittersüße Sehnsucht nach ihrer alten Heimat und konnte die Ungeduld des jungen Mannes, nach Indien zurückzukehren, gut nachvollziehen. Sie erkannte das Heimweh in seinen Augen.

Ihre eigenen Augen leuchteten, als sie sagte: »Ich wünschte, ich könnte mit Ihnen kommen.«

Clarrie sagte ihren Besuch im Stall ab und nahm Arif mit, um Olive zu besuchen. Ihre Schwester war gleichermaßen erstaunt, aber weniger erschüttert über sein Erscheinen. Sie sprach von den alten Zeiten, als wäre Belguri ein verschwommener, weit entfernter Kindheitsort, an den sie sich nicht mehr in allen Einzelheiten erinnerte. Clarrie wurde schlagartig bewusst, wie gut sich Olive in Tyneside eingelebt hatte. Das hier war jetzt ihr Zuhause, und sie hatte nicht das geringste Verlangen danach, auf Reisen zu gehen oder nach Indien zurückzukehren.

Arif blieb ein paar Tage und übernachtete im Anbau, bis es für ihn Zeit wurde, aufzubrechen. Er hatte alles arrangiert, um sich seine Fahrt nach London auf einem Frachtschiff und dann die Weiterreise auf einem Dampfer zu erarbeiten. Clarrie begleitete ihn zum Kai hinunter und sorgte dafür, dass er mit einem Brief an Kamal und ein paar Teeproben der Tyneside Tea Company sicher an Bord ging.

»Mir ist klar, dass es ein bisschen so ist, wie Kohlen nach Newcastle zu tragen, aber ich weiß, wie sehr Ihr Großonkel seine Tees liebt. Sagen Sie ihm, dass das hier meine Lieblingssorten sind, und lassen Sie ihn die Mischungen erraten, bevor Sie ihm sagen, woraus sie bestehen«, scherzte sie. Dann schüttelte sie ihm voller Wärme die Hand. »Und grüßen Sie ihn ganz lieb von mir.«

* * *

Die folgenden Tage waren verstörend. Arif hatte ihre Vergangenheit zu neuem Leben erweckt. Bei der Arbeit war sie abgelenkt. Es war Lexy, die ihr unverblümt sagte: »Um Himmels willen, Mädel! Du machst ein Gesicht wie drei Tage Regenwetter. Du schlägst die Gäste in die Flucht. Nimm dir den Tag frei, und dann ab mit dir in die Ställe! Klag den Pferden dein Leid!«

Also erlaubte Clarrie Lexy, sie hinauszuwerfen, obwohl es Freitag war und im Teesalon Hochbetrieb herrschte. Sie nahm den Zug flussaufwärts nach Wylam und fühlte sich Stück für Stück besser, als die Werften und Fabriken Wäldern wichen und die Sonne auf den ersten gelb werdenden Blättern schimmerte.

Der Stalljunge begrüßte sie überrascht. »Heute habe ich gar nicht mit Ihnen gerechnet«, sagte er nervös.

»Stört es denn?«, fragte sie.

»Der Verpächter ist zu Besuch, das ist alles.«

»Ich stehe nicht im Weg«, versprach Clarrie, »ich nehme nur Florrie für eine Stunde mit auf den Hügel.«

Sie ging ins Dämmerlicht der Ställe und direkt zu Florries Box. Die Stute wieherte, als sie sie erkannte. Clarrie legte ihr die Arme um den Hals und barg das Gesicht an der warmen Flanke. Einer der tröstlichsten Gerüche auf der Welt war der nach warmem Pferd und Heu. Sie dachte daran, dass Kamal ihren geliebten Prince weiterhin geritten hatte, bis das Pony gestorben war, und begann zu weinen.

Ein Geräusch oder eine Bewegung machte ihr plötzlich bewusst, dass sie nicht allein war. Jemand am anderen Ende des Stalls nahm gerade eine der Vollblutstuten in Augenschein. Er war zu hochgewachsen, um einer der Stallknechte zu sein. Er hielt inne, um sie zu beobachten, und kam dann näher. Clarrie wischte sich eilig die Tränen ab. Erst als er fast schon vor ihr stand, wurde ihr klar, um wen es sich handelte. Mit offenem Mund starrte sie ihn ungläubig an. Wesley, in Reithose und Jackett gekleidet, stand da und sah auf sie herunter.

»Mr Robson!«, rief sie überrascht. Dann fragte sie: »Was machst du hier?«

»Das Gleiche wie du, nehme ich an.«

Sie betrachtete ihn weiter fassungslos. »A… aber hier?«, stammelte sie. »Ich dachte, du wärst in London.«

»Ich bin nach Norden gekommen, um mich um Geschäftliches zu kümmern und Unerledigtes unter Dach und Fach zu bringen«, antwortete er. »Geht es dir gut?«

Sie wandte den Blick ab und streckte die Hand aus, um Florrie zu tätscheln.

»Es tut mir leid, wenn mein Erscheinen dich aus der Fassung bringt«, sagte er. »Ich dachte, du kämst nur montags her. Ich wäre nicht gekommen, wenn ich gewusst hätte, dass du hier bist.«

Clarrie sah ihn prüfend an. »Wieso weißt du so viel über diesen Hof?«

Wesley schenkte ihr sein vertrautes spöttisches Lächeln. »Er gehört mir.«

Sie schnappte nach Luft. Genau in dem Moment tauchte der Stalljunge auf.

»Wollen Sie, dass ich Ihnen Paladin sattle, Sir?«

»Ja, bitte, Tom.« Wesley musterte Clarrie. »Möchten Sie gern mit mir ausreiten, Mrs Stock?«

»Auf der alten Florrie?«, gab Clarrie zurück. »Nein danke.«

»Dann nimm eines von meinen«, bot er an. »Tom sagt, dass du Laurel sehr gern magst.«

Clarrie errötete. »Ich wusste nicht, dass ich hier ausspioniert werde.«

»Sei ihm nicht böse.« Wesley sah amüsiert drein. »Ich bin nur gern darüber informiert, was hier vorgeht.«

»Weiß Daniel Milner, dass dir diese Ställe gehören?«, fragte Clarrie.

»Natürlich«, sagte Wesley.

»Das kann ich kaum glauben.«

»Warum? Wir sind schon seit Jahren Geschäftsfreunde.«

»Du und Mr Milner?«, rief Clarrie. »Aber du hast doch versucht, ihn zu ruinieren – ihn in den Bankrott zu treiben, als er gerade erst seine Firma gegründet hatte. Er muss alles andere als nachtragend sein.«

Wesley runzelte die Stirn. »Wer hat dir denn so etwas erzählt?«

»Mr Milner war Herberts Mandant. Du kannst es nicht leugnen.« Clarrie war empört. »Ich habe damals gehört, dass die anderen Teehändler sich gegen die Tyneside Tea Company zusammengerottet haben, um sie durch Preisdruck vom Markt zu verdrängen. Tu nicht so, als hätten die Robsons nicht die Finger im Spiel gehabt.«

Wesley verzog verärgert das Gesicht, aber seine Stimme blieb ruhig. »Ich tue ja gar nicht so. Du hast recht – die Robsons waren mit dabei. Mein Onkel James war einer der wichtigsten Drahtzieher.«

Clarrie war angewidert. Obwohl sie die ganze Zeit geahnt hatte, dass er etwas mit der Sache zu tun gehabt hatte, hatte sie sich gewünscht, er würde ihr das Gegenteil beweisen.

»Das war eine Schande.« Sie sah ihn böse an und trat einen Schritt zurück.

»Ja, das war es auch.« Wesley hielt sie am Arm fest. »Genau deshalb habe ich Milner ja auch wissen lassen, was vorging.«

Sie zuckte zusammen. »Wirklich?«

»Ja. Mein Onkel hat versucht, sein Treiben vor mir zu verheimlichen, aber ich bin dahintergekommen. Ich habe Daniel alles erzählt und ihm einen vertrauenswürdigeren Agenten vermittelt. Seitdem florierte sein Geschäft. Das Einzige, was ich im Gegenzug von ihm verlangt habe, war, nie meinem Onkel oder sonst jemandem zu verraten, was ich getan hatte.«

Clarrie bedachte ihn mit einem misstrauischen Blick. »Du wolltest wohl dein vergoldetes Nest nicht beschmutzen?«

»Genau.« Wesleys Miene wurde spöttisch. »Ich wollte meine glänzenden Aussichten nicht ruinieren, wenn ich es vermeiden konnte.«

Clarrie fühlte sich unbehaglich. »Du hast das Richtige getan«, räumte sie ein. »Es tut mir leid, dass ich dich in falschem Verdacht hatte. Aber wer könnte es mir verdenken? Du bist schließlich trotz allem ein Robson.«

Wesley lachte jäh auf. »Reite mit mir aus, Clarrie! Ich verspreche dir, dass wir nicht einmal miteinander reden müssen, wenn du nicht willst. Ich weiß nur zu gut, wie wenig du von mir hältst, und es ist viel zu spät, als dass ich noch versuchen könnte, etwas daran zu ändern. Aber der Ausritt würde uns beiden Freude machen. Bitte, nur dieses eine Mal!«

Der Drang nachzugeben, war zu stark, als dass sie ihm widerstehen konnte. Was konnte es schon schaden? Sie würde vielleicht nie mehr Gelegenheit haben, auf einem Vollblüter auszureiten – oder zusammen mit Wesley. Clarrie nickte, um ihre Zustimmung zu signalisieren.

Die Pferde wurden schnell gesattelt, und bald darauf trabten sie vom Hof und auf die ländlichen Wege hinaus. Wesley wandte sich nach Norden und führte sie bergauf durch den Wald. Clarries Herz schlug schneller, da sie sich an den Ritt erinnert fühlte, den sie vor langer Zeit gemeinsam durch die Wälder bei Belguri unternommen hatten. Als sie an diese Zeit zurückdachte, verstand sie, weshalb die junge, impulsive, leidenschaftliche Clarissa Belhaven sich so ohne Weiteres in den gut aussehenden Wesley Robson verliebt hatte. Denn sie konnte nicht länger leugnen, dass sie ihn damals geliebt hatte. Er hatte sie zwar mit seiner Dreistigkeit und Arroganz zur Weißglut getrieben, war aber zugleich charmant und sinnlich gewesen. Sie hatte sich wider besseres Wissen zu ihm hingezogen gefühlt.

Als sie aus den Wäldern ins offene Land hinauskamen, zügelte Wesley sein Pferd und wartete auf sie. Sein markantes Profil ließ ihren Magen Purzelbäume schlagen. Er hatte immer noch die Macht, Begehren in ihr zu wecken. Doch das hier war auch der Mann, der der skrupelloseste Anwerber der Robsons für ihre Teegärten gewesen war. Der Mann, der es auf Belguri abgesehen gehabt und ihrem Vater solchen Kummer bereitet hatte. Sie durfte nie vergessen, wie Papa sie vor ihm gewarnt hatte. Ihre Sehnsucht nach Wesley fühlte sich immer noch wie ein Verrat an Jock an.

Die Sonne wurde stärker. Nachdem sie noch eine weitere Meile geritten waren, machten sie an einem Bach Halt und stiegen ab. Wesley legte seine Jacke aufs Gras am Fuße einer Steinmauer und lud Clarrie ein, sich hinzusetzen. Im Schutze der Mauer sahen sie zu, wie die Pferde tranken, und lauschten stumm dem Gesang der Vögel. Eine plötzliche Erinnerung durchzuckte Clarrie.

»Du lächelst«, bemerkte Wesley. »Erzähl mir, was du denkst.«

»Das hier erinnert mich an einen besonderen Tag vor dem Krieg, an dem ich mit Will und Johnny an der Mauer eines Bauernhofs gesessen habe. Früher sind wir immer gemeinsam reiten gegangen und haben Weltverbesserungspläne geschmiedet.«

»Johnny ist immer noch ein enger Freund?«, fragte Wesley.

Clarrie nickte. »Ich fühle mich Will nahe, wenn ich bei ihm bin.«

Sie verfielen wieder in Schweigen, bis Wesley es brach.

»Der junge Will«, murmelte er. »Er hat viel über dich geredet.«

Clarrie schluckte. »Ja?«

»Die ganze Zeit.« Wesley schenkte ihr ein trauriges Lächeln. »Die anderen Männer schwärmten von ihren Liebsten, aber er sprach immer nur von dir. Sie zogen ihn auf, indem sie dich die böse Stiefmutter nannten. Er hat dich vergöttert, weißt du das?«

Clarries Augen brannten. »Er war der reizendste Junge, der mir je begegnet ist. Will hat jeden geliebt.«

»Aber du warst für ihn etwas Besonderes.«

»Ich vermisse ihn so sehr«, flüsterte Clarrie.

Wesley streckte den Arm aus und nahm ihre Hand. Er schlang seine starken, warmen Finger um ihre. »Ich weiß. Ich auch.«

Sie begegnete seinem Blick und sah, dass seine grünen Augen vor Rührung glänzten. »Seltsam, wie das Schicksal euch beide zusammengewürfelt hat«, sagte sie. »Erzähl mir, wie es war.«

Während er immer noch ihre Hand festhielt, begann Wesley, von seiner Zeit in den Schützengräben zu erzählen; nicht von den grauenvollen Schlachten, sondern vom Alltäglichen und Gewöhnlichen. Er sprach von den Augenblicken, in denen Will und er gemeinsam herumgealbert und geraucht und die Briefe des jeweils anderen gelesen hatten.

»Du hast meine Briefe an ihn gelesen?« Clarrie war sprachlos.

Wesley grinste. »Ja, so leid es mir tut. Auf deine habe ich mich immer besonders gefreut – du hast ihm viel mehr Klatsch anvertraut als Bertie oder all seine Freunde.«

Clarrie errötete und entzog ihm ihre Hand. »Dazu hatte er kein Recht.«

»Nein, aber es war gut für die Moral«, scherzte Wesley.

Verärgert kämpfte Clarrie sich auf die Beine und versuchte, sich an all die albernen, intimen Dinge zu erinnern, die sie Will wahrscheinlich geschrieben hatte, um ihn aufzuheitern. Wesley sprang auf.

»Nun sei doch nicht böse«, sagte er tadelnd und fing ihre Hand wieder ein.

»Ich glaube, wir sollten jetzt aufbrechen«, erwiderte Clarrie und wich seinem Blick aus. »Ich sollte nicht mit dir hier sein.«

»Warum nicht?«

»Du weißt, warum«, gab Clarrie zurück und dachte an Henrietta.

Er drehte sie zu sich herum. »Was ist los, Clarrie? Es liegt doch nicht nur an mir, dass du so verstört bist, nicht wahr? Du hast im Stall geweint.«

Zu spüren, wie seine Hände ihre umfassten, ließ Clarrie zittern. »Du würdest das nicht verstehen«, flüsterte sie.

»Sag es mir trotzdem«, beharrte er.

Clarrie schluckte. »Letzte Woche hatte ich Besuch aus Indien – von Kamals Großneffen.«

»Kamal, euer *khansama*?«, rief Wesley.

»Ja. Erinnerst du dich an ihn?«

»Natürlich. Kamal war der beste *khansama*, der mir je begegnet ist.«

Clarrie kamen die Tränen. »Er lebt noch. Sein Großneffe Arif ist von weither gekommen, um mich zu finden. Es war, als träfe ich einen Geist aus meiner Vergangenheit; er hatte Kamals Lächeln. Schon bevor er aus heiterem Himmel auftauchte, hatte ich immer mehr an Belguri gedacht, und daran, wie sehr ich es noch immer vermisse. Olive empfindet es nicht so – nur ich.«

»Indien«, murmelte Wesley. »Es geht einem unter die Haut. Überall sonst kommt es einem im Vergleich langweilig vor.«

»Du empfindest es auch so?«, fragte Clarrie und begegnete seinem Blick.

Er nickte. »Das macht es einem schwer, irgendwo für längere Zeit sesshaft zu werden. Aber ich dachte, du wärst glücklich mit deinem Teehaus? Will sagte, es sei dir sehr wichtig.«

»Das bin ich durchaus«, räumte Clarrie ein. »Es war in den letzten Jahren nur ein ständiger Kampf. Aber jetzt wird es wieder besser. Ich lasse nicht zu, dass es Pleite macht.«

Er lächelte. »Das ist schon eher der kämpferische Ton, den ich von einer Belhaven erwarte.«

»Und was ist mit dir?«, fragte sie. »Du hast erwähnt, dass du noch Unerledigtes unter Dach und Fach bringen musst.«

»Ja. Man hat mir das Angebot gemacht, einen neuen Teegarten in Ostafrika zu leiten. Nächsten Monat trete ich von London aus die Schiffsreise an.«

»Ostafrika!«, rief Clarrie. Die Neuigkeit verschlug ihr den Atem. Ihre Bestürzung überraschte sie. Was spielte es schon für eine Rolle, wohin er ging? Aber er wusste ihren Blick zu deuten.

»Heißt das, dass ich dir immer noch zumindest ein bisschen wichtig bin?«, fragte er herausfordernd.

Clarrie wurde rot. »Was bringt dich auf den Gedanken, dass du es je warst?«

Er zog sie näher zu sich und musterte forschend ihr Gesicht. »Du spielst mir sogar jetzt noch etwas vor, auch wenn ich für immer fortgehe? Clarissa, ich kenne dich! Du hast es auch gespürt – vielleicht nicht ganz so stark, aber wir beide haben Begehren füreinander empfunden. Als wir uns damals in Belguri geküsst haben … Sag mir, dass du es nicht vergessen hast! Ich habe es nie vergessen.«

Clarrie bekam Herzklopfen angesichts seiner Nähe – seines Atems, den sie im Gesicht spürte, und der Eindringlichkeit seines Blicks.

»Ich habe es nicht vergessen«, flüsterte sie.

»Wenn du keine so sture Belhaven gewesen wärst und ich kein Robson wäre«, fuhr Wesley fort, »hätten wir Mann und Frau werden können. Aber dein Vater hat sichergestellt, dass es nie dazu kommen würde. Nur sein Vorurteil gegen meine Familie und mich, das er an dich weitergegeben hat wie ein Gift, hat unserem Zusammenfinden im Wege gestanden, gib es zu!«

»Nein, das stimmt nicht«, protestierte Clarrie und versuchte, sich aus seinem Griff zu befreien. »Ich habe dich als das gesehen, was du warst – arrogant und entschlossen, deinen Willen durchzusetzen, ganz gleich, wem es schadete. Ramshas Tod werde ich dir nie verzeihen.«

»Wer ist Ramsha?«, fuhr er sie an.

»Der Lieblingssohn meiner Kinderfrau Ama«, antwortete Clarrie. »Er hat sich Malaria eingefangen, als er auf den Oxford Estates gearbeitet hat, aber er ist von dort entkommen. Ama hat ihn versteckt. Du wusstest darüber Bescheid«, fuhr sie anklagend fort. »Du bist mir an dem Morgen in Belguri gefolgt und hast herausgefunden, dass wir einen eurer Flüchtlinge versteckt hielten.«

Wesley starrte sie wie betäubt an. Clarrie wurde übel vor Wut.

»Es stimmt, nicht wahr? Du hast ihn wegschaffen lassen …«

»Hör auf!« Er schüttelte sie. »Ich hatte kein Interesse an einem Flüchtling. Ich wusste, dass ihr wahrscheinlich jemandem Zuflucht gewährt hattet, aber das war mir, ehrlich gesagt, egal. Du warst diejenige, nach der ich gesucht habe.«

Clarrie konnte es nicht glauben. »Wer hat denn dann dafür gesorgt, dass Ramsha zurück auf die Oxford Estates geschleift wurde, wenn nicht du?«, fragte sie heftig. »Du musst etwas gesagt haben.«

Mit einem gereizten Aufschrei entließ er sie aus seinem Griff. »Guter Gott, Clarissa! Ich war nicht der einzige Anwerber auf den Oxford Estates, und ich hatte von Anfang an etwas dagegen, Männer aus den Hügeln einzustellen – sie bekamen zu schnell Heimweh und wollten sich nichts befehlen lassen. Das mit diesem Ramsha tut mir leid, aber ich habe niemandem von ihm erzählt.«

Clarries Gefühle befanden sich in Aufruhr. Sie wusste nicht, was sie denken sollte.

»Du glaubst mir nicht, nicht wahr?« Er sah finster drein. »Glaubst du wirklich, ich hätte derart gefühllos und berechnend sein können? Wenn du damals so wenig von mir gehalten hast, bin ich wohl gerade noch einmal davongekommen, als wir nicht geheiratet haben.« Clarrie zuckte angesichts seines verächtlichen Tonfalls zusammen. Seine Augen loderten. »Vielleicht war ich damals zu sehr von mir selbst eingenommen, aber ich war jung und gerade erst aus England gekommen und konnte es nicht abwarten, mich zu beweisen. Aber ich habe nie einen Groll gegen euch Belhavens gehegt wie ihr umgekehrt gegen uns. Ich habe die Leute genommen, wie sie kamen, auch dich und deinen Vater. Ich habe ihm meine Hilfe angeboten, weißt du noch?«

»Deine Hilfe?«, entgegnete Clarrie in vernichtendem Ton. »Du hast ihn dafür lächerlich gemacht, wie er Belguri geführt hat, und hast dann versucht, mich zu heiraten, um ihm seine Plantage zu stehlen!«

»Ich habe ihm einen Gefallen getan«, schrie Wesley, »und das, zu einem hohen Preis für mich selbst. Mein Onkel James fand, dass mein Vorschlag, Belguri zu kaufen, der schiere Wahnsinn war. Und als ich sah, wie undankbar du warst, dachte ich, er hätte recht.«

»Wofür sollte ich denn dankbar sein?«, konterte Clarrie voller Wut. »Dafür, dass du meinen Vater so aufgeregt hast, dass er sich in seinem Zimmer eingeschlossen und sich zu Tode gesoffen hat?«

Er packte sie wieder am Arm. »Hast du mir daran etwa all die Jahre die Schuld gegeben?«, fragte er in ungläubiger Empörung. »Dein Vater war schon vorher ein gebrochener Mann und ein Trunkenbold.«

»Nein, war er nicht!« Clarrie schüttelte ihn ab.

»Das hatte sich schon unter den Teepflanzern herumgesprochen, lange bevor ich nach Indien kam«, entgegnete Wesley wild. »Und weißt du, was sie noch gesagt haben? Sie sagten, es liege daran, dass er seine schöne indische Frau verloren habe. Aber er habe eine hübsche Tochter namens Clarissa, die ihm den Haushalt führe, und genauso wolle er es auch weiter haben. Niemand wäre in Jocks Augen gut genug gewesen, dein Bräutigam zu werden. Er wollte dich und Olive für sich selbst behalten, selbst wenn das hieß, den Teegarten erst in den Verfall und dann ganz in den Ruin zu treiben.«

Fuchsteufelswild ohrfeigte Clarrie ihn. »Wie kannst du es wagen!«

Wesley erwiderte ihren bösen Blick. Sein Gesicht war verkrampft, und eine Ader an seiner Stirn pulsierte. »Er hat sich klug dabei angestellt. Er hat dich zur Sklavin seiner eigensüchtigen Trauer gemacht und dir ein schlechtes Gewissen dafür eingeredet, dass du Gefühle für jemand anderen als ihn hattest.«

»Nein«, keuchte Clarrie.

»Doch«, fuhr er gnadenlos fort. »Seitdem bist du ständig auf der Flucht vor der Liebe – der echten, leidenschaftlichen Liebe zwischen Mann und Frau. Du hast deine wahren Gefühle begraben, Clarissa, und dich hinter der Ausrede versteckt, immer jemanden zu haben, um den du dich kümmern musst: deinen Vater oder Olive oder Herbert, ja sogar Will. Du hast zu viel Angst davor, einen Mann von ganzem Herzen zu lieben. Du glaubst, dass du es nicht verdient hast.« Er sah mit einem Gesichtsausdruck, in dem sich Zorn und Mitleid mischten, auf sie herab. »Ich bin in Wirklichkeit gar nicht derjenige, dem du die Schuld am Tod deines Vaters und am Verlust von Belguri gibst, nicht wahr, Clarissa? Du gibst dir selbst die Schuld.«

Die Worte waren wie ein Schlag in die Magengrube. Clarrie biss die Zähne zusammen, um das Schluchzen in ihrer Kehle zu unterdrücken. Sie würde sich nicht anmerken lassen, wie sehr er sie verletzt hatte.

Eine ganze Weile standen sie da und starrten einander voller Wut und Kummer an. Wie grausam er doch war! Aber die Wahrheit dessen, was er sagte, raubte ihr alle Kraft. Jahrelang hatte sie die Schuldgefühle wegen des Todes ihres Vaters wie einen schweren Stein mit sich herumgeschleppt. Die Last war zu groß gewesen: Es war viel leichter gewesen, stattdessen Wesley und den Robsons die Schuld zu geben.

Clarrie konnte es kaum ertragen, ihn anzusehen, weil er solche Scham in ihr auslöste. Doch ein Teil von ihr sehnte sich danach, von ihm in die Arme geschlossen zu werden, von ihm zu hören, dass keine der alten Kränkungen und Rivalitäten noch eine Rolle spielte. Aber dann marschierte Wesley mit grimmiger Miene an ihr vorbei zu Paladin hinüber. Er packte die Zügel und schwang sich in den Sattel.

»Verzeih mir, wenn ich dich nicht zurückbegleite«, sagte er gepresst. »Ich bin mir sicher, dass du mich lieber so schnell wie möglich von hinten sehen möchtest. Es tut mir leid, dass ich dir all die Jahre so viel Schmerz zugefügt habe, Clarissa. Aber das ist nichts gegen das gebrochene Herz, das du mir beschert hast.«

Er wendete Paladin und trieb ihn mit einem Tritt in den Trab. Clarrie starrte ihm ebenso zornig wie untröstlich nach. Sie fühlte sich so leer, dass es wehtat, und doch von der Heftigkeit seiner Wut auf sie wie vor den Kopf geschlagen. Hatte er sie wirklich all die Jahre lang geliebt und sie nicht nur als Figur bei seinen geschäftlichen Schachzügen betrachtet, nicht nur als jemanden, mit dem er sein Spiel treiben konnte, wenn es ihm gerade Vergnügen machte? Sie umklammerte ihre Arme, bis sie schmerzten. Sollte er doch mit Henrietta nach Afrika gehen. Er hatte kein Recht, so tiefe Gefühle wieder auszugraben, unmittelbar bevor er abreiste. Kein Recht! Es war viel zu spät.

Zitternd und kläglich zwang Clarrie sich, wieder auf Laurel zu steigen, doch statt zu den Ställen zurückzukehren, ritt sie weiter nach Westen. Es war spät am Tag und wurde schon dunkel, als sie sich endlich nach Wylam zurückschleppte. Tom kam ins Freie, um sie in Empfang zu nehmen.

»Mr Robson hat mir gesagt, dass ich warten soll, bis Sie zurück sind«, erklärte er ihr.

Ihr wurde leichter ums Herz. »Ist er noch hier?«

»Nein, Missus. Er ist fort und kommt nicht zurück«, sagte Tom bedauernd. »Er fährt gleich übermorgen nach London.«

39

Erschöpft und verzweifelt schüttete Clarrie an diesem Abend Lexy ihr Herz aus.

»Ich sehe ja, in was für einem Zustand du bist, Mädel«, sagte Lexy besorgt. »Erzähl mir, was passiert ist.«

Clarrie sprach von der Begegnung mit Wesley, die sie bis ins Mark erschüttert hatte, und von der gemeinsamen Vergangenheit der Robsons und Belhavens, die durch den Tod ihres Vaters nur noch schlimmer geworden war.

»Ich habe Wesley die Schuld daran gegeben«, gestand Clarrie, »aber höchstwahrscheinlich wäre mein Vater auch so gestorben, und der Teegarten wäre nicht zu halten gewesen. Ich war nur allzu bereit, das Schlimmste von ihm zu glauben.«

»Vielleicht hattest du dazu auch jedes Recht«, gab Lexy zurück. »Du hast ihm in geschäftlichen Dingen doch nie vertraut, oder? Und außerdem ist er mit dieser hochnäsigen gnädigen Frau Verity verwandt.«

Clarrie sah gequält drein. »Aber ich war zu hart. Ich habe ihn in so mancher Hinsicht falsch eingeschätzt.«

»In welcher denn zum Beispiel?«

»Ich dachte, es sei Wesley gewesen, der zu Anfang versucht hat, Mr Milner in den Ruin zu treiben. Aber jetzt hat sich erwiesen, dass er derjenige war, der Milner den entscheidenden Hinweis gegeben und ihm durch die schwere Zeit geholfen hat.«

Lexy seufzte. »Na gut, das mag ja sein. Aber es hat keinen Zweck, jemandem nachzutrauern, den du nicht haben kannst. Er ist mit seiner Alten auf und davon nach Afrika, das hast du doch selbst gesagt. Am besten lässt du das alles hinter dir.« Ihre Freundin tätschelte ihr die Schulter. »Man weiß ja nie! Vielleicht findest du jemanden, der dir gefällt, direkt vor deiner Nase – so, wie es mir mit Jared ging«, setzte sie hinzu. »Diesen netten Arzt Johnny zum Beispiel.«

Clarrie hatte nicht mehr die Kraft zu widersprechen. Sie erlaubte Lexy, ihr Tee zu kochen und sie ins Bett zu stecken.

»Du schläfst morgen früh schön aus«, riet Lexy ihr.

Clarrie schlief einen langen und traumlosen Schlaf. Sie wurde von gedämpften Stimmen geweckt, die in ihr Bewusstsein drifteten, als wäre sie unter Wasser. Sie zogen sie unerbittlich an die Oberfläche. Clarrie blinzelte und setzte sich auf. Es war heller Tag, und die Stimmen auf der Treppe wurden immer lauter.

»Sie können da nicht raufgehen!«, protestierte Lexy. »Es geht ihr nicht gut!«

»Ich muss sie unbedingt sehen, es ist eine Angelegenheit von höchster Wichtigkeit«, gab eine Frau mit streitlustig erhobener Stimme zurück.

»Warten Sie unten«, beharrte Lexy, »dann frage ich sie.«

»Nein, nein. Ich darf mich in der Öffentlichkeit nicht blicken lassen«, blaffte die Frau. Es klang ganz nach Verity.

Clarrie kämpfte sich aus dem Bett. Ihr Kopf war noch ganz benommen.

»Das werden Sie aber müssen.« Lexy gab nicht nach. »Sie können eine Tasse Tee haben, während Sie warten.«

»Ich will keinen Tee!«

Die Stimmen wurden wieder leiser, als Lexy die Frau davonführte. Als ihre Freundin oben erschien, hatte Clarrie sich angezogen und war dabei, sich die Haare hochzustecken.

»Es ist Verity«, bestätigte Lexy ihre Vermutung. »Wollte mir nicht sagen, worum es geht, aber sie ist ganz schön aufgeregt.«

Clarrie fand Verity hinter einer der Topfpflanzen, wo sie verkrampft dasaß und sich bemühte, nicht aufzufallen. Ihr wurde klar, dass es das erste Mal war, dass Berties Frau in den Teesalon kam. Bisher hatte sie sich noch nicht mal in seine Nähe begeben.

»Hier kann ich nicht mit dir sprechen«, zischte Verity. »Du hast doch sicher etwas Privateres?«

Clarrie führte sie in den Anbau und lud sie in einen leeren Versammlungsraum ein. Sie setzten sich an einen Tisch.

»Wie geht es den Zwillingen?«, fragte Clarrie.

»Sie kosten uns ein Vermögen«, antwortete Verity geistesabwesend. »Aber ich bin nicht hier, um zu plaudern, das muss dir doch klar sein.«

»Ich kann mir nicht vorstellen, was dich herführt«, gestand Clarrie. »Bitte sag es mir.«

Verity knetete ihre Hände in ihrem Schoß. »Es tut mir leid, ich bin ein bisschen nervös.«

»Ich lasse uns Tee bringen«, schlug Clarrie vor.

»Tee!« Verity seufzte ungeduldig. »Das war schon immer deine Antwort auf alles, nicht wahr?«

Clarrie musterte sie. »Wenn du nicht hier bist, um zu plaudern oder zu probieren, wie gut mein Tee schmeckt, was dann, Verity?«

»Ich wäre gar nicht erst gekommen. Es ist nur … Ich weiß nicht, an wen ich mich sonst wenden soll«, sagte sie ängstlich und wich Clarries Blick aus. »Die Lage ist etwas verzweifelt.«

»Verzweifelt?«

»Dir sind doch sicher die Gerüchte über unsere Schwierigkeiten in letzter Zeit zu Ohren gekommen.«

»Ich habe gehört, dass ihr in South Gosforth wohnt und dass Bertie Geld verloren hat«, räumte Clarrie ein.

»Geld verloren?«, rief Verity. »Er ist ein hoffnungsloser Fall, was den Umgang mit Geld betrifft! Erst mit seinem eigenen und dann mit meinem. Clive will ihm nichts mehr leihen. Wir mussten die Häuser in Tankerville und Summerhill verkaufen und haben immer noch Schulden zu begleichen. Wir stehen vor einer Katastrophe!«

»Er hat Herberts gesamtes Erbe durchgebracht?«, vergewisserte Clarrie sich schockiert.

Verity nickte. »Und noch viel mehr.«

Clarrie dachte daran, wie viel sie mit auch nur einem Bruchteil des Einkommens der beiden hätte anfangen können, als der Teesalon kurz vor der Schließung gestanden hatte. Sie zügelte ihren Zorn, nahm aber kein Blatt vor den Mund.

»Wie mir scheint, muss Bertie einfach aufhören, sich auf das Geld anderer Leute zu verlassen, und sich seinen Lebensunterhalt wieder selbst verdienen.«

Verity warf ihr einen verstohlenen Blick zu. »Wenn das nur so einfach wäre«, sagte sie heiser. »Ich wünschte, er hätte sich auf seine Anwaltstätigkeit beschränkt. Aber wie es scheint, hat er das Geld seiner Mandanten unklug angelegt – auch das meines Bruders –, und jetzt haben sie das Vertrauen in ihn verloren.« Sie senkte die Stimme zu einem undeutlichen Flüstern. »Vielleicht verliert er sogar seine Zulassung und darf nie wieder als Anwalt praktizieren. Ich habe solche Angst!« Sie schlug sich die behandschuhten Hände vors Gesicht und schluchzte trocken.

Clarrie wusste nicht weiter. Zum ersten Mal durchzuckte sie ein Anflug von Mitleid mit Verity. Wie musste es sein, mit dem prahlerischen Bertie zusammenzuleben, der das sorgsam gehütete Erbe seines Vaters verprasst und seinen guten Ruf ruiniert hatte, indem er gierig das Geld anderer Leute aufs Spiel gesetzt hatte? Doch Bertie und Verity hatten beide schon immer zu verschwenderischen Ausgaben geneigt. Es waren die armen Zwillinge, die am meisten leiden würden.

»Es tut mir leid, dass Bertie so töricht war«, sagte sie. »Aber ich verstehe nicht, wie ich euch helfen kann.«

»Du könntest uns Geld leihen.« Verity sah mit flehentlicher Miene auf.

Clarrie lachte nur kurz. »Ich habe selbst nichts übrig. Bertie hat mir alles, was mir gehört hat, vor langer Zeit genommen, schon vergessen?«

»Nicht alles, du hast den Teesalon«, erwiderte Verity. »Du kannst von den Banken Geld bekommen.«

»Herbert's Tea Rooms gehören mir nicht«, erklärte Clarrie gereizt. »Bertie hat sie mir weggenommen und verkauft. Sie gehören einer Firma namens Stable Trading. Will hat alles so arrangiert, dass mein Lebensunterhalt für immer gesichert ist. Er hat sichergestellt, dass dein Mann das Teehaus nicht wieder in die Finger bekommt.«

Verity bedachte sie mit einem seltsamen Blick, halb furchtsam, halb triumphierend. Sie wühlte in ihrer Handtasche und zog einen Brief daraus hervor.

»Nein. Es war nicht ganz so, wie du denkst.« Verity hielt ihr den Brief hin. »Das war in der Kiste mit Wills Habseligkeiten. Es war falsch von uns, ihn dir vorzuenthalten, aber ich dachte, du hättest die Wahrheit mittlerweile herausgefunden.«

Ein Ruck ging durch Clarries Herz, als sie sah, dass es Wills Handschrift war und dass der Brief schon geöffnet war, obwohl er an sie adressiert war. Unbeholfen zog sie ihn aus dem Umschlag. Die Schrift war kraftlos, aber unverkennbar Wills. Der Brief war im Lazarett geschrieben worden.

Liebste Clarrie,
ich liege mit einer leidigen Beinverletzung im Lazarett, aber du darfst dir keine Sorgen machen. Ich bin sicher, dass bald alles wieder in bester Ordnung ist. Die schlechte Nachricht ist, dass ich deshalb vielleicht erst später nach Hause komme, also musst du den Champagner wohl leider noch etwas länger kalt stellen.

Da ich nun schon so lange die Beine hochlegen muss, hatte ich Zeit zum Nachdenken. Ich habe dir ein Geständnis zu machen, und es ist einfacher, jetzt die Karten auf den Tisch zu legen – nur für den Fall. Ich war nicht ganz aufrichtig dir gegenüber, was den Kauf des Teehauses und Stable Trading angeht. Die Firma wurde mithilfe eines Freundes von mir gegründet, der aber, wie ich fürchte, nicht dein Freund ist.

Aber hör zu, liebe Clarrie. Dieser Mann war mir in den letzten Monaten ein guter Freund – einer der besten, die ich je hatte. Als ich ihm von deiner Notlage erzählte, war er es, der die nötigen Mittel auftrieb, um Herbert's Tea Rooms zu kaufen, da nur er binnen so kurzer Frist eine ausreichende Summe in die Hand bekommen konnte. Ich hatte sie nicht. Aber er bestand darauf, dass du nichts davon erfahren solltest, weil es in der Vergangenheit zwischen euch böses Blut gegeben hatte. Er befürchtete, du würdest aufgebracht reagieren und das Gefühl haben, in seiner Schuld zu stehen. Er hat alles während seines letzten Urlaubs arrangiert und das Teehaus in deinem Namen gekauft, damit du unabhängig bist und eine Möglichkeit hast, deinen Lebensunterhalt zu verdienen, was auch immer geschieht.

Er wird fuchsteufelswild sein, wenn er herausfindet, dass ich es dir erzählt habe. Aber ich habe das Gefühl, dass es richtig ist, dass du davon erfährst, und sei es nur aus dem Grund, dass du deine schlechte Meinung über meinen loyalen und vertrauenswürdigen Freund dann vielleicht noch einmal überdenkst.

Clarrie, verzeihst du mir, dass ich dich hinters Licht geführt habe? Ich hoffe es sehr. Ich weiß, dass es solch ein freudiger Augenblick sein wird, wenn wir uns wiedersehen, dass du mir nicht lange böse bleiben kannst. Wie wünschte ich doch, du könntest hier sein und für mich die Florence Nightingale spielen, anstelle der ziemlich strengen Oberschwester, die mir nicht erlaubt, nach Anbruch der Nachtruhe noch zu singen.

Du wirst mittlerweile erraten haben, dass der Freund, den ich meine, Wesley Robson ist. Ich hoffe, du kannst mit der Zeit den Groll begraben, den der tragische Tod deines Vaters in dir geweckt hat. Im Leben wünschen wir oft, wir könnten etwas ungeschehen machen, und ich weiß, dass Wesley einen Großteil seines unreifen Verhaltens während seiner Anfangszeit in Indien bereut. Er hat eine hohe Meinung von dir und empfindet, wie ich glaube, auch tiefe Zuneigung zu dir. Warum sonst sollte er mich ständig bitten, von dir zu erzählen? Es wäre ganz großartig für mich, wenn ihr beiden Freunde sein könntet, wenn ich zurückkehre.

Clarrie, wie sehr ich mich doch nach jenem Tag sehne! Ich kann an nichts anderes denken, als auf der Stelle zu dir und zur Familie heimzukehren, nach Newcastle und zu all meinen lieben Freunden. Bis dahin sende ich dir meine allerliebsten Grüße,

Will

Clarrie umklammerte den Brief und stöhnte leise. Ihr lieber, heiß geliebter Will! Es war, wie eine Botschaft von jenseits des Grabes zu empfangen. Die zuneigungsvollen Worte beschworen die Gegenwart ihres unverwüstlichen Stiefsohns herauf. Aber was er ihr damit mitteilte! Es war Wesley gewesen, der das Teehaus und ihren Lebensunterhalt gerettet hatte – und sie so davor bewahrt hatte, wahnsinnig zu werden. Denn wenn sie zu solch einem Zeitpunkt noch einmal ihr Zuhause verloren hätte, hätte sie wahrscheinlich vollkommen aufgegeben. Wenn sie das alles nur früher gewusst hätte, hätte sie sich am Vortag nicht so heftig mit Wesley gestritten und auch nie so verletzende Dinge gesagt.

»Nun?«, fragte Verity mit einem nervösen Lächeln.

»Ihr wusstet davon?«

Verity errötete. »Natürlich, wir mussten doch all seine Sachen durchsehen.«

Clarries Zorn loderte auf, als sie schockiert erkannte, was das hieß. »Ich habe Bertie angefleht, mir etwas aus Wills Besitz als Andenken zu schenken, doch ihr habt nicht einmal den Anstand besessen, mir den Brief zu geben, den er mir geschrieben hat – seinen letzten Brief!«

»Es tut mir leid. Es war falsch von uns, das sehe ich jetzt ein«, stammelte Verity. »Aber wir dachten, es wäre nur eine Frage der Zeit, bis du es ohnehin herausfindest. Ich kann nicht fassen, dass Wesley Robson widerstehen konnte, dir von seiner großen

Geste zu erzählen. Vor allem, weil er doch erst vor Kurzem hier war, um Geschäftliches zu regeln, bevor er ins Ausland geht.«

Clarrie sah sie scharf an. »Hast du ihn auch um Geld gebeten?«

»Er ist ja schließlich ein Verwandter«, entgegnete Verity trotzig. »Und wir dachten, wenn er dir schon aus deinen Schwierigkeiten hilft, obwohl du nicht einmal zur Familie gehörst, könnte er den Gefallen auch uns tun.«

»Aber er hat es nicht getan?«

Verity war den Tränen nah. »Er ist sehr ausfallend geworden – hat Bertie gesagt, er solle sich wie ein Mann verhalten und sich eine anständige Arbeit suchen – als wäre er ein einfacher Tagelöhner.«

Clarrie konnte sich Wesleys verächtlichen Blick, als er das gesagt hatte, lebhaft vorstellen. »Weiß Bertie, dass du hier bist?«, fragte sie.

Verity nickte.

Clarrie konnte ihren Abscheu nicht verbergen. »Zu feige, selbst zu kommen, schickt er lieber seine Frau, um für ihn zu betteln.«

Veritys Miene war mitleiderregend flehentlich. »Clarrie, um der Zwillinge willen musst du Bertie helfen. Bitte!«

Clarrie schluckte Galle hinunter. Das hier war die Frau, die sie in Summerhill verspottet und gedemütigt, ihr die kalte Schulter gezeigt hatte, weil sie Herbert geheiratet hatte, und dann tatenlos zugesehen hatte, wie Bertie sie ihres hart erkämpften Teehauses beraubt hatte. Jetzt erwartete Verity von ihr, ihnen einen finanziellen Rettungsring zuzuwerfen – sie kroch vor ihr im Staub, damit sie ihnen half. Sie spürte Rachsucht in sich aufsteigen. Wie gut es sich anfühlte, endlich Macht über dieses verabscheuungswürdige Pärchen zu haben.

Dann dachte Clarrie an Vernon und die quirlige Josephine. Herberts Enkelkinder. Sie hatten es nicht verdient, für die

Fehler ihrer Eltern bestraft zu werden. Clarrie musterte Veritys tränennasses Gesicht eine ganze Weile.

»Na gut«, sagte sie am Ende. »Eines tue ich für euch. Sobald der Teesalon einen vernünftigen Gewinn abwirft, zahle ich einen Teil davon in einen Treuhandfonds für die Zwillinge ein, bis sie volljährig werden.«

Veritys Miene hellte sich auf. »Treuhandfonds?«

»Aber nur unter der Bedingung«, sagte Clarrie warnend, »dass du und Bertie euch beide nicht daraus bedienen könnt.«

Verity runzelte die Stirn. »Was ist mit Bertie und mir?«

»Wesley hatte recht mit seinem Vorschlag, dass dein Mann nach einer Anstellung suchen sollte«, antwortete Clarrie. »Wenn er willens ist, hart zu arbeiten, kann ich im Teesalon eine Aufgabe für ihn finden. Das ist mein Angebot.«

Verity verzog angewidert das Gesicht. »Hier arbeiten? Bei diesen Leuten?«

»Etwas Besseres werdet ihr nie finden«, erwiderte Clarrie und stand auf. »Geh zurück zu Bertie und sag ihm, dass es in Herbert's Tea Rooms ehrliche, aber harte Arbeit für ihn gibt. Aber ich leihe ihm kein Geld mehr. Er hat in der Vergangenheit schon genug von meinem verprasst.«

Wütend sprang Verity auf. »Ich fühle mich schmutzig, dass ich überhaupt hergekommen bin und dich um Hilfe gebeten habe. Es ist mir gleich, wie hoch verschuldet wir sind. Ich lasse niemals zu, dass mein Mann sich so weit erniedrigt, dass er herkommt und in deiner ordinären Teestube arbeitet.«

Clarrie wartete nicht, bis sie gegangen war, sondern eilte als Erste zu Tür. »Dann leb wohl, Verity. Du findest sicher allein den Weg nach draußen.«

Clarrie rannte nach oben in die Wohnung und schnappte sich ihren Mantel und ihren Hut. Der erstaunten Lexy rief sie zu: »Ich muss mich dringend mit jemandem treffen. Ich bin bald wieder da!«

Sie sprang in eine Straßenbahn, die sie in die Innenstadt brachte, und hastete dann die steile Dean Street hinunter zum Hafen, wo die Robsons ihre Speditions- und Geschäftsräume hatten. Sie nahm den Aufzug in den dritten Stock und fragte einen Sekretär im Vorzimmer nach Wesley.

»Mr Wesley ist nicht mehr hier, Ma'am«, erklärte er ihr. »Möchten Sie stattdessen mit jemand anderem sprechen?«

»Nein danke. Wo finde ich ihn?«, fragte Clarrie ungeduldig.

Der Sekretär runzelte die Stirn. »Er hat im Haus seines Cousins gewohnt, aber er ist wahrscheinlich schon auf dem Weg nach London.«

»Heute?«, keuchte Clarrie auf. »Aber ich dachte, er sei noch bis morgen hier.«

»Hat gestern Abend spät seine Pläne geändert«, sagte der Sekretär. »Wenn Sie mich fragen, konnte er es gar nicht abwarten, wegzukommen.«

»Haben Sie die Telefonnummer seines Cousins?«, fragte Clarrie verzweifelt. Der Mann nickte. »Könnten Sie für mich anrufen und fragen, ob er noch da ist? Bitte.«

Der Sekretär musterte sie argwöhnisch, tat aber, worum sie ihn bat. Ihr Herz hämmerte, während sie zusah und wartete. Alles, was sie wollte, war diese letzte Gelegenheit, Frieden mit Wesley zu schließen und ihm zu sagen, dass es falsch von ihr gewesen war, all die Jahre wütend auf ihn zu sein.

Die Telefonistin stellte den Sekretär durch, und er fragte nach Wesley.

»Oh, ich verstehe. Nur einen Augenblick.« Er sah zu Clarrie hinüber. »Er ist auf dem Weg zum Bahnhof. Sie könnten aber eine Nachricht annehmen und weiterleiten.«

Clarries Magen verkrampfte sich vor Enttäuschung. Sie schüttelte den Kopf.

»Keine Nachricht, danke«, antwortete der Sekretär und legte auf.

Sie dankte ihm für seine Hilfe, stürmte hinaus und polterte die Treppe hinunter, statt auf den Aufzug zu warten. Sie rannte den geschäftigen Kai entlang und wich Pferdefuhrwerken, Kraftfahrzeugen und Trägern aus, die Fässer rollten. Clarrie nahm den steilen Aufstieg zum Bahnhof in Angriff. Außer Atem machte sie auf halber Strecke eine Pause.

»Clarrie!«, rief ein Mann. »Was machst du denn hier unten?«

Neben ihr hielt ein Teekarren mit Jack auf dem Kutschbock.

»Ich muss zum Bahnhof«, keuchte sie.

»Da hast du ja Glück, dass ich gerade eine Lieferung abgeholt habe.« Jack grinste. »Spring rauf, Mädel, dann nehme ich dich mit.«

Als sie in raschem Trab durch die Straßen zum Hauptbahnhof fuhren, erzählte Clarrie ihm schnell von Veritys Besuch, dem Brief von Will und davon, dass sie Wesley so lange falsch eingeschätzt hatte.

»Ich will nur alles zwischen uns ins Reine bringen, bevor er nach Afrika reist«, erklärte sie.

Jack nickte. »Unsere Olive sagt immer, du hättest ihn heiraten sollen, als ihr noch drüben in Indien wart. Aber dann hätte ich mein Mädchen nie kennengelernt, nicht wahr?« Er hielt vor der steinernen Kolonnade und half ihr beim Absteigen. »Viel Glück. Ich hoffe, du findest ihn.«

Ein Wachmann sagte ihr, dass der nächste Zug nach London in zehn Minuten von Bahnsteig vier abfuhr, und zeigte ihr den Weg über die Brücke. Sie kaufte sich eine Bahnsteigkarte und rannte dann, so schnell sie konnte. Der Zug hielt schon im Bahnhof, und Gepäckträger waren damit beschäftigt, dabei zu helfen, Koffer einzuladen. Sie suchte die Menge der Reisenden nach irgendeiner Spur von Wesley ab. Panik durchzuckte sie, als ihr zum ersten Mal in den Sinn kam, dass Henrietta vielleicht bei ihm war. Hatte sie nicht einmal gesagt, wie gern sie den Norden besuchte? Clarrie stand da und zögerte. Der Mut verließ sie fast. Sie kam zu spät. Sie würde sich nur auf diesem überfüllten Bahnsteig lächerlich machen, wenn sie ihn fand.

»Clarissa?«, sagte eine vertraute Stimme.

Sie wirbelte herum. Es gab nur einen einzigen Menschen, der sie noch so nannte. Wesley beugte sich aus einer offenen Waggontür. Sie eilte auf ihn zu. Der Anblick seines hübschen, stirnrunzelnden Gesichts überwältigte sie. Ihr schnürte sich vor Gefühlsbewegung die Kehle zu. Sie konnte nicht sprechen. Er stieg aus.

»Was ist los? Ist irgendetwas Schreckliches geschehen?«

Sie schüttelte den Kopf. Seine Besorgnis ließ ihr die Augen brennen. Er nahm sie beim Arm und zog sie hinter sich her. Dann schaute er sich um und bedeutete ihr mit einem Nicken, den kleinen Wartesaal zu betreten. Er war leer, und Wesley schloss die Tür hinter ihnen.

»Sag es mir«, bat er und stellte sich dicht vor sie, berührte sie aber nicht.

Sie erzählte ihm von Verity und dem Brief.

»Also weiß ich jetzt über Stable Trading Bescheid«, schloss sie heiser. »Dass du es warst, der den Teesalon gerettet hat.«

»Ich verstehe«, sagte Wesley mit ernster Miene.

»Warum hast du mir das nicht erzählt?«

»Weil ich weiß, wie stolz du bist«, antwortete er. »Du hättest mir das Geld wahrscheinlich ins Gesicht geworfen.«

Clarrie errötete. »Vielleicht ja«, gab sie zu. »Aber Will wollte, dass ich es erfahre. Er wollte, dass ich meine Meinung über dich ändere – dass wir Freunde werden.«

Wesley bedachte sie mit einem skeptischen Blick. »Also tust du das hier im Andenken an Will?«

»Nicht nur«, beteuerte Clarrie. »Ich wollte dir sagen, dass es mir leidtut.« Als er nichts erwiderte, fuhr sie fort: »Es tut mir leid, dass ich dich falsch eingeschätzt habe und dir die

Schuld an den Schwierigkeiten meiner Familie gegeben habe. Mein Vater hat sich in dir getäuscht, Wesley – ganz schrecklich getäuscht. Du hast dich mit Will angefreundet und mir geholfen, ohne je eine Gegenleistung zu erwarten. Das ist nicht die Vorgehensweise eines skrupellosen und egoistischen Mannes, sondern die eines gütigen und großzügigen.« Sie hielt seinem Blick stand. »Ich wollte dir danken und alle Missverständnisse ausräumen, bevor du abreist.«

»Oh, Clarissa!« Er seufzte tief. Sein Gesicht war bekümmert. »Warum haben wir uns nur so lange in den Haaren gelegen? Ich habe Will verboten, dir von Stable Trading zu erzählen, weil ich nicht wollte, dass du das Gefühl hast, in irgendeiner Form in meiner Schuld zu stehen. Wenn überhaupt, dann solltest du mich um meinetwillen mögen, nicht aus einer finanziellen Verpflichtung heraus. Das war der große Fehler, den ich zu Anfang begangen habe – dass ich dir die Ehe angeboten habe, als wäre alles ein Geschäftsabschluss, um Belguri zu retten, und nicht das, was es wirklich war.«

»Was war es denn?«, fragte Clarrie angespannt.

»Ein Angebot aus Liebe«, sagte er mit glänzenden Augen.

Clarries Herz zog sich zusammen. Bedauern, dass sie zu spät an diesen Punkt gekommen waren, brach über sie herein. »Es war nicht allein deine Schuld«, flüsterte sie. »Ich war zu starrsinnig, meine Gefühle für dich einzugestehen.«

Sein Blick wurde noch intensiver. »Also hatte ich recht – ich war dir nicht gleichgültig?«

Clarrie nickte und sah beiseite. »Überhaupt nicht«, murmelte sie. Der Abschied von ihm war so schmerzlich, dass sie ihn schnell hinter sich bringen wollte. »Du darfst deinen Zug nicht verpassen. Er fährt jetzt jede Minute los.« Sie wandte sich ab, damit er nicht sah, dass ihr Tränen über die Wimpern quollen. »Ich wünsche dir alles Gute in Ostafrika, Wesley«, sagte sie so gefasst, wie sie konnte. »Dir und deiner Frau.«

Wesley packte sie am Arm. »Was hast du da eben gesagt?« Er musterte forschend ihr Gesicht. »Du glaubst, dass ich verheiratet bin?«

»Nun … J… ja.« Ihr stockte die Stimme. »Mit Miss Lister-Brown.«

Er seufzte gereizt und schüttelte den Kopf. »Ich habe Henrietta nie geheiratet. Wir waren eine Ewigkeit verlobt, aber ich habe es immer weiter hinausgeschoben. Am Ende habe ich die Verlobung gelöst, als ich aus Frankreich zurückgekehrt bin.«

»Ich verstehe«, sagte Clarrie völlig verwirrt.

»Nein, ich glaube, du verstehst es nicht«, sagte Wesley. Er beugte sich näher zu ihr. »Mir ist klar geworden, dass ich sie niemals heiraten konnte, weil ich dich immer noch liebe.«

Clarries Herz hämmerte in ihrer Brust.

»Dich beim Gedenkgottesdienst zu sehen, hat meine Gefühle in alter Stärke wiederkehren lassen – und ich war so eifersüchtig, als ich dich an der Seite dieses jungen Arztes gesehen habe.«

»Johnny?«, sagte Clarrie erstaunt. »Der war nur ein Freund von Will.«

»Also ist da nichts zwischen euch beiden?«, fragte Wesley.

»Nichts«, bestätigte Clarrie. Unter seinem Blick fühlte sie sich auf einmal schwach.

Wesley packte sie bei beiden Armen. »Clarissa, sag mir die Wahrheit: Könntest du mich noch lieben? Könnten wir in dem Wissen, dass niemand zwischen uns steht, einen Neuanfang als Freunde wagen und vielleicht mit der Zeit mehr als das werden?«

Ihr Herz machte einen Sprung. »Ja, natürlich.« Sie lächelte. »Ich liebe dich immer noch, Wesley.«

»Wirklich?«, fragte er ungläubig.

»Ich habe dich immer geliebt«, gestand sie. »Ich habe jahrelang gegen meine Gefühle für dich angekämpft und wollte dich hassen, konnte es aber nicht. Gestern, nachdem du gegangen warst, wurde mir klar, wie sehr ich immer noch in dich verliebt bin. Aber ich dachte, es sei zu spät. Ich bin einfach davon ausgegangen, dass du geheiratet hättest. Du weißt nicht, wie glücklich ich bin, dass du es nicht getan hast!«

Berauscht vor Erleichterung zog Wesley sie in seine Arme. Er beugte sich zu ihr und küsste sie begierig. Clarrie legte ihm die Arme um den Hals und erwiderte seinen Kuss.

Die Tür hinter ihnen schwang auf.

»Der Zug fährt jetzt ab, Sir!«, rief ein Gepäckträger.

Sie lösten sich voneinander. Einen Moment lang sahen sie sich in die Augen. Dann zog Wesley eine Krone aus der Tasche und warf sie dem Mann zu.

»Holen Sie bitte mein Gepäck aus dem Zug«, wies er ihn an. »Ich fahre nirgendwohin.«

Als der erstaunte Gepäckträger ging, lachte Clarrie. »Was willst du nun machen?«

»Das hängt von dir ab«, sagte Wesley. »Komm mit mir nach Afrika oder nach London. Oder ich bleibe hier, oder wir gehen wieder nach Indien. Es ist mir gleich! Dahin, wo ich dich glücklich machen kann.«

Clarrie hatte Herzklopfen. Vielleicht konnten sie endlich nach Belguri zurückkehren? Mit Wesley schien alles möglich zu sein. Als sie in sein quicklebendiges, sinnliches Gesicht schaute, wurde ihr klar, dass ihre Sehnsucht nach ihrem alten Zuhause zum Teil auch mit ihrer Sehnsucht nach ihm verbunden gewesen war, sosehr sie sie auch unterdrückt haben mochte.

»Mir ist es auch gleich«, sagte Clarrie leidenschaftlich, »solange wir zusammen sind. Ich will, dass wir nie mehr voneinander getrennt werden!«

Wesley brüllte vor Entzücken. Er legte ihr die Hände ums Gesicht. »Beweis mir, dass ich nicht träume«, lachte er.

Clarrie lächelte zärtlich. »Dann küss mich.«

Freudig umarmten sie einander voller Sehnsucht und Leidenschaft. Sie konnten es nicht abwarten, sich für die Jahre zu entschädigen, die sie getrennt verbracht hatten. Freudentränen liefen Clarrie über die Wangen. Wills letzter Wunsch, sie und Wesley wieder vereint zu sehen, war endlich in Erfüllung gegangen.

Einige anglo-indische Begriffe

chowkidar: Nachtwächter, Wache
dooli: behelfsmäßige Bambussänfte auf Stangen
ghat: Kai
khansama: Butler, Hausverwalter
Memsahib: gnädige Frau, weibliche Form von Sahib
mohurer: oberster Buchhalter
puja: Gebet oder Ritual
Sahib: Herr, Gebieter
sola topee: tropischer Sonnenhut
swami: Asket, heiliger Mann

Printed in Poland
by Amazon Fulfillment
Poland Sp. z o.o., Wrocław

82980037R00319